हिन्द पॉकेट बुक्स

तंत्र-सूत्र

तांत्रिक संभोग और समाधि

ओशो, जिन्हें भगवान श्री रजनीश, ओशो रजनीश, या केवल रजनीश के नाम से भी जाना जाता है, एक भारतीय विचारक, धर्मगुरु और रजनीश आंदोलन के प्रणेता-नेता थे। उनका असली नाम चंद्र मोहन जैन था, लेकिन लोगों ने उन्हें 'ओशो' बना दिया। यह शब्द लैटिन भाषा के 'ओशनिक' शब्द से लिया गया है जिसका अर्थ है, सागर में विलीन हो जाना।

अपने संपूर्ण जीवनकाल में आचार्य रजनीश को एक रहस्यदर्शी, गुरु और आध्यात्मिक शिक्षक के रूप में देखा गया। वे धार्मिक रूढ़िवादिता के बहुत कठोर आलोचक थे। 1960 के दशक में उन्होंने पूरे भारत में एक सार्वजनिक वक्ता के रूप में यात्रा की और वे समाजवाद, महात्मा गाँधी और हिंदू धार्मिक रूढ़िवाद के प्रखर आलोचक रहे। उन्होंने मानव कामुकता के प्रति ज्यादा खुले रवैये की वकालत की, जिसके कारण वे भारत तथा पश्चिमी देशों में भी आलोचना के पात्र रहे, हालाँकि बाद में उनका यह दृष्टिकोण अधिक स्वीकार्य हो गया।

तंत्र-सूत्र

तांत्रिक संभोग और समाधि

कामनाओं के रूपांतरण का मार्ग

विज्ञान भैरव तंत्र / भाग तीन

ओशो द्वारा भगवान शिव के विज्ञान भैरव तंत्र पर दिए गए
80 प्रवचनों में से प्रथम 33 से 48 प्रवचनों का संकलन।

ओशो

हिन्द पॉकेट बुक्स
पेंगुइन रैंडम हाउस इम्प्रिंट

हिन्द पॉकेट बुक्स

यूएसए। कनाडा। यूके। आयरलैंड। ऑस्ट्रेलिया। सिंगापुर
न्यू ज़ीलैंड। भारत। दक्षिण अफ्रीका। चीन

हिन्द पॉकेट बुक्स, पेंगुइन रैंडम हाउस ग्रुप ऑफ़ कम्पनीज़ का हिस्सा है,
जिसका पता global.penguinrandomhouse.com पर मिलेगा

पेंगुइन रैंडम हाउस इंडिया प्रा. लि.,
चौथी मंजिल, कैपिटल टावर -1, एम जी रोड,
गुड़गांव 122 002, हरियाणा, भारत

पेंगुइन
रैंडम हाउस
इंडिया

प्रथम हिन्दी संस्करण हिन्द पॉकेट बुक्स द्वारा 2009 में प्रकाशित
यह हिन्दी संस्करण हिन्द पॉकेट बुक्स में पेंगुइन रैंडम हाउस द्वारा 2021 में प्रकाशित

10 9 8 7 6 5 4 3 2

ISBN 9788121620833

मुद्रकः रेप्रो इंडिया लिमिटेड

www.penguin.co.in

MIX
Paper from
responsible sources
FSC® C047271
FSC
www.fsc.org

This is a legitimate digitally printed version of the book and therefore might not
have certain extra finishing on the cover.

भूमिका

▲

तंत्र : जीवन का समग्र स्वीकार

तंत्र अद्वैत दर्शन है। जीवन को उसकी समग्रता में तंत्र स्वीकार करता है—बुरे को भी, अशुभ को भी, अंधकार को भी। इसलिए नहीं कि अंधकार अंधकार रहे, इसलिए नहीं कि बुरा बुरा रहे, इसलिए नहीं कि अशुभ अशुभ रहे, बल्कि इसलिए कि अशुभ के भीतर भी रूपांतरित होकर शुभ होने की संभावना है। अंधकार भी निखर कर प्रकाश हो सकता है। और जिसे हम पदार्थ कहते हैं, वह भी अपनी परम गहराइयों में परमात्मा के अतिरिक्त और कुछ भी नहीं है।

तंत्र अद्वैत है। उस एक की ही स्वीकृति है। वह जो बुरा है, वह भी उस एक का ही रूप है। वह जो अशुभ है, वह भी उस एक का ही रूप है। तंत्र के मन में निंदा किसी की भी नहीं है। कंडेमनेशन है ही नहीं।...

तंत्र, जीवन को उसकी समग्रता में स्वीकार करता है। इस बात को पहले समझ लेना जरूरी है। क्योंकि इसी आधार पर तंत्र ने काम-ऊर्जा के रूपांतरण के विज्ञान को विकसित किया है। तंत्र की दृष्टि में काम-ऊर्जा दिव्य-ऊर्जा का पार्थिवीकरण है। तंत्र की दृष्टि में सेक्स एनर्जी, काम-ऊर्जा, ब्रह्म की ही पहली सीढ़ी है।

इसका अर्थ यह नहीं है कि तंत्र चाहता है कि व्यक्ति काम में डूबा रहे। इसका इतना ही अर्थ है कि हम जहां खड़े हैं, यात्रा वहीं से करनी पड़ेगी ; और हम जहां खड़े हैं अगर वह भूमि, उस भूमि से नहीं जुड़ी है जहां हमें पहुंचना है, तो फिर यात्रा का कोई उपाय नहीं। मनुष्य काम में खड़ा है। मनुष्य काम में, काम की भूमि में, मौजूद है। जहां हम अपने को प्रकृति की तरफ से पाते हैं, वह बिंदु काम का, सेक्स का बिंदु है। प्रकृति हमें वहीं खड़ा किए हुए है। कोई भी यात्रा इस बिंदु से ही होगी। अब इस बिंदु से हम दो तरह की यात्रा कर सकते हैं।

एक, जो साधारणतः लोग करने की कोशिश करते हैं, लेकिन कभी कर नहीं पाते, वह यह कि हम अपनी स्थिति से लड़ना शुरू कर दें। हम जहां खड़े हैं, उस भूमि के दुश्मन हो जायें, अर्थात हम अपने ही दुश्मन हो जायें और अपने को ही दो हिस्सों में खंडित कर लें। एक वह हिस्सा, जिसकी हम निंदा करते हैं, जो हम हैं। और एक वह हिस्सा जिसकी हम प्रशंसा करते हैं, जो हम अभी नहीं हैं, जो हम होना चाहते हैं। हम अपने को दो हिस्सों में तोड़ लें : जो है और जो होना चाहिए।

और जब भी कोई व्यक्ति अपने को ऐसे दो खंडों में तोड़ता है तो पहली तो बात यह समझ लेनी चाहिए कि जिसे वह इनकार कर रहा है वही वह है, और जिसे वह स्वीकार कर रहा है वही वह नहीं है। उसका सार जीवन अब एक बहुत बेहूदे, एब्सर्ड संघर्ष में उतर जाएगा। जो वह नहीं है,

समझना चाहेगा कि मैं हूं, और जो वह है उसे इनकार करना चाहेगा कि वह मैं नहीं हूं। ऐसे व्यक्ति केवल विक्षिप्त हो सकते हैं। तंत्र की दृष्टि में यह अंतर-कलह है।...

तंत्र कहता है, ठहर जाओ। गवाह बन जाओ। साक्षी बन जाओ। देखो, निर्णय मत लो, व्याख्या मत करो, पक्ष-विपक्ष मत चुनो, प्रशंसा नहीं, निंदा नहीं। खड़े रह जाओ। बस एक बार देख लो। स्टैंड स्टिल। और जैसे ही कोई एक क्षण को खड़ा हो गया, तत्काल एक क्षण को लगता है कि ठहर गई, क्योंकि बाहर जाना तत्काल बंद हो जाता है, और दूसरे क्षण पता चलता है कि धारा भीतर की तरफ बहने लगी।

बाहर को तरफ बहना नीचे की तरफ बहना है। भीतर की तरफ बहना ऊपर की तरफ बहना है। भीतर और ऊपर पर्यायवाची हैं, इस अंतर्यात्रा में। बाहर और नीचे पर्यायवाची हैं, इस साधना में। और जैसे ही ऊर्जा भीतर की तरफ बहती है तो अंतर्मैथुन शुरू होता है। वह तंत्र की अपनी अदभुत कला की बात है अंतर्मैथुन।

एक संभोग है जो व्यक्ति दूसरे से करता है, एक रति है, एक संबंध है जो व्यक्ति अपने विरोधी से, अपोजिट सेक्स से निर्मित करता है। पुरुष स्त्री से या स्त्री पुरुष से। लेकिन जब भीतर की तरफ यात्रा शुरू होती है तो अपने ही भीतरी केंद्रों पर संबंध निर्मित होने शुरू हो जाते हैं। एक मूलाधार जब दूसरे मूलाधार से संबंधित होता है तो यौन घटित होता है। वे भी दो चक्र हैं। उनके मिलन से यौन घटित होता है। क्षण भर का सुख घटित होता है। जैसे ही मूलाधार से शक्ति भीतर के दूसरे चक्र की तरफ बहनी शुरू होती है, दूसरे चक्र पर मिलन घटित होता है। दो चक्र फिर मिलते हैं, लेकिन यह अंतर-चक्रों का मिलन है, और तंत्र शुरू हो गया। अंतर्मैथुन शुरू हुआ।

ऐसे सात चक्र हैं और प्रत्येक चक्र पर जब ऊर्जा पहुंचती है तो और गहरे आनंद और गहरे आनंद का अनुभव होता है, और सातवें चक्र पर ऊर्जा के बहने पर परम आनंद का विस्फोट, एक्सप्लोजन हो जाता है। उसके बाद कोई चक्र नहीं है। उसके बाद ऊर्जा परम ब्रह्म से एक हो जाती है।

ओशो

अनुक्रम

▲

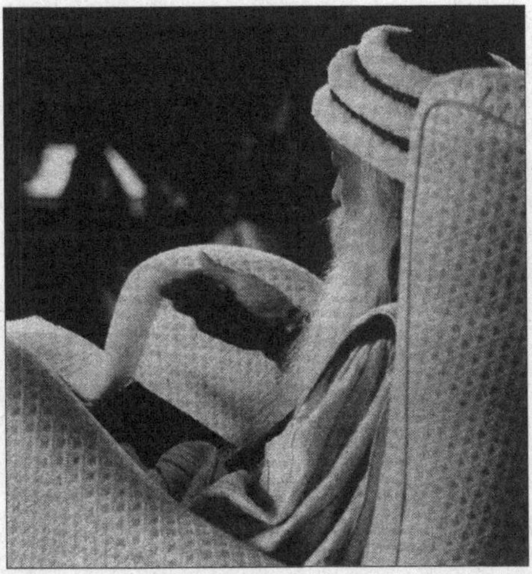

33

संभोग से ब्रह्मचर्य की यात्रा

सूत्र

48. काम-आलिंगन के आरंभ में उसकी आरंभिक अग्नि पर अवधान दो, और ऐसा करते हुए अंत में उसके अंगारे से बचो।
49. ऐसे काम-आलिंगन में जब तुम्हारी इंद्रियां पत्तों की भांति कांपने लगें, उस कंपन में प्रवेश करो।
50. काम-आलिंगन के बिना ऐसे मिलन का स्मरण करके भी रूपांतरण होगा।
51. बहुत समय के बाद किसी मित्र से मिलने पर जो हर्ष होता है, उस हर्ष में लीन होओ।
52. भोजन करते हुए या पानी पीते हुए भोजन या पानी का स्वाद ही बन जाओ, और उससे भर जाओ।

5

सिगमंड फ्रायड ने कहीं कहा है कि मनुष्य मन के तल पर रुग्ण, बीमार जन्म लेता है। यह आधा ही सत्य है। मनुष्य रुग्ण नहीं पैदा होता, वह एक रुग्ण मनुष्यता में पैदा होता है। उसके चारों ओर का समाज देर-अबेर प्रत्येक मनुष्य को रुग्ण बना देता है। मनुष्य जन्म से सहज, सामान्य और प्रामाणिक होता है। लेकिन ज्यों ही वह नवजात शिशु समाज का अंग बनता है, उसकी रुग्णता आरंभ हो जाती है।

हम जैसे हैं, रुग्ण हैं। यह रुग्णता विभाजन से पैदा होती है—गहन विभाजन से। तुम एक नहीं हो, तुम दो हो, या अनेक भी हो। यह बात गहराई से समझने जैसी है, तभी हम तंत्र में गति कर सकते हैं। तुम्हारे भाव का केंद्र और विचार का केंद्र टूट गए हैं, दो भिन्न चीजें हो गए हैं। यही बुनियादी रोग है। तुम्हारे भाव का जीवन और विचार का जीवन अलग-अलग हो गए हैं। और तुमने अपने विचार के साथ तादात्म्य कर लिया है, भाव से तुम टूट गए हो।

और भाव विचार से ज्यादा असली है, ज्यादा यथार्थ है। भाव विचार से ज्यादा स्वाभाविक है। तुम अपने साथ भावपूर्ण हृदय लेकर आए थे। और विचार तो सिखाया गया है, संस्कारजन्य है। विचार तुम्हें समाज से मिला है। लेकिन तुम्हारा भाव दमन का शिकार हो गया है। तुम जब कहते हो कि यह मेरा भाव है तो दरअसल तुम विचार कर रहे हो कि यह मेरा भाव है। भाव मर गया है। और ऐसा कई कारणों से हुआ है।

जब कोई बच्चा जन्म लेता है तो वह एक भाव-प्रवण प्राणी है, वह चीजों को महसूस करता है। वह अभी विचार करने वाला प्राणी नहीं हुआ है। वह सहज और स्वाभाविक है, वैसे ही जैसे प्रकृति की हर चीज, चाहे पेड़ हो या पशु, सहज और स्वाभाविक होती है। लेकिन हम उसे ढांचे में ढालने लगते हैं, संस्कारित करने लगते हैं। उसे अपने भावों को दबाना पड़ता है, क्योंकि भावों को दबाए बिना वह सदा कठिनाई में होगा। जब वह रोना चाहता है तो वह नहीं रो सकता, क्योंकि उसके मां-बाप को रोना पसंद नहीं है। रोने पर उसकी निंदा होगी, उसे प्रशंसा और प्रेम नहीं मिलेंगे। बच्चा जैसा है वैसा स्वीकृत नहीं है, उसे व्यवहार सीखना होगा।

उसे एक विशेष आदर्श जैसा और विशेष ढंग का व्यवहार सीखना होगा तो ही उसे प्रेम मिलेगा। जैसा वह है वैसा ही रहने पर उसे प्रेम नहीं मिल सकता। प्रेम पाने के लिए उसे कुछ नियमों का पालन करना होगा।

और वे नियम ऊपर से लादे जाते हैं, वे सहज-स्वाभाविक नहीं हैं। फलतः तुम्हारा सहज-स्वाभाविक जीवन दमित हो जाता है और अस्वाभाविक-अयथार्थ जीवन ऊपर से ओढ़ लिया जाता है। यही अयथार्थ, यही नकली तुम्हारा मन है। और एक क्षण आता है कि यह विभाजन, यह बंटाव इतना बड़ा हो जाता है कि उसे जोड़ने का कोई उपाय नहीं रह जाता, तुम बिलकुल भूल जाते हो कि तुम्हारा सच्चा स्वभाव क्या था—या है। तुम जो झूठा चेहरा ओढ़ लेते हो वही हो जाते हो और मौलिक चेहरा खो जाता है। और तुम मौलिक को महसूस करने से भी डरते हो, क्योंकि जिस क्षण तुम उसे महसूस करोगे, पूरा समाज तुम्हारे विरोध में हो जाएगा। इसलिए तुम खुद भी अपने सच्चे स्वभाव के विरोध में हो जाते हो।

और इससे चित्त की बहुत रुग्ण अवस्था पैदा होती है। तब तुम्हें पता नहीं रहता कि तुम क्या चाहते हो, तब तुम्हें मालूम नहीं रहता कि तुम्हारी असली, प्रामाणिक जरूरत क्या है। और तब तुम अप्रामाणिक जरूरतों के पीछे भागते हो। क्योंकि भावुक हृदय ही तुम्हें तुम्हारी प्रामाणिक जरूरतों का दिशा-बोध दे सकता है। जब प्रामाणिक जरूरतें दबा दी जाती हैं तो तुम उनकी जगह झूठी जरूरतें पैदा कर लेते हो। उदाहरण के लिए, तुम ज्यादा भोजन लेना शुरू कर दे सकते हो, तुम खाते चले जा सकते हो और तुम्हें कभी नहीं लगेगा कि तृप्ति हुई। यह दरअसल प्रेम की जरूरत है, भोजन की जरूरत यह नहीं है। लेकिन भोजन और प्रेम आपस में गहन रूप से जुड़े हैं। इसलिए जब प्रेम की मांग पूरी नहीं होती है या दमित हो जाती है तो उसकी जगह भोजन की झूठी जरूरत पैदा हो जाती है और तुम ज्यादा खाने लगते हो। और क्योंकि जरूरत झूठी है, इसलिए वह कभी पूरी नहीं हो सकती।

और हम झूठी जरूरतों के साथ जीते हैं। यही कारण है कि कभी तृप्ति नहीं मिलती है। तुम प्रेम पाना चाहते हो। वह बुनियादी जरूरत है, वह स्वाभाविक जरूरत है। लेकिन इस जरूरत को गलत आयाम में गतिमान किया जा सकता है। उदाहरण के लिए, प्रेम की इस जरूरत को झूठा रूप मिल जाएगा, अगर तुम लोगों का ध्यान अपनी ओर आकर्षित करने लगे। अगर तुम चाहते हो कि दूसरे तुम पर ध्यान दें तो तुम राजनेता बन जा सकते हो। तब बड़ी भीड़ तुम पर ध्यान देने लगेगी। लेकिन तुम्हारी असली, बुनियादी जरूरत प्रेम पाने की है। इसलिए अगर सारा संसार भी तुम्हें ध्यान देने लगे तो भी यह बुनियादी जरूरत तृप्त नहीं होगी। वह जरूरत तो एक व्यक्ति भी पूरी कर सकता है, यदि वह तुम्हें सचमुच प्रेम करे, यदि वह प्रेम के कारण तुम पर ध्यान दे।

जब तुम किसी को प्रेम करते हो तो तुम उस पर ध्यान देते हो। प्रेम और ध्यान में गहरा तालमेल है। लेकिन अगर तुम प्रेम की मांग को दमित कर देते हो तो वह एक झूठी मांग का रूप ले लेती है। तब तुम दूसरों का ध्यान अपनी ओर आकर्षित करने लगते हो। वह तुम्हें मिल भी जाए तो भी तृप्ति नहीं होगी, क्योंकि मांग झूठी है, स्वाभाविक और बुनियादी मांग के साथ उसका तालमेल नहीं रहा। व्यक्तित्व का यह विभाजन ही रोग है।

तंत्र बहुत क्रांतिकारी धारणा है—सबसे पुरानी और सबसे नयी। तंत्र सबसे पुरानी

परंपराओं में एक है और साथ ही वह गैर-परंपरावादी भी है, परंपरा-विरोधी भी है। क्योंकि तंत्र कहता है कि जब तक तुम अखंड, पूर्ण और एक नहीं हो, तुम पूरे जीवन से चूक रहे हो। तुम्हें विभाजित, खंडित अवस्था में नहीं रहना है, तुम्हें अखंड होना है।

इस अखंड होने के लिए क्या करना है? तुम सोच-विचार कर सकते हो, लेकिन उससे कुछ नहीं होगा। सोच-विचार तो विभाजन की विधि है। विचार विश्लेषण है, वह बांटता है, तोड़ता है। भाव जोड़ता है, संश्लिष्ट करता है; भाव चीजों को एक करता है। तुम चिंतन, अध्ययन, मनन करते रह सकते हो, लेकिन उससे कुछ नहीं होगा। जब तक भाव के केंद्र पर नहीं लौटते, कुछ होने वाला नहीं है।

लेकिन वह बहुत कठिन काम है। क्योंकि जब हम भाव के केंद्र के बारे में विचार करते हैं तो भी बस विचार ही करते हैं। जब तुम किसी को कहते हो कि मैं तुम्हें प्रेम करता हूं तो ध्यान रहे, यह तुम्हारा विचार है या भाव है?

अगर वह विचार ही है तो तुम कुछ चूक रहे हो। भाव अखंड होता है, उसमें तुम्हारा शरीर, तुम्हारा मन, तुम्हारा सब कुछ संलग्न रहता है। विचार में सिर्फ तुम्हारी बुद्धि संलग्न होती है, वह भी समग्रता से नहीं, बस आंशिक रूप से। वह एक भागता हुआ विचार हो सकता है, अगले क्षण वह विलीन हो सकता है। तुम्हारा एक खंड ही इसमें भाग लेता है और उसी से जीवन में बहुत दुख पैदा होता है। क्योंकि आंशिक विचार से तुम ऐसे वादे करते हो जिन्हें पूरा नहीं किया जा सकता। तुम किसी को कह सकते हो कि मैं तुम्हें प्रेम करता हूं और मैं तुम्हें सदा प्रेम करूंगा। यद्यपि वादे का यह जो दूसरा हिस्सा है वह कभी पूरा नहीं होगा, क्योंकि आंशिक विचार ने यह वादा किया है। इसमें तुम्हारा समूचा अस्तित्व संलग्न नहीं हुआ है। और कल तुम क्या करोगे—जब यह खंड विदा हो जाएगा और उसके साथ विचार भी? अब यह वादा बंधन बन जाने वाला है।

सार्त्र ने कहीं कहा है कि हरेक वादा झूठा होने को बाध्य है। तुम पूरे नहीं हो, इसलिए तुम्हारे वादे की कीमत नहीं है। एक खंड वादा करता है। लेकिन जब वह खंड सिंहासन से उतर जाएगा और दूसरा उसकी जगह लेगा तो तुम क्या करोगे? तब कौन वादा पूरा करेगा? उससे ही पाखंड का जन्म होता है। क्योंकि जब तुम वादा पूरा करने का प्रयत्न करते हो, जब तुम उसे पूरा करने का ढोंग करते हो, तब सब कुछ झूठा हो जाता है।

तंत्र कहता है: अपने भीतर भाव के केंद्र पर उतर आओ। यह उतरना कैसे हो? इसके लिए क्या किया जाए? अब मैं सूत्रों में प्रवेश करता हूं। ये सूत्र, इनमें से प्रत्येक सूत्र तुम्हें अखंड बनाने का प्रयत्न है।

पहला सूत्र:

काम-आलिंगन के आरंभ में उसकी आरंभिक अग्नि पर अवधान दो, और ऐसा करते हुए अंत में उसके अंगारे से बचो।

कई कारणों से काम-कृत्य गहन परितृप्ति बन सकता है और वह तुम्हें तुम्हारी अखंडता पर, स्वाभाविक और प्रामाणिक जीवन पर वापस पहुंचा सकता है। उन कारणों को समझना होगा।

एक कारण यह है कि काम-कृत्य समग्र कृत्य है। इसमें तुम अपने मन से बिलकुल अलग हो जाते हो, छूट जाते हो। यही कारण है कि कामवासना से इतना डर लगता है। तुम्हारा तादात्म्य मन के साथ है और काम अ-मन का कृत्य है। उस कृत्य में उतरते ही तुम बुद्धि-विहीन हो जाते हो, उसमें बुद्धि काम नहीं करती। उसमें तर्क की जगह नहीं है, कोई मानसिक प्रक्रिया नहीं है। और अगर मानसिक प्रक्रिया चलती है तो काम-कृत्य सच्चा और प्रामाणिक नहीं हो सकता। तब आर्गाज्म संभव नहीं है, गहन परितृप्ति संभव नहीं है। तब काम-कृत्य उथला-उथला हो जाता है, मानसिक कृत्य हो जाता है। ऐसा ही हो गया है।

सारी दुनिया में कामवासना की इतनी दौड़ है, काम की इतनी खोज है, उसका कारण यह नहीं है कि दुनिया ज्यादा कामुक हो गई है। उसका कारण इतना ही है कि तुम काम-कृत्य को उसकी समग्रता में नहीं भोग पाते हो। इसीलिए कामवासना की इतनी दौड़ है। यह दौड़ बताती है कि सच्चा काम खो गया है और उसकी जगह नकली काम हावी है। सारा आधुनिक चित्त कामुक हो गया है, क्योंकि काम-कृत्य ही खो गया है। काम-कृत्य भी मानसिक कृत्य बन गया है। काम मन में चलता रहता है और तुम उसके संबंध में सोचते रहते हो।

मेरे पास अनेक लोग आते हैं और कहते हैं कि हम काम के संबंध में सोच-विचार करते हैं, पढ़ते हैं, चित्र देखते हैं, अश्लील चित्र देखते हैं। वही उनका कामानंद है, सेक्स का शिखर अनुभव है। लेकिन जब काम का असली क्षण आता है तो उन्हें अचानक पता चलता है कि उसमें उनकी रुचि नहीं है। यहां तक कि वे उसमें अपने को नपुंसक अनुभव करते हैं। सोच-विचार के क्षण में ही उन्हें काम-ऊर्जा का अहसास होता है, लेकिन जब वे कृत्य में उतरना चाहते हैं तो उन्हें पता चलता है कि उसके लिए उनके पास ऊर्जा ही नहीं है। तब उन्हें कामवासना का भी पता नहीं चलता, उन्हें लगता है कि उनका शरीर मुर्दा हो गया है।

उन्हें क्या हो रहा है? यही हो रहा है कि उनका काम-कृत्य भी मानसिक हो गया है। वे इसके बारे में सिर्फ सोच सकते हैं, वे कुछ कर नहीं सकते। क्योंकि कृत्य में तो पूरे का पूरा जाना पड़ता है। और जब भी पूरे होकर कृत्य में संलग्न होने की बात उठती है, मन बेचैन हो जाता है। क्योंकि तब मन मालिक नहीं रह सकता, तब मन नियंत्रण नहीं कर सकता।

तंत्र काम-कृत्य को, संभोग को तुम्हें अखंड बनाने के लिए उपयोग में लाता है। लेकिन तब तुम्हें इसमें बहुत ध्यानपूर्वक उतरना होगा। तब तुम्हें काम के संबंध में वह सब भूल जाना होगा जो तुमने सुना है, पढ़ा है; जो समाज ने, संगठित धर्मों ने, धर्मगुरुओं ने तुम्हें सिखाया है। सब कुछ भूल जाओ और समग्रता से इसमें उतरो। भूल जाओ कि नियंत्रण करना है। नियंत्रण ही बाधा है। उचित है कि तुम उस पर नियंत्रण करने की बजाय अपने को उसके हाथों में छोड़ दो, तुम ही उसके बस में हो रहो। संभोग में पागल की तरह जाओ। अ-मन की अवस्था पागलपन जैसी मालूम पड़ती है। शरीर ही बन जाओ, पशु ही बन जाओ। क्योंकि पशु पूर्ण है।

जैसा आधुनिक मनुष्य है, उसे पूर्ण बनाने की सबसे सरल संभावना केवल काम में है, सेक्स में है। क्योंकि काम तुम्हारे भीतर गहनतम जैविक केंद्र है। तुम उससे ही उत्पन्न हुए हो। तुम्हारी प्रत्येक कोशिका काम-कोशिका है। तुम्हारा समस्त शरीर काम-ऊर्जा की घटना है।

यह पहला सूत्र कहता है: 'काम-आलिंगन के आरंभ में उसकी आरंभिक अग्नि पर

अवधान दो, और ऐसा करते हुए अंत में उसके अंगारे से बचो।'

इसी में सारा फर्क, सारा भेद निहित है। तुम्हारे लिए काम-कृत्य, संभोग महज राहत का, अपने को तनाव-मुक्त करने का उपाय है। इसलिए जब तुम संभोग में उतरते हो तो तुम्हें बहुत जल्दी रहती है, तुम किसी तरह छुटकारा चाहते हो। छुटकारा यह कि जो ऊर्जा का अतिरेक तुम्हें पीड़ित किए है वह निकल जाए और तुम चैन अनुभव करो। लेकिन यह चैन एक तरह की दुर्बलता है। ऊर्जा की अधिकता तनाव पैदा करती है, उत्तेजना पैदा करती है और तुम्हें लगता है कि उसे फेंकना जरूरी है। जब वह ऊर्जा बह जाती है तो तुम कमजोरी अनुभव करते हो और तुम उसी कमजोरी को विश्राम मान लेते हो। क्योंकि ऊर्जा की बाढ़ समाप्त हो गई, उत्तेजना जाती रही, इसीलिए तुम्हें विश्राम मालूम पड़ता है।

लेकिन यह विश्राम नकारात्मक विश्राम है। अगर सिर्फ ऊर्जा को बाहर फेंककर तुम विश्राम प्राप्त करते हो तो यह विश्राम बहुत महंगा है। और तो भी वह सिर्फ शारीरिक विश्राम होगा। वह गहरा नहीं होगा, वह आध्यात्मिक नहीं होगा।

यह पहला सूत्र कहता है कि जल्दबाजी मत करो और अंत के लिए उतावले मत बनो, आरंभ में बने रहो। काम-कृत्य के दो भाग हैं: आरंभ और अंत। तुम आरंभ के साथ रहो। आरंभ का भाग ज्यादा विश्रामपूर्ण है, ज्यादा उष्ण है। लेकिन अंत पर पहुंचने की जल्दी मत करो। अंत को बिलकुल भूल जाओ।।

'काम-आलिंगन के आरंभ में उसकी आरंभिक अग्नि पर अवधान दो।'

जब तुम ऊर्जा से भरे हो तो उससे छुटकारे की मत सोचो, इस ऊर्जा की बाढ़ के साथ रहो। वीर्य-स्खलन की फिक्र मत करो, उसे पूरी तरह भूल जाओ। इस प्रेमपूर्ण आरंभ में पूरी तरह उपस्थित होकर स्थिर रहो। अपनी प्रेमिका या प्रेमी के साथ ऐसे हो रहो मानो दोनों एक हो गए हों। एक वर्तुल बना लो।

तीन संभावनाएं हैं। दो प्रेमी प्रेम में तीन आकार, ज्यामितिक आकार निर्मित कर सकते हैं। शायद तुमने इसके बारे में पढ़ा भी होगा, या कोई पुरानी कीमिया की तस्वीर भी देखी हो, जिसमें एक स्त्री और एक पुरुष तीन ज्यामितिक आकारों में नग्न खड़े हैं। एक आकार चतुर्भुज है, दूसरा त्रिभुज है और तीसरा वर्तुल है। यह एल्केमी और तंत्र की भाषा में काम-क्रोध का बहुत पुराना विश्लेषण है।

आमतौर से जब तुम संभोग में होते हो तो वहां दो नहीं, चार व्यक्ति होते हैं। वही है चतुर्भुज। उसमें चार कोने हैं, क्योंकि तुम दो हिस्सों में बंटे हो। तुम्हारा एक हिस्सा विचार करने वाला है और दूसरा हिस्सा भावुक हिस्सा है। वैसे ही तुम्हारा साथी भी दो हिस्सों में बंटा है। तुम चार व्यक्ति हो। दो नहीं, चार व्यक्ति प्रेम कर रहे हैं। यह एक भीड़ है और इसमें वस्तुतः प्रगाढ़ मिलन की संभावना नहीं है। इस मिलन के चार कोने हैं और मिलन झूठा है। वह मिलन जैसा मालूम पड़ता है, लेकिन मिलन है नहीं। इसमें प्रगाढ़ मिलन की कोई संभावना नहीं है। क्योंकि तुम्हारा गहन भाग दबा पड़ा है, तुम्हारे साथी का गहन भाग दबा पड़ा है। केवल दो सिर, दो विचार की प्रक्रियाएं मिल रही हैं, भाव की प्रक्रियाएं अनुपस्थित हैं। वे दबी-छिपी हैं।

दूसरी कोटि का मिलन त्रिभुज जैसा होगा। तुम दो हो, आधार के दो कोने और किसी

क्षण अचानक तुम दोनों एक हो जाते हो—त्रिभुज के तीसरे कोने की तरह। किसी आकस्मिक क्षण में तुम्हारी दुई मिट जाती है और तुम एक हो जाते हो। यह मिलन चतुर्भुजी मिलन से बेहतर है, क्योंकि कम से कम एक क्षण के लिए ही सही, एकता सध जाती है। वह एकता तुम्हें स्वास्थ्य देती है, शक्ति देती है। तुम फिर युवा और जीवंत अनुभव करते हो।

लेकिन तीसरा मिलन सर्वश्रेष्ठ है। और यह तांत्रिक मिलन है। इसमें तुम एक वर्तुल हो जाते हो, इसमें कोने नहीं रहते। और यह मिलन क्षणभर के लिए नहीं है, वस्तुतः यह मिलन समयातीत है। उसमें समय नहीं रहता। और यह मिलन तभी संभव है जब तुम स्खलन नहीं खोजते हो। अगर स्खलन खोजते हो तो फिर यह त्रिभुजी मिलन हो जाएगा। क्योंकि स्खलन होते ही संपर्क का बिंदु, मिलन का बिंदु खो जाता है।

आरंभ के साथ रहो, अंत की फिक्र मत करो। इस आरंभ में कैसे रहा जाए? इस संबंध में बहुत सी बातें खयाल में लेने जैसी हैं। पहली बात कि काम-कृत्य को कहीं जाने का, पहुंचने का माध्यम मत बनाओ। संभोग को साधन की तरह मत लो, वह अपने आप में साध्य है। उसका कहीं लक्ष्य नहीं है, वह साधन नहीं है। और दूसरी बात कि भविष्य की चिंता मत लो, वर्तमान में रहो। अगर तुम संभोग के आरंभिक भाग में वर्तमान में नहीं रह सकते, तब तुम कभी वर्तमान में नहीं रह सकते, क्योंकि काम-कृत्य की प्रकृति ही ऐसी हे कि तुम वर्तमान में फेंक दिए जाते हो।

तो वर्तमान में रहो। दो शरीरों के मिलन का सुख लो, दो आत्माओं के मिलन का आनंद लो। और एक-दूसरे में खो जाओ, एक हो जाओ। भूल जाओ कि तुम्हें कहीं जाना है। वर्तमान क्षण में जीओ, जहां से कहीं जाना नहीं है। और एक-दूसरे में मिलकर एक हो जाओ। उष्णता और प्रेम वह स्थिति बनाते हैं जिसमें दो व्यक्ति एक-दूसरे में पिघलकर खो जाते हैं। यही कारण है कि यदि प्रेम न हो तो संभोग जल्दबाजी का काम हो जाता है। तब तुम दूसरे का उपयोग कर रहे हो, दूसरे में डूब नहीं रहे हो। प्रेम के साथ तुम दूसरे में डूब सकते हो।

आरंभ का यह एक-दूसरे में डूब जाना अनेक अंतर्दृष्टियां प्रदान करता है। अगर तुम संभोग को समाप्त करने की जल्दी नहीं करते हो तो काम-कृत्य धीरे-धीरे कामुक कम और आध्यात्मिक ज्यादा हो जाता है। जननेंद्रियां भी एक-दूसरे में विलीन हो जाती हैं। तब दो शरीर-ऊर्जाओं के बीच एक गहन मौन मिलन घटित होता है। और तब तुम घंटों साथ रह सकते हो। यह सहवास समय के साथ-साथ गहराता जाता है। लेकिन सोच-विचार मत करो, वर्तमान क्षण में प्रगाढ़ रूप से विलीन होकर रहो। वही समाधि बन जाती है। और अगर तुम इसे जान सके, इसे अनुभव कर सके, इसे उपलब्ध कर सके तो तुम्हारा कामुक चित्त अकामुक हो जाएगा। एक गहन ब्रह्मचर्य उपलब्ध हो सकता है। काम से ब्रह्मचर्य उपलब्ध हो सकता है!

यह वक्तव्य विरोधाभासी मालूम पड़ता है कि काम से ब्रह्मचर्य उपलब्ध हो सकता है। क्योंकि हम सदा से सोचते आए हैं कि अगर किसी को ब्रह्मचारी रहना है तो उसे विपरीत यौन के सदस्य को नहीं देखना चाहिए, उससे नहीं मिलना चाहिए। उससे सर्वथा बचना चाहिए, दूर रहना चाहिए। लेकिन उस हालत में एक गलत किस्म का ब्रह्मचर्य घटित होता है। तब चित्त विपरीत यौन के संबंध में सोचने में संलग्न हो जाता है। जितना ही तुम दूसरे से बचोगे उतना ही ज्यादा उसके संबंध में सोचने को विवश हो जाओगे। क्योंकि काम मनुष्य की बुनियादी

▲

आवश्यकता है, गहरी आवश्यकता है।

तंत्र कहता है कि बचने की, भागने की चेष्टा मत करो, बचना संभव ही नहीं है। अच्छा है कि प्रकृति को ही उसके अतिक्रमण का साधन बना लो। लड़ो मत, प्रकृति के अतिक्रमण के लिए प्रकृति को स्वीकार करो।

अगर तुम्हारी प्रेमिका या तुम्हारे प्रेमी के साथ इस मिलन को अंत की फिक्र किए बिना लंबाया जा सके तो तुम आरंभ में ही बने रह सकते हो। उत्तेजना ऊर्जा है और शिखर पर जाकर तुम उसे खो सकते हो। ऊर्जा के खोने से गिरावट आती है, कमजोरी पैदा होती है। तुम उसे विश्राम समझ सकते हो, लेकिन वह ऊर्जा का अभाव है।

तंत्र तुम्हें उच्चतर विश्राम का आयाम प्रदान करता है। प्रेमी और प्रेमिका एक-दूसरे में विलीन होकर एक-दूसरे को शक्ति प्रदान करते हैं। तब वे एक वर्तुल बन जाते हैं और उनकी ऊर्जा वर्तुल में घूमने लगती है। वे दोनों एक-दूसरे को जीवन-ऊर्जा दे रहे हैं, नवजीवन दे रहे हैं। इसमें ऊर्जा का ह्रास नहीं होता है, वरन उसकी वृद्धि होती है। क्योंकि विपरीत यौन के साथ संपर्क के द्वारा तुम्हारा प्रत्येक कोश ऊर्जा से भर जाता है, उसे चुनौती मिलती है।

और अगर तुम उस ऊर्जा के प्रवाह में, उसे शिखर तक पहुंचाए बिना, विलीन हो सके; अगर तुम काम-आलिंगन के आरंभ के साथ, उत्तप्त हुए बिना सिर्फ उसकी उष्णता के साथ रह सके तो वे दोनों उष्णताएं मिल जाएंगी और तुम काम-कृत्य को बहुत लंबे समय तक जारी रख सकते हो।

यदि स्खलन न हो, यदि ऊर्जा को फेंका न जाए तो संभोग ध्यान बन जाता है और तुम पूर्ण हो जाते हो। इसके द्वारा तुम्हारा विभाजित व्यक्तित्व अविभाजित हो जाता है, अखंड हो जाता है। चित्त की सब रुग्णता इस विभाजन से पैदा होती है। और जब तुम जुड़ते हो, अखंड होते हो तो तुम फिर बच्चे हो जाते हो, निर्दोष हो जाते हो।

और एक बार अगर तुम इस निर्दोषिता को उपलब्ध हो गए तो फिर तुम अपने समाज में उसकी जरूरत के अनुसार जैसा चाहो वैसा व्यवहार कर सकते हो। लेकिन तब तुम्हारा यह व्यवहार महज अभिनय होगा, तुम उससे ग्रस्त नहीं होगे। तब यह एक जरूरत है जिसे तुम पूरा कर रहे हो। तब तुम उसमें नहीं हो, तुम मात्र अभिनय कर रहे हो। तुम्हें झूठा चेहरा लगाना होगा, क्योंकि तुम एक झूठे संसार में रहते हो। अन्यथा संसार तुम्हें कुचल देगा, मार डालेगा।

हमने अनेक सच्चे चेहरों को मारा है। हमने जीसस को सूली पर चढ़ा दिया, क्योंकि वे सच्चे मनुष्य की तरह व्यवहार करने लगे थे। झूठा समाज इसे बर्दाश्त नहीं कर सकता है। हमने सुकरात को जहर दे दिया, क्योंकि वे भी सच्चे मनुष्य की तरह पेश आने लगे थे। समाज जैसा चाहे वैसा करो, अपने लिए और दूसरों के लिए व्यर्थ की झंझट मत पैदा करो। लेकिन जब तुमने अपने सच्चे स्वरूप को जान लिया, उसकी अखंडता को पहचान लिया तो यह झूठा समाज तुम्हें फिर रुग्ण नहीं कर सकता, विक्षिप्त नहीं कर सकता।

'काम-आलिंगन के आरंभ में उसकी आरंभिक अग्नि पर अवधान दो, और ऐसा करते हुए अंत में उसके अंगारे से बचो।'

अगर स्खलन होता है तो ऊर्जा नष्ट होती है और तब अग्नि नहीं बचती। तुम कुछ प्राप्त किए बिना ऊर्जा खो देते हो।

▲

दूसरा सूत्र :

ऐसे काम-आलिंगन में जब तुम्हारी इंद्रियां पत्तों की भांति कांपने लगें, उस कंपन में प्रवेश करो।

जब प्रेमिका या प्रेमी के साथ ऐसे आलिंगन में, ऐसे प्रगाढ़ मिलन में तुम्हारी इंद्रियां पत्तों की तरह कांपने लगें, उस कंपन में प्रवेश कर जाओ।

तुम भयभीत हो गए हो, संभोग में भी तुम अपने शरीर को अधिक हलचल नहीं करने देते हो। क्योंकि अगर शरीर को भरपूर गति करने दिया जाए तो पूरा शरीर इसमें संलग्न हो जाता है तुम उसे तभी नियंत्रण में रख सकते हो जब वह काम-केंद्र तक ही सीमित रहता है। तब उस पर मन का नियंत्रण रह सकता है। लेकिन जब वह पूरे शरीर में फैल जाता है तब तुम उसे नियंत्रण में नहीं रख सकते। तुम कांपने लगोगे, चीखने-चिल्लाने लगोगे। और जब शरीर मालिक हो जाता है तो फिर तुम्हारा नियंत्रण नहीं रहता।

हम शारीरिक गति का दमन करते हैं। विशेषकर हम स्त्रियों को दुनियाभर में शारीरिक हलन-चलन करने से रोकते हैं। वे संभोग में लाश की तरह पड़ी रहती हैं। तुम उनके साथ जरूर कुछ कर रहे हो, लेकिन वे तुम्हारे साथ कुछ भी नहीं करतीं, वे निष्क्रिय सहभागी बनी रहती हैं। ऐसा क्यों होता है? क्यों सारी दुनिया में पुरुष स्त्रियों को इस तरह दबाते हैं?

कारण भय है। क्योंकि एक बार अगर स्त्री का शरीर पूरी तरह कामाविष्ट हो जाए तो पुरुष के लिए उसे संतुष्ट करना बहुत कठिन हो जाएगा। क्योंकि स्त्री एक श्रृंखला में, एक के बाद एक अनेक बार आर्गाज्म के शिखर को उपलब्ध हो सकती है, पुरुष वैसा नहीं हो सकता। पुरुष एक बार ही आर्गाज्म के शिखर-अनुभव को छू सकता है, स्त्री अनेक बार छू सकती है। स्त्रियों के ऐसे अनुभव के अनेक विवरण मिले हैं। कोई भी स्त्री एक श्रृंखला में तीन-तीन बार शिखर-अनुभव को प्राप्त हो सकती है, लेकिन पुरुष एक बार ही हो सकता है। सच तो यह है कि पुरुष के शिखर-अनुभव से स्त्री और-और शिखर-अनुभव के लिए उत्तेजित होती है तैयार होती है। तब बात कठिन हो जाती है। फिर क्या किया जाए?

स्त्री को तुरंत दूसरे पुरुष की जरूरत पड़ जाती है। और सामूहिक कामाचार निषिद्ध है। सारी दुनिया में हमने एक विवाह वाले समाज बना रखे हैं। हमें लगता है कि स्त्री का दमन करना बेहतर है। फलतः अस्सी से नब्बे प्रतिशत स्त्रियां शिखर-अनुभव से वंचित रह जाती हैं। वे बच्चों को जन्म दे सकती हैं, यह और बात है। वे पुरुषों को तृप्त कर सकती हैं, यह भी और बात है। लेकिन वे स्वयं कभी तृप्त नहीं हो पातीं। अगर सारी दुनिया की स्त्रियां इतनी कड़वाहट से भरी हैं, दुखी हैं, चिड़चिड़ी हैं, हताश अनुभव करती हैं तो यह स्वाभाविक है। उनकी बुनियादी जरूरत पूरी नहीं होती।

कांपना अदभुत है। क्योंकि जब संभोग करते हुए तुम कांपते हो तो तुम्हारी ऊर्जा पूरे शरीर में प्रवाहित होने लगती है, सारे शरीर में तरंगायित होने लगती है। तब तुम्हारे शरीर का अणु-अणु संभोग में संलग्न हो जाता है। प्रत्येक अणु जीवंत हो उठता है, क्योंकि तुम्हारा प्रत्येक अणु काम-अणु है।

तुम्हारे जन्म में दो काम-अणु आपस में मिले और तुम्हारा जीवन निर्मित हुआ, तुम्हारा शरीर बना। वे दो काम-अणु तुम्हारे शरीर में सर्वत्र छाए हैं। यद्यपि उनकी संख्या अनंत गुनी

हो गई है, लेकिन तुम्हारी बुनियादी इकाई काम-अणु ही है। जब तुम्हारा समूचा शरीर कांपता है तो प्रेमी-प्रेमिका के मिलन के साथ-साथ तुम्हारे शरीर के भीतर प्रत्येक पुरुष-अणु स्त्री-अणु से मिलता है। यह कंपन यही बताता है। यह पशुवत मालूम पड़ेगा। लेकिन मनुष्य पशु है और पशु होने में कुछ गलती नहीं है।

यह दूसरा सूत्र कहता है: 'ऐसे काम-आलिंगन में जब तुम्हारी इंद्रियां पत्तों की भांति कांपने लगें।'

मानो तूफान चल रहा है और वृक्ष कांप रहे हैं। उनकी जड़ें तक हिलने लगती हैं, पत्ता-पत्ता कांपने लगता है। यही हालत संभोग में होती है। कामवासना भारी तूफान है। तुम्हारे आर-पार एक भारी ऊर्जा प्रवाहित हो रही है। कंपो! तरंगायित होओ! अपने शरीर के अणु-अणु को नाचने दो। और इस नृत्य में दोनों के शरीरों को भाग लेना चाहिए। प्रेमिका को भी नृत्य में सम्मिलित करो। अणु-अणु को नाचने दो। तभी तुम दोनों का सच्चा मिलन होगा। और वह मिलन मानसिक नहीं होगा, वह जैविक ऊर्जा का मिलन होगा।

'उस कंपन में प्रवेश करो।'

और कांपते हुए उससे अलग-थलग मत रहो, दर्शक मत बने रहो। मन का स्वभाव दर्शक बने रहने का है। इसलिए अलग मत रहो, कंपन ही बन जाओ। सब कुछ भूल जाओ और कंपन ही कंपन हो रहो। ऐसा नहीं कि तुम्हारा शरीर ही कांपता है, तुम पूरे के पूरे कांपते हो, तुम्हारा पूरा अस्तित्व कांपता है। तुम खुद कंपन ही बन जाओ। तब दो शरीर और दो मन नहीं रह जाएंगे। आरंभ में दो कंपित ऊर्जाएं हैं और अंत में मात्र एक वर्तुल है। दो नहीं रहे।

इस वर्तुल में क्या घटित होगा? पहली बात कि तब तुम अस्तित्वगत सत्ता के अंश हो जाओगे। तुम एक सामाजिक चित्त नहीं रहोगे, अस्तित्वगत ऊर्जा बन जाओगे। तुम पूरी सृष्टि के अंग हो जाओगे। उस कंपन में तुम पूरे ब्रह्मांड के भाग बन जाओगे। वह क्षण महान सृजन का क्षण है। ठोस शरीरों की तरह तुम विलीन हो गए हो, तुम तरल होकर एक-दूसरे में प्रवाहित हो गए हो। मन खो गया, विभाजन मिट गया, तुम,एकता को प्राप्त हो गए।

यही अद्वैत है। और अगर तुम इस अद्वैत को अनुभव नहीं करते तो अद्वैत का सारा दर्शनशास्त्र व्यर्थ है। वह बस शब्द ही शब्द है। जब तुम इस अद्वैत अस्तित्वगत क्षण को जानोगे तो ही तुम्हें उपनिषद समझ में आएंगे। और तभी तुम संतों को समझ पाओगे कि जब वे जागतिक एकता की, अखंडता की बात करते हैं तो उनका क्या मतलब है। तब तुम जगत से भिन्न नहीं होगे, उससे अजनबी नहीं होगे। तब पूरा अस्तित्व तुम्हारा घर बन जाता है। और इस भाव के साथ कि पूरा अस्तित्व मेरा घर है सारी चिंताएं समाप्त हो जाती हैं, फिर कोई द्वंद्व न रहा, संघर्ष न रहा, संताप न रहा।

उसको ही लाओत्सु ताओ कहते हैं, शंकर अद्वैत कहते हैं। तब तुम उसके लिए कोई अपना शब्द भी दे सकते हो। लेकिन प्रगाढ़ प्रेम-आलिंगन में ही उसे सरलता से अनुभव किया जाता है। लेकिन जीवंत बनो, कांपो, कंपन ही बन जाओ।

तीसरा सूत्र:

काम-आलिंगन के बिना ऐसे मिलन का स्मरण करके भी रूपांतरण होगा।

▲

एक बार तुम इसे जान गए तो प्रेम-पात्र की, साथी की जरूरत भी नहीं है। तब तुम कृत्य का स्मरण कर उसमें प्रवेश कर सकते हो। लेकिन पहले भाव का होना जरूरी है। अगर भाव से परिचित हो तो साथी के बिना भी तुम कृत्य में प्रवेश कर सकते हो।

यह थोड़ा कठिन है, लेकिन यह होता है। और जब तक यह नहीं होता, तुम पराधीन रहते हो; एक पराधीनता निर्मित हो जाती है। और यह प्रवेश अनेक कारणों से घटित होता है। अगर तुमने उसका अनुभव किया हो, अगर तुमने उस क्षण को जाना हो जब तुम नहीं थे, सिर्फ तरंगायित ऊर्जा एक होकर साथी के साथ वर्तुल बना रही थी तो उस क्षण साथी भी नहीं रहता है, केवल तुम होते हो। वैसे ही उस क्षण तुम्हारे साथी के लिए तुम नहीं होते, वही होता है। वह एकता तुममें होती है, साथी नहीं रह जाता है। और यह भाव स्त्रियों के लिए सरल है, क्योंकि स्त्रियां आंख बंद करके ही संभोग में उतरती हैं।

इस विधि का प्रयोग करते समय आंख बंद रखना अच्छा है तो ही वर्तुल का आंतरिक भाव, एकता का आंतरिक भाव निर्मित हो सकता है। और फिर उसका स्मरण करो। आंख बंद कर लो और ऐसे लेट जाओ मानो तुम अपने साथी के साथ लेटे हो। स्मरण करो और भाव करो। तुम्हारा शरीर कांपने लगेगा, तरंगायित होने लगेगा। उसे होने दो। यह बिलकुल भूल जाओ कि दूसरा नहीं है। ऐसे गति करो जैसे कि दूसरा उपस्थित है। शुरू में कल्पना से ही काम लेना होगा। एक बार जान गए कि यह कल्पना नहीं, यथार्थ है; तब दूसरा मौजूद हैं।

ऐसे गति करो जैसे कि तुम वस्तुतः संभोग में उतर रहे हो, वह सब कुछ करो जो तुम अपने प्रेम-पात्र के साथ करते; चीखो, डोलो, कांपो। शीघ्र वर्तुल निर्मित हो जाएगा। और यह वर्तुल अदभुत है। शीघ्र ही तुम्हें अनुभव होगा कि वर्तुल बन गया, लेकिन अब यह वर्तुल स्त्री-पुरुष से नहीं बना है। अगर तुम पुरुष हो तो सारा ब्रह्मांड स्त्री बन गया है और अगर तुम स्त्री हो तो सारा ब्रह्मांड पुरुष बन गया है। अब तुम खुद अस्तित्व के साथ प्रगाढ़ मिलन में हो और उसके लिए दूसरा द्वार की तरह अब नहीं है।

दूसरा मात्र द्वार है। किसी स्त्री के साथ संभोग करते हुए तुम दरअसल अस्तित्व के साथ ही संभोग में होते हो। स्त्री मात्र द्वार है, पुरुष मात्र द्वार है। दूसरा संपूर्ण के लिए द्वार भर है। लेकिन तुम इतनी जल्दी में हो कि तुम्हें इसका अहसास नहीं होता। अगर तुम प्रगाढ़ मिलन में, सघन आलिंगन में घंटों रह सको तो दूसरा विस्मृत हो जाएगा, दूसरा समष्टि का विस्तार भर रह जाएगा।

अगर एक बार इस विधि को तुमने जान लिया तो अकेले भी तुम इसका प्रयोग कर सकते हो। और जब अकेले रहकर प्रयोग करोगे तो वह तुम्हें एक नयी स्वतंत्रता प्रदान करेगा, वह तुम्हें दूसरे से स्वतंत्र कर देगा। तब वस्तुतः समूचा अस्तित्व दूसरा हो जाता है, तुम्हारी प्रेमिका या तुम्हारा प्रेमी हो जाता है। और फिर तो इस विधि का प्रयोग निरंतर किया जा सकता है और तुम सतत अस्तित्व के साथ आलिंगन में, संवाद में रह सकते हो।

और तब तुम इस विधि का प्रयोग दूसरे आयामों में भी कर सकते हो। सुबह टहलते हुए इसका प्रयोग कर सकते हो। तब तुम हवा के साथ, उगते सूरज के साथ, चांद-तारों के साथ, पेड़-पौधों के साथ लयबद्ध हो सकते हो। रात में तारों को देखते हुए इस विधि का प्रयोग कर सकते हो। चांद को देखते हुए कर सकते हो। तुम पूरी सृष्टि के साथ काम-भोग में

▲

उतर सकते हो, अगर तुम्हें इसके घटित होने का राज पता चल जाए। लेकिन मनुष्यों के साथ प्रयोग आरंभ करना अच्छा रहेगा। कारण यह है कि मनुष्य तुम्हारे सबसे निकट हैं, वे तुम्हारे लिए जगत के निकटतम अंश हैं। लेकिन फिर उन्हें छोड़ा जा सकता है, उनके बिना भी चलेगा। तुम छलांग ले सकते हो और द्वार को बिलकुल भूल सकते हो।

'ऐसे मिलन का स्मरण करके भी रूपांतरण होगा।'

और तुम रूपांतरित हो जाओगे, तुम नए हो जाओगे।

तंत्र काम का उपयोग वाहन के रूप में करता है। वह ऊर्जा है, उसे वाहन या माध्यम बनाया जा सकता है। काम तुम्हें रूपांतरित कर सकता है। वह तुम्हें अतिक्रमण की अवस्था को, समाधि को उपलब्ध करा सकता है। लेकिन हम गलत ढंग से काम का उपयोग करते हैं। और गलत ढंग स्वाभाविक ढंग नहीं है। इस मामले में पशु भी हमसे बेहतर हैं, वे स्वाभाविक ढंग से काम का उपयोग करते हैं। हमारे ढंग बड़े विकृत हैं। काम पाप है, यह बात निरंतर प्रचार से मनुष्य के मन में इतनी गहरी बैठ गई है कि अवरोध बन गई है। उसके चलते तुम कभी अपने को काम में उतरने की पूरी छूट नहीं देते, तुम कभी उसमें उन्मुक्त भाव से नहीं प्रवेश करते। तुम्हारा एक अंश सदा अलग खड़े होकर उसकी निंदा करता रहता है।

और यह बात नयी पीढ़ी के लिए भी सच है। वे भला कहते हों कि हमारे लिए काम कोई समस्या नहीं रही, कि हम उससे दमित और ग्रस्त नहीं हैं, कि वह हमारे लिए टैबू नहीं रहा। लेकिन बात इतनी आसान नहीं है। तुम अपने अचेतन को इतनी आसानी से नहीं पोंछ सकते, वह सदियों-सदियों में निर्मित हुआ है। मनुष्य का पूरा अतीत तुम्हारे साथ है। हो सकता है कि तुम चेतन में काम की निंदा न करते होओ, तुम उसे पाप न भी कहो, लेकिन तुम्हारा अचेतन सतत उसकी निंदा में लगा है। तुम कभी समग्रता से काम-कृत्य में नहीं होते हो। सदा ही कुछ अंश बाहर रह जाता है। और वही बाहर रह गया अंश विभाजन पैदा करता है, टूट पैदा करता है।

तंत्र कहता है, काम में समग्रता से प्रवेश करो। अपने को, अपनी सभ्यता को, अपने धर्म को, संस्कृति और आदर्श को भूल जाओ। काम-कृत्य में उतरो, पूर्णता से, समग्रता से उतरो। अपने किसी भी अंश को बाहर मत छोड़ो। सर्वथा निर्विचार हो जाओ। तभी यह बोध होता है कि तुम किसी के साथ एक हो गए हो। और तब एक होने के इस भाव को साथी से पृथक किया जा सकता है और उसे पूरे ब्रह्मांड के साथ जोड़ा जा सकता है। तब तुम वृक्ष के साथ, चांद-तारों के साथ, किसी भी चीज के साथ काम-क्रीड़ा में उतर सकते हो। एक बार तुम्हें वर्तुल बनाना आ जाए तो किसी भी चीज के साथ यह वर्तुल निर्मित किया जा सकता है—किसी भी चीज के बिना भी बनाया जा सकता है।

तुम अपने भीतर भी इस वर्तुल का निर्माण कर सकते हो; क्योंकि मनुष्य दोनों है, पुरुष और स्त्री दोनों है। पुरुष के भीतर स्त्री है और स्त्री के भीतर पुरुष है। तुम दोनों हो, क्योंकि दोनों ने मिलकर तुम्हें निर्मित किया है। तुम्हारा निर्माण स्त्री और पुरुष दोनों के द्वारा हुआ है, इसलिए तुम्हारा आधा अंश सदा दूसरा है। तुम बाहरी सब कुछ को पूरी तरह भूल जाओ और वह वर्तुल तुम्हारे भीतर निर्मित हो जाएगा।

इस वर्तुल के बनते ही तुम्हारा पुरुष तुम्हारी स्त्री के आलिंगन में होता है और तुम्हारी

भीतर की स्त्री भीतर के पुरुष के आलिंगन में होती है। और तब तुम अपने साथ ही आंतरिक काम-आलिंगन में होते हो। और इस वर्तुल के बनने पर ही सच्चा ब्रह्मचर्य उपलब्ध होता है। अन्यथा सब ब्रह्मचर्य विकृति है और उससे समस्याएं ही समस्याएं जन्म लेती हैं। और जब यह वर्तुल तुम्हारे भीतर निर्मित होता है तो तुम मुक्त हो जाते हो।

तंत्र यही कहता है: कामवासना गहनतम बंधन है, लेकिन उसका उपयोग परम मुक्ति के लिए वाहन के रूप में किया जा सकता है। तंत्र कहता है: जहर को औषधि बनाया जा सकता है, लेकिन उसके लिए विवेक जरूरी है।

तो किसी चीज की निंदा मत करो, वरन उसका उपयोग करो। किसी चीज के विरोध में मत होओ, उपाय निकालो कि उसका उपयोग किया जाए, उसको रूपांतरित किया जाए। तंत्र जीवन का गहन स्वीकार है, समग्र स्वीकार है। तंत्र अपने ढंग की सर्वथा अनूठी साधना है, अकेली साधना है। सभी देश और काल में तंत्र का यह अनूठापन अक्षुण्ण रहा है। और तंत्र कहता है, किसी चीज को भी मत फेंको, किसी चीज के भी विरोध में मत जाओ, किसी चीज के साथ संघर्ष मत करो। क्योंकि द्वंद्व में, संघर्ष में मनुष्य अपने प्रति ही विध्वंसात्मक हो जाता है।

सभी धर्म कामवासना के विरोध में हैं, वे उससे डरते हैं। क्योंकि कामवासना महान ऊर्जा है। उसमें उतरते ही तुम नहीं बचते हो, उसका प्रवाह तुम्हें कहीं से कहीं बहा ले जाता है। यही भय का कारण है। इससे ही लोग अपने और इस प्रवाह के बीच एक दीवार, एक अवरोध खड़ा कर लेते हैं, ताकि दोनों बंट जाएं, ताकि यह प्रबल शक्ति तुम्हें अभिभूत न करे, ताकि तुम उसके मालिक बने रहो।

लेकिन तंत्र का कहना है—और केवल तंत्र का कहना है—कि यह मालकियत झूठी होगी, रुग्ण होगी, क्योंकि तुम सच में इस प्रवाह से पृथक नहीं हो सकते। वह प्रवाह तुम हो। सभी विभाजन झूठे होंगे, सभी विभाजन थोपे हुए होंगे। बुनियादी बात यह है कि विभाजन संभव ही नहीं है, क्योंकि तुम्हीं वह प्रवाह हो, तुम उसके अंग हो, उसकी एक लहर हो। संभव है कि तुम बर्फ की तरह जम गए हो और इस तरह तुमने अपने को प्रवाह से अलग कर लिया है, लेकिन वह जमना, वह अलग होना मृतवत होना है। सारी मनुष्यता मृतवत हो गई है। कोई भी आदमी वास्तव में जीवित नहीं है। तुम नदी में बहते हुए मुर्दे जैसे हो। पिघलो!

तंत्र कहता है: पिघलने की चेष्टा करो। हिमखंड की तरह मत जीओ, पिघलो और नदी के साथ एक हो जाओ। नदी के साथ एक होकर, नदी में विलीन होकर बोधपूर्ण होओ और तब रूपांतरण घटित होगा। तब रूपांतरण है। संघर्ष से नहीं, बोध से रूपांतरण घटित होता है।

ये तीन विधियां बहुत वैज्ञानिक विधियां हैं। लेकिन तब काम या सेक्स वही नहीं रहता है जो तुम उसे समझते हो, तब वह कुछ और ही चीज है। तब सेक्स कोई क्षणिक राहत नहीं है, तब वह ऊर्जा को बाहर फेंकना भर नहीं है। तब इसका अंत नहीं आता, तब वह ध्यानपूर्ण वर्तुल बन जाता है।

इससे संबंधित कुछ और विधियां:

बहुत समय के बाद किसी मित्र से मिलने पर जो हर्ष होता है, उस हर्ष में लीन होओ।

उस हर्ष में प्रवेश करो और उसके साथ एक हो जाओ। किसी भी हर्ष से काम चलेगा।

▲

यह एक उदाहरण भर है।

'बहुत समय के बाद किसी मित्र से मिलने पर जो हर्ष होता है।'

तुम्हें अचानक कोई मित्र मिल जाता है जिसे देखे हुए बहुत दिन, बहुत वर्ष हो गए हैं और तुम अचानक हर्ष से, आान्नद से भर जाते हो। लेकिन अगर तुम्हारा ध्यान मित्र पर है, हर्ष पर नहीं तो तुम चूक रहे हो। और यह हर्ष क्षणिक होगा। तुम्हारा सारा ध्यान मित्र पर केंद्रित होगा, तुम उससे बातचीत करने में मशगूल रहोगे, तुम पुरानी स्मृतियों को ताजा करने में लगे रहोगे। तब तुम इस हर्ष को चूक जाओगे और हर्ष भी विदा हो जाएगा। इसलिए जब किसी मित्र से मिलना हो और अचानक तुम्हारे हृदय में हर्ष उठे तो उस हर्ष पर अपने को एकाग्र करो। उस हर्ष को महसूस करो, उसके साथ एक हो जाओ। और तब हर्ष से भरे हुए और बोधपूर्ण रहते हुए अपने मित्र को मिलो। मित्र को बस परिधि पर रहने दो और तुम अपने सुख के भाव में केंद्रित हो जाओ।

अन्य अनेक स्थितियों में भी यह किया जा सकता है। सूरज उग रहा है और तुम अचानक अपने भीतर भी कुछ उगता हुआ अनुभव करते हो। तब सूरज को भूल जाओ, उसे परिधि पर ही रहने दो और तुम उठती हुई ऊर्जा के अपने भाव में केंद्रित हो जाओ। जब तुम उस पर ध्यान दोगे, वह भाव फैलने लगेगा। और वह भाव तुम्हारे सारे शरीर पर, तुम्हारे पूरे अस्तित्व पर फैल जाएगा। और बस दर्शक ही मत बने रहो, उसमें विलीन हो जाओ।

ऐसे क्षण बहुत थोड़े होते हैं जब तुम हर्ष या आान्नद अनुभव करते हो, सुख और आनंद से भरते हो। और तुम उन्हें भी चूक जाते हो, क्योंकि तुम विषय-केंद्रित होते हो। जब भी प्रसन्नता आती है, सुख आता है, तुम समझते हो कि यह बाहर से आ रहा है।

किसी मित्र से मिलते हो, स्वभावतः लगता है कि सुख मित्र से आ रहा है, मित्र के मिलने से आ रहा है। लेकिन यह हकीकत नहीं है। सुख सदा तुम्हारे भीतर है। मित्र तो सिर्फ परिस्थिति निर्मित करता है। मित्र ने सुख को बाहर आने का अवसर दिया और उसने तुम्हें उस सुख को देखने में हाथ बंटाया।

यह नियम सुख के लिए ही नहीं, सब चीजों के लिए है; क्रोध, शोक, संताप, सुख, सब पर लागू होता है। ऐसा ही है। दूसरे केवल परिस्थिति बनाते हैं जिसमें जो तुम्हारे भीतर छिपा है वह प्रकट हो जाता है। वे कारण नहीं हैं, वे तुम्हारे भीतर कुछ पैदा नहीं करते हैं। जो भी घटित हो रहा है वह तुम्हें घटित हो रहा है। वह सदा है। मित्र का मिलन सिर्फ अवसर बना, जिसमें अव्यक्त व्यक्त हो गया, अप्रकट प्रकट हो गया।

जब भी यह सुख घटित हो, उसके आंतरिक भाव में स्थित रहो और तब जीवन में सभी चीजों के प्रति तुम्हारी दृष्टि भिन्न हो जाएगी। नकारात्मक भावों के साथ भी यह प्रयोग किया जा सकता है। जब क्रोध आए तो उस व्यक्ति की फिक्र मत करो जिसने क्रोध करवाया, उसे परिधि पर छोड़ दो और तुम क्रोध ही हो जाओ। क्रोध को उसकी समग्रता में अनुभव करो, उसे अपने भीतर पूरी तरह घटित होने दो।

उसे तर्क-संगत बनाने की चेष्टा मत करो, यह मत कहो कि इस व्यक्ति ने क्रोध करवाया। उस व्यक्ति की निंदा मत करो। वह तो निमित्त मात्र है। उसका उपकार मानों कि उसने तुम्हारे भीतर दमित भावों को प्रकट होने का मौका दिया। उसने तुम पर कहीं चोट की

और वहां एक घाव छिपा पड़ा था। अब तुम्हें उस घाव का पता चल गया। अब तुम वह घाव ही बन जाओ।

विधायक या नकारात्मक, किसी भी भाव के साथ प्रयोग करो और तुम में भारी परिवर्तन घटित होगा। अगर भाव नकारात्मक है तो उसके प्रति सजग होकर तुम उससे मुक्त हो जाओगे। और अगर भाव विधायक है तो तुम भाव ही बन जाओगे। अगर यह सुख है तो तुम सुख बन जाओगे। लेकिन अगर वह क्रोध है तो क्रोध विसर्जित हो जाएगा। और नकारात्मक और विधायक भावों का भेद भी यही है। अगर तुम किसी भाव के प्रति सजग होते हो और उससे वह भाव विसर्जित हो जाता है तो समझना कि वह नकारात्मक भाव है। और यदि किसी भाव के प्रति सजग होने से तुम वह भाव ही बन जाते हो और वह भाव फैलकर तुम्हारे तन-प्राण पर छा जाता है तो समझना कि वह विधायक भाव है। दोनों मामलों में बोध अलग-अलग ढंग से काम करता है। अगर कोई जहरीला भाव है तो बोध के द्वारा तुम उससे मुक्त हो सकते हो। और अगर भाव शुभ है, आनंदपूर्ण है, सुंदर है तो तुम उससे एक हो जाते हो। बोध उसे प्रगाढ़ कर देता है।

मेरे लिए यही कसौटी है। अगर कोई वृत्ति बोध से सघन होती है तो वह शुभ है और अगर बोध से विसर्जित हो जाती है तो उसे अशुभ मानना चाहिए। जो चीज होश के साथ न जी सके वह पाप है और जो होश के साथ वृद्धि को प्राप्त हो वह पुण्य है। पुण्य और पाप सामाजिक धारणाएं नहीं हैं, वे आंतरिक उपलब्धियां हैं।

अपने बोध को जगाओ, उसका उपयोग करो। यह ऐसा ही है जैसे कि अंधकार है और तुम दीया जलाते हो। दीए के जलते ही अंधकार विदा हो जाएगा। प्रकाश के आने से अंधेरा नहीं हो जाता है। क्योंकि वस्तुतः अंधेरा नहीं था। अंधकार प्रकाश का अभाव था, वह प्रकाश की अनुपस्थिति था। लेकिन प्रकाश के आने से वहां मौजूद अनेक चीजें प्रकाशित भी हो जाएंगी, प्रकट भी हो जाएंगी। प्रकाश के आने से ये अलमारियां, किताबें, दीवारें विलीन नहीं हो जाएंगी। अंधकार में वे छिपी थीं, तुम उन्हें नहीं देख सकते थे। प्रकाश के आने से अंधकार विदा हो गया, लेकिन उसके साथ ही जो यथार्थ था वह प्रकट हो गया। बोध के द्वारा जो भी अंधकार की तरह नकारात्मक है—घृणा, क्रोध, दुख, हिंसा—वह विसर्जित हो जाएगा और उसके साथ ही प्रेम, हर्ष, आनंद जैसी विधायक चीजें पहली बार तुम पर प्रकट हो जाएंगी।

इसलिए 'बहुत समय के बाद किसी मित्र से मिलने पर जो हर्ष होता है, उस हर्ष में लीन होओ।'

पांचवीं तंत्र विधिः

भोजन करते हुए या पानी पीते हुए भोजन या पानी का स्वाद ही बन जाओ, और उससे भर जाओ।

हम खाते रहते हैं, हम खाए बगैर नहीं रह सकते। लेकिन हम बहुत बेहोशी में भोजन करते हैं—यंत्रवत। और अगर स्वाद न लिया जाए तो तुम सिर्फ पेट को भर रहे हो।

तो धीरे-धीरे भोजन करो, स्वाद लेकर करो और स्वाद के प्रति सजग रहो। और स्वाद के प्रति सजग होने के लिए धीरे-धीरे भोजन करना बहुत जरूरी है। तुम भोजन को बस

निगलते मत जाओ। आहिस्ते-आहिस्ते उसका स्वाद लो और स्वाद ही बन जाओ। जब तुम मिठास अनुभव करो तो मिठास ही बन जाओ। और तब वह मिठास सिर्फ मुंह में नहीं, सिर्फ जीभ में नहीं, पूरे शरीर में अनुभव की जा सकती है। वह सचमुच पूरे शरीर पर फैल जाएगी। तुम्हें लगेगा कि मिठास—या कोई भी चीज—लहर की तरह फैलती जा रही है। इसलिए तुम जो कुछ खाओ, उसे स्वाद लेकर खाओ और स्वाद ही बन जाओ।

यहीं तंत्र दूसरी परंपराओं से सर्वथा भिन्न और विपरीत मालूम पड़ता है। जैन अस्वाद की बात करते हैं। महात्मा गांधी ने तो अपने आश्रम में अस्वाद को एक नियम बना रखा था। नियम है कि खाओ, लेकिन स्वाद के लिए मत खाओ। स्वाद मत लो, स्वाद को भूल जाओ। वे कहते हैं कि भोजन आवश्यक है, लेकिन यंत्रवत भोजन करो। स्वाद वासना है, स्वाद मत लो।

तंत्र कहता है कि जितना स्वाद ले सको उतना स्वाद लो। ज्यादा से ज्यादा संवेदनशील बनो, जीवंत बनो। इतना ही नहीं कि संवेदनशील बनो, स्वाद ही बन जाओ। अस्वाद से तुम्हारी इंद्रियां मर जाएंगी, उनकी संवेदनशीलता जाती रहेगी। और संवेदनशीलता के मिटने से तुम अपने शरीर को, अपने भावों को अनुभव करने में असमर्थ हो जाओगे। और तब फिर तुम अपने सिर में केंद्रित होकर रह जाओगे। और सिर में केंद्रित होना विभाजित होना है।

तंत्र कहता है: अपने भीतर विभाजन मत पैदा करो। स्वाद लेना सुंदर है, संवेदनशील होना सुंदर है। और तुम जितने संवेदनशील होगे, उतने ही जीवंत होगे। और जितने तुम जीवंत होगे, उतना ही अधिक जीवन तुम्हारे अंतस में प्रविष्ट होगा। तुम अधिक खुलोगे, उन्मुक्त अनुभव करोगे।

तुम स्वाद लिए बिना कोई चीज खा सकते हो, यह कठिन नहीं है। तुम किसी को छुए बिना छू सकते हो, यह भी कठिन नहीं है। हम वही तो करते हैं। तुम किसी के साथ हाथ मिलाते हो और उसे स्पर्श नहीं करते। स्पर्श करने के लिए तुम्हें हाथ तक आना पड़ेगा, हाथ में उतरना पड़ेगा। स्पर्श करने के लिए तुम्हें तुम्हारी हथेली, तुम्हारी अंगुलियां बन जाना पड़ेगा—मानो तुम, तुम्हारी आत्मा तुम्हारे हाथ में उतर आयी है। तभी तुम स्पर्श कर सकते हो। वैसे तुम किसी का हाथ हाथ में लेकर भी उससे अलग-थलग रह सकते हो। तब तुम्हारा मुर्दा हाथ किसी के हाथ में होगा। वह छूता हुआ मालूम पड़ेगा, लेकिन वह छूता नहीं है।

हम स्पर्श करना भूल गए हैं। हम किसी को स्पर्श करने से डरते हैं, क्योंकि स्पर्श करना कामुकता का प्रतीक बन गया है। तुम किसी भीड़ में, बस या रेल में अनेक लोगों को छूते हुए खड़े हो सकते हो, लेकिन वास्तव में न तुम उन्हें छू रहे हो और न वे तुम्हें छू रहे हैं। सिर्फ शरीर एक-दूसरे के संपर्क में हैं, लेकिन तुम दूर-दूर हो। और तुम इस फर्क को समझ सकते हो। अगर तुम भीड़ में किसी को वास्तव में स्पर्श करो तो वह बुरा मान जाएगा। तुम्हारा शरीर बेशक छू सकता है, लेकिन तुम्हें उस शरीर में नहीं होना चाहिए। तुम्हें शरीर से अलग रहना चाहिए, मानो तुम शरीर में नहीं हो, मानो कोई मुर्दा शरीर स्पर्श कर रहा है।

यह संवेदनहीनता बुरी है। यह बुरी है, क्योंकि तुम अपने को जीवन से बचा रहे हो। तुम मृत्यु से इतने भयभीत हो और तुम मरे हुए ही हो। सच तो यह है कि तुम्हें भयभीत होने की कोई जरूरत नहीं है, क्योंकि कोई भी मरने वाला नहीं है। तुम तो पहले से ही मरे हुए हो। और तुम्हारे भयभीत होने का कारण भी यही है कि तुम कभी जीए ही नहीं। तुम जीवन से

▲

चूकते रहे और मृत्यु करीब आ रही है।

जो व्यक्ति जीवित है वह मृत्यु से नहीं डरेगा, क्योंकि वह जीवित है। जब तुम वास्तव में जीते हो तो मृत्यु का भय नहीं रहता। तब तुम मृत्यु को भी जी सकते हो। जब मृत्यु आएगी तो तुम इतने संवेदनशील होगे कि मृत्यु का भी आनंद लोगे। मृत्यु एक महान अनुभव बनने वाली है। अगर तुम सचमुच जिंदा हो तो तुम मृत्यु को भी जी सकते हो। और तब मृत्यु मृत्यु नहीं रहेगी। अगर तुम मृत्यु को भी जी सको—जब तुम अपने केंद्र को लौट रहे हो, जब तुम विलीन हो रहे हो, उस क्षण यदि तुम अपने मरते हुए शरीर के प्रति भी सजग रह सको, अगर तुम इसको भी जी सको—तो तुम अमृत हो गए।

'भोजन करते हुए या पानी पीते हुए भोजन या पानी का स्वाद ही बन जाओ, और उससे भर जाओ।'

पानी पीते हुए पानी का ठंडापन अनुभव करो। आंखें बंद कर लो, धीरे-धीरे पानी पीओ और उसका स्वाद लो। पानी की शीतलता को महसूस करो और महसूस करो कि तुम शीतलता ही बन गए हो। जब तुम पानी पीते हो तो पानी की शीतलता तुममें प्रवेश करती है, तुम्हारा अंग बन जाती है। तुम्हारा मुंह शीतलता को छूता है, तुम्हारी जीभ उसे छूती है और ऐसे वह तुम में प्रविष्ट हो जाती है। उसे तुम्हारे पूरे शरीर में प्रविष्ट होने दो। उसकी लहरों को फैलने दो और तुम अपने पूरे शरीर में यह शीतलता महसूस करोगे। इस भांति तुम्हारी संवेदनशीलता बढ़ेगी, विकसित होगी और तुम ज्यादा जीवंत, ज्यादा भरे-पूरे हो जाओगे।

हम हताश, रिक्त और खाली अनुभव करते हैं। और हम कहते हैं कि जीवन रिक्त है। लेकिन जीवन के रिक्त होने का कारण हम स्वयं हैं। हम जीवन को भरते नहीं हैं। हम उसे भरने नहीं देते हैं। हमने अपने चारों ओर एक कवच लगा रखा है—सुरक्षा-कवच। हम वलनरेबल होने से, खुले रहने से डरते हैं। हम अपने को हर चीज से बचाकर रखते हैं। और तब हम कब्र बन जाते हैं—मृत लाशें।

तंत्र कहता है: जीवंत बनो, क्योंकि जीवन ही परमात्मा है। जीवन के अतिरिक्त कोई परमात्मा नहीं है। तुम जितने जीवंत होगे उतने ही परमात्मा होगे। और जब समग्रतः जीवंत होगे तो तुम्हारे लिए कोई मृत्यु नहीं है।

आज इतना ही।

34

तांत्रिक संभोग और समाधि

प्रश्न सार

1. क्या आप भोग सिखाते हैं?

2. ध्यान में सहयोग की दृष्टि से संभोग में कितनी बार उतरना चाहिए?

3. क्या आर्गाज्म से ध्यान की ऊर्जा क्षीण नहीं होती?

4. आपने कहा कि काम-कृत्य धीमे, पर समग्र और अनियंत्रित होना चाहिए। कृपया इन दोनों बातों पर प्रकाश डालें।

23

▲

तुम्हारे प्रश्नों को लेने के पूर्व कुछ अन्य बातों को स्पष्ट करना जरूरी है, क्योंकि उनसे तुम्हें तंत्र के अर्थ और अभिप्राय को समझने में मदद मिलेगी।

तंत्र कोई नैतिक धारणा नहीं है। वह न नैतिक है न अनैतिक, तंत्र अधिनैतिक है। तंत्र विज्ञान है। और विज्ञान नैतिक-अनैतिक कुछ नहीं है। तुम्हारी अनैतिक और नैतिक धारणाएं तंत्र के लिए अप्रासंगिक हैं। तंत्र को इस बात से लेना-देना नहीं है कि आदमी का आचरण क्या होना चाहिए। तंत्र आदर्शों की चिंता नहीं लेता है। तंत्र की बुनियादी चिंता यह है कि यथार्थ क्या है, तुम वास्तव में क्या हो। इस भेद को ठीक से समझना जरूरी है।

नैतिकता आदर्शों की फिक्र करती है, उसे फिक्र है कि तुम्हें कैसा होना चाहिए, क्या होना चाहिए। इसलिए नैतिकता बुनियादी रूप से निंदात्मक है। तुम कभी आदर्श नहीं हो सकते, इसलिए निंदित हो जाते हो। सब नैतिकता अपराध-भाव निर्मित करती है। तुम कभी आदर्श को नहीं पहुंच सकते, तुम सदा पीछे रह जाते हो। तुम्हारे और आदर्श के बीच सदा खाई बनी रहेगी, क्योंकि आदर्श असंभव है और नैतिकता उसे और भी असंभव बना देती है। आदर्श सदा भविष्य में है और तुम अभी तो जैसे हो वैसे हो। और तुम सदा अपनी तुलना आदर्श से करते रहते हो। तुम कभी पूर्ण मनुष्य नहीं हो, सदा कुछ न कुछ कमी रह जाती है। तब तुम अपने को अपराधी अनुभव करते हो, आत्म-निंदा अनुभव करते हो।

तंत्र आत्म-निंदा के विरोध में है, क्योंकि आत्म-निंदा तुम्हें कभी रूपांतरित नहीं कर सकती। निंदा से सिर्फ पाखंड पैदा होता है। तब तुम यह दिखाने की चेष्टा करते हो कि तुम वह हो जो कि तुम वास्तव में नहीं हो। पाखंड का अर्थ यह है कि तुम आदर्श व्यक्ति नहीं हो, तुम जो हो वही हो, लेकिन दिखाते हो कि आदर्श व्यक्ति हो। उससे तुम्हारे भीतर टूट पैदा होती है, तुम खंडित हो जाते हो। तब तुम एक झूठा चेहरा ओढ़ लेते हो और तुम्हारे भीतर एक झूठा आदमी पैदा हो जाता है। तंत्र बुनियादी रूप से सच्चे आदमी की खोज है, झूठे की नहीं।

नैतिकता आवश्यक रूप से पाखंड पैदा करती है। उसके लिए ऐसा करना अनिवार्य

है। पाखंड और नैतिकता में चोली-दामन का संबंध है। पाखंड नैतिकता का अंग है, उसकी छाया है। यह बात विरोधाभासी मालूम पड़ती है, क्योंकि नीतिवादी लोग ही पाखंड की सर्वाधिक निंदा करते हैं। लेकिन पाखंड के निर्माता वे ही हैं। और जब तक दुनिया से नैतिकता नहीं जाती तब तक पाखंड भी नहीं जा सकता है। वे दोनों साथ-साथ रहेंगे, वे दोनों एक ही सिक्के के दो पहलू हैं।

नीति तुम्हें आदर्श देती है और तुम आदर्श नहीं हो। आदर्श तुम्हें दिया ही इसलिए जाता है कि तुम आदर्श नहीं हो। लेकिन तब तुम अपने को गलत समझने लगते हो। और जिसे तुम गलत समझते हो वही तुम्हारा स्वाभाविक जीवन है। वह तुम्हें निसर्ग से मिला है, उसे लेकर तुम पैदा हुए हो। और तत्काल उसके साथ कुछ नहीं किया जा सकता है, तुम उसे बदल नहीं सकते हो। बदलना इतना आसान नहीं है। तुम केबल उसका दमन कर सकते हो। दमन आसान है।

लेकिन तुम दो चीजें कर सकते हो। तुम एक मुखौटा, एक झूठा चेहरा निर्मित कर सकते हो, तुम वह होने का अभिनय कर सकते हो जो तुम नहीं हो। उससे तुम अपना बचाव कर लेते हो, तुम समाज के बीच ज्यादा आसानी से, ज्यादा सुविधा से रह सकते हो। और तुम्हें भीतर के अपने यथार्थ को, अपने असली व्यक्ति को दबाना होगा, क्योंकि झूठे को तभी लादा जा सकता है जब सच्चे को दबा दिया जाए। फलतः तुम्हारा यथार्थ अचेतन में दब जाएगा और तुम्हारा झूठा व्यक्तित्व चेतन व्यक्तित्व बन जाएगा। तुम्हारा झूठा अंश ज्यादा प्रभावी हो जाएगा और सच्चा अंश नीचे दब जाएगा। तब तुम बंट गए, टूट गए। और तुम जितना ही दिखावा करोगे, अंतराल उतना ही बड़ा होता जाएगा।

बच्चा जब जन्म लेता है तो वह अखंड होता है, पूर्ण होता है। यही कारण है कि बच्चा इतना सुंदर होता है। यह सौंदर्य पूर्णता का सौंदर्य है। बच्चे में कोई बंटाव, कोई विभाजन, कोई अंतराल नहीं होता है। बच्चा एक है, वहां कुछ सच्चा और कुछ झूठा नहीं है। बच्चा बस असली है, प्रामाणिक है। तुम यह नहीं कह सकते कि बच्चा नैतिक है। वह न नैतिक है, न अनैतिक; उसे नैतिक-अनैतिक का बोध भी नहीं है। जिस क्षण उसे नैतिक-अनैतिक का बोध होता है, बंटाव शुरू हो जाता है, टूट शुरू हो जाती है। और तब बच्चा झूठा, नकली आचरण करने लगता है, क्योंकि उसके लिए अब सच्चा रहना कठिन से कठिनतर होता जाता है।

ध्यान रहे, यह आवश्यक है। समाज के लिए, मां-बाप के लिए बच्चे का नियंत्रण करना आवश्यक हो जाता है। बच्चे को शिक्षित और सभ्य बनाना, उसे सुसंस्कार और शिष्टाचार सिखाना जरूरी है, अन्यथा बच्चे के लिए समाज में रहना असंभव हो जाएगा। उसे बताना ही होगा कि यह करो और यह मत करो।

लेकिन जब हम उसे कहते हैं कि यह करो तो संभव है कि उसकी प्रामाणिकता वह करने को तैयार न हो। हो सकता है, उसकी वास्तविकता से इस आदर्श का मेल न खाता हो, बच्चे में वह करने की सच्ची इच्छा ही न हो। और जब हम कहते हैं कि यह न करो या वह न करो तो हो सकता है कि बच्चे का निसर्ग उसे करना चाहे। तो हम नैसर्गिक को, असली को निंदित कर देते हैं और झूठे को, नकली को लादते हैं। क्योंकि झूठे समाज में झूठ से ही काम चलता है। झूठ सुविधापूर्ण है। जहां सभी झूठे हैं वहां सत्य सुविधापूर्ण नहीं है। एक बच्चे को

समाज के साथ बुनियादी कठिनाई होगी, क्योंकि पूरा समाज झूठा है।

यह एक दुष्ट-चक्र है। हम सब समाज में जन्म लेते हैं। और अब तक धरती पर एक भी ऐसा समाज नहीं हुआ जो सच्चा हो। यही मुसीबत है। बच्चा समाज में पैदा होता है। और समाज के अपने नियम-निषेध हैं, नीति और आचरण के ढांचे हैं। उन्हें बच्चे को सीखना है। यह बच्चा जब बड़ा होगा तो झूठा हो जाएगा। फिर उसके भी बच्चे होंगे और वह उन्हें भी झूठ बना जाएगा। और यह सिलसिला चलता रहता है। तो फिर करें क्या? हम समाज को नहीं बदल सकते हैं। और यदि हम समाज को बदलने की चेष्टा करेंगे तो जब तक यह समाज बदलेगा तब तक हम यहां नहीं होंगे। उसके लिए अनंत समय लग जाएगा। तो फिर क्या किया जा सकता है?

व्यक्ति इस बुनियादी विभाजन के प्रति जागरूक हो सकता है कि सच्चा दमित हो गया है और झूठा आरोपित है। यही पीड़ा है, यही संताप है, यही नरक है। तुम झूठ के द्वारा तृप्त नहीं हो सकते, क्योंकि झूठ से जो तृप्ति मिलेगी वह झूठी होगी। यह स्वाभाविक है। सचाई से ही सच्ची तृप्ति घटित हो सकती है। सत्य से ही सत्य तक पहुंचा जा सकता है। झूठ से कल्पना और सपने और भ्रांतियां ही हाथ आ सकती हैं। झूठ से तुम अपने को सिर्फ धोखा दे सकते हो, उससे कभी तृप्त नहीं हो सकते।

उदाहरण के लिए, सपने में तुमको प्यास लगती है और सपने में ही तुम पानी भी पी लेते हो। उससे नींद को जारी रखने में सुविधा मिल जाती है। अगर पानी पीने का स्वप्न न निर्मित हो तो तुम्हारी नींद टूट जाएगी। प्यास सच्ची है, वह नींद को तोड़ देगी। तब नींद में बाधा पड़ जाएगी। सपना सहयोगी है, वह तुम्हें एहसास देता है कि तुम पानी पी रहे हो। लेकिन वह पानी झूठा है। उससे तुम्हारी प्यास दूर नहीं हुई, प्यास सिर्फ भूल गई। यह तृप्ति का धोखा है। तुम्हारी नींद जारी रह सकती है, लेकिन प्यास तो दमित हो गई।

और यह बात नींद और स्वप्न में ही नहीं, तुम्हारे पूरे जीवन में घटित हो रही है। तुम अपने झूठे व्यक्तित्व के द्वारा उन चीजों को खोजते हो जो नहीं हैं, जो होने का धोखा देती हैं। अगर वे चीजें तुम्हें न मिलीं तो तुम दुखी होगे और अगर मिल गईं तो भी दुखी होगे। और स्मरण रहे, उनके न मिलने पर कम दुख होगा, मिलने पर ज्यादा और गहरा दुख होगा।

मनस्विद कहते हैं कि इस झूठे व्यक्तित्व के कारण हम कभी सच में नहीं चाहते कि मंजिल मिले। क्योंकि अगर मंजिल मिल गई तो तुम पूरी तरह निराश हो जाओगे। तुम आशा में जीते हो और आशा में तुम चलते रह सकते हो। आशा स्वप्न है। तुम कभी मंजिल पर नहीं पहुंचते, इसलिए तुम्हें कभी पता नहीं चलता कि मंजिल झूठी थी। एक गरीब आदमी धन के लिए संघर्ष करता है। वह उस संघर्ष में रहकर ज्यादा सुखी है, क्योंकि संघर्ष में आशा है। और झूठे व्यक्तित्व के लिए आशा ही सुख है। अगर गरीब को धन मिल जाए तो वह निराश हो जाएगा। अब निराशा ही स्वाभाविक परिणाम होगी। धन तो होगा, लेकिन तृप्ति नहीं होगी। उसे मंजिल मिल गई, लेकिन उससे कुछ भी नहीं मिला। उसकी आशाएं धूल में मिल गयीं।

यही कारण है कि जब कोई समाज समृद्ध हो जाता है, वह अशांत हो जाता है, वह उपद्रव में पड़ जाता है। आज अगर अमेरिका इतने उपद्रव में है तो उसका कारण है कि आशाएं पूरी हो गयीं, मंजिल मिल गई। अब वह अपने को और अधिक धोखा नहीं दे सकता। अगर

अमेरिका की युवा पीढ़ी पुरानी पीढ़ी के सभी लक्ष्यों के प्रति विद्रोह कर रही है तो उसका कारण यही है कि सभी उपलब्धियां व्यर्थ सिद्ध हुई हैं।

भारत में हम यह सोच भी नहीं सकते हैं। हम नहीं सोच सकते हैं कि युवक स्वेच्छा से गरीब हो सकते हैं, हिप्पी बन सकते हैं। स्वेच्छा से गरीबी का वरण—हम यह कल्पना भी नहीं कर सकते। हमें अभी आशा बनी है। हम भविष्य के प्रति आशा से भरे हैं कि किसी दिन देश धनवान होगा और यहां स्वर्ग उतरेगा। स्वर्ग सदा आशा में है।

इस झूठे व्यक्तित्व के कारण तुम जो भी करते हो, जो कुछ भी करते हो, जो कुछ भी देखते हो, सब झूठा हो जाता है।

तंत्र कहता है कि सत्य तुम्हें घटित हो सकता है, अगर तुम फिर से यथार्थ में, वास्तविकता में अपनी जड़ें जमा लो; सत्य में, वास्तविकता में अपनी नींव रख लो। लेकिन वास्तविकता में जड़ें जमाने के लिए तुम्हें अपने साथ बहुत-बहुत साहस की जरूरत पड़ेगी। क्योंकि झूठ सुविधापूर्ण है, और तुमने झूठ का इतना अभ्यास किया हुआ है, और तुम्हारा मन झूठ से इस भांति संस्कारित है कि तुम्हें असलियत से बहुत भय मालूम पड़ेगा।

किसी ने पूछा है:
कल आपने कहा कि काम-कृत्य में समग्रत: उतरो, उसका सुख लो, उसका आनंद लो, उसमें डूबे रहो, और जब शरीर कांपने लगे तो कंपन ही हो जाओ। तो क्या आप हमें भोग सिखा रहे हैं?

यही विकृति है। यही तुम्हारा झूठा व्यक्तित्व है जो तुमसे बोल रहा है। झूठा व्यक्तित्व सदा किसी चीज का सुख लेने का विरोधी है। वह सदा तुम्हारे विरोध में है। वह कहता है कि सुख मत लो। वह सदा त्याग का पक्षपाती है। वह कहता है कि तुम दूसरों के लिए अपना बलिदान कर दो। यह बहुत सुंदर मालूम पड़ता है, क्योंकि तुम इसी शिक्षा में पले हो कि दूसरों के लिए त्याग करो। इसे वे परोपकार कहते हैं। और अगर तुम सुख लेते हो तो वे तुम्हें स्वार्थी कहेंगे। और जब कोई कहता है कि यह स्वार्थ है तो सुख पाप बन जाता है।

लेकिन मैं तुमसे कहता हूं कि तंत्र की दृष्टि बिलकुल भिन्न है। तंत्र कहता है कि जब तक तुम स्वयं सुखी नहीं हो, तब तक तुम किसी को भी सुख नहीं पहुंचा सकते। जब तक तुम स्वयं से संतुष्ट नहीं हो, तब तक तुम दूसरों की सेवा नहीं कर सकते, तब तक तुम दूसरों के संतुष्ट होने में कुछ हाथ नहीं बंटा सकते। जब तक तुम खुद आनंद से नहीं भरे हो, तब तक तुम समाज के लिए एक खतरा हो। क्योंकि जो व्यक्ति त्याग करता है वह सदा पर-पीड़क हो जाता है।

अगर तुम्हारी मां तुमसे हमेशा कहती रहे कि मैंने तुम्हारे लिए इतना त्याग किया तो समझना कि वह तुम्हें सताएगी। अगर कोई पति अपनी पत्नी से कहता रहे कि मैं तुम्हारे लिए त्याग कर रहा हूं तो समझना कि वह पर-पीड़क होगा, आततायी होगा।

त्याग सदा दूसरों को सताने की एक चालाक विधि है। जो लोग सदा त्याग करने में लगे हैं, वे बड़े खतरनाक लोग हैं, उनसे खतरे की संभावना बहुत है। उनसे सावधान रहो।

▲

और त्याग से बचो। यह शब्द ही कुरूप है।

सुख लो, आनंद से भरो। और जब तुम आनंद से भरे होते हो तो वही आनंद दूसरों तक पहुंचने लगता है। लेकिन वह त्याग नहीं है। तुम किसी पर उपकार नहीं करते हो, किसी को तुम्हें धन्यवाद देने की जरूरत नहीं है। बल्कि तुम दूसरों के प्रति अनुगृहीत अनुभव करोगे कि वे तुम्हारे आनंद में सम्मिलित हुए। त्याग, कर्तव्य, सेवा जैसे शब्द कुरूप हैं, गंदे हैं। उनमें हिंसा भरी है।

तंत्र कहता है कि यदि तुम खुद प्रकाश से नहीं भरे हो तो दूसरों को प्रकाशवान होने में सहायता नहीं दे सकते। स्वार्थी बनो तो ही तुम परोपकारी बन सकते हो। अन्यथा परोपकार की सारी धारणा अर्थहीन है। स्वयं सुखी होओ तो ही तुम दूसरों के सुखी होने में हाथ बंटा सकते हो। अगर तुम दुखी और उदास हो, अगर तुम निराश हो, तो तुम दूसरों के प्रति सदा हिंसा से भरे रहोगे, तब तुम दूसरों के लिए दुख ही निर्मित करोगे।

तुम महात्मा बन जा सकते हो, वह बहुत कठिन नहीं है। लेकिन अपने महात्माओं को तो देखो। वे उन सब को सताने में लगे हैं जो उनके पास जाते हैं। लेकिन उनके सताने में बड़ी चालबाजी है। वे तुम्हें तुम्हारे हित में सताते हैं, तुम्हें तुम्हारे हित के लिए यातना देते हैं। और चूंकि वे अपने को भी सताते हैं, इसलिए तुम यह नहीं कह सकते कि आप हमें जो उपदेश देते हैं वह खुद नहीं करते। वे करते हैं, वे अपने को भी सताते हैं। इसलिए उन्हें तुम्हें सताने का पूरा अधिकार है। और जो यातना तुम्हारे हित में दी जाती है वह बहुत खतरनाक है, उससे तुम बच नहीं सकते।

और सुख लेने में गलती क्या है? सुखी होने में गलती क्या है? अगर गलती है तो दुखी होने में गलती है, क्योंकि दुखी आदमी अपने चारों ओर दुख की तरंगें पैदा करता है। सुखी होओ। और काम-कृत्य, प्रेम-कृत्य आनंद को उपलब्ध होने का सबसे गहन साधन बन सकता है।

तंत्र कामुकता नहीं सिखाता है। वह कहता है कि काम आनंद का स्त्रोत बन सकता है। और एक बार तुमने उस आनंद को जान लिया तो तुम उसके पार जा सकते हो। क्योंकि अब तुम्हारे पांव यथार्थ की जमीन में जमे हैं। काम में ही सदा नहीं रहना है, लेकिन काम को जंपिंग प्वाइंट बनाया जा सकता है। तंत्र यही सिखाता है: काम को जंपिंग प्वाइंट बनाओ। अगर तुम्हें आर्गज्म का, काम-समाधि का अनुभव हो जाए तो तुम उस बड़ी समाधि को, जागतिक समाधि को समझ सकते हो जिसकी चर्चा संत सदा से करते आए हैं।

मीरा नाच रही है। तुम उसे नहीं समझ सकते, तुम उसके गीतों को भी नहीं समझ सकते। वे कामुक गीत हैं, उनके प्रतीक कामुक हैं। ऐसा होगा ही। क्योंकि मनुष्य के जीवन में काम-कृत्य ही एक कृत्य है जिसमें तुम्हें अद्वैत का, गहन एकता का अनुभव होता है; जिसमें अतीत विलीन हो जाता है, भविष्य विलीन हो जाता है और सिर्फ वर्तमान का क्षण—जो कि एकमात्र वास्तविक क्षण है—बचता है।

इसलिए समस्त संतों ने, रहस्यवादियों ने, जिन्हें परमात्मा के साथ, अस्तित्व के साथ एकता का अनुभव हुआ है, अपने अनुभवों को व्यक्त करने के लिए सदा काम-प्रतीकों का उपयोग किया है। कोई दूसरा प्रतीक, कोई दूसरी उपमा नहीं है जो करीब भी आती हो।

काम सिर्फ आरंभ है, अंत नहीं। लेकिन अगर तुम आरंभ चूक गए तो अंत भी चूक जाओगे। और अंत को उपलब्ध होने में आरंभ से नहीं बचा जा सकता।

तंत्र कहता है कि जीवन को सहजता से स्वीकार करो, झूठे व्यक्ति मत बनो। काम की संभावना प्रगाढ़ है, उसकी क्षमता बड़ी है। उसका उपयोग करो। और उसका सुख लेने में गलती क्या है?

सच तो यह है कि समस्त नैतिकता सुख के विरोध में है। यदि कोई सुखी है तो तुम्हें लगता है कि कुछ गलत हो रहा है। यदि कोई दुखी है तो सब ठीक-ठाक मालूम पड़ता है। हम एक रुग्ण समाज में रहते हैं जिसमें प्रत्येक व्यक्ति दुखी है। इसलिए जब तुम दुखी हो तो सब लोग खुश हैं, क्योंकि सब लोग तुम्हारे साथ सहानुभूति दिखा सकते हैं। और जब तुम सुखी हो तो लोगों को समझ में नहीं आता कि वे क्या करें। जब कोई तुम्हें सहानुभूति प्रकट करता है तो उसके चेहरे को देखो। चेहरे पर एक चमक है, एक सूक्ष्म दीप्ति आई हुई है। सहानुभूति प्रकट करते हुए वह प्रसन्न है। लेकिन अगर तुम सुखी हो तो उसकी कोई संभावना नहीं रहती। तुम्हारा सुख दूसरों के लिए दुख पैदा करता है और तुम्हारा दुख दूसरों का सुख बन जाता है। यह रुग्णता है, मानसिक रुग्णता है। मालूम पड़ता है कि हमारी बुनियाद ही विक्षिप्त हो गई है।

तंत्र कहता है: सच्चे बनो, अपने प्रति प्रामाणिक बनो। तुम्हारा सुख बुरा नहीं है, शुभ है। सुख पाप नहीं है। पीड़ा पाप है, दुखी होना पाप है। सुखी होना पुण्य है, क्योंकि सुखी व्यक्ति दूसरों के लिए दुख नहीं निर्मित करेगा। सुखी आदमी ही दूसरों के सुख का आधार बन सकता है।

दूसरी बात कि जब मैं कहता हूं कि तंत्र न नैतिक है न अनैतिक तो उसका मतलब है कि तंत्र बुनियादी रूप से एक विज्ञान है। वह तुम्हारा निरीक्षण करता है। तुम जो हो, उसकी फिक्र करता है। उसका अर्थ है कि तंत्र तुम्हें बदलने की चेष्टा तो बिलकुल नहीं करता, लेकिन वह यथार्थ के जरिए तुम्हें निश्चित ही रूपांतरित कर देता है।

जादू और विज्ञान में जो भेद है वही भेद नीति और तंत्र में है। जादू यथार्थ को जाने बिना सिर्फ शब्दों के जरिए चीजों को बदलने की चेष्टा करता है। जादूगर कह सकता है कि अब वर्षा बंद हो जाएगी, लेकिन वास्तव में वह वर्षा को नहीं रोक सकता। या वह कह सकता है कि वर्षा होगी, लेकिन वह वर्षा ला नहीं सकता है। वह महज शब्दों का खेल है। कभी-कभार संयोग घट सकता है और तब जादूगर को लगेगा कि मैं कितना शक्तिशाली हूं। और अगर उसकी भविष्यवाणी के मुताबिक कोई चीज नहीं होती है तो वह सदा कह सकता है कि कुछ भूल–चूक रह गई होगी। उसके धंधे में सदा इतनी सुविधा छिपी रहती है। जादूगरी में सब कुछ 'अगर' से शुरू होता है। जादूगर कह सकता है कि अगर सब शुभ हों, पुण्यवान हों तो फलां दिन वर्षा होगी। फिर अगर वर्षा हुई तो ठीक और अगर नहीं हुई तो जादूगर कहेगा कि सब पुण्यवान नहीं थे, कोई न कोई पापी था।

इस बीसवीं सदी में भी जब बिहार में अकाल पड़ा तो महात्मा गांधी जैसे व्यक्ति ने कहा कि बिहार में अकाल इसलिए पड़ा क्योंकि वहां के लोग पापी हैं। मानो सारा संसार पुण्यात्मा है, सिर्फ बिहार पापी है।

जादू अगर से शुरू करता है और वह अगर बहुत बड़ा है। विज्ञान कभी अगर से नहीं

शुरू करता है। विज्ञान सबसे पहले यह जानने की चेष्टा करता है कि तथ्य क्या है, यथार्थ क्या है, असलियत क्या है। यथार्थ को, असलियत को जानकर ही उसे रूपांतरित किया जा सकता है। अगर तुम जानते हो कि विद्युत क्या है तो तुम उसे बदल सकते हो, रूपांतरित कर सकते हो, उसका उपयोग कर सकते हो। लेकिन जादूगर नहीं जानता है कि विद्युत क्या है और जाने बिना ही वह उसे रूपांतरित करने चलता है, कम से कम रूपांतरित करने का विचार करता है। ऐसी भविष्यवाणियां झूठी हैं, भ्रांत हैं।

नीति जादू जैसी है। वह पूर्ण मनुष्य की चर्चा किए जाती है और उसे यह नहीं मालूम है कि मनुष्य क्या है, यथार्थ मनुष्य क्या है। पूर्ण मनुष्य स्वप्न ही बना रहता है और उसका उपयोग सिर्फ यथार्थ मनुष्य की निंदा करने के लिए होता है। मनुष्य उस लक्ष्य तक कभी नहीं पहुंच पाता है।

तंत्र विज्ञान है। तंत्र कहता है कि पहले जानो कि यथार्थ क्या है, मनुष्य क्या है। अभी मूल्य मत निर्मित करो, अभी आदर्श मत खड़े करो। पहले उसे जानो जो है। इसका विचार मत करो कि क्या होना चाहिए। सिर्फ उसकी सोचो, जो है। और जब वह जान लिया जाए जो है तो तुम उसे बदल सकते हो। तब तुम्हें कुंजी मिल गई।

उदाहरण के लिए, तंत्र कहता है कि कामवासना का विरोध मत करो। अगर तुम कामवासना के विरोध में जाओगे और ब्रह्मचर्य को उपलब्ध होने की चेष्टा करोगे तो तुम असंभव की चेष्टा करोगे। वह जादूगरी है। काम-ऊर्जा को जाने बिना, काम की संरचना को समझे बिना, उसके यथार्थ को, उसके रहस्यों को जाने बिना तुम ब्रह्मचर्य का आदर्श निर्मित कर ले सकते हो। लेकिन तब तुम क्या करोगे? तब तुम सिर्फ दमन करोगे।

लेकिन जो व्यक्ति कामवासना का दमन करता है वह उस व्यक्ति से ज्यादा कामवासना से ग्रस्त है जो काम-भोग में संलग्न है। क्योंकि भोग के द्वारा ऊर्जा व्यय हो जाती है, दमन से वह तुम्हारे भीतर चक्कर लगाती रहती है। जो व्यक्ति काम-दमन करता है उसे सर्वत्र कामुकता ही नजर आती है, उसके लिए सब कुछ कामुक हो जाता है। ऐसा नहीं कि सब कुछ कामुक है, लेकिन वह सर्वत्र उसका प्रक्षेपण कर लेता है। अब वह प्रक्षेपण करता है, उसकी दमित ऊर्जा प्रक्षेपण करती है। वह जहां भी दृष्टि डालेगा, उसे कामुकता ही कामुकता नजर आएगी। और क्योंकि वह अपनी निंदा करता है, वह सबकी निंदा करने लगेगा।

ऐसा नैतिक व्यक्ति खोजना मुश्किल है जो भयानक रूप से निंदा करने वाला न हो। वह सबकी निंदा करेगा, उसकी नजर में सब लोग गलत हैं। और ऐसा करके वह तृप्त होता है, उसका अहंकार तृप्त होता है। वह क्यों सबको गलत समझता है? क्योंकि उसे सर्वत्र वही चीज दिखाई देती है जिसका वह दमन कर रहा है। उसका अपना चित्त ज्यादा कामुक होता जाएगा और वह और-और भयभीत रहेगा। यह ब्रह्मचर्य विकृति है, यह अस्वाभाविक है।

एक भिन्न गुणवत्ता का ब्रह्मचर्य, एक अलग ढंग का ब्रह्मचर्य तंत्र के साधक को घटित होता है। लेकिन उसकी पूरी प्रक्रिया उलटी है, बिलकुल उलटी है। तंत्र पहले यह सिखाता है कि तुम कामवासना में प्रवेश कैसे करो, उसे कैसे जानो, कैसे अनुभव करो। उसकी गहनतम छिपी संभावना को, उसके शिखर को कैसे प्राप्त करो। उसमें छिपे सार-सौंदर्य को, उसके मूलभूत सुख और आनंद को कैसे उपलब्ध होओ। और अगर तुमने उस रहस्य को जान लिया

तो तुम उसका अतिक्रमण कर सकते हो। क्योंकि गहन काम-समाधि में तुम्हें जो आनंद मिलता है वह आनंद काम से नहीं, किसी और चीज से आता है। काम तो सिर्फ एक स्थिति है; और उसमें जो सुख, जो आनंद मिलता है, वह किसी दूसरी चीज से, दूसरे स्त्रोत से मिलता है।

वह दूसरी चीज तीन तत्वों में बाटी जा सकती है। लेकिन जब मैं उन तत्वों के संबंध में बोलता हूं तो यह मत समझो कि तुम उन्हें मेरे शब्दों से ही समझ जाओगे। उन्हें तुम्हारा अनुभव बनना होगा, सिद्धांत की भांति वे व्यर्थ हैं। लेकिन काम के इन्हीं तीन तत्वों के कारण तुम आनंद को उपलब्ध होते हो।

उनमें प्रथम है, समय-शून्यता, उसमें तुम बिलकुल ही समय के पार हो जाते हो। वहां समय नहीं है। तुम समय को बिलकुल भूल जाते हो, तुम्हारे लिए समय समाप्त हो जाता है। यह नहीं कि समय मिट जाता है, सिर्फ तुम्हारे लिए समय समाप्त हो जाता है, तुम समय में नहीं होते हो, न अतीत होता है और न भविष्य। इसी क्षण में, यहां और अभी सारा अस्तित्व केंद्रीभूत होता है। यही क्षण एकमात्र सच्चा क्षण होता है। अगर तुम इस क्षण को काम-कृत्य के बिना भी एकमात्र वास्तविक क्षण बना सको तो काम की जरूरत ही न रहे। ध्यान में यहीं घटित होता है।

दूसरी बात कि काम-कृत्य में पहली बार तुम्हारा अंहकार खो जाता है, तुम निरहंकारी हो जाते हो। इसलिए वे सारे लोग जो अति अंहकार से भरे हैं, सदा काम के विरुद्ध हो जाते हैं। क्योंकि काम में उन्हें अंहकार खोना पड़ता है। तब न तुम हो और न दूसरा है; तुम और तुम्हारी प्रेमिका, दोनों किसी और चीज में विलीन हो जाते हैं। एक नया यथार्थ घटित होता है, एक नई इकाई अस्तित्व में आती है, जिसमें पुराने दो खो जाते हैं, पूरी तरह खो जाते हैं। इससे अंहकार को भय होता है। तुम नहीं बचोगे। अगर तुम काम के बिना भी इस क्षण को प्राप्त कर सको जिसमें तुम नहीं होते हो तो फिर काम-भोग की जरूरत नहीं रहती।

और तीसरी बात कि काम-कृत्य में तुम पहली बार नैसर्गिक होते हो। जो कुछ झूठा था, ओढ़ा हुआ था, मुखौटा था, वह सब खो जाता है। समाज, सभ्यता, संस्कृति, सब खो जाता है। तब तुम निसर्ग के अंश मात्र हो। जैसे वृक्ष हैं, पशु हैं, चांद-तारे हैं, वैसे ही तुम भी प्रकृति के अंश हो। अब तुम विराट के साथ हो, ऋत के साथ हो, ताओ के साथ हो, तुम उसके साथ बह रहे हो। तुम उसमें तैर भी नहीं सकते, क्योंकि तुम नहीं हो। तुम बस बह रहे हो, प्रवाह तुम्हें लिए जा रहा है।

ये तीन चीजें तुम्हें आनंद देती हैं, समाधि की एक झलक देती हैं। काम-कृत्य एक स्थिति भर है जिसमें यह सहजता से घटित होता है। अगर तुम इन तत्वों को जान लेते हो और इन्हें अनुभव कर लेते हो तो तुम काम-कृत्य के बिना भी उन्हें निर्मित कर सकते हो। समस्त ध्यान मूलतः काम-भोग के बिना काम-भोग का अनुभव है। लेकिन तुम्हें उससे गुजरना ही होगा। उसे तुम्हारे अनुभव का हिस्सा बन जाना होगा। उसकी मात्र धारणा, सिद्धांत या विचार से कुछ भी नहीं होगा।

तंत्र काम-भोग के लिए नहीं, काम के अतिक्रमण के लिए है। लेकिन वह अतिक्रमण आदर्श से नहीं, सिर्फ अनुभव से हो सकता है—अस्तित्वगत अनुभव से। ब्रह्मचर्य केवल तंत्र के द्वारा घटित होता है। यह बात विरोधाभासी मालूम पड़ती है, लेकिन विरोधाभासी नहीं है।

▲

ज्ञान के द्वारा ही अतिक्रमण घटित होता है। अज्ञान से अतिक्रमण नहीं हो सकता, अज्ञान से सिर्फ पाखंड पैदा होता है।

अब मैं दूसरे प्रश्न लूंगा। किसी ने पूछा है :
ध्यान की प्रक्रिया में बाधा न पहुंचे, बल्कि सहयोग मिले, इस दृष्टि से संभोग में कितनी बार उतरना उचित है ?

यह प्रश्न हमारी नासमझी के कारण उठता है। तुम्हारे साधारण संभोग में और तांत्रिक संभोग में बुनियादी भेद है। तुम्हागा काम-भोग सिर्फ तनाव से क्षणिक छुटकारा होता है, वह अच्छी छींक जैसा है। उसमें ऊर्जा फिंक जाती है और तुम हलके हो जाते हो। यह काम-भोग दीन-हीन करता है, यह सृजनात्मक नहीं है। यह ठीक है—राहत जैसा है। इससे तुम्हें आराम मिल जाता है, लेकिन और कुछ नहीं।

तांत्रिक संभोग बुनियादी रूप से बिलकुल उलटा और भिन्न है। वह छुटकारा पाने के लिए नहीं है, वह ऊर्जा को बाहर फेंकने के लिए नहीं है। तंत्र में स्खलन के बिना, ऊर्जा को बाहर फेंके बिना संभोग में रहना है; वह भी उसके आरंभ के साथ रहना है, अंत के साथ नहीं। इससे काम-भोग की गुणवत्ता बदल जाती है, उसका पूरा गुणधर्म भिन्न हो जाता है।

यहां दो चीजें समझने जैसी हैं। काम-भोग में दो प्रकार के शिखर-अनुभव हैं, दो प्रकार के आर्गाज्म हैं। एक आर्गाज्म से तुम परिचित हो, जिसमें तुम उत्तेजना के शिखर पर पहुंचकर उसके आगे नहीं जा सकते, अंत आ जाता है। उत्तेजना ऐसे बिंदु पर पहुंच जाती है जहां वह स्वैच्छिक नहीं रह जाती, ऊर्जा छलांग लेती है और बाहर निकल जाती है। उससे तुम खाली हो जाते हो, हलके हो जाते हो। कोई बोझ सा उतर जाता है और तुम विश्रांति और नींद में चले जाते हो।

तुम यहां काम-भोग का उपयोग ट्रैंक्वेलाइजर की तरह करते हो। यह प्रकृति प्रदत्त ट्रैंक्वेलाइजर है। इसके बाद अच्छी नींद आएगी, बशर्ते चित्त धर्म से बोझिल न हो। अन्यथा ट्रैंक्वेलाइजर भी व्यर्थ हो जाएगा। अगर तुम्हारा चित्त धारणाओं से बोझिल नहीं है तो ही काम- भोग ट्रैंक्वेलाइजर का काम कर सकता है। अगर तुम्हें अपराध-भाव पकड़ता है तो तुम्हारी नींद भी बिगड़ जाएगी। तब तुम्हें गिरावट अनुभव होगी, तब तुम आत्म-निंदा में संलग्न हो जाओगे। और तब तुम व्रत लोगे कि अब फिर मैं इस पाप में नहीं गिरूंगा। तब तुम्हारी नींद भी उपद्रव में पड़ जाएगी। लेकिन यदि तुम सहज हो, धर्म से, नीति से बोझिल नहीं हो तो काम-भोग ट्रैंक्वेलाइजर बन सकता है।

यह एक तरह का आर्गाज्म है, काम का शिखर-अनुभव है, जिसमें उत्तेजना का शिखर प्राप्त होता है। तंत्र दूसरे प्रकार के शिखर-अनुभव की फिक्र लेता है। और अगर तुम पहले प्रकार को शिखर-अनुभव कहते हो तो तांत्रिक संभोग को घाटी-अनुभव कहना उचित होगा। इसमें तुम्हें उत्तेजना के शिखर पर नहीं पहुंचना है, वरन विश्राम की गहनतम घाटी में उतरना है। लेकिन दोनों के आरंभ में उत्तेजना से काम लेना है। इसलिए मैं कहता हूं कि आरंभ में दोनों समान हैं, लेकिन उनके अंत बिलकुल भिन्न हैं।

▲

उत्तेजना का उपयोग दोनों में करना है। वहां से तुम या तो उत्तेजना के शिखर पर चढ़ोगे या विश्राम की घाटी में उतरोगे। पहली यात्रा में उत्तेजना को तीव्र से तीव्रतर होते जाना है; तुम्हें उत्तेजना के साथ बढ़ना है, उत्तेजना को उसके शिखर तक पहुंचाना है। लेकिन दूसरी यात्रा में उत्तेजना केवल आरंभ में होगी। और पुरुष के प्रवेश करते ही प्रेमी और प्रेमिका दोनों विश्राम में हो सकते हैं। किसी हलचल की जरूरत नहीं है, दोनों प्रेम-आलिंगन में विश्रामपूर्ण हो सकते हैं। जब भी पुरुष या स्त्री को ऐसा लगे कि इंद्रियों का तनाव समाप्त होने को है, तभी थोड़ी गति और उत्तेजना की जरूरत है। लेकिन फिर विश्राम में चले जाना चाहिए।

तुम इस प्रगाढ़ आलिंगन को स्खलन के बिना घंटों लंबा सकते हो और उसके बाद दोनों गहरी नींद में सो जा सकते हो। यही घाटी-अनुभव है। इसमें दोनों व्यक्ति विश्रामपूर्ण हैं और उनका मिलन भी विश्रामपूर्ण होता है।

सामान्य संभोग में तुम दो उत्तेजित व्यक्तियों की भांति मिलते हो—तनावग्रस्त, उत्तेजित, खाली होने को आतुर। साधारण आर्गाज्म पागलपन जैसा मालूम होता है। तांत्रिक आर्गाज्म प्रगाढ़ विश्राम वाला ध्यान है। उसमें यह प्रश्न ही नहीं उठता है कि कितनी बार संभोग में उतरा जाए। तुम जितनी बार चाहो उतर सकते हो, क्योंकि उसमें ऊर्जा की हानि नहीं, वरन ऊर्ज़ा की प्राप्ति होती है।

तुम्हें शायद इसका बोध नहीं, लेकिन यह जीवशास्त्र या जीव-ऊर्जा का एक तथ्य है कि पुरुष और स्त्री विपरीत शक्तियां हैं। तुम उन्हें निषेध-विधेय, यिन-यांग या जो भी कहो, वे एक-दूसरे को चुनौती देने वाली शक्तियां हैं। और जब वे गहन विश्राम में मिलती हैं तो वे परस्पर एक-दूसरे को जीवन प्रदान करती हैं। इस मिलन से स्त्री-पुरुष दोनों शक्तिसंपन्न हो जाते हैं, दोनों शक्तिशाली हो जाते हैं, दोनों जीवंत हो जाते हैं, दोनों नई ऊर्जा से भर जाते हैं। ऐसे मिलन में कुछ भी खोता नहीं; विपरीत ध्रुवों के मिलन से ऊर्जा का नवीकरण होता है। तांत्रिक संभोग तुम जितना चाहो उतना कर सकते हो।

साधारण संभोग में तुम बार-बार नहीं उतर सकते, क्योंकि उसमें तुम्हारी ऊर्जा नष्ट होती है और उसे पुनः प्राप्त करने के लिए तुम्हारे शरीर को प्रतीक्षा करनी होगी। और ऊर्जा प्राप्त करके फिर उसे नष्ट ही करना है। यह एक अर्थहीन सिलसिला है, सारा जीवन फिर-फिर ऊर्जा कमाने और नष्ट करने में व्यतीत हो जाता है। यह एक ग्रस्तता है, रुग्णता है।

इस संबंध में एक दूसरी बात भी समझने जैसी है। तुमने शायद ध्यान न दिया हो कि पशु काम-कृत्य का सुख लेते हुए नहीं मालूम पड़ते हैं, संभोग में वे सुख लेना नहीं जानते। बंदरों और वनमानुषों को देखो, कुत्तों और अन्य जानवरों को देखो, उन्हें संभोग में देखकर यह कहना असंभव है कि वे उसका सुख ले रहे हैं, कि वे आनंदित हो रहे हैं। यह असंभव है। उनका काम-भोग बिलकुल यांत्रिक मालूम पड़ता है। लगता है कि कोई प्राकृतिक शक्ति उन्हें इसके लिए बाध्य कर रही है। अगर तुमने बंदरों को संभोग करते देखा हो तो देखा होगा कि संभोग के बाद वे तुरंत एक-दूसरे से अलग हो जाते हैं। उनके चेहरों को देखो, उनमें प्रसन्नता जरा भी नहीं है, जैसे कि कुछ हुआ ही नहीं। जब ऊर्जा धक्के देती है, जब वह अतिशय होती हैं तो वे उसे बस फेंक देते हैं।

साधारण काम-कृत्य ऐसा ही है। लेकिन नीतिवादी ठीक उलटी बात कहते आ रहे हैं।

वे कहते हैं: भोग मत करो, सुख मत लो। वे कहते हैं: यह तो पशुओं जैसा कृत्य है। लेकिन यह बात गलत है। पशु कभी सुख नहीं लेते हैं, केवल मनुष्य सुख ले सकता है। और तुम जितना गहरा सुख लोगे उतनी ही श्रेष्ठ मनुष्यता का उदय होगा। और अगर तुम्हारा संभोग ध्यानपूर्ण हो जाए, समाधिपूर्ण हो जाए तो परम उपलब्ध हो जाए। लेकिन तंत्र की बात स्मरण रखो: यह घाटी-अनुभव है। यह शिखर-अनुभव नहीं है, घाटी-अनुभव है।

पश्चिम में अब्राहम मैसलो ने शिखर-अनुभव की बहुत बात की है। तुम उत्तेजना के शिखर पर पहुंचकर नीचे गिरते हो। यही कारण है कि प्रत्येक संभोग के बाद तुम दीन-हीन अनुभव करते हो। और यह स्वाभाविक है, तुम शिखर से नीचे गिरते हो।

लेकिन तांत्रिक संभोग के बाद तुम्हें यह गिरावट कभी अनुभव नहीं होगी। उसमें तुम और नीचे नहीं गिर सकते, क्योंकि तुम घाटी में ही हो। वरन तुम ऊपर उठते हुए अनुभव करोगे। तांत्रिक संभोग से लौटने पर तुम गिरते नहीं, ऊपर उठते हो। तुम ऊर्जा से आपूरित होकर ज्यादा शक्तिवान, ज्यादा जीवंत और तेजोमय हो जाते हो। और वह आनंद घंटों बना रह सकता है, दिनों बना रह सकता है। यह इस पर निर्भर है कि तुम कितनी गहराई से उसमें उतरे थे। तांत्रिक संभोग में उतरने पर देर-अबेर तुम्हें पता चलेगा कि स्खलन ऊर्जा का अपव्यय है, उसकी कोई जरूरत नहीं है। अगर बच्चा नहीं पैदा करना है तो स्खलन बिलकुल जरूरी नहीं है।

और इस तांत्रिक काम-अनुभव के बाद तुम पूरे दिन विश्राम अनुभव करोगे। एक तांत्रिक काम-अनुभव के बाद तुम कई दिनों तक विश्रांत, शांत, अहिंसक, अक्रोधी और सुखी रह सकते हो। और इस तरह का व्यक्ति कभी दूसरों के लिए उपद्रव नहीं खड़ा करेगा, मुसीबत नहीं पैदा करेगा। हो सकेगा तो वह दूसरों को सुखी बनाने में सहयोग देगा, अन्यथा वह दूसरों को दुख तो कभी नहीं देगा।

केवल तंत्र नए मनुष्य का निर्माण कर सकता है। और यह नया मनुष्य—समयातीत और निरहंकार को, अस्तित्व के साथ गहन अद्वैत को जानने वाला मनुष्य—अवश्य विकासमान होगा। एक नया आयाम खुल गया है। वह बहुत दूर नहीं है, वह दिन बहुत दूर नहीं है, जब काम या सेक्स विलीन हो जाएगा। जब काम अनजाने विदा हो जाता है, जब एक दिन अचानक तुम्हें पता चलता है कि काम बिलकूल विदा हो गया, उसकी कोई वासना न रही, तो ब्रह्मचर्य का जन्म होता है।

लेकिन यह कठिन है। यह कठिन मालूम पड़ता है, क्योंकि तुम्हें बहुत गलत शिक्षा दी गई है। और तुम इससे भयभीत हो, क्योंकि तुम्हारा मन संस्कारित है।

हम दो चीजों से बहुत डरते हैं, हम कामवासना और मृत्यु से बहुत डरते हैं। और वे दोनों ही बुनियादी हैं। धर्म का सच्चा साधक दोनों में प्रवेश करेगा। वह काम को जानने के लिए काम का अनुभव लेगा। क्योंकि काम को जानना जीवन को जानना है। और वह मृत्यु को भी जानना चाहेगा। क्योंकि जब तक तुम मृत्यु को नहीं जानते हो तब तक तुम शाश्वत जीवन को भी नहीं जान सकते।

अगर तुम काम में उसके मर्म तक प्रवेश कर सको तो तुम जीवन को जान लोगे। और वैसे ही अगर तुम स्वेच्छा से मृत्यु में उसके केंद्र तक प्रवेश कर जाओ तो तुम अमृत को उपलब्ध हो जाओगे। तब तुम अमर हो, क्योंकि मृत्यु तो केवल परिधि पर घटित होती है।

▲

काम और मृत्यु, दोनों एक सच्चे साधक के लिए बुनियादी हैं। लेकिन सामान्य मनुष्यता के लिए दोनों घबड़ाने वाले हैं। कोई उनकी चर्चा नहीं करता है। और दोनों बुनियादी हैं और दोनों गहन रूप से एक-दूसरे से संबंधित हैं। वे इतने जुड़े हुए हैं कि तुम कामवासना में प्रवेश करो और तुरंत तुम एक प्रकार की मृत्यु में प्रवेश करने लगते हो। क्योंकि काम-अनुभव में तुम मरते हो, तुम्हारा अहंकार विलीन होता है। काम-अनुभव में समय विलीन हो जाता है, तुम्हारा व्यक्तित्व विदा हो जाता है। तब तुम ही मरने लगते हो। संभोग सूक्ष्म मृत्यु है।

और अगर तुम्हें बोध हो जाए कि काम सूक्ष्म मृत्यु है तो मृत्यु तुम्हारे लिए बड़ी काम-समाधि का अनुभव बन जाएगी। कोई सुकरात मृत्यु में निर्भय प्रवेश करता है। बल्कि वह मृत्यु को जानने के लिए उत्साह से भरा है, उल्लास और उत्तेजना से भरा है। उसके हृदय में मृत्यु के लिए गहन स्वागत का भाव है। क्यों? क्योंकि अगर तुम संभोग की छोटी मृत्यु को जानते हो, अगर तुमने उससे प्राप्त होने वाला आनंद जाना है, तो तुम बड़ी मृत्यु को भी जानना चाहोगे। तुम उसके पीछे छिपे आनंद को भी भोगना चाहोगे।

लेकिन हमारे लिए काम और मृत्यु दोनों घबड़ाने वाले हैं। तंत्र के लिए दोनों अनुसंधान के आयाम हैं। उनसे होकर ही यात्रा है।

किसी ने पूछा है :

अगर किसी को कुंडलिनी जागरण का अनुभव हो तो क्या काम के शिखर अनुभवों से उसकी ध्यान की ऊर्जा क्षीण नहीं होती है?

बुनियादी रूप से काम-कृत्य को न समझने के कारण ये सारे प्रश्न उठ रहे हैं। सामान्यतः तो यही होता है, अगर तुम्हारी कुंडलिनी ऊर्जा जागती है और सिर की तरफ उठती है तो तुम्हें सामान्य आर्गाज्म नहीं हो सकेगा। और अगर तुम उसकी कोशिश करोगे तो तुम्हें अपने भीतर गहन द्वंद्व का सामना करना होगा। क्योंकि ऊर्जा ऊपर उठ रही है और तुम उसे नीचे लाने की चेष्टा कर रहे हो।

लेकिन तांत्रिक आर्गाज्म में यह कठिनाई नहीं है, बल्कि यह सहयोगी होगा। ऊपर उठती ऊर्जा तांत्रिक आर्गाज्म के विरोध में नहीं है। तुम विश्रामपूर्ण हो सकते हो, और अपनी प्रेमिका के साथ यह विश्रामपूर्ण स्थिति ऊर्जा को ऊपर उठने में सहयोग देगा।

सामान्य काम-कृत्य में यह कठिनाई जरूर है। यही कारण है कि सभी गैर-तांत्रिक विधियां काम के विरोध में हैं। क्योंकि उन्हें नहीं मालूम है कि घाटी-अनुभव भी संभव है। वे एक ही भांति के अनुभव से, सामान्य शिखर-अनुभव से परिचित हैं। और तब उनके लिए जरूर यह समस्या है। योग के लिए यह समस्या है, क्योंकि योग तुम्हारी काम-ऊर्जा को ऊपर उठाने की चेष्टा करता है। तुम्हारी ऊपर उठती काम-ऊर्जा को ही कुंडलिनी कहते हैं। काम-भोग में ऊर्जा नीचे जाती है। योग कहेगा कि ब्रह्मचर्य धारण करो, क्योंकि अगर तुम दोनों करोगे, योग और भोग दोनों करोगे तो तुम अपने को अराजकता में डाल लोगे। एक ओर तुम ऊर्जा को ऊपर उठाने की चेष्टा करोगे और दूसरी ओर उसे नीचे उतारने की, बाहर फेंकने की चेष्टा करोगे। तब तुम उपद्रव में पड़ोगे, अराजकता में पड़ोगे।

यही कारण है कि योग की विधियां काम-विरोधी हैं। लेकिन तंत्र काम-विरोधी नहीं है, क्योंकि तंत्र का आर्गाज्म, तंत्र का काम-अनुभव सर्वथा भिन्न है। वह घाटी-अनुभव है। घाटी-अनुभव सहयोगी हो सकता है; उसमें द्वंद्व की, अराजकता की संभावना नहीं है। वह सहयोगी हो सकता है।

अगर तुम पुरुष हो और स्त्री से बच रहे हो या स्त्री हो और पुरुष से बच रहे हो तो तुम जो भी करोगे, विपरीत यौन तुम्हारे मन में सदा बसा रहेगा और तुम्हें नीचे की ओर खींचता रहेगा। यह विरोधाभासी है, लेकिन सच है। लेकिन जब तुम अपनी प्रेमिका के साथ प्रगाढ़ आलिंगन में होते हो तो तुम दूसरे को भूल सकते हो। तभी तुम दूसरे को भूलते हो। पुरुष भूल जाता है कि स्त्री है, स्त्री भूल जाती है कि पुरुष है। प्रगाढ़ आलिंगन में ही दूसरा विदा होता है। और जब दूसरा नहीं है तो तुम्हारी ऊर्जा आसानी से प्रवाहित होती है, अन्यथा दूसरा उसे नीचे की ओर खींचता रहता है।

इसलिए योग तथा दूसरी सामान्य विधियां तुम्हें विपरीत यौन से बचने की शिक्षा देती हैं। तुम्हें बचना होगा, तुम्हें सतत सजग रहना होगा, संघर्ष और नियंत्रण करना होगा। लेकिन अगर तुम विपरीत यौन के विरोध में हो तो वह विरोध ही तुम्हें निरंतर तनावग्रस्त रखेगा और तुम्हें नीचे खींचता रहेगा।

तंत्र कहता है: तनाव की जरूरत नहीं है। दूसरे के साथ विश्रामपूर्ण होओ। उस विश्रांत क्षण में दूसरा विलीन हो जाता है और तुम्हारी ऊर्जा ऊपर की ओर प्रवाहित हो सकती है। लेकिन यह तभी ऊपर की ओर प्रवाहित होती है जब तुम घाटी में होते हो। अगर तुम शिखर पर हो तो वह नीचे बहने लगती है।

एक और प्रश्न :
कल रात आपने कहा कि पूरा कृत्य बिना किसी जल्दबाजी के, धीरे-धीरे होना चाहिए। और आपने यह भी कहा कि काम-कृत्य पर नियंत्रण नहीं होना चाहिए और उसमें भाग लेने वाले को समग्र होना चाहिए। इससे मुझे उलझन हो रही है। कृपा कर इन दोनों बातों को स्पष्ट करें।

यह नियंत्रण नहीं है। नियंत्रण एक भिन्न चीज है और विश्राम उससे बिलकुल भिन्न चीज है। संभोग में तुम विश्रामपूर्ण होते हो, उसे नियंत्रित नहीं करते। अगर तुम उसे नियंत्रित करते हो तो विश्रामपूर्ण नहीं हो सकोगे। अगर तुम नियंत्रण कर रहे हो तो देर-अबेर तुम उसे खतम करने की जल्दी में होगे। क्योंकि नियंत्रण में शक्ति लगती है और उससे तनाव पैदा होता है। और तनाव के कारण तुम्हें कृत्य को समाप्त करने की जरूरत और जल्दी पड़ती है। तंत्र में नियंत्रण नहीं है, तुम किसी चीज का प्रतिरोध नहीं कर रहे हो। तुम किसी जल्दबाजी में नहीं हो, क्योंकि किसी लक्ष्य के लिए संभोग नहीं हो रहा है। तुम कहीं जा नहीं रहे हो। यह बस एक खेल है, इसमें कोई गंतव्य नहीं है, कहीं पहुंचना नहीं है। इसलिए कोई जल्दी नहीं है।

लेकिन आदमी अपने किसी कृत्य में पूरी तरह नहीं उपस्थित रहता है। अगर तुम अपना हर काम जल्दबाजी में करते हो तो तुम्हें काम-कृत्य में भी जल्दी रहेगी। जो व्यक्ति बहुत ज्यादा

समय-बोध से भरा है वह काम-कृत्य भी जल्दी-जल्दी निपटाएगा। उसे लगेगा कि इसमें समय नष्ट हो रहा है। हम इंस्टैंट काफी और इंस्टैंट संभोग की मांग करते हैं। काफी तक तो बात ठीक है, लेकिन इंस्टैंट संभोग की मांग मूढ़ता है। इंस्टैंट संभोग नहीं हो सकता, यह कोई काम नहीं है, यह जल्दी करने की चीज नहीं है। जल्दबाजी में तुम उसे नष्ट कर दोगे, तुम उसकी असली बात ही चूक जाओगे। उसका सुख लो, क्योंकि उसके द्वारा समयशून्यता का अनुभव होता है। जल्दबाजी में समयशून्यता का अनुभव नहीं हो सकता।

तंत्र कहता है कि संभोग में जल्दी मत करो, आहिस्ते-आहिस्ते चलो, उसका सुख लो। उसमें ऐसे जाओ जैसे सुबह टहलने के लिए निकलते हो। इसे आफिस जाने जैसा मत समझो, आफिस जाना और बात है। जब तुम आफिस जा रहे हो तो कहीं पहुंचने की चिंता रहती है। और जब टहलने जाते हो तो कोई जल्दी नहीं रहती, क्योंकि कहीं पहुंचना नहीं है। तुम सिर्फ टहल रहे हो, घूम रहे हो। कोई जल्दी नहीं है, कोई गंतव्य नहीं है। तुम किसी भी जगह से लौट सकते हो।

घाटी निर्मित करने के लिए यह गैर-जल्दबाजी, यह धीमापन आधारभूत है, अन्यथा शिखर निर्मित हो जाएगा। लेकिन जब मैं यह कहता हूं तो उसका यह मतलब नहीं है कि तुम्हें नियंत्रण करना है। तुम्हें अपनी उत्तेजना को नियंत्रित नहीं करना है। वह स्व-विरोधी बात हो जाएगी। उत्तेजना को नियंत्रित नहीं किया जा सकता, अगर करोगे तो दोहरी उत्तेजना पैदा हो जाएगी। बस विश्राम करो। उसे खेल की भांति लो। कोई लक्ष्य मत बनाओ। आरंभ पर्याप्त है।

संभोग में आंखें बंद कर लो और दूसरे के शरीर को, दूसरे की अपनी ओर आती हुई ऊर्जा को अनुभव करो और उसमें लीन हो जाओ, उसमें डूब जाओ। यह होगा। थोड़े दिन पुरानी आदत जिद्द के साथ बनी रहेगी, लेकिन फिर वह भी जाती रहेगी। लेकिन उसे हटाने की जबरदस्ती मत करो। सिर्फ विश्राम में, ज्यादा से ज्यादा विश्राम में उतरो। अगर स्खलन न हो तो यह मत समझो कि कुछ गलत हो रहा है।

अक्सर स्खलन न होने पर आदमी सोचता है कि कुछ गड़बड़ है, उसे लगता है कि कुछ गलत हो रहा है। कुछ भी गलत नहीं हो रहा है। और यह मत सोचो कि तुम कुछ चूक रहे हो। तुम कुछ नहीं चूक रहे हो। शुरू-शुरू में तो लगेगा कि तुम कुछ चूक रहे हो, क्योंकि उत्तेजना और शिखर का अभाव रहेगा। घाटी के आने के पूर्व तुम्हें लगेगा कि मैं कुछ चूक रहा हूं। लेकिन ऐसा सिर्फ पुरानी आदत के कारण लगेगा। थोड़े समय में, कोई महीनेभर या तीन सप्ताह के भीतर घाटी प्रकट होना शुरू होगी। और जब घाटी प्रकट होगी तो तुम अपने शिखर को भूल जाओगे। इसके सामने कोई शिखर कुछ नहीं है। लेकिन तुम्हें प्रतीक्षा करनी होगी। उसके साथ जबरदस्ती मत करो। उसका नियंत्रण मत करो। सिर्फ विश्राम करो।

विश्राम एक समस्या है। जब हम कहते हैं कि विश्राम करो तो लगता है कि उसके लिए कोई प्रयत्न करना होगा। हमारी भाषा के कारण यह भाव पैदा होता है। मैं एक किताब पढ़ रहा था। किताब का नाम है: यू मस्ट रिलैक्स—तुम्हें विश्राम जरूर करना है। अब यह 'जरूर करना है' तुम्हें विश्राम नहीं करने देगा। जब विश्राम लक्ष्य बन जाता है, जब उसे करना अनिवार्य हो जाता है तो जब तुम विश्राम नहीं कर पाओगे तो तुम्हें निराशा होगी। 'जरूर करना है' यह शब्दावली कहती है कि इसमें कठिन प्रयत्न निहित है, यह मुश्किल काम है।

▲

ऐसे तुम विश्राम नहीं कर सकते। समस्या भाषा की है। कुछ चीजें हैं जिन्हें भाषा सदा गलत ढंग से पेश करती है। उदाहरण के लिए यह विश्राम है। अगर मैं विश्राम करने को कहता हूं तो लगता है कि उसके लिए कुछ प्रयत्न करना है और तुम पूछोगे कि विश्राम कैसे किया जाए। 'कैसे' पूछकर तुम बात ही चूक गए। तुम यह नहीं पूछ सकते, क्योंकि 'कैसे' का अर्थ विधि है। और विधि प्रयत्न मांगती है और प्रयत्न तनाव पैदा करता है।

अगर तुम पूछोगे कि विश्राम कैसे किया जाए तो मैं कहूंगा कि कुछ मत करो, बस विश्राम करो! मैं कहूंगा: लेट जाओ और प्रतीक्षा करो। कुछ भी मत करो, तुम जो भी करोगे उससे बाधा पैदा होगी, अवरोध पैदा होगा। अगर तुम एक से सौ तक और फिर सौ से वापस एक तक गिनती करने लगो तो तुम्हें सारी रात जागना पड़ेगा। और अगर बीच में नींद आ जाए तो यह मत सोचना कि गिनती के कारण नींद आ गई। नहीं, नींद इसलिए आ गई क्योंकि गिनते-गिनते तुम ऊब गए। और ऊब नींद लाती है। गिनती नहीं, ऊब नींद ले आई। ऊब के कारण तुम गिनना भूल गए और तब नींद लग गई। नींद या विश्राम तभी आता है जब तुम कुछ भी नहीं करते।

यही समस्या है। जब मैं कहता हूं काम-कृत्य तो तुम्हें लगता है कि इसमें प्रयत्न निहित है। नहीं, प्रयत्न नहीं करना है। तुम बस अपनी प्रेमिका या अपने प्रेमी के साथ खेलना शुरू कर दो, खेलते रहो। एक-दूसरे को महसूस करो, एक-दूसरे के प्रति संवेदनशील बनो—जैसे बच्चे आपस में खेलते हैं या कुत्ते या अन्य जानवर खेलते हैं। खेलते रहो और काम-कृत्य के संबंध में कोई विचार मत करो। संभोग हो भी सकता है, नहीं भी हो सकता है। अगर खेलते-खेलते वह घटित हो तो वह तुम्हें आसानी से घाटी में पहुंचा देगा।

अगर तुम काम-भोग के संबंध में विचार करते हो तो तुम अपने से आगे निकल जाते हो। तुम अपनी प्रेमिका के साथ खेलते हुए काम-कृत्य का विचार कर रहे हो तो उसका मतलब है कि तुम्हारा खेल झूठा है। तब तुम वर्तमान में नहीं हो, तुम्हारा मन भविष्य में है। और यह मन सदा भविष्य में सरकता रहेगा। जब तुम संभोग में होगे तो मन उसको समाप्त करने का विचार करने लगेगा। मन सदा तुम्हारे आगे-आगे चलता है।

मन को ऐसा मत करने दो। बस खेलो और काम-कृत्य के बारे में भूल जाओ। वह घटित होगा। और जब वह घटित हो तो उसे घटित होने दो। तब विश्राम करना आसान होगा। जब संभोग घटित हो तो विश्राम करो। एक-दूसरे में डूबो, एक-दूसरे की उपस्थिाति में रहो और आनंदित होओ।

परोक्ष रूप से कुछ किया जा सकता है। उदाहरण के लिए, जब तुम उत्तेजित होते हो तो तुम्हारी श्वास तेजी से चलने लगती है। उत्तेजना में तेज श्वास की जरूरत है। तो विश्राम के लिए तुम गहरी श्वास लो, गहरी पर धीमी श्वास लो—तेज श्वास नहीं। श्वास को सरल-सहज बना लो तो संभोग लंबा होगा।

और बातचीत मत करो, कुछ मत बोलो। बोलने से भी उपद्रव होता है। मन का नहीं, शरीर का उपयोग करो। और मन का उपयोग सिर्फ उसे महसूस करने के लिए करो जो घटित हो रहा है। विचार मत करो, सिर्फ महसूस करो कि क्या हो रहा है। जो उष्णता बह रही है, जो प्रेम प्रवाहित हो रहा है, उसे अनुभव करो। और सजग रहो। लेकिन सजगता को भी प्रयास

मत बनाओ। अप्रयास बहो, अनायास बहो। तब घाटी प्रकट होगी। और जब घाटी प्रकट होगी तो अतिक्रमण होगा।

घाटी को, विश्रामपूर्ण आर्गाज्म को प्राप्त करते ही अतिक्रमण है। तब काम काम नहीं रहता; वह ध्यान हो जाता है, समाधि हो जाता है।

आज इतना ही।

35

स्वप्न नहीं, स्वप्नदर्शी सच है

सूत्र

53. है कमलाक्षी, हे सुभगे, गाते हुए, देखते हुए,
स्वाद लेते हुए यह बोध बना रहे कि मैं हूं,
और शाश्वत आविर्भूत होता है।
54. जहां-जहां, जिस किसी कृत्य में संतोष मिलता
हो, उसे वास्तविक करो।
55. जब नींद अभी नहीं आयी हो और बाह्य जागरण
विदा हो गया हो, उस मध्य बिंदु पर बोधपूर्ण रहने से
आत्मा प्रकाशित होती है।
56. भ्रांतियां छलती हैं, रंग सीमित करते हैं,
विभाज्य भी अविभाज्य हैं।

▲

सभ्यता इस बात का प्रशिक्षण है कि कैसे झूठा हुआ जाए, नकली हुआ जाए। तंत्र ठीक विपरीत प्रक्रिया है, तंत्र तुम्हें झूठा होने से बचाता है। और अगर तुम झूठे हो गए हो तो तंत्र सिखाता है कि कैसे उस सत्य से फिर से संपर्क साधो जो तुम्हारे भीतर छिपा है, कि कैसे फिर से सच्चे हो जाओ।

पहली चीज समझने की यह है कि हम कैसे झूठे होते चले जाते हैं। और जब यह प्रक्रिया समझ में आ जाती है तो तुरंत ही बहुत सी बातें बदल जाती हैं। और समझ ही रूपांतरण बन जाती है, क्रांति बन जाती है।

मनुष्य अविभाजित, अखंड जन्म लेता है। वह न शरीर है न मन, वह अखंड, एक व्यक्ति की भांति पैदा होता है। वह शरीर और मन दोनों है। यह कहना भी गलत है कि वह शरीर और मन दोनों है। वह शरीर-मन है। शरीर और मन उसके होने के दो पहलू हैं, अलग-अलग खंड नहीं। वे जीवन या ऊर्जा या किसी भी चीज अ, ब, स, के दो छोर हैं, पर शरीर और मन दो चीजें नहीं है।

सभ्यता, शिक्षा, संस्कृति, संस्कार की प्रक्रिया विभाजन से शुरू होती है। हरेक व्यक्ति को सिखाया जाता है कि तुम एक नहीं, दो हो। और तब स्वभावतः हरेक व्यक्ति मन के साथ तादात्म्य करने लगता है, शरीर के साथ नहीं। फिर सोच-विचार की जो प्रक्रिया है वह तुम्हारा केंद्र बन जाती है। लेकिन विचार की प्रक्रिया केवल परिधि है, वह केंद्र नहीं है। क्योंकि तुम सोच-विचार के बिना भी जी सकते हो, कभी तुम उसके बिना जीते ही थे। जीने के लिए सोच-विचार आवश्यक नहीं है।

अगर तुम ध्यान में गहरे उतरो तो तुम तो रहोगे, लेकिन विचार-प्रक्रिया नहीं रहेगी। वैसे ही अगर तुम बेहोश हो जाओ तो तुम तो रहोगे, लेकिन विचार-प्रक्रिया नहीं रहेगी। गाढ़ी नींद में उतर जाने पर भी तुम तो रहोगे, लेकिन विचार-प्रक्रिया नहीं रहेगी। विचार-प्रक्रिया परिधि पर है, तुम्हारा होना कहीं और है—विचार-प्रक्रिया से बहुत गहरे में।

लेकिन तुम्हें निरंतर सिखाया जाता है कि तुम दो हो, शरीर और मन हो। तुम्हें सिखाया

▲

जाता है कि दरअसल तुम मन हो और शरीर तुम्हारे अधिकार में है, तुम्हारी मालकियत में है। तब मन मालिक बन जाता है और शरीर गुलाम। और तब तुम शरीर के साथ संघर्ष करते रहते हो; और उससे अलगाव पैदा होता है, अंतराल पैदा होता है। और यह अलगाव ही समस्या है। सब मानसिक रोग इस अलगाव से जन्म लेते हैं, सब चिंताएं उससे ही पैदा होती हैं।

तुम्हारा होना तुम्हारे शरीर से जुड़ा हुआ है। और तुम्हारा शरीर अस्तित्व से पृथक नहीं है, अलग नहीं है, वह अस्तित्व का हिस्सा है। तुम्हारा शरीर समूचा ब्रह्मांड है, वह कोई सीमित और छोटी चीज नहीं है। तुमने हो सकता है न निरीक्षण किया हो, लेकिन अब निरीक्षण करना कि तुम्हारा शरीर दरअसल कहां समाप्त होता है। क्या तुम सोचते हो कि तुम्हारा शरीर चमड़ी पर समाप्त हो जाता है? तो सूरज जो इतना दूर है, अगर वह अभी ठंडा हो जाए तो तुम भी तुरंत यहां ठंडे हो जाओगे। अगर सूरज की किरणें यहां आना बंद कर दें तो तुम समाप्त हो जाओगे। इतनी दूरी पर जो सूरज है उसके बिना तुम्हारा शरीर नहीं जीवित रहेगा। तो सूरज और तुम किसी न किसी तरह गहरे में जुड़े हो। सूरज तुम्हारे शरीर में सम्मिलित है, अन्यथा तुम नहीं हो सकते हो। तुम उसकी किरणों के हिस्से हो।

सुबह तुम फूलों को खिलते देखते हो, उनका खिलनां असल में सूरज का उगना है। रात में फूल बंद हो जाते हैं, उनका बंद होना सूरज का डूबना है। वे फूल बस सूरज की फैली हुई किरणें हैं। तुम यहां हो, क्योंकि बहुत दूर पर सूरज भी है। तुम्हारी चमड़ी पर ही तुम्हारी चमड़ी समाप्त नहीं है, वह फैलती ही जाती है और सूरज को भी अपने में समेट लेती है।

तुम श्वास लेते हो। तुम श्वास ले सकते हो, क्योंकि वायु है, वायुमंडल है। प्रत्येक क्षण तुम वायुमंडल से श्वास लेते हो और उसी में श्वास छोड़ते हो। अगर एक क्षण को हवा न रहे तो तुम मर जाओगे। तुम्हारी श्वास ही तुम्हारा जीवन है। और अगर तुम्हारी श्वास तुम्हारा जीवन है तो सारा वायुमंडल तुम्हारा अंग है, तुम उसके बिना नहीं जी सकते। तो तुम्हारा शरीर वस्तुतः कहां समाप्त होता है? उसकी सीमा कहां है?

कोई सीमा नहीं है। अगर तुम निरीक्षण करो, अगर गहराई से देखो तो तुम्हें पता चलेगा कि कोई सीमा नहीं है। या कि ब्रह्मांड की सीमा ही तुम्हारे शरीर की सीमा है, समूचा ब्रह्मांड तुम में निहित है, वह तुम से अभिन्न है। तो तुम्हारा शरीर तुम्हारा शरीर ही नहीं है, वह तुम्हारा ब्रह्मांड है और तुम उसमें आधारित हो। तुम्हारा मन भी शरीर के बिना नहीं रह सकता, वह शरीर का एक हिस्सा है, उसकी एक प्रक्रिया है।

विभाजन विध्वंसकारी है। और विभाजन के होते ही तुम्हारा मन के साथ तादात्म्य अनिवार्य हो जाता है। तुम सोचते हो—और सोचे बिना विभाजन नहीं हो सकता—तुम सोचते हो और तुम्हारा सोचने के साथ तादात्म्य हो जाता है। तब तुम्हें ऐसा लगता है मानों शरीर तुम्हारे अधिकार में है।

यह बात सत्य के सर्वथा विपरीत है। शरीर तुम्हारे अधिकार में नहीं है और न तुम ही शरीर के अधिकार में हो। वे दो चीजें नहीं हैं। तुम्हारा अस्तित्व एक है—विपरीत ध्रुवों की सघन लयबद्धता। लेकिन ये विपरीत ध्रुव बंटे नहीं हैं, वे परस्पर जुड़े हैं। तो ही वे विपरीत ध्रुव हो सकते हैं। और यह विपरीतता, यह विरोध शुभ है; इससे चुनौती पैदा होती है; इससे बल, शक्ति और ऊर्जा निर्मित होती है। यह द्वंद्वात्मक है। अगर तुम वस्तुतः एक ही होते, अगर

▲

तुम्हारे भीतर विपरीत ध्रुव नहीं होते तो तुम उदास और मुर्दा होते। ये जो विपरीत ध्रुव हैं—शरीर और मन—वे तुम्हें जीवन देते हैं। वे विपरीत हैं, लेकिन साथ ही साथ परिपूरक भी हैं। और मूलतः तथा अंततः वे एक ही हैं, दोनों में ऊर्जा की एक ही धारा प्रवाहित होती है।

लेकिन जब हम विचार की प्रक्रिया से एकात्म हो जाते हैं तो हमें लगता है कि हम अपने सिर में केंद्रित हैं। अगर तुम्हारे पांव काट दिए जाएं तो तुम्हें ऐसा नहीं लगेगा कि मैं कट गया, तुम कहोगे कि मेरे पांव कट गए। लेकिन अगर तुम्हारा सिर कट जाए तो तुम ही कट गए, तुम्हारी हत्या हो गई। अगर तुम आंख बंद करके यह महसूस करो कि मैं कहां हूं तो तुम्हें तुरंत महसूस होगा कि मैं अपने सिर में हूं।

लेकिन तुम सिर में नहीं हो। क्योंकि जब तुमने पहली दफा अपनी मां के पेट में प्रवेश किया था, जीवन में प्रवेश किया था, जब पहली बार पुरुष और स्त्री के अणु मिले थे, तब कोई सिर नहीं था। लेकिन तभी जीवन आरंभ हो गया था और तुम थे, लेकिन सिर नहीं था। दो जीवित अणुओं के उस प्रथम मिलन में तुम निर्मित हुए थे; सिर तो पीछे आया। लेकिन तुम्हारा होना था। वह होना कहां है? वह तुम्हारे सिर में नहीं है। वस्तुतः वह कहीं नहीं है, या वह तुम्हारे शरीर में सर्वत्र है। वह कहीं एक जगह नहीं है, तुम अंगुली उठाकर नहीं बता सकते कि वह यहां है। और जिस क्षण तुम ऐसा बताओगे, तुम चूक गए, पूरी बात ही चूक गए। वह सर्वत्र है। तुम्हारा जीवन सर्वत्र है। वह तुम्हारे शरीर में सर्वत्र फैला है। और वह सिर्फ तुम्हारे शरीर में ही नहीं सर्वत्र फैला है, अगर तुम उसका अनुसरण करो तो तुम्हें ब्रह्मांड के आखिरी छोर तक जाना पड़े। वह सर्वत्र है।

इस तादात्यय के साथ कि मैं मन हूं, सब कुछ झूठ हो जाता है। तुम झूठे हो जाते हो, क्योंकि यह तादात्म्य ही झूठा है। इस तादात्म्य को तोड़ना है। और तंत्र की विधियां इसे ही तोड़ने के लिए हैं। तंत्र तुम्हें सिर-विहीन, केंद्र-विहीन बनाने की चेष्टा करता है कि तुम या तो सर्वत्र होओ या कहीं न होओ।

और मनुष्य या मनुष्यता मन के कारण झूठी और नकली क्यों हो जाती है? क्योंकि मन एक उप-घटना है, गौण है। मन एक प्रक्रिया है जो जरूरी है, उपयोगी है; लेकिन प्राथमिक नहीं है। मन एक प्रक्रिया है जो शब्दों से बनी है, सत्यों से नहीं। प्रेम शब्द प्रेम नहीं है, न ईश्वर शब्द ईश्वर है। लेकिन मन शब्दों से बना है, वह एक शाब्दिक प्रक्रिया है, और तब प्रेम प्रेम शब्द से कम महत्वपूर्ण हो जाता है। मन के लिए शब्द ज्यादा महत्वपूर्ण है। ईश्वर ईश्वर शब्द से कम महत्वपूर्ण हो जाता है। मन का यही हाल है, उसके लिए शब्द ज्यादा अर्थपूर्ण, ज्यादा प्राथमिक हो जाते हैं।

और तब हम शब्दों में जीने लगते हैं। और तुम जितना ज्यादा शब्दों में जीते हो उतने ही उथले हो जाते हो। और तब तुम सत्य से वंचित हो जाते हो, क्योंकि सत्य शब्द नहीं है। सत्य अस्तित्व है।

मन में रहना ऐसा है मानो तुम दर्पण में रहते हो। रात में अगर तुम किसी झील पर जाओ और झील शांत हो, उसमें लहरें न हों, तो वह झील दर्पण बन जाएगी। तुम उसमें चांद को देख सकते हो। लेकिन वह चांद झूठा है, प्रतिबिंब भर है। वह प्रतिबिंब सत्य से आता है, लेकिन खुद सत्य नहीं है। वैसे ही मन भी दर्पण जैसी घटना है। उसमें सत्य प्रतिबिंबित होता

है, लेकिन प्रतिबिंब सत्य नहीं है। और अगर तुम प्रतिबिंबों में उलझन गए तो तुम सत्य को बिलकुल चूक जाओगे। यही कारण है कि मन और मन के प्रतिबिंब सदा कंपित होते रहते हैं; एक छोटी सी भी हलचल, एक हलकी सी भी लहर तुम्हारे मन को विचलित कर देती है। मन दर्पण जैसा है और हम मन में ही रहते हैं।

तंत्र कहता है: नीचे आओ, सिंहासन से उतरो, अपने सिरों से नीचे उतर आओ। तंत्र कहता है: प्रतिबिंबों को भूल जाओ और सत्य की ओर बढ़ो। जिन विधियों की हम यहां चर्चा करने वाले हैं वे सब इसी से संबंधित हैं कि कैसे मन से हटकर सत्य में गति की जाए।

अब हम विधियों को लेंगे।

आत्म-स्मरण की पहली विधि:

हे कमलाक्षी, हे सुभगे, गाते हुए, देखते हुए, स्वाद लेते हुए यह बोध बना रहे कि मैं हूं, और शाश्वत आविर्भूत होता है।

हम हैं, लेकिन हमें बोध नहीं है कि हम हैं। हमें आत्म-स्मरण नहीं है। तुम खा रहे हो, या तुम स्नान कर रहे हो, या टहल रहे हो। लेकिन टहलते हुए तुम्हें इसका बोध नहीं है कि मैं हूं। सजग नहीं हो कि मैं हूं सब कुछ है, केवल तुम नहीं हो। झाड़ हैं, मकान हैं, चलते रास्ते हैं, सब कुछ है; तुम अपने चारों ओर की चीजों के प्रति सजग हो, लेकिन सिर्फ अपने होने के प्रति कि मैं हूं, सजग नहीं हो। लेकिन अगर तुम सारे संसार के प्रति भी सजग हो और अपने प्रति सजग नहीं हो तो सब सजगता झूठी है। क्यों? क्योंकि तुम्हारा मन सबको प्रतिबिंबित कर सकता है, लेकिन वह तुम्हें प्रतिबिंबित नहीं कर सकता। और अगर तुम्हें अपना बोध है तो तुम मन के पार चले गए।

तुम्हारा आत्म-स्मरण तुम्हारे मन में प्रतिबिंबित नहीं हो सकता, क्योंकि तुम मन के पीछे हो। मन उन्हीं चीजों को प्रतिबिंबित करता है जो उसके सामने होती हैं। तुम केवल दूसरों को देख सकते हो, तुम अपने को नहीं देख सकते। तुम्हारी आंखें सबको देख सकती हैं, लेकिन अपने को नहीं देख सकती। अगर तुम अपने को देखना चाहो तो तुम्हें दर्पण की जरूरत होगी। दर्पण में ही तुम अपने को देख सकते हो, लेकिन उसके लिए तुम्हें दर्पण के सामने खड़ा होना होगा। तुम्हारा मन दर्पण है तो वह सारे संसार को प्रतिबिंबित कर सकता है, लेकिन तुम्हें प्रतिबिंबित नहीं कर सकता। क्योंकि तुम उसके सामने नहीं खड़े हो सकते, तुम सदा पीछे हो, दर्पण के पीछे खड़े हो।

यह विधि कहती है कि कुछ भी करते हुए—गाते हुए, देखते हुए, स्वाद लेते हुए—यह बोध बना रहे कि मैं हूं, और शाश्वत को आविर्भूत कर लो। अपने भीतर उसे आविष्कृत कर लो जो सतत प्रवाह है, ऊर्जा है, जीवन है, शाश्वत है।

लेकिन हमें अपना ही बोध नहीं है। पश्चिम में गुरजिएफ ने आत्म-स्मरण का प्रयोग एक बुनियादी विधि के रूप में किया। वह आत्म-स्मरण इसी सूत्र से लिया गया है। और गुरजिएफ की सारी साधना इसी एक सूत्र पर आधारित है। सूत्र है कि तुम कुछ भी करते हुए अपने को स्मरण रखो।

यह बहुत कठिन होगा। यह सरल मालूम होता है, लेकिन तुम भूल-भूल जाओगे।

तीन या चार सेकेंड के लिए भी तुम अपना स्मरण नहीं रख सकते। तुम्हें लगेगा कि मैं अपना स्मरण कर रहा हूं और अचानक तुम किसी दूसरे विचार में चले गए। अगर यह विचार भी उठा कि ठीक, मैं तो अपना स्मरण कर रहा हूं तो तुम चूक गए; क्योंकि यह विचार आत्म-स्मरण नहीं है। आत्म-स्मरण में कोई विचार नहीं होगा, तुम बिलकुल रिक्त और खाली होगे। और आत्म-स्मरण कोई मानसिक प्रक्रिया नहीं है। ऐसा नहीं है कि तुम कहते रहो कि हां, मैं हूं। यह कहते हो कि हां, मैं हूं, तुम चूक गए। मैं हूं, यह सोचना एक मानसिक कृत्य है। यह अनुभव करो कि मैं हूं। मैं हूं, इन शब्दों को नहीं अनुभव करना है। उसे शब्द मत दो, बस अनुभव करो कि मैं हूं। सोचो मत, अनुभव करो।

प्रयोग करो। कठिन है, लेकिन अगर तुम प्रयोग में लगन से लगे रहे तो यह घटित होता है। टहलते हुए स्मरण रखो कि मैं हूं, अपने होने को महसूस करो। ऐसे किसी विचार या धारणा को नहीं लाना है, बस महसूस करना है। मैं तुम्हारा हाथ छूता हूं, या तुम्हारे सिर पर अपना हाथ रखता हूं, तो उसे शब्द मत दो, सिर्फ स्पर्श को अनुभव करो। और इस अनुभव में स्पर्श को ही नहीं, स्पर्शित को भी अनुभव करो। तब तुम्हारी चेतना के तीर में दो फलक होंगे।

तुम वृक्षों की छाया में टहल रहे हो; वृक्ष हैं, हवा है, उगता हुआ सूरज है। यह है तुम्हारे चारों ओर का संसार और तुम उसके प्रति सजग हो। घूमते हुए क्षणभर के लिए ठिठक जाओ और अचानक स्मरण करो कि मैं हूं, अपने होने को अनुभव करो। कोई शब्द मत दो, सिर्फ अनुभव करो कि मैं हूं। यह शब्दहीन अनुभूति, क्षण मात्र के लिए ही सही, तुम्हें सत्य की वह झलक दे जाएगी जो कोई एल.एस.डी. नहीं दे सकती। क्षणभर के लिए तुम अपने अस्तित्व के केंद्र पर फेंक दिए जाते हो। तब तुम दर्पण के पीछे हो, तुम प्रतिबिंबों के जगत के पार चले गए हो। तब तुम अस्तित्वगत हो।

और यह प्रयोग तुम किसी भी समय कर सकते हो। इसके लिए न किसी खास जगह की जरूरत है और न किसी खास समय की। तुम यह नहीं कह सकते कि मेरे पास समय नहीं है। तुम भोजन करते हुए इसका प्रयोग कर सकते हो। तुम स्नान करते हुए इसका प्रयोग कर सकते हो। चलते हुए या बैठे हुए, किसी समय भी यह प्रयोग कर सकते हो। कोई भी काम करते हुए अचानक अपना स्मरण करो और फिर अपने होने की उस झलक को जारी रखने की चेष्टा करो।

यह कठिन होगा। एक क्षण लगेगा कि यह रहा और दूसरे क्षण ही वह विदा हो जाएगा। कोई विचार प्रवेश कर जाएगा, कोई प्रतिबिंब, कोई चित्र मन में तैर जाएगा और तुम उसमें उलझ जाओगे। उससे दुखी मत होना, निराश मत होना। ऐसा होता है, क्योंकि हम जन्मों-जन्मों से प्रतिबिंबों में उलझे रहे हैं। यह यंत्रवत प्रक्रिया बन गई है। अविलंब, आप ही आप हम प्रतिबिंबों में उलझ जाते हैं।

लेकिन अगर एक क्षण के लिए भी तुम्हें झलक मिल गई तो वह प्रारंभ के लिए काफी है। और वह क्यों काफी है?

क्योंकि तुम्हें कभी दो क्षण एक साथ नहीं मिलेंगे। सदा एक क्षण ही तुम्हारे हाथ में होता है। और अगर तुम्हें एक क्षण के लिए भी झलक मिल जाए तो तुम उसमें ज्यादा बने रह सकते हो। सिर्फ चेष्टा की जरूरत है, सतत चेष्टा की। तुम्हें एक क्षण ही तो दिया जाता है, दो

▲

क्षण तो कभी एक साथ नहीं आते। दो क्षणों की फिक्र मत करो, तुम्हें सदा एक क्षण ही मिलेगा। और अगर तुम्हें एक क्षण के लिए बोध हो सके तो जीवनभर के लिए बोध बना रह सकता है। अब सिर्फ प्रयत्न चाहिए। और यह प्रयोग सारा दिन चल सकता है। जब भी स्मरण आए, अपने को स्मरण करो।

'हे कमलाक्षी, हे सुभगे, गाते हुए, देखते हुए, स्वाद लेते हुए यह बोध बना रहे कि मैं हूं, और शाश्वत आविर्भूत होता है।'

जब सूत्र कहता है कि 'बोध बना रहे कि मैं हूं' तो तुम क्या करोगे? क्या तुम याद करोगे कि मेरा नाम राम है, या जीसस है, या और कुछ है? क्या तुम स्मरण करोगे कि मैं फलां परिवार का हूं, फलां धर्म का हूं, फलां-फलां परंपरा का हूं? क्या तुम याद करोगे कि मैं अमुक देश का हूं, अमुक जाति का हूं, अमुक मत का हूं? क्या तुम स्मरण करोगे कि मैं कम्युनिस्ट हूं या हिंदू या ईसाई हूं? तुम क्या स्मरण करोगे?

सूत्र कहता है कि 'बोध बना रहे कि मैं हूं', इतना ही कहता है कि मैं हूं। किसी नाम की जरूरत नहीं है, किसी देश की जरूरत नहीं है, सिर्फ होने की जरूरत है कि तुम हो। तो अपने से यह मत कहो कि तुम कौन हो। यह मत कहो कि मैं यह हूं, वह हूं। तुम हो, इस अस्तित्व को स्मरण करो।

लेकिन यह कठिन हो जाता है, क्योंकि हम कभी मात्र अस्तित्व को स्मरण नहीं करते। हम सदा उसे स्मरण करते हैं जो एक लेबल है, पदवी है, नाम है; वह अस्तित्व नहीं है। जब भी तुम अपने बारे में सोचते हो, तुम अपने नाम, धर्म, देश इत्यादि की सोचते हो, तुम कभी इस मात्र अस्तित्व की नहीं सोचते कि मैं हूं।

तुम इसकी साधना कर सकते हो। अपनी कुर्सी में या किसी पेड़ के नीचे विश्रामपूर्वक बैठ जाओ, सब कुछ भूल जाओ और इस अपने होनेपन को अनुभव करो। न ईसाई हो, न हिंदू, न बौद्ध, न भारतीय, न अंग्रेज, न जर्मन; बस तुम हो। इसकी प्रतीति भर हो, भाव भर हो। और तब तुम्हारे लिए याद रखना आसान होगा कि यह सूत्र क्या कहता है।

'बोध बना रहे कि मैं हूं, और शाश्वत आविर्भूत होता है।'

जिस क्षण तुम्हें बोध होता है कि मैं कौन हूं, उसी क्षण तुम शाश्वत की धारा में फेंक दिए जाते हो। जो असत्य है, उसकी मृत्यु निश्चित है; केवल सत्य शेष रहता है।

यही कारण है कि हम मृत्यु से इतना डरते हैं, क्योंकि झूठ को मिटना ही है। असत्य सदा नहीं रह सकता है। और हम असत्य से बंधे हैं, असत्य से तादात्म्य किए बैठे हैं। तुममें जो हिंदू है, वह तो मरेगा; जो राम है या कृष्ण है, वह तो मरेगा; जो कम्युनिस्ट है, आस्तिक है, नास्तिक है, वह तो मरेगा—जो-जो नाम-रूप है वह मरेगा। और अगर तुम नाम-रूप के मोह में पड़े हो; उससे आसक्त हो तो जाहिर है कि मृत्यु का डर तुम्हें घेरेगा।

लेकिन तुम्हारे भीतर जो सत्य है, जो अस्तित्वगत है, जो आधारभूत है, वह अमृत है। जब नाम-रूप भूल जाते हैं और तुम्हारी दृष्टि भीतर के अनाम और अरूप पर पड़ती है, तब तुम शाश्वत में प्रवेश कर गए।

'बोध बना रहे कि मैं हूं, और शाश्वत आविर्भूत होता है।'

यह विधि अत्यंत कारगर विधियों में से एक है और हजारों साल से सदगुरुओं ने

इसका उपयोग किया है। बुद्ध इसे उपयोग में लाए, महावीर लाए, जीसस लाए। और आधुनिक जमाने में गुरजिएफ ने इसका खूब उपयोग किया। सभी विधियों से इस विधि की क्षमता सर्वाधिक है। इसका प्रयोग करो। यह समय लेगा, महीनों लग सकते हैं।

जब आस्पेंस्की गुरजिएफ के पास साधना कर रहा था तो उसे तीन महीने तक इस बात के लिए बहुत श्रम, कठिन श्रम करना पड़ा कि आत्म-स्मरण की एक झलक मिले। निरंतर तीन महीने तक आस्पेंस्की एक एकांत घर में रहकर एक ही प्रयोग करता रहा—आत्म-स्मरण का प्रयोग। तीस व्यक्तियों ने उस प्रयोग को आरंभ किया था और पहले सप्ताह के खतम होते-होते सत्ताइस व्यक्ति भाग खड़े हुए, सिर्फ तीन बचे। सारा दिन वे और कोई काम नहीं करते थे, सिर्फ स्मरण करते थे कि मैं हूं। सत्ताइस लोगों को ऐसा लगा कि इस प्रयोग से हम पागल हो जाएंगे, हमारे विक्षिप्त होने के सिवाय कोई चारा नहीं है। और वे गायब हो गए। वे फिर कभी नहीं वापस आए, वे गुरजिएफ से फिर कभी नहीं मिले। क्यों?

हम जैसे हैं, असल में हम विक्षिप्त ही हैं, पागल ही हैं। जो नहीं जानते हैं कि हम क्या हैं, हम कौन हैं, वे पागल ही हैं। लेकिन हम इस विक्षिप्तता को ही स्वास्थ्य माने बैठे हैं। जब तुम पीछे लौटने की कोशिश करोगे, जब तुम सत्य से संपर्क साधोगे तो वह विक्षिप्तता जैसा, पागलपन जैसा ही मालूम पड़ेगा। हम जैसे हैं, जो हैं, उसकी पृष्ठभूमि में सत्य ठीक विपरीत है। और अगर तुम जैसे हो उसको ही स्वास्थ्य मानते हो तो सत्य जरूर पागलपन मालूम पड़ेगा।

लेकिन तीन व्यक्ति प्रयोग में लगे रहे। उन तीन में पी.डी. आस्पेंस्की भी एक था। वे तीन महीने तक प्रयोग में जुटे रहे। पहले महीने के बाद उन्हें मात्र होने की—कि मैं हूं—झलक मिलने लगी। दूसरे महीने के बाद मैं भी गिर गया और उन्हें मात्र होनेपन की हूं-पन की झलक मिलने लगी। इस झलक में मात्र होना था, मैं भी नहीं था, क्योंकि मैं भी एक संज्ञा है। शुद्ध अस्तित्व न मैं है न तू, वह बस है। और तीसरे महीने के बाद हूं-पन का भाव भी विसर्जित हो गया। क्योंकि हूं-पन का भाव भी एक शब्द है, यह शब्द भी विलीन हो जाता है। तब तुम बस हो और तब तुम जानते हो कि तुम कौन हो।

इस घड़ी के आने के पूर्व तुम नहीं पूछ सकते कि मैं कौन हूं। या तुम सतत पूछते रह सकते हो कि मैं कौन हूं, मैं कौन हूं, और मन जो भी उत्तर देगा वह गलत होगा, अप्रासंगिक होगा। तुम पूछते जाओ कि मैं कौन हूं, मैं कौन हूं, और एक क्षण आएगा जब तुम यह प्रश्न नहीं पूछ सकते। पहले सब उत्तर गिर जाते हैं और फिर खुद प्रश्न गिर जाता है और खो जाता है। और जब यह प्रश्न भी कि 'मैं कौन हूं?' गिर जाता है, तुम जानते हो कि तुम कौन हो।

गुरजिएफ ने एक सिरे से इस विधि का प्रयोग किया: सिर्फ यह स्मरण रखना है कि मैं हूं। रमण महर्षि ने इसका प्रयोग दूसरे सिरे से किया। उन्होंने इस खोज को कि 'मैं कौन हूं?' पूरा ध्यान बना दिया। उन्होंने कहा कि पूछते रहो कि मैं कौन हूं? और इसके उत्तर में मन जो भी कहे उस पर विश्वास मत करो। मन कहेगा कि क्या व्यर्थ का सवाल उठा रहे हो! मन कहेगा कि तुम यह हो, तुम वह हो, कि तुम मर्द हो, तुम औरत हो, तुम शिक्षित हो, अशिक्षित हो, कि गरीब हो, अमीर हो, मन उत्तर दिए जाएगा, लेकिन तुम प्रश्न पूछते ही चले जाना। कोई भी उत्तर मत स्वीकार करना, क्योंकि मन के दिए गए सभी उत्तर गलत होंगे। वे उत्तर तुम्हारे झूठे हिस्से से आते हैं। वे शब्दों से आते हैं, वे शास्त्रों से आते हैं, वे तुम्हारे संस्कारों से

आते हैं, वे समाज से आते हैं। सच तो यह है कि वे सब के सब दूसरों से आते हैं, वे तुम्हारे नहीं हैं। तुम पूछे ही चले जाओ। इस 'मैं कौन हूं?' के तीर को गहरे से गहरे में उतरने दो।

एक क्षण आएगा जब कोई उत्तर नहीं आएगा। वही सम्यक क्षण होगा। अब तुम उत्तर के करीब आ रहे हो। जब कोई उत्तर नहीं आता है, तुम उत्तर के करीब होते हो। क्योंकि अब मन मौन हो रहा है, अब तुम मन से बहुत दूर निकल गए हो। जब कोई उत्तर नहीं होगा और जब तुम्हारे चारों ओर एक शून्य निर्मित हो जाएगा तो तुम्हारा प्रश्न पूछना व्यर्थ मालूम होगा। तुम किससे पूछ रहे हो? जवाब देने वाला अब कोई नहीं है।

अचानक तुम्हारा प्रश्न भी गिर जाएगा। और प्रश्न के गिरते ही मन का आखिरी हिस्सा भी गिर गया, खो गया, क्योंकि यह प्रश्न भी मन का ही था। वे उत्तर भी मन के थे और यह प्रश्न भी मन का था। दोनों विलीन हो गए। अब तुम बस हो।

इसे प्रयोग करो। अगर तुम लगन से लगे रहे तो पूरी संभावना है कि यह विधि तुम्हें सत्य की झलक दे जाए। और सत्य शाश्वत है।

आत्म-स्मरण की दूसरी विधि:

जहां-जहां, जिस किसी कृत्य में संतोष मिलता हो, उसे वास्तविक करो।

तुम्हें प्यास लगी है, तुम पानी पीते हो, उससे एक सूक्ष्म संतोष प्राप्त होता है। पानी को भूल जाओ, प्यास को भी भूल जाओ और जो सूक्ष्म संतोष अनुभव हो रहा है उसके साथ रहो। उस संतोष से भर जाओ, बस संतुष्ट अनुभव करो।

लेकिन मनुष्य का मन बहुत उपद्रवी है। वह केवल असंतोष और अतृप्ति अनुभव करता है, वह कभी संतोष नहीं अनुभव करता है। अगर तुम असंतुष्ट हो तो तुम उसे अनुभव करोगे और असंतोष से भर जाओगे। जब तुम प्यासे हो तो तुम्हें प्यास अनुभव होती है, तुम्हारा गला सूखता है। और अगर प्यास और बढ़ती है तो वह पूरे शरीर में महसूस होने लगती है। और एक क्षण ऐसा भी आता है जब तुम्हें ऐसा नहीं लगता कि मैं प्यासा हूं, तुम्हें लगता है कि मैं प्यास ही हो गया हूं। अगर तुम किसी मरुस्थल में हो और पानी मिलने की कोई भी आशा नहीं हो तो तुम्हें ऐसा नहीं लगेगा कि मैं प्यासा हूं, तुम्हें लगेगा कि मैं प्यास ही हो गया हूं।

असंतोष अनुभव में आते हैं, दुख और संताप अनुभव में आते हैं। जब तुम दुख में होते हो तो तुम दुख ही बन जाते हो। यही कारण है कि पूरा जीवन नरक हो जाता है। तुमने कभी विधायक को नहीं अनुभव किया है, तुमने सदा नकारात्मक को अनुभव किया है। जीवन वैसा दुख नहीं है जैसा हमने उसे बना रखा है। दुख हमारी महज व्याख्या है।

बुद्ध यहीं और अभी सुख में हैं, इसी जीवन में सुखी हैं। कृष्ण नाच रहे हैं और बांसुरी बजा रहे हैं। इसी जीवन में यहीं और अभी, जहां हम दुख में हैं, वहीं कृष्ण नाच रहे हैं। जीवन न दुख है और न जीवन आनंद है, दुख और आनंद हमारी व्याख्याएं हैं, हमारी दृष्टियां हैं, हमारे रुझान हैं, हमारे देखने के ढंग हैं। यह तुम्हारे मन पर निर्भर है कि वह जीवन को किस तरह लेता है।

अपने ही जीवन का स्मरण करो और विश्लेषण करो। क्या तुमने कभी संतोष के, परितृप्ति के, सुख के, आनंद के क्षणों का हिसाब रखा है? तुमने उनका कोई हिसाब नहीं रखा

है। लेकिन तुमने अपने दुख, पीड़ा और संताप का खूब हिसाब रखा है। और तुम्हारे पास इसका बड़ा संग्रह है। तुम एक संगृहीत नरक हो और यह तुम्हारा अपना चुनाव है। कोई दूसरा तुम्हें इस नरक में नहीं ढकेल रहा है, यह तुम्हारा ही चुनाव है। मन नकार को पकड़ता है, उसका संग्रह करता है और फिर खुद नकार बन जाता है। और फिर यह दुष्चक्र हो जाता है। तुम्हारे चित्त में जितना नकार इकट्ठा होता है, तुम उतने ही नकारात्मक हो जाते हो। और फिर नकार का संग्रह बढ़ता जाता है। समान समान को आकर्षित करता है। और यह सिलसिला जन्मों-जन्मों से चल रहा है। तुम अपनी नकारात्मक दृष्टि के कारण सब कुछ चूक रहे हो।

यह विधि तुम्हें विधायक दृष्टि देती है। सामान्य मन और उसकी प्रक्रिया के बिलकुल विपरीत है यह विधि। जब भी संतोष मिलता हो, जिस किसी कृत्य में भी संतोष मिलता हो, उसे वास्तविक करो, उसे अनुभव करो, उसके साथ हो जाओ। यह संतोष किसी बड़े विधायक अस्तित्व की झलक बन सकता है।

यहां हर चीज महज एक खिड़की है। अगर तुम किसी दुख के साथ तादात्म्य करते हो तो तुम दुख की खिड़की से झांक रहे हो। और दुख और संताप की खिड़की नरक की तरफ ही खुलती है। और अगर तुम किसी संतोष के क्षण के साथ, आनंद और समाधि के क्षण के साथ एकात्म होते हो तो तुम दूसरी खिड़की खोल रहे हो। अस्तित्व तो वही है, लेकिन तुम्हारी खिड़कियां अलग-अलग हैं।

'जहां-जहां, जिस किसी कृत्य में संतोष मिलता हो, उसे वास्तविक करो।'

बेशर्त! जहां कहीं भी संतोष मिले, उसे जीओ। तुम किसी मित्र से मिलते हो और तुम्हें प्रसन्नता अनुभव होती है; तुम्हें अपनी प्रेमिका या अपने प्रेमी से मिलकर सुख अनुभव होता है। इस अनुभव को वास्तविक बनाओ, उस क्षण सुख ही हो जाओ और उस सुख को द्वार बना लो। तब तुम्हारा मन बदलने लगेगा और तब तुम सुख इकट्ठा करने लगोगे। तब तुम्हारा मन विधायक होने लगेगा और वही जगत भिन्न दिखने लगेगा।

झेन संत बोकोजू ने कहा है कि जगत वही है, लेकिन कुछ भी वही नहीं है, क्योंकि मन वही नहीं है। सब कुछ वही रहता है, लेकिन कुछ भी वही नहीं रहता है, क्योंकि मैं बदल जाता हूं।

तुम संसार को बदलने की कोशिश में लगे रहते हो, लेकिन तुम कुछ भी करो, जगत वही का वही रहता है, क्योंकि तुम वही के वही रहते हो। तुम एक बड़ा घर बना लेते हो, तुम्हें एक बड़ी कार मिल जाती है, तुम्हें सुंदर पत्नी या पति मिल जाता है, लेकिन उससे कुछ भी नहीं बवलेगा। बड़ा घर बड़ा नहीं होगा, सुंदर पत्नी या पति सुंदर नहीं होगा, बड़ी कार भी छोटी ही रहेगी, क्योंकि तुम वही के वही हो। तुम्हारा मन, तुम्हारी दृष्टि, तुम्हारा रुझान, सब कुछ वही का वही है। तुम चीजें तो बदल लेते हो, लेकिन अपने को नहीं बदलते। एक दुखी आदमी झोपड़ी को छोड़कर महल में रहने लगता है, लेकिन वह वहां भी दुखी आदमी ही रहता है। पहले वह झोपड़ी में दुखी था, अब वह महल में दुखी रहेगा। उसका दुख महल का दुख होगा, लेकिन वह दुखी होगा।

तुम अपने साथ अपने दुख लिए चल रहे हो और तुम जहां भी जाओगे अपने साथ रहोगे। इसलिए बुनियादी तौर पर बाहरी बदलाहट बदलाहट नहीं है, वह बदलाहट का आभास

भर है। तुम्हें लगता है कि बदलाहट हुई, लेकिन दरअसल बदलाहट नहीं होती है। केवल एक बदलाहट, केवल एक क्रांति, केवल एक आमूल रूपांतरण संभव है और वह यह कि तुम्हारा चित्त नकारात्मक से विधायक हो जाए। अगर तुम्हारी दृष्टि दुख से बंधी है तो तुम नरक में हो और अगर तुम्हारी दृष्टि सुख से जुड़ी है तो वही नरक स्वर्ग हो जाता है। इसे प्रयोग करो, यह तुम्हारे जीवन की गुणवत्ता को रूपांतरित कर देगा।

लेकिन तुम तो गुणवत्ता में नहीं, परिमाण में उत्सुक हो। तुम इसमें उत्सुक हो कि कैसे ज्यादा धन हो जाए। तुम धन की गुणवत्ता में नहीं, उसके परिमाण में, मात्रा में उत्सुक हो। तुम्हारे दो घर हो सकते हैं, तुम्हें दो कारें मिल सकती हैं, बैंक में तुम्हारा खाता बड़ा हो सकता है, बहुत चीजें हो सकती हैं, लेकिन यह सब परिमाण की बदलाहट है। परिमाण बड़ा होता जाता है, लेकिन तुम्हारी गुणवत्ता वही की वही रहती है।

संपदा चीजों की नहीं होती, संपदा तो तुम्हारे चित्त की गुणवत्ता है, वह तुम्हारे जीवन की गुणवत्ता है। जहां तक गुणवत्ता का सवाल है, एक दरिद्र आदमी भी धनी हो सकता है और एक अमीर आदमी दरिद्र हो सकता है। सच्चाई यही है, क्योंकि जो व्यक्ति चीजों और चीजों के परिमाण में उत्सुक है वह इस बात से सर्वथा अपरिचित है कि उसके भीतर एक और भी आयाम है, वह गुणवत्ता का आयाम है। और वह आयाम तभी बदलता है जब तुम्हारा मन विधायक हो।

तो कल सुबह से दिनभर यह स्मरण रहे: जब भी कुछ सुंदर और संतोषजनक हो, जब भी कुछ आनंददायक अनुभव आए, उसके प्रति बोधपूर्ण होओ। चौबीस घंटों में ऐसे अनेक क्षण आते हैं—सौंदर्य, संतोष और आनंद के क्षण—ऐसे अनेक क्षण आते हैं जब स्वर्ग तुम्हारे बिलकुल करीब होता है। लेकिन तुम नरक से इतने आसक्त हो, इतने बंधे हो कि उन क्षणों को चूकते चले जाते हो। सूरज उगता है, फूल खिलते हैं, पक्षी चहचहाते हैं, पेड़ों से होकर हवा गुजरती है। वैसे क्षण घटित हो रहे हैं। एक बच्चा निर्दोष आंखों से तुम्हें निहारता है और तुम्हारे भीतर एक सूक्ष्म सुख का भाव उदित हो जाता है; या किसी की मुस्कुराहट तुम्हें आह्लाद से भर देती है।

अपने चारों ओर देखो और उसे खोजो जो आनंददायक है और उससे पूरित हो जाओ, भर जाओ। उसका स्वाद लो, उससे भर जाओ और उसे अपने पूरे प्राणों पर छा जाने दो, उसके साथ एक हो जाओ। उसकी सुगंध तुम्हारे साथ रहेगी। वह अनुभूति पूरे दिन तुम्हारे भीतर गूंजती रहेगी। और वह अनुगूंज तुम्हें ज्यादा विधायक होने में सहयोग देगी।

यह प्रक्रिया भी और-और बढ़ती जाती है। यदि सुबह शुरू करो तो शाम तक तुम सितारों के प्रति, चांद के प्रति, रात के प्रति, अंधेरे के प्रति ज्यादा खुले होगे। इसे एक चौबीस घंटे प्रयोग की तरह करो और देखो कि कैसा लगता है। और एक बार तुमने जान लिया कि विधायकता तुम्हें दूसरे ही जगत में ले जाती है तो तुम उससे कभी अलग नहीं होगे। तब तुम्हारा पूरा दृष्टिकोण नकार से विधायक में बदल जाएगा। तब तुम संसार को एक भिन्न दृष्टि से, एक नयी दृष्टि से देखोगे।

मुझे एक कहानी याद आती है। बुद्ध का एक शिष्य अपने गुरु से विदा ले रहा है। शिष्य का नाम था पूर्णकाश्यप। उसने बुद्ध से पूछा कि मैं आपका संदेश लेकर कहां जाऊं?

▲

बुद्ध ने कहा कि तुम खुद ही चुन लो। पूर्णकाश्यप ने कहा कि मैं बिहार के एक सुदूर हिस्से की तरफ जाऊंगा—उसका नाम सूखा था—मैं सूखा प्रांत की तरफ जाऊंगा।

बुद्ध ने कहा कि अच्छा हो कि तुम अपना निर्णय बदल लो, तुम किसी और जगह जाओ, क्योंकि सूखा प्रात के लोग बड़े क्रूर, हिंसक और दुष्ट हैं। और अब तक कोई व्यक्ति वहां उन्हें अहिंसा, प्रेम और करुणा का उपदेश सुनाने नहीं गया है। इसलिए अपना चुनाव बदल डालो। पर पूर्णकाश्यप ने कहा: मुझे जाने की आज्ञा दें, क्योंकि वहां कोई नहीं गया है और किसी को तो जाना ही चाहिए।

बुद्ध ने कहा कि इसके पहले कि मैं तुम्हें वहा जाने की आज्ञा दूं, मैं तुमसे तीन प्रश्न पूछना चाहता हूं। अगर उस प्रांत के लोग तुम्हारा अपमान करें तो तुम्हें कैसा लगेगा? पूर्णकाश्यप ने कहा: मैं समझूंगा कि वे बड़े अच्छे लोग हैं जो केवल अपमान करते हैं, मुझे मार तो नहीं रहे हैं। वे अच्छे लोग हैं; वे मुझे मार भी सकते थे। बुद्ध ने कहा: अब दूसरा प्रश्न, अगर वे लोग तुम्हें मारें-पीटें भी तो तुम्हें कैसा लगेगा? पूर्णकाश्यप ने कहा: मैं समझूंगा कि वे बड़े अच्छे लोग हैं। वे मेरी हत्या भी कर सकते थे, लेकिन वे मुझे सिर्फ पीट रहे हैं। बुद्ध ने कहा: अब तीसरा प्रश्न, अगर वे लोग तुम्हारी हत्या कर दें तो मरने के क्षण में तुम कैसा अनुभव करोगे? पूर्णकाश्यप ने कहा: मैं आपको और उन लोगों को धन्यवाद दूंगा। अगर वे मेरी हत्या कर देंगे तो वे मुझे उस जीवन से मुक्त कर देंगे जिसमें न जाने कितनी गलतियां हो सकती थीं। वे मुझे मुक्त कर देंगे इसलिए मैं अनुगृहीत अनुभव करूंगा।

तो बुद्ध ने कहा: अब तुम कहीं भी जा सकते हो, सारा संसार तुम्हारे लिए स्वर्ग है। अब कोई समस्या नहीं है। सारा जगत तुम्हारे लिए स्वर्ग है, तुम कहीं भी जा सकते हो।

ऐसे चित्त के साथ जगत में कहीं भी कुछ गलत नहीं है। और तुम्हारे चित्त के साथ कुछ भी सम्यक नहीं हो सकता, ठीक नहीं हो सकता। नकारात्मक चित्त के साथ सब कुछ गलत हो जाता है। इसलिए नहीं क्योंकि कुछ गलत है, बल्कि इसलिए क्योंकि नकारात्मक चित्त को गलत ही दिखाई पड़ता है।

'जहां-जहां, जिस किसी कृत्य में संतोष मिलता हो, उसे वास्तविक करो।'

यह एक बहुत ही नाजुक प्रक्रिया है, लेकिन बहुत मीठी भी है। और तुम इसमें जितनी गति करोगे, यह उतनी मीठी होती जाएगी। तुम एक नयी मिठास और सुगंध से भर जाओगे। बस सुंदर को खोजो, कुरूप को भूल जाओ। तब एक क्षण आता है जब कुरूप भी सुंदर हो जाता है। सुखी क्षण की खोज करो, और तब एक क्षण आता है जब कोई दुख नहीं रह जाता है। तब कोई दुख का क्षण नहीं रह जाता है। आनंद की फिक्र करो, और देर-अबेर दुख तिरोहित हो जाता है। विधायक चित्त के लिए सब कुछ सुंदर है।

आत्म-स्मरण की तीसरी विधि

जब नींद अभी नहीं आयी हो और बाह्य जागरण विदा हो गया हो, उस मध्य बिंदु पर बोधपूर्ण रहने से आत्मा प्रकाशित होती है।

तुम्हारी चेतना में कई मोड़ आते हैं, मोड़ के बिंदु आते हैं; इन बिंदुओं पर तुम अन्य समयों की तुलना में अपने केंद्र के ज्यादा करीब होते हो। तुम कार चलाते समय गियर बदलते

▲

हो और गियर बदलते हुए तुम न्यूट्रल गियर से गुजरते हो। यह न्यूट्रल गियर निकटतर है।

सुबह जब नींद विदा हो रही होती है और तुम जागने लगते हो, लेकिन अभी जागे नहीं हो, ठीक उस मध्य बिंदु पर तुम न्यूट्रल गियर में होते हो। यह एक बिंदु है जहां तुम न सोए हो और न जागे हो, ठीक मध्य में हो; तब तुम न्यूट्रल गियर में हो। नींद से जागरण में आते समय तुम्हारी चेतना की पूरी व्यवस्था बदल जाती है, वह एक व्यवस्था से दूसरी व्यवस्था में छलांग लेती है। और इन दोनों के बीच में कोई व्यवस्था नहीं होती, एक अंतराल होता है। इस अंतराल में तुम्हें अपनी आत्मा की एक झलक मिल सकती है।

यही बात फिर रात में घटित होती है जब तुम अपनी जाग्रत व्यवस्था से नींद की व्यवस्था में, चेतन से अचेतन में छलांग लेते हो। तब फिर एक क्षण के लिए कोई व्यवस्था नहीं होती है, तुम पर किसी व्यवस्था की पकड़ नहीं होती है, क्योंकि तब तुम एक से दूसरी व्यवस्था में छलांग लेते हो। इन दोनों के मध्य में अगर तुम सजग रह सके, बोधपूर्ण रह सके, इन दोनों के मध्य में अगर तुम अपना स्मरण रख सके, तो तुम्हें अपने सच्चे स्वरूप की झलक मिल जाएगी।

तो इसके लिए क्या करें? नींद में उतरने के पहले विश्रामपूर्ण होओ और आंखें बंद कर लो। कमरे में अंधेरा कर लो। आंखें बंद कर लो और बस प्रतीक्षा करो। नींद आ रही है; बस प्रतीक्षा करो। कुछ मत करो, बस प्रतीक्षा करो। तुम्हारा शरीर शिथिल हो रहा है, तुम्हारा शरीर भारी हो रहा है। बस शिथिलता को, भारीपन को महसूस करो। नींद की अपनी ही व्यवस्था है, वह काम करने लगती है। तुम्हारी जाग्रत चेतना विलीन हो रही है। इसे स्मरण रखो, क्योंकि यह क्षण बहुत सूक्ष्म होगा, यह क्षण परमाणु सा छोटा होगा। इसे चूक गए तो चूक गए। यह कोई बड़ा अंतराल नहीं है, बहुत छोटा है। यह क्षणभर का अंतराल है, जिसमें तुम जागरण से नींद में प्रवेश कर जाते हो। तो बस पूरी सजगता से प्रतीक्षा करो। प्रतीक्षा किए जाओ।

इसमें थोड़ा समय लगेगा। कम से कम तीन महीने लगते हैं। तब एक दिन तुम्हें उस क्षण की झलक मिलेगी जो ठीक बीच में है। तो जल्दी मत करो। यह अभी ही नहीं होगा, यह आज रात ही नहीं होगा। लेकिन तुम्हें शुरू करना है और महीनों प्रतीक्षा करनी है। साधारणतः तीन महीने में किसी दिन यह घटित होगा। यह रोज ही घटित हो रहा है, लेकिन तुम्हारी सजगता और अंतराल का मिलन आयोजित नहीं किया जा सकता। वह घटित हो ही रहा है। तुम प्रतीक्षा किए जाओ और किसी दिन वह घटित होगा। किसी दिन तुम्हें अचानक यह बोध होगा कि मैं न जागा हूं और न सोया हूं।

यह एक बहुत विचित्र अनुभव है, तुम उससे भयभीत भी हो सकते हो। अब तक तुमने दो ही अवस्थाएं जानी हैं, तुम्हें अपने जागने का पता है और तुम्हें अपनी नींद का पता है। लेकिन तुम्हें यह नहीं पता है कि तुम्हारे भीतर एक तीसरा बिंदु भी है जब तुम न जागे हो और न सोए हो। इस बिंदु के प्रथम दर्शन से तुम भयभीत भी हो सकते हो, आतंकित भी हो सकते हो। भयभीत मत होओ, आतंकित मत होओ। जो भी चीज इतनी नयी होगी, अनजानी होगी, वह जरूर भयभीत करेगी। क्योंकि यह क्षण, जब तुम्हें इसका बार-बार अनुभव होगा, तुम्हें एक और एहसास देगा कि तुम न जीवित हो और न मृत, कि तुम न यह हो और न वह। यह अतल खाई जैसा है।

▲

नींद और जागरण की व्यवस्थाएं दो पहाड़ियों की भांति हैं, तुम एक से दूसरे पर छलांग लगाते हो। लेकिन यदि तुम उनके मध्य में ठहर जाओ तो तुम अतल खाई में गिर जाओगे। और इस खाई का कहीं अंत नहीं है, तुम गिरते जाओगे, गिरते जाओगे।

सूफियों ने इस विधि का उपयोग किया है। लेकिन जब वे किसी साधक को यह विधि देते हैं तो सुरक्षा के लिए वे साथ ही एक और विधि भी देते हैं। सूफी साधना में इस विधि के दिए जाने के पहले दूसरी एक विधि यह दी जाती है कि तुम बंद आंखों से कल्पना करो कि मैं एक गहरे और अंधेरे कुएं में गिर रहा हूं, एक अतल कुएं में गिर रहा हूं। बस कल्पना करो कि अतल कुएं में गिर रहे हो—गिरते ही जाओ, गिरते ही जाओ, सतत गिरते ही जाओ। यह कुआं अतल है, तुम कहीं रुक नहीं सकते। यह गिरना कहीं रुकने वाला नहीं है। तुम रुक सकते हो, तुम आंखें खोलकर कह सकते हो कि अब और नहीं, लेकिन यह गिरना अपने आप में कहीं रुकने वाला नहीं है। अगर तुम गिरते रहे तो कुआं अतल है और वह और-और अंधकारपूर्ण होता जाएगा।

सूफी साधना में यह अभ्यास, अतल कुएं में गिरने का अभ्यास पहले कराया जाता है। और यह अच्छा है, उपयोगी है। अगर तुमने इसका अभ्यास किया, अगर तुमने इसके सौंदर्य को समझा, इसकी शांति को अनुभव किया, तो तुम जितने ही गहरे इस कुएं में उतरोगे उतने ही ज्यादा शांत होते जाओगे। संसार बहुत पीछे छूट जाएगा और तुम्हें लगेगा कि मैं बहुत दूर, बहुत दूर, बहुत दूर निकल आया हूं। अंधकार के साथ शांति बढ़ती जाती है। और क्योंकि नीचे गहरे में कहीं कोई तल नहीं है, इसलिए भय पकड़ सकता है। लेकिन तुम्हें मालूम है कि यह सिर्फ कल्पना है, इसलिए तुम इसे जारी रख सकते हो।

इस अभ्यास के द्वारा तुम इस विधि के लिए तैयार होते हो। और फिर जब तुम जागरण और नींद के अंतराल के कुएं में गिरते हो तो वह कल्पना नहीं है, वह यथार्थ है। और यह कुआं भी अतल है, अनंत है। इसीलिए बुद्ध ने इसे शून्य कहा है, उसका अंत नहीं है। और तुम एक बार इसे जान गए तो तुम भी अनंत हो गए।

तुम्हें जाग्रत अवस्था में इस शून्य की झलक नहीं मिल सकती है, कठिन है। और नींद में इस झलक को पाना तो असंभव ही है। क्योंकि दोनों अवस्थाओं में शरीर की व्यवस्था सक्रिय रहती है और उससे अपने को पृथक करना कठिन है। लेकिन रात में एक क्षण आता है और वैसा ही क्षण सुबह में आता है—चौबीस घंटे में ये दो ही क्षण हैं—जब यह आसान है। लेकिन तुम्हें प्रतीक्षा करनी होगी।

'जब नींद अभी नहीं आयी हो और बाह्य जागरण विदा हो गया हो, उस मध्य बिंदु पर बोधपूर्ण रहने से आत्मा प्रकाशित होती है।'

तब तुम जानते हो कि मैं कौन हूं, मेरा सच्चा स्वभाव क्या है, मेरा प्रामाणिक अस्तित्व क्या है। जागते हुए तुम झूठे हो। और यह तुम भलीभांति जानते हो। जब तुम जागे हुए हो, तुम झूठे बने रहते हो। तुम उस समय मुस्कुराते हो, जब कि आंसू बहाना ज्यादा सच होता। तुम्हारे आंसू भी भरोसे योग्य नहीं हैं। वे भी दिखाऊ हो सकते हैं, नकली हो सकते हैं, होने चाहिए इसलिए हो सकते हैं। तुम्हारी मुस्कुराहट झूठी है। जो लोग चेहरे पढ़ना जानते हैं वे कह सकते हैं कि यह मुस्कुराहट रंग-रोगन से ज्यादा नहीं है, भीतर उसकी कोई जड़ें नहीं हैं। यह

मुस्कुराहट बस तुम्हारे चेहरे पर है, ओंठों पर है, ऊपरी है। यह तुम्हारे प्राणों से नहीं उठी है। कहीं उसकी जड़ें नहीं हैं और न कहीं उसके हाथ-पांव ही हैं। वह ऊपर से ओढ़ी हुई है। वह भीतर से बाहर नहीं आई है, वह बाहर से थोपी गई है।

तुम जो भी कहते हो, तुम जो भी करते हो, सब नकली है। यह जरूरी नहीं है कि तुम यह नकली व्यापार जान-बूझकर करते हो। यह जरूरी नहीं है। उसके प्रति तुम सर्वथा अनजान भी हो सकते हो। तुम अनजान हो। अन्यथा इस नकली मूढ़ता को सतत जारी रखना बहुत कठिन हो जाए। यह व्यापार स्वचालित है। यह झूठ चलता रहता है जब तुम जागे हुए हो और यह झूठ तब भी चलता रहता है जब तुम सोए हुए हो—लेकिन तब और ढंग से चलता है। तुम्हारे सपने प्रतीकात्मक हैं, सच नहीं। हैरानी की बात है कि तुम अपने सपनों में भी सच्चे नहीं हो, तुम अपने सपनों में भी भयभीत हो और तुम प्रतीक निर्मित करते हो।

अब मनोविश्लेषक तुम्हारे सपनों का विश्लेषण करता रहता है, यही उसका धंधा है। और यह एक भारी धंधा बन गया है, क्योंकि तुम खुद अपने सपनों का विश्लेषण नहीं कर सकते हो। सपने प्रतीकात्मक हैं, वे सच नहीं हैं। वे सिर्फ प्रतीकों के द्वारा कुछ कहते हैं। अगर तुम अपनी मां की हत्या करना चाहते हो, उससे छुटकारा पाना चाहते हो, तो तुम सपने में उसकी हत्या नहीं करोगे, तुम उसकी जगह किसी ऐसे व्यक्ति की हत्या कर दोगे जो देखने में तुम्हारी मां जैसा हो। तुम अपनी चाची या किसी और की हत्या करोगे, अपनी मां की नहीं। तुम अपने सपने में भी प्रामाणिक नहीं हो सकते हो। यही कारण है कि मनोविश्लेषण की जरूरत पड़ती है, एक पेशेवर व्यक्ति की जरूरत पड़ती है, जो तुम्हारे सपनों की व्याख्या कर सके। लेकिन तुम सपने को भी इस ढंग से रख सकते हो कि मनोविश्लेषण भी धोखा खा जाए।

तुम्हारे सपने भी सर्वथा झूठे हैं। लेकिन अगर तुम जागते हुए सच्चे रह सको तो तुम्हारे सपने सच हो सकते हैं, तब वे प्रतीकात्मक नहीं होंगे। तब अगर तुम अपनी मां की हत्या करना चाहोगे तो तुम सपने में अपनी मां की ही हत्या करोगे, किसी और की नहीं। और फिर व्याख्या करने वाले की जरूरत नहीं होगी जो तुम्हें बताए कि तुम्हारे सपने का अर्थ क्या है। लेकिन हम इतने झूठे हैं, धोखेबाज हैं कि सपने के एकांत में भी संसार से, समाज से डरते हैं।

मां की हत्या करना सबसे बड़ा पाप है। और पता नहीं, तुमने कभी इस पर विचार किया है कि नहीं कि मां की हत्या करना क्यों सबसे बड़ा पाप है। यह सबसे बड़ा पाप कहा गया है, क्योंकि प्रत्येक आदमी मां के प्रति गहरी शत्रुता अनुभव करता है। यह सबसे बड़ा पाप है और तुम्हें सिखाया जाता है, संस्कारित किया जाता है कि मां को चोट पहुंचाने का विचार करना भी पाप है। मां ने तुम्हें जन्म दिया है सारी दुनिया में, सभी समाजों में यही बात सिखायी जाती है। धरती पर एक भी ऐसा समाज नहीं है जो इससे सहमत न हो कि मां की हत्या सबसे बड़ा पाप है। जिसने तुम्हें जन्म दिया उसे ही तुम मार रहे हो?

लेकिन यह सिखावन क्यों? गहरे में यह संभावना है कि प्रत्येक व्यक्ति अनिवार्यतः अपनी मां के विरोध में चला जाए, क्योंकि मां ने तुम्हें सिर्फ जन्म ही नहीं दिया, उसने तुम्हें झूठ और नकली बनने के लिए मजबूर भी किया। तुम जो भी हो, अपनी मां के बनाए हुए हो। अगर तुम एक नरक हो तो इसमें तुम्हारी मां का बड़ा हाथ है, सबसे बड़ा हाथ है। अगर तुम दुख में हो तो उस दुख में कहीं न कहीं तुम्हारी मां मौजूद है, क्योंकि मां ने तुम्हें जन्म दिया,

उसने तुम्हें पाल-पोसकर बड़ा किया। या कहें कि उसने तुम्हें पाल-पोसकर नकली कर दिया, उसने तुम्हें तुम्हारी प्रामाणिकता से हटा दिया। तुम्हारा पहला झूठ तुम्हारे और तुम्हारी मां के बीच घटित हुआ—पहला झूठ!

जब बच्चे ने बोलना भी नहीं सीखा है, उसके पास भाषा भी नहीं है, तब भी वह झूठ बोल सकता है। देर-अबेर वह जान जाता है कि उसके अनेक भाव मां को पसंद नहीं हैं। मां का चेहरा, उसकी आंखें, उसका व्यवहार, उसकी मुद्रा, सब बता देते हैं कि उसकी कुछ चीजें पसंद नहीं की जाती हैं, स्वीकृत नहीं हैं। और तब बच्चा दमन करने लगता है; उसे लगता है कि कुछ गलत है। अभी उसके पास भाषा नहीं है, उसका मन सक्रिय नहीं है, लेकिन उसका सारा शरीर दमन करने लगता है। और फिर उसे पता चलता है कि कभी-कभी कोई बात उसकी मां के द्वारा सराही जाती है। और यह बच्चा मां पर निर्भर है, उसका जीवन ही मां पर निर्भर है। अगर मां उसे छोड़ दे तो वह नहीं जी सकता। उसका पूरा जीवन मां में केंद्रित है।

इसलिए मां का सब कुछ—उसका व्यवहार, उसकी बात, उसका इशारा—बच्चे के लिए महत्वपूर्ण हो जाता है। अगर बच्चा मुस्कुराता है और तब मां उसे प्रेम देती है, लाड़-दुलार देती है, दूध पिलाती है, छाती से लगा लेती है, तो समझो कि बच्चा राजनीति सीखने लगा। वह तब भी मुस्कुराएगा जब उसके भीतर मुस्कुराहट नहीं होगी। क्योंकि अब वह जानता है कि ऐसा करके वह मां को खुश कर सकता है। अब वह झूठी मुस्कुराहट मुस्कुराएगा। अब एक झूठा व्यक्ति पैदा हो गया। अब एक राजनीतिज्ञ अस्तित्व में आया। अब वह जानता है कि कैसे झूठ हुआ जाए।

और यह सब वह अपनी मां के सत्संग में सीखता है। संसार में यह उसका पहला संबंध है। इसलिए जब उसे अपने दुखों का पता चलेगा, अपने नरक का बोध होगा, उलझनें घेरेंगी, तब उसे यह भी पता चलेगा कि इस सब में कहीं न कहीं उसकी मां छिपी है। और पूरी संभावना यह है कि तुम अपनी मां के प्रति शत्रुता अनुभव करो। यही कारण है कि सभी संस्कृतियां जोर देकर कहती हैं कि मां की हत्या जघन्य पाप है; विचार में भी, स्वप्न में भी तुम मां की हत्या नहीं कर सकते।

मैं यह नहीं कह रहा हूं कि तुम अपनी मां की हत्या करो। मैं केवल यह कह रहा हूं कि तुम्हारे स्वप्न तक झूठे हैं, वे प्रतीकात्मक हैं, सच्चे नहीं। तुम इतने झूठे हो कि तुम सच्चा स्वप्न भी नहीं देख सकते।

ये दो तुम्हारे झूठे चेहरे हैं। एक चेहरा तुम्हारे जागरण में प्रकट होता है और दूसरा तुम्हारी नींद में। इन दो झूठे चेहरों के बीच एक छोटा सा द्वार है, एक छोटा सा अंतराल है। इस अंतराल में तुम्हें अपने मौलिक चेहरे की झलक मिल सकती है—उस मौलिक चेहरे की जो तब था जब तुम मां से नहीं संबंधित हुए थे, और मां के जरिए समाज से नहीं जुड़े थे; जब तुम अपने साथ अकेले थे, जब तुम तुम थे—तुम यह-वह नहीं थे, जब कोई विभाजन नहीं था। केवल सत्य था; कुछ असत्य नहीं था। इन दो व्यवस्थाओं के बीच तुम्हें अपने उस सच्चे चेहरे की झलक मिल सकती है।

साधारणतः हम अपने सपनों की चिंता नहीं लेते, हम सिर्फ जागते समय की चिंता लेते हैं। लेकिन मनोविश्लेषण तुम्हारे सपनों की ज्यादा चिंता लेता है, वह तुम्हारे जागरण की चिंता

नहीं लेता। क्योंकि वह समझता है कि जागे हुए तुम ज्यादा झूठे होते हो। तुम्हारे सपनों से कुछ पकड़ा जा सकता है। जब तुम सोए होते हो तो कम सजग होते हो, तब तुम कुछ आरोपित नहीं करते, तब तुम तोड़ते-मरोड़ते नहीं। उस अवस्था में कुछ सत्य पकड़ा जा सकता है।

तुम जागते हुए ब्रह्मचारी हो सकते हो, साधु हो सकते हो। लेकिन तुमने अपनी कामवासना को दबा रखा है। वह दबी हुई कामवासना तुम्हारे स्वप्नों में अभिव्यक्त होगी; तुम्हारे सपने कामुक होंगे। ऐसा साधु खोजना कठिन है जो कामुक सपने न देखता हो। यह असंभव है। तुम्हें कामुक सपनों के बिना अपराधी तो मिल जाएंगे, लेकिन ऐसा धार्मिक आदमी खोजना मुश्किल है जो कामुक सपने न देखता हो। एक व्यभिचारी कामुक सपनों के बिना हो सकता है, लेकिन तथाकथित साधु-महात्मा कामुक सपनों के बिना नहीं हो सकते। क्योंकि तुम जागते हुए जिसे दबाओगे, वह तुम्हारे सपनों में उभरकर आएगा, वह तुम्हारे सपनों को प्रभावित करेगा।

मनोचिकित्सक तुम्हारे जागरण की फिक्र नहीं करते हैं, क्योंकि वे जानते हैं कि वह बिलकुल झूठा है। अगर कुछ सच्चा, कुछ यथार्थ देखना हो तो वह केवल सपनों में देखा जा सकता है।

लेकिन तंत्र कहता है कि सपने भी उतने सच नहीं हैं। हालांकि जागरण की तुलना में वे ज्यादा सच हैं—यह पहेली सी मालूम होगी, क्योंकि हम सपनों को असत्य मानते हैं—वे जागरण की घड़ियों की बजाय ज्यादा सच हैं। क्योंकि सपनों में तुम अपने पहरे पर कम होते हो, नींद में सेंसर सोया रहता है, और दमित चीजें ऊपर आ सकती हैं, अपने को अभिव्यक्त कर सकती हैं। हां, यह अभिव्यक्ति प्रतीकात्मक होगी; पर प्रतीकों को समझा जा सकता है।

सारी दुनिया में मनुष्य के प्रतीक समान हैं। जागते हुए तुम भिन्न भाषा बोल सकते हो, लेकिन सपने में तुम वही भाषा बोलते हो जो सारे लोग बोलते हैं। सारी दुनिया की स्वप्न-भाषा एक है। अगर कामवासना दबाई गई है तो दुनियाभर में एक ही तरह के प्रतीक उसे अभिव्यक्त करेंगे। अगर भोजन की इच्छा को दबाया गया है, भूख को दमित किया गया है तो उसे भी सपने में सर्वत्र एक ही तरह के प्रतीक अभिव्यक्त करेंगे। स्वप्न-भाषा एक है।

लेकिन प्रतीकों के कारण ही स्वप्नों के साथ एक दूसरी कठिनाई है। फ्रायड उनका अर्थ एक ढंग से कर सकता है, जुंग उनका अर्थ भिन्न ढंग से कर सकता है और एडलर उनका अर्थ और भी भिन्न ढंग से कर सकता है। अगर सौ मनोविश्लेषक तुम्हारा विश्लेषण करें तो वे सौ व्याख्याएं करेंगे। और तुम पहले से भी ज्यादा उलझन में पड़ जाओगे। एक ही चीज की सौ व्याख्याएं तुम्हें और भी भ्रांत कर देंगी।

तंत्र कहता है, तुम न जागते हुए सच हो और न सोते हुए सच हो, तुम इन दो अवस्थाओं के बीच में कहीं सच हो। इसलिए न जागरण की फिक्र करो और न नींद और स्वप्न की, सिर्फ अंतराल की फिक्र करो। उस अंतराल के प्रति जागो। एक से दूसरी अवस्था में गुजरते हुए इस अंतराल का दर्शन करो। और एक बार तुम जान जाते हो कि यह अंतराल कब आता है, तुम उसके मालिक हो जाते हो। तब तुम्हें कुंजी मिल गई, तुम किसी भी वक्त उस अंतराल को खोलकर उसमें प्रवेश कर सकते हो। तब होने का एक भिन्न आयाम, एक नया आयाम खुलता है।

▲

आत्म-स्मरण की चौथी और अंतिम विधि:

भ्रांतियां छलती है, रंग सीमित करते हैं, विभाज्य भी अविभाज्य हैं।

यह एक दुर्लभ विधि है जिसका प्रयोग बहुत कम हुआ है। लेकिन भारत के एक महानतम शिक्षक शंकराचार्य ने इस विधि का प्रयोग किया है। शंकर ने तो अपना पूरा दर्शन ही इस विधि के आधार पर खड़ा किया। तुम उनके माया के दर्शन को जानते हो। शंकर कहते हैं कि सब कुछ माया है। तुम जो भी देखते, सुनते या अनुभव करते हो, सब माया है। वह सत्य नहीं है, क्योंकि सत्य को इंद्रियों से नहीं जाना जा सकता।

तुम मुझे सुन रहे हो और मैं देखता हूं कि तुम मुझे सुन रहे हो, हो सकता है कि यह सब स्वप्न हो। यह स्वप्न है या नहीं, यह तय करने का कोई उपाय नहीं है। हो सकता है कि मैं स्वप्न देख रहा हूं कि तुम मुझे सुन रहे हो। यह मैं कैसे जान सकता हूं कि यह स्वप्न नहीं, सत्य है? कोई उपाय नहीं है।

च्वांगत्सु के बारे में कहा जाता है कि एक रात उसने स्वप्न देखा कि वह तितली हो गया है। सुबह जागने पर वह बहुत दुखी था—और वह दुखी होने वाला व्यक्ति नहीं था, लोगों ने कभी उसे दुखी नहीं देखा था। उसके शिष्य इकट्ठे हुए और उन्होंने पूछा: गुरुदेव, आप इतने दुखी क्यों हैं?

च्वांगत्सु ने बताया कि एक सपने के कारण मैं दुखी हूं। उसके शिष्यों ने कहा कि हैरानी की बात है कि आप सपने के कारण दुखी हैं! आपने तो हमें सदा यही सिखाया कि यदि सारा संसार भी दुख देने आए तो दुखी मत होना। और एक सपने के कारण आप दुखी हैं? आप क्या कह रहे हैं? च्वांगत्सु ने कहा कि यह सपना ही ऐसा है कि इससे मैं बहुत उलझन में पड़ गया हूं और इसलिए दुखी हूं। मैंने सपना देखा कि मैं तितली हो गया हूं।

शिष्यों ने पूछा कि इसमें हैरानी की बात क्या है?

च्वांगत्सु ने कहा कि दिक्कत यह है कि अगर च्वांगत्सु सपना देख सकता है कि मैं तितली हो गया हूं तो इससे उलटा भी हो सकता है, तितली सपना देख सकती है कि मैं च्वांगत्सु हो गयी हूं। यही कारण है कि मैं परेशान हूं कि क्या ठीक है और क्या गलत है? क्या च्वांगत्सु ने सपना देखा था कि वह तितली हो गया है या कि तितली सोने चली गई और उसने सपना देखा कि वह च्वांगत्सु हो गई है? अगर एक बात हो सकती है तो दूसरी भी हो सकती है।

और कहा जाता है कि च्वांगत्सु को जीवनभर इस पहेली का हल न मिला, यह सदा उसके साथ रही।

यह कैसे तय हो कि मैं जो अभी तुमसे बात कर रहा हूं, वह सपने में नहीं कर रहा हूं? यह कैसे तय हो कि तुम सपना नहीं देख रहे हो कि मैं बोल रहा हूं? इंद्रियों से कोई निर्णय संभव नहीं है, क्योंकि सपना देखते हुए सपना यथार्थ मालूम पड़ता है—उतना ही यथार्थ जितना कुछ भी दूसरा यथार्थ मालूम होता है। जब तुम सपना देखते हो तो तुम्हें वह सदा सच्चा मालूम पड़ता है। और जब सपने को सच की तरह देखा जा सकता है तो क्यों सच को सपने की तरह नहीं देखा जा सकता है?

शंकर कहते हैं कि इंद्रियों से यह जानना संभव नहीं है कि जो चीज तुम्हारे सामने है

▲

वह सच है या स्वप्न। और जब जानने का उपाय ही नहीं है कि वह सच है या झूठ तो शंकर उसे माया कहते हैं।

माया का अर्थ झूठ नहीं है, माया का अर्थ है कि यह निर्णय करना असंभव है कि वह सच है या झूठ। इस बात को स्मरण रखो। पश्चिम की भाषाओं में माया का गलत अनुवाद हुआ है, पश्चिम की भाषाओं में माया शब्द अयथार्थ या झूठ का अर्थ रखता है। यह अर्थ सही नहीं है। माया का इतना ही अर्थ है कि यह निश्चय नहीं हो सकता है कि कोई चीज यथार्थ है कि अयथार्थ। यह उलझन माया है।

यह सारा जगत माया है। तुम उसके संबंध में निश्चित नहीं हो सकते, कुछ भी निर्णयपूर्वक नहीं कह सकते। यह जगत निरंतर तुमसे छूट-छूट जाता है, निरंतर बदल जाता है, कुछ से कुछ हो जाता है। यह इंद्रजाल सा लगता है, स्वप्नवत लगता है। और यह विधि इसी दृष्टि से संबंधित है।

'भ्रांतियां छलती हैं।'

या जो चीज छले वह भ्रांति है।

'रंग सीमित करते हैं, विभाज्य भी अविभाज्य हैं।'

इस माया के जगत में कुछ भी निश्चित नहीं है। सारा जगत इंद्रधनुष के समान है, वह भासता है, लेकिन है नहीं। जब तुम उससे बहुत दूर होते हो तो वह है, जब करीब जाते हो तो वह खोता जाता है। जितना करीब जाओगे उतना ही वह खोता जाएगा। और अगर तुम उस बिंदु पर पहुंच जाओ जहां इंद्रधनुष दिखाई पड़ता था तो वह बिलकुल खो जाएगा।

सारा जगत इंद्रधनुष के रंगों जैसा है। और सच्चाई यही है। जब तुम दूर होते हो, सब कुछ आशापूर्ण दिखाई देता है; जब तुम करीब आते हो, आशा खो जाती है। और जब तुम मंजिल पर पहुंच जाते हो, तब तो राख ही राख बचती है। मृत इंद्रधनुष बचता है जिसके सब रंग उड़ गए हैं, कुछ भी वैसा नहीं है जैसा दिखता था। जैसा तुमने चाहा था वैसा कुछ भी नहीं है।

'विभाज्य भी अविभाज्य हैं।'

तुम्हारा सब गणित, तुम्हारा सब हिसाब-किताब, तुम्हारी सब धारणाएं, तुम्हारे सब सिद्धांत—सब कुछ व्यर्थ हो जाते हैं। अगर तुम इस माया को समझने की चेष्टा करोगे तो तुम्हारी चेष्टा ही तुम्हें और भ्रांत कर देगी। वहां कुछ भी निश्चित नहीं है, सब कुछ अनिश्चित है। जगत एक प्रवाह है, परिवर्तनों का प्रवाह, और तुम्हारे लिए यह तय करने का कोई उपाय नहीं है कि क्या सच है और क्या सच नहीं है।

इस हालत में क्या होगा? अगर तुम्हारी ऐसी दृष्टि हो तो क्या होगा? अगर यह दृष्टि तुममें गहरी उतर जाए कि जिस चीज के संबंध में निश्चय नहीं हो सके वह माया है तो तुम अपने ही आप, सहजता से अपनी तरफ मुड़ जाओगे। तब तुम्हें अपना केंद्र सिर्फ अपने भीतर खोजना होगा। वही एकमात्र सुनिश्चितता है।

इसे इस तरह समझने की कोशिश करो। रात में मैं स्वप्न देख सकता हूं कि मैं तितली बन गया हूं और मैं स्वप्न में तय नहीं कर सकता कि यह सच है या झूठ। और अगली सुबह मैं च्वांगत्सु की तरह उलझन में पड़ सकता हूं कि अब कहीं तितली ही यह सपना तो नहीं देख रही है कि वह च्वांगत्सु हो गई है!

अब ये दो सपने हैं और तुलना का कोई उपाय नहीं है कि इनमें कौन सच है और कौन झूठ। लेकिन च्वांगत्सु एक चीज चूक रहा है—वह है स्वप्न देखने वाला। वह केवल सपनों की सोच रहा है, उनकी तुलना कर रहा है, और स्वप्न देखने वाले को चूक रहा है। वह उसे चूक रहा है जो सपना देखता है कि च्वांगत्सु तितली बन गया है। और वह उसे चूक रहा है जो विचार करता है कि बात बिलकुल उलटी भी हो सकती है—कि तितली सपना देख रही हो कि वह च्वांगत्सु हो गई है। यह देखने वाला कौन है? द्रष्ट कौन है? कौन है वह जो सोया हुआ था और अब जागा हुआ है?

तुम मेरे लिए असत्य हो सकते हो, तुम मेरे लिए स्वप्न हो सकते हो, लेकिन मैं अपने लिए स्वप्न नहीं हो सकता। क्योंकि स्वप्न के होने के लिए भी एक सच्चे स्वप्न देखने वाले की जरूरत है। झूठे स्वप्न के लिए भी सच्चे स्वप्नदर्शी की जरूरत है। स्वप्न भी सच्चे स्वप्नदर्शी के बिना नहीं हो सकता है। तो स्वप्न को छोड़ो।

यह विधि कहती है: स्वप्न को भूल जाओ। सारा जगत माया है, तुम माया नहीं हो। तुम जगत के पीछे मत भागो, क्योंकि वहां सुनिश्चित होने की कोई संभावना नहीं है कि क्या सत्य है और क्या असत्य। और अब तो वैज्ञानिक शोध से भी यह बात सिद्ध हो चुकी है।

पिछले तीन सौ वर्षों तक विज्ञान सुनिश्चित था और शंकर एक दार्शनिक, एक कवि मालूम पड़ते थे। तीन सदियों तक विज्ञान असंदिग्ध था, सुनिश्चित था, लेकिन पिछले दो दशकों से विज्ञान का निश्चय अनिश्चय में बदल गया है। अब बड़े से बड़े वैज्ञानिक कहते हैं कि कुछ भी निश्चित नहीं है और पदार्थ के साथ हम कभी निश्चित नहीं हो सकते। सब कुछ पुनः संदिग्ध हो गया है। सब कुछ प्रवाहमान, बदलता हुआ मालूम पड़ता है। बाहरी रूप-रंग ही निश्चित मालूम पड़ता है, लेकिन जैसे-जैसे तुम उसमें गहरे जाते हो, सब अनिश्चित होता जाता है, सब धुंधला-धुंधला होता जाता है।

शंकर कहते हैं—और तंत्र ने सदा कहा है—कि जगत माया है। शंकर के जन्म के पहले भी तंत्र इस विधि का उपयोग करता था कि जगत माया है, उसे स्वपनवत समझो। और अगर तुमने इसे माया समझा—और यदि तुमने जरा भी ध्यान दिया तो तुम जानोगे ही कि यह माया है—तो तुम्हारी चेतना का पूरा तीर भीतर की ओर मुड़ जाएगा, क्योंकि सत्य को जानने की अभीप्सा प्रगाढ़ है।

अगर सारा जगत अयथार्थ है, असत्य है, तो उसमें कोई आश्रय नहीं मिल सकता है। तब तुम छायाओं के पीछे भाग रहे हो; अपने समय, शक्ति और जीवन का अपव्यय कर रहे हो। अब भीतर की तरफ चलो, क्योंकि एक बात तो निश्चित है कि मैं हूं। यदि सारा जगत भी माया है तो भी एक चीज निश्चित है कि कोई है जो जानता है कि यह माया है। ज्ञान भ्रांत हो सकता है, ज्ञेय भ्रांत हो सकता है, लेकिन ज्ञाता भ्रांत नहीं हो सकता। यही एकमात्र निश्चय है, एकमात्र चट्टान है, जिस पर तुम खड़े हो सकते हो।

यह विधि कहती है: संसार को देखो; यह स्वप्नवत है, माया है, वैसा बिलकुल नहीं है जैसा भासता है। यह बस इंद्रधनुष जैसा है। इस भाव की गहराई में उतरो और तुम अपने पर फेंक दिए जाओगे। और अपने अंतस पर आने के साथ-साथ तुम निश्चय को, सत्य को, असंदिग्ध को, परम को उपलब्ध हो जाते हो।

▲

विज्ञान कभी परम तक नहीं पहुंच सकता, वह सदा सापेक्ष रहेगा। सिर्फ धर्म परम को उपलब्ध हो सकता है। क्योंकि धर्म स्वप्न को नहीं, स्वनदर्शी को खोजता है। धर्म दृश्य को नहीं, द्रष्टा को खोजता है। धर्म उसे खोजता है जो चिन्मय है।

आज इतना ही।

36

आत्म-स्मरण और विधायक दृष्टि

प्रश्न–सार

1. आत्म-स्मरण मानव मन को कैसे रूपांतरित करता है?
2. विधायक पर जोर क्या समग्र स्वीकार के विपरीत नहीं है?
3. इस मायावी जगत में गुरू की क्या भूमिका और सार्थकता है?

पहला प्रश्न :
आत्म-स्मरण की साधना मनुष्य के मन को कैसे रूपांतरित कर सकती है?

मनुष्य अपने में केंद्रित नहीं है, वह अपने केंद्र पर नहीं है। वह जन्म तो लेता है केंद्रित की तरह; लेकिन समाज, परिवार, संस्कृति, सब उसे केंद्र से च्युत कर देते हैं, बाहर कर देते हैं। वे यह काम जाने-अनजाने बहुत तरकीब से करते हैं। और इस तरह हरेक आदमी केंद्र से च्युत हो जाता है, भटक जाता है। इसके कारण हैं और वे कारण मनुष्य के जीवन-संघर्ष से संबंधित हैं।

बच्चा जब जन्म लेता है तो उसे एक अनुशासन देना पड़ता है, उसे स्वतंत्र नहीं छोड़ा जा सकता। अगर उसे पूरी स्वतंत्रता दे दी जाए तो वह स्व-केंद्रित रहेगा, सहज स्वभाव से जीएगा, नैसर्गिक होकर जीएगा। तब वह मौलिक होगा, जैसा है वैसा ही होगा, प्रामाणिक होगा। और तब आत्म-स्मरण साधने की जरूरत नहीं होगी, क्योंकि वह कभी केंद्र से च्युत नहीं होगा। वह केंद्रित होगा, आत्म-स्थित होगा।

लेकिन यह अब तक संभव नहीं हुआ है। इसलिए ध्यान की जरूरत होती है। ध्यान औषधि है। समाज रोग निर्मित करता है और फिर रोग का इलाज करना पड़ता है। धर्म औषधि है। अगर सचमुच एक ऐसा मानव-समाज विकसित हो जो स्वतंत्रता पर आधारित हो तो धर्म की कोई जरूरत न रहे। लेकिन क्योंकि हम बीमार हैं, हमें औषधि की जरूरत पड़ती है। और क्योंकि हम केंद्र से च्युत हैं, हमारे लिए केंद्रित होने के उपाय जरूरी हो जाते हैं। अगर किसी दिन धरती पर एक स्वस्थ समाज, आंतरिक स्वास्थ्य की दृष्टि से स्वस्थ समाज बनाना संभव हो जाए तो धर्म नहीं रहेगा।

लेकिन ऐसा समाज बनाना कठिन मालूम पड़ता है। बच्चे को अनुशासन देना जरूरी है। लेकिन जब तुम बच्चे को अनुशासित करते हो तो क्या करते हो? तुम उस पर कुछ थोपते हो जो उसके अनुकूल नहीं है, जो उसके लिए स्वाभाविक नहीं है। तुम उससे कुछ ऐसी मांग करते हो जिसे वह सहज भाव से कभी नहीं पूरा कर सकेगा। फिर तुम उसे दंडित करोगे, उसको सराहना करोगे, उसे रिश्वत दोगे—तुम उसे सामाजिक बनाने के लिए सब कुछ करोगे, तुम उसे उसके प्राकृतिक जीवन से च्युत कर दोगे। तुम उसके चित्त में एक नया केंद्र निर्मित कर

दोगे जो वहां कभी नहीं था। और यह केंद्र बढ़ेगा, बड़ा होगा और प्राकृतिक केंद्र विस्मृत हो जाएगा, अचेतन में दब जाएगा। तुम्हारा प्राकृतिक केंद्र अचेतन में, अंधकार में दब जाएगा और तुम्हारा अप्राकृतिक केंद्र तुम्हारा चेतन बन जाएगा।

वास्तव में अचेतन और चेतन के बीच कोई विभाजन नहीं है; विभाजन निर्मित किया गया है। तुम अखंड चेतना हो। यह विभाजन हो गया है, क्योंकि तुम्हारा अपना केंद्र किसी अंधेरे तलघर में दब गया है। तुम अभी अपने केंद्र के संपर्क में नहीं हो, तुम्हें भी उससे संपर्क करने की स्वीकृति नहीं है। तुम खुद भूल गए हो कि मेरा कोई केंद्र है। और तुम वैसे जीते हो जैसे समाज ने, संस्कृति ने, परिवार ने तुम्हें जीना सिखा दिया है। तुम एक झूठा जीवन जीते हो।

इस झूठे जीवन के लिए एक झूठे केंद्र की जरूरत है। तुम्हारा अहंकार वही झूठा केंद्र है; तुम्हारा चेतन मन वह झूठा केंद्र है। यही कारण है कि तुम कुछ भी करो, तुम आनंदित नहीं हो सकते हो। आनंदित होने के लिए सच्चा केंद्र चाहिए, सच्चा केंद्र ही विस्फोट को उपलब्ध हो सकता है। सच्चा केंद्र ही आनंद की परम संभावना को, उसके शिखर को उपलब्ध हो सकता है। झूठा केंद्र तो धूप-छाया का खेल है। तुम इससे मन को बहला सकते हो, तुम इससे आशा बांध सकते हो, लेकिन अंततः इससे निराशा के अतिरिक्त कुछ हाथ नहीं आता है। झूठे केंद्र के साथ यही हो सकता है।

एक ढंग से सब कुछ तुम्हें स्वयं न होने के लिए बाध्य कर रहा है। और सिर्फ इतना कहकर इसे नहीं बदला जा सकता कि यह गलत है, क्योंकि समाज की अपनी जरूरतें हैं।

एक बच्चा जब जन्म लेता है तो वह ठीक एक पशु की भांति होता है—सहज, केंद्रित, आधारित लेकिन बिलकुल स्वतंत्र। वह किसी संगठन का अंग नहीं बन सकता है। वह अभी उपद्रवी है। उसे दबाना-धमकाना होगा, उसे प्रशिक्षित करना होगा, उसे संस्कारित करना होगा, उसे बदलना होगा। और इस प्रयत्न में उसे उसके केंद्र से हटाना जरूरी होगा।

हम परिधि पर जीते हैं और हम उतना ही जीते हैं जितना जीने की समाज इजाजत देता है। हमारी स्वतंत्रता भी झूठी है। क्योंकि ये खेल के नियम, सामाजिक खेल के नियम तुममें इतनी गहरी जड़ जमाए हैं कि तुम्हें ऐसा लग सकता है कि तुम चुनाव कर रहे हो, लेकिन दरअसल तुम चुनाव नहीं कर रहे हो। यह चुनाव तुम्हारे संस्कारित मन से आता है; और यह बिलकुल यांत्रिक ढंग से चलता रहता है।

मुझे एक व्यक्ति का स्मरण आता है जिसने अपने जीवन में आठ स्त्रियों से विवाह किया। पहले उसने एक स्त्री से विवाह किया और उसे तलाक दे दिया। फिर उसने बहुत-बहुत सोच-समझकर, बहुत सजगता से देख-सुनकर दूसरी स्त्री से विवाह किया। उसने सब भांति हिसाब लगाया कि पुराने फंदे में फिर न पड़े। और वह सोचता था कि नयी स्त्री पहली स्त्री से बिलकुल भिन्न होगी। लेकिन कुछ ही दिनों के अंदर, अभी जब कि हनीमून के दिन भी नहीं बीते थे, नयी स्त्री पुरानी स्त्री, पहली स्त्री जैसा ही व्यवहार करने लगी। और छह महीनों के भीतर यह विवाह भी खतम हो गया। फिर उसने तीसरी स्त्री से विवाह किया और इस बार उसने और भी अधिक सावधानी बरती। लेकिन फिर वही बात हुई।

इस तरह उसने आठ विवाह किए और हर बार स्त्री वही की वही निकली जैसी पहली थी। क्या हुआ? चुनाव तो वह बहुत-बहुत सावधानी से, बहुत सोच-विचारकर करता था।

फिर क्या होता था? जो चुनाव करने वाला था वह मूर्च्छित था, बेहोश था। वह चुनाव करने वाले को नहीं बदल सका, चुनाव करने वाला सदा वही का वही रहा। इसलिए चुनाव भी वही का वही रहता था। और चुनाव करने वाला सदा बेहोशी में काम करता है।

तुम यह-वह किए जाते हो, तुम बाहरी वस्तुओं को बदलते रहते हो। लेकिन तुम खुद वही के वही बने रहते हो। तुम केंद्र से च्युत रहते हो, विच्छिन्न रहते हो। फलतः तुम जो भी करते हो वह बाहर से भिन्न दिखाई पड़ने पर भी वही का वही रहता है। नतीजे सदा वही के वही आते हैं। परिणाम सदा वही के वही आते हैं। जब तुम्हें लगता है कि मैं स्वतंत्र हूं और मैं खुद चुनाव करता हूं, तब भी तुम स्वतंत्र नहीं हो और चुनाव भी नहीं कर रहे हो।

चुनाव भी एक यांत्रिक चीज है। वैज्ञानिक, खासकर जीव-वैज्ञानिक, कहते हैं कि मनुष्य के मन पर छाप पड़ जाती है और बहुत कम उम्र में यह छाप पड़ जाती है। जीवन के आरंभिक दो-तीन वर्ष का समय ही वह समय है, जब चीजें मन में गहरे बैठ जाती हैं। फिर तुम वही की वही चीजें किए जाते हो, यांत्रिक ढंग से उन्हें दोहराएं चले जाते हो। फिर तुम एक दुष्ट-चक्र में घूमते रहते हो।

बच्चे को केंद्र से च्युत होने के लिए मजबूर किया जाता है। उसे अनुशासित किया जाता है, उसे आज्ञाकारी बनाया जाता है। यही कारण है कि हम आज्ञापालन को इतना मूल्य देते हैं। और आज्ञापालन व्यक्ति को नष्ट कर देता है। क्योंकि आज्ञापालन का अर्थ है कि तुम केंद्र न रहे, दूसरा केंद्र है और तुम्हें उसका अनुसरण करना है। जीने के लिए शिक्षा जरूरी है, लेकिन हम इस जीने की जरूरत को सबको झुकाने का बहाना बना लेते हैं। हम सबको बाध्य करते हैं कि आज्ञा के अनुसार चलें। इसका क्या अर्थ है? किसकी आज्ञा के अनुसार चलें? सदा किसी दूसरे की—माता की, पिता की। सदा कोई दूसरा है जिसकी आज्ञा माननी है।

लेकिन आज्ञापालन पर इतना जोर क्यों दिया जाता है? क्योंकि तुम्हारे पिता को भी उनके बचपन में आज्ञापालन के लिए मजबूर किया गया था। वैसे ही तुम्हारी मां को भी, जब वह बच्ची थी, आज्ञापालन के लिए मजबूर किया गया था। उन्हें अपने-अपने केंद्रों से हटा दिया गया था। अब वे लोग वही कर रहे हैं, वे लोग वही अपने बच्चों के साथ कर रहे हैं। और ये बच्चे भी फिर वही दोहराएंगे। ऐसे यह दुष्ट-चक्र चलता रहता है।

स्वतंत्रता की हत्या हो जाती है। और स्वतंत्रता के साथ-साथ तुम अपना केंद्र भी खो देते हो। ऐसा नहीं कि केंद्र नष्ट हो जाता है, मिट जाता है; तुम जब तक जीवित हो, वह नष्ट नहीं हो सकता। अच्छा होता कि यह नष्ट हो जाता, तब तुम अपने साथ ज्यादा चैन में होते। अगर तुम समग्रतः झूठे हो जाते और तुम्हारे भीतर सच्चा केंद्र नहीं बचा रहता तो तुम बड़े चैन में होते। तब कोई द्वंद्व नहीं रहता, कोई चिंता नहीं रहती, कोई संघर्ष नहीं रहता। द्वंद्व तो इसीलिए पैदा होता है क्योंकि असली जीवित रहता है। केंद्र पर तो वही रहता है, लेकिन परिधि पर एक झूठा केंद्र खड़ा हो जाता है। और तब इन दो केंद्रों के बीच सतत संघर्ष, सतत चिंता, सतत तनाव निर्मित होता रहता है।

इसे बदलना होगा। और इसे बदलने का एक ही उपाय है कि झूठे केंद्र को विदा किया जाए और सच्चे केंद्र को उसकी जगह दी जाए। तुम्हें फिर से अपने केंद्र में, अपने होने में प्रतिष्ठित किया जाए। अन्यथा तुम सदा दुख में रहोगे।

▲

झूठे केंद्र को विदा किया जा सकता है, लेकिन सच्चे केंद्र को तुम्हारे मरने के पहले नहीं विदा किया जा सकता। तुम जब तक जीवित हो, सच्चा केंद्र रहेगा। समाज एक ही काम कर सकता है, वह सच्चे केंद्र को नीचे दबा दे सकता है और एक ऐसा अवरोध निर्मित कर सकता है कि तुम्हें भी उस केंद्र का बोध न रहे। क्या तुम्हें अपने जीवन का ऐसा कोई भी क्षण स्मरण है जब तुम सहज और स्वाभाविक थे—जब तुम क्षण में जीते थे, जब तुम अपना जीवन जीते थे, जब तुम किसी का अनुगमन नहीं करते थे?

मैं एक कवि का संस्मरण पढ़ रहा था। उसके पिता की मृत्यु हो गई थी और शव को ताबूत में रख दिया गया था। वह कवि रो रहा था, शोक मना रहा था कि अचानक उसने उठकर अपने मृत पिता के सिर को चूमा और कहा: अब जब कि आप मृत हैं, मैं यह कर सकता हूं। मैं सदा ही आपको आपके सिर पर चूमना चाहता था, लेकिन आपके जीते जी यह असंभव था। मैं आपसे इतना डरता था।

तुम सिर्फ मृत पिता को चूम सकते हो। और यदि कोई जीवित पिता चूमने भी दे तो वह चुंबन झूठा होगा, वह सहज नहीं हो सकता। एक युवा बेटा अपनी मां को भी सहजता से नहीं चूम सकता, क्योंकि सदा कामवासना का भय है। तुम्हारे शरीर स्पर्श नहीं करने चाहिए—मां के साथ भी!

इस तरह सब कुछ झूठा हो जाता है। हर चीज में भय है और आडंबर है, कहीं स्वतंत्रता नहीं है, सहजता नहीं है। और जो सच्चा केंद्र है वह तभी सक्रिय हो सकता है जब तुम सहज और स्वतंत्र हो।

अब तुम इस प्रश्न के प्रति मेरी दृष्टि समझ सकते हो: 'आत्म-स्मरण की साधना मनुष्य के मन को कैसे रूपांतरित कर सकती है?'

यह साधना तुम्हें फिर से अपने में प्रतिष्ठित कर देगी, यह तुम्हें तुम्हारे केंद्र में फिर से प्रतिष्ठित कर देगी। आत्म-स्मरण के द्वारा तुम अपने अतिरिक्त सब कुछ भूल जाते हो; जो तुम्हारे चारों ओर विक्षिप्त संसार है, जो तुम्हारा परिवार है, नाते-रिश्ते हैं, तुम सबको भूल जाते हो। तुम्हें सिर्फ यह स्मरण रहता है कि मैं हूं। यह स्मरण तुम्हें समाज से नहीं मिलता है। यह आत्म-स्मरण तुम्हें उस सबसे अलग कर देगा जो परिधिगत है। और अगर तुम यह स्मरण रख सके तो तुम स्वयं पर लौट आओगे, अपने केंद्र पर प्रतिष्ठित हो जाओगे। अब अहंकार मात्र परिधि पर रहेगा और तुम उसका भी निरीक्षण कर सकोगे। और जब तुम अपने अहंकार को, झूठे केंद्र को देख लोगे तो फिर तुम कभी झूठे नहीं होगे।

तुम्हें इस झूठे केंद्र की जरूरत पड़ सकती है, क्योंकि तुम्हें ऐसे समाज में रहना है जो झूठा है। अब तुम इसका उपयोग तो कर सकोगे, लेकिन तुम इससे तादात्म्य नहीं करोगे। अब यह केंद्र मात्र एक उपकरण होगा, तुम खुद अपने असली केंद्र पर जीओगे। तुम अब झूठे केंद्र का उपयोग सामाजिक सुविधा के लिए करोगे, लेकिन तुम उससे एकात्म नहीं होगे। अब तुम जानते हो कि मैं सहज और स्वतंत्र हो सकता हूं।

आत्म-स्मरण तुम्हें रूपांतरित करता है, क्योंकि वह तुम्हें फिर से स्वयं होने का अवसर देता है। और स्वयं होना आत्यंतिक है, परम है।

समस्त संभावनाओं का, समस्त अंतर्निहित क्षमताओं का शिखर परमात्मा है—या तुम

उसे जो भी नाम देना चाहो। परमात्मा कहीं अतीत में नहीं है, वह तुम्हारा भविष्य है। तुमने बहुत बार लोगों को कहते सुना होगा कि परमात्मा पिता है। लेकिन ज्यादा अर्थपूर्ण यह कहना होगा कि परमात्मा तुम्हारा पिता नहीं, पुत्र है। क्योंकि वह तुमसे आने वाला है, वह तुम्हारा विकास होगा। मैं कहूंगा कि परमात्मा पुत्र है, क्योंकि पिता अतीत में है और पुत्र भविष्य में। तुम परमात्मा हो सकते हो, परमात्मा तुमसे जन्म ले सकता है। और अगर तुम प्रामाणिक रूप से स्वयं हो तो तुमने बुनियादी कदम उठा लिया। तुम भगवत्ता की तरफ बढ़ रहे हो, तुम समग्र स्वतंत्रता की ओर कदम बढ़ा रहे हो।

गुलाम की भांति तुम उधर गति नहीं कर सकते। गुलाम के लिए, झूठे व्यक्तित्व के लिए परमात्मा की ओर, तुम्हारी परम संभावना की ओर, तुम्हारी परम आत्मोपलब्धि की ओर, परम खिलावट की ओर जाने का मार्ग ही नहीं है। पहले तुम्हें अपने अस्तित्व में केंद्रित होना होगा। आत्म-स्मरण इसमें सहयोगी है, केवल आत्म-स्मरण सहयोगी है। कोई दूसरी चीज तुम्हें रूपांतरित नहीं कर सकती है। झूठे केंद्र के साथ विकास संभव नहीं है, केवल संग्रह संभव है। विकास और संग्रह के इस भेद को स्मरण में रख लो।

झूठे केंद्र के द्वारा तुम चीजें इकट्ठी कर सकते हो, तुम धन इकट्ठा कर सकते हो, ज्ञान इकट्ठा कर सकते हो, कुछ भी इकट्ठा कर सकते हो। लेकिन इससे कोई विकास संभव नहीं है। विकास तो सच्चे केंद्र से ही घटित होता है। और विकास संग्रह नहीं है, विकास तुम्हें बोझिल नहीं करता है। संग्रह बोझ है।

तुम बिना कुछ जाने बहुत सी चीजों को जान सकते हो। तुम प्रेम को जाने बिना प्रेम के संबंध में बहुत कुछ जान सकते हो। तब वह संग्रह है। और अगर तुम प्रेम जानते हो तो वह विकास है। झूठे केंद्र से तुम प्रेम के संबंध में बहुत कुछ जान सकते हो, लेकिन प्रेम के लिए सच्चा केंद्र जरूरी है। तुम सच्चे केंद्र से ही प्रेम कर सकते हो। सच्चा केंद्र ही विकसित हो सकता है, झूठा केंद्र बिना किसी विकास के बस बड़ा होता जाता है। झूठा केंद्र कैंसर की तरह फैलता जाता है और रोग की तरह तुम्हें बोझिल बना देता है।

लेकिन तुम एक काम कर सकते हो, तुम समग्ररूपेण अपनी दृष्टि बदल ले सकते हो। तुम अपनी दृष्टि झूठे से हटाकर सच्चे केंद्र पर लगा सकते हो। आत्म-स्मरण का यही अर्थ है। तुम जो कुछ भी कर रहे हो, उसमें अपने को स्मरण रखो, स्मरण रखो कि मैं हूं। उसे भूलो मत। तुम जो भी करोगे उसे यह स्मरण एक प्रामाणिकता, एक यथार्थता प्रदान करेगा।

अगर तुम प्रेम कर रहे हो तो पहले स्मरण करो कि मैं हूं। अन्यथा तुम झूठे केंद्र से प्रेम करोगे और झूठे केंद्र से तुम सिर्फ प्रेम का अभिनय कर सकते हो, प्रेम नहीं। अगर तुम प्रार्थना कर रहे हो तो पहले स्मरण करो कि मैं हूं। अन्यथा तुम्हारी प्रार्थना महज मूढ़ता होगी, धोखा होगी। और तुम यह धोखा किसी दूसरे के प्रति नहीं, खुद अपने प्रति करोगे।

तो पहले स्मरण करो कि मैं हूं। और यह स्मरण इतना आधारभूत हो जाए कि तुम्हारी छाया की तरह तुम्हारे साथ रहे। तब यह स्मरण तुम्हारी नींद में भी प्रवेश कर जाएगा और नींद में भी तुम्हें स्मरण रहेगा।

अगर सारा दिन यह स्मरण बना रह सके तो धीरे-धीरे वह तुम्हारे स्वप्न में भी, तुम्हारी नींद में भी प्रविष्ट हो जाएगा और तुम वहां भी जानोगे कि मैं हूं। और जिस दिन तुम अपनी

नींद में भी जान लोगे कि मैं हूं उस दिन तुम अपने केंद्र में प्रतिष्ठित हो गए। अब झूठा केंद्र समाप्त हो गया, वह तुम पर बोझ नहीं रहा। और अब तुम झूठे केंद्र का उपयोग कर सकते हो, अब वह एक यंत्र भर है। अब तुम उसके गुलाम न रहे, मालिक हो गए।

कृष्ण गीता में कहते हैं कि जब सब लोग सोते हैं तो योगी नहीं सोता, वह जागता है। इसका यह अर्थ नहीं है कि योगी नींद के बिना रहता है, नींद तो एक जैविक जरूरत है। उसका अर्थ यह है कि उसे नींद में भी स्मरण रहता है कि मैं हूं। नींद सिर्फ परिधि पर है, केंद्र पर आत्म-स्मरण है।

योगी को नींद में भी अपना स्मरण रहता है और तुम्हें जागते हुए भी अपना स्मरण नहीं रहता। तुम रास्ते पर चल रहे हो और तुम्हें नहीं स्मरण है कि तुम हो।

प्रयोग करके देखो और तुम्हें तुम्हारी गुणवत्ता में बदलाहट महसूस होगी। यह स्मरण रखो कि मैं हूं और अचानक एक नया हलकापन तुम्हें घेर लेता है। भारीपन विलीन हो जाता है, तुम निर्भार हो जाते हो। तुम झूठे केंद्र से हटकर फिर सच्चे केंद्र पर प्रतिष्ठित हो जाते हो।

लेकिन यह कठिन है, श्रमसाध्य है, क्योंकि हम झूठे केंद्र से इतने बंधे हैं, ग्रस्त हैं। आत्म-स्मरण समय लेगा। लेकिन जब तक वह तुम्हारे लिए सहज नहीं होता, बिना प्रयास के नहीं होता, तब तक रूपांतरण संभव नहीं है। तुम तो अपना स्मरण रखना शुरू करो; अन्यथा कोई रूपांतरण संभव नहीं है।

दूसरा प्रश्न :

कल रात आपने कहा कि जीवन को सदा उसके विधायक आयामों में देखना चाहिए और उसके नकारात्मक पक्ष पर जोर देना ठीक नहीं है लेकिन क्या यह चुनाव नहीं है? और क्या यह समग्र सत्य के, जो है उसके साक्षात्कार के विरोध में नहीं जाता है?

यह चुनाव है। लेकिन जो व्यक्ति नकारात्मक है वह अचुनाव में छलांग नहीं ले सकता। यदि यह हो सकता होता तो अच्छा होता, लेकिन यह असंभव है। नकार से अचुनाव में गति असंभव है। क्योंकि नकारात्मक मन का अर्थ है कि तुम केवल कुरूप को देख सकते हो, केवल मृत्यु को देख सकते हो, केवल दुख को देख सकते हो, तुम जीवन के विधायक तत्वों को नहीं देख सकते। और स्मरण रहे, दुख को छोड़ना बड़ा कठिन है।

यह कहना अजीब मालूम पड़ता है, लेकिन मैं कहता हूं कि दुख से छलांग लेना कठिन है, सुख से छलांग लेना आसान है। जब तुम सुखी हो तो छलांग लगाना आसान है, क्योंकि सुख के साथ साहस आता है, सुख के साथ आनंद की बड़ी संभावना का द्वार खुलता है। सुख के साथ सारा जगत अपना घर मालूम पड़ता है। दुख में संसार नर्क मालूम पड़ता है। उसमें आशा नहीं, चारों तरफ निराशा ही निराशा नजर आती है। उस स्थिति में तुम छलांग नहीं ले सकते हो। दुख में आदमी कायर हो जाता है और वह दुख से चिपककर रहना चाहता है, क्योंकि यह दुख जाना-माना है।

दुख में तुम किसी साहसिक अभियान पर नहीं निकल सकते, उसके लिए एक सूक्ष्म सुख जरूरी है। तभी तुम ज्ञात को छोड़ सकते हो। तुम इतने सुखी हो कि अज्ञात से कोई डर न

रहा। और सुख ऐसा गहन है कि तुम जानते हो कि मैं जहां भी रहूंगा सुखी रहूंगा। विधायक चित्त के लिए कोई नर्क नहीं है, तुम जहां होगे वहीं स्वर्ग होगा। तुम अज्ञात में प्रवेश कर सकते हो, क्योंकि अब तुम जानते हो कि स्वर्ग मेरे साथ-साथ चलता है।

तुमने सुना है कि लोग स्वर्ग या नर्क जाते हैं। यह मूढ़ता-भरी बात है। कोई न स्वर्ग जाता है और न कोई नर्क जाता है। तुम अपना स्वर्ग-नर्क अपने साथ लिए चलते हो, तुम जहां जाते हो वहां अपने स्वर्ग-नर्क के साथ जाते हो। स्वर्ग और नर्क कोई द्वार नहीं हैं, वे तुम्हारे भार हैं जिन्हें तुम साथ लिए चलते हो।

केवल नृत्यमग्न हृदय के साथ ही तुम अज्ञात-अनजान के सागर में उतर सकते हो। यही वजह है कि मैं कहता हूं कि नकार से तुम चुनावरहित नहीं हो सकते। तुम अपने दुख से बंधे हो, वह जाना-माना है। तुम दुख से परिचित हो, तुम दुख से जुड़े हो। और अज्ञात की बजाय जाने-माने दुख में रहना बेहतर है। तुम कम से कम दुख से अभ्यस्त हो गए हो, तुम्हें उसके ढंग-ढांचे पता हैं। और तुमने अपने चारों ओर इस दुख से सुरक्षा की व्यवस्था कर रखी है, तुमने एक कवच लगा रखा है। अज्ञात दुख के लिए नयी सुरक्षा व्यवस्था चाहिए, इसलिए सदा अज्ञात दुख से ज्ञात दुख बेहतर है।

सुख के साथ बात बिलकुल बदल जाती है। सुखी आदमी ज्ञात सुख से अज्ञात सुख में जाना चाहता है, क्योंकि ज्ञात सुख उबाने वाला है। ज्ञात दुख से तुम कभी नहीं ऊबते, तुम उसमें रस लेते हो। लोग अपने दुखों का बखान कितना रस लेकर करते हैं। वे अपने दुखों को बढ़ा-चढ़ाकर कहते हैं, उससे उन्हें सूक्ष्म सुख मिलता है। सुख से तुम ऊब जाते हो, इसलिए उससे अज्ञात में गति आसान है।

अज्ञात में आकर्षण है। और अचुनाव अज्ञात का द्वार है। इसलिए नकार से विधायक की ओर और फिर विधायक से अचुनाव में यात्रा करनी है। पहले अपने चित्त को विधायक बनाओ, नर्क से स्वर्ग में गति करो। और तब स्वर्ग से मोक्ष में, परम में गति कर सकते हो। मोक्ष दोनों में से कुछ भी नहीं है; वह न सुख है न दुख है, वह दोनों के पार है। दुख से सुख में गति करो और तब तुम आत्यंतिक में गति कर सकते हो जो दोनों के पार है।

यही कारण है कि सूत्र में कहा गया कि पहले अपने चित्त को नकार से विधायक में बदलो। और यह बदलाहट मात्र दृष्टि की बदलाहट है। जीवन दोनों है, या दोनों नहीं है। वह दोनों है, या दोनों में से कुछ भी नहीं है। यह तुम पर निर्भर है, तुम्हारी दृष्टि पर निर्भर है। तुम उसे नकारात्मक मन से देख सकते हो और तब वह नर्क जैसा मालूम पड़ेगा। वह नर्क नहीं है, यह सिर्फ तुम्हारी व्याख्या है। तुम अपनी दृष्टि बदलो, विधायक दृष्टि से देखो।

इसे ही नास्तिक और आस्तिक की दृष्टि समझना चाहिए। मैं किसी व्यक्ति को नास्तिक या आस्तिक इसलिए नहीं कहता हूं कि वह ईश्वर में विश्वास करता है या नहीं करता है। मैं उसे आस्तिक कहता हूं जिसकी दृष्टि विधायक है। और जिसकी दृष्टि नकारात्मक है उसे मैं नास्तिक कहता हूं। ईश्वर को इनकार करना नास्तिकता नहीं है; जीवन को इनकार करना नास्तिकता है। आस्तिक वह है जो कि हां कहना जानता है और विधायक दृष्टि से जीवन को देखता है। तब सब कुछ बिलकुल बदल जाता है।

यदि नकारात्मक दृष्टि का व्यक्ति गुलाब के बगीचे में आए, जहां अनेक गुलाब हों,

तो वहां भी वह कांटे ही गिनेगा। नकारात्मक चित्त के लिए पहली चीज कांटा है, वही उसके लिए महत्वपूर्ण है। फूल उसके लिए भ्रामक होंगे, कांटे यथार्थ होंगे। वह कांटे गिनेगा। और सच है कि फूल एक और कांटे हजार होते हैं। और जब वह हजार कांटे गिन लेगा तो उसे उस एक फूल पर भरोसा भी नहीं होगा। वह कहेगा कि यह फूल भ्रम है। इन कुरूप, हिंसक कांटों के बीच ऐसा सुंदर फूल कैसे हो सकता है ! यह असंभव है, यह अविश्वसनीय है। और अगर वह है भी तो उसका अब कोई मतलब नहीं है। एक हजार कांटे गिनने में फूल खो ही जाता है।

विधायक चित्त गुलाब से, फूल से आरंभ करेगा। और एक बार तुमने गुलाब के साथ अपना संवाद बना लिया, एक बार तुमने उसके सौंदर्य को, उसके जीवन को, उसकी अपार्थिव खिलावट को जान लिया तो फिर कांटे भूल जाते हैं। और जिसने गुलाब को उसके सौंदर्य के साथ, उसकी सर्वोच्च संभावना के साथ जान लिया, जिसने उसे उसकी गहराई में देख लिया, उसे अब कांटे भी कांटे नहीं मालूम होंगे। गुलाब से भरी आंखें अब और ही हो जाएंगी, अब उसे कांटे फूल की सुरक्षा को तरह दिखाई पड़ेंगे। वे अब शत्रु जैसे नहीं मालूम होंगे, वे फूल के हिस्से हो जाएंगे। अब यह चित्त जानेगा कि फूल के होने के लिए कांटे जरूरी हैं, कांटे उसकी सुरक्षा करते हैं। वह जानेगा कि इन्हीं कांटो के कारण वह फूल हो सका है। यह विधायक चित्त कांटों के प्रति भी अनुगृहीत अनुभव करेगा। और यह दृष्टि यदि और गहरे प्रवेश करती है तो एक क्षण आता है जब कांटे फूल बन जाते हैं। पहली दृष्टि में, नकारात्मक दृष्टि में फूल विदा हो जाते हैं, या फूल कांटे बन जाते हैं।

केवल विधायक चित्त से ही तनाव-शून्य चित्त उपलब्ध होता है। नकारात्मक चित्त से तुम तनावग्रस्त बने रहोगे, तुम्हें चारों ओर से दुख ही दुख घेरे रहेंगे। ऐसा नकारात्मक चित्त, क्षिद्रान्वेषक चित्त, दुख ही दुख और नर्क ही नर्क का उदघाटन किए जाता है।

बुद्ध के समय में एक अति प्रसिद्ध गुरु था, जिसका नाम संजय वेलट्ठिपुत्त था। वह परिपूर्ण रूप से नकारात्मक चिंतक था। बुद्ध ने सात नर्कों की बात कही थी। कोई व्यक्ति संजय वेलट्ठिपुत्त के पास आया और उससे कहा कि बुद्ध कहते हैं कि सात नर्क हैं। वेलट्ठिपुत्त ने कहा कि जाकर अपने बुद्ध से कहो कि वे कुछ नहीं जानते हैं, दरअसल सात सौ नर्क हैं! बुद्ध कुछ नहीं जानते हैं। सात ही? सात सौ नर्क हैं और मैं उन्हें गिन चुका हूं।

अगर तुम्हारा चित्त नकारात्मक है तो सात सौ भी ज्यादा नहीं हैं। तुम और ज्यादा खोज लोगे, उनका कोई अंत नहीं है।

विधायक चित्त तनावमुक्त हो सकता है। सच तो यह है कि अगर तुम विधायक हो तो तनावग्रस्त नहीं हो सकते और अगर नकारात्मक हो तो तनावमुक्त नहीं हो सकते। नकारात्मक चित्त का संबंध ध्यान के साथ नहीं बन सकता, वैसा चित्त ध्यान-विरोधी होता है। वह ध्यान नहीं कर सकता, एक मच्छर भी उसके ध्यान को नष्ट करने के लिए काफी है। नकारात्मक चित्त के लिए शांति का, मौन का द्वार बंद हो जाता है। वह दुख के सृजन के द्वारा अपने को बनाए रखता है। वह अचुनाव की ओर कैसे गति कर सकता है?

कृष्णमूर्ति अचुनाव की बात किए जाते हैं और उनके जो श्रोता हैं वे सब नकारात्मक चित्त के लोग हैं। वे उन्हें सुनते हैं, लेकिन वे उन्हें समझते बिलकुल नहीं। और जब वे नहीं समझते हैं तो कृष्णमूर्ति सिर ठोंक लेते हैं कि वे समझते क्यों नहीं।

▲

विधायक चित्त ही उसे समझ सकता है जो वे कहते हैं। लेकिन विधायक चित्त को कहीं जाने की जरूरत नहीं है—न कृष्णमूर्ति के पास और न रजनीश के पास। सिर्फ नकारात्मक चित्त गुरु की खोज करता है। और नकारात्मक चित्त से अचुनाव की, द्वैत के पार जाने की, नकारात्मक और विधायक दोनों को जीने की बात करना व्यर्थ है। ऐसा नहीं है कि यह सत्य नहीं है, यह सत्य है, लेकिन उसकी बात करना व्यर्थ है। जो सुन रहा है उसका खयाल करना जरूरी है, वह बोलने वाले से ज्यादा महत्वपूर्ण है।

जैसा मैं देखता हू, तुम नकारात्मक हो। इसलिए पहले तुम्हें विधायक में रूपांतरित करने की जरूरत है। तुम्हें नहीं कहने वाले से हां कहने वाला बनाना है। तुम्हें जीवन को हां की दृष्टि से देखना चाहिए। और हां की दृष्टि के साथ ही यह धरती समग्रतः रूपांतरित हो जाती है। और जब तुम्हें विधायक दृष्टि मिल जाए तभी तुम अचुनाव में छलांग लगा सकते हो। और तब वह आसान होगा, बहुत आसान होगा।

दुख का त्याग नहीं हो सकता, वह कठिन है। दुख से तुम्हारा लगाव है। सिर्फ सुख का त्याग हो सकता है। क्योंकि अब तुम जानते हो कि जब मैं नकार का त्याग करता हूं तो मुझे विधायक मिलता है, विधायक सुख प्राप्त होता है। तुम जानते हो कि नकार का त्याग करने से मुझे सुख मिलता है, इसलिए अगर मैं सुख का भी त्याग कर दूं, विधायक मन का भी त्याग कर दूं तो मेरे लिए अनंत का द्वार खुल जाएगा। लेकिन सबसे पहले तुम्हें विधायक की प्रतीति जरूरी है। तभी, और केवल तभी, तुम छलांग ले सकते हो।

तीसरा प्रश्न :

अंतिम विधि के प्रसंग में कल आपने बताया कि माया के इस जगत में साधक का आंतरिक चैतन्य ही उसका एकमात्र केंद्र है। इस संदर्भ में कृपया समझाएं कि इस माया के जगत में गुरु का महत्व क्या है? उसका काम क्या है?

यह माया का जगत तुम्हारे लिए माया नहीं है, तुम्हारे लिए यह बहुत यथार्थ है, सच्चा है। और गुरु का काम तुम्हें यह बताना है कि यह सत्य नहीं है। अभी यह जगत तुम्हारे लिए सत्य है। तुम कैसे सोच सकते हो कि यह माया है? तुम मिथ्या को मिथ्या की तरह तभी जानोगे जब तुम्हें सत्य की झलक मिल जाए; तभी तुलना का उपाय है। तुम्हारे लिए यह जगत माया नहीं है। तुमने सुना है, तुमने पढ़ा है कि यह जगत माया है और तुमने तोते की तरह इसे रट लिया है; और इसलिए तुम भी कहते रहते हो कि जगत माया है।

हर रोज कोई न कोई मेरे पास आता है और कहता है कि जगत माया है। और फिर कहता है कि मेरा मन बहुत चिंताग्रस्त है, तनावग्रस्त है; शांत होने का उपाय बताएं। और वह यह भी कहता है कि जगत माया है। अगर जगत माया है तो तुम्हारा मन तनावग्रस्त कैसे हो सकता है? अगर तुमने जान लिया कि जगत माया है तो जगत विदा हो जाएगा और जगत के साथ-साथ उसके सब दुख-संताप विदा हो जाएंगे।

लेकिन तुम्हारे लिए संसार है। तुम नहीं जानते कि संसार माया है। सुबह जब नींद विदा हो जाती है और उसके साथ ही स्वप्न भी तो क्या तुम स्वप्नों की चिंता लेते हो? क्या तुम

परेशान होते हो कि सपने में मैं बीमार था या मर गया था? जब तक स्वप्न था, तुम परेशान थे कि मैं बीमार हूं, कि मुझे दवा चाहिए, कि मेरे लिए डाक्टर को बुला दो। लेकिन सुबह जैसे ही तुम्हारी नींद खुली और सपने विदा हो गए, तुम परेशान नहीं हो। अब तुम जानते हो कि यह सपना था और मैं बीमार नहीं हूं।

अगर कोई आकर मुझे कहे कि मैं जानता हूं कि यह सपना था कि मैं बीमार हूं, लेकिन मुझे बताएं कि बीमारी से छुटकारे के लिए दवा कहां प्राप्त करूं, तो उसका क्या मतलब होगा? उसका मतलब होगा कि वह अभी भी सोया है, कि वह अभी भी सपने देख रहा है। इसका अर्थ है कि सपना अभी जारी है।

भारत में यह तोता-रटंत कि सारा संसार माया है, लोगों के मन में बहुत गहराई तक प्रवेश कर गई है। लेकिन यह प्रवेश झूठे केंद्र में हुआ है, यह विकास नहीं है। हमने सुना है; उपनिषद, वेद और ऋषि-मुनि सदियों से कहते आ रहे हैं कि संसार माया है। उन्होंने इस धारणा को इतने जोर से प्रसारित-प्रचारित किया है कि जो सोए हैं, जो सपने देख रहे हैं, उन्हें भी लगता है कि हम जागे हुए हैं। लेकिन सारा संसार सोया हुआ है और उनका दुख बताता है कि उनके लिए संसार यथार्थ है, उनका संताप कहता है कि संसार सत्य है।

गुरु का काम है कि तुम्हें सत्य की एक झलक दे। उसका काम तुम्हें सिखाना नहीं, जगाना है। गुरु शिक्षक नहीं है, जगाने वाला है। गुरु तुम्हें सिद्धांत नहीं देता है। अगर वह कोई सिद्धांत देता है तो वह दार्शनिक है। अगर वह संसार को माया कहता है और तर्क-वितर्क करता है, प्रमाणित करता है कि संसार माया है, अगर वह तुम्हें कोई बौद्धिक सिद्धांत देता है, तो वह गुरु नहीं है। वह शिक्षक हो सकता है, किसी विशेष विचारधारा का शिक्षक, लेकिन वह गुरु कतई नहीं है। गुरु सिद्धांत नहीं देता है, वह विधि देता है, उपाय देता है, ताकि तुम नींद से बाहर आ सको।

यही कारण है कि गुरु सदा तुम्हारे सपनों के लिए बाधा बन जाता है और गुरु के साथ रहना कठिन हो जाता है। शिक्षक के साथ रहना बहुत आसान है, वह कभी तुम्हारी नींद में बाधा नहीं डालता। सच तो यह है कि वह तुम्हारे ज्ञान-संग्रह को बढ़ाता है, वह तुम्हारे अहंकार को बढ़ाता है। शिक्षक तुम्हें पंडित बनने में सहायता देता है। उससे तुम्हारा अहंकार तृप्त होता है। अब तुम ज्यादा जानते हो, अब तुम ज्यादा तर्क-वितर्क कर सकते हो, तुम दूसरों को शिक्षा दे सकते हो। लेकिन गुरु सदा उपद्रवी होता है, वह तुम्हारी नींद में, तुम्हारी स्वप्न-तंद्रा में बाधा बन जाता है। हो सकता है, तुम बहुत सुंदर सपने देख रहे थे, तुम किसी यात्रा पर थे, सुंदर यात्रा पर। गुरु उसमें बाधा डालेगा और तुम नाराज होओगे।

इसलिए गुरु को सदा अपने शिष्यों से खतरा रहता है। शिष्य किसी भी क्षण उसकी हत्या कर सकते हैं, क्योंकि वह विघ्न डालेगा ही। वही तो उसका काम है। वह तुम्हें वैसे ही नहीं रहने दे सकता जैसे तुम हो। क्योंकि तुम गलत हो, झूठे हो। वह तुम्हारे झूठे व्यक्तित्व को मिटाएगा। और यह काम पीड़ादायी है।

यही कारण है कि यदि गहन प्रेम न हो तो यह काम असंभव है। अति घनिष्ठता की, अंतरंगता की जरूरत है; अन्यथा घृणा बीच में आ जाएगी। गुरु तुम्हें अपने निकट नहीं आने देगा, यदि तुमने समर्पण नहीं किया है। अन्यथा तुम शत्रु बनने वाले हो। तुम्हारे पूरी तरह

समर्पण करने पर ही गुरु काम कर सकता है। क्योंकि उसका काम आध्यात्मिक सर्जरी है। और शिष्य को बहुत पीड़ा से गुजरना होगा। तो अगर उसका गुरु के साथ गहन आत्मीयता का संबंध नहीं है तो यह काम असंभव है। वह इतनी पीड़ा झेलने को राजी नहीं होगा। वह आनंद की खोज में आया था और गुरु उसे पीड़ा में डालता है! वह सुख का अनुभव लेने आया था और गुरु उसके लिए नर्क निर्मित करता है!

शुरू में तो नर्क ही होगा, क्योंकि तुम्हारी अपनी इमेज चूर-चूर हो जाएगी, तुम्हारी अपेक्षाएं चूर-चूर हो जाएंगी। तुमने जो भी जाना है, उसे तुम्हें फेंक देना होगा। तुम जो भी हो, गुरु उसे मिटाएगा। सच ही तुम्हें मृत्यु से गुजरना है।

भारत में प्राचीन दिनों में हम कहते थे: आचार्यो मृत्यु:। गुरु मृत्यु है। वह है। और जब तक तुम्हारी श्रद्धा समग्र नहीं है, यह सर्जरी असंभव है। क्योंकि आरंभ में तो पीड़ा होगी, तुम्हारे दुख-दर्द उभरेंगे, तुम्हारे दमित नर्क ऊपर आएंगे। अगर गुरु में तुम्हें भरोसा है, गहन श्रद्धा है, तो ही तुम उसके साथ बने रह सकते हो। अन्यथा तुम भाग जाओगे, क्योंकि यह आदमी तुम्हें पूरी तरह अस्तव्यस्त कर रहा है, उपद्रव में डाल रहा है।

तो स्मरण रहे, गुरु का काम है तुम्हें तुम्हारे झूठे केंद्र का बोध कराना। तुम्हारे झूठे केंद्र के कारण तुम्हारा संसार ही झूठा हो गया है। संसार दरअसल माया नहीं है, वह तुम्हारी भ्रांत दृष्टि के कारण माया है। तुम्हारी आंखें सपनों से भरी हैं और तुम चारों ओर अपने सपनों को प्रक्षेपित कर रहे हो। और उससे ही सत्य असत्य हो जाता है। जब तुम्हारी आंखें शुद्ध होंगी, सत्य होंगी, तो यही संसार सत्य हो उठेगा। जब तुम्हारा झूठा केंद्र मिट जाएगा और तुम अपने सच्चे केंद्र पर, अपनी आत्मा में प्रतिष्ठित हो जाओगे, तो यही संसार निर्वाण हो जाएगा।

झेन गुरु निरंतर कहते हैं कि यह संसार ही निर्वाण है, यह संसार ही मोक्ष है।

सब दृष्टि की बात है। झूठी आंखों से सब कुछ झूठा हो जाता है, सच्ची आंखों से सब कुछ सत्य हो जाता है। तुम्हारा झूठा व्यक्तित्व तुम्हारे चारों ओर झूठा संसार निर्मित कर देता है। और यह मत सोचो कि सब लोग एक ही संसार में रहते हैं। ऐसा नहीं है, प्रत्येक व्यक्ति अपने ही संसार में रहता है। उतने ही संसार हैं जितने मन हैं, क्योंकि प्रत्येक मन अपनी दुनिया बना लेता है। अगर तुम परिवार में भी रहते हो तो पति अपनी दुनिया में रहता है और पत्नी अपनी दुनिया में रहती है। और रोज-रोज इन दुनियाओं के बीच टकराहट होती रहती है। वे कभी मिलती नहीं, वे बस टकराती हैं। मिलन असंभव है। मनों का मिलन नहीं हो सकता; सिर्फ टकराहट, सिर्फ संघर्ष होता है। जब मन नहीं है तब मिलन हो सकता है।

पत्नी अपनी ही दुनिया में रहती है, अपनी ही अपेक्षाओं में जीती है। उसके लिए वह असली पति नहीं है जो वस्तुतः संसार में है, वह पति की अपनी ही एक इमेज रखती है। पति भी अपनी दुनिया में रहता है और असली पत्नी उसकी पत्नी नहीं है। उसके पास भी पत्नी की एक इमेज है और जब कभी यह पत्नी इस इमेज से कम पड़ती है, द्वंद्व और संघर्ष का, क्रोध और घृणा का दौर शुरू हो जाता है। पति पत्नी की अपनी इमेज को प्रेम करता है, पत्नी पति की अपनी इमेज को प्रेम करती है। और वे दोनों इमेज काल्पनिक हैं, झूठी हैं, वे कहीं भी नहीं हैं। असली पति भी मौजूद है, असली पत्नी भी मौजूद है, लेकिन उनका मिलना कहीं नहीं हो सकता। क्योंकि इन दो असली व्यक्तियों के बीच में कल्पना के पति-पत्नी आ जाते हैं। वे

▲

सदा हैं। और वे असली को, वास्तविक को नहीं मिलने देते हैं।

प्रत्येक व्यक्ति अपने ही संसार में रहता है, वह अपने ही सपनों में, अपेक्षाओं में, प्रक्षेपणों में जीता है। तो जितने मन हैं उतने ही संसार हैं; और वे सब संसार माया हैं। जब तुम्हारा झूठा केंद्र विलीन होता है, पूरा जगत बदल जाता है। तब जो संसार है, वह सत्य है। तब तुम पहली दफा चीजों को वैसी देखते हो जैसी वे हैं। फिर कोई दुख नहीं रहता, क्योंकि माया के साथ अपेक्षाएं भी जाती रहती हैं। और सत्य में दुख नहीं होता है। तब व्यक्ति स्पष्ट देखता है कि ऐसा है, ऐसा तथ्य है। सिर्फ झूठ के साथ समस्याएं खड़ी होती हैं। और झूठ तुम्हे तथ्यों को कभी नहीं जानने देते हैं। मन के ये झूठ ही माया हैं।

गुरु का काम इतना है कि वह तुम्हारे झूठों को चकनाचूर कर दे, ताकि तथ्य तुम्हें उपलब्ध हो जाए और तुम तथ्य को उपलब्ध हो जाओ। यह तथ्यता ही, यह तथाता ही सत्य है। और जब तुम तथाता को जान लोगे तो गुरु भी वही नहीं रह जाएगा।

अभी यदि तुम गुरु के पास भी आते हो तो तुम गुरु की अपनी ही इमेज लेकर आते हो। कोई मेरे पास आता है तो वह मेरी एक इमेज लेकर आता है। और जब मैं उसकी अपेक्षा से मेल नहीं खाता तो वह कठिनाई में पड़ता है। लेकिन मैं उसकी अपेक्षाओं को कैसे पूरी कर सकता हूं? और अगर मैं सबकी अपेक्षाएं पूरी करने की चेष्टा करूं तो मैं उपद्रव में पडूंगा। हरेक शिष्य सोचता है कि मुझे ऐसा-होना चाहिए, वैसा होना चाहिए, उसकी गुरु की अपनी ही धारणा है। अगर मैं उसकी धारणाओं की पूर्ति नहीं करता हूं तो वह निराश होता है। लेकिन ऐसा होना अनिवार्य है। शिष्य मन लेकर आता है; और यही समस्या है। मुझे उसके मन को बदलना है, पोंछ देना है। शिष्य मन लेकर आता है और उसी मन से मुझे देखता है।

मैं एक परिवार के साथ ठहरा हुआ था। जैन परिवार था, वे लोग रात में भोजन नहीं करते थे। उस परिवार के जो वयोवृद्ध थे, पितामह थे, वे मेरी पुस्तकों के प्रेमी थे। मुझे उन्होंने पहले कभी नहीं देखा था; और किताब से प्रेम करना आसान है, किताब मुर्दा चीज है। वे मुझे मिलने आए। वे इतने वृद्ध थे कि अपने कमरे से उठकर आना भी उनके लिए कठिन था। वे बानबे वर्ष के थे। और वे मुझे मिलने आए। मैंने उनसे कहा कि मैं ही आपके कमरे में आ जाऊंगा; लेकिन उन्होंने कहा कि नहीं, मैं आपका बहुत आदर करता हूं, मैं ही आऊंगा।

वे आए और उन्होंने मेरी भूरि-भूरि प्रशंसा की। उन्होंने कहा कि आप बिलकुल तीर्थंकर जैसे हैं, जैनियों के सवौच्च तीर्थंकर महावीर जैसे हैं। जैनियों के सर्वोच्च गुरु तीर्थंकर कहलाते हैं। तो उन्होंने कहा कि आप तीर्थंकर जैसे हैं। वे मेरी प्रशंसा ही प्रशंसा करते रहे। इसी बीच सांझ उतर आयी और अधेरां छाने लगा । घर के अंदर से कोई आया और मुझसे बोला कि देर हो रही है, आप जाकर भोजन कर लें। मैंने उससे कहा कि जरा रुको, इन वृद्ध सज्जन को अपनी बात पूरी कर लेने दो, फिर मैं भोजन कर लूंगा। उन वृद्ध ने कहा: आप क्या कह रहे हैं? क्या आप रात होने पर भोजन करेंगे? मैंने कहा कि मेरे लिए सब ठीक है। तो उन वृद्ध सज्जन ने कहा कि मैं अपने वचन वापस लेता हूं, आप तीर्थंकर नहीं हैं। जो व्यक्ति इतना भी नहीं जानता कि रात में खाना महापाप है, वह और क्या जानेगा!

अब मेरे साथ इस व्यक्ति का मिलन नहीं हो सकता, वह असंभव है। यदि मैं रात में भोजन नहीं लेता तो मैं तीर्थंकर था। मैंने अभी भोजन लिया भी नहीं था, मैंने कहा भर था कि

मैं रात में भोजन लूंगा और एकाएक मैं तीर्थंकर न रहा। उन वृद्ध सज्जन ने मुझे कहा कि मैं आपसे कुछ सीखने आया था, लेकिन अब वह असंभव है। अब मुझे लगता है कि मैं ही आपको कुछ सिखाऊं।

जब यह संसार माया हो जाता है तो तुम्हारा गुरु भी उसका एक हिस्सा होगा और वह भी विलीन होगा। इसलिए जब शिष्य जागता है तो गुरु नहीं रहता है। यह बात परस्पर विरोधी मालूम पड़ेगी। जब शिष्य सच में ही बोध को उपलब्ध होता है तो गुरु नहीं रहता।

बौद्ध संत सरहा के अनेक सुंदर गीत हैं, वह प्रत्येक गीत के अंत में कहता है: और सरहा विलीन हो गया। वह कुछ उपदेश करता है, कुछ समझता है। वह कहता है: न संसार है और न निर्वाण है, न शुभ है और न अशुभ है। पार जाओ, और सरहा विलीन होता है।

अब तक यह पहेली रही है कि सरहा क्यों बार-बार कहता है कि सरहा विलीन होता है। अगर तुम सच ही सरहा के इस गीत को, उसके इस उपदेश को उपलब्ध हो जाओ कि न शुभ है न अशुभ, न संसार है न निर्वाण, अगर शिष्य सचमुच इस सत्य के प्रति जाग जाए तो सरहा विलीन हो जाएगा। गुरु कहां रहेगा? गुरु तो शिष्य के संसार का हिस्सा था। अब न कोई गुरु होगा और न कोई शिष्य। वे एक हो जाएंगे। जब शिष्य जागता है तो वह गुरु हो जाता है और सरहा विलीन हो जाता है। तब गुरु कहां? गुरु भी तुम्हारे स्वप्न का, माया-जगत का हिस्सा है।

लेकिन इसके कारण अनेक समस्याएं उठ खड़ी होती हैं। कृष्णमूर्ति कहे जाते हैं कि कोई गुरु नहीं है। और वे सही हैं। यह परम सत्य है। जब तुम बुद्ध हो गए तो तुम ही गुरु हो, कोई दूसरा गुरु नहीं है। लेकिन यह तो परम सत्य है और इस सत्य के घटित होने के पूर्व गुरु है क्योंकि शिष्य है। शिष्य ही गुरु को निर्मित करता है; वह शिष्य की जरूरत है।

तो स्मरण रहे, अगर तुम्हें मिथ्या गुरु मिलता है तो उसका अर्थ है कि तुम्हें मिथ्या गुरु की ही पात्रता थी। मिथ्या शिष्य सही गुरु को नहीं पा सकता है। तुम अपना गुरु आप निर्मित करते हो। गुरु छोटा है या बड़ा है, यह भी तुम पर निर्भर करता है। तुम्हें तुम्हारी पात्रता के मुताबिक ही गुरु मिलता है। अगर तुम्हें गलत व्यक्ति मिल जाता है तो उसका कारण तुम हो। उसके लिए वह गलत व्यक्ति नहीं, तुम ही जिम्मेवार हो।

गुरु भी तुम्हारे मन का हिस्सा है, वह तुम्हारे स्वप्न-जगत का अंग है। लेकिन जब तक तुम बुद्ध नहीं होते, तुम्हें कोई चाहिए जो तुम्हें हिलाए-डुलाए, जो तुम्हारी सहायता करे। गुरु वह है जो तुम्हें विधियां देता है, उपाय बताता है। और वह सिर्फ शिक्षक है जो तुम्हें सिद्धांत देता है, शिक्षा देता है। लेकिन हो सकता है, अभी वही तुम्हारी जरूरत हो।

इसे इस भांति सोचो। सपने में भी कुछ है जो तुम्हें सपने से बाहर आने में मदद कर सकता है। सपने में भी कुछ तुम्हें उससे बाहर निकलने में सहयोगी हो सकता है। तुम नींद में उतरते समय इसका प्रयोग कर सकते हो। अपने मन में यह बात बार-बार दोहराओ कि जब भी कोई स्वप्न आएगा, मेरी आंखें खुल जाएंगी। लगातार तीन सप्ताह तक नींद में उतरते समय यह बात दोहराते रहो: जब भी स्वप्न आएगा, मेरी आंखें खुल जाएंगी, अचानक मैं जाग जाऊंगा। और तुम जाग जाओगे।

स्वप्न से भी तुम किसी विधि के जरिए जाग सकते हो। ठीक नींद में उतरते हुए अपने

से कहो: राम—अगर तुम्हारा नाम राम है—मुझे पांच बजे सुबह जगा देना। इसे दो बार कहो और फिर चुपचाप सो जाओ। ठीक पांच बजे कोई तुम्हें जगा देगा। सपने में भी, नींद में भी जगाने के उपाय काम में लाए जा सकते हैं।

और वही बात आध्यात्मिक नींद के साथ भी लागू होती है। गुरु तुम्हें विधि दे सकता है जो इसमें सहयोगी हो सकती है। तब जब भी तुम स्वप्न में उतरने लगोगे तो वह विधि या तो उतरने नहीं देगी, या उतर जाने पर उससे अचानक जगा देगी। और जब यह जागरण तुम्हारे लिए स्वाभाविक हो जाता है तो फिर गुरु की जरूरत नहीं रही। जब तुम जाग गए तो गुरु विदा हो जाता है। लेकिन तुम तब भी गुरु के प्रति अनुगृहीत अनुभव करोगे, क्योंकि उसने सहायता की।

सारिपुत्त बुद्ध के सर्वश्रेष्ठ शिष्यों में था। वह स्वयं ज्ञान को उपलब्ध हुआ, वह स्वयं बुद्ध हो गया। तब बुद्ध ने सारिपुत्त से कहा: अब तुम परिभ्रमण पर निकल सकते हो, अब तुम्हें मेरी सन्निधि की जरूरत न रही। तुम खुद ही गुरु हो गए हो, इसलिए जाओ और दूसरों को नींद से बाहर आने में सहायता पहुंचाओ।

सारिपुत्त ने बुद्ध से विदा लेते हुए उनके चरण छुए। किसी ने उससे पूछा कि तुम तो खुद बुद्धत्व को उपलब्ध हो गए, फिर बुद्ध के चरण क्यों छूते हो? सारिपुत्त ने कहा कि बुद्ध के चरण छूने की जरूरत तो अब नहीं है, लेकिन यह उपलब्धि उनके कारण ही घटित हुई। अब जरूरत तो नहीं रही, लेकिन यह स्थिति उनके कारण ही संभव हो सकी।

सारिपुत्त भ्रमण पर निकल गया, लेकिन वह जहां भी होता वहां रोज सुबह वह उस दिशा में साष्टांग लेटकर नमस्कार करता जिस दिशा में बुद्ध होते; संध्या भी वह बुद्ध को ऐसे ही साष्टांग नमस्कार करता। लोग सारिपुत्त से पूछते कि यह तुम क्या कर रहे हो? तुम किसे दंडवत करते हो? क्योंकि बुद्ध तो यहां से बहुत दूर हैं। सारिपुत्त कहता: मैं अपने उन गुरु को दंडवत कर रहा हूं जो विलीन हो गए हैं। अब मैं खुद गुरु हो गया हूं, लेकिन उनके बिना यह संभव नहीं होता, यह उनके करण ही संभव हुआ है।

तो जब गुरु विलीन भी हो जाता है तब भी शिष्य उसके प्रति कृतज्ञता अनुभव करता है—आत्यंतिक कृतज्ञता जो संभव है। जब तुम सोए हुए हो तो कोई चाहिए जो तुम्हें हिलाए, तुम्हें जगाए। और अगर तुम ऐसा करने देते हो तो वही समर्पण है। अगर तुम कहते हो कि ठीक है, मैं तैयार हूं कि तुम मेरी नींद अस्तव्यस्त करो—तो यही समर्पण है, श्रद्धा है। श्रद्धा का अर्थ है कि अब यदि यह व्यक्ति गड्ढे में भी ले जाएगा तो मैं जाने के लिए तैयार हूं। अब तुम उस पर कोई आपत्ति नहीं उठाओगे। वह तुम्हें जहां भी ले जाए, तुम उस पर भरोसा करोगे कि वह तुम्हारा कुछ नुकसान नहीं करेगा।

और अगर तुम्हें भरोसा नहीं है तो कोई यात्रा संभव नहीं है, क्योंकि तुम्हें डर है कि यह व्यक्ति नुकसान पहुंचा सकता है। तुम अपने ढंग से सोचते हो कि यह व्यक्ति कई तरह से मुझे नुकसान पहुंचा सकता है। और अगर तुम सोचते हो कि मुझे अपनी सुरक्षा करनी चाहिए तो कोई विकास संभव नहीं है। अगर तुम्हें अपने सर्जन पर भरोसा नहीं है तो तुम उसे अपने को बेहोश नहीं करने दोगे। तुम नहीं जानते कि वह क्या करने वाला है! और तुम कहोगे कि आप आपरेशन तो करें, लेकिन मुझे होश में रहने दें, ताकि मैं देखता रहूं कि आप क्या कर रहे हैं। मैं आप पर भरोसा नहीं कर सकता।

लेकिन तुम अपने सर्जन पर भरोसा करते हो। वह तुम्हें बेहोश कर देता है, क्योंकि बात ही ऐसी है कि होश में सर्जरी असंभव है, तुम्हारा होश उसमें बाधा डालेगा। इसीलिए कहते हैं, श्रद्धा अंधी है। उसका अर्थ है कि तुम बेहोश होने को भी, अंधे होने को भी राजी हो। गुरु तुम्हें जहां ले जाना चाहे, तुम वहां जाने को तैयार हो। तो ही गहरी, आंतरिक सर्जरी संभव होती है। और यह न केवल शारीरिक सर्जरी है, यह सर्जरी मानसिक है, मनोवैज्ञानिक है। बहुत पीड़ा होगी, बहुत संताप होगा, क्योंकि बहुत रेचन की जरूरत है। तुम्हें तुम्हारे उस केंद्र पर फिर से वापस लाना है, जिसे तुम बिलकुल भूल गए हो। तुम्हें तुम्हारी उन जड़ों से फिर से जोड़ना है जिनसे तुम मीलों दूर निकल आए हो। यह काम श्रमसाध्य है, यह काम कठिन है। इसमें वर्षों भी लग सकते हैं। लेकिन यदि शिष्य समर्पण करने को तैयार है तो यह क्षणों में भी घटित हो सकता है। यह समर्पण की गहराई पर निर्भर है।

बहुत समय व्यर्थ चला जाता है जो कि आवश्यक नहीं है। गुरु को धीरे-धीरे चलना पड़ता है, ताकि तुम्हें ज्यादा भरोसे के लिए तैयार किया जा सके। और उसे सिर्फ श्रद्धा निर्मित करने के लिए अनेक अनावश्यक काम करने पड़ते हैं। सर्जरी करने के लिए गुरु को अनेक गैर-जरूरी काम करने पड़ते हैं जिन्हें छोड़ा जा सकता है। उन पर समय और श्रम बेकार करने की कोई जरूरत नहीं है, लेकिन सिर्फ श्रद्धा पैदा करने के लिए वे जरूरी हो जाते हैं।

मैंने सरहा की बात की। सरहा बौद्ध परंपरा के चौरासी सिद्धों में से एक है। सरहा उन शिष्यों से बोल रहा है जो गुरु हो गए हैं। वह कहता है: इस ढंग से आचरण करो कि दूसरे तुम पर श्रद्धा कर सकें। मैं जानता हूं कि अब तुम्हें नीति-नियम की जरूरत नहीं रही, तुम उनके पार जा चुके हो। तुम अब जो चाहो कर सकते हो। तुम अब जो चाहो हो सकते हो। अब तुम्हारे लिए न किसी व्यवस्था की जरूरत है और न किसी नैतिकता की। लेकिन तो भी इस ढंग से व्यवहार करो कि लोग तुम पर भरोसा कर सकें।

इसीलिए महान गुरुओं ने समाज-स्वीकृत आचरण अपनाए हैं। इसलिए नहीं कि उन्हें उसकी जरूरत थी; वह केवल एक अनावश्यक काम है जो श्रद्धा पैदा करने के लिए किया जाता है। तो अगर महावीर जैनों की बनायी व्यवस्था के अनुसार आचरण करते हैं तो वह इसलिए नहीं कि उसकी कोई आंतरिक जरूरत है। वे वैसा केवल इसलिए करते हैं ताकि जैन उनका अनुसरण कर सकें, उनके शिष्य बन सकें, उन पर श्रद्धा कर सकें।

इसीलिए जब कोई गुरु नए ढंग का आचरण करने लगता है तो समस्याएं उठ खड़ी होती हैं। जीसस ने नए ढंग का आचरण किया जो कि यहूदी जाति के लिए अनजान था। उसमें कुछ गलत नहीं था, लेकिन वह समस्या बन गया, यहूदी उन पर भरोसा नहीं कर सके। उनके अतीत के गुरुओं का आचरण भिन्न था और जीसस का आचरण बिलकुल भिन्न था। उन्होंने खेल के नियमों का पालन नहीं किया, फलतः यहूदी उन पर श्रद्धा नहीं कर सके। उन्होंने उन्हें सूली पर चढ़ा दिया।

लेकिन जीसस ने ऐसा व्यवहार क्यों किया? भारत इसका कारण था। जेरुसलम में प्रकट होने के पहले जीसस वर्षों भारत में रहे थे। उनकी शिक्षा-दीक्षा यहां एक बौद्ध मठ में हुई थी। और जहां बौद्ध समाज नहीं था, वहां भी उन्होंने बौद्ध आचार बरतने करने की चेष्टा की। यहूदी समाज में वे ऐसे व्यवहार करते थे जैसे किसी बौद्ध समाज में करते! और उससे सब

▲

समस्या उठ खड़ी हुई। वे गलत समझे गए और उनकी हत्या कर दी गई। और कारण सिर्फ इतना था कि यहूदी उन पर भरोसा नहीं कर सके।

गुरु को नाहक ही अपने चारों ओर बहुत सी चीजें खड़ी करनी पड़ती हैं, बहुत से व्यर्थ के काम करने पड़ते हैं, सिर्फ इसलिए कि शिष्यों में भरोसा पैदा हो। उसके बावजूद समस्याएं खड़ी होती हैं, क्योंकि हरेक शिष्य अपनी अपेक्षाएं लेकर आता है कि गुरु को ऐसा होना चाहिए, वैसा होना चाहिए।

समर्पण का अर्थ है कि तुम अपनी अपेक्षाएं छोड़ देते हो और गुरु को वह होने देते हो जो वह होना चाहता है, गुरु को वह करने देते हो जो वह करना चाहता है। अगर उससे पीड़ा होती है तो तुम उसके लिए राजी हो। अगर वह तुम्हें मार डाले तो तुम उसके लिए भी तैयार हो। क्योंकि अंततः वह तुम्हें गहन मृत्यु में ही ले जाने वाला है। इसके बाद ही तुम्हारा पुनर्जन्म संभव है, तुम द्विज हो सकते हो। पुराने व्यक्तित्व के सूली पर चढ़ने के बाद ही पुनर्जन्म संभव है, नवजीवन संभव है।

आज इतना ही।

37

स्वीकार रूपांतरण है

सूत्र

57. तीव्र कामना की मनोदशा में अनुद्विग्न रहो।
58. यह तथाकथित जगत जादूगरी जैसा या चित्र-कृति जैसा भासता है। सुखी होने के लिए उसे वैसा ही देखो।
59. प्रिये, न सुख में और न दुख में, बल्कि दोनों के मध्य में अवधान को स्थिर करो।
60. विषय और वासना जैसे दूसरों में हैं वैसे ही मुझमें हैं। इस भांति स्वीकार करके उन्हें रूपांतरित होने दो।

▲

जो मूलभूत मन है वह दर्पण की भांति है; वह शुद्ध है। वह शुद्ध ही रहता है। उस पर धूल जमा हो सकती है, लेकिन उससे दर्पण की शुद्धता नष्ट नहीं होती। धूल शुद्धता को मिटा नहीं सकती, लेकिन वह शुद्धता को आच्छादित कर सकती है। सामान्य मन की यही अवस्था है—वह धूल से ढंका है। लेकिन धूल में दबा हुआ मौलिक मन भी शुद्ध ही रहता है। वह अशुद्ध नहीं हो सकता, यह असंभव है। और अगर उसका अशुद्ध होना संभव होता तो फिर उसकी शुद्धता को वापस पाने का उपाय नहीं रहता। अपने आप में मन शुद्ध ही रहता है—सिर्फ धूल से आच्छादित हो जाता है।

हमारा जो मन है वह मौलिक मन + धूल है, वह शुद्ध मन + धूल है, वह परमात्म-मन + धूल है; और जब तुम जान लोगे कि इस मन को कैसे उघाड़ा जाए, कैसे धूल से मुक्त किया जाए, तो तुमने सब जान लिया जो जानने योग्य है और तुमने सब पा लिया जो पाने योग्य है।

ये सभी विधियां यही बताती हैं कि कैसे तुम्हारे मन को रोज-रोज की धूल से मुक्त किया जाए। धूल का जमा होना लाजिमी है; धूल स्वाभाविक है। जैसे अनेक रास्तों से यात्रा करते हुए यात्री पर धूल जमा हो जाती है वैसे ही तुम्हारे मन पर भी धूल जमा होती है। तुम भी अनेक जन्मों से यात्रा कर रहे हो; तुमने भी बड़ी दूरियां तय की हैं; और फलतः बहुत-बहुत धूल इकट्ठी हो गई है।

विधियों में प्रवेश करने के पहले अनेक बातें समझने जैसी हैं। एक कि आंतरिक रूपांतरण के प्रति पूरब की दृष्टि पश्चिम की दृष्टि से सर्वथा भिन्न है। ईसाइयत समझती है कि मनुष्य की आत्मा को कुछ हुआ है, जिसे वह पाप कहती है। पूरब ऐसा नहीं सोचता है। पूरब का खयाल है कि आत्मा को कुछ नहीं हुआ है; कुछ हो भी नहीं सकता। आत्मा अपनी परिपूर्ण शुद्धता में है; उससे कोई पाप नहीं हुआ है। इसलिए पूरब में मनुष्य निंदित नहीं है; वह पतित नहीं है। बल्कि इसके विपरीत मनुष्य ईश्वरीय बना रहता है—जो वह है, जो वह सदा रहा है।

और यह स्वाभाविक है कि धूल जमा हो। धूल का जमा होना अनिवार्य है। वह पाप

नहीं है; महज गलत तादात्म्य है। हम मन से, धूल से तादात्म्य कर लेते हैं। हमारे अनुभव, हमारे ज्ञान, हमारी स्मृतियां सब धूल हैं। तुमने जो भी जाना है, जो भी अनुभव किया है, जो भी तुम्हारा अतीत रहा है, सब धूल है। मूलभूत मन को पुनः प्राप्त करने का अर्थ है कि शुद्धता को पुनः प्राप्त किया जाए—अनुभव और ज्ञान से, स्मृति और अतीत से मुक्त शुद्धता को।

समूचा अतीत धूल है। और हमारा तादात्म्य अतीत से है, उस चैतन्य से नहीं जो सदा मौजूद है। इस पर इस भांति विचार करो। तुम जो कुछ जानते हो वह सदा अतीत का है; और तुम वर्तमान में हो, अभी और यहीं हो। जीना सदा वर्तमान में है। तुम्हारा सारा ज्ञान धूल है। जानना तो शुद्ध है, शुद्धता है; लेकिन ज्ञान धूल है। जानने की क्षमता, जानने की ऊर्जा, जानना तुम्हारा मूलभूत स्वभाव है। उस जानने के जरिए तुम ज्ञान इकट्ठा कर लेते हो; वह ज्ञान धूल जैसा है। अभी और यहां, इसी क्षण तुम बिलकुल शुद्ध हो, परम शुद्ध हो; लेकिन इस शुद्धता के साथ तुम्हारा तादात्म्य नहीं है। तुम्हारा तादात्म्य तुम्हारे अतीत के साथ है, सारे संगृहीत अतीत के साथ है।

तो ध्यान की सारी विधियां बुनियादी रूप से तुम्हें तुम्हारे अतीत से तोड़कर अभी और यहां से जोड़ने के उपाय हैं; तुम्हें तुम्हारे वर्तमान में प्रवेश देने के उपाय हैं।

बुद्ध खोज रहे थे कि कैसे चेतना की इस शुद्धता को फिर से प्राप्त किया जाए, कैसे अतीत से मुक्त हुआ जाए। क्योंकि जब तक तुम अतीत से मुक्त नहीं होते, तुम बंधन में रहोगे, तुम गुलाम बने रहोगे। अतीत तुम पर बोझ की तरह है; और इस अतीत के कारण वर्तमान सदा अनजाना रह जाता है। अतीत ज्ञात है; और इस अतीत के चलते तुम वर्तमान को चूकते जाते हो, जो बहुत आणविक है, सूक्ष्म है। और अतीत के कारण ही तुम भविष्य का प्रक्षेपण करते हो, निर्माण करते हो। अतीत ही भविष्य में प्रक्षेपित हो जाता है; और दोनों ही झूठ हैं। अतीत बीत चुका और भविष्य होने को बाकी है; दोनों नहीं हैं। और जो है, वह वर्तमान, वह अस्तित्व इन दो अनस्तित्वों के बीच छिपा है, दबा है।

बुद्ध खोज में थे; वे एक गुरु से दूसरे गुरु के पास गए। वे खोज में थे और अनेक गुरुओं के पास गए जो सबके सब जाने-माने गुरु थे। उन्होंने उनकी बात सुनी; उन्होंने उनके अनुसार साधना की। गुरुओं ने जो कुछ करने को कहा, बुद्ध ने सब किया। उन्होंने अनेक ढंग से अपने को अनुशासित किया, साधा; लेकिन वे तृप्त न हुए। और कठिनाई यही थी कि गुरु भविष्य में उत्सुक थे, मृत्यु के बाद किसी मोक्ष में उत्सुक थे। वे किसी भविष्य में, किसी ईश्वर में, किसी निर्वाण में, किसी मोक्ष में उत्सुक थे। और बुद्ध अभी और यहां में उत्सुक थे। इसलिए दोनों के बीच कोई तालमेल नहीं हो सका।

बुद्ध ने हरेक गुरु से कहा कि मैं अभी और यहां में उत्सुक हूं, मैं अभी और यहां में समग्र होना चाहता हूं, पूर्ण होना चाहता हूं। और गुरु कहते कि यह उपाय करो, वह उपाय करो; और अगर ठीक से उपाय करोगे तो भविष्य में किसी दिन, किसी भविष्य जीवन में, किसी भविष्य अवस्था में तुम पा लोगे। देर-अबेर बुद्ध ने एक-एक करके सभी गुरुओं को छोड़ दिया; और फिर उन्होंने स्वयं ही, अकेले ही प्रयोग किया। क्या किया उन्होंने?

बुद्ध ने बहुत सरल काम किया। तुम इसे एक बार जान लो तो यह बहुत सरल है, सीधा-साफ है। लेकिन नहीं जानने पर वह बहुत कठिन है, असंभव सा ही है। उन्होंने एक ही

काम किया; वे वर्तमान क्षण में रहे। वे अपने अतीत को भूल गए, अपने भविष्य को भूल गए। उन्होंने कहा कि मैं अभी और यहीं होऊंगा, मैं सिर्फ होऊंगा।

और अगर तुम एक क्षण के लिए भी सिर्फ हो सके तो तुमने स्वाद जान लिया, अपनी शुद्ध चेतना का स्वाद। और एक बार ले लेने पर यह स्वाद भूलता नहीं है। वह स्वाद तुम्हारे साथ रहता है; और वही रूपांतरण बन जाता है।

अतीत से अपने को अनावृत करने के, धूल को हटाकर अपने मन के दर्पण में झांकने के अनेक उपाय हैं। ये सारी विधियां उसके ही भिन्न-भिन्न उपाय हैं। लेकिन स्मरण रहे, प्रत्येक विधि के प्रति एक गहरी समझ जरूरी है। ये विधियां यांत्रिक नहीं हैं; क्योंकि उन्हें चेतना को अनावृत करना है, उघाड़ना है। वे यांत्रिक नहीं हैं।

तुम इन विधियों का प्रयोग यांत्रिक ढंग से भी कर सकते हो। और अगर ऐसा करोगे तो तुम्हें मन की थोड़ी शांति भी प्राप्त हो जाएगी; लेकिन वह मूलभूत शुद्धता नहीं होगी। तुम्हें थोड़ा मौन उपलब्ध हो सकता है; लेकिन वह मौन अभ्यासजनित मौन होगा। वह भी मन की धूल का ही हिस्सा होगा। वह मूलभूत शुद्धता नहीं होगी।

तो इनका प्रयोग यांत्रिक ढंग से मत करो। एक गहरी समझ की जरूरत है। और समझ से ये विधियां तुम्हारी आत्मा को उघाड़ने में, आविष्कृत करने में बहुत सहयोगी होंगी।

साक्षीत्व की पहली विधि:

तीव्र कामना की मनोदशा में अनुद्विग्न रहो।

'तीव्र कामना की मनोदशा में अनुद्विग्न रहो।'

जब तुम्हें कामना घेरती है, चाह पकड़ती है, तो तुम उत्तेजित हो जाते हो, उद्विग्न हो जाते हो। यह स्वाभाविक है। जब चाह पकड़ती है तो मन डोलने लगता है, उसकी सतह पर लहरें उठने लगती हैं। कामना तुम्हें खींचकर कहीं भविष्य में ले जाती है; अतीत तुम्हें कहीं भविष्य में धकाता है। तुम उद्विग्न हो जाते हो, बेचैन हो जाते हो। अब तुम चैन में न रहे। चाह बेचैनी है, रुग्णता है।

यह सूत्र कहता है: 'तीव्र कामना की मनोदशा में अनुद्विग्न रहो।'

लेकिन अनुद्विग्न कैसे रहा जाए? कामना का अर्थ ही उद्वेग है, अशांति है; फिर अनुद्विग्न कैसे रहा जाए? शांत कैसे रहा जाए? और वह भी कामना के तीव्रतम क्षणों में!

तुम्हें कुछ प्रयोगों से गुजरना होगा तो ही तुम इस विधि का अभिप्राय समझ सकते हो। तुम क्रोध में हो; क्रोध ने तुम्हें पकड़ लिया है। तुम अस्थायी रूप से पागल हो, आबिष्ट हो, अवश हो। तुम होश में नहीं हो। इस अवस्था में अचानक स्मरण करो कि अनुद्विग्न रहना है—मानो तुम कपड़े उतार रहे हो, नग्न हो रहे हो। भीतर नग्न हो जाओ, क्रोध से निर्वस्त्र हो जाओ। क्रोध तो रहेगा, लेकिन अब तुम्हारे भीतर एक बिंदु है जो अनुद्विग्न है, शांत है। तुम्हें पता होगा कि क्रोध परिधि पर है; बुखार की तरह वह वहां है। परिधि कांप रही है; परिधि अशांत है। लेकिन तुम उसके द्रष्टा हो सकते हो। और यदि तुम उसके द्रष्टा हो सके तो तुम अनुद्विग्न रहोगे। तुम उसके साक्षी हो जाओ, और तुम शांत हो जाओगे। यह शांत बिंदु ही तुम्हारा मूलभूत मन है।

▲

मूलभूत मन अशांत नहीं हो सकता; वह कभी अशांत नहीं होता है। लेकिन तुमने उसे कभी देखा नहीं है। जब क्रोध होता है तो तुम्हारा उससे तादात्म्य हो जाता है। तुम भूल जाते हो कि क्रोध तुमसे भिन्न है, पृथक है। तुम उससे एक हो जाते हो; और तुम उसके द्वारा सक्रिय हो जाते हो, कुछ करने लगते हो। और तब दो चीजें संभव हैं।

तुम क्रोध में किसी के प्रति, क्रोध के विषय के प्रति हिंसात्मक हो सकते हो; लेकिन तब तुम दूसरे की ओर गति कर गए। क्रोध ने तुम्हारे और दूसरे के बीच जगह ले ली। यहां मैं हूं जिसे क्रोध हुआ है, फिर क्रोध है और वहां तुम हो, मेरे क्रोध का विषय। क्रोध से मैं दो आयामों में यात्रा कर सकता हूं। या तो मैं तुम्हारी तरफ जा सकता हूं, अपने क्रोध के विषय की तरफ। तब तुम, जिसने मेरा अपमान किया, मेरी चेतना के केंद्र बन गए; तब मेरा मन तुम पर केंद्रित हो गया। यह एक ढंग है क्रोध से यात्रा करने का।

दूसरा ढंग है कि तुम अपनी ओर, स्वयं की ओर यात्रा करो। तुम उस व्यक्ति की ओर नहीं गति करते जिसने तुम्हें क्रोध करवाया, बल्कि उस व्यक्ति की तरफ जाते हो जो क्रोध अनुभव करता है। तुम विषय की ओर न जाकर विषयी की ओर गति करते हो।

साधारणतः हम विषय की ओर ही बढ़ते हैं। और विषय की ओर बढ़ने से मन का धूल-भरा हिस्सा उत्तेजित और अशांत हो जाता है; और तुम्हें अनुभव होता है कि मैं अशांत हूं। अगर तुम भीतर की ओर मुड़ो, अपने केंद्र की ओर मुड़ो, तो तुम धूल वाले हिस्से के साक्षी हो जाओगे। तब तुम देख सकोगे कि धूल वाला हिस्सा तो अशांत है, लेकिन मैं अशांत नहीं हूं। और तुम किसी भी इच्छा के साथ, किसी भी अशांति के साथ यह लेकर प्रयोग कर सकते हो।

तुम्हारे मन में कामवासना उठती है; तुम्हारा सारा शरीर उससे अभिभूत हो जाता है। अब तुम काम-विषय की ओर, अपनी वासना के विषय की ओर जा सकते हो। चाहे वह वास्तव में वहां हो या न हो। तुम कल्पना में भी उसकी तरफ यात्रा कर सकते हो। लेकिन तब तुम और ज्यादा अशांत होते जाओगे। तुम अपने केंद्र से जितनी दूर निकल जाओगे उतने ही अधिक अशांत होते जाओगे। सच तो यह है कि दूरी और अशांति सदा समान अनुपात में होती हैं। तुम अपने केंद्र से जितनी दूर होगे उतने ज्यादा अशांत होगे और केंद्र के जितने करीब होगे उतने कम अशांत होगे। और अगर तुम ठीक केंद्र पर हो तो कोई अशांति नहीं है।

हर तूफान के बीचो-बीच एक केंद्र होता है जो बिलकुल शांत रहता है; वैसे ही क्रोध के तूफान के केंद्र पर, काम के तूफान के केंद्र पर, किसी भी वासना के तूफान के केंद्र—ठीक केंद्र पर कोई तूफान नहीं होता है। और कोई भी तूफान शांत केंद्र के बिना नहीं हो सकता; वैसे ही क्रोध भी तुम्हारे उस अंतरस्थ के बिना नहीं हो सकता जो क्रोध के पार है।

यह स्मरण रहे, कोई भी चीज अपने विपरीत तत्व के बिना नहीं हो सकती। विपरीत जरूरी है; उसके बिना किसी भी चीज के होने की संभावना नहीं है। यदि तुम्हारे भीतर कोई स्थिर केंद्र न हो तो गति असंभव है। यदि तुम्हारे भीतर शांत केंद्र न हो तो अशांति असंभव है।

इस बात का विश्लेषण करो, इसका निरीक्षण करो। अगर तुम्हारे भीतर परम शांति का कोई केंद्र न होता तो तुम कैसे जानते कि मैं अशांत हूं? तुम्हें तुलना चाहिए; तुलना के लिए दो बिंदु चाहिए।

▲

मान लो कि कोई व्यक्ति बीमार है। वह व्यक्ति बीमारी अनुभव करता है; क्योंकि उसके भीतर कहीं कोई बिंदु है, केंद्र है, जहां परम स्वास्थ्य विराजमान है। इससे ही वह तुलना कर सकता है। तुम कहते हो कि मुझे सिरदर्द है; लेकिन तुम कैसे जानते हो कि यह दर्द है, सिरदर्द है? अगर तुम ही सिरदर्द होते तो तुम इसे कभी न जान सकते। अवश्य ही तुम कुछ और हो, कोई और हो। तुम द्रष्टा हो, साक्षी हो, जो कहता है कि मुझे सिरदर्द है। इस दर्द को वही अनुभव कर सकता है जो खुद दर्द नहीं है। अगर तुम बीमार हो, ज्वरग्रस्त हो तो तुम उसे अनुभव कर सकते हो; क्योंकि तुम ज्वर नहीं हो। खुद ज्वर ज्वर को नहीं अनुभव कर सकता है; कोई चाहिए जो उसके पार हो। विपरीत जरूरी है।

जब तुम क्रोध में हो और अगर तुम महसूस करते हो कि मैं क्रोध में हूं तो उसका अर्थ है कि तुम्हारे भीतर कोई बिंदु है जो अब भी शांत है और जो साक्षी हो सकता है। यह बात दूसरी है कि तुम इस बिंदु को नहीं देखते हो। तुम इस बिंदु पर अपने को कभी नहीं देखते, यह बात अलग है। लेकिन वह सदा अपनी मौलिक शुद्धता में वहां मौजूद है।

यह सूत्र कहता है: 'तीव्र कामना की मनोदशा में अनुद्विग्न रहो।'

तुम क्या कर सकते हो? यह विधि दमन के पक्ष में नहीं है। यह विधि यह नहीं कहती है कि जब क्रोध आए तो उसे दबा दो और शांत रहो। नहीं, अगर तुम दमन करोगे तो तुम ज्यादा अशांति निर्मित करोगे। अगर क्रोध हो और उसे दबाने का प्रयत्न भी साथ-साथ हो तो उससे अशांति दुगुनी हो जाएगी। नहीं; जब क्रोध आए तो द्वार-दरवाजे बंद कर लो और क्रोध पर ध्यान करो। क्रोध को होने दो; तुम अनुद्विग्न रहो और क्रोध का दमन मत करो।

दमन करना आसान है; प्रकट करना भी आसान है। और हम दोनों करते हैं। अगर स्थिति अनुकूल हो तो हम क्रोध को प्रकट कर देते हैं। अगर उसकी सुविधा हो, अगर तुम्हें खुद कोई खतरा नहीं हो, तो तुम क्रोध को अभिव्यक्त कर दोगे। अगर तुम दूसरे को चोट पहुंचा सकते हो और दूसरा बदले में तुम पर चोट न कर सकता हो तो तुम अपने क्रोध को खुली छूट दे दोगे। और अगर क्रोध को प्रकट करना खतरनाक हो, अगर दूसरा तुम्हें ज्यादा चोट कर सकने में समर्थ हो, अगर वह तुम्हारा मालिक हो या तुमसे ज्यादा बलवान हो, तो तुम क्रोध को दबा दोगे।

अभिव्यक्ति और दमन सरल हैं; साक्षी कठिन है। साक्षी न अभिव्यक्ति है और न दमन; वह दोनों में कोई नहीं है। वह अभिव्यक्ति नहीं है; क्योंकि तुम उसे दूसरे पर नहीं प्रकट कर रहे हो। तुम उसका दमन भी नहीं करते। तुम उसे शून्य में विसर्जित कर रहे हो। तुम उस पर ध्यान कर रहे हो।

किसी आईने के सामने खड़े हो जाओ और अपने क्रोध को प्रकट करो—और उसके साक्षी बने रहो। तुम अकेले हो, इसलिए तुम उस पर ध्यान कर सकते हो। तुम जो भी करना चाहो करो, लेकिन शून्य में करो। अगर तुम किसी को मारना-पीटना चाहते हो तो खाली आकाश के साथ मार-पीट करो। अगर क्रोध करना चाहते हो तो क्रोध करो; अगर चीखना चाहते हो तो चीखो। लेकिन सब अकेले में करो। और अपने को उस केंद्र-बिंदु की भांति स्मरण रखो जो यह सब नाटक देख रहा है। तब यह एक साइकोड्रामा बन जाएगा और तुम उस पर हंस सकते हो। वह तुम्हारे लिए गहरा रेचन बन जाएगा। और न केवल तुम्हारा क्रोध

विसर्जित हो जाएगा, बल्कि तुम उससे कुछ फायदा उठा लोगे। तुम्हें एक प्रौढ़ता प्राप्त होगी; तुम एक विकास को उपलब्ध होओगे। और अब तुम्हें पता होगा कि जब तुम क्रोध में भी थे तो कोई केंद्र था जो शांत था। अब इस केंद्र को अधिकाधिक उघाड़ते जाओ। और वासना की अवस्था में इस केंद्र को उघाड़ना आसान है।

इसीलिए तंत्र वासना के विरोध में नहीं है। वह कहता है: वासना में उतरो, लेकिन उस केंद्र को स्मरण रखो जो शांत है। तंत्र कहता है कि इस प्रयोग के लिए कामवासना का भी उपयोग किया जा सकता है। काम-कृत्य में उतरो, लेकिन अनुद्विग्न रहो, शांत रहो; और साक्षी रहो, गहरे में द्रष्टा बने रहो। जो भी हो रहा है वह परिधि पर हो रहा है और तुम केवल देखने वाले हो, दर्शक हो।

यह विधि बहुत उपयोगी हो सकती है और इससे तुम्हें बहुत लाभ हो सकता है। लेकिन यह कठिन होगा। क्योंकि जब तुम अशांत होते हो तो तुम सब कुछ भूल जाते हो। तुम यह भूल जा सकते हो कि मुझे ध्यान करना है। तो फिर इसे इस भांति प्रयोग करो। उस क्षण के लिए मत रुको जब तुम्हें क्रोध होता है। उस क्षण के लिए मत रुको। अपना कमरा बंद करो और क्रोध के किसी अतीत अनुभव को स्मरण करो जिसमें तुम पागल ही हो गए थे। उसे स्मरण करो और फिर से उसका अभिनय करो।

यह तुम्हारे लिए सरल होगा। उस अनुभव को फिर से अभिनीत करो, उसे फिर से जीओ। स्मरण ही मत करो, उसे जीओ। स्मरण करो कि किसी ने तुम्हारा अपमान किया था; स्मरण करो कि अपमान करते हुए उसने क्या कहा था और फिर तुमने क्या प्रतिक्रिया की थी। पूरी चीज को फिर से अभिनीत करो, फिर से पूरा नाटक दोहराओ।

शायद तुम्हें पता न हो कि मन टेप-रिकार्डिंग यंत्र जैसा ही है। अब तो वैज्ञानिक कहते हैं, अब तो यह वैज्ञानिक तथ्य है कि अगर तुम्हारे स्मृति-केंद्रों को इलेक्ट्रोड से छुआ जाए तो वे केंद्र फिर से संगृहीत अनुभवों को दोहराने लगते हैं। उदाहरण के लिए, तुमने कभी क्रोध किया था और वह घटना तुम्हारे मन के टेप-रिकार्डर पर रिकार्ड है; ठीक उसी अनुक्रम में वह रिकार्ड है जिस अनुक्रम में वह घटित हुई थी। अगर उसे इलेक्ट्रोड से छुओगे तो वह घटना पुनः जीवंत होकर दोहरने लगेगी। तुम्हें वही-वही भाव फिर से होंगे जो क्रोध करते समय हुए थे। तुम्हारी आंखें लाल हो जाएंगी; तुम्हारा शरीर कांपने लगेगा, ज्वरग्रस्त हो जाएगा; पूरी कहानी फिर दोहरेगी। और ज्यों ही इलेक्ट्रोड को वहां से हटाओगे, नाटक बंद हो जाएगा। यदि तुम उसे फिर ऊर्जा देते हो, वह फिर बिलकुल शुरू से चालू हो जाता है।

अब वे कहते हैं कि मन एक रिकार्डिंग मशीन है और तुम किसी भी अनुभव को दोहरा सकते हो।

लेकिन स्मरण ही मत करो, उसे फिर से जीओ। अनुभव को फिर जीना शुरू करो और मन उसे पकड़ लेगा। वह घटना वापस लौट आएगी और तुम उसे फिर जीओगे। और इसे पुनः जीते हुए अनुद्विग्न रहो, शांत रहो। अतीत से शुरू करो। और यह सरल है, क्योंकि अब यह नाटक है। यह यथार्थ स्थिति नहीं है। और अगर तुम यह करने में समर्थ हो गए तो जब सच ही क्रोध को स्थिति पैदा होगी, तुम उसे भी कर सकोगे। और यह प्रत्येक कामना के साथ किया जा सकता है; प्रत्येक कामना के साथ किया जाना चाहिए।

▲

अतीत के अनुभवों को फिर से जीना बड़े काम का है। हम सब के मन में घाव हैं; ऐसे घाव हैं जो अभी भी हरे हैं। अगर तुम उन्हें फिर से जी लोगे तो तुम निर्भार हो जाओगे। अगर तुम अपने अतीत में लौट सके और अधूरे अनुभवों को जी सके तो तुम अपने अतीत के बोझ से मुक्त हो जाओगे। तुम्हारा मन ताजा हो जाएगा; धूल झड़ जाएगी।

अपने अतीत में से कोई ऐसा अनुभव स्मरण करो जो तुम्हारे देखे अधूरा पड़ा है। तुम किसी की हत्या करना चाहते थे; तुम किसी को प्रेम करना चाहते थे; तुम यह या वह करना चाहते थे। लेकिन वे सारे काम अपूर्ण रह गए, अधूरे रह गए। और वह अधूरी चीज तुम्हारे मन के आकाश पर बादल की भांति मंडराती रहती है। वह तुम्हें और तुम्हारे कृत्यों को सदा प्रभावित करती रहती है। उस बादल को विसर्जित करना होगा। तो उसके कालपथ को पकड़कर मन में पीछे लौटो और उन कामनाओं को फिर से जीओ जो अधूरी रह गई हैं, उन घावों को फिर से जीओ जो अभी भी हरे हैं। वे घाव भर जाएंगे; तुम स्वस्थ हो जाओगे। और इस प्रयोग के द्वारा तुम्हें एक झलक मिलेगी कि कैसे किसी अशांत स्थिति में शांत रहा जाए।

'तीव्र कामना की मनोदशा में अनुद्विग्न रहो।'

गुरजिएफ ने इस विधि का खूब प्रयोग किया। वह इसके लिए परिस्थितियां निर्मित करता था। लेकिन परिस्थितियां निर्मित करने के लिए समूह जरूरी है, आश्रम जरूरी है। तुम अकेले यह नहीं कर सकते। फाउंटेनब्लू में गुरजिएफ ने एक आश्रम बनाया था। और वह बड़ा कुशल गुरु था जो जानता था कि स्थिति कैसे निर्मित की जाती है।

तुम किसी कमरे में प्रवेश करते हो जहां एक समूह पहले से बैठा है। तुम कमरे में प्रवेश करते हो और तभी कुछ किया जाता है जिससे तुप्त क्राधित हो जाते हो। और वह चीज इस स्वाभाविक ढंग से की जाती कि तुम्हें कभी कल्पना भी नहीं होती कि यह परिस्थिति तुम्हारे लिए निर्मित की जा रही है। यह एक उपाय था। कोई व्यक्ति कुछ कहकर तुम्हें अपमानित कर देता है और तुम अशांत हो जाते हो। और फिर हर कोई उस अशांति को बढ़ावा देता है और तुम पागल ही हो जाते हो। और जब तुम ठीक विस्फोट के बिंदु पर पहुंचते हो तो गुरजिएफ चिल्लाकर कहता है: स्मरण करो और अनुद्विग्न रहो!

ऐसी परिस्थिति निर्मित की जा सकती है; लेकिन केवल वहीं जहां अनेक लोग अपने ऊपर काम कर रहे हों। और जब गुरजिएफ चिल्लाकर कहता कि स्मरण करो और अनुद्विग्न रहो; तो तुम जान जाते कि यह परिस्थिति पहले से तैयार की गई थी। लेकिन अब तुम्हारा उद्वेग, तुम्हारी अशांति इतनी शीघ्रता से, इतनी जल्दी मिटने नहीं वाली है। इस अशांति की जड़ें तुम्हारे शरीर में हैं; तुम्हारी ग्रंथियों ने तुम्हारे रक्त में जहर छोड़ दिए हैं। तुम्हारा शरीर उससे प्रभावित है। क्रोध इतनी शीघ्रता से नहीं जाने वाला है। अब जबकि तुम्हें पता हो गया है कि मुझे धोखा दिया गया है, कि किसी ने सच ही मुझे अपमानित नहीं किया, तो भी तुम कुछ नहीं कर सकते। क्रोध जहां का तहां है; तुम्हारा शरीर क्रोध की स्थिति में है।

लेकिन एक बात होती है कि अचानक तुम्हारा ज्वर भीतर शांत होने लगता है। क्रोध अब सिर्फ शरीर पर, परिधि पर है; केंद्र पर तुम अचानक शीतल होने लगते हो। और अब तुम जानते हो कि मेरे भीतर एक बिंदु है जो अनुद्विग्न है, शांत है। और तुम हंसने लगते हो। अभी भी तुम्हारी आंखें क्रोध से लाल हैं, तुम्हारा चेहता पशुवत हिंसक बना हुआ है; लेकिन तुम

हंसने लगते हो। अब तुम्हें दो चीजें पता हैं: एक अनुद्विग्न केंद्र और दूसरी उद्विग्न परिधि।

तुम एक-दूसरे के लिए सहयोगी हो सकते हो। तुम्हारा परिवार ही आश्रम बन सकता है; तुम एक-दूसरे की मदद कर सकते हो। मित्र आश्रम बन सकते हैं और एक-दूसरे की सहायता कर सकते हैं। तुम अपने परिवार से बात करके तय कर सकते हो, पूरा परिवार तय कर सकता है कि पिता के लिए या मां के लिए एक परिस्थिति पैदा की जाए; और पूरा परिवार उस परिस्थिति के पैदा करने में हाथ बंटाता है। जब मां या पिता पूरी तरह विक्षिप्त हो जाते हैं तो सब हंसने लगते हैं और कहते हैं: बिलकुल अनुद्विग्न रहो!

तुम परस्पर एक-दूसरे की मदद कर सकते हो।

और यह अनुभव बहुत अदभुत है। जब तुम्हें किसी उत्तेजित परिस्थिति के भीतर एक शीतल केंद्र का पता चल जाए तो तुम उसे भूल नहीं सकते। और तब तुम किसी भी तरह की अशांत परिस्थिति में उसे स्मरण कर सकते हो, उसे पुनः उपलब्ध कर सकते हो।

पश्चिम में अब एक विधि का, चिकित्सा-विधि का प्रयोग हो रहा है, जिसे वे साइकोड्रामा कहते हैं। वह सहयोगी है और इसी तरह की विधियों पर आधारित है। इस साइकोड्रामा में तुम एक अभिनय करते हो, एक खेल खेलते हो। शुरू में तो वह खेल ही है; लेकिन देर-अबेर तुम उसके वशीभूत हो जाते हो। और जब तुम वशीभूत होते हो, आविष्ट होते हो तो तुम्हारा मन सक्रिय हो जाता है। क्योंकि तुम्हारे शरीर और मन स्वचालित ढंग से काम करते हैं; वे स्वचालित व्यवहार करते हैं।

तो साइकोड्रामा में व्यक्ति क्रोध की स्थिति में सचमुच क्रोधित हो जाता है। तुम सोच सकते हो कि वह अभिनय कर रहा है, लेकिन ऐसी बात नहीं हे। संभव है कि वह सच में ही क्रोधित हो गया हो; केवल अभिनय ही न कर रहा हो। वह कामना के वश में है, उद्वेग के वश में है, भाव के वश में है। और जब वह सच में उनसे आविष्ट होता है तभी उसका अभिनय यथार्थ मालूम पड़ता है।

तुम्हारे शरीर को नहीं पता हो सकता कि तुम अभिनय कर रहे हो या सच में कर रहे हो। तुमने अपने ही जीवन में कभी देखा होगा कि तुम क्रोध का केवल अभिनय कर रहे थे और तुम्हारे अनजाने ही क्रोध सच बन गया। या कि तुम उत्तेजित नहीं थे, सिर्फ पत्नी या प्रेमिका के साथ खेल कर रहे थे कि अचानक और अनजाने सारा खेल सच हो गया। शरीर उसे पकड़ लेता है। और शरीर को धोखा दिया जा सकता है। शरीर नहीं जान सकता, विशेषकर कामवासना के प्रसंग में कि यह सच है या अभिनय। तुम कल्पना भी करते हो तो शरीर सोचता है कि वह सच है।

काम-केंद्र शरीर का सबसे अधिक कल्पनात्मक केंद्र है। सिर्फ कल्पना से तुम काम के शिखर-अनुभव को, आर्गज्म को उपलब्ध हो सकते हो। तुम शरीर को धोखा दे सकते हो। स्वप्न में भी तुम संभोग को, आर्गाज्म को उपलब्ध हो सकते हो। स्वप्न में भी शरीर धोखा खा सकता है। तुम किसी के भी साथ सच में संभोग नहीं कर रहे हो; सिर्फ स्वप्न में, कल्पना में तुम संभोग कर रहे हो। लेकिन शरीर में काम-ऊर्जा का उद्रेक हो सकता है; शरीर गहन आर्गाज्म भी अनुभव कर सकता है। क्या होता है? शरीर कैसे धोखे में आ जाता है?

शरीर नहीं जान सकता कि क्या सच है और क्या झूठ है। जब तुम कुछ करने लगते हो

तो शरीर सोचता है कि यह सच है और वह वैसा ही व्यवहार करने लगता है। साइकोड्रामा ऐसी विधियों पर आधारित है। तुम क्रोधित नहीं हो, सिर्फ क्रोध का अभिनय कर रहे हो; और फिर तुम उससे आविष्ट हो जाते हो।

लेकिन साइकोड्रामा सुंदर है, क्योंकि तुम जानते हो कि मैं महज अभिनय कर रहा हूं। और तब परिधि पर क्रोध यथार्थ हो जाता है और ठीक उसके पीछे तुम छिपकर उसका निरीक्षण कर रहे होते हो। तुम जानते हो कि मैं उद्विग्न नहीं हूं; लेकिन क्रोध है, उद्वेग है, अशांति है। अशांति है और फिर भी अशांति नहीं है। यह दो ऊर्जाओं का युगपत काम करने का अनुभव तुम्हें उनके अतिक्रमण में ले जाता है। और फिर असली क्रोध में भी तुम उसे अनुभव कर सकते हो। जब तुमने जान लिया कि उसे कैसे अनुभव किया जाए, तुम वास्तविक स्थितियों में भी अनुभव कर सकते हो।

इस विधि का प्रयोग करो; यह तुम्हारे समग्र जीवन को बदल देगी। और जब तुमने अनुद्विग्न रहना सीख लिया तो संसार तुम्हारे लिए दुख न रहा। तब कुछ भी तुम्हें भ्रांत नहीं कर सकता; तब कुछ भी तुम्हें सच में पीड़ित नहीं कर सकता। अब तुम्हारे लिए कोई दुख न रहा।

और तब तुम एक और काम कर सकते हो। गुरजिएफ यह करता था। वह किसी भी क्षण अपना चेहरा, अपनी मुख-मुद्रा बदल सकता था। वह हंस रहा है, मुस्कुरा रहा है, तुम्हारे साथ बैठकर प्रसन्न है; और अचानक वह बिना किसी कारण के ही क्रोधित हो जाएगा। और कहते हैं कि वह इस कला में इतना निष्णात हो गया था कि वह एक साथ अपने आधे चेहरे से क्रोध और दूसरे आधे चेहरे से मुस्कुराहट प्रकट कर सकता था। अगर उसके दोनों ओर दो व्यक्ति बैठे हों तो वह साथ-साथ एक पर मुस्कुरा सकता है और दूसरे पर क्रोधित हो सकता है। एक व्यक्ति कहेगा कि गुरजिएफ कितना सुंदर आदमी है और दूसरा कहेगा कि वह बहुत खराब है। वह एक साथ एक को हंसकर देखता था और दूसरे को गुस्से से।

एक बार तुम अपने केंद्र को परिधि से पूरी तरह पृथक कर लो तो तुम यह कर सकते हो। अगर तुम क्रोध और कामना की मनोदशा में अनुद्विग्न रह सकते हो तो तुम क्रोध, कामना और उद्वेग के साथ खेल भी कर सकते हो।

यह विधि तुम्हारे भीतर दो अतियों को अनुभव करने की विधि है। दोनों अतियां वहां हैं—विपरीत अतियां। एक बार तुम्हें इन अतियों का बोध हो जाए तो पहली दफा तुम अपने मालिक हुए। अन्यथा दूसरे मालिक हैं; तुम खुद गुलाम हो। तुम्हारी पत्नी जानती है, तुम्हारा बाप जानता है, तुम्हारे बेटे, तुम्हारे दोस्त जानते हैं कि तुम्हें कैसे हिलाया जा सकता है, तुम्हें कैसे अशांत किया जा सकता है, तुम्हें कैसे खुश-नाखुश किया जा सकता है।

और जब दूसरा तुम्हें सुखी और दुखी कर सकता है तो तुम मालिक नहीं हो, गुलाम ही हो। कुंजी दूसरे के हाथ में है; बस उसकी एक भाव-भंगिमा तुम्हें दुखी बना सकती है; उसकी एक मुस्कुराहट तुम्हें सुख से भर सकती है। तो तुम दूसरे की मर्जी पर हो; दूसरा तुम्हारे साथ कुछ भी कर सकता है।

और अगर यही स्थिति है तो तुम्हारी सब प्रतिक्रियाएं बस प्रतिक्रियाएं ही हैं; उन्हें क्रियाएं नहीं कहा जा सकता। तुम सिर्फ प्रतिक्रिया करते हो, क्रिया नहीं। कोई तुम्हारा अपमान करता है और तुम क्रोधित हो जाते हो तो तुम्हारा यह क्रोध क्रिया नहीं, प्रतिक्रिया है। और जब

कोई तुम्हारी प्रशंसा करता है और तुम मुस्कुराने लगते हो, फूलकर कुप्पा हो जाते हो, तो यह प्रतिक्रिया है, क्रिया नहीं।

बुद्ध एक गांव से गुजर रहे थे। कुछ लोग उनके पास इकट्ठे हो गए; वे सब उनके विरोध में थे। उन्होंने बुद्ध का अपमान किया, उन्हें गालियां दीं। बुद्ध ने सब सुना और फिर कहा: मुझे समय पर दूसरे गांव पहुंचना है; तो क्या मैं अब जा सकता हूं? अगर तुमने वह सब कह लिया हो जो कहने आए थे, अगर बात खतम हो गई तो मैं जाऊं और यदि कुछ कहने को शेष रह गया हो तो मैं लौटते हुए यहां रुकूंगा, तुम आ जाना और कह लेना।

वे लोग तो चकित रह गए; उन्हें कुछ समझ में नहीं आया। वे तो उनका अपमान कर रहे थे, उन्हें गालियां दे रहे थे। तो उन्होंने कहा कि हमें कुछ कहना नहीं है; हम तो बस आपका अपमान कर रहे हैं, आपको गालियां दे रहे हैं।

बुद्ध ने कहा: तुम वह कर सकते हो; लेकिन यदि तुम्हें मेरी प्रतिक्रिया की अपेक्षा है तो तुम देरी करके आए। दस वर्ष पूर्व तुम अगर ये शब्द लेकर आए होते तो मैं प्रतिक्रिया करता। लेकिन अब मैं क्रिया करना सीख गया हूं, मैं अब अपना मालिक हूं। अब तुम मुझे कुछ करने को मजबूर नहीं कर सकते। तुम लौट जाओ; तुम अब मुझे विचलित नहीं कर सकते हो। मुझे अब कुछ भी अशांत नहीं कर सकता है। मैंने अपने केंद्र को जान लिया है।

केंद्र का यह ज्ञान या केंद्र में प्रतिष्ठित होना तुम्हें अपना मालिक बना देता है। अन्यथा तुम गुलाम हो—एक ही मालिक के नहीं, अनेक मालिकों के गुलाम हो। तब हर कोई तुम्हारा मालिक है और तुम सारे जगत के गुलाम हो। निश्चित ही तुम पीड़ा में, दुख में रहोगे। इतने मालिक और वे इतनी दिशाओं में तुम्हें खींचेंगे कि तुम अखंड न रह सकोगे, एक न रह सकोगे। और इतने आयामों में खींचे जाने के कारण तुम संताप में रहोगे। वही व्यक्ति संताप का अतिक्रमण कर सकता है जो अपना स्वामी है।

साक्षीत्व की दूसरी विधि:

यह तथाकथित जगत जादूगरी जैसा या चित्र-कृति जैसा भासता है। सुखी होने के लिए उसे वैसा ही देखो।

यह सारा संसार ठीक एक नाटक के समान है, इसलिए इसे गंभीरता से मत लो। गंभीरता तुम्हें उपद्रव में डाल देगी, तुम मुसीबत में पड़ोगे। इसे गंभीरता से मत लो, कुछ गंभीर नहीं है। सारा संसार एक नाटक मात्र है।

अगर तुम सारे जगत को नाटक की तरह देख सको तो तुम अपनी मौलिक चेतना को पा लोगे। उस पर धूल जमा हो जाती है, क्योंकि तुम अति गंभीर हो। वह गंभीरता ही समस्या पैदा करती है। और हम इतने गंभीर हैं कि नाटक देखते हुए भी हम धूल जमा करते हैं। किसी सिनेमाघर में जाओ और दर्शकों को देखो। फिल्म को मत देखो, फिल्म को भूल जाओ; पर्दे की तरफ मत देखो, हाल में जो दर्शक हैं उन्हें देखो। कोई रो रहा होगा, कोई हंस रहा होगा, किसी की कामवासना उत्तेजित हो रही होगी। सिर्फ लोगों को देखो। वे क्या कर रहे हैं? उन्हें क्या हो रहा है? पर्दे पर छाया-चित्रों के सिवाय कुछ भी नहीं है—धूप-छांव का खेल है, पर्दा खाली है। लेकिन वे उत्तेजित क्यों हो रहे हैं?

वे हंस रहे हैं, रो रहे हैं, चीख रहे हैं। चित्र मात्र चित्र नहीं है, फिल्म मात्र फिल्म नहीं है। वे भूल गए हैं कि यह एक कहानी भर है। उन्होंने इसको गंभीरता से ले लिया है। चित्र जीवित हो उठा है, यथार्थ बन गया है।

और यही चीज सर्वत्र घट रही है। यह सिनेमाघरों तक ही सीमित नहीं है। अपने चारों ओर के जीवन को तो देखो; वह क्या है? इस धरती पर असंख्य लोग रह चुके हैं। जहां तुम बैठे हो, वहां कम से कम दस लाशें गड़ी हैं। और वे लोग भी तुम्हारे जैसे ही गंभीर थे। वे अब कहां हैं? उनका जीवन कहां चला गया? उनकी समस्याएं कहां गईं? वे लड़ते थे; एक-एक इंच जमीन के लिए लड़ते थे। वह जमीन पड़ी है और वे लोग कहीं नहीं हैं।

और मैं यह नहीं कह रहा हूं कि उनकी समस्याएं समस्याएं नहीं थीं। वे थीं; जैसे तुम्हारी समस्याएं समस्याएं हैं। वे गंभीर समस्याएं थीं, जीवन-मरण की समस्याएं थीं। लेकिन कहां गईं वे समस्याएं? और अगर किसी दिन पूरी मनुष्यता खो जाए तो भी धरती रहेगी, वृक्ष बड़े होंगे, नदियां बहेंगी और सूरज उगेगा; और पृथ्वी को मनुष्यता की गैर-मौजूदगी पर न कोई खेद होगा न आश्चर्य।

जरा इस विस्तार पर अपनी निगाह को दौड़ाओ। पीछे देखो, आगे देखो; सभी आयामों को देखो और देखो कि तुम क्या हो, तुम्हारा जीवन क्या है। सब कुछ एक बड़ा स्वप्न जैसा मालूम पड़ता है। और हर चीज जिसे तुम इस क्षण इतनी गंभीरता से ले रहे हो, अगले क्षण ही व्यर्थ हो जाती है। तुम्हें उसकी याद भी नहीं रहती।

अपने प्रथम प्रेम को स्मरण करो। कितनी गंभीर बात थी वह, जैसे कि जीवन ही उस पर निर्भर था। और अब वह तुम्हें स्मरण भी नहीं है, बिलकुल भूल गया है। वैसे ही वे चीजें भी भूल जाएंगी जिन पर तुम आज अपने जीवन को निर्भर समझते हो।

जीवन एक प्रवाह है, वहां कुछ भी नहीं टिकता है। जीवन भागती फिल्म की भांति है जिसमें हर चीज दूसरी चीज में बदल रही है। लेकिन इस क्षण वह तुम्हें बहुत गंभीर, बहुत महत्वपूर्ण मालूम पड़ती है और तुम उद्विग्न हो जाते हो।

यह विधि कहती है: 'यह तथाकथित जगत जादूगरी जैसा या चित्र-कृति जैसा भासता है। सुखी होने के लिए उसे वैसा ही देखो।'

भारत में हम इस जगत को परमात्मा की सृष्टि नहीं कहते, हम उसे लीला कहते हैं। यह लीला की धारणा बहुत सुंदर है। सृष्टि की धारणा गंभीर मालूम पड़ती है। ईसाई और यहूदी ईश्वर बहुत गंभीर है। एक अवज्ञा के लिए आदम को अदन के बगीचे से निकाल दिया गया। और न सिर्फ आदम को, बल्कि उसके कारण पूरी मनुष्यता को निकाल बाहर किया गया। वह हमारा पिता था; और हम सब उसके कारण दुख में पड़े हैं। ईश्वर बहुत गंभीर मालूम पड़ता है। उसकी अवज्ञा नहीं होनी चाहिए। और अगर अवज्ञा होगी तो वह बदला लेगा। और उसका प्रतिशोध अभी तक चला आ रहा है। प्रतिशोध के मुकाबले में पाप इतना बड़ा नहीं लगता है।

सच तो यह है कि आदम ने परमात्मा की बेवकूफी के चलते यह पाप किया। परम पिता परमात्मा ने आदम से कहा कि ज्ञान के वृक्ष के पास मत जाना और उसका फल मत खाना। यह निषेध ही निमंत्रण बन गया। यह मनोवैज्ञानिक बात है। उसे बड़े बगीचे में केवल

ज्ञान का वृक्ष आकर्षण हो गया, क्योंकि वह निषिद्ध था। कोई भी मनोवैज्ञानिक कहेगा कि भूल परमात्मा की थी। अगर उस वृक्ष के फल को नहीं खाने देना था तो उसकी चर्चा ही नहीं करनी थी। तब आदम उस वृक्ष तक कभी नहीं जाता और मनुष्यता अभी भी उसी बगीचे में रहती होती। लेकिन इस वचन ने, इस आज्ञा ने कि 'मत खाना', सारा उपद्रव खड़ा कर दिया। इस निषेध ने उपद्रव पैदा किया। क्योंकि आदम ने अवज्ञा की, वह स्वर्ग से निकाल बाहर किया गया। और प्रतिशोध कितना बड़ा है!

ईसाई कहते हैं कि जीसस हमें हमारे पाप से उद्धार दिलाने के लिए, हमें आदम के किए पाप से मुक्त करने के लिए सूली पर चढ़ गए। तो ईसाइयों की इतिहास की पूरी धारणा दो व्यक्तियों पर निर्भर है, आदम और जीसस पर। आदम ने पाप किया और जीसस उससे हमारा उद्धार करने के लिए सूली पर चढ़े। उन्होंने आदम को क्षमा दिलाने के लिए सब यंत्रणा झेली, पीड़ा झेली। लेकिन ऐसा नहीं लगता कि ईश्वर ने अब भी क्षमादान दिया हो। जीसस को तो सूली लग गई, लेकिन मनुष्यता अब भी उसी भांति दुख में है।

पिता के रूप में ईश्वर की धारणा ही गंभीर है, कुरूप है। ईश्वर की भारतीय धारणा स्पष्टा की नहीं, लीलाधर की है। वह गंभीर नहीं है, वह खेल रहा है। नियम हैं, लेकिन वे खेल के नियम हैं। उनके संबंध में गंभीर होने की जरूरत नहीं है। कुछ पाप नहीं है, भूल भर है। और तुम भूल के कारण दुख सहते हो, इसलिए नहीं कि परमात्मा तुम्हें दंड देता है। तुम नियम न पालने के कारण कष्ट में पड़ते हो; परमात्मा तुम्हें दंडित नहीं कर रहा है। लीला की पूरी धारणा जीवन को एक नाटकीय रंग दे देती है। जीवन एक लंबा नाटक हो जाता है। और यह विधि इसी लीला की धारणा पर आधारित है।

'यह तथाकथित जगत जादूगरी जैसा या चित्र-कृति जैसा भासता है। सुखी होने के लिए उसे वैसा ही देखो।'

अगर तुम दुखी हो तो इसलिए कि तुमने जगत को बहुत गंभीरता से लिया है। और सुखी होने का कोई उपाय मत खोजो, सिर्फ अपनी दृष्टि को बदलो। गंभीर चित्त से तुम सुखी नहीं हो सकते, उत्सव मनाने वाला चित्त ही सुखी हो सकता है। इस पूरे जीवन को एक नाटक, एक कहानी की तरह लो। ऐसा ही है। और अगर तुम उसे इस भांति ले सके तो तुम दुखी नहीं होगे। दुख अति गंभीरता का परिणाम है।

सात दिन के लिए यह प्रयोग करो। सात दिन तक एक ही चीज स्मरण रखो कि सारा जगत नाटक मात्र है—और तुम वही नहीं रहोगे जो अभी हो। सिर्फ सात दिन के लिए प्रयोग करो। तुम्हारा कुछ खो नहीं जाएगा, क्योंकि तुम्हारे पास खोने के लिए भी तो कुछ नहीं है। तुम प्रयोग कर सकते हो। सात दिन तक सब कुछ को नाटक समझो, तमाशा समझो।

इन सात दिनों में तुम्हें तुम्हारे बुद्ध-स्वभाव की, तुम्हारी आंतरिक पवित्रता की अनेक झलकें मिलेंगी। और इस झलक के मिलने के बाद तुम फिर वही नहीं रहोगे जो हो। तब तुम सुखी होगे। और तुम सोच भी नहीं सकते कि वह सुख किस तरह का होगा, क्योंकि तुमने कोई सुख नहीं जाना है। तुमने सिर्फ दुख की कम-अधिक मात्राएं भर जानी हैं; कभी तुम ज्यादा दुखी थे और कभी कम। तुम नहीं जानते हो कि सुख क्या है, तुम उसे नहीं जान सकते हो। जब तुम्हारी जगत की धारणा ऐसी है कि तुम उसे बहुत गंभीरता से लेते हो तो तुम नहीं

जान सकते कि सुख क्या है। सुख तो तभी घटित होता है जब तुम्हारी यह धारणा दृढ़ होती है कि यह जगत केवल एक लीला है।

इस विधि को प्रयोग में लाओ और हर चीज को उत्सव की तरह लो, हर चीज को उत्सव मनाने के भाव से करो। ऐसा समझो कि यह नाटक है, कोई असली चीज नहीं। अगर तुम पति हो तो नाटक के पति बन जाओ; अगर तुम पत्नी हो तो नाटक की पत्नी बन जाओ। अपने संबंधों को खेल बना लो। बेशक खेल के नियम हैं; खेल के लिए नियम जरूरी हैं। विवाह नियम है, तलाक नियम है। उनके बारे में गंभीर मत होओ। वे नियम हैं और एक नियम से दूसरा नियम निकलता है। तलाक बुरा है, क्योंकि विवाह बुरा है। एक नियम दूसरे नियम को जन्म देता है। लेकिन उन्हें गंभीरता से मत लो और फिर देखो कि कैसे तत्काल तुम्हारे जीवन का गुणधर्म बदल जाता है।

आज रात अपने घर जाओ और अपनी पत्नी या पति या बच्चों के साथ ऐसे व्यवहार करो जैसे कि तुम किसी नाटक में भूमिका निभा रहे हो। और फिर उसका सौंदर्य देखो। अगर तुम भूमिका निभा रहे हो तो तुम उसमें कुशल होने की कोशिश करोगे, लेकिन उद्विग्न नहीं होगे। उसकी कोई जरूरत नहीं है। तुम अपनी भूमिका निभाकर सोने चले जाओगे। लेकिन स्मरण रहे कि यह अभिनय है। और सात दिन तक इसका सतत खयाल रखो। तब तुम्हें सुख उपलब्ध होगा। और जब तुम जान लोगे कि क्या सुख है तो फिर दुख में गिरने की जरूरत नहीं रही, क्योंकि यह तुम्हारा ही चुनाव है।

तुम दुखी हो, क्योंकि तुमने जीवन के प्रति गलत दृष्टि चुनी है। तुम सुखी हो सकते हो, अगर दृष्टि सम्यक हो जाए। बुद्ध सम्यक दृष्टि को बहुत महत्व देते हैं। वे सम्यक दृष्टि को ही आधार बनाते हैं, बुनियाद बनाते हैं। सम्यक दृष्टि क्या है? उसकी कसौटी क्या है?

मेरे देखे कसौटी यह है: जो दृष्टि तुम्हें सुखी करे वह सम्यक दृष्टि है। और जो दृष्टि तुम्हें दुखी-पीड़ित बनाए वह असम्यक दृष्टि है। और कसौटी बाह्य नहीं है, आंतरिक है। और कसौटी तुम्हारा सुख है।

साक्षीत्व की तीसरी विधि:

प्रिये, न सुख में और न दुख में, बल्कि दोनों के मध्य में अवधान को स्थिर करो।

प्रत्येक चीज ध्रुवीय है, अपने विपरीत के साथ है। और मन एक ध्रुव से दूसरे ध्रुव पर डोलता रहता है; कभी मध्य में नहीं ठहरता।

क्या तुमने कोई ऐसा क्षण जाना है जब तुम न सुखी थे न दुखी? क्या तुमने कोई ऐसा क्षण जाना है जब तुम न स्वस्थ थे न बीमार? क्या तुमने कोई ऐसा क्षण जाना है जब तुम न यह थे न वह? जब तुम ठीक मध्य में थे, ठीक बीच में थे?

मन अविलंब एक अति से दूसरी अति पर चला जाता है। अगर तुम सुखी हो तो देर-अबेर तुम दुख की तरफ गति कर जाओगे और शीघ्र गति कर जाओगे। सुख विदा हो जाएगा और तुम दुख में हो जाओगे। अगर तुम्हें अभी अच्छा लग रहा है तो देर-अबेर तुम्हें बुरा लगने लगेगा। और तुम बीच में कहीं नहीं रुकते, इस छोर से सीधे उस छोर पर चले जाते हो। घड़ी के पेंडुलम की तरह तुम बाएं से दाएं और दाएं से बाएं डोलते रहते हो। और पेंडुलम

डोलता ही रहता है।

एक गुह्य नियम है। जब पेंडुलम बायीं ओर जाता है तो लगता तो है कि बायीं ओर जा रहा है, लेकिन सच में तब वह दायीं ओर जाने के लिए शक्ति जुटा रहा है। और वैसे ही जब वह दायीं ओर जा रहा है तो बायीं ओर जाने के लिए शक्ति जुटा रहा है। तो जैसा दिखाई पड़ता है वैसा ही नहीं है। जब तुम सुखी हो रहे हो तो तुम दुखी होने के लिए शक्ति जुटा रहे हो। तो जब मैं तुम्हें हंसते देखता हूं तो जानता हूं कि रोने का क्षण दूर नहीं है।

भारत के गांवों में माताएं यह जानती हैं। जब कोई बच्चा बहुत हंसने लगता है तो वे कहती हैं कि उसका हंसना बंद करो, अन्यथा वह रोएगा। यह होने ही वाला है। अगर कोई बच्चा बेहद खुश हो तो उसका अगला कदम दुख में पड़ने ही वाला है। इसलिए माताएं उसे रोकती हैं, अन्यथा वह दुखी होगा।

लेकिन यही नियम विपरीत ढंग से भी लागू होता है; और लोग यह नहीं जानते हैं। जब कोई बच्चा रोता है और तुम उसे रोने से रोकते हो तो तुम उसका रोना ही नहीं रोकते हो, तुम उसका अगला कदम भी रोक रहे हो। अब वह सुखी भी नहीं हो पाएगा। बच्चा जब रोता है तो उसे रोने दो। बच्चा जब रोता है तो उसे मदद दो कि और रोए। जब तक उसका रोना समाप्त होगा, वह शक्ति जुटा लेगा, वह सुखी हो सकेगा।

अब मनोवैज्ञानिक कहते हैं कि जब बच्चा रोता-चीखता हो तो उसे रोको मत, उसे मनाओ मत, उसे बहलाओ मत। उसके ध्यान को रोने से हटाकर कहीं अन्यत्र ले जाने की कोशिश मत करो; उसे रोना बंद करने के लिए रिश्वत मत दो। कुछ मत करो; बस उसके पास मौन बैठे रहो और उसे रोने दो, चिल्लाने दो, चीखने दो। तब वह आसानी से सुख की ओर गति कर पाएगा। अन्यथा न वह रो सकेगा और न सुखी हो सकेगा।

हमारी यही स्थिति हो गई है; हम कुछ नहीं कर पाते हैं। हम हंसते हैं तो आधे दिल से और रोते हैं तो आधे दिल से। लेकिन यही मन का प्राकृतिक नियम है; वह एक छोर से दूसरे छोर पर गति करता रहता है। यह विधि इस प्राकृतिक नियम को बदलने के लिए है।

'प्रिये, न सुख में और न दुख में, बल्कि दोनों के मध्य में अवधान को स्थिर करो।'

किन्हीं भी ध्रुवों को, विपरीतताओं को चुनो और उनके मध्य में स्थिर होने की चेष्टा करो। इस मध्य में होने के लिए तुम क्या करोगे? मध्य में कैसे होओगे?

एक बात कि जब दुख में होते हो तो क्या करते हो? जब दुख आता है तो तुम उससे बचना चाहते हो, भागना चाहते हो। तुम दुख नहीं चाहते हो; तुम उससे भागना चाहते हो। तुम्हारी चेष्टा रहती है कि तुम उससे विपरीत को पा लो, सुख को पा लो, आनंद को पा लो। और जब सुख आता है तो तुम क्या करते हो? तुम चेष्टा करते हो कि सुख बना रहे, ताकि दुख न आ जाए; तुम उससे चिपके रहना चाहते हो। तुम सुख को पकड़कर रखना चाहते हो और दुख से बचना चाहते हो। यही स्वाभाविक दृष्टिकोण है, ढंग है।

अगर तुम इस प्राकृतिक नियम को बदलना चाहते हो, उसके पार जाना चाहते हो, तो जब दुख आए तो उससे भागने की चेष्टा मत करो; उसके साथ रहो, उसको भोगो। ऐसा करके तुम उसकी पूरी प्राकृतिक व्यवस्था को अस्तव्यस्त कर दोगे। तुम्हें सिरदर्द है; उसके साथ रहो। आंखें बंद कर लो और सिरदर्द पर ध्यान करो, उसके साथ रहो। कुछ भी मत करो;

▲

बस साक्षी रहो। उससे भागने की चेष्टा मत करो। और जब सुख आए और तुम किसी क्षण विशेष रूप से आनंदित अनुभव करो तो उसे पकड़कर उससे चिपको मत। आंखें बंद कर लो और उसके साक्षी हो जाओ।

सुख को पकड़ना और दुख से भागना धूल-भरे चित्त के स्वाभाविक गुण हैं। और अगर तुम साक्षी रह सको तो देर-अबेर तुम मध्य को उपलब्ध हो जाओगे। प्राकृतिक नियम तो यही है कि एक से दूसरी अति पर आते-जाते रहो। अगर तुम साक्षी रह सको तो तुम मध्य में होगे।

बुद्ध ने इसी विधि के कारण अपने पूरे दर्शन को मज्झिम निकाय—मध्य मार्ग कहा है। वे कहते हैं कि सदा मध्य में रहो; चाहे जो भी विपरीतताएं हों, तुम सदा मध्य में रहो। और साक्षी होने से मध्य में हुआ जाता है। जिस क्षण तुम्हारा साक्षी खो जाता है, तुम या तो आसक्त हो जाते हो या विरक्त। अगर तुम विरक्त हुए तो दूसरी अति पर चले जाओगे और आसक्त हुए तो इस अति पर बने रहने की चेष्टा करोगे। लेकिन तब तुम कभी मध्य में नहीं होगे। सिर्फ साक्षी बनो; न आकर्षित होओ और न विकर्षित।

सिरदर्द है तो उसे स्वीकार करो। वह तथ्य है। जैसे वृक्ष हैं, मकान है, रात है, वैसे ही सिरदर्द है। आंख बंद करो और उसे स्वीकार करो। उससे बचने की चेष्टा मत करो। वैसे ही तुम सुखी हो तो सुख के तथ्य को स्वीकार करो। उससे चिपके रहने की चेष्टा मत करो और दुखी होने का प्रयत्न भी मत करो; कोई भी प्रयत्न मत करो। सुख आता है तो आने दो; दुख आता है तो आने दो। तुम शिखर पर खड़े द्रष्टा बने रहो, जो सिर्फ चीजों को देखता है। सुबह आती है, शाम आती है, फिर सूरज उगता है और डूब जाता है, तारे हैं और अंधेरा है, फिर सूर्योदय—और तुम शिखर पर खड़े द्रष्टा हो।

तुम कुछ कर नहीं सकते; तुम सिर्फ देखते रहते हो। सुबह आती है, इस तथ्य को तुम भलीभांति देख लेते हो और तुम जानते हो कि अब सांझ आएगी, क्योंकि सांझ सुबह के पीछे-पीछे आती है। वैसे ही जब सांझ आती है तो तुम उसे भी भलीभांति देख लेते हो और तुम जानते हो कि अब सुबह आएगी, क्योंकि सुबह सांझ के पीछे-पीछे आती है। जब दुख है तो तुम उसके भी साक्षी हो। तुम जानते हो कि दुख आया है, देर-अबेर वह चला जाएगा और उसका विपरीत ध्रुव आ जाएगा। और जब सुख आता है तो तुम जानते हो कि वह सदा नहीं रहेगा, दुख कहीं पास ही छिपा होगा, आता ही होगा। तुम खुद द्रष्टा बने रहते हो।

अगर तुम आकर्षण और विकर्षण के बिना, लगाव और दुराव के बिना देखते रहे तो तुम मध्य में आ जाओगे। और जब पेंडुलम बीच में ठहर जाएगा तो तुम पहली दफा देख सकोगे कि संसार क्या है। जब तक तुम दौड़ रहे हो, तुम नहीं जान सकते कि संसार क्या है। तुम्हारी दौड़ सब कूछ को भ्रांत कर देती है, धूमिल कर देती है; और जब दौड़ बंद होगी तो तुम संसार को देख सकोगे। तब तुम्हें पहली बार सत्य के दर्शन होंगे। अकंप मन ही जानता है कि सत्य क्या है; कंपित मन सत्य को नहीं जान सकता।

तुम्हारा मन ठीक कैमरे की भांति है। अगर तुम चलते हुए फोटो लेते हो तो जो भी चित्र बनेगा वह धुंधला-धुंधला होगा, अस्पष्ट होगा, विकृत होगा। कैमरे को हिलना नहीं चाहिए; कैमरा हिलेगा तो चित्र बिगड़ेगा ही।

तुम्हारी चेतना एक ध्रुव से दूसरे ध्रुव पर गति करती रहती है और इस भांति तुम जो

सत्य जानते हो वह भ्रांति है, दुःस्वप्न है। तुम नहीं जानते हो कि क्या क्या है; सब भ्रम है, सब धुआं-धुआं है। सत्य से तुम वंचित रह जाते हो। सत्य को तुम तब जानते हो जब तुम मध्य में ठहर जाते हो, जब पेंडुलम ठहर जाता है और तुम्हारी चेतना वर्तमान के क्षण में होती है, केंद्रित होती है। अचल और अकंप चित्त ही सत्य को जानता है।

'प्रिये, न सुख में और न दुख में, बल्कि दोनों के मध्य में अवधान को स्थिर करो।'

साक्षीत्व की चौथी विधि:

विषय और वासना जैसे दूसरों में हैं वैसे ही मुझमें हैं। इस भांति स्वीकार करके उन्हें रूपांतरित होने दो।

यह विधि बहुत सहयोगी हो सकती है। जब तुम क्रोधित होते हो तो तुम सदा अपने क्रोध को उचित मानते हो; लेकिन जब कोई दूसरा क्रोधित होता है तो तुम उसकी सदा आलोचना करते हो। तुम्हारा पागलपन स्वाभाविक है; दूसरे का पागलपन विकृति है। तुम जो भी करते हो वह शुभ है—शुभ नहीं तो कम से कम उसे करना जरूरी था। तुम अपने कृत्य के लिए सदा कुछ औचित्य खोज लेते हो, उसे तर्कसम्मत बना लेते हो। और जब वही काम दूसरा करता है तो वही औचित्य, वही तर्क लागू नहीं होता है।

तुम क्रोध करते हो तो कहते हो कि दूसरे के हित के लिए यह ज़रूरी था; अगर मैं क्रोध न करता तो दूसरा बर्बाद ही हो जाता। वह किसी बुरी आदत का शिकार हो जाता, इसलिए उसे दंड देना जरूरी था; यह उसके भले के लिए था। लेकिन जब दूसरा तुम पर क्रोध करता है तो वही तर्कसरणी उस पर नहीं लागू की जाती। दूसरा पागल है, दूसरा दुष्ट है।

हमारे मापदंड सदा दोहरे हैं; अपने लिए एक मापदंड है और शेष सबके लिए दूसरा मापदंड है। यह दोहरे मापदंड वाला मन सदा दुख में रहेगा। यह मन ईमानदार नहीं है, सम्यक नहीं है। और जब तक तुम्हारा मन, ईमानदार नहीं होता, तुम्हें सत्य की झलक नहीं मिल सकती है। और एक ईमानदार, मन ही दोहरे मापदंड से मुक्त हो सकता है।

जीसस कहते हैं: दूसरों के साथ वह व्यवहार मत करो जो व्यवहार तुम न चाहोगे कि तुम्हारे साथ किया जाए।

यह विधि एक मापदंड की धारणा पर आधारित है।

'विषय और वासना जैसे दूसरों में हैं वैसे ही मुझमें हैं।'

तुम अपवाद नहीं हो; यद्यपि प्रत्येक व्यक्ति सोचता है कि मैं अपवाद हूं। अगर तुम सोचते हो कि मैं अपवाद हूं तो भलीभांति जान लो कि ऐसे ही हर सामान्य मन सोचता है। यह जानना कि मैं सामान्य हूं जगत में सबसे असामान्य घटना है।

किसी ने सुजुकी से पूछा कि तुम्हारे गुरु में असामान्य क्या था? सुजुकी स्वयं झेन गुरु था। सुजुकी ने कहा कि उनके संबंध में मैं एक चीज कभी न भूलूंगा कि मैंने कभी ऐसा व्यक्ति नहीं देखा जो अपने को इतना सामान्य समझता हो। वे बिलकुल सामान्य थे और वही उनकी सबसे बड़ी असामान्यता थी। अन्यथा साधारण से साधारण व्यक्ति भी सोचता है कि मैं असामान्य हूं, अपवाद हूं।

लेकिन कोई व्यक्ति असामान्य नहीं है। और तुम अगर यह जान लो तो तुम असामान्य

हो जाते हो। हर आदमी ठीक दूसरे आदमी जैसा है। जो वासनाएं तुम्हारे भीतर चक्कर लगा रही हैं वे ही दूसरों के भीतर घूम रही हैं। लेकिन तुम अपनी कामवासना को प्रेम कहते हो और दूसरों के प्रेम को कामवासना कहते हो। तुम खुद जो भी करते हो, उसका बचाव करते हो। तुम कहते हो कि वह शुभ काम है, इसलिए करता हूं। और वही काम जब दूसरे करते हैं तो वे वही नहीं रहते, वे शुभ नहीं रहते।

और यह बात व्यक्तियों तक ही सीमित नहीं है; जाति और राष्ट्र भी यही करते हैं। अगर भारत अपनी सेना बढ़ाता है तो वह सुरक्षा का प्रयत्न है और जब चीन अपनी सेना को मजबूत करता है तो वह आक्रमण की तैयारी है। दुनिया की हर सरकार अपने सैन्य संस्थान को सुरक्षा संस्थान कहती है। तो फिर आक्रमण कौन करता है? जब सभी सुरक्षा में लगे हैं तो आक्रामक कौन है? अगर तुम इतिहास देखोगे तो तुम्हें कोई आक्रामक नहीं मिलेगा। हां, जो हार जाते हैं वे आक्रामक करार दे दिए जाते हैं। पराजित लोग सदा आक्रामक माने गए हैं, क्योंकि वे इतिहास नहीं लिख सकते हैं। इतिहास तो विजेता लिखते हैं।

अगर हिटलर विजयी हुआ होता तो इतिहास दूसरा होता। तब वह आक्रामक नहीं, संसार का रक्षक माना जाता। तब चर्चिल, रूजवेल्ट और उनके मित्रगण आक्रामक माने जाते और कहा जाता कि उन्हें मिटा डालना अच्छा हुआ। लेकिन क्योंकि हिटलर नहीं जीत सका, वह आक्रामक हो गया और चर्चिल, रूजवेल्ट और स्टेलिन मनुष्य-जाति के रक्षक बन गए। तो न सिर्फ व्यक्ति, बल्कि जाति और राष्ट्र भी यही तर्क पेश करते हैं; अपने को औरों से भिन्न बताते हैं।

कोई भी भिन्न नहीं है। धार्मिक चित्त वह है जो जानता है कि प्रत्येक व्यक्ति समान है। इसलिए तुम जो तर्क अपने लिए खोज लेते हो वही दूसरों के लिए भी उपयोग करो। और अगर तुम दूसरों की आलोचना करते हो तो उसी आलोचना को अपने पर भी लागू करो। दोहरे मापदंड मत गढ़ो। एक मापदंड रखने से तुम पूरी तरह रूपांतरित हो जाओगे। एक मापदंड तुम्हें ईमानदार बनाएगा और पहली दफा तुम सत्य को सीधा देखोगे जैसा वह है।

'विषय और वासना जैसे दूसरों में हैं वैसे ही मुझमें हैं। इस भांति स्वीकार करके उन्हें रूपांतरित होने दो।'

तुम उन्हें स्वीकार कर लो और वे रूपांतरित हो जाएंगी। लेकिन हम क्या कर रहे हैं? हम स्वीकार करते हैं कि विषय-वासना दूसरों में है। जो-जो गलत है वह दूसरों में है और जो-जो सही है वह तुम में है। तब तुम रूपांतरित कैसे होगे? तुम तो रूपांतरित ही हो। तुम सोचते हो कि मैं तो अच्छा ही हूं; दूसरे सब लोग बुरे हैं। रूपांतरण की जरूरत संसार को है, तुम्हें नहीं।

इसी दृष्टिकोण के कारण नेता, क्रातियों और पैगंबर पैदा होते हैं। वे घर के मुंडेरों पर चढ़कर चिल्लाते हैं कि दुनिया को बदलना है, कि इंकलाब लाना है। हम क्रांति पर क्रांति किए जाते हैं और कुछ भी नहीं बदलता है। मनुष्य वही का वही रहता है, दुनिया पुराने दुखों से ही ग्रस्त रहती है। चेहरे और नाम बदल जाते हैं; पर दुख बना रहता है।

दुनिया को बदलने की बात नहीं है। तुम गलत हो। प्रश्न है कि तुम कैसे बदलो। धार्मिक प्रश्न यह है कि मैं कैसे बदलूं? दूसरों को बदलने की बात राजनीति है। राजनीतिज्ञ

सोचता है कि मैं तो बिलकुल ठीक हूं; कि मैं तो आदर्श हूं, जैसा कि सारी दुनिया को होना चाहिए। वह अपने को आदर्श मानता है। वह आदर्श-पुरुष है और उसका काम दुनिया को बदलना है।

धार्मिक व्यक्ति जो कुछ भी दूसरों में देखता है उसे अपने भीतर भी देखता है। अगर हिंसा है तो वह सोचने लगता है कि यह हिंसा मुझमें है या नहीं। अगर लोभ है, अगर उसे कहीं लोभ दिखाई पड़ता है, तो उसका पहला खयाल यह होता है कि यह लोभ मुझमें है या नहीं। और जितना ही खोजता है वह पाता है कि मैं ही सब बुराई का स्त्रोत हूं। तब फिर प्रश्न यह नहीं है कि संसार को कैसे बदला जाए; तब फिर प्रश्न यह है कि अपने को कैसे बदला जाए। और बदलाहट उसी क्षण होने लगती है जब तुम एक मापदंड अपनाते हो। उसे अपनाते ही तुम बदलने लगे।

दूसरों की निंदा मत करो। मैं यह नहीं कह रहा हूं कि अपनी निंदा करो। नहीं, बस दूसरों की निंदा मत करो। और अगर तुम दूसरों की निंदा नहीं करते हो तो तुम्हें उनके प्रति गहन करुणा का भाव होगा। क्योंकि सब की समस्याएं समान हैं। अगर कोई पाप करता है—समाज की नजर में जो पाप है—तो तुम उसकी निंदा करने लगते हो। तुम यह नहीं सोचते कि तुम्हारे भीतर भी उस पाप के बीज पड़े हैं। अगर कोई हत्या करता है तो तुम उसकी निंदा करते हो।

लेकिन क्या तुमने कभी किसी की हत्या करने का विचार नहीं किया है? क्या उसका बीज, उसकी संभावना तुम्हारे भीतर भी नहीं छिपी है? जिस आदमी ने हत्या की है वह एक क्षण पूर्व हत्यारा नहीं था; लेकिन उसका बीज उसमें था। वह बीज तुममें भी है। एक क्षण बाद कौन जानता है, तुम भी हत्यारे हो सकते हो! उसकी निंदा मत करो; बल्कि स्वीकार करो। तब तुम्हें उसके प्रति गहन करुणा होगी, क्योंकि उसने जो कुछ किया है वह कोई भी कर सकता है, तुम भी कर सकते हो।

निंदा से मुक्त चित्त में करुणा होती है। निंदा-रहित चित्त में गहन स्वीकार होता है। वह जानता है कि मनुष्यता ऐसी ही है, कि मैं भी ऐसा ही हूं। तब सारा जगत तुम्हारा प्रतिबिंब बन जाएगा; वह तुम्हारे लिए दर्पण का काम देगा। तब प्रत्येक चेहरा तुम्हारे लिए आईना होगा; तुम प्रत्येक चेहरे में अपने को ही देखोगे।

'विषय और वासना जैसे दूसरों में हैं वैसे ही मुझमें हैं। इस भांति स्वीकार करके उन्हें रूपांतरित होने दो।'

स्वीकार ही रूपांतरण बन जाता है। यह समझना कठिन है, क्योंकि हम सदा इनकार करते हैं और उसके बावजूद हम बिलकुल नहीं बदल पाते हैं। तुममें लोभ है, लेकिन तुम उसे अस्वीकार करते हो। कोई भी अपने को लोभी मानने को राजी नहीं है। तुम कामुक हो, लेकिन तुम उसे अस्वीकार करते हो। कोई भी अपने को कामुक मानने को राजी नहीं है। तुम क्रोधी हो, तुममें क्रोध है; लेकिन तुम उसे इनकार कर देते हो। तुम एक मुखौटा ओढ़ लेते हो और उसे उचित बताने की चेष्टा करते हो। तुम कभी नहीं सोचते कि मैं क्रोधी हूं या मैं क्रोध ही हूं।

लेकिन अस्वीकार से कभी कोई रूपांतरण नहीं होता है। उससे चीजें दमित हो जाती हैं। लेकिन जो चीज दमित होती है वह और भी शक्तिशाली हो जाती है। वह तुम्हारी जड़ों तक पहुंच जाती है, तुम्हारे अचेतन में गहराई तक उतर जाती है और वहां से काम करने लगती है।

▲

और अचेतन के उस अंधेरे में वह वृत्ति और भी शक्तिशाली हो जाती है। और अब तुम उसे और भी नहीं स्वीकार कर सकते, क्योंकि तुम्हें उसका बोध भी नहीं है।

स्वीकृति सबको ऊपर ले आती है। दमन करने की जरूरत नहीं है। तुम जानते हो कि मैं लोभी हूं, तुम जानते हो कि मैं क्रोधी हूं, कि मैं कामुक हूं और तुम उन वृत्तियों को बिना किसी निंदा के स्वाभाविक तथ्य की तरह स्वीकार कर लेते हो। उन्हें दमित करने की जरूरत नहीं है। वे वृत्तियां मन की सतह पर आ जाती हैं और वहां से उन्हें बहुत आसानी से विसर्जित किया जा सकता है। गहरे अचेतन से उनका विसर्जन संभव नहीं है। और जब वे सतह पर होती हैं तो तुम उनके प्रति होशपूर्ण होते हो; जब वे अचेतन में होती हैं तो तुम उनके प्रति बेहोश बने रहते हो। और उस रोग से ही मुक्ति संभव है जिसके प्रति तुम होशपूर्ण हो; जिसके प्रति तुम बेहोश हो उस रोग से मुक्ति नहीं हो सकती।

प्रत्येक चीज को सतह पर ले आओ। अपनी मनुष्यता को स्वीकार करो; अपनी पशुता को स्वीकार करो। जो भी है उसे बिना किसी निंदा के स्वीकार करो। लोभ है; उसे अलोभ में बदलने की चेष्टा मत करो। तुम उसे नहीं बदल सकते हो। और अगर तुम उसे अलोभ बनाने की चेष्टा करोगे तो तुम उसका दमन करोगे। तुम्हारा अलोभ और कुछ नहीं, केवल दूसरे ढंग का लोभ ही होगा। अगर तुम लोभ को बदलने की कोशिश करोगे तो क्या करोगे? लोभी मन अलोभ के आदर्श के प्रति तभी आकर्षित होता है जब उसका कोई और लोभ उससे सधने वाला हो।

अगर कोई तुम्हें कहता है कि यदि तुम अपने सारे धन का त्याग कर दो तो तुम्हें परमात्मा के राज्य में प्रवेश मिल जाएगा तो तुम त्याग करने के लिए भी तैयार हो जाओगे। अब एक नया लोभ संभव हो गया। यह सौदा है। तो लोभ को अलोभ नहीं बनाना है; लोभ का अतिक्रमण करना है। तुम उसे बदल नहीं सकते। हिंसक मन कैसे अहिंसक हो सकता है? अगर तुम अहिंसक होने के लिए अपने को मजबूर करोगे तो यह अपने प्रति हिंसा होगी। तुम एक चीज को दूसरी चीज में नहीं बदल सकते; तुम सिर्फ सजग हो सकते हो; तुम सिर्फ स्वीकार कर सकते हो। लोभ को लोभ की तरह स्वीकार करो।

स्वीकार का यह अर्थ नहीं है कि उसे रूपांतरित करने की जरूरत नहीं है। स्वीकार का इतना ही अर्थ है कि तुम तथ्य को, स्वाभाविक तथ्य को स्वीकार करते हो; जैसा वह है वैसा ही स्वीकार करते हो। तब जीवन में यह जानकर गति करो कि लोभ है। तुम जो भी करो यह स्मरण रखकर करो कि लोभ है। यह बोध तुम्हें रूपांतरित कर देगा। यह रूपांतरित करता है, क्योंकि बोधपूर्वक तुम लोभी नहीं हो सकते, बोधपूर्वक तुम क्रोधी नहीं हो सकते। क्रोध के लिए, लोभ के लिए, हिंसा के लिए मूर्च्छा बुनियादी शर्त है।

यह वैसा ही है जैसे तुम जान-बूझकर जहर नहीं खा सकते, जान-बूझकर तुम अपना हाथ आग में नहीं डाल सकते; अनजाने ही ऐसा कर सकते हो। अगर तुम्हें नहीं पता है कि आग क्या है तो ही तुम उसमें हाथ डाल सकते हो। यदि जानते हो कि आग जलाती है तो तुम उसमें हाथ नहीं डाल सकते।

जैसे-जैसे तुम्हारा ज्ञान, तुम्हारा बोध बढ़ेगा, वैसे-वैसे लोभ तुम्हारे लिए आग बन जाएगा, क्रोध जहर बन जाएगा। तब वे बस असंभव हो जाते हैं। और दमन न हो तो वे

विसर्जित हो जाते हैं। और जब लोभ अलोभ के आदर्श के बिना विसर्जित होता है तो उसका अपना ही सौंदर्य है। जब हिंसा अहिंसा के आदर्श के बिना विसर्जित होती है तो उसका अपना ही सौंदर्य है।

अन्यथा जो व्यक्ति आदर्श के अनुसार अहिंसक बनता है वह गहरे में हिंसक, अति हिंसक बना रहता है। वह हिंसा उसमें छिपी रहती है और तुम्हें उसकी झलक उसकी अहिंसा में भी मिल सकती है। वह अपनी अहिंसा को अपने पर और दूसरों पर बहुत हिंसक ढंग से थोपेगा। उसकी हिंसा सूक्ष्म ढंग ले लेगी।

यह सूत्र कहता है कि स्वीकार रूपांतरण है, क्योंकि स्वीकार से बोध संभव होता है।

आज इतना ही।

38

जीवन एक मनोनाट्य है

प्रश्न–सार

1. आधुनिक मन अतीत अनुभवों की धूल से कैसे तादात्म्य कर लेता है?
2. जीवन को साइकोड्रामा की तरह देखने पर व्यक्ति अकेलापन अनुभव करता है। तब फिर जीवन के प्रति सम्यक दृष्टि क्या है?
3. मौन और लीला-भाव में साथ-साथ कैसे विकास करें?
4. आप कहते हैं स्वीकार रूपांतरित करता है, लेकिन तब वासनाओं के स्वीकार में मैं पशुवत क्यों अनुभव करता हूं?

पहला प्रश्न :

आधुनिक समय में मूलभूत मन किस प्रकार अतीत के ज्ञान और अनुभवों से तादात्म्य कर लेता है?

मन शुद्ध है और उसमें कोई अशुद्धि नहीं प्रवेश कर सकती। यह असंभव है। मन बुद्ध-भाव है, मन परम है। लेकिन जब मैं मन कहता हूं तो उसका मतलब तुम्हारे मन से नहीं है, मेरा मतलब उस मन से है जिसमें मैं-तू नहीं है। तुम अशुद्धि हो। और ठीक तुम्हारे पीछे मूलभूत मन है। तुम धूल हो। इसलिए पहले तो यह समझने की कोशिश करो कि तुम क्या हो और तभी तुम समझोगे कि मौलिक मन अतीत से, स्मृतियों से, धूल से तादात्म्य कैसे कर लेता है।

तुम क्या हो? अगर इसी वक्त मैं पूछ कि तुम क्या हो तो तुम इस प्रश्न का उत्तर दो ढंग से दोगे। एक उत्तर शाब्दिक होगा जिसमें तुम अपने अतीत का वर्णन करोगे। तुम कहोगे कि मेरा अमुक नाम है, मैं अमुक परिवार का हूं, मेरा अमुक धर्म है, मैं अमुक देश का रहने वाला हूं। तुम कहोगे कि मैं शिक्षित हूं या अशिक्षित हूं; मैं धनी हूं या गरीब हूं। ये सब के सब अतीत के अनुभव हैं; और तुम ये सब नहीं हो। तुम उनसे होकर गुजरे हो, वे तुम्हारी राह में आए हैं, लेकिन तुम्हारा अतीत इकट्ठा होता जाता है। यह शाब्दिक उत्तर होगा, लेकिन यह सही उत्तर नहीं होगा। यह तुम्हारा मन बोल रहा है, तुम्हारा झूठा अहंकार तर्क दे रहा है।

अगर तुम अभी अपने पूरे अतीत को अलग हो जाने दो, अगर तुम अपने मां-बाप, अपने परिवार, अपने धर्म और देश को—जो कि सब के सब आकस्मिक हैं—भूल जाओ और सिर्फ अपने साथ रहो, तो तुम कौन हो? कोई नाम रूप तुम्हारी चेतना में नहीं प्रकट होगा; सिर्फ यह बोध रहेगा कि तुम हो। तुम यह नहीं कह सकोगे कि तुम कौन हो; तुम इतना ही कहोगे कि मैं हूं। जिस क्षण तुम कौन का उत्तर दोगे, तुम अतीत में चले गए।

तुम मात्र चैतन्य हो, एक शुद्ध मन, एक निर्दोष दर्पण। अभी, इसी क्षण तुम हो। तुम क्या हो? मात्र एक बोध कि मैं हूं। 'मैं' भी जरूरी नहीं है, तुम जितने गहरे जाओगे उतने ही अधिक हूं-पन को, अस्तित्व को अनुभव करोगे। अस्तित्व शुद्ध मन है। लेकिन इस अस्तित्व का कोई आकार नहीं है, यह निराकार है। इस अस्तित्व का कोई नाम नहीं है, यह अनाम है।

लेकिन जो तुम वस्तुतः हो, उससे तुम्हारा परिचय देना कठिन होगा। समाज में दूसरों से

संबंधित होने के लिए तुम्हें नाम-रूप की जरूरत पड़ेगी। तुम्हारा अतीत तुम्हें नाम-रूप देता है। नाम और रूप उप्रयोगी हैं; उनके बिना जीना कठिन होगा। वे जरूरी हैं; लेकिन तुम वे सब नहीं हो। वे सिर्फ लेबल हैं। लेकिन इस उपयोगिता के कारण मौलिक मन नाम और रूप के साथ तादात्म्य कर लेता है।

एक बच्चा जन्म लेता है, वह अभी शुद्ध चैतन्य है। लेकिन उसे पुकारने के लिए, उसकी पहचान के लिए तुम उसे एक नाम दे देते हो। आरंभ में बच्चा अपने लिए भी अपने नाम का ही उपयोग करेगा। वह यह नहीं कहेगा कि मुझे भूख लगी है, वह कहेगा कि राम को भूख लगी है—राम अगर उसका नाम है। वह कहेगा कि राम को बहुत भूख लगी है। बाद में वह सीखेगा कि ऐसा कहना ठीक नहीं है, मैं अपने लिए राम का उपयोग नहीं कर सकता; इस नाम से तो दूसरे मुझे पुकारेंगे। और तब वह अपने लिए मैं का उपयोग सीखेगा। पहले वह नाम के साथ तादात्म्य करेगा; फिर मैं के साथ।

यह उपयोगी है, तुम्हें इसकी जरूरत है। इसके बिना जीना कठिन होगा। लेकिन इसी उपयोगिता के कारण व्यक्ति नाम के साथ तादात्म्य कर लेता है, अपने को नाम ही समझने लगता है।

तुम इस तादात्म्य के पार जा सकते हो। और जब तुम इसके पार जाने लगते हो, तब तुम अपने मूलभूत चैतन्य को पुनः प्राप्त होने लगते हो। तब तुम्हारा ध्यान आरंभ हो गया। लेकिन यह ध्यान तभी आरंभ होता है जब तुम अपने नाम-रूप से, नाम-रूप के जगत से निराश हो जाते हो, हताश हो जाते हो। धर्म का आरंभ ही तब होता है जब तुम नाम-रूप के जगत से निराश हो जाते हो, पूरी तरह निराश हो जाते हो, जब पूरी चीज ही अर्थहीन हो जाती है। और नाम-रूप के जगत की अर्थहीनता का अहसास तुम्हें बेचेन कर देता है। और वह बेचैनी ही धर्म की खोज का शुभारंभ है।

तुम बेचैन होते हो, क्योंकि नाम के साथ, लेबल के साथ पूरी तरह एकात्म होना असंभव है। नाम नाम रहता है और तुम वह रहते हो जो तुम हो। नाम तुम्हें ढंक थोड़े ही पाता है, वह तुम्हारी समग्रता नहीं बन सकता। और देर-अबेर तुम इस नाम से ऊब जाते हो, तुम जानना चाहते हो कि मैं सचमुच कौन हूं। और जिस क्षण तुम ईमानदारी से, निष्ठापूर्वक पूछते हो कि मैं कौन हूं, तुम दूसरी ही यात्रा पर निकल गए; तुम नाम के पार जाने लगे।

यह तादात्म्य स्वाभाविक है। एक और कारण भी है जिसके कारण तादात्म्य इतना सरल है। यह कमरा है। अगर मैं तुमसे कहूं कि इस कमरे को देखो, तो तुम कहां देखोगे? तुम दीवारों को देखोगे। लेकिन दीवारें कमरा नहीं हैं; कमरा तो वह खाली स्थान है जो दीवारों से घिरा है। दीवारें तो उस स्थान की सीमाएं हैं जिसे हम कमरा कहते हैं। लेकिन अगर मैं कहूं कि कमरे को देखो तो तुम दीवारों को ही देखोगे। क्योंकि कमरे को, शून्य स्थान को नहीं देखा जा सकता। वैसे ही तुम भी आंतरिक आकाश हो, नाम और रूप तो दीवारें हैं। वे तुम्हें सीमा देते हैं, वे तुम्हें परिभाषा देते हैं, वे तुम्हें एक निश्चित स्थान देते हैं। तुम उस 'निश्चित' के साथ तादात्म्य कर सकते हो, अन्यथा तुम शून्य भर हो, ना-कुछ हो। वहां शून्य ही है, वहां आंतरिक आकाश ही है।

इसे इस तरह देखो। तुम श्वास लेते हो, श्वास छोड़ते हो। अगर तुम चुपचाप सिर्फ

▲

श्वास लो और छोड़ो, अगर तुम्हारे मन में कोई विचार न हो और तुम किसी पेड़ के नीचे बैठकर सिर्फ श्वास लेते-छोड़ते रहो, तो तुम्हें कैसा लगेगा? तुम्हें लगेगा कि एक आकाश बाहर है और एक आकाश भीतर है और श्वास भीतर से बाहर, बाहर से भीतर आ-जा रही है। लेकिन तुम कहां हो? वहां सिर्फ दो आकाश हैं और तुम्हारा कंठ द्वार का, दोनों तरफ खुलने वाले द्वार का काम कर रहा है। भीतर आने वाली श्वास द्वार से भीतर आती है, बाहर जाने वाली श्वास फिर उसी द्वार से बाहर जाती है। तुम्हारा कंठ दोनों तरफ खुलने वाले द्वार का काम करता है और उसके दोनों ओर दो आकाश हैं—एक बाहरी और एक भीतरी। और अगर यह द्वार टूट जाए तो फिर दो आकाश कहां, एक ही आकाश होगा।

अगर तुम भीतर की इस शून्यता को अनुभव करोगे तो तुम भयभीत हो जाओगे। तुम कुछ सुनिश्चित, कुछ परिभाषित होना चाहते हो। लेकिन भीतर कुछ भी सीमित-परिभाषित नहीं है। जैसे बाहरी आकाश असीम है, वैसे ही भीतरी आकाश भी असीम है। यही कारण है कि बुद्ध जोर देकर कहते हैं कि आत्मा नहीं है, तुम आकाश मात्र हो—रिक्त और निस्सीम।

अपने को इस असीम आकाश की भांति अनुभव करना कठिन है, उसके लिए कठिन साधना की जरूरत है। मनुष्य सीमाओं के साथ बंध जाता है। अपने को उस भांति समझना आसान है—सीमाओं के साथ समझना आसान है। तुम्हारा नाम एक सीमा है, तुम्हारा शरीर एक सीमा है, तुम्हारे विचार भी एक सीमा हैं। बाहरी उपयोग के लिए, अपनी सुविधा के लिए भी तुम तादात्म्य कर लेते हो। और एक बार तादात्म्य के होते ही यह संग्रह बढ़ता ही चला जाता है। और इस संग्रह से अहंकार संतुष्ट अनुभव करता है।

तुम धन के साथ तादात्म्य करते हो और धन का संग्रह करने में लग जाते हो। और उससे तुम्हें लगता है कि मैं बढ़ रहा हूं। तुम एक बड़ा घर बनाते हो; फिर उससे बड़ा घर बनाते हो; फिर उससे भी बड़ा घर बनाते हो; और तुम्हें भाव होता है कि मैं बड़े से बड़ा हो रहा हूं। और इसी भांति लोभ का जन्म होता है। लोभ विस्तार है, अहंकार के विस्तार का उपाय है।

लेकिन तुम अपने अहंकार को कितना ही बढ़ा लो, तुम कभी असीम नहीं हो सकते। और तुम अपने अंतस में असीम हो। अगर तुम उस शून्य में झांक सको तो तुम असीम हो। यही वजह है कि अहंकार कभी तृप्त नहीं होता, अंततः उसे हताशा ही हाथ आती है। क्योंकि अहंकार असीम नहीं हो सकता, वह सदा सीमित ही रहेगा।

इसीलिए मनुष्य में एक आध्यात्मिक असंतोष बना रहता है। तुम असीम हो, उससे कम से कभी काम नहीं चलेगा; उससे कम से तुम कभी तृप्त न हो सकोगे। लेकिन हर सीमा सीमित होगी। और उसकी जरूरत है। यह जरूरी है, उपयोगी भी है, लेकिन वह सत्य नहीं है। वह सत्य नहीं है।

यह जो आंतरिक दर्पण है, आंतरिक मन है, वह शुद्ध चैतन्य है—चैतन्य मात्र है।

प्रकाश को देखो। तुम कहते हो कि यह कमरा प्रकाश से भरा हुआ है। लेकिन तुम प्रकाश को कैसे देख सकते हो? तुमने खुद प्रकाश को कभी नहीं देखा है, तुम उसे देख नहीं सकते। तुम सदा कोई प्रकाशित वस्तु देखते हो। प्रकाश दीवार पर पड़ता है, किताबों पर पड़ता है, लोगों पर पड़ता है। और उन वस्तुओं पर प्रकाश प्रतिबिंबित होता है। क्योंकि तुम इन वस्तुओं को देख पाते हो, तुम कहते हो कि प्रकाश है। और जब तुम वस्तुओं को नहीं देख

पाते तो कहते हो कि अंधेरा है। तुमने कभी शुद्ध प्रकाश को, स्वयं प्रकाश को नहीं देखा है। प्रकाश सदा दूसरों से प्रतिबिंबित होकर दिखाई देता है।

चैतन्य या बोध प्रकाश से भी ज्यादा शुद्ध है। वह अस्तित्व में शुद्धतम संभावना है। अगर तुम समग्रतः शांत हो जाओ तो सभी सीमाएं विलीन हो जाएंगी और तुम यह नहीं कह पाओगे कि मैं कौन हूं। तुम मात्र हो। क्योंकि तुलना के लिए कोई विषय नहीं है, तुम नहीं कह सकते कि मैं देखने वाला हूं, या आत्मा हूं, या चैतन्य हूं। चैतन्य की इस शुद्धता के कारण तुम सदा अपने को किसी अन्य वस्तु के द्वारा जानते हो, तुम अपने को सीधे-सीधे नहीं जान सकते।

इसलिए जब तुम सीमाएं बनाते हो तो तुम्हें ऐसा लगता है कि तुम अपने को जानते हो। नाम के साथ तुम समझते हो कि मैं अपने को जानता हूं; धन के साथ तुम समझते हो कि मैं अपने को जानता हूं। तुम्हारे आस-पास कोई सीमा बनती है और शुद्ध चैतन्य प्रतिबिंबित हो उठता है।

जब बुद्ध बुद्धत्व को उपलब्ध हुए तो उन्होंने कहा कि मैं नहीं रहा। जब तुम भी उस अवस्था को उपलब्ध होओगे तो तुम भी कहोगे कि मैं नहीं रहा। क्योंकि सीमा के बिना तुम कैसे हो सकते हो? जब शंकर ज्ञान को उपलब्ध हुए तो उन्होंने कहा कि मैं पूर्ण हो गया, ब्रह्म हो गया।

दोनों एक ही अर्थ रखते हैं। अगर तुम पूर्ण हो तो भी तुम न रहे। पूर्ण या शून्य दो ही संभावनाएं हैं और दोनों में तुम नहीं रहते हो। अगर तुम पूर्ण हो, ब्रह्म हो, तो तुम नहीं हो। और जब तुम नहीं हो, समग्रतः शून्य हो, तब भी तुम नहीं हो।

यही कारण है कि तादात्म्य करना जीवन का आवश्यक अंग हो जाता है। और यह अच्छा है। क्योंकि जब तक तादात्म्य नहीं होगा तब तक अतादात्म्य भी संभव नहीं हो सकता है। जब तक तुम तादात्म्य नहीं बनाते तब तक तुम तादात्म्य-मुक्ति को कैसे उपलब्ध होओगे? कम से कम एक बार तो तादात्म्य करना जरूरी है।

इसे ऐसे समझो। अगर तुम स्वस्थ पैदा होते हो और कभी बीमार नहीं होते तो तुम कभी भी अपने स्वास्थ्य को नहीं जान सकते, उसके प्रति बोधपूर्ण नहीं हो सकते। तुम उसे नहीं जान सकते; क्योंकि स्वास्थ्य के बोध के लिए रोग की, बीमारी की पृष्ठभूमि आवश्यक है। यह जानने के लिए कि तुम स्वस्थ थे या कि स्वास्थ्य क्या है, तुम्हें बीमार पड़ना होगा। दूसरा ध्रुव, विपरीत छोर जरूरी हो जाता है।

पूर्वी गुह्य विद्या कहती है कि संसार इसीलिए है कि तुम्हें परमात्मा का अनुभव हो सके। संसार विपरीत पृष्ठभूमि निर्मित करता है। किसी स्कूल में जाकर देखो, शिक्षक काले ब्लैकबोर्ड पर सफेद खड़िया से लिखता है। वह सफेद दीवार पर भी लिख सकता है, लेकिन तब लिखना व्यर्थ होगा। वह दिखाई ही नहीं पड़ेगा, वह अदृश्य होगा। दिखाई देने के लिए काले ब्लैकबोर्ड पर सफेद खड़िया से लिखना जरूरी है। सफेद लिखाबट के दृश्य होने के लिए काला ब्लैकबोर्ड जरूरी है।

संसार ब्लैकबोर्ड है और उसके कारण तुम दृश्य हो जाते हो। यह अंतर्निहित ध्रुवीयता है, विपरीतता है। और यह अच्छा है। यही कारण है कि हमने पूर्व में यह कभी नहीं कहा कि संसार बुरा है। हम संसार को एक विद्यापीठ की भांति, एक प्रशिक्षण-भूमि की भांति लेते हैं।

यह शुभ है, क्योंकि उसकी पृष्ठभूमि में ही तुम अपनी शुद्धता को जान सकते हो। जब तुम संसार में आते हो तो तुम तादात्म्य कर लेते हो। तादात्म्य के साथ तुम प्रवेश करते हो, संसार शुरू होता है। तुम्हें अपने आंतरिक स्वास्थ्य को जानने के लिए बीमार होना ही होगा।

सारे संसार में यह बुनियादी प्रश्न पूछा जाता रहा है कि यह संसार क्यों है? यह किसलिए है? अनेक उत्तर दिए गए हैं; लेकिन वे सभी उत्तर व्यर्थ हैं। केवल यह दृष्टि बहुत गहरी और अर्थपूर्ण मालूम होती है कि जगत एक पृष्ठभूमि भर है, इसके बिना तुम अपने अंतरस्थ चैतन्य के प्रति सजग नहीं हो सकते।

मैं तुम्हें एक कहानी कहूंगा। एक धनी आदमी—अपने देश का सर्वाधिक धनी व्यक्ति–अशांत हो गया। बहुत निराश हो गया। उसे लगा कि जीवन अर्थहीन है। उसके पास सब कुछ था जो धन से खरीदा जा सकता था; लेकिन सब कुछ व्यर्थ सिद्ध हुआ। सच्चा अर्थ तो सिर्फ उसमें होता है जो धन से नहीं खरीदा जा सकता। उसके पास सब कुछ था जो वह खरीद सकता था—वह दुनिया की हर चीज खरीद सकता था—लेकिन अब क्या किया जाए? वह निराशा से, गहन असंतोष से भरा था।

तो एक दिन उसने अपने सभी कीमती आभूषण, सोने के गहने, हीरे-जवाहरात इकट्ठे किए और उन्हें एक पोटली में बांधा और उस आदमी की खोज में निकल पड़ा जो उसे कुछ मूल्यवान दे सके, सुख की एक झलक दे सके। वह उस व्यक्ति को अपने जीवन की सारी कमाई भेंट कर देने को तैयार था। वह एक गुरु से दूसरे गुरु के पास गया; उसने दूर-दूर की यात्रा की; लेकिन कोई उसे सुख की एक झलक भी नहीं दे सका। और वह अपना सब कुछ, अपना पूरा राज्य देने को राजी था।

फिर वह एक गांव पहुंचा और मुल्ला नसरुद्दीन का पता पूछा। वह उस गांव का फकीर था। किसी गांव वाले ने उससे कहा कि मुल्ला गांव के बाहर झाड़ के नीचे बैठकर ध्यान कर रहा है। तुम वहीं जाओ; और अगर इस फकीर से तुम्हें शांति की झलक न मिले तो तुम शांति को भूल ही जाना। तब पृथ्वी पर कहीं भी तुम्हें शांति नहीं मिलेगी। अगर यह आदमी उसकी झलक नहीं दे सकता तो उसकी संभावना ही नहीं है।

वह आदमी बहुत उत्सुक हो उठा और तुरंत नसरुद्दीन के पास पहुंच गया, जो झाड़ के नीचे बैठा था। सूरज डूब रहा था। उस आदमी ने कहा कि यह रही मेरे जीवन भर की कमाई; मैं सब तुम्हें दे दूंगा अगर तुम मुझे सुख की एक झलक दे सको।

मुल्ला नसरुद्दीन ने सुना। सांझ उतर रही थी और अंधेरा घिर रहा था। उसे कोई उत्तर दिए बिना ही मुल्ला ने उस धनी का थैला छीन लिया और उसे लेकर जोर से भागा। स्वभावतः, धनी व्यक्ति भी उसके पीछे-पीछे चीखता-चिल्लाता हुआ भागा। मुल्ला को गांव की सड़कों का पता था, लेकिन अजनबी होने के कारण उस धनी आदमी को उनका कुछ पता नहीं था। वह मुल्ला को नहीं पकड़ सका। सारे गांव के लोग उस आदमी के पीछे हो लिए। वह आदमी तो पागल हो रहा था, चिल्ला रहा था। मैं लुट गया, मेरी जिंदगी भर की कमाई लुट गई। मैं भिखमंगा हो गया, दरिद्र हो गया। वह धाड़ मारकर रो रहा था।

फिर नसरुद्दीन उसी झाड़ के पास पहुंच गया जहां वह पहले बैठा था। उसने झाड़े के नीचे थैले को रख दिया और खुद झाड़ के पीछे जा छिपा। धनी आदमी भी पहुंचा; वह थैले पर

गिर पड़ा और खुशी के मारे रोने लगा। नसरुद्दीन ने झाड़ के पीछे से देखा और कहा: क्या तुम सुखी आदमी हो? क्या तुम्हें थोड़ी झलक मिली? उस आदमी ने कहा: मैं उतना सुखी हूं जितना धरती पर कोई आदमी हो सकता है।

क्या हुआ? शिखर होने के लिए घाटी का होना जरूरी है। परमात्मा को जानने के लिए संसार जरूरी है। संसार घाटी भर है। आदमी वही था; थैला वही था। कुछ नयी बात नहीं हुई थी। लेकिन उस आदमी ने कहा कि अब मैं सुखी हूं—उतना सुखी जितना संसार का कोई आदमी हो सकता है। और कुछ मिनट पहले यह व्यक्ति दुखी था। कुछ नहीं बदला था—आदमी वही था, थैला वही था, झाड़ वही था—कुछ नहीं बदला था; लेकिन वह आदमी अब नाच रहा था। बस विपरीतता घटित हुई थी; वैषम्य घटित हुआ था।

चेतना तादात्म्य बनाती है, क्योंकि तादात्म्य से ही संसार बनता है। और संसार के माध्यम से तुम स्वयं को पुनः उपलब्ध हो सकते हो।

जब बुद्ध निर्वाण को उपलब्ध हुए तो उनसे पूछा गया कि आपने क्या पाया। बुद्ध ने कहा कि मैंने पाया तो कुछ नहीं, उलटे बहुत कुछ गंवाया। मैंने कुछ नहीं पाया, क्योंकि अब मैं जानता हूं कि मैंने जो पाया वह सदा से था ही; वह मेरा स्वभाव था। बुद्ध ने कहा कि मेरा स्वभाव कभी मुझसे छिना नहीं था; इसलिए कुछ पाने का प्रश्न नहीं उठता। मैंने वह पाया है जो था ही, जो पाया हुआ ही था। हां, मैंने अपना अज्ञान गंवाया।

तादात्म्य अज्ञान है। यह इस जागतिक लीला का, इस महाखेल का हिस्सा है कि तुम्हें अपने को खोना पड़ेगा, ताकि अपने को पुनः पा सको। यह अपने को खोना अपने को पाने का एक उपाय है, और एकमात्र उपाय है। अगर तुमने बहुत कुछ पहले ही खो दिया है तो तुम पुनः पा सकते हो। और अगर अभी बहुत नहीं खोया हे तो और खोना होगा। उसके पहले कुछ नहीं किया जा सकता, उसके पहले कोई उपाय नहीं है। जब तक तुम घाटी में, अंधेरे में, संसार में पूरी तरह नहीं खो जाते, तब तक कुछ नहीं किया जा सकता है। खोओ, ताकि पा सको।

यह विरोधाभासी मालूम पड़ता है। लेकिन जगत ऐसा ही है, प्रक्रिया ऐसी ही है।

दूसरा प्रश्न :

यदि यह प्रतीति हो कि जीवन एक साइकोड्रामा है तो व्यक्ति विरक्त और अकेला अनुभव करने लगता है। इस भांति उसके जीवन की निष्ठा, तीव्रता और गहराई खो जाती है। कृपापूर्वक समझाएं कि इस स्थिति में क्या किया जाए। तब फिर जीवन के प्रति सम्यक दृष्टि क्या है?

'यदि यह प्रतीति हो कि जीवन एक साइकोड्रामा है तो व्यक्ति विरक्त और अकेला अनुभव करने लगता है।'

तो अनुभव करो। समस्या क्यों बनाते हो? अगर तुम विरक्त और अकेले अनुभव करते हो तो उसे अनुभव करो। लेकिन हम समस्या पैदा किए जाते हैं। जो भी होता है, हम तुरंत उससे समस्या निर्मित कर लेते हैं। अकेले और विरक्त अनुभव करो। और अगर तुम - अपने अकेलेपन के साथ सहजता से रह सके तो वह विसर्जित हो जाएगा। और अगर तुम

अकेलेपन के पार जाने के लिए उसके साथ कुछ कर रहे हो तो वह कभी विलीन न होगा; वह बना रहेगा।

अभी मनोविज्ञान में एक नयी दृष्टि पैदा हुई है जो कहती है कि अगर तुम किसी चीज के साथ, बिना उसे समस्या बनाए, रह सके तो वह मिट जाती है। और यह तंत्र की बहुत पुरानी सिखावन है। जापान में पिछले दस-बारह वर्षों से एक छोटी सी चिकित्सा-विधि प्रयोग की जा रही है। और पश्चिम के मनोविश्लेषक और मनोचिकित्सक इस विधि का अध्ययन कर रहे हैं। यह झेन चिकित्सा है और बहुत अदभुत है।

अगर कोई व्यक्ति विक्षिप्त या पागल हो जाता है तो उस पुरुष या स्त्री को एकांत कमरे में रख दिया जाता है और उससे कह दिया जाता है: अपने साथ रहो, तुम जैसे भी हो अपने साथ रहो। तुम विक्षिप्त हो तो ठीक है। तब विक्षिप्त ही हो जाओ और उसके साथ रहो। और डाक्टर कोई हस्तक्षेप नहीं करते हैं। उसे भोजन दे दिया जाता है, उसकी जरूरतें पूरी कर दी जाती हैं, उसका ध्यान रखा जाता है, लेकिन कोई हस्तक्षेप नहीं किया जाता है। रोगी को स्वयं के साथ रहना है। और दस दिन के अंदर उसमें बदलाहट होने लगती है। पश्चिमी मनोविश्लेषण वर्षों श्रम करता है और बुनियादी रूप से कुछ भी नहीं बदलता है।

इस झेन रोगी को क्या होता है? बाहर से कोई हस्तक्षेप नहीं होता है। बस इस तथ्य की स्वीकृति होती है कि ठीक है, तुम विक्षिप्त हो, उसमें कुछ नहीं किया जा सकता। झेन कहता है कि एक वृक्ष छोटा है और एक वृक्ष बहुत बड़ा है, तो ठीक है; एक छोटा है और दूसरा बड़ा; उसमें कुछ नहीं किया जा सकता। जैसे ही तुम किसी चीज को स्वीकार कर लेते हो, तुम उसका अतिक्रमण करने लगते हो।

इंग्लैंड के एक बड़े मौलिक मनोचिकित्सक आर.डी.लैंग ने यह प्रस्तावित किया है कि अगर हम पागल आदमी को अपने आप पर छोड़ दें; ध्यान दें, प्रेम दें, उसकी जरूरतें पूरी कर दें, लेकिन उसके साथ हस्तक्षेप न करें, तो वह तीन-चार सप्ताह के भीतर पागलपन से मुक्त हो जाएगा। उनका कहना है कि अगर कोई हस्तक्षेप न किया जाए तो पागलपन दस दिनों से ज्यादा नहीं टिक सकता। अगर तुम हस्तक्षेप करोगे तो तुम प्रक्रिया को लंबा दोगे।

लेकिन जब तुम हस्तक्षेप नहीं करते हो तो क्या होता है? तुम अकेलापन अनुभव करते हो तो अकेलापन अनुभव करो—वही तुम्हारी स्थिति है। लेकिन जब तुम अकेलापन अनुभव करते हो तो तुम कुछ करने लगते हो; और तब तुम बंट गए। तब तुम्हारा एक हिस्सा अकेलापन अनुभव करता है और दूसरा हिस्सा उसे बदलने में लग जाता है। यह गलत है और बेतुका है। यह तो ऐसा ही है जैसे तुम अपने जूते के बंद पकड़कर अपने को ऊपर आकाश में उठाने को कोशिश करो। यह बात ही बेतुकी है। तुम अकेले हो, तो क्या कर सकते हो? कोई दूसरा भी कुछ करने को नहीं है। तुम अकेले हो तो अकेले रहो। यही तुम्हारी नियति है, तुम इसी भांति बने हो। और जब तुम इसे स्वीकार कर लेते हो तो क्या होता है? अगर तुम स्वीकार कर लो तो तुम्हारा विभाजन समाप्त हो जाएगा; तुम एक हो जाओगे, तुम अखंड हो जाओगे।

तो अगर तुम उदास और खिन्न हो तो उदास और खिन्न रहो, कुछ करो मत। और तुम कर भी क्या सकते हो? तुम जो. भी करोगे वह तुम्हारी उदासी से ही तो आएगा। उससे तो उलझन और बढ़ेगी। तुम परमात्मा से प्रार्थना कर सकते हो, लेकिन तुम्हारी प्रार्थना इतनी उदास

होगी कि वह परमात्मा को भी उदास कर जाएगी। उतनी हिंसा मत करो। तुम्हारी प्रार्थना भी उदास ही होगी। तुम ध्यान कर सकते हो। लेकिन तब तुम क्या करोगे? उदासी वहां भी बनी रहेगी। क्योंकि तुम उदास हो, तुम जो भी करोगे, उदासी तुम्हारा पीछा करेगी। उससे उलझन बढ़ेगी, निराशा ही हाथ आएगी। सफलता संभव नहीं है। और असफल होने पर उदासी और सघन होगी। और यह दुष्टचक्र चलता रहेगा।

इससे तो अच्छा है कि पहली उदासी के साथ ही रहो। दूसरे और तीसरे चक्र गढ़ने से क्या फायदा? पहले के साथ ही रहो। जो मौलिक है वह सुंदर है। दूसरा झूठा होगा; तीसरा तो और दूर पड़ जाएगा। उन्हें मत रचो। पहला ही सुंदर है। तुम उदास हो, उसका मतलब है कि अस्तित्व अभी तुम्हारे साथ इसी रूप में घटित हो रहा है। तुम उदास हो तो उदास रहो। प्रतीक्षा करो और साक्षी रहो।

तुम बहुत देर तक उदास नहीं रह सकते; क्योंकि इस जगत में कुछ भी स्थायी नहीं है। यह जगत एक प्रवाह है। जगत तुम्हारे लिए अपने मूलभूत नियम को नहीं बदल सकता, ताकि तुम सदा के लिए उदास रह सको। यहां कुछ भी स्थायी नहीं है, हर चीज प्रवाहमान है, हर चीज बदल रही है। अस्तित्व नदी की भांति है, वह तुम्हारे लिए—सिर्फ तुम्हारे लिए—नहीं रुक सकती कि तुम सदा-सदा उदास बने रहो। अस्तित्व की नदी वह रही है, वह आगे बढ़ चुकी। अगर तुम अपनी उदासी को देखोगे तो पाओगे कि तुम्हारी उदासी भी अगले क्षण वैसी ही नहीं रहेगी। वह भिन्न हो गई है, वह बदल गई है। बस उसे देखो, उसके साथ रहो। कुछ करो मत। बस इसी तरह कुछ न करने से रूपांतरण घटित होता है। और इसे ही प्रयत्नहीन प्रयत्न कहते हैं।

तो उदासी को अनुभव करो। उसका स्वाद लो, उसे जीओ। यह तुम्हारी नियति है। तब अचानक तुम्हें लगेगा कि उदासी विलीन हो गई। क्योंकि जो आदमी उदासी को भी स्वीकार करता है, वह उदास कैसे रह सकता हे? जो चित्त उदासी को भी स्वीकार कर लेता है, वह उदास नहीं रह सकता। उदासी के होने के लिए अस्वीकार करने वाला चित्त जरूरी है। वह कहता है: यह अच्छा नहीं है, वह अच्छा नहीं है; यह नहीं होना चाहिए, वह नहीं होना चाहिए; ऐसा नहीं होना चाहिए, वैसा नहीं होना चाहिए। वह सब कुछ को इनकार करता है, नामंजूर करता है; उसे कुछ भी स्वीकार नहीं है। उसके लिए 'नहीं' बुनियादी है। ऐसा चित्त सुख में भी कुछ इनकार योग्य खोज लेगा।

अभी कल ही एक आदमी मेरे पास आया और उसने कहा: ध्यान में गहराई आ रही है और मैं बहुत आनंदित अनुभव करता हूं, लेकिन मुझे संदेह होता है कि कहीं यह आनंद भ्रम तो नहीं है! क्योंकि पहले कभी मैंने ऐसा आनंद नहीं जाना था; यह मेरी भ्रांति हो सकती है। इससे मैं संदेह में पड़ गया हूं। कृपा करके मेरा संदेह दूर करें।

अगर इनकार करने वाले मन को सुख भी घटित हो तो वह उस पर भी संदेह करेगा। उसे लगेगा कि कुछ गड़बड़ हो गई है। मैं और सुखी? जरूर कहीं कुछ गड़बड़ है। सिर्फ चंद दिनों के ध्यान से ऐसा नहीं हो सकता है।

अस्वीकार करने वाले चित्त के लिए सब कुछ अस्वीकार है। लेकिन अगर तुम अपने अकेलेपन को, अपनी उदासी को, अपने दुख को स्वीकार कर सको तो तुम उसके पार जाने

लगे। स्वीकार ही अतिक्रमण है। स्वीकार करके तुमने उदासी के पांव के नीचे से जमीन हटा दी; उदासी अब खड़ी नहीं रह सकती।

इसे प्रयोग करो। जो भी तुम्हारी चित्त-दशा हो उसे स्वीकार करो और उस समय की प्रतीक्षा करो जब वह खुद बदले। तुम उसे नहीं बदल रहे हो। तब तुम उस सौंदर्य को अनुभव करोगे जो आता ही तब है जब चित्त-दशा अपने आप बदलती है। तुम पाओगे कि यह ऐसा ही है जैसे सूरज सुबह उगता है और सांझ डूबता है; और उसके उगने-डूबने का सिलसिला चलता रहता है और उसके लिए कुछ नहीं किया जा सकता।

अगर तुम अपनी चित्त-दशा को अपने आप बदलते देख लो तो तुम उसके प्रति तटस्थ रह सकते हो, तुम उससे दूर, मीलों दूर रह सकते हो जैसे कि कहीं दूर यह सब घट रहा है। जैसे सूरज उगता और डूबता है, वैसे ही उदासी आती-जाती है, सुख आता-जाता है, पर तुम उसमें नहीं हो। दुख-सुख अपने आप आते-जाते हैं; चित्त-दशाएं अपने आप आती-जाती हैं।

'यदि यह प्रतीति हो कि जीवन एक साइकोड्रामा है तो व्यक्ति विरक्त और अकेला अनुभव करने लगता है।'

तो वैसा अनुभव करो!

'इस भांति उसके जीवन की निष्ठा, तीव्रता और गहराई खो जाती है।'

तो उसे खो जाने दो। जो निष्ठा और गहराई खो सकती है, वह सच्ची नहीं है, वह नकली है, झूठ है। और यह अच्छा है कि गलत चीजें नष्ट हो जाएं। सच्ची गहराई कैसे नष्ट हो सकती है? सच्ची गहराई की परिभाषा ही यह है कि वह नष्ट नहीं हो सकती चाहे तुम कुछ भी करो। अगर तुम बुद्ध को अशांत कर सको तो वे बुद्ध नहीं हैं। तुम चाहे जो भी करो, वे अनुद्विग्न रहेंगे, शांत रहेंगे। बेशर्त अनुद्विग्नता ही बुद्ध-स्वभाव है।

सच्चा कभी नष्ट नहीं होता; सच्चा सदा बेशर्त है। मैं तुम्हें प्रेम करता हूं और कहता हूं कि क्रोध मत करो, क्रोध करोगे तो मेरा प्रेम खो जाएगा। ऐसा प्रेम जितनी जल्दी खो जाए उतना अच्छा। अगर प्रेम सच्चा है तो तुम कुछ भी करो, उससे उसमें फर्क नहीं पड़ेगा; प्रेम रहेगा। और तभी उसका कोई मूल्य है।

अगर संसार को साइकोड्रामा की भांति, नाटक की भांति देखने से तुम्हारे जीवन की तीव्रता, तुम्हारी गहराई खो जाती है, तो वह तीव्रता, वह गहराई बचाने योग्य नहीं थी। वह झूठी थी। वह तीव्रता विदा हो जाती है, क्योंकि वह नाटक का एक खेल भर थी। और तुम सोचते थे कि वह सच्ची थी और उसमें गहराई थी। अब तुम जानते हो कि वह नाटक का हिस्सा थी। वैसे ही जो निष्ठा खो जाती है वह सच्ची नहीं थी। तुम सोचते थे कि वह सच्ची थी, लेकिन सच्ची नहीं थी। इसी कारण से जीवन को नाटक की तरह देखते ही वह निष्ठा विलीन हो गई।

यह ऐसा ही है, मानो एक अंधेरे कमरे में रस्सी पड़ी थी और तुम्हें लगा कि सांप है। लेकिन सांप है नहीं। अब तुम एक दीया लेकर कमरे में आते हो और सांप खो जाता है और सिर्फ रस्सी रह जाती है। दीए के आने पर जो सांप खो गया वह सांप कभी नहीं था।

अगर तुम जीवन को अभिनय की भांति देखोगे तो जो झूठ है वह विलीन हो जाएगा और जो सत्य है वह पहली दफा तुममें प्रकट होगा। रुको और असत्य को खो जाने दो। प्रतीक्षा करो। एक अंतराल होता है, जब असत्य विदा होता है और सत्य प्रकट होता है, उसके

पहले एक अंतराल होगा। जब झूठी छायाएं बिलकुल खो जाएंगी, जब तुम्हारी आंखें उनसे बिलकुल खाली हो जाएंगी, जब तुम्हारी आंखें झूठी छायाओं से मुक्त हो जाएंगी, तब तुम उस सत्य को देख सकोगे जो सदा था। लेकिन उसके लिए प्रतीक्षा चाहिए।

'कृपापूर्वक समझाएं कि इस स्थिति में क्या किया जाए।'

कुछ भी नहीं। कृपा करके कुछ भी मत करो। तुमने बहुत कुछ कर-करके ही तो सब गड्ड-मड्ड कर दिया है। तुम करने में इतने कुशल हो कि तुमने अपने चारों ओर इतनी उलझन, इतना उपद्रव पैदा कर लिया है—न केवल अपने लिए, बल्कि दूसरों के लिए भी। कुछ भी मत करो; वह तुम्हारी अपने ऊपर बड़ी करुणा होगी। थोड़ी करुणा करो। कुछ मत करो, क्योंकि झूठा मन, उलझा हुआ मन, सब कुछ को और भी उलझा देता है। उलझे हुए मन के साथ कुछ करने की बजाय प्रतीक्षा करना बेहतर है, ताकि उलझन विसर्जित हो जाए। वह विसर्जित होगी; क्योंकि इस जगत में कुछ भी स्थायी नहीं है। सिर्फ गहन धैर्य की जरूरत है।

मैं तुम्हें एक कहानी कहूंगा। बुद्ध एक जंगल से गुजर रहे थे। दिन तप रहा था, ठीक दोपहरी थी। उन्हें प्यास लगी, तो उन्होंने अपने शिष्य आनंद से कहा: वापस जाओ। अभी हमने एक छोटा सा झरना पार किया था, वहां जाओ और मेरे लिए पानी ले आओ। आनंद वापस गया। लेकिन वह झरना बहुत छोटा था और अभी-अभी कुछ बैलगाड़ियां उससे गुजरी थीं। पानी हिल गया था और गंदा हो गया था। सारा कीचड़ ऊपर आ गया था और पानी पीने योग्य नहीं रहा था।

आनंद ने सोचा कि मैं लौट चलूं और वह लौट गया। उसने बुद्ध से कहा कि वह पानी तो बिलकुल गंदा हो गया है और पीने योग्य नहीं है। आनंद ने कहा: मुझे आज्ञा दें कि मैं आगे जाऊं। यहां से कुछ मीलों पर ही एक नदी है, मैं जाकर उससे पानी ले आता हूं। लेकिन बुद्ध ने उससे कहा कि नहीं, उसी झरने पर वापस जाओ।

बुद्ध ने कहा तो आनंद को फिर वहीं वापस जाना पड़ा। लेकिन वह आधे मन से गया, क्योंकि वह जानता था कि मैं पानी नहीं ला पाऊंगा; सिर्फ समय गंवाना होगा। और उसे भी प्यास लग रही थी। लेकिन जब बुद्ध ने कहा तो उसे जाना पड़ा। वह फिर बुद्ध के पास लौटकर बोला: आपने नाहक जिद्द की। वह पानी पीने योग्य नहीं है। लेकिन बुद्ध ने फिर कहा: तुम फिर वहीं जाओ। और बुद्ध के कहने पर आनंद को फिर वहीं जाना पड़ा।

आनंद जब तीसरी बार झरने पर पहुंचा तो पानी बिलकुल साफ था। कीचड़ बैठ गया था, सूखे पत्ते बह गए थे और पानी फिर शुद्ध का शुद्ध था। तब आनंद हंसा। वह पानी लेकर नाचता हुआ वापस आया। वह बुद्ध के चरणों पर गिर पड़ा और बोला: आपके सिखाने के ढंग अदभुत हैं। आपने आज मुझे एक महान पाठ दिया—कि सिर्फ धैर्य चाहिए और कुछ भी हमेशा नहीं रहता है।

और बुद्ध की मूलभूत देशना यही है कि कुछ भी स्थायी नहीं है, सब कुछ बहा जा रहा है। फिर चिंता क्यों? उसी झरने पर वापस जाओ, अब तक सब कुछ बदल गया होगा। कुछ भी बिना बदले नहीं रहता है। सिर्फ धैर्य चाहिए। फिर-फिर वहीं जाओ। क्षणों की बात है और पत्ते बह जाएंगे और कीचड़ बैठ जाएगा और फिर पानी स्वच्छ हो जाएगा।

और जब आनंद दूसरी बार झरने पर जा रहा था तो उसने बुद्ध से कहा कि आप जाने

को कहते हैं तो मैं जाता हूं; लेकिन क्या मैं वहां पानी को स्वच्छ करने के लिए कुछ कर सकता हूं? बुद्ध ने कहा कि कुछ मत करना, अन्यथा तुम पानी को और गंदा कर दोगे। और झरने में उतरना भी मत; बाहर ही रहना। किनारे बैठकर प्रतीक्षा करना। तुम झरने में उतरकर उपद्रव ही पैदा करोगे। झरना अपने आप ही बहता है, उसे बहने देना।

कुछ भी स्थायी नहीं है। जीवन एक प्रवाह है। हेराक्लाइटस ने कहा है कि तुम एक ही नदी में दो बार नहीं उतर सकते; एक ही नदी में दो बार उतरना असंभव है। क्योंकि नदी तो बह गई; उसका सब कुछ बदल गया। और यही नहीं कि नदी बह गई, तुम भी इस बीच बह गए हो, तुम भी बदल गए हो। तुम भी एक नदी हो।

हर चीज की क्षणभंगुरता को देखो। जल्दी मत करो। कुछ भी करने की चेष्टा मत करो। बस प्रतीक्षा करो। समग्रतः निष्क्रिय होकर प्रतीक्षा करो। और तुम अगर प्रतीक्षा कर सके तो रूपांतरण होगा। प्रतीक्षा ही रूपांतरण बन जाएगी।

तीसरा प्रश्न :

साक्षीं कीं साधना मुझे मौन, स्थिर और शांत बना देतीं है, लेकिन मेरे मित्र मुझसे कहते हैं कि मैं गंभीर हो गया हूं। और वे जो कहते हैं उसमें कुछ सार भी मालूम देता है (कृपया समझाएं कि कोई व्यक्ति कैसे मौन और लीला-भाव में साथ-साथ विकास करे।

यदि तुम सचमुच मौन हो गए हो तो तुम्हें इसकी फिक्र न रहेगी कि दूसरे क्या कहते हैं। और यदि दूसरों की राय अभी तुम्हारे लिए महत्वपूर्ण है तो तुम मौन नहीं हुए हो। सच तो यह है कि तुम इंतजार में हो कि वे कुछ कहें, कि वे प्रशंसा करें कि तुम मौन हो गए हो। क्या तुम्हारे मौन को उनके समर्थन की जरूरत है? तुम्हें उनके प्रमाणपत्र की जरूरत है? तब तुम आश्वत नहीं हो कि तुम मौन हो गए हो।

दूसरों के मत अर्थपूर्ण हैं, क्योंकि तुम खुद कुछ नहीं जानतें हो। मत कभी ज्ञान नहीं है। तुम दूसरों के मत इकट्ठे किए जाते हो, क्योंकि तुम्हें पता नहीं है कि तुम क्या हो, तुम कौन हो तुम्हें क्या हो रहा है। तुम्हें दूसरों से पूछना पड़ता है कि मुझे क्या हो रहा है।

तुम्हें दूसरों से पूछना पड़ेगा? अगर तुम सच में मौन और शांत हो गए हो तो न कोई मित्र हैं और न कोई मत अर्थपूर्ण हैं। तब तुम हंस सकते हो। उन्हें कहने दो जो वे कहना चाहें। लेकिन नहीं, तुम प्रभावित होते हो। वे जो कुछ कहते हैं वह तुममें गहरे उतर जाता है, तुम उससे उत्तेजित हो जाते हो। तुम्हारा मौन झूठा है, आरोपित है, अभ्यासजन्य है। वह सहज रूप से तुममें नहीं खिला है। तुमने जबरदस्ती अपने को मौन कर लिया है, लेकिन भीतर अभी उबल रहे हो। यह मौन सतह पर ही है। अगर कोई कहता है कि तुम मौन नहीं. हो, अगर कोई कहता है कि यह अच्छा नहीं है, या अगर कोई कहता है कि यह झूठा है, तो तुम अशांत हो जाते हो और तुम्हारा मौन खो जाता है! मौन खो गया है। इसीलिए तुम मुझसे यह पूछ रहे हो।

'और वे जो कहते हैं उसमें कुछ सार भी मालूम देता है।'

तुम गंभीर हो गए हो। पर गंभीर होने में गलत क्या है? अगर तुम गंभीर ही पैदा हुए हो, गंभीर होने को ही पैदा हुए हो, तो तुम गंभीर होओगे। तुम जबरदस्ती खेलपूर्ण नहीं हो

▲

सकते; अन्यथा तुम्हारा खेलपूर्ण होना ही गंभीर हो जाएगा और तुम उसको भी नष्ट कर दोगे। कई खिलाड़ी भी बड़े गंभीर होते हैं। वे अपने खेलों में इतने गंभीर हो जाते हैं कि खेल और ज्यादा चिंता और उपद्रव के कारण बन जाते हैं।

मैं किसी व्यक्ति के संस्मरण पढ़ रहा था जो कि एक बड़ा उद्योगपति था और रोज-रोज की समस्याओं से पीड़ित था। किसी ने उससे कहा कि तुम गोल्फ खेलो, उससे तुम्हारी चिंता कम हो जाएगी। उसने गोल्फ खेलना शुरू किया, लेकिन वह वही आदमी रहा। वह अपने गोल्फ के बारे में इतना उत्तेजित हो गया कि उसकी नींद खो गई। वह सारी रात गोल्फ खेला करता। पहले काम का बोझ था, अब गोल्फ दूसरा बोझ बन गया— पहले से भी बड़ा बोझ। वह गोल्फ खेलता था, लेकिन गंभीर मन से, पुराने मन से खेलता था।

अगर तुम गंभीर हो तो गंभीर हो, उसके बारे में कुछ भी नहीं किया जा सकता। गंभीर होओ और गंभीर बने रहो। तब तुम खेलपूर्ण होने लगे। तब तुम अपनी गंभीरता के प्रति गैर-गंभीर होने लगे; तुम गंभीर न रहे। तब तुम अपनी गंभीरता को खेल की तरह लेने लगे। तुम कहते हो कि ठीक है, परमात्मा ने मुझे यही भूमिका अदा करने को दी है, सो मैं गंभीर आदमी होऊंगा और गंभीरता की भूमिका निभाऊंगा।

तो गहरे में गंभीरता विसर्जित होने लगी। मेरी बात समझे? तुम खेल में गंभीरता ला सकते हो और तुम गंभीरता को खेल बना सकते हो। अगर तुम उदास हो, गंभीर हो, तो सब से कह दो कि मैं जन्मजात गंभीर हूं और मैं गंभीर रहूंगा। लेकिन अपनी गंभीरता के संबंध में गंभीर मत बनो। बस गंभीर रहो। और जब तुम इसके बारे में हंस सकते हो तो गंभीरता विदा हो जाएगी। और तुम्हें पता भी नहीं चलेगा कि वह कब चली गई।

और दूसरे क्या कहते हैं, उस पर ध्यान मत दो। यह एक बीमारी है। वे दूसरे तुम्हें विक्षिप्त कर देंगे। वे दूसरे कौन हैं? और तुम्हें उनमें इतनी रुचि क्यों है? वे तुम्हें पागल बनाते हैं और तुम उन्हें पागल बनाते हो, क्योंकि उनके लिए तुम दूसरे हो। दूसरे की राय को इतना महत्व क्यों देना? अपने स्वयं के अनुभवों पर ध्यान दो, अपने स्वयं के अनुभवों के प्रति प्रामाणिक रहो। अगर तुम्हें गंभीर रहना रास आता है तो वही ठीक है। अगर तुम समझते हो कि साक्षी की साधना से तुम मौन और शांत हो गए हो तो दूसरे की फिक्र क्या करनी दूसरों के मत से उत्तेजित क्या होना।

लेकिन हम आश्वत नहीं हैं, इसलिए दूसरों के मत बटोरते रहते हैं। तुम्हें तो हस्ताक्षर-अभियान चलाना चाहिए। लोगों से कहो कि अगर आप सोचते हैं कि मैं बुद्ध हो गया हूं तो इस पर हस्ताक्षर कर दें। और जब हर कोई हस्ताक्षर कर दे, [illegible] जब बहुमत तुम्हारे साथ हो, तो तुम बुद्ध हो गए। लेकिन बुद्ध होने का मार्ग यह नहीं है।

'और कृपापूर्वक समझाएं कि कोई व्यक्ति कैसे मौन और लीला-भाव में साथ-साथ विकास करे।'

विकास होता है। इससे अन्यथा कभी नहीं हुआ है। व्यक्ति मौन और लीला-भाव में साथ-साथ विकसित होता है। लेकिन अगर तुम्हारा मौन झूठा है तो समस्या खड़ी होती है। जिन्होंने भी मौन जाना है वे सदा लीलापूर्ण रहे हैं, सदा गैर-गंभीर रहे हैं। वे हंस सके; दूसरों पर ही नहीं, अपने ऊपर भी हंस सके।

▲

आज से चौदह सौ साल पहले बोधिधर्म भारत से चीन गए थे। उन्होंने अपना एक जूता अपने सिर पर रखा हुआ था—एक जूता पांव में था और दूसरा सिर पर। चीन का सम्राट वू उनके स्वागत के लिए आया हुआ था। यह देखकर वह परेशान हो उठा। अफवाहें तो बहुत सुनी थीं कि यह आदमी अजीबोगरीब है, लेकिन वह बुद्धपुरुष था और सम्राट अपने राज्य में उसका स्वागत करना चाहता था। वह परेशान हो गया। उसके दरबारी भी परेशान हो गए। वे सोचने लगे कि यह किस तरह का व्यक्ति है! और बोधिधर्म हंस रहा था।

दूसरों के सामने कुछ कहना अशोभन होता, इसलिए सम्राट चुप रहा। जब सभी लोग चले गए और बोधिधर्म और सम्राट बोधिधर्म के कमरे में गए तो सम्राट ने पूछा कि आप अपने को इस तरह मूर्ख क्यों बना रहे हैं? आप अपना एक जूता सिर पर क्यों रखे हुए हैं?

बोधिधर्म हंसा और बोला: क्योंकि मैं अपने ऊपर हंस सकता हूं। और यह अच्छा है कि आप मेरी असलियत को जान लें कि मैं ऐसा व्यक्ति हूं। और मैं अपने सिर को पांव से ज्यादा मूल्य नहीं देता हूं, मेरे लिए दोनों समान हैं। मेरे लिए ऊंच-नीच विलीन हो गए हैं। और दूसरी बात मैं आपसे यह कहना चाहता हूं कि मैं इस बात की जरा भी परवाह नहीं करता कि दूसरे मेरे बारे में क्या कहते हैं। और यह अच्छा है, जिस क्षण मैंने आपके राज्य में प्रवेश किया, मैंने चाहा कि आप जान लें कि मैं किस तरह का आदमी हूं।

यह बोधिधर्म एक दुर्लभ रत्न है। बहुत कम लोग हुए हैं जो उनकी तुलना में आ सकें। वे क्या बता रहे थे? वे यही बता रहे थे कि अध्यात्म के इस मार्ग पर तुम्हें व्यक्ति की तरह अकेले चलना है, समाज यहां अप्रासंगिक हो जाता है।

कोई व्यक्ति जार्ज गुरजिएफ के साक्षात्कार के लिए आया था। आने वाला एक बड़ा पत्रकार था। गुरजिएफ के शिष्य बहुत उत्सुक थे कि अब एक बड़े समाचारपत्र में उनके गुरु की कहानी, उसके चित्र और समाचार छपने जा रहे हैं। उन्होंने उस पत्रकार का बहुत खयाल रखा, उसकी अच्छी तरह देखभाल की। वे अपने गुरु को करीब-करीब भूल ही गए और पत्रकार के आस-पास मंडराते रहे।

और फिर साक्षात्कार शुरू हुआ, लेकिन दरअसल वह साक्षात्कार कभी शुरू ही नहीं हुआ। जब पत्रकार ने कोई प्रश्न पूछा तो गुरजिएफ ने कहा: एक मिनट रुको। उसके बगल में ही एक स्त्री बैठी थी; गुरजिएफ ने उससे पूछा कि आज कौन सा दिन है? उस स्त्री ने कहा कि आज रविवार है। गुरजिएफ ने कहा: यह कैसे हो सकता है? कल तो शनिवार था, तो आज रविवार कैसे हो सकता है? कल तो तुमने कहा था कि आज शनिवार है, शनिवार के बाद रविवार कैसे आ सकता है?

पत्रकार उठ खड़ा हुआ और उसने कहा कि मैं जाता हूं; यह आदमी तो पागल मालूम पड़ता है। सभी शिष्य हैरान थे; जो कुछ घटित हुआ, उन्हें कुछ समझ में नहीं आया। जब पत्रकार चला गया तो गुरजिएफ हंस रहा था।

दूसरे क्या कहते हैं यह प्रासंगिक नहीं है। तुम स्वयं जो अनुभव करते हो, उसके प्रति प्रामाणिक बनो, लेकिन प्रामाणिक बनो। अगर तुम्हें सच्चा मौन घटित हुआ हो तो तुम हंस सकते हो।

डोजेन एक झेन गुरु था। उसके संबंध में कहा जाता है कि जब वह बुद्धत्व को

उपलब्ध हुआ तो अनेक लोगों ने पूछा कि उसके बाद आपने क्या किया? डोजेन ने कहा कि मैंने एक प्याली चाय बुलवायी। अब और करने को क्या था; सब तो समाप्त हो चुका था। और डोजेन अपनी गैर-गंभीरता के प्रति गंभीर था और अपनी गंभीरता के प्रति गैर-गंभीर था। सच ही तब क्या बच रहता है?

ज्यादा मत ध्यान दो कि दूसरे क्या कहते हैं। और एक बात स्मरण में रख लो कि मौन को ऊपर से थोपो मत, उसका अभ्यास मत करो। अभ्यासजन्य मौन गंभीर होगा, रुग्ण होगा, तनावग्रस्त होगा। लेकिन सच्चा मौन कैसे आता है? इसे समझने की कोशिश करो।

तुम तनावग्रस्त हो, तुम दुखी हो, तुम उदास हो। तुम क्रोधी, लोभी, हिंसक हो। हजार रोग हैं। और तुम शांति का अभ्यास कर सकते हो। ये रोग तुम्हारे भीतर बने रह सकते हैं और तुम शांति की एक पर्त निर्मित कर सकते हो। तुम टी .एम. या भावातीत ध्यान कर सकते हो, या किसी मंत्र का जाप कर सकते हो। मंत्र तुम्हारी हिंसा को नहीं बदलने वाला है, न वह तुम्हारे लोभ को बदलने वाला है। मंत्र गहरे में बसी किसी वृत्ति को नहीं बदल सकता है। मंत्र सिर्फ ट्रैंक्वेलाइजर का काम करता है, बस ऊपर-ऊपर तुम थोड़ा शांत अनुभव करोगे। यह केवल ट्रैंक्वेलाइजर है—ध्वनि निर्मित ट्रैंक्वेलाइजर।

और नींद अनेक-अनेक उपायों से लायी जा सकती है। जब तुम निरंतर किसी मंत्र को दोहराते हो तो तुम्हें नींद आने लगती है। किसी ध्वनि की सतत पुनरुक्ति ऊब और नींद पैदा करती है, तुम विश्राम अनुभव करते हो। लेकिन यह विश्राम सतह पर ही रहता है, भीतर तुम वही के वही बने रहते हो। किसी मंत्र का रोज-रोज जाप करते रहो और तुम्हें शांति अनुभव होगी। लेकिन वह असली शांति नहीं है। क्योंकि उससे तुम्हारे रोग नहीं मिटते हैं; क्योंकि तुम्हारे व्यक्तित्व का ढांचा वैसा ही बना रहता है। बस ऊपर से रंग-रोगन हो जाता है। मंत्र-जाप बंद करो, अभ्यास बंद करो और तुम्हारे सारे रोग फिर ऊपर आ जाएंगे।

यह रोज हो रहा है। साधक एक गुरु से दूसरे गुरु के पास जाते रहते हैं; और वे न जाने क्या-क्या अभ्यास करते रहते हैं। लेकिन जब वे अभ्यास बंद करते हैं तो पाते हैं कि वे वही के वही हैं, उन्हें कुछ भी घटित नहीं हुआ।

इस तरह कुछ भी नहीं घटित होगा। यह साधा हुआ मौन है। तुम्हें उसे साधते ही रहना होगा। और अगर तुम उसे साधते रहोगे तो वह एक आदत की तरह तुम्हारे साथ रहेगा। और आदत के टूटते ही वह बिखर जाता है।

सच्चा मौन कोई सतही विधि के साधने से नहीं आता; वह बोध से आता है। तुम जो भी हो, उसके प्रति बोधपूर्ण ही नहीं होना है, बल्कि तुम जो हो उसकी तथ्यता के साथ रहना है। तथ्य के साथ रहो। यह बहुत कठिन है, क्योंकि मन बदलाहट चाहता है। वह चाहता है कि कैसे हिंसा को बदले, कैसे उदासी को बदले, कैसे दुख को बदले। मन भविष्य में किसी भांति अपनी छवि बेहतर करने के लिए बदलाहट की खोज करता है। यही कारण है कि व्यक्ति किसी न किसी विधि की खोज में लगा रहता है।

तुम तथ्य के साथ रहो, उसे बदलने की चेष्टा मत करो। एक वर्ष तक यह प्रयोग करो। एक तारीख तय कर लो और कह दो कि इस तारीख से एक वर्ष तक मैं बदलाहट की भाषा में नहीं सोचूंगा; मैं जो भी हूं उसके ही साथ रहूंगा; मैं बस सजग और बोधपूर्ण रहूंगा।

▲

मैं यह नहीं कहता कि तुम्हें कुछ नहीं करना है, लेकिन तुम्हें सजगता को अपनी साधना बना लेना है। तुम्हें सजग रहना है, बदलाहट की भाषा में नहीं सोचना है। जो भी तुम हो—भले, बुरे या दोनों के बीच में—उसके साथ तुम्हें एक वर्ष जीना है। और तब एक दिन तुम पाओगे कि तुम वही नहीं रहे जो थे। सजगता सब कुछ बदल देगी।

झेन साधना में इसे झाझेन कहा जाता है। झाझेन का अर्थ है: सिर्फ बैठना, कुछ किए बिना सिर्फ बैठना। जो होता है वह होता है, तुम बस बैठे हो। झाझेन का मतलब है बिलकुल निष्क्रिय होकर बैठना। झेन मंदिरों में साधक वर्षों बैठे रहते हैं और पूरे दिन बैठे रहते हैं। तुम्हें लगेगा कि वे ध्यान कर रहे हैं। नहीं, वे ध्यान नहीं कर रहे हैं, वे बस मौन बैठे हैं। और मौन बैठने का यह अर्थ नहीं है कि वे किसी मंत्र द्वारा मौन निर्मित कर रहे हैं, वे सिर्फ बैठे हैं।

अगर उनका कोई पांव सुन्न हो जाता है तो वे उसे अनुभव करते हैं, तो वे उसके प्रति सजग रहते हैं। अगर उनका शरीर थक जाता है तो वे सजग देखते हैं कि शरीर थक गया। शरीर को ऐसा ही होना है। अगर विचार चलते हैं तो वे उन्हें देखते हैं। वे उन्हें रोकने की चेष्टा नहीं करते हैं। वे कुछ भी नहीं करते हैं। विचार हैं, जैसे आकाश में बदलियां हैं। और वे जानते हैं कि बादल आकाश को नहीं नष्ट कर सकते; वे बस आते-जाते हैं। ऐसे ही चेतना के आकाश में विचार चलते हैं, आते-जाते हैं। वे उन्हें रोकते नहीं; वे उनके साथ जबरदस्ती नहीं करते। वे कुछ भी नहीं करते हैं; वे बस जागरूक हैं, देख रहे हैं कि विचार चल रहे हैं।

कभी उदासी की बदली आ जाती है और सब कुछ धुंधला-धुंधला हो जाता है; और कभी सुख की धूप फैल जाती है और सब कुछ नाचने लगता है—मानों चेतना पर सर्वत्र फूल ही फूल खिल गए हैं। लेकिन साधक किसी से भी विचलित नहीं होते—न बदली से और न धूप से। वे बस बैठे देखते रहते हैं कि चीजें चल रही हैं। वे मानों नदी के किनारे बैठे हैं और सब कुछ बहा जा रहा है, वे किसी भी चीज को बदलने की चेष्टा नहीं करते।

अगर कोई बुरा विचार आता है तो वे यह नहीं कहते कि यह बुरा विचार है। क्योंकि जैसे ही तुम कहते हो कि यह बुरा विचार है वैसे ही तुम्हें उसे बदलने का लोभ पकड़ता है। यह कहकर कि यह बुरा है तुमने उसे हटा दिया, उसे निंदित कर दिया और अब तुम उसे अच्छे विचार में बदलना चाहोगे। वे इतना ही कहते हैं कि यह यह है और वह वह है; उसमें कोई निंदा नहीं रहती, कोई मूल्यांकन नहीं रहता; कोई औचित्य सिद्ध करने की चेष्टा भी नहीं रहती। वे सिर्फ जागरूक रहते हैं, साक्षी रहते हैं।

कभी-कभी वे साक्षी रहना भूल जाते हैं, लेकिन वे उससे भी विचलित नहीं होते। वे जानते हैं कि ऐसा होता है, वे जानते हैं कि मैं साक्षी रहना भूल गया, अब फिर स्मरण आ गया है और मैं फिर साक्षी रहूंगा। वे उसे समस्या नहीं बनाते हैं। वे सिर्फ उसे जीते हैं जो है। वर्ष आते हैं, वर्ष जाते हैं और वे बैठे रहते हैं और उसे देखते रहते हैं जो है। और फिर एक दिन सब कुछ विलीन हो जाता है। एक स्वप्न की तरह सब कुछ विलीन हो जाता है और तुम जाग जाते हो, जागरण को उपलब्ध हो जाते हो।

यह जागरण अभ्यास की चीज नहीं है, इसे साधा नहीं जाता है। यह बोध तुम्हारा स्वभाव है—मूलभूत स्वभाव। यह बोध का विस्फोट घटित हुआ, क्योंकि तुमने धीरज से प्रतीक्षा की, तुमने धीरज से निरीक्षण किया और तुमने कोई समस्या नहीं बनायी। यह एक

बुनियादी बात स्मरण में रख लो : समस्या मत बनाओ, समस्या मत निर्मित करो।

अभी दो-तीन दिन पहले एक स्त्री यहां आयी थी। उसने पूछा कि मेरा मन बहुत कामुक है, मैं क्या करूं? एक दूसरा व्यक्ति आया और उसने कहा कि मैं बहुत हीन अनुभव करता हूं, हीनता की ग्रंथि से पीड़ित हूं; मुझे कुछ सलाह दें। मैंने उस व्यक्ति से कहा कि तुम अगर हीन अनुभव करते हो तो हीन अनुभव करो! जानो कि मैं हीन अनुभव कर रहा हूं। इसमें करना क्या है? कुछ नहीं करना है। अगर कोई कामुक अनुभव करता है तो उसे कामुक अनुभव करना चाहिए। उसे जानना चाहिए कि मैं कामुक हूं। लेकिन जब मैं किसी को ऐसी बात कहता हूं तो वह बहुत हैरान हो जाता है। वह तो अपने को बदलने के लिए किसी विधि की खोज में आया था।

कोई भी अपने को स्वीकार नहीं करता है। तुम अपने ही दुश्मन हो। तुमने अपने आपको कभी प्रेम नहीं किया। तुम अपने साथ कभी सहज नहीं रहे। और यह हैरानी की बात है, तुम अपेक्षा करते हो कि दूसरे तुम्हें प्रेम करें और तुम स्वयं अपने को प्रेम नहीं कर सकते। तुम अपने ही विरोध में हो। तुम चाहोगे कि हर ढंग से अपने को मिटा दो और पुनर्निर्मित करो। अगर तुम्हारा बस चले तो तुम दूसरा व्यक्ति निर्मित कर लो। और तुम उससे भी संतुष्ट नहीं होओगे, क्योंकि उसके पीछे भी तो तुम्हीं रहोगे।

अपने को प्रेम दो, अपने को सम्मान दो और अनावश्यक समस्याएं मत खड़ी करो। सब समस्याएं अनावश्यक हैं, आवश्यक समस्याएं होती ही नहीं। मुझे तो अब तक नहीं मिली हैं। अपनी तथ्यता के साथ जीओ और रूपांतरण घटित होगा। लेकिन यह रूपांतरण परिणाम नहीं है, तुम उसे जबरदस्ती नहीं ला सकते। यह परिणाम नहीं, उप-उत्पत्ति है। अगर तुम अपने को स्वीकार करते हो और सजग रहते हो तो वह आता है। तुम उसे जबरदस्ती नहीं ला सकते; तुम यह नहीं कह सकते कि मैं इसे लाकर रहूंगा। और अगर तुम जबरदस्ती करोगे तो तुम्हें कोई झूठा अनुभव हो जाएगा और उसे कोई भी हिला दे सकता है।

अंतिम प्रश्न :

आप कहते हैं कि स्वीकार रूपांतरित करता है, लेकिन फिर ऐसा क्यों होता है कि जब मैं अपनी भावनाओं और वासनाओं को स्वीकार करता हूं तो मैं रूपांतरित अनुभव करने की बजाय अपने को पशुवत अनुभव करता हूं?

यही तुम्हारा रूपांतरण है, यही तुम्हारा सत्य है। और पशु होने में गलत क्या है? मैंने अब तक एक भी ऐसा मनुष्य नहीं देखा है जिसकी तुलना पशु से की जा सके। सुजुकी कहा करता था : मैं मनुष्य की तुलना में एक मेंढक को—एक मेंढक को भी—ज्यादा प्रेम करता हूं। सरोवर के किनारे बैठे मेंढक को तो देखो, वह कितना ध्यानमग्न बैठता है! उसे देखो, वह इतना ध्यानमग्न है कि सारा संसार भी उसे नहीं हिला सकता। वह बैठा है और बैठा है, सारे जगत के साथ एक होकर बैठा है। और सुजुकी कहा करता था कि जब मैं अज्ञानी था तो मनुष्य था और जब मैं बुद्धत्व को उपलब्ध हुआ तो मैं बिल्ली हो गया।

बिल्ली को देखो। वह विश्राम में उतरने का राज जानती है और उसने विश्राम-कला पर

एक भी किताब नहीं पढ़ी है। बिल्ली को देखो; कोई मनुष्य बिल्ली से बेहतर गुरु नहीं हो सकता। बिल्ली विश्रामपूर्ण हे और सजग है। तुम अगर विश्रामपूर्ण होगे तो तुरंत नींद में चले जाओगे। और बिल्ली अपनी नींद में भी सजग रहती है। प्रत्येक क्षण उसका शरीर तनावरहित और विश्रामपूर्ण रहता है।

पशु होने में बुरा क्या है? मनुष्य के अहंकार ने तुलना निर्मित की है; वह कहता है कि हम पशु नहीं हैं। लेकिन कोई पशु मनुष्य नहीं होना चाहेगा। पशु अस्तित्व के साथ बड़े नैसर्गिक ढंग से रहते हैं, लयबद्ध होकर जीते हैं। वे चिंताग्रस्त नहीं होते; वे तनावग्रस्त नहीं होते। निश्चित ही, वे कोई धर्म निर्मित नहीं करते, क्योंकि उन्हें धर्म की जरूरत नहीं है। उनके समाज में मनोविश्लेषक भी नहीं होते; इसलिए नहीं कि वे विकसित नहीं हैं, बल्कि इसलिए कि उनकी जरूरत नहीं है। पशुओं में गलत क्या है? यह निंदा क्यों?

यह निंदा मनुष्य के अहंकार का हिस्सा है। मनुष्य सोचता है कि मैं सर्वश्रेष्ठ हूं। किसी पशु ने उसकी श्रेष्ठता की घोषणा की स्वीकृति नहीं दी है। डार्विन ने कहा कि आदमी बंदर का विकास है। लेकिन अगर तुम बंदरों से पूछोगे तो मुझे नहीं लगता कि वे मानेंगे कि आदमी विकास है; वे यही कहेंगे कि आदमी पतन है। मनुष्य अपने को केंद्र मानता है। इसकी कोई जरूरत नहीं है, यह अहंकार की बकवास है।

अगर तुम पशुवत महसूस करते हो तो इसमें कुछ गलत नहीं है। पशुवत हो जाओ; और समग्रता से हो जाओ, पूरे होश से हो जाओ। वह होश ही पहले तुम्हारे पशु को उघाड़ेगा, क्योंकि वही तुम्हारा यथार्थ है। तुम्हारी मनुष्यता झूठी है, चमड़ी से ज्यादा नीचे वह नहीं जाती। कोई तुम्हारा अपमान करता है और तुम्हारा मनुष्य नहीं, तुम्हारा पशु बाहर आ जाता है। कोई तुम्हारी निंदा करता है और तुम्हारा पशु बाहर आ जाता है, मनुष्य नहीं। पशु ही है, मनुष्य तो नहीं के बराबर है।

अगर तुम सब कुछ स्वीकार कर लेते हो तो यह नहीं के बराबर मनुष्य विदा हो जाएगा। यह झूठा है। और तुम अपने सच्चे पशु को जान सकते हो। और सच्चाई को जानना शुभ है। और अगर तुम सजगता साधते रहे तो तुम इसी पशु के भीतर परमात्मा को पा लोगे। और झूठे मनुष्य की बजाय सच्चा पशु होना बेहतर है—सदा बेहतर है। सच्चाई असली बात है।

तो मैं पशुओं के विरोध में नहीं हूं; मैं केबल झूठों के विरोध में हूं। झूठे मनुष्य मत बनो; सच्चे पशु बनो। उस सच्चाई से ही तुम प्रामाणिक हो जाओगे, प्राणवान हो जाओगे। तुम ज्यादा से ज्यादा होशपूर्ण होते जाओ और धीरे-धीरे तुम उस अंतर्तम केंद्र पर पहुंचोगे जो पशु से ज्यादा सच है—और यही परमात्मा है।

ध्यान रहे, परमात्मा तुममें ही नहीं है, वह सभी पशुओं में भी है। और वह पशुओं में ही नहीं है, वह वृक्षों में भी है, चट्टानों में भी है। परमात्मा सब कुछ का बुनियादी केंद्र है। और तुम झूठे होकर उसे खो देते हो, सच्चे होकर उसे पा लेते हो।

आज इतना ही।

39

यही मन बुद्ध है

सूत्र

61. जैसे जल से लहरें उठती हैं और अग्नि से लपटें,
वैसे ही सर्वव्यापक हम से लहराता है।
62. जहां कहीं तुम्हारा मन भटकता है, भीतर या
बाहर, उसी स्थान पर, यह।
63. जब किसी इंद्रिय-विशेष के द्वारा स्पष्ट बोध हो,
उसी बोध में स्थित होओ।

▲

श्री अरविंद ने कहीं कहा है कि पूरा जीवन योग है। और यह बात सही है। हर चीज ध्यान बन सकती है। और जब तक हर चीज ध्यान न बने, समझना कि तुम्हें ध्यान नहीं घटित हुआ है। ध्यान खंड-खंड में नहीं होता है। या तो ध्यान होता है—और जब वह होता है तो तुम पूरे के पूरे उसमें होते हो—या वह नहीं होता है। तुम अपने जीवन के एक अंश को ध्यानपूर्ण नहीं बना सकते; वह असंभव है। लेकिन सब जगह वही कोशिश चलती है।

तुम पूरे-पूरे ही ध्यानपूर्ण हो सकते हो; तुम्हारा कोई अंश ध्यानपूर्ण नहीं हो सकता। वह असंभव है। क्योंकि ध्यान तुम्हारा स्वभाव है; वह श्वास लेने जैसा है। तुम चाहे जो भी करो, तुम श्वास लेते रहते हो। तुम्हारे करने से उसका कुछ लेना-देना नहीं है; तुम सतत श्वास लेते रहते हो। चलते हुए, बैठे हुए, लेटे हुए, सोए हुए, तुम श्वास लेना जारी रखते हो। तुम ऐसा नहीं कर सकते कि कभी श्वास लो और कभी न लो। यह एक सातत्य है।

ध्यान आंतरिक श्वास है। और जब मैं कहता हूं कि ध्यान अंतस की श्वास है तो मैं कोई प्रतीक के अर्थ में नहीं कहता हूं। ध्यान वस्तुतः आंतरिक श्वास है। जिस भांति तुम हवा की श्वास लेते हो, उसी भांति चेतना की श्वास भी ले सकते हो। और जब तुम चेतना की श्वास भीतर-बाहर लेना शुरू कर देते हो तो तुम मात्र शरीर नहीं रहे। इस उच्चतर श्वास-प्रश्वास के शुरू होने से, इस चेतना के, जीवन के श्वास-प्रश्वास के आरंभ होने से तुम एक नए लोक में, एक नए आयाम में प्रवेश कर जाते हो। वह आयाम ही अध्यात्म है। तुम्हारी श्वास शारीरिक है; ध्यान आध्यात्मिक है।

तो तुम अपने जीवन के एक खंड को ध्यानपूर्ण नहीं बना सकते हो। ऐसा नहीं है कि तुम सुबह ध्यान कर लो और फिर दिनभर के लिए उसे भूल जाओ। ऐसा नहीं है कि तुम मंदिर या चर्च गए, वहां ध्यान किया और ध्यान से वैसे ही बाहर निकल आए जैसे मंदिर से बाहर आ जाते हो। यह संभव नहीं है। और अगर तुम ऐसी चेष्टा करोगे तो वह चेष्टा झूठी होगी। तुम मंदिर में प्रवेश कर सकते हो और बाहर आ सकते हो; लेकिन वैसे ही तुम ध्यान में प्रवेश

करके बाहर नहीं आ सकते। जब तुम ध्यान में प्रवेश करते हो तो प्रवेश कर ही गए। अब तुम जहां भी जाओगे, ध्यान तुम्हारे साथ होगा।

यह बहुत बुनियादी, प्राथमिक बात है, जिसे सतत स्मरण रखना चाहिए। दूसरी बात कि तुम ध्यान में कहीं से भी प्रवेश कर सकते हो; क्योंकि सारा जीवन गहन ध्यान में है। पर्वत ध्यान में हैं; तारे ध्यान में हैं; फूल, पेड़-पौधे, हवाएं ध्यान में हैं। और तुम कहीं से भी ध्यान में प्रवेश कर सकते हो। कुछ भी हो, कुछ भी प्रवेश-द्वार बन सकता है।

इसका प्रयोग हो चुका है। यही कारण है कि इतनी विधियां हैं। यही वजह है कि इतने धर्म हैं। और इसीलिए एक धर्म दूसरे को नहीं समझ सकता है, क्योंकि उनके प्रवेश-द्वार भिन्न-भिन्न हैं। और कोई-कोई धर्म तो ऐसे हैं जो धर्म के नाम से भी नहीं जाने जाते। कुछ लोगों को तो तुम धार्मिक की भांति पहचानोगे भी नहीं, क्योंकि उनका प्रवेश-द्वार इतना भिन्न है।

उदाहरण के लिए एक कवि है। किसी गुरु के पास गए बिना भी, धार्मिक, तथाकथित धार्मिक हुए बिना भी एक कवि ध्यान में उतर सकता है। उसकी कविता, उसकी सृजनात्मकता द्वार बन सकती है; वह उससे ही ध्यान में प्रवेश कर सकता है। या कोई कुम्हार, जो मिट्टी के बर्तन बनाता है, मिट्टी के बर्तन बनाते हुए ही ध्यान में जा सकता है। उसका शिल्प ही द्वार बन सकता है। या कोई धनुर्विद अपनी धर्नुविद्या के द्वारा ध्यान में उतर जा सकता है। वैसे ही कोई माली भी। कोई कहीं से भी प्रवेश कर सकता है।

तुम जो भी करते हो वही चीज विधि बन सकती है। अगर उसे करते हुए बोध की गुणवत्ता बदल जाए तो वही चीज विधि बन सकती है। तो तुम जितनी चाहो उतनी विधियां हो सकती हैं। कोई भी कृत्य द्वार बन सकता है। कृत्य या विधि या उपाय या मार्ग महत्वपूर्ण नहीं हैं; महत्वपूर्ण है चेतना की वह गुणवत्ता जिससे तुम उस कृत्य को करते हो।

भारत के एक महान संत, कबीर, जुलाहे थे और ज्ञान को उपलब्ध होने के बाद भी जुलाहे ही बने रहे। उनके हजारों शिष्य थे। उनके शिष्य उनसे कहते थे कि अब आप कपड़ा बुनना बंद कीजिए; अब आपको यह सब करने की जरूरत नहीं है। हम हैं, हम आपकी हर तरह देखभाल करेंगे। कबीर हंसकर कहते: यह बुनना बुनना भर नहीं है। मेरा कपड़ा बुनना तो बाहरी कृत्य है, लेकिन इसके साथ-साथ मेरे भीतर कुछ होता है जिसे तुम नहीं देख सकते। यह मेरा ध्यान है।

कपड़ा बुनते-बुनते कोई जुलाहा ध्यानी कैसे हो जा सकता है? तुम जिस चित्त से कपड़ा बुनते हो, अगर वह चित्त ध्यानपूर्ण है तो फिर कृत्य प्रासंगिक नहीं है। कृत्य तो अप्रासंगिक है।

एक दूसरे संत हुए जो कुम्हार थे। उनका नाम गोरा था। वे मिट्टी के बर्तन बनाते थे। बर्तन बनाते हुए गोरा नाचते थे, गीत गाते थे। जब वे चाक पर बर्तन गढ़ते थे तो जैसे-जैसे बर्तन चाक पर केंद्रीभूत होता था, गोरा भी अपने भीतर केंद्रीभूत हो जाते थे। तुम्हें तो एक ही चीज दिखाई देती कि चाक घूम रहा है, मिट्टी का बर्तन आकार ले रहा है और गोरा उसे केंद्रीभूत कर रहे हैं। तुम्हें एक ही केंद्रीकरण दिखाई देता; लेकिन उसके साथ-साथ, युगपत, एक दूसरा केंद्रीकरण भी घटित हो रहा था—गोरा भी केंद्रीभूत हो रहे थे। बर्तन को गढ़ते हुए, बर्तन को रूप देते हुए, वे खुद भी आंतरिक चेतना के अदृश्य जगत में रूपायित हो रहे थे।

जब बर्तन निर्मित हो रहा था—वह उनका असली कृत्य नहीं था—तो वे साथ ही साथ अपना भी सृजन कर रहे थे।

कोई भी कृत्य ध्यानपूर्ण हो सकता है। और एक बार तुमने जान लिया कि कैसे कोई कृत्य ध्यानपूर्ण होता है तो फिर कठिनाई नहीं है। तब तुम अपने सभी कृत्यों को ध्यान में रूपांतरित कर सकते हो। और तब सारा जीवन योग बन जाता है। तब सड़क पर चलना, या दफ्तर में काम करना, या सिर्फ बैठना, कुछ भी न करना ध्यान बन सकता है। कुछ भी ध्यान बन सकता है। स्मरण रहे, ध्यान कृत्य में नहीं है, कृत्य की गुणवत्ता में है।

अब हम विधियों में प्रवेश करेंगे।

पहली विधि:

जैसे जल से लहरें उठती हैं और आग्नि से लपटें, वैसे ही सर्वव्यापक हम से लहराता है।

पहले तो यह समझने की कोशिश करो कि लहर क्या है और तब तुम समझ सकते हो कि कैसे यह चेतना की लहर तुम्हें ध्यान में ले जाने में सहयोगी हो सकती है।

तुम सागर में उठती लहरों को देखते हो। वे प्रकट होती हैं; एक अर्थ में वे हैं और फिर भी किसी गहरे अर्थ में वे नहीं हैं। लहर के संबंध में समझने की यह पहली बात है। लहर प्रकट होती है; एक अर्थ में लहर है। लेकिन किसी गहरे अर्थ में लहर नहीं है; गहरे अर्थ में सिर्फ सागर है। सागर के बिना लहर नहीं हो सकती; और जब लहर है भी तो भी वह सागर ही है। लहर रूप भर है, सत्य नहीं है। सागर सत्य है; लहर केवल रूप है।

भाषा के कारण अनेक समस्याएं उठ खड़ी होती हैं। क्योंकि हम कहते हैं लहर, इससे लगता है कि लहर कुछ है। बेहतर हो कि हम लहर न कहकर लहराना कहें; लहर नहीं, लहराना ही है। वह कोई वस्तु नहीं, एक क्रिया भर है। वह एक गति है, प्रक्रिया है; वह कोई पदार्थ नहीं है। वह कोई तत्व या सत्य नहीं है। पदार्थ या तत्व तो सागर है; लहर एक रूप भर है।

सागर शांत हो सकता है। तब लहरें विलीन हो जाएंगी, लेकिन सागर तो रहेगा। सागर शांत हो सकता है, या बहुत सक्रिय और क्षुब्ध हो सकता है; या सागर निष्क्रिय हो सकता है। लेकिन तुम्हें कोई शांत लहर देखने को नहीं मिलेगी। लहर सक्रियता है, सत्य नहीं। जब सक्रियता है तो लहर है; यह लहराना है, गति है, हलचल है—एक साधारण सी हलचल। लेकिन जब शांति आती है, जब निष्क्रियता आती है तो लहर नहीं रहती, लेकिन सागर रहता है। दोनों अवस्थाओं में सागर सत्य है। लहर उसका एक खेल है। लहर उठती है, खो जाती है; लेकिन सागर रहता है।

दूसरी बात, लहरें अलग-अलग दिखती हैं। प्रत्येक लहर का अपना व्यक्तित्व है, अनूठा, औरों से भिन्न। कोई दो लहरें समान नहीं होतीं; कोई लहर बड़ी होती है, कोई छोटी। उनके अपने-अपने विशिष्ट लक्षण होते हैं। प्रत्येक लहर का निजी ढंग होता है। और निश्चित ही प्रत्येक लहर दूसरे से भिन्न होती है। एक लहर उठ रही हो सकती है और दूसरी मिट रही हो सकती है। जब एक उठती है तो दूसरी गिरती है। दोनों एक नहीं हो सकतीं;

क्योंकि एक जन्म ले रही होती है और दूसरी मिट रही होती है। फिर भी दोनों लहरों के पीछे जो सत्य है वह एक ही है। वे भिन्न दिखती हैं, वे पृथक दिखती हैं, वे अलग-अलग दिखती हैं; लेकिन यह दिखना भ्रांत है। गहराई में एक ही सागर है; और लहरें चाहे जितनी असंबद्ध दिखें, वे परस्पर संबद्ध हैं।

जब एक लहर उठ रही होती है और दूसरी गिर रही होती है तो तुम्हें उनमें संबंध नहीं दिखाई पड़ता है। संबंध प्रकट नहीं है। उठती हुई लहर मिटती हुई लहर से कैसे संबद्ध हो सकती है? एक बूढ़ा आदमी मर रहा है और एक बच्चा जन्म ले रहा है, उन दोनों के बीच क्या संबंध हो सकता है? अगर उनमें कोई संबंध है तो दोनों साथ-साथ मरेंगे या साथ-साथ जन्म लेंगे। बच्चा पैदा हो रहा है; बूढ़ा मर रहा है। एक लहर मिट रही है, दूसरी उठ रही है।

लेकिन संभव है कि उठती लहर मिटने वाली लहर से ऊर्जा ग्रहण कर रही हो। मिटने वाली लहर अपनी मृत्यु के द्वारा उसे उठने में मदद कर रही हो। बिखरने वाली लहर उस लहर के लिए कारण बन सकती है जो उठ रही है। बहुत गहरे में वे एक ही सागर से जुड़ी हैं; वे भिन्न नहीं हैं, वे पृथक नहीं हैं। उनका व्यक्तित्व झूठा है, भ्रामक है। वे जुड़ी हुई हैं। उनका द्वैत भासता तो है, लेकिन है नहीं। उनका अद्वैत सत्य है।

अब मैं सूत्र को फिर से पढ़ता हूं: 'जैसे जल से लहरें उठती हैं और अग्नि से लपटें, वैसे ही सर्वव्यापक हम से लहराता है।'

हम जागतिक सागर में लहर मात्र हैं। इस पर ध्यान करो; इस भाव को अपने भीतर खूब गहरे उतरने दो। अपनी श्वास को उठती हुई लहर की तरह महसूस करना शुरू करो। तुम श्वास लेते हो; तुम श्वास छोड़ते हो। जो श्वास अभी तुम्हारे अंदर जा रही है वह एक क्षण पहले किसी दूसरे की श्वास थी। और जो श्वास अभी तुमसे बाहर जा रही है वह अगले क्षण किसी दूसरे की श्वास हो जाएगी। श्वास लेना जीवन के सागर में लहरों के उठने-गिरने जैसा ही है। तुम पृथक नहीं हो, बस लहर हो। गहराई में तुम एक हो। हम सब इकट्ठे हैं, संयुक्त हैं। वैयक्तिकता झूठी है, भ्रामक है। इसलिए अहंकार एकमात्र बाधा है। वैयक्तिकता झूठी है। वह भासती तो है, लेकिन सत्य नहीं है। सत्य तो अखंड है, सागर है, अद्वैत है।

यही कारण है कि प्रत्येक धर्म अहंकार के विरोध में है। जो व्यक्ति कहता है कि ईश्वर नहीं है वह अधार्मिक न भी हो, लेकिन जो कहता है कि मैं हूं वह अवश्य अधार्मिक है।

गौतम बुद्ध नास्तिक थे; वे किसी ईश्वर में विश्वास नहीं करते थे। महावीर वर्धमान नास्तिक थे; उन्हें भी किसी ईश्वर में विश्वास नहीं था। लेकिन वे पहुंच गए, उन्होंने पाया; वे समग्रता को, पूर्ण को उपलब्ध हुए। अगर तुम्हें किसी परमात्मा में विश्वास नहीं है तो तुम अधार्मिक नहीं हो; क्योंकि धर्म के लिए ईश्वर बुनियादी नहीं है। धर्म के लिए निरहंकार बुनियादी है। और अगर तुम ईश्वर में विश्वास भी करते हो, लेकिन अहंकार भरे मन से विश्वास करते हो तो तुम अधार्मिक हो। अहंकार-रहित मन के लिए ईश्वर में विश्वास की भी जरूरत नहीं है; निरहंकारी व्यक्ति अपने आप ही, सहज ही परमात्मा में लीन हो जाता है। निरहंकारी होकर तुम लहर से नहीं चिपके रह सकते हो; तुम्हें सागर में गिरना ही होगा। अहंकार लहर से चिपका रहता है। जीवन को सागर की भांति देखो और अपने को लहर मात्र समझो; और इस भाव को अपने भीतर उतरने दो।

▲

इस विधि को तुम कई ढंग से उपयोग में ला सकते हो। श्वास लेते हो तो भाव करो कि सागर ही तुम्हारे भीतर श्वास ले रहा है; सागर ही तुम्हारे भीतर आता है और बाहर जाता है, आता-जाता रहता है। प्रत्येक श्वास के साथ महसूस करो कि लहर उठ रही है, प्रत्येक श्वास के साथ महसूस करो कि लहर मिट रही है। और दोनों के बीच में तुम कौन हो? बस एक शून्य, खालीपन।

उस शून्यता के भाव के साथ तुम रूपांतरित हो जाओगे। उस खालीपन के भाव के साथ तुम्हारे सब दुख बिलीन हो जाएंगे। क्योंकि दुख को होने के लिए किसी केंद्र की जरूरत है—वह भी झूठे केंद्र की। शून्य ही तुम्हारा असली केंद्र है। उस शून्य में दुख नहीं है; उस शून्य में तुम गहन विश्राम में होते हो। जब तुम ही नहीं हो तो तनावग्रस्त कौन होगा? तुम तब आनंद से भर जाते हो। ऐसा नहीं है कि तुम आनंदपूर्ण होते हो; सिर्फ आनंद होता है। तुम्हारे बिना क्या तुम दुख निर्मित कर सकते हो?

यही कारण है कि बुद्ध कभी नहीं कहते हैं कि उस अवस्था में, उस परम अवस्था में आनंद होगा। वे ऐसा नहीं कहते; वे यही कहते हैं कि दुख नहीं होगा, बस। आनंद की बात करने से तुम भटक सकते हो, इसलिए बुद्ध आनंद की बात नहीं करते। वे कहते हैं कि आनंद की बात ही मत पूछो, सिर्फ इतना जानो कि दुख से कैसे मुक्त हुआ जाए; उसका मतलब है कि अपने बिना, खुद के बिना कैसे हुआ जाए। ह

हमारी समस्या क्या है? समस्या यह है कि लहर अपने को सागर से पृथक मानती है। तब समस्याएं उठ खड़ी होती हैं। अगर लहर अपने को सागर से पृथक मानती है तो उसे तुरंत मृत्यु का भय पकड़ेगा। लहर तो मिटेगी। लहर अपने चारों ओर अन्य लहरों को मिटते हुए देख सकती है। और तुम अपने को बहुत समय तक धोखा नहीं दे सकते। लहर देख रही है कि दूसरी लहरें मिट रही हैं। और लहर जानती है कि उसके उठने में ही कहीं मृत्यु छिपी है। क्योंकि दूसरी लहरें भी तो क्षणभर पहले उठ रही थीं और अब वे गिर रही हैं, बिखर रही हैं, मिट रही हैं। तुम्हें भी मिटना होगा।

अगर लहर अपने को सागर से पृथक मानती है तो देर-अबेर मृत्यु का भय उसे अवश्य घेरेगा। लेकिन अगर लहर जान ले कि मैं नहीं हूं, सागर है, तो मृत्यु का कोई भय नहीं है। लहर ही मरती है; सागर नहीं मरता। मैं मर सकता हूं; लेकिन जीवन नहीं मरता। तुम मर सकते हो, तुम मरोगे; लेकिन जीवन नहीं मरेगा, अस्तित्व नहीं मरेगा। अस्तित्व तो लहराता ही जाता है। वह तुममें लहराया है; वह दूसरों में लहराएगा। और जब तुम्हारी लहर बिखर रही होगी, तो संभव है कि तुम्हारे बिखराब में से ही दूसरी लहरें उठें। सागर जारी रहता है।

जब तुम अपने को लहर के रूप से पृथक देख लेते हो और सागर के साथ, अरूप के साथ एक जान लेते हो, एकात्म अनुभव करते हो, तो फिर तुम्हारी मृत्यु नहीं है। अन्यथा मृत्यु का भय दुख निर्मित करेगा। प्रत्येक पीड़ा में, प्रत्येक संताप में, प्रत्येक चिंता में मृत्यु का भय मूलभूत है। तुम भयभीत हो, कांप रहे हो। चाहे तुम्हें इसका बोध न हो, लेकिन अगर तुम अपने अंतस में प्रवेश करोगे तो पाओगे कि प्रत्येक क्षण तुम कांप रहे हो, क्योंकि तुम मरने वाले हो। तुम अनेक सुरक्षा के उपाय कर सकते हो, तुम अपने चारों ओर किलाबंदी कर सकते हो; लेकिन कुछ भी काम न देगा। कुछ भी काम नहीं देगा, धूल धूल में जा मिलेगी।

▲

तुम धूल में मिलने ही वाले हो।

क्या तुमने कभी इस बात पर गौर किया है, इस तथ्य पर ध्यान किया है कि अभी तुम रास्ते पर चल रहे हो तो जो धूल तुम्हारे जूते पर जमा हो रही है, हो सकता है वह धूल किसी नेपोलियन, किसी सिकंदर के शरीर की धूल हो। सिकंदर इस समय कहीं न कहीं धूल बना पड़ा है और हो सकता है कि तुम्हारे जूते से चिपकी धूल सिकंदर के शरीर की ही धूल हो। यही तुम्हारा भी हाल होने वाला है। इस क्षण तुम हो और अगले क्षण तुम नहीं होगे। यही तुम्हारा भी हाल होने वाला है। देर-अबेर धूल धूल में मिल जाएगी; लहर विदा हो जाएगी।

भय पकड़ता है। जरा कल्पना करो कि तुम किसी के जूते से चिपकी हुई धूल हो या कोई तुम्हारे शरीर सें, तुम्हारी प्रेमिका के शरीर से चाक पर बर्तन गढ़ रहा है। या कल्पना करो कि तुम किसी कीड़े के शरीर में या वृक्ष के शरीर में प्रवेश कर रहे हो। लेकिन यही हो रहा है। प्रत्येक चीज रूप है और रूप को मिटना है। केवल अरूप शाश्वत है। अगर तुम रूप से बंधे हो, अगर रूप से तुम्हारा तादात्म्य है, अगर तुम अपने को लहर मानते हो, तो तुम अपने ही हाथों उपद्रव में पड़ने जा रहे हो।

तुम सागर हो, लहर नहीं। यह ध्यान सहयोगी हो सकता है। यह तुम्हारा रूपांतरण बन सकता है; यह आमूल संपरिवर्तन बन सकता है। लेकिन इसे अपने पूरे जीवन पर फैलने दो। श्वास लेते हुए सोचो, भोजन करते हुए सोचो, चलते हुए सोचो। दो चीजें सोचो कि रूप सदा लहर है और अरूप सागर है, कि रूप मृण्मय है और अरूप अमृत है।

और ऐसा नहीं है कि तुम किसी दिन मरोगे; तुम प्रतिदिन मर रहे हो। बचपन मरता है और यौवन जन्म लेता है। फिर यौवन मरता है और बुढ़ापा जन्मता है। और फिर बुढ़ापा भी मरता है और रूप विदा हो जाता है। प्रत्येक क्षण तुम मर रहे हो; प्रत्येक क्षण तुम जन्म रहे हो। तुम्हारे जन्म का पहला दिन तुम्हारे जीवन का पहला दिन नहीं है, वह तो आने वाले अनेक-अनेक जन्मों में से एक है। वैसे ही तुम्हारे इस जीवन की मृत्यु पहली मृत्यु नहीं है; वह तो सिर्फ इस जीवन की मृत्यु है। तुम पहले भी मरते रहे हो। प्रतिक्षण कुछ मर रहा है और कुछ जन्म ले रहा है। तुम्हारा एक अंश मरता है; दूसरा अंश जन्मता है।

शरीरशास्त्री कहते हैं कि सात वर्षों में तुम्हारे शरीर का कुछ भी पुराना नहीं बचता है; एक-एक चीज, एक-एक कोष्ठ बदल जाता है। अगर तुम सत्तर वर्ष जीने वाले हो तो इस बीच तुम्हारा शरीर दस बार बदलेगा, पूरे का पूरा बदलेगा। हर सात वर्षों में तुम्हें नया शरीर मिलता है। लेकिन यह परिवर्तन अचानक नहीं होता; प्रत्येक क्षण कुछ न कुछ बदल रहा होता है।

तुम एक लहर हो और वह भी बहुत ठोस नहीं। प्रतिक्षण तुम बदल रहे हो। और लहर थिर नहीं हो सकती, गतिहीन नहीं हो सकती, लहर को सतत बदलते रहना है, सतत गतिमान रहना है। थिर लहर जैसी कोई चीज नहीं होती है। कैसे हो सकती है? थिर लहर का कोई अर्थ नहीं है। वह गति है, प्रक्रिया है। तुम गति हो, प्रक्रिया हो। अगर तुम इस गति से तादात्म्य कर बैठे और अपने को जन्म और मृत्यु के बीच सीमित मानने लगे तो तुम पीड़ा में, दुख में पड़ोगे। तब तुम आभास को सत्य मान रहे हो। इसको ही शंकर माया कहते हैं।

सागर ब्रह्म है; सागर सत्य है। अपने को लहर मानो, या उठती-गिरती लहरों का एक सातत्य मानो; और उसके साक्षी होओ। तुम कुछ कर नहीं सकते हो। ये लहरें विलीन होंगी।

जो प्रकट हुआ है, वह विलीन होगा; उसके संबंध में कुछ नहीं किया जा सकता। सब प्रयत्न बिलकुल व्यर्थ हैं। सिर्फ एक चीज की जा सकती है, वह है इस लहर-रूप का साक्षी होना। और एक बार तुम साक्षी हो गए तो तुम्हें अचानक उसका बोध हो जाएगा जो लहर के पार है, जो लहर के पीछे है, जो लहर में भी है और लहर के बाहर भी है, जिससे लहर बनती है और जो फिर भी लहर के पार है; जो सागर है।

'जैसे जल से लहरें उठती हैं और अग्नि से लपटें, वैसे ही सर्वव्यापक हम से लहराता है।'

सर्वव्यापक हमसे लहराता है। तुम नहीं हो; सर्वव्यापक है। वह तुम्हारे द्वारा लहरा रहा है। इसे महसूस करो, इसका मनन करो, इस पर ध्यान करो। और बहुत-बहुत ढंगों से इसे अपने पर घटित होने दो।

मैंने तुम्हें श्वास के संबंध में कहा। तुममें कामवासना उठती है; उसे महसूस करो, ऐसे नहीं जैसे वह तुम्हारी कामवासना है, बल्कि ऐसे कि सागर तुममें लहरा रहा है, जीवन तुममें धड़क रहा है, जीवन तुममें लहर ले रहा है। तुम संभोग में मिलते हो; ऐसा मत सोचो कि दो लहरें मिल रही हैं, ऐसा मत सोचो कि दो व्यक्ति मिल रहे हैं; बल्कि ऐसा सोचो कि दो व्यक्ति एक-दूसरे में विलीन हो रहे हैं। दो व्यक्ति अब नहीं बचे; लहरें विलीन हो गई हैं, केवल सागर बचा है। तब संभोग ध्यान बन जाता है।

जो भी तुम्हें घटित हो रहा है, ऐसा भाव करो कि वह ब्रह्मांड को घटित हो रहा है, कि मैं उसका अंश मात्र हूं, कि मैं सतह पर एक लहर मात्र हूं। सब कुछ अस्तित्व पर छोड़ दो।

झेन सदगुरु डोजेन कहा करता था—जब उसे भूख लगती थी तो वह कहता था—कि ऐसा लगता है कि अस्तित्व को मेरे द्वारा भूख लगी है। जब उसे प्यास लगती तो वह कहता था कि मेरे भीतर अस्तित्व प्यासा है।

यह ध्यान तुम्हें उसी स्थिति में पहुंचा देगा। तब तुम्हारा अहंकार बिखर जाता है, मिट जाता है और सब कुछ ब्रह्मांड का हिस्सा हो जाता है। तब जो भी होता है, अस्तित्व को होता है। तुम अब यहां नहीं हो। और तब कोई पाप नहीं है; तब कोई जिम्मेवारी नहीं है।

मेरा मतलब यह नहीं है कि तुम उच्छृंखल हो जाओगे। मेरा मतलब यह भी नहीं है कि तुम पापी हो जाओगे। पाप असंभव हो जाएगा, क्योंकि पाप अहंकार के इर्द-गिर्द ही घटित होता है। जिम्मेबारी नहीं रहेगी, क्योंकि अब तुम गैर-जिम्मेवार नहीं हो सकते। अब तो केवल तुम हो; इसलिए किसके प्रति जिम्मेवार होगे?

अब अगर तुम किसी को मरते देखोगे तो तुम्हें लगेगा कि उसके साथ, उसके भीतर, मैं ही मर रहा हू; तब तुम्हें लगेगा कि पूरा जगत मर रहा है और मैं उस जगत का अंश हूं। और अगर किसी फूल को खिलते देखोगे तो तुम उसके साथ-साथ खिलोगे। अब सारगा ब्रह्मांड तुममय है। और ऐसी घनिष्ठता में, ऐसी लयबद्धता में होना समाधि में होना है। ध्यान मार्ग है और यह एकता का भाव, सब के साथ जुड़े होने का भाव, मंजिल है।

इसे प्रयोग करो। सागर को स्मरण रखो और लहर को भूल जाओ। और ध्यान रहे, जब भी तुम लहर को स्मरण करोगे और लहर की भांति व्यवहार करने लगोगे तो तुम भूल करोगे और उसके कारण दुख में पड़ोगे। कहीं कोई ईश्वर नहीं है जो तुम्हें दंड दे रहा है। जब

भी तुम किसी भ्रांति के शिकार होते हो, तुम अपने को दंड देते हो। जगत में एक नियम है, धर्म है, ताओ है। अगर तुम इसके साथ लयबद्ध चलते हो तो तुम आनंद में हो। यदि तुम उसके विपरीत चलोगे, तुम अपने को दुख में पाओगे। वहां आकाश में कोई नहीं बैठा है तुम्हें दंडित करने को। वहां तुम्हारे पापों का कोई बही-खाता नहीं है; न उसकी कोई जरूरत है।

यह ठीक गुरुत्वाकर्षण जैसा है। अगर तुम सही ढंग से चलते हो तो गुरुत्वाकर्षण सहयोगी होता है; गुरुत्वाकर्षण के बिना तुम चल नहीं सकते। लेकिन अगर तुम गलत ढंग से चलोगे तो गिरोगे; अपनी हड्डी भी तोड़ ले सकते हो। लेकिन कोई तुम्हें दंड नहीं दे रहा है; सिर्फ नियम है गुरुत्वाकर्षण का, निरपेक्ष नियम है। अगर तुम गलत चलोगे और गिरोगे तो तुम्हारी हड्डी टूट जाएगी। और ठीक से चलोगे तो उसका मतलब है कि तुम गुरुत्वाकर्षण का सही उपयोग कर रहे हो। ऊर्जा का सही और गलत दोनों तरह से उपयोग हो सकता है।

जब तुम अपने को लहर मानते हो तो तुम जागतिक नियम के विरोध में हो, तुम सत्य के विरोध में हो। तब तुम अपने लिए दुख निर्मित करोगे। कर्म के सिद्धांत का यही मतलब है। कोई कानून बनाने वाला नहीं है; परमात्मा कोई जज नहीं है। जज होना कुरूप बात है। और अगर ईश्वर कोई जज होता तो अब तक बिलकुल ही ऊब गया होता या पागल हो गया होता। वह कोई जज नहीं है; वह कोई कंट्रोलर नहीं है; वह कोई कानून बनाने वाला भी नहीं है। जगत के अपने ही नियम हैं। और बुनियादी नियम यह है कि सच्चा होना आनंद में होना है और झूठा होना दुख में होना है।

दूसरी विधि:

जहां कहीं तुम्हारा मन भटकता है, भीतर या बाहर, उसी स्थान पर, यह।

यह मन द्वार है—यही मन। जहां कहीं यह मन भटकता है, जो कुछ यह सोचता है, मनन करता है, सपने देखता है—यही मन और यही क्षण द्वार है।

यह एक अति क्रांतिकारी विधि है; क्योंकि हम कभी नहीं सोचते कि साधारण मन द्वार है। हम सोचते हैं कि कोई महान मन, कोई बुद्ध या जीसस का मन प्रवेश कर सकता है। हम सोचते हैं कि बुद्ध या जीसस के पास कोई असाधारण मन है। और यह सूत्र कहता है कि तुम्हारा साधारण मन ही द्वार है—वही मन जो सपने देखता है, कल्पनाएं करता है, ऊलजलूल सोच-विचार करता है। यही मन द्वार है जो कुरूप कामनाओं और वासनाओं से, क्रोध और लोभ से खचाखच भरा है; जिसमें वह सब है जो निंदित है, जो तुम्हारे बस के बाहर है, जो तुम्हें यहां से वहां भटकाता रहता है; जो सतत एक पागलखाना है। यही मन द्वार है।

'जहां कहीं तुम्हारा मन भटकता है...।'

इस जहां कहीं को स्मरण रखो। भटकने का विषय महत्वपूर्ण नहीं है।

'जहां कहीं तुम्हारा मन भटकता है, भीतर या बाहर, उसी स्थान पर, यह।'

बहुत सी बातें समझने जैसी हैं। एक कि साधारण मन उतना साधारण नहीं है जितना हम समझते हैं। साधारण मन जागतिक मन से असंबद्ध नहीं है; वह उसका ही अंश है। उसकी जड़ें अस्तित्व के केंद्र तक चली गई हैं; अन्यथा तुम अस्तित्व में नहीं हो सकते हो। एक पापी भी परमात्मा में आधारित है; अन्यथा वह अस्तित्व में नहीं हो सकता है। वह जो शैतान है वह

▲

भी परमात्मा के सहारे के बिना नहीं हो सकता है। अस्तित्व ही इसलिए संभव है; क्योंकि वह परमात्मा में प्रतिष्ठित है।

तुम्हारा मन स्वप्न देखता है, कल्पना करता है, भटकता है; वह तनावग्रस्त है, दुख में है, संताप में है। वह जैसे भी गति करता है, जहां कहीं भी जाता है, वह समग्र से जुड़ा रहता है। अन्यथा संभव नहीं है। तुम अस्तित्व से भाग नहीं सकते; वह असंभव है। इसी क्षण तुम्हारी जड़ें अस्तित्व में गड़ी हैं। तब क्या किया जाए?

अगर इसी क्षण हमारी जड़ें अस्तित्व में गड़ी हैं तो अहंकारी मन को लगेगा कि फिर तो कुछ करना नहीं है। हम तो परमात्मा में ही हैं, फिर इतनी आपा-धापी की क्या जरूरत? तुम्हारी जड़ें तो परमात्मा में हैं, लेकिन तुम इस तथ्य के प्रति मूर्च्चित हो। जब मन भटकता है तो दो चीजें होती हैं: मन और भटकाव; मन के विषय और मन; आकाश में तिरते बादल और आकाश। वहां दो चीजें हैं: बादल और आकाश। कभी ऐसा भी हो सकता है कि बादल इतने हो जाते हैं कि आकाश छिप जाता है, तुम उसे देख नहीं पाते।

लेकिन जब तुम नहीं देख पाते हो तब भी आकाश विलीन नहीं हो जाता है। वह विलीन नहीं हो सकता है। आकाश के विलीन होने का कोई उपाय नहीं है। वह है; आच्छादित या प्रकट, दृश्य या अदृश्य, वह है। लेकिन बादल भी हैं। अगर तुम बादलों पर ही ध्यान देते हो तो आकाश भूल जाता है। और अगर तुम आकाश पर ध्यान देते हो तो बादल गौण हो जाते हैं; वे आते और जाते हैं। तुम्हें बादलों की बहुत चिंता लेने की जरूरत नहीं है। वे आते-जाते रहते हैं। वे आते-जाते रहे हैं, लेकिन उन्होंने आकाश को रत्तीभर भी नष्ट नहीं किया है। उन्होंने आकाश को गंदा भी नहीं किया है। उन्होंने उसको स्पर्श भी नहीं किया है। आकाश तो सदा कुंआरा है।

जब तुम्हारा मन भटकता है तो दो चीजें होती हैं। एक तो बादल हैं, विचार हैं, विषय हैं, बिंब हैं; और दूसरी चेतना है, खुद मन है। जब तुम बादलों पर, विचारों पर, बिंबों पर बहुत ध्यान देते हो तो तुम आकाश को भूल गए। तब तुम मेजबान को भूल गए और मेहमान में ही बुरी तरह उलझ गए। बे विचार, वे बिंब, जो भटक रहे हैं; केवल मेहमान हैं। अगर तुम मेहमानों पर सब ध्यान लगा देते हो तो तुम अपनी आत्मा ही भूल बैठे।

अपने ध्यान को मेहमानों से हटाकर मेजबान पर लगाओ; बादलों से हटाकर आकाश पर केंद्रित करो। और इसे व्यावहारिक ढंग से करो। कामवासना उठती है; यह बादल है। या बड़ा घर पाने का लोभ पैदा होता है; यह भी बादल है। तुम इससे इतने ग्रस्त हो जा सकते हो कि तुम भूल ही जाओ कि यह किस में उठ रहा है, यह किस को घटित हो रहा है, कौन इसके पीछे है, किस आकाश में यह बादल उठ रहा है। उस आकाश को स्मरण करो; और अचानक बादल विदा हो जाएगा। सिर्फ दृष्टि बदलने की जरूरत है; परिप्रेक्ष्य बदलने की जरूरत है। दृष्टि को विषय से विषयी पर, बाहर से भीतर पर, बादल से आकाश पर, अतिथि से आतिथेय पर ले जाने कौ जरूरत है। सिर्फ दृष्टि को बदलना है, फोकस बदलना है।

एक झेन सदगुरु लिंची प्रवचन कर रहा था। भीड़ में से किसी ने कहा: मेरे एक प्रश्न का उत्तर दें, मैं कौन हूं? लिंची ने बोलना बंद कर दिया। सब लोग चौकेन्ने हो गए। लिंची क्या उत्तर देने जा रहा है, सब यही सोच रहे थे। लेकिन उसने कोई उत्तर नहीं दिया। वह कुर्सी से

नीचे उतरा, आगे बढ़ा और उस आदमी के पास पहुंचा। पूरी भीड़ चकित और सजग हो उठी। लोगों की श्वासें तक रुक गई थीं। लिंची क्या करने जा रहा है? उसे कुर्सी पर बैठे-बैठे ही जवाब दे देना था; कुर्सी से उठने की क्या जरूरत थी! और प्रश्नकर्ता तो बहुत भयभीत हो उठा। लिंची अपनी बेधक दृष्टि उस व्यक्ति पर जमाए पास आया। उसने उस आदमी का गला पकड़ लिया, उसे झकझोरा और कहा: आंखें बंद करो और उसका स्मरण करो जो यह प्रश्न पूछ रहा है कि मैं कौन हूं।

उस आदमी ने आंखें बंद कीं—हालांकि डरते-डरते बंद कीं। वह अपने भीतर खोजने गया कि किसने यह प्रश्न पूछा है, और वह वापस नहीं आया। भीड़ प्रतीक्षा करती रही, प्रतीक्षा करती रही, प्रतीक्षा करती रही। उस आदमी का चेहरा मौन और शांत हो गया। तब लिंची ने उसे फिर झकझोरा: अब बाहर आओ और सबको बताओ कि तुम कौन हो। वह आदमी हंसने लगा और उसने कहा: जवाब देने का आपका खूब अदभुत ढंग है। लेकिन यदि कोई व्यक्ति अभी मुझसे यही पूछे तो मैं भी वही करूंगा; मैं उत्तर नहीं दे सकता।

यह दृष्टि की, परिप्रेक्ष्य की बदलाहट थी। तुम पूछते हो कि मैं कौन हूं; और तुम्हारा मन प्रश्न पर केंद्रित है, जब कि उत्तर प्रश्न के ठीक पीछे प्रश्नकर्ता में छिपा है। दृष्टि को बदलो; अपने पर लौट आओ।

यह सूत्र कहता है: 'जहां कहीं तुम्हारा मन भटकता है, भीतर या बाहर, उसी स्थान पर, यह।'

विषय से मन पर चले आओ और तुम फिर साधारण मन न रहे। तुम विषयों के कारण साधारण हो। दृष्टि के बदलते ही तुम स्वयं बुद्ध हो जाते हो। तुम बुद्ध ही हो; लेकिन अनेक बादलों के नीचे दबे हो। इतना ही नहीं कि तुम बादलों से दबे हो, तुम उनसे बंधे भी हो, तुम उन्हें जाने भी नहीं देते हो।

तुम सोचते हो कि बादल मेरी संपदा हैं। तुम सोचते हो कि जितने ज्यादा बादल होंगे, मैं उतना ही बेहतर, उतना ही ज्यादा समृद्ध हो जाऊंगा। और तुम्हारा सारा आकाश, सारा आंतरिक आकाश उनसे आच्छादित है, ढंका है। एक अर्थ में, बादलों में आकाश खो गया है और बादल ही तुम्हारा जीवन बन गए हैं। और बादलों का जीवन ही संसार है।

यह बात एक क्षण में घट सकती है—यह दृष्टि की बदलाहट। यह सदा अचानक ही घटती है। मैं यह नहीं कह रहा हूं कि तुम कुछ भी मत करो और यह अचानक घटेगी। तुम्हें बहुत कुछ करना होगा। लेकिन यह क्रमिक ढंग से नहीं घटता है। तुम्हें बहुत कुछ करना होगा, करना ही होगा। तब करते-करते एक दिन वह क्षण आता है जब तुम भाप बनने के सही तापमान पर पहुंच जाते हो। अचानक पानी पानी नहीं रहता है; वह भाप बन गया। अचानक तुम विषय से बाहर हो गए; तुम्हारी आंखें अब बादलों पर नहीं अटकी हैं। अब अचानक तुम आंतरिक आकाश की तरफ भीतर मुड़ गए।

ऐसा कभी क्रमिक रूप से नहीं होता कि तुम्हारी आंख का एक अंश भीतर की ओर मुड़ जाता है और उसका दूसरा अंश बाहर बादलों पर लगा रहता है। नहीं, यह अंशों में नहीं घटित होता कि तुम अब दस प्रतिशत भीतर हो और नब्बे प्रतिशत बाहर, कि बीस प्रतिशत भीतर हो और अस्सी प्रतिशत बाहर। नहीं, जब यह घटित होता है तो शत प्रतिशत होता है।

क्योंकि तुम अपनी दृष्टि को खंड-खंड नहीं कर सकते हो। या तो तुम विषयों को देखते हो या अपने को; या तो संसार को या ब्रह्म को।

फिर तुम संसार में वापस आ सकते हो; तुम फिर अपनी दृष्टि बदल सकते हो। अब तुम मालिक हो। सच तो यह है कि तुम तभी मालिक होते हो जब स्वेच्छा से अपनी दृष्टि बदल सकते हो।

मुझे एक तिब्बती संत मारपा का स्मरण आता है। जब वह ज्ञान को उपलब्ध हुआ—जब वह बुद्ध हुआ, जब वह अंतस की ओर मुड़ गया, जब उसने अंतराकाश का, अनंत का साक्षात्कार किया—तो किसी ने उससे पूछा: मारपा, अब कैसे हो? तो मारपा ने जो उत्तर दिया वह अपूर्व है, अप्रत्याशित है। अब तक किसी बुद्ध ने वैसा उत्तर नहीं दिया था। मारपा ने कहा: पहले जैसा ही दुखी।

वह आदमी तो भौचक्का रह गया; उसने पूछा: पहले जैसा ही दुखी? लेकिन मारपा हंसा; उसने कहा: हां, लेकिन एक फर्क के साथ। और फर्क यह है कि अब मेरा दुख स्वैच्छिक है। अब मैं कभी-कभी बस संसार का स्वाद लेने के लिए अपने से बाहर चला जाता हूं; लेकिन मैं मालिक हूं। मैं किसी भी क्षण भीतर लौट सकता हूं। और दोनों ध्रुवों के बीच गति करना अच्छा है। तभी कोई जीवंत रहता है। मारपा ने कहा: मैं अब दोनों जगत में गति कर सकता हूं। कभी मैं दुखों में लौट जाता हूं, लेकिन अब दुख मुझे नहीं घटित होते हैं, मैं ही उन्हें घटित होता हूं। और मैं उनसे अछूता रहता हं।

निश्चित ही, जब तुम स्वेच्छा से गति करते हो तो तुम अछूते रहते हो। एक बार तुमने जान लिया कि दृष्टि को अंतर्मुखी कैसे किया जाए, तुम संसार में वापस आ सकते हो। सभी बुद्धपुरुष संसार में वापस आए हैं। वे दृष्टि को फिर संसार पर ले जाते हैं। लेकिन अब आंतरिक मनुष्य की गुणवत्ता भिन्न है। वह जानता है कि यह उसकी स्वतंत्र दृष्टि है; वह बादलों को भी गति करने की इजाजत दे सकता है। अब बादल मालिक न रहे; वे तुम पर हावी नहीं हो सकते। वे अब तुम्हारी मर्जी से घूमते हैं।

और यह सुंदर है। कभी-कभी बादलों से भरा आकाश सुंदर होता है; बादलों की हलचल सुंदर होती है। अगर आकाश आकाश बना रहे तो बादलों को तिरने दिया जा सकता है। समस्या तो तब खड़ी होती है जब आकाश अपने को भूल जाता है और वहां बादल ही बादल रह जाते हैं। तब सब कुछ कुरूप हो जाता है, क्योंकि स्वतंत्रता खो गई।

यह सूत्र सुंदर है: 'जहां कहीं तुम्हारा मन भटकता है, भीतर या बाहर, उसी स्थान पर, यह।'

झेन परंपरा में इस सूत्र का गहरा उपयोग हुआ है। झेन कहता है कि साधारण मन ही बुद्ध-मन है। भोजन करते हुए तुम बुद्ध हो; सोते हुए तुम बुद्ध हो; कुएं से पानी ले जाते हुए तुम बुद्ध हो। तुम हो! कुएं से पानी ले जाते हुए, भोजन करते हुए, बिस्तर पर लेटे हुए तुम बुद्ध हो! यह बात सोच में भी नहीं आती; यह पहेली जैसी लगती है। लेकिन यह सत्य है। अगर पानी ढोते हुए तुम सिर्फ पानी ढोते हो, तुम उसे समस्या नहीं बनाते और सिर्फ पानी ढोते हो, अगर तुम्हारा मन बादलों से मुक्त है और आकाश खाली है, अगर तुम केवल पानी ढोते हो, तो तुम बुद्ध हो। तब भोजन करते हुए तुम सिर्फ भोजन करते हो और कुछ नहीं करते।

▲

लेकिन हम जब भोजन करते हैं तो उसके साथ हजारों चीजें करते रहते हैं। हो सकता है कि तुम्हारा मन भोजन में बिलकुल न हो; तुम्हारा शरीर यंत्र की तरह भोजन कर रहा हो और तुम्हारा मन कहीं और हो।

किसी विश्वविद्यालय का एक छात्र यहां कुछ दिन पहले आया था। उसकी परीक्षा करीब थी, इसलिए वह कुछ पूछने आया था। उसने कहा: मैं बहुत उलझन में हूं। समस्या यह है कि मैं एक लड़की के प्रेम में पड़ गया हूं और परीक्षा निकट है। जब मैं लड़की के साथ होता हू तो परीक्षा की सोचता रहता हूं और जब पढ़ता होता हूं तो लड़की की सोचता रहता हू। मैं क्या करूं? पढ़ते समय मैं वहां नहीं होता, मैं कल्पना में अपनी प्रेमिका के साथ होता हूं। और प्रेमिका के साथ जब होता हूं तो कभी उसके साथ नहीं होता; मैं अपनी समस्याओं के बारे में, नजदीक आती परीक्षा के बारे में चिंता करता रहता हूं। नतीजा यह है कि सब कुछ गड-मड हो गया है।

यह लड़का ही नहीं ऐसे ही हर कोई गड-मड हो गया है। तुम जब दफ्तर में होते हो तो तुम्हारा मन घर में होता है; तुम जब घर में होते हो तो तुम्हारा मन दफ्तर में होता है। और तुम ऐसा जादुई करिश्मा कर नहीं सकते; घर में होकर तुम घर में ही हो सकते हो, दफ्तर में नहीं हो सकते; और अगर तुम दफ्तर में हो तो तुम्हारा दिमाग ठीक नहीं है, तुम पागल हो। तब हर चीज दूसरी चीज में उलझ जाती है, गुत्थमगुत्था हो जाती है। तब कुछ भी स्पष्ट नहीं रहता है। और यही मन समस्या है।

कुएं से पानी खींचते हुए, कुएं से पानी ढोते हुए तुम अगर मात्र यही काम कर रहे हो तो तुम बुद्ध हो। अगर तुम झेन सदगुरुओं के पास जाओ और उनसे पूछो कि आप क्या करते हैं? आपकी साधना क्या है? ध्यान क्या है? तो वे कहेंगे: जब नींद आती है तो हम सो जाते हैं; जब भूख लगती है तो हम भोजन कर लेते हैं। बस यही हमारी साधना है और कोई साधना नहीं है।

लेकिन यह बहुत कठिन है, हालांकि आसान मालूम पड़ता है। अगर भोजन करते हुए तुम सिर्फ भोजन करो, अगर बैठे हुए तुम सिर्फ बैठो और कुछ न करो, अगर तुम वर्तमान क्षण के साथ रह सको, उससे हटो नहीं, अगर तुम वर्तमान क्षण में डूब सको, न कोई अतीत हो, न कोई भविष्य हो, अगर वर्तमान क्षण ही एकमात्र अस्तित्व हो, तो तुम बुद्ध हो। तब यही मन बुद्ध-मन बन जाता है।

तो जब तुम्हारा मन भटकता हो तो उसे रोकने की चेष्टा मत करो, बल्कि आकाश को स्मरण करो। जब मन भटके तो उसे रोको मत। उसे किसी बिंदु पर लाने की, एकाग्र करने की चेष्टा मत करो। नहीं, उसे भटकने दो, लेकिन भटकाव पर बहुत अवधान मत दो—न पक्ष में, न विपक्ष में। क्योंकि तुम चाहे उसके पक्ष में रहो या विपक्ष में, तुम उससे बंधे रहते हो। आकाश को स्मरण करो। भटकन को चलने दो और इतना ही कहो: ठीक है, यह चलती हुई राह है; अनेक लोग इधर-उधर चल रहे हैं। मन एक चलती राह है। मैं आकाश हूं, बादल नहीं।

इसे स्मरण रखो, इस भाव में उतरो; इसमें ही स्थित रहो। देर-अबेर तुम देखोगे कि बादलों की गति मंद पड़ रही है और बादलों के बीच बड़े अंतराल आने लगे हैं। वे अब उतने काले नहीं हैं, उतने घने नहीं हैं। उनकी गति मंद हो गई है, उनके बीच अंतराल देखे जा सकते

हैं, उनके पीछे का आकाश दिखाई पड़ने लगा है। अपने को आकाश की भांति अनुभव करते रहो, बादलों की भांति नहीं। देर-अबेर किसी दिन, किसी सम्यक क्षण में, जब तुम्हारी दृष्टि सचमुच भीतर लौट गई है, बादल विलीन हो जाएंगे; और तब तुम शुद्ध आकाश हो, सदा से शुद्र, सदा से अस्पर्शित आकाश हो।

और एक बार तुमने इस कुंआरेपन को जान लिया तो फिर बादलों में, बादलों के संसार में वापस आ सकते हो। तब संसार का अपना ही सौंदर्य है, तब तुम इसमें रह सकते हो, लेकिन अब तुम मालिक हो।

संसार बुरा नहीं है। मालिक की तरह संसार समस्या है; जब तुम ही मालिक हो तो तुम उसमें रह सकते हो। तब संसार का अपना ही सौंदर्य है; वह सुंदर है, प्यारा है। लेकिन तुम उस सौंदर्य को, उस माधुर्य को अपने भीतर मालिक होकर ही जान सकते हो।

तीसरी विधि:

जब किसी इंद्रिय- विशेष के द्वारा स्पष्ट बोध हो, उसी बोध में स्थित होओ।

तुम अपनी आंख के द्वारा देखते हो। ध्यान रहे, तुम अपनी आंख के द्वारा देखते हो। आंखें नहीं देख सकतीं; उनके द्वारा तुम देखते हो। द्रष्टा पीछे छिपा है, भीतर छिपा है; आंखें बस द्वार हैं, झरोखे हैं। लेकिन हम सदा सोचते हैं कि हम आंख से देखते हैं; हम सोचते हैं कि हम कान से सुनते हैं। कभी किसी ने कान से नहीं सुना है। तुम कान के द्वारा सुनते हो, कान से नहीं। सुनने वाला पीछे छिपा है। कान तो रिसीवर भर है।

मैं तुम्हें छूता हूं; मैं बहुत प्रेमपूर्वक तुम्हारा हाथ अपने हाथ में लेता हूं। यह हाथ नहीं है जो तुम्हें छूता है; यह मैं हूं जो हाथ के द्वारा तुम्हें छू रहा हूं। हाथ यंत्र भर है। और स्पर्श भी दो भांति का है। एक, जब मैं सच ही तुम्हें स्पर्श करता हूं। और दूसरा, जब मैं स्पर्श से बचना चाहता हूं। मैं तुम्हें छूकर भी स्पर्श से बच सकता हूं; मैं अपने हाथ में न रहूं; मैं हाथ से अपने को अलग कर लू। .

इसे प्रयोग करके देखो, तुम्हें एक भिन्न अनुभव होगा, एक दूरी का अनुभव होगा। किसी पर अपना हाथ रखो और अपने को अलग रखो; वहां सिर्फ मुर्दा हाथ होगा, तुम नहीं। और अगर दूसरा व्यक्ति संवेदनशील है तो उसे मुर्दा हाथ का एहसास होगा; वह अपमानित अनुभव करेगा। क्योंकि तुम उसे धोखा दे रहे हो; तुम छूने का दिखावा कर रहे हो, छू नहीं रहे हो।

स्त्रियां इस मामले में बहुत संवेदनशील हैं; तुम उन्हें धोखा नहीं दे सकते। स्पर्श के प्रति, शारीरिक स्पर्श के प्रति वे ज्यादा सजग हैं; वे जान जाती हैं। हो सकता है पति मीठी-मीठी बातें कर रहा हो; वह फूल ले आया हो और कह रहा हो कि मैं तुम्हें प्रेम करता हू; लेकिन उसका स्पर्श कह देगा कि वह वहां नहीं है। और स्त्रियों को सहज-बोध हो जाता है कि कब तुम उनके साथ हो और कब नहीं। अगर तुम अपने मालिक नहीं हो तो तुम उन्हें धोखा नहीं दे सकते। अगर तुम्हें अपने ऊपर मालकियत नहीं है तो तुम उन्हें धोखा नहीं दे सकते। और जो अपना मालिक है वह पति होना नहीं चाहेगा, यह कठिनाई है। तुम जो भी कहोगे, तुम्हारा स्पर्श उसे झुठला देगा।

▲

बच्चे बहुत संवेदनशील होते हैं, तुम उन्हें धोखा नहीं दे सकते। तुम उनकी पीठ भला थपथपाते हो, लेकिन वे जान जाते हैं कि यह थपथपाना मुर्दा है। अगर तुम्हारे हाथ में प्रेम-ऊर्जा का प्रवाह नहीं है तो वे जान जाते हैं। एक मुर्दा हाथ उपयोग में लाया जा रहा है। और जब तुम समग्रता से अपने हाथ में मौजूद होते हो, जब तुम खुद हाथ के साथ आगे बढ़ते हो, जब तुम्हारे प्राण तुम्हारे हाथ में आ गए हैं, जब तुम्हारी आत्मा ही वहां मौजूद है, तब स्पर्श गुणवत्ता ही भिन्न होती है।

यह सूत्र कहता है कि इंद्रियां द्वार भर हैं—एक माध्यम, एक यंत्र, एक रिसीविंग स्टेशन। और तुम उनके पीछे छिपे हो।

'जब किसी इंद्रिय-विशेष के द्वारा स्पष्ट बोध हो, उसी बोध में स्थित होओ।'

संगीत सुनते हुए अपने को कान में मत खो दो, मत भुला दो; उस चैतन्य को स्मरण करो जो पीछे छिपा है। होश रखो। किसी को देखते हुए इस विधि का प्रयोग करो। तुम यह प्रयोग मुझे देखते हुए अभी और यहीं कर सकते हो। क्या हो रहा है?

तुम मुझे आंख से देख सकते हो। और जब मैं कहता हूं आंख से तो उसका मतलब है कि तुम्हें इसका बोध नहीं है कि तुम आंख के पीछे छिपे हो। तुम मुझे आंख के द्वारा देख सकते हो। और जब मैं कहता हूं आंख के द्वारा तो उसका मतलब है कि आंख बस तुम्हारे और मेरे बीच में एक यंत्र भर है; तुम आंख के पीछे खड़े हो, आंख के द्वारा देख रहे हो, जैसे कोई खिड़की या ऐनक के द्वारा देखता है।

तुमने बैंक में किसी क्लर्क को अपनी ऐनक के ऊपर से देखते हुए देखा होगा। ऐनक उसकी नाक पर उतर आयी है और वह देख रहा है। उसी ढंग से मुझे देखो, मेरी तरफ देखो, ऐसे देखो जैसे आंख के ऊपर से देखते हो, मानो तुम्हारी आंखें सरककर नीचे नाक पर आ गई हों और तुम उनके पीछे से मुझे देख रहे हो। अचानक तुम्हें गुणवत्ता में फर्क मालूम पड़ेगा। तुम्हारा परिप्रेक्ष्य बदलता है; आंखें महज द्वार बन जाती हैं। और यह ध्यान बन जाता है।

सुनते समय कानों के द्वारा मात्र सुनो और अपने आंतरिक केंद्र के प्रति जागे रहो। स्पर्श करते हुए हाथ के द्वारा मात्र छुओ और आंतरिक केंद्र को स्मरण रखो जो पीछे छिपा है। किसी भी इंद्रिय से तुम्हें आंतरिक केंद्र की अनुभूति हो सकती है। और प्रत्येक इंद्रिय आंतरिक केंद्र तक जाती है; उसे सूचना देती है।

यही कारण है कि जब तुम मुझे देख और सुन रहे हो—जब तुम आंख के द्वारा देख रहे हो और कान के द्वारा सुन रहे हो—तो तुम जानते हो कि तुम उसी व्यक्ति को देख रहे हो जिसे सुन भी रहे हो। अगर मेरे शरीर में कोई गंध है तो तुम्हारी नाक उसे भी ग्रहण करेगी। उस हालत में तीन-तीन इंद्रियां एक ही केंद्र को सूचना दे रही हैं। इसी से तुम संयोजन कर पाते हो, अन्यथा संयोजन कठिन होता।

अगर तुम्हारी आंखें ही देखती हैं और कान ही सुनते हैं तो यह जानना कठिन होता कि तुम उसी व्यक्ति को सुन रहे हो जिसे देख भी रहे हो, या दो भिन्न व्यक्तियों को देख और सुन रहे हो; क्योंकि दोनों इंद्रियां भिन्न हैं और वे आपस में नहीं मिलती हैं। तुम्हारी आंखों को तुम्हारे कानों का पता नहीं है और तुम्हारे कानों को तुम्हारी आंखों का पता नहीं है। वे एक-दूसरे को नहीं जानते हैं; वे आपस में कभी मिले नहीं हैं। उनका एक-दूसरे से परिचय भी नहीं कराया

गया है। तो फिर सारा समन्वय, सारा संयोजन कैसे घटित होता है?

कान सुनते हैं, आंखें देखती हैं, हाथ छूते हैं, नाक सूंघती है; और अचानक तुम्हारे भीतर कहीं कोई जान जाता है कि यह वही आदमी है जिसे मैं सुन रहा हूं, देख रहा हूं, छू रहा हूं और सूंघ रहा हूं। यह ज्ञाता इंद्रियों से पृथक और भिन्न है। सभी इंद्रियां इस ज्ञाता को ही सूचना देती हैं। और इस ज्ञाता में, इस केंद्र में सब कुछ सम्मिलित होकर, संयोजित होकर एक हो जाता है। यह चमत्कार है।

मैं एक हूं; तुमसे बाहर मैं एक हूं। मेरा शरीर, मेरे शरीर की उपस्थिति, उसकी गंध, मेरा बोलना, सब एक हैं। लेकिन तुम्हारी इंद्रियां मुझे विभाजित कर देंगी। तुम्हारे कान मेरे बोलने को खबर देंगे, तुम्हारी नाक मेरी गंध की खबर देगी और तुम्हारी आंखें मेरी उपस्थिति की खबर देंगी। वे इंद्रियां मुझे टुकड़ों में बांट देंगी। लेकिन फिर तुम्हारे भीतर कहीं पर में एक हो जाऊंगा। जहां तुम्हारे भीतर मैं एक होता हूं, वह तुम्हारे होने का केंद्र है। वह तुम्हारा बोध है, चैतन्य है। तुम उसे बिलकुल भूल गए हो। यह विस्मरण ही अज्ञान है। और बोध या चैतन्य आत्म-ज्ञान का द्वार खोलता है। तुम और किसी उपाय से अपने को नहीं जान सकते हो।

'जब किसी इंद्रिय-विशेष के द्वारा स्पष्ट बोध हो, उसी बोध में स्थित होओ।'

उसी बोध में रहो; उसी बोध में स्थिर रहो। होशपूर्ण होओ।

आरंभ में यह कठिन है। हम बार-बार सो जाते हैं; और आंख के द्वारा देखना कठिन मालूम पड़ता है। आंख से देखना आसान है। आरंभ में थोड़ा तनाव अनुभव होगा अगर तुम आंख के द्वारा देखने की चेष्टा करोगे। और न केवल तुम तनाव अनुभव करोगे, वह व्यक्ति भी तनाव अनुभव करेगा जिसे तुम देखोगे।

अगर तुम किसी को आंख के द्वारा देखोगे तो उसे लगेगा कि तुम अनुचित रूप से दखल दे रहे हो, कि तुम उसके साथ अभद्र व्यवहार कर रहे हो। तुम अगर आंख के द्वारा देखोगे तो दूसरे को अचानक अनुभव होगा कि तुम उसके साथ उचित व्यवहार नहीं कर रहे हो। क्योंकि तुम्हारी दृष्टि बेधक बन जाएगी, तुम्हारी दृष्टि गहराई में उतर जाएगी। अगर यह दृष्टि तुम्हारी गहराई से आती है, वह उसकी गहराई में प्रवेश कर जाएगी।

यही कारण है कि समाज ने एक बिल्ट-इन सुरक्षा की व्यवस्था कर रखी है। समाज कहता है कि जब तक तुम किसी के प्रेम में नहीं हो, उसे बहुत घूरकर मत देखो। अगर तुम प्रेम में हो तो देख सकते हो। तब तुम उसके अंतर्तम तक प्रवेश कर सकते हो, क्योंकि वह तुमसे भयभीत नहीं है। तब दूसरा तुम्हारे प्रति नग्न हो सकता है, समग्रतः नग्न हो सकता है; वह तुम्हारे प्रति खुला हो सकता है। लेकिन साधारणतः, अगर तुम प्रेम में नहीं हो, तो किसी को घूरने की, बेधक दृष्टि से देखने की मनाही है।

भारत में हम ऐसे आदमी को, जो दूसरे को घूरता है, लुच्चा कहते हैं। लुच्चा का अर्थ है, देखने वाला। लुच्चा शब्द लोचन से आता है। लुच्चा का अर्थ हुआ कि जो आंख ही बन गया है। इसलिए इस विधि का प्रयोग किसी अपरिचित पर मत करो। वह तुम्हें लुच्चा समझेगा। पहले इस विधि का प्रयोग ऐसे विषयों के साथ करो जैसे फूल हैं, पेड़ हैं, रात के तारे हैं। वे इसे अनुचित दखल नहीं मानेंगे; वे एतराज नहीं उठाएंगे। बल्कि वे इसे पसंद करेंगे, उन्हें बहुत अच्छा लगेगा। वे इसका स्वागत करेंगे।

▲

तो पहले उनके साथ प्रयोग करो और फिर अपनी पत्नी, अपने बच्चे, अपने प्रियजनों के साथ। कभी अपने बच्चे को गोद में उठा लो और उसको आंख के द्वारा देखो। बच्चा इसे समझेगा, सराहेगा। वह अन्य किसी से भी ज्यादा समझेगा, क्योंकि अभी समाज ने उसे पंगु नहीं बनाया है, विकृत नहीं किया है। वह अभी सहज है। तुम अगर उसे आंख के द्वारा देखोगे तो उसे प्रगाढ़ प्रेम की अनुभूति होगी, उसे तुम्हारी उपस्थिति का एहसास होगा।

अपने प्रेमी या प्रेमिका को ऐसे देखो। और फिर जैसे-जैसे तुम्हें इस बात की पकड़ आएगी, जैसे-जैसे तुम इसमें कुशल होगे, वैसे-वैसे तुम धीरे-धीरे दूसरों को भी देखने में समर्थ हो जाओगे। क्योंकि तब किसी को पता नहीं चलेगा कि तुमने इस गहराई से उसे देखा। और जब अपनी इंद्रियों के पीछे सतत सजग होकर खड़े होने की कला तुम्हारे हाथ आ जाएगी तो इंद्रियां तुम्हें धोखा न दे पाएंगी। अन्यथा इंद्रियां धोखा देती हैं। ऐसे संसार में, जो सिर्फ भासता है, इंद्रियों ने तुम्हें उसे सच मानने का धोखा दिया है।

अगर तुम इंद्रियों के द्वारा देख सके और सजग रह सके तो धीरे-धीरे संसार माया मालूम पड़ने लगेगा, स्वप्नवत मालूम पड़ने लगेगा। और तब तुम उसके तत्व में, उसके मूल तत्व में प्रवेश कर सकोगे। वह मूल तत्व ही ब्रह्म है।

आज इतना ही।

40

ज्ञान क्रमिक नहीं, आकस्मिक घटना है

प्रश्न सार

1. अगर प्रामाणिक अनुभव आकस्मिक ही घटता है तो फिर यह क्रमिक विकास ओर दृष्टि की स्वच्छता क्या है जो हमें अनुभव होती है?

2. जब कोई व्यक्ति साक्षी चैतन्य में स्थित हो जाता है तो ध्रुवीय विपरीतताओं का क्या होता है?

3. विचारशून्य बोध में बुद्ध-मन कब उदघाटित होता है?

4. आपके ध्यानों में तीव्र रेचन न होने के क्या कारण हैं?

पहला प्रश्न :

आपने कहा कि कोई व्यक्ति या तो संसार को देखता है या ब्रह्म को और यह कि ब्रह्म का क्रमिक दर्शन संभव नहीं है। लेकिन अनुभव में यह आता है कि जैसे-जैसे हम मौन और शांत होते हैं हमें परमात्मा की उपस्थिति अधिक-अधिक स्पष्ट होती जाती है। अगर प्रामाणिक अनुभव कभी क्रमिक नहीं, सिर्फ आकस्मिक होता है, अचानक होता है, तो यह क्रमिक विकास और दृष्टि की सुस्पष्टता क्या है?

यह एक बहुत प्राचीन समस्या रही है: बुद्धत्व अचानक घटित होता है या क्रमिक? इस संबंध में बहुत सी बातें समझने जैसी हैं। एक परंपरा है जो कहती है कि बुद्धत्व क्रमिक उपलब्धि है और जैसे कि प्रत्येक चीज अंशों में बांटी जा सकती है, चरणों में बांटी जा सकती है, ज्ञान को भी अंशों में विभाजित किया जा सकता है; तुम अधिक-अधिक ज्ञान को, और-और बुद्धत्व को क्रमशः उपलब्ध हो सकते हो। और इस बात को व्यापक स्वीकृति मिली है; क्योंकि मनुष्य का मन नहीं सोच सकता कि कोई चीज तुरंत और अचानक हो सकती है।

मन विभाजन करना चाहता है, विश्लेषण करना चाहता है। मन बड़ा विश्लेष है। मन क्रमिक को समझ सकता है, लेकिन अकस्मात को, अचानक को नहीं। आकस्मिकता बुद्धि के पार की चीज है, मन के पार की बात है। अगर मैं तुमसे कहूं कि तुम अज्ञानी हो और तुम क्रमशः ज्ञानी बन सकते हो तो यह बात समझ में आती है। तुम इसे समझ सकते हो।

लेकिन अगर मैं कहूं कि नहीं, ज्ञान में क्रमिक विकास नहीं होता; या तो तुम अज्ञानी हो या ज्ञान में अचानक छलांग लग जाती है तो प्रश्न उठता है कि ज्ञानोपलब्ध कैसे हुआ जाए। अगर क्रम नहीं होगा तो विकास नहीं होगा। अगर विकास की सीढ़ियां न हों तो तुम प्रगति नहीं कर सकते, तुम आगे नहीं बढ़ सकते। कहां से आरंभ किया जाए? आकस्मिक विस्फोट में आरंभ और अंत एक ही होते हैं; आरंभ और अंत के बीच अंतराल नहीं होता। तब आरंभ कहां से हो? आरंभ ही अंत है।

मन के लिए यह एक पहेली बन जाती है—एक कोआन। त्वरित ज्ञान असंभव मालूम पड़ता है। ऐसा नहीं है कि त्वरित ज्ञान असंभव है; लेकिन मन उसकी धारणा नहीं बना सकता। और स्मरण रहे, मन ज्ञान की धारणा कैसे बना सकता है! यह असंभव है। यह व्यापक रूप से स्वीकार किया गया है कि आंतरिक विस्फोट भी क्रमिक विकास है। अनेक ज्ञानी पुरुषों ने भी तुम्हारी इस बात को हामी भर दी है और उन्होंने कहा है कि हां, क्रमिक विकास होता है।

ऐसा नहीं कि क्रमिक विकास होता है, लेकिन ज्ञानियों ने तुम्हारे रुझान को, तुम्हारे देखने के ढंग को हामी भरी है। ऐसा उन्होंने तुम्हारे प्रति प्रगाढ़ करूणा के कारण किया है। वे जानते हैं कि अगर तुम सोचते हो कि यह क्रमिक है तो आरंभ अच्छा हो सकता है। और क्रमिक विकास तो नहीं होगा, लेकिन अगर तुम आरंभ करते हो, तुम उसे खोजते ही चले जाते हो तो किसी दिन वह आकस्मिक घटना तुम्हें घट जाएगी। और अगर यह कहा जाए कि ज्ञान अचानक, अप्रत्याशित ही घटता है, उसका कोई क्रमिक विकास संभव नहीं है, तो तुम आरंभ ही नहीं करोगे और ज्ञान कभी घटित नहीं होगा। अनेक प्रज्ञा पुरुषों ने केवल तुम्हारे हित में, तुम्हें यात्रा पर निकलने को राजी करने के निमित्त कहा है कि ज्ञान क्रमिक प्रक्रिया है।

क्रमिक प्रक्रिया से ज्ञान की उपलब्धि संभव नहीं है, पर एक दूसरी चीज जरूर संभव है—बुद्धत्व नहीं, कोई अन्य चीज। लेकिन यह अन्य चीज सहयोगी हो जाती है। उदाहरण के लिए, अगर तुम भाप बनाने के लिए पानी को गरम करते हो तो भाप बनना क्रमशः नहीं, अचानक घटित होगा। एक विशेष तापमान पर, सौ डिग्री पर पानी भाप बन जाएगा, अचानक भाप बन जाएगा। पानी और भाप के बीच क्रमिक विकास नहीं होगा। तुम नहीं कह सकते कि यह पानी थोड़ा भाप है और थोड़ा पानी है। या तो पानी है या भाप है। और पानी एकदम, अचानक भाप की अवस्था में छलांग लगा जाता है। वह छलांग है, क्रमिक विकास नहीं। लेकिन गरम करके तुम पानी को ताप दे रहे हो; तुम उसे सौ डिग्री के बिंदु पर, भाप बनने के बिंदु पर पहुंचने में मदद दे रहे हो। यह क्रमिक विकास है। भाप बनने के बिंदु तक पानी अधिक-अधिक गरम होने के अर्थ में विकास करेगा। और तब अकस्मात भाप बन जाएगा।

तो ऐसे सदगुरु हुए हैं जिन्होंने विवेक और करुणा के कारण मनुष्य के मन की भाषा का प्रयोग किया; क्योंकि तुम वही भाषा समझ सकते हो। उन्होंने कहा कि हां, क्रमिक विकास होता है। उससे तुम्हें साहस, विश्वास और आशा मिलती है; और यह संभावना, यह आश्वासन मिलता है कि मुझे भी यह हो सकता है। तुम्हें लगेगा कि अपनी सीमाओं के कारण, अपनी कमजोरियों के कारण मैं ज्ञान के आकस्मिक विस्फोट को नहीं उपलब्ध हो सकता; लेकिन मैं उसका क्रमिक, सीढ़ी दर सीढ़ी विकास कर सकता हूं, धीरे-धीरे उस तक जा सकता हूं। इसमें अनेक जन्म लग सकते हैं; लेकिन तब भी आशा है। तुम्हारे प्रयत्न तुम्हें गरम करेंगे।

दूसरी बात स्मरण रखने की यह है कि गरम पानी भी पानी ही है। तो यदि तुम्हारा मन ज्यादा शुद्ध भी हो जाए, तुम्हारी दृष्टि ज्यादा स्वच्छ भी हो जाए, तुम ज्यादा नैतिक, ज्यादा केंद्रित भी हो जाओ, तो भी तुम अभी मनुष्य ही हो, बुद्ध नहीं हुए हो, ज्ञानी नहीं हुए हो। तुम ज्यादा मौन और शांत हो जाते हो, तुम्हें प्रगाढ़ आनंद का भी अनुभव होता है; लेकिन तो भी तुम अभी मनुष्य ही हो और तुम्हारे भाव सापेक्ष ही हैं, विधायक नहीं।

तुम शांत अनुभव करते हो, क्योंकि अब तुम कम तनावग्रस्त हो। तुम आनंदित अनुभव करते हो, क्योंकि अब अपने दुखों से तुम्हारा लगाव कम हो गया है; अब तुम उनका सृजन नहीं करते। तुम्हारा बिखराव बहुत कम हो गया है; इसलिए नहीं कि तुम अद्वैत को उपलब्ध हो गए हो; सिर्फ इसलिए क्योंकि अब तुम कम खंडित हो, तुम्हारा बंटाव कम हो गया है। स्मरण रहे, तुम्हारा यह विकास सापेक्ष है। तुम अभी गरम पानी ही हो। लेकिन संभावना है कि किसी भी क्षण तुम उस बिंदु पर पहुंच जाओगे जहां वाष्पीकरण घटित होता है।

▲

और जब यह ज्ञान घटित होगा तो तुम मौन और शांति और आनंद भी नहीं अनुभव करोगे; क्योंकि ये सापेक्ष गुण हैं और अपने विपरीत गुणों से बंधे हैं। जब तुम तनावग्रस्त हो तो तुम शांति अनुभव कर सकते हो; जब तुम शोरगुल से भरे हो तो तुम मौन अनुभव कर सकते हो; जब तुम खंडित हो, बंटे हो तो तुम एकता अनुभव कर सकते हो; और जब तुम दुख और संताप में हो तो तुम आनंद अनुभव कर सकते हो।

यही कारण है कि बुद्ध मौन रह गए, क्योंकि भाषा अब उसे अभिव्यक्त नहीं कर सकती जो विपरीतताओं के पार है। बुद्ध यह नहीं कह सकते कि अब मैं आनंदपूर्ण हूं; क्योंकि यह भाव भी कि मैं आनंदित हूं, दुख और संताप की पृष्ठभूमि में ही संभव है। रोग और रुग्णता की पृष्ठभूमि में ही तुम्हें स्वास्थ्य का भाव हो सकता है। और मृत्यु की पृष्ठभूमि में ही जीवन का बोध होता है। बुद्ध यह भी नहीं कह सकते कि मैं अमृत हूं; क्योंकि मृत्यु इस परिपूर्ण रूप से विदा हो गई है कि अमृत का बोध भी नहीं रहा।

अगर दुख परिपूर्ण रूप से विदा हो गया है तो तुम्हें आनंद का भाव भी नहीं हो सकता। अगर शोरगुल और संताप पूरी तरह मिट गए हैं तो तुम्हें मौन की प्रतीति भी नहीं हो सकती। ये सभी अनुभव, ये सारे भाव अपने विपरीत भावों से जुड़े हैं; विपरीत के बिना उनका अनुभव नहीं हो सकता। अगर अंधेरा पूरी तरह विदा हो जाए तो तुम्हें प्रकाश का अनुभव कैसे होगा? यह असंभव है।

बुद्ध नहीं कह सकते कि मैं प्रकाश हो गया हूं। वे नहीं कह सकते कि मैं प्रकाश से भर गया हूं। अगर वे ऐसी बातें करेंगे तो हम कहेंगे कि वे अभी बुद्ध नहीं हुए हैं। वे ऐसी बातें नहीं कह सकते हैं। प्रकाश के अनुभव के लिए अंधेरे का होना अनिवार्य है; अमृत के भाव के लिए मृत्यु का होना अत्यंत जरूरी है। तुम विपरीत से नहीं बच सकते; किसी भी अनुभव के लिए विपरीत का होना बुनियादी शर्त है। तब फिर बुद्ध का अनुभव क्या है?

हम जो भी जानते हैं, यह वह नहीं है। यह न नकारात्मक है और न विधायक; न यह है न वह। नेति-नेति। जो भी कहा जा सकता है, वह यह नहीं हैं। इसीलिए लाओत्सु जोर देकर कहता है कि सत्य कहा नहीं जा सकता; ज्यों ही तुम उसे शब्द देते हो वह झूठ हो जाता है। कहते ही सत्य असत्य हो गया।

सत्य नहीं कहा जा सकता; क्योंकि उसे ध्रुवीय विपरीतताओं में बांटना असंभव है। और भाषा ध्रुवीय विपरीतताओं के लिए सार्थक है; अन्यथा भाषा व्यर्थ हो जाती है। विपरीत के बिना भाषा अपना अर्थ खो देती है।

तो एक परंपरा है जो कहती है कि ज्ञान क्रमिक है। लेकिन यह सत्य नहीं है, यह केवल अर्द्ध सत्य है जो मनुष्य-मन के लिए करुणावश कहा गया है। ज्ञान अकस्मात ही, अचानक ही घटित होता है; इससे अन्यथा नहीं हो सकता। यह एक छलांग है। यह अतीत से पूरी तरह संबंध-विच्छेद है।

इसे इस तरह समझने की कोशिश करो। अगर कोई चीज क्रमिक है तो उसमें उसका अतीत बना रहता है; अंतराल नहीं आता है। अगर अज्ञान से ज्ञान में क्रमिक विकास है तो अज्ञान पूरी तरह विदा नहीं हो सकता; वह बना रहता है, जारी रहता है। क्योंकि सातत्य नहीं टूटता है, अंतराल नहीं आता है। बस अज्ञान पर कुछ रंग-रोगन चढ़ जाता है; वह कुछ ज्यादा

जानकार हो जाता है। अज्ञान ज्ञान जैसा भी दिख सकता है; लेकिन वह अज्ञान ही रहता है। और अज्ञान जितना सुसंस्कृत होता है, उतना ही खतरनाक हो जाता है और अपने को धोखा देने में उतना ही सक्षम हो जाता है।

ज्ञान और अज्ञान सर्वथा पृथक हैं, उनमें कोई तारतम्यता नहीं है। एक छलांग जरूरी है—ऐसी छलांग जिसमें अतीत बिलकुल विलीन हो जाता है। पुराना जा चुका; वह अब नहीं है। और नए का आविर्भाव हुआ है, जो पहले कभी नहीं था।

बुद्ध ने कहा है: मैं वही व्यक्ति नहीं हूं जो खोज रहा था। अभी जिसका आविर्भाव हुआ है वह पहले कभी नहीं था।

यह बात बेतुकी मालूम पड़ती है, तर्कशून्य मालूम पड़ती है। लेकिन यही सच है। बात ऐसी ही है। बुद्ध कहते हैं: मैं वही नहीं हूं जो ज्ञान खोजता था। मैं वही नहीं हूं जो ज्ञान की कामना करता था। मैं वही नहीं हूं जो अज्ञानी था। पुराना आदमी पूर्णरूपेण मर चुका; मैं नया आदमी हूं। उस पुराने आदमी के भीतर मैं कभी नहीं था; बीच में एक अंतराल है। पुराना मर गया है और नए का जन्म हुआ है।

इसकी धारणा बनाना मन के लिए कठिन है; मन इसे सोच भी नहीं सकता। तुम इसे कैसे सोच सकते हो? तुम अंतराल का विचार कैसे कर सकते हो? कुछ तो जारी रहना ही चाहिए। कैसे कोई चीज बिलकुल समाप्त हो जाएगी और कुछ सर्वथा नया प्रकट होगा?

अभी सिर्फ दो दशक पूर्व तक तार्किक चित्त के लिए, वैज्ञानिक चित्त के लिए यह बात अनर्गल मालूम पड़ती थी। लेकिन अब विज्ञान के लिए भी यह अनर्गल नहीं है। अब वैज्ञानिक कहते हैं कि परमाणु की गहराई में इलेक्ट्रान प्रकट होते हैं और विलीन होते हैं, और वे छलांग लेते हैं। इलेक्ट्रान एक बिंदु से दूसरे बिंदु पर छलांग लेता है; और इस छलांग के क्रम में जो अंतराल है, उसमें वह नहीं होता है। वह अ बिंदु पर प्रकट होता है, फिर विलीन हो जाता है और ब बिंदु पर प्रकट होता है और दोनों बिंदुओं के बीच में वह नहीं होता है। वह वहां नहीं है; वह बिलकुल अनस्तित्व में चला जाता है।

अगर ऐसी बात है तो उसका मतलब है कि अनस्तित्व भी एक तरह का अस्तित्व है। इसकी धारणा बनाना कठिन है; लेकिन यह तथ्य है। अनस्तित्व भी एक तरह का अस्तित्व है। यह ऐसा ही है जैसे कोई चीज दृश्य से अदृश्य में, रूप से अरूप में गति कर जाए।

जब पुराना व्यक्ति गौतम सिद्धार्थ—जो गौतम बुद्ध में मर गया—साधना कर रहा था तो वह एक दृश्य रूप था; जब बुद्धत्व घटित हुआ तो वह रूप पूर्णरूपेण अरूप में विलीन हो गया। क्षणभर के लिए एक अंतराल आया; वहां कोई नहीं था। फिर उस अरूप से एक नया रूप प्रकट हुआ। यह गौतम बुद्ध थे। क्योंकि शरीर उसी भांति जारी रहता है, इसलिए हम सोचते हैं कि सातत्य है, लेकिन आंतरिक सत्य सर्वथा बदल जाता है। चूंकि वही शरीर चलता रहता है, इसलिए हम कहते हैं कि गौतम सिद्धार्थ गौतम बुद्ध हो गया। लेकिन बुद्ध स्वयं कहते हैं कि मैं वही नहीं हूं जो साधना कर रहा था; मैं अब समग्रतः भिन्न व्यक्ति हूं।

यह चीज मन के सोच-विचार के लिए कठिन है। मन के लिए बहुत चीजें कठिन हैं। लेकिन उन्हें सिर्फ इसीलिए इनकार नहीं किया जा सकता क्योंकि वे मन के लिए कठिन हैं। मन को उन असंभावनाओं के सामने झुकना होगा, जो उसकी समझ के बाहर हैं। कामवासना मन

के सामने नहीं झुक सकती, मन को ही कामवासना के सामने झुकना पड़ता है। यह एक बुनियादी आंतरिक सच्चाई है कि ज्ञान या बुद्धत्व सर्वथा भिन्न, स्वतंत्र घटना है। पुराना बस विदा हो जाता है और नया जन्म ले लेता है।

एक दूसरी परंपरा भी रही है, जो पीछे आई। यह परंपरा हमेशा से जोर देकर कहती रही है कि ज्ञान आकस्मिक है, क्रमिक नहीं। लेकिन इस परंपरा के लोग बहुत थोड़े हैं। वे लोग सत्य से हटने को राजी नहीं हैं। और यह स्वाभाविक है कि वे लोग बहुत थोड़े हों; क्योंकि अगर ज्ञान आकस्मिक है तो कोई अनुगमन नहीं हो सकता। तुम जब उसे समझ ही नहीं सकते तो उसका अनुगमन कैसे करोगे? तर्क की व्यवस्था को इस बात से बड़ा आघात लगता है और यह अनर्गल, असंभव मालूम पड़ता है। लेकिन ध्यान रहे, तब तुम गहरे में प्रवेश कर रहे हो। चाहे पदार्थ का जगत हो या मन का, तुम्हें ऐसी बहुत सी चीजों का सामना करना होगा जो सतही मन की पकड़ में नहीं आ सकतीं।

तरतूलियन एक बड़ा ईसाई संत हुआ। उसने कहा है: मैं ईश्वर में विश्वास करता हूं, क्योंकि ईश्वर सबसे बड़ा बेतुकापन है। मैं ईश्वर में विश्वास करता हूं, क्योंकि मन ईश्वर में विश्वास नहीं कर सकता।

ईश्वर में विश्वास करना असंभव है; कोई सबूत, कोई दलील, कोई तर्क ईश्वर के विश्वास को सहारा नहीं देता है। हरेक चीज उसके विरोध में, उसके अस्तित्व के विरोध में जाती है। लेकिन तरतूलियन कहता है कि मैं इसी कारण ईश्वर में विश्वास करता हूं। क्योंकि असंगत में, असंभव में विश्वास करके ही मैं मन के बाहर जा सकता हूं।

यह बात सुंदर है। अगर तुम मन से निकलना चाहते हो तो तुम्हें कुछ ऐसा खोजना होगा जिसे तुम्हारा मन सोच न पाए। जिस चीज को तुम्हारा मन सोच सकता है, उसे वह अपनी व्यवस्था में पचा लेगा; और तब तुम मन के बाहर नहीं जा सकते हो। यही कारण है कि सभी धर्मों ने कुछ ऐसी बातों पर जोर दिया है जो बेतुकी हैं, असंगत हैं, फिजूल हैं। कोई भी धर्म नहीं चल सकता, अगर उसकी बुनियाद में कुछ बेतुकापन न हो। इस बेतुकेपन से या तो तुम लौट जाते हो और कहते हो कि मैं विश्वास नहीं करता, मैं यहां से जाता हूं; और या तुम छलांग ले लेते हो। पीछे लौट जाने पर तुम वही के वही रहते हो जो हो और छलांग लेने पर तुम मन के पार चले जाते हो। और जब तक मन की मृत्यु नहीं होती, बुद्धत्व असंभव है।

तुम्हारा मन समस्या है। तुम्हारा तर्क समस्या है। तुम्हारा विवाद समस्या है। वे सब ऊपरी सतह पर हैं। वे सच मालूम पड़ते हैं, लेकिन वे धोखा देते हैं। वे सच नहीं हैं। जरा देखो कि मन के काम करने का ढंग क्या है! मन प्रत्येक चीज को दो में तोड़ देता है; और कुछ भी बंटा हुआ नहीं है। अस्तित्व अविभाज्य है; तुम उसे टुकड़ों में बांट नहीं सकते। लेकिन मन सब कुछ को बांटकर देखता है। वह कहता है कि यह जीवन है और यह मृत्यु है। लेकिन तथ्य क्या है? तथ्य यह है कि दोनों एक हैं। तुम इसी क्षण जीवित भी हो और मर भी रहे हो, तुम दोनों काम कर रहे हो। ज्यादा सच यह है कि तुम दोनों हो, जीवन और मृत्यु दोनों हो।

लेकिन मन बांटता है। वह कहता है कि यह जीवन है और यह मृत्यु है। न केवल वह बांटता है, बल्कि वह कहता है कि जीवन और मृत्यु परस्पर विरोधी हैं, दुश्मन हैं। मन कहता है कि मृत्यु जीवन को मिटाने की चेष्टा में लगी है।

और यह बात सही भी मालूम पड़ती है कि मृत्यु जीवन को मिटाने की चेष्टा में लगी है। लेकिन अगर तुम गहरे में उतरो, मन से भी गहरे में जाओ, तो पाओगे कि मृत्यु जीवन को नष्ट करने की चेष्टा नहीं कर रही है। सच तो यह है कि तुम मृत्यु के बिना नहीं रह सकते; मृत्यु तुम्हें जीने में सहयोग दे रही है। मृत्यु प्रतिक्षण तुम्हें जीने में हाथ बंटा रही है। यदि एक क्षण के लिए भी मृत्यु काम करना बंद कर दे तो तुम मर जाओगे।

मृत्यु प्रतिक्षण तुम्हारे शरीर के उन अनेक हिस्सों को बाहर फेंक रही है जो बेकार हो गए हैं। प्रतिक्षण अनेक कोशिकाएं मर जाती हैं; मृत्यु उन्हें हटा देती है। और जब वे हटा दी जाती हैं तो उनके स्थान पर नयी कोशिकाएं जन्म लेती हैं। तुम बढ़ रहे हो, इस बढ़ने में निरंतर कुछ चीजें मर रही हैं और कुछ चीजें जन्म ले रही हैं। मृत्यु और जीवन प्रतिक्षण हैं और दोनों अपना-अपना काम कर रहे हैं। भाषा में हम उन्हें दो कहते हैं; दरअसल वे दो नहीं हैं, वे एक ही सिक्के के दो पहलू हैं। जीवन और मृत्यु एक हैं; जीवन-मृत्यु एक प्रक्रिया है।

लेकिन मन बांटता है। और हमें यह बांटना जंचता भी है, लेकिन वह गलत है। तुम कहते हो, यह प्रकाश है और वह अंधकार है। यह कहकर तुम बांटते हो। लेकिन अंधकार कहां आरंभ होता है और प्रकाश कहां समाप्त होता है? क्या तुम कोई रेखा खींच सकते हो? तुम कोई रेखा नहीं खींच सकते। असल में सफेद और काला रंग एक लंबे ग्रे रंग के ही दो छोर हैं; और यह ग्रे रंग ही जीवन है। एक छोर पर काला रंग प्रकट होता है और दूसरे पर सफेद; लेकिन यथार्थ ग्रे है, जिसमें दोनों समाहित हैं।

मन बांटता है और तब हर चीज साफ-सुथरी मालूम पड़ती है। लेकिन जीवन बहुत धुंधला-धुंधला है; और इसीलिए जीवन रहस्य है। और यही कारण है कि मन उसे समझने में असमर्थ है। साफ-सुथरी धारणाएं उपयोगी हैं; उनके द्वारा सोच-विचार सुविधाजनक हो जाता है, आसान हो जाता है। लेकिन तब तुम जीवन के सत्य से ही वंचित रह जाते हो। जीवन रहस्य है। और मन हर चीज की रहस्यमयता को नष्ट कर डालता है। और तब तुम्हारे हाथ में अखंड नहीं, मृत खंड रह जाते हैं।

मन से तुम नहीं सोच पाओगे कि कैसे बुद्धत्व अचानक घटित होता है और कैसे तुम विदा हो जाते हो और उसकी जगह कुछ सर्वथा नया होता है जिसे पहले कभी नहीं जाना था। लेकिन मन से समझने की कोशिश ही मत करो। बल्कि कुछ ऐसी साधना करो जिससे कि तुम ज्यादा से ज्यादा गर्म हो सको, कुछ ऐसी आग जलाओ जो तुम्हें ज्यादा से ज्यादा उत्तप्त बना दे। और तब किसी दिन तुम्हें अचानक पता चलेगा कि पुराना विदा हो गया है; पानी विलीन हो गया है। यह बिलकुल नयी घटना है। तुम भाप बन गए हो; सब कुछ समग्रतः बदल गया है। पानी सदा नीचे को बहता था; भाप ऊपर उठने लगी। सारा नियम बदल गया।

तुमने एक नियम के संबंध में, न्यूटन के गुरुत्वाकर्षण के नियम के संबंध में सुना होगा। यह नियम कहता है कि पृथ्वी सब चीजों को नीचे की तरफ खींचती है। लेकिन एक गुरुत्वाकर्षण का नियम है; और एक दूसरा नियम भी है। तुमने उस नियम के संबंध में नहीं सुना होगा, क्योंकि विज्ञान को अभी उसका उदघाटन करना बाकी है। लेकिन योग और तंत्र उस नियम को सदियों से जानते हैं। वे उस नियम को लेविटेशन का, ऊर्ध्वगमन का नियम कहते हैं, प्रसाद कहते हैं। गुरुत्वाकर्षण निम्नगमन है; प्रसाद ऊर्ध्वगमन है।

गुरुत्वाकर्षण का नियम कैसे खोजा गया, यह कहानी सबको पता है। न्यूटन एक पेड़ के नीचे, एक सेव के पेड़ के नीचे बैठा था; और तभी एक सेव नीचे गिरा। यह देखकर न्यूटन सोचने लगा और उसे लगा कि कोई शक्ति सेव को नीचे खींच रही है।

तंत्र और योग पूछते हैं कि पहले तो यह साफ होना चाहिए कि सेव ऊपर कैसे पहुंचा। वे कहते हैं कि पहले यह जानना जरूरी है कि सेव की ऊपर की ओर यात्रा कैसे हुई, कैसे वृक्ष ऊपर की ओर बढ़ता है। सेव वहां नहीं था, वह बीज में छिपा था; और फिर उसने पूरी यात्रा की और ऊपर पहुंचा। उसके बाद ही उसका नीचे गिरना संभव हुआ। इसलिए गुरुत्वाकर्षण प्राथमिक नहीं है; ऊर्ध्वाकर्षण प्राथमिक है। कोई शक्ति सेव को ऊपर खींच रही थी। वह शक्ति क्या है?

जीवन में हम गुरुत्वाकर्षण को आसानी से अनुभव कर लेते हैं; क्योंकि हम सभी नीचे की तरफ खिंचते हैं। पानी नीचे की तरफ बहता है, यह गुरुत्वाकर्षण के नियम के अधीन है। लेकिन जब पानी भाप बनता हे तो गुरुत्वाकर्षण का नियम भी वाष्पीभूत हो जाता है। अब यह ऊर्ध्वाकर्षण के नियम के अधीन है; यह ऊपर उठने लगता है।

अज्ञान गुरुत्वाकर्षण के नियम के अधीन है; उसमें तुम सदा नीचे की ओर गति करते हो। अज्ञान में तुम क्या करते हो, इससे कोई फर्क नहीं पड़ता है; तुम नीचे ही गिरते हो। हर ढंग से तुम्हें नीचे ही गिरना है। और संघर्ष करने से कोई लाभ नहीं होगा। जब तक तुम दूसरे नियम के, ऊर्ध्वाकर्षण के नियम के क्षेत्र में नहीं प्रवेश करते, नीचे जाना अनिवार्य है। उस दूसरे नियम को ही समाधि कहते हैं—ऊर्ध्वाकर्षण का नियम, प्रसाद का नियम। जैसे ही तुम पानी न रहे, जैसे ही तुम भाप बन गए, सब कुछ बदल जाता है।

ऐसा नहीं है कि अब तुम अपने पर नियंत्रण कर सकते हो; नियंत्रण की कोई जरूरत नहीं है। अब तुम नीचे गिर ही नहीं सकते, जैसे पहले ऊपर उठना असंभव था वैसे ही अब नीचे गिरना असंभव है। ऐसा नहीं है कि बुद्ध अहिंसक होने की चेष्टा करते हैं; वे अन्यथा हो ही नहीं सकते। ऐसा नहीं है कि वे प्रेमपूर्ण होने की चेष्टा करते हैं; वे अन्यथा नहीं हो सकते। उन्हें प्रेमपूर्ण होना ही है। प्रेम उनका चुनाव नहीं है, प्रयत्न नहीं है, अभ्यासगत गुण नहीं है, अब तो प्रेम उनका नियम है; वे ऊपर ही उठते हैं। घृणा गुरुत्वाकर्षण के नियमाधीन है और प्रेम ऊर्ध्वाकर्षण के, प्रसाद के।

लेकिन इस आकस्मिक रूपांतरण का यह अर्थ नहीं है कि तुम्हें कुछ नहीं करना है, सिर्फ रूपांतरण का इंतजार करना है। तब वह कभी घटित नहीं होगा। यही पहेली है। जब मैं कहता हूं—या कोई दूसरा कहता है—कि ज्ञान अचानक ही घटता है तो हम सोचते हैं कि तब तो कुछ भी नहीं किया जा सकता, हमें सिर्फ प्रतीक्षा करनी है; जब आएगा तो आएगा। हम कर क्या सकते हैं? और अगर वह क्रमिक है तो कुछ किया जा सकता है।

लेकिन मैं तुमसे कहता हूं कि ज्ञान क्रमिक नहीं है और फिर भी तुम कुछ कर सकते हो। और तुम्हें कुछ अवश्य करना है, हालांकि उस करने से ज्ञान नहीं आएगा। लेकिन वह करना तुम्हें ज्ञान की घटना के निकट जरूर ला देगा। वह तुम्हें ज्ञान की घटना के प्रति अभिमुख कर देगा, खोल देगा।

तो ज्ञान को तुम्हारे प्रयत्नों का विषय नहीं बनाया जा सकता; वह तुम्हारे प्रयत्नों का

परिणाम नहीं है। तुम्हारे प्रयत्नों से तुम सिर्फ ऊर्ध्वाकर्षण के परम नियम के प्रति उपलब्ध हो जाते हो। प्रयत्न के द्वारा तुम्हारा उपलब्ध होना सधता है, ज्ञान नहीं। तुम उपलब्ध रहोगे, तुम प्रतिरोध नहीं करोगे; तुम महानियम के काम में सहयोगी बन जाओगे। और जब तुम प्रतिरोध नहीं, सहयोग करते हो तो महानियम काम करने लगता है। तुम्हारे प्रयत्न तुम्हें समर्पित होने में सहयोगी होंगे, तुम्हें अधिक ग्रहणशील बनाएंगे।

यह ऐसा ही है जैसे कि तुम अपने कमरे में द्वार-दरवाजे बंद करके बैठे हो। घर के बाहर धूप है, लेकिन तुम अंधेरे में हो। तुम धूप को भीतर लाने के लिए कुछ नहीं कर सकते, लेकिन अगर तुम द्वार-दरवाजे खोल दो तो तुम्हारा कमरा धूप के लिए उपलब्ध हो जाएगा। तुम धूप को भीतर नहीं ला सकते, लेकिन तुम उसको रोक जरूर सकते हो। तुम अगर द्वार खोल दोगे तो धूप कमरे में आ जाएगी, प्रकाश अंदर आ जाएगा। दरअसल तुम प्रकाश को अंदर नहीं ला रहे हो, तुम सिर्फ अवरोध हटा रहे हो। प्रकाश अपने आप ही आ जाता है।

इस बात को ठीक से समझ लो। तुम बुद्धत्व को पाने के लिए कुछ नहीं कर सकते; लेकिन तुम बहुत कुछ कर रहे हो जिससे उसका आना रुक सकता है। तुम अनेक अवरोध निर्मित कर रहे हो। इसलिए तुम बस परोक्ष रूप से कुछ कर सकते हो; तुम अवरोध को हटा सकते हो; द्वार को खोल सकते हो। और जैसे ही द्वार खुलेगा, सूर्य की किरणें भीतर आ जाएंगी, प्रकाश तुम्हें स्पर्श करेगा और रूपांतरित कर देगा। इस अर्थ में सभी प्रयत्न अवरोध हटाने का काम करते हैं; वे ज्ञान को उपलब्ध नहीं कराते। सब प्रयत्न परोक्ष हैं।

यह औषधि जैसा है। औषधि तुम्हें स्वास्थ्य नहीं दे सकती; केवल तुम्हारे रोगों को मिटा सकती है। और जब रोग नहीं रहे तो स्वास्थ्य घटित होता है; तुम स्वास्थ्य के लिए उपलब्ध हो जाते हो। लेकिन रोगों के रहते स्वास्थ्य नहीं हो सकता है। यही कारण है कि चिकित्सा विज्ञान, चाहे पूर्वी हो चाहे पश्चिमी, अब तक स्वास्थ्य की परिभाषा नहीं कर सका है। वह एक-एक रोग की सही परिभाषा कर सकता है। उसने हजारों रोगों की खोज की है और उनकी परिभाषा की है; लेकिन वह यह नहीं बता सकता कि स्वास्थ्य क्या है। ज्यादा से ज्यादा चिकित्सा विज्ञान यही कह सकता है कि जब रोग नहीं होते हैं तब तुम स्वस्थ होते हो। लेकिन स्वास्थ्य क्या है?

स्वास्थ्य कुछ ऐसी बात है जो मन से परे है। यह कुछ ऐसा है जो होता तो है, उसे तुम अनुभव भी कर सकते हो; लेकिन तुम उसकी परिभाषा नहीं कर सकते। तुमने स्वास्थ्य जाना है; लेकिन क्या तुम परिभाषा कर सकते हो कि वह क्या है? जैसे ही तुम उसकी परिभाषा करने की चेष्टा करोगे, तुम्हें रोग को बीच में लाना पड़ेगा, तुम्हें रोग के संबंध में कुछ बताना पड़ेगा, कि रोग की अनुपस्थिति स्वास्थ्य है।

लेकिन यह तो बड़े मजे की बात है कि स्वास्थ्य की परिभाषा के लिए तुम्हें रोग को बीच में लाने की जरूरत पड़ती है। और रोग के निश्चित गुण हैं।

स्वास्थ्य के भी अपने गुण हैं, लेकिन वे उतने निश्चित नहीं हैं, क्योंकि वे असीम हैं। तुम उन्हें अनुभव कर सकते हो; जब तुम स्वस्थ होते हो तो जानते भी हो कि मैं स्वस्थ हूं। लेकिन स्वास्थ्य क्या है? रोगों का इलाज हो सकता है, उन्हें मिटाया जा सकता है। और जब अवरोध हट जाते हैं, स्वास्थ्य का प्रकाश भीतर आ जाता है।

ज्ञान की घटना भी ऐसी ही है। ज्ञान आध्यात्मिक स्वास्थ्य है। मन आध्यात्मिक रोग है और ध्यान एक औषधि है।

बुद्ध ने कहा है: मैं वैद्य हूं, चिकित्सक हूं। मैं शिक्षक नहीं हूं; मैं तुम्हें कोई सिद्धांत सिखाने नहीं आया हूं। मैं कुछ औषधि जानता हूं जो तुम्हारे रोगों का इलाज कर सकती है। औषधि लो, रोगों को मिटाओ; और तुम्हें स्वास्थ्य उपलब्ध हो जाएगा। स्वास्थ्य के संबंध में पूछो मत। बुद्ध कहते हैं: मैं दार्शनिक नहीं हूं; मैं सैद्धांतिक नहीं हूं। मेरी रुचि इसमें नहीं है कि ईश्वर क्या है; कैवल्य, मोक्ष और निर्वाण क्या है। मुझे जरा भी रुचि नहीं है। मैं तो सिर्फ इसमें उत्सुक हूं कि रोग क्या है और उसका उपचार क्या है। मैं वैद्य हूं।

बुद्ध की दृष्टि बिलकुल वैज्ञानिक है। उन्होंने मनुष्य की समस्या का, उसकी बीमारी का ठीक निदान किया। उनकी दृष्टि सर्वथा सम्यक है।

अवरोधों को मिटाओ। अवरोध क्या हैं? विचार बुनियादी अवरोध हैं। जब तुम विचार करते हो तो विचारों का एक अवरोध निर्मित हो जाता है। तब सत्य और तुम्हारे बीच विचारों की एक दीवार खड़ी हो जाती है। और विचारों की दीवार पत्थर की दीवार से भी ज्यादा ठोस और सख्त होती है। और फिर विचारों की अनेक पर्तें होती हैं और उनके भीतर प्रवेश करके सत्य को देखना मुश्किल है। तुम सोच-विचार करते रहते हो कि यथार्थ क्या है, तुम कल्पना करते रहते हो कि सत्य क्या है। और सत्य यहां और अभी मौजूद है और तुम्हारी प्रतीक्षा कर रहा है। अगर तुम उसके प्रति उन्मुख हो जाओ तो सत्य तुम्हें उपलब्ध हो जाएगा।

तुम सत्य के संबंध में विचार करते हो, लेकिन अगर तुम सत्य को जानते नहीं हो तो उसके संबंध में विचार कैसे कर सकते हो? तुम जिस चीज को नहीं जानते हो उस पर विचार नहीं कर सकते। तुम उस पर ही विचार कर सकते हो जिसे पहले से जानते हो। विचार पुनरुक्ति है। विचार जुगाली करना है। विचार किसी नयी और अज्ञात चीज को नहीं सोच सकता है। सोच-विचार के जरिए तुम अज्ञात को नहीं स्पर्श कर सकते, सिर्फ ज्ञात को ही सोचते रहते हो। और ज्ञात को सोचना व्यर्थ है; क्योंकि वह तो जाना ही हुआ है। तुम उसे बार-बार सोच सकते हो; तुम उसका मजा भी ले सकते हो; लेकिन उससे कुछ नए का आविर्भाव नहीं होता।

सोच-विचार बंद करो। सोच-विचार को विसर्जित करो, और अवरोध टूट जाएगा। तब तुम्हारे द्वार खुले हैं और प्रकाश प्रवेश कर सकता है। और जब प्रकाश प्रवेश करता है तो पुराना विदा हो जाता है। और फिर तुम जो हो वह सर्वथा नया है। वह पहले कभी नहीं था; तुमने उसे पहले कभी नहीं जाना था। अथवा तुम यह भी कह सकते हो कि यह सनातन है; यह सदा था, लेकिन मैं नहीं जानता था।

तुम दोनों वकतव्यों का उपयोग कर सकते हो। तुम उसे सनातन कह सकते हो, ब्रह्म कह सकते हो, जो सदा से है; और तुम कह सकते हो कि मैं उसे निरंतर चूक रहा था। और तुम यह भी कह सकते हो कि सत्य परम नूतन है, नया है, अभी ही घटित हुआ है, पहले कभी नहीं था। यह वक्तव्य भी सही है, क्योंकि तुम्हारे लिए यह नया ही है।

अगर तुम सत्य के संबंध में कुछ कहना चाहते हो तो उलटबांसी का, विरोधाभासी भाषा का उपयोग करना होगा। उपनिषद कहते हैं: यह नया है और पुराना है। यह सनातन है और परम नवीन है। यह दूर है और निकट है। लेकिन तब भाषा विरोधाभासी हो जाती है।

▲

और तुम मुझसे पूछते हो: 'अगर प्रामाणिक अनुभव कभी क्रमिक नहीं, सिर्फ आकस्मिक होता है, अचानक होता है, तो यह क्रमिक विकास और दृष्टि की सुस्पष्टता क्या है?'

यह स्पष्टता मन की है। यह स्पष्टता रोग का क्षीण होना है। यह स्पष्टता अवरोधों का गिरना है। अगर एक अवरोध गिरता है तो तुम उतने ही कम बोझिल होते हो। अगर दूसरा अवरोध गिरता है तो तुम और भी हलके हो जाते हो, तुम्हारी आंखें और भी स्पष्ट देखने लगती हैं। लेकिन यह स्पष्टता ज्ञान की, बुद्धत्व की स्पष्टता नहीं है। यह स्पष्टता स्वास्थ्य की स्पष्टता नहीं है, सिर्फ रोगों के घटने का लक्षण है। जब सारे अवरोध विदा हो जाते हैं तो उनके साथ तुम्हारा मन भी विदा हो जाता है। तब तुम यह नहीं कह सकते कि अब मेरा मन स्वच्छ है, तब तुम सिर्फ यह कहते हो कि अब मन नहीं रहा।

और जब मन नहीं रहता है तब जो दृष्टि की स्पष्टता आती है वह ज्ञान की स्पष्टता है। वही स्पष्टता बुद्धत्व की स्पष्टता है। और वह बिलकुल ही भिन्न चीज है। तब दूसरा ही आयाम खुलता है। लेकिन उसके पहले तुम्हें मन की स्पष्टता से गुजरना होगा। यह सदा स्मरण रहे कि तुम्हारा मन चाहे जितना भी स्पष्ट हो जाए वह अवरोध ही बना रहता है। तुम्हारा मन चाहे जितना भी पारदर्शी हो जाए, चाहे वह पारदर्शी कांच ही क्यों न हो जाए, लेकिन वह अवरोध ही है। और तुम्हें उसे पूरी तरह मिटाना ही होगा।

कभी-कभी ऐसा होता है कि जब कोई ध्यान करता है तो वह ज्यादा स्पष्ट, ज्यादा स्वस्थ, ज्यादा शांत हो जाता है। तब वह जोर से ध्यान को पकड़ लेता है और सोचता है कि सब कुछ उपलब्ध हो गया। इसीलिए महान सदगुरु सदा ही इस बात को जोर देकर कहते रहे हैं कि एक दिन आता है जब तुम्हें ध्यान को भी छोड़ देना होता है।

मैं तुम्हें एक कहानी कहता हूं—एक झेन कहानी। बोकोजू ध्यान में लगा था। वह प्राणपण से ध्यान करता था, ध्यान में गहरे उतर रहा था। उसका गुरु रोज-रोज आता था, हंस देता था और फिर लौट जाता था। बोकोजू को इससे बहुत परेशानी हुई कि गुरु कुछ भी नहीं बोलता है। वह बस आता था, उसे देखता था, हंस देता था और चला जाता था। और बोकोजू को ध्यान के अच्छे अनुभव हो रहे थे; उसका ध्यान गहरा रहा था। और वह चाहता था कि कोई उसकी प्रशंसा करे। उसे प्रतीक्षा थी कि गुरु उसकी पीठ थपथपाएगा और कहेगा: बहुत अच्छा बोकोजू, तुम बहुत अच्छा कर रहे हो। लेकिन गुरु तो सिर्फ हंस देता था।

और उसकी यह हंसी बोकोजू के लिए अपमानजनक लगती थी; क्योंकि उसका मतलब था कि बोकोजू के ध्यान में गति नहीं हो रही थी। और बोकोजू ध्यान में सच में गति कर रहा था। लेकिन जैसे-जैसे उसकी ध्यान में गति होती जाती थी, गुरु की हंसी भी बढ़ती जाती थी। और बोकोजू के लिए वह हंसी उतनी ही ज्यादा अपमानजनक होती जाती थी। अब तो बात बर्दाश्त के बाहर होने लगी।

एक दिन गुरु आया। और बोकोजू मन में पूर्णतः शांत अनुभव कर रहा था। मन में कोई शोरगुल नहीं था, कोई विचार नहीं था। मन पूरी तरह पारदर्शी था, कोई भी अवरोध नहीं मालूम पड़ता था। बोकोजू एक सूक्ष्म और गहरे सुख से भरा था; प्रसन्नता से लबालब था। वह परम सुख में था। और तब उसने सोचा कि मेरे गुरु अब नहीं हंसेंगे, अब वह क्षण आ

गया है जब गुरु कहेंगे: बोकोजू, अब तुम ज्ञान को उपलब्ध हो गए।

उस रोज गुरु अपने हाथ में एक ईंट लिए आया। वह बैठ गया और जिस चट्टान पर बैठकर बोकोजू ध्यान करता था उसी पर वह ईंट को रगड़ने लगा। बोकोजू इतना शांत था, लेकिन ईंट के घिसे जाने से आवाज होने लगी और वह परेशान हो उठा। आखिर उससे न रहा गया, उसने आंख खोली और गुरु से पूछा: आप यह क्या कर रहे हैं? गुरु ने कहा: मैं इस ईंट को दर्पण बनाने की चेष्टा कर रहा हूं और मुझे आशा है कि सतत रगड़ते रहने से किसी न किसी दिन यह ईंट दर्पण बन जाएगी। बोकोजू ने कहा: आप मूढ़ता भरा काम कर रहे हैं। यह ईंट कभी दर्पण नहीं बन सकेगी। चाहे आप जितनी घिसाई करें, यह कभी दर्पण नहीं बनेगी।

गुरु ने हंसकर कहा: और तुम क्या कर रहे हो? यह मन कभी ज्ञान को उपलब्ध नहीं हो सकता, चाहे तुम उसे कितना ही घिसते रहो। तुम उसे घिस-घिसकर चिकना कर रहे हो और तुम्हें इतना अच्छा लग रहा है कि जब मैं हंसता हूं तो तुम्हें चिढ़ लगती है।

और अचानक, जैसे ही गुरु ने ईंट को दूर फेंका, बोकोजू बोध को उपलब्ध हो गया। जैसे ही गुरु ने ईंट फेंकी, अचानक बोकोजू को अनुभव हुआ कि गुरु सही हैं; और इस बोध के साथ ही उसका मन खो गया। फिर उस दिन के बाद से न मन रहा और न ध्यान। बोकोजू ज्ञान को उपलब्ध हो गया।

तब गुरु ने बोकोजू से कहा: अब तुम कहीं भी जा सकते हो। जाओ और दूसरों को भी सिखाओ। पहले उन्हें ध्यान सिखाओ और फिर ध्यान को छोड़ना सिखाओ। पहले उन्हें सिखाओ कि कैसे मन को शुद्ध किया जाए; क्योंकि शुद्ध मन ही समझ सकता है कि शुद्ध मन भी बाधा है। केवल गहन ध्यान को उपलब्ध हुआ चित्त ही समझ सकता है कि अब ध्यान को भी छोड़ देना है।

तुम अभी ही यह नहीं समझ सकते हो। कृष्णमूर्ति निरंतर समझाए जाते हैं कि किसी ध्यान की कोई जरूरत नहीं है; और वे सही हैं, लेकिन वे गलत लोगों से बात कर रहे हैं। वे सही हैं; ध्यान को कोई जरूरत नहीं है। लेकिन वे उन लोगों के लिए गलत हैं, जो उनको सुनते हैं। जो यह भी नहीं जानते कि ध्यान क्या है, वे यह कैसे समझ सकते हैं कि ध्यान की कोई जरूरत नहीं है! यह बात तो उनके लिए हानिकर सिद्ध होगी, क्योंकि वे इस बात को पकड़कर बैठ जाएंगे। उन्हें लगेगा कि यह बात तो बहुत अच्छी है। ध्यान की क्या जरूरत है? हम तो पहले से ही ज्ञानी हैं।

कृष्णमूर्ति को सुनकर बहुतों को ऐसा लगता है कि ध्यान की कोई जरूरत नहीं है और जो लोग ध्यान करते हैं वे मूढ़ हैं। ऐसे लोग इस बात के कारण अपना पूरा जीवन गंवा दे सकते हैं। और यह बात सही है। एक जगह आती है जब ध्यान भी बाधा बन जाता है ; एक क्षण आता है जब ध्यान को भी छोड़ देना पड़ता है। लेकिन उस जगह और उस क्षण के आने तक तो धीरज रखो। जो तुम्हारे पास नहीं है उसे तुम कैसे छोड़ सकते हो? कृष्णमूर्ति कहते हैं कि ध्यान जरूरी नहीं, कोई ध्यान मत करो। लेकिन तुमने तो कभी ध्यान नहीं किया, फिर तुम कैसे कह सकते हो कि ध्यान नहीं करना है?

धनी आदमी ही धन छोड़ सकता है, गरीब नहीं। छोड़ने के लिए पहले कुछ छोड़ने को भी तो होना चाहिए। अगर तुम ध्यान करते हो तो ही किसी दिन तुम ध्यान छोड़ भी सकते हो।

और ध्यान का त्याग अंतिम और परम त्याग है। धन छोड़ा जा सकता है, यह आसान है। परिवार छोड़ा जा सकता है, वह कठिन नहीं है। सारा संसार छोड़ा जा सकता है; क्योंकि वह बाहर ही बाहर है। ध्यान अंतिम बात है—अंतरस्थ संपदा। जब तुम ध्यान का त्याग करते हो तो तुमने स्वयं को त्याग दिया। तब कोई स्व नहीं रह जाता, ध्यान करने वाला स्व भी नहीं। तब महाध्यानी भी नहीं रहता है; वह प्रतिमा भी खंडित हो गई। तुम शून्य में गिर पड़े। और इस शून्य में ही गैप है, अंतराल है। पुराना विदा हो गया और नए का आगमन हुआ है।

तुम ध्यान से ज्ञान के लिए तैयार होते हो। ध्यान में जो भी अनुभव हो, उसे ज्ञान मत समझो। ये तो रोगों के कम होने की, रोगों के बिखरने की खबरें हैं, झलकियां हैं। तुम्हें अच्छा लगता है। रोग घट रहे हैं, इसलिए तुम सापेक्षतः स्वस्थ अनुभव करते हो। सच्चा स्वास्थ्य अभी नहीं आया है, लेकिन तुम पहले से ज्यादा स्वस्थ हो; और पहले से ज्यादा स्वस्थ होना अच्छा है।

दूसरा प्रश्न :
आपने कहा है कि जींवन ध्रुवींय विपरीतताओं में घटित होता है; जैसे प्रेम और घृणा, आकर्षण और विकर्षण, पृण्य और पाप, इत्यादि। लेकिन इन ध्रुवीय विपरीतताओं का तब क्या होता है जब कोई व्यक्ति अपने साक्षीं चैतन्य में स्थित हो जाता है?

यह पूछो मत। घटना की प्रतीक्षा करो; और फिर देखो कि क्या होता है। तुम पूछ सकते हो और कुछ उत्तर भी दिया जा सकता है, लेकिन वह उत्तर तुम्हारे लिए प्रामाणिक उत्तर नहीं बन सकता। और आगे-आगे मत कूदो। मत पूछो कि मरने पर क्या होता है। क्या होता है, इस बाबत जो भी कहा जाएगा वह व्यर्थ होगा, क्योंकि तुम अभी जिंदा हो। मरने पर क्या होता है, यह जानने के लिए तुम्हें मृत्यु से गुजरना होगा। जब तक तुम मरोगे नहीं, तुम नहीं जान सकते। जो भी कहा जाएगा, उस पर तुम श्रद्धापूर्वक भरोसा कर लोगे; लेकिन वह व्यर्थ है। इसकी जगह यह पूछो कि कैसे मरा जाए, ताकि मैं जान सकूं कि मरने पर क्या होता है। कोई दूसरा तुम्हारे लिए नहीं मर सकता है। और किसी दूसरे का अनुभव भी तुम्हारा अनुभव नहीं बन सकता है। तुम्हें ही मरना होगा। किसी दूसरे का मरने का अनुभव तुम्हारा अनुभव नहीं बन सकता है, तुम्हारा अपना अनुभव ही जरूरी है।

वही बात यहां भी लागू होती है। जब ध्रुवीयता मिट जाती है तो क्या घटता है? एक ढंग से कहा जाए तो कुछ नहीं घटता है। घटना मात्र विलीन हो जाती है; क्योंकि सब घटना ध्रुवीय है। जब प्रेम और घृणा दोनों मिट जाते हैं—और वे मिटते हैं—तब क्या घटता है?

जब तुम प्रेम करते हो तो साथ ही घृणा भी करते हो, और तुम उसी व्यक्ति को घृणा करते हो जिसे प्रेम करते हो। प्रेम ऊपर होता है और घृणा नीचे छिपी रहती है। और जब घृणा ऊपर आती है तो प्रेम नीचे छिपा रहता है। जीसस कहते हैं, अपने दुश्मन को प्रेम करो; और मैं कहता हूं कि तुम अन्यथा नहीं कर सकते। तुम अपने दुश्मन को प्रेम करते ही हो। तुम उससे इतनी घृणा करते हो कि वह घृणा प्रेम के बिना असंभव है। प्रेम सिक्के का दूसरा पहलू है। और वह सीमा रेखा कहां है जहां प्रेम समाप्त होता है और घृणा शुरू होती है? दोनों

साथ-साथ हैं, मिले-जुले हैं। तुम कब किसी को प्रेम करते हो और कब घृणा करते हो? क्या तुम दोनों के बीच विभाजन-रेखा खींच सकते हो? तुम एक ही व्यक्ति को प्रेम और घृणा दोनों करते हो। किसी भी क्षण प्रेम घृणा बन सकता है और घृणा प्रेम बन सकती है।

यह मन को ध्रुवीयता है, विपरीतता है; मन ऐसे ही काम करता है। इससे परेशान होने की जरूरत नहीं है। अगर तुम जानते हो तो तुम कभी परेशान न होगे। अगर तुम किसी को प्रेम करते हो तो तुम जानते हो कि वहीं घृणा भी होगी। अगर कोई तुम्हें प्रेम करता है तो तुम उससे प्रेम और घृणा दोनों पाने के लिए तैयार रहोगे। लेकिन बुद्ध जैसी चेतना को क्या घटता है जब प्रेम और घृणा दोनों विदा हो जाते हैं? क्या घटित होता है?

इस घटना को शब्द देना कठिन है; लेकिन बुद्ध के सान्निध्य में जो अनुभव होता है वह घृणा-रहित प्रेम का अनुभव है। यह बुद्ध का अनुभव नहीं है; बुद्ध के आस-पास औरों को ऐसा अनुभव होता है। स्वयं बुद्ध अब प्रेम नहीं अनुभव कर सकते; क्योंकि थे घृणा भी नहीं अनुभव करते हैं। वे खुद प्रेम नहीं अनुभव करते हैं, लेकिन उनके चारों ओर लोग प्रगाढ़ प्रेम बहता हुआ अनुभव करते हैं। हम इसे घृणा-रहित प्रेम कह सकते हैं, लेकिन तब उसकी पूरी गुणवत्ता भिन्न है।

हमारे प्रेम में घृणा अनिवार्यतः मौजूद रहती है। यह घृणा प्रेम को रंग देती है, उसकी गुणवत्ता बदल देती है। घृणा प्रेम को एक उत्तेजना देती है, ताप और त्वरा देती है, सघनता और एकाग्रता देती है। लेकिन बुद्ध का प्रेम एक शांत उपस्थिति है; उसमें ताप और त्वरा नहीं है। बुद्ध का प्रेम तुम्हें जला नहीं सकता है; वह तुम्हें सिर्फ थोड़ी ऊष्मा दे सकता है। वह आग नहीं है, वह आभा भर है। बुद्ध के प्रेम में लपट नहीं है; वह सुबह की आभा जैसा है, जब रात विदा हो चुकी है और सूर्य का उदय नहीं हुआ है। यह एक बीच का क्षण है, जिसमें अग्निरहित, ज्वालारहित प्रकाश होता है। उसे हमने प्रेम को भांति अनुभव किया है, शुद्धतम प्रेम की भांति; क्योंकि उसमें घृणा नहीं होती है।

इस भांति के प्रेम को महसूस करने के लिए भी तुम्हें गहन रूप से ध्यानपूर्ण चित्त की जरूरत है। तुम्हें ऐसे चित्त की जरूरत है जो ध्यान में उतर सके; अन्यथा ऐसी नाजुक और विरल घटना का अनुभव होना कठिन है। उसके लिए गहन संवेदनशीलता चाहिए। तुम केवल स्थूल प्रेम को अनुभव कर सकते हो, और वह स्थूलता घृणा से आती है। अगर कोई व्यक्ति तुम्हें घृणा-रहित प्रेम देता है तो उसके प्रेम को अनुभव करना तुम्हारे लिए कठिन होगा। उसके लिए तुम्हें विकास करने की जरूरत है, ताकि तुम ज्यादा संवेदनशील, ज्यादा निर्मल, ज्यादा कोमल हो सको। तुम्हें एक बहुत ही संवेदनशील वाद्ययंत्र की भांति होना होगा; तो ही उस प्रेम की हवा कभी तुम्हारे पास पहुंच सकती है। और वह हवा अब इतनी अहिंसक है कि तुम पर आघात नहीं करेगी; वह केवल एक कोमल स्पर्श की भांति होगी। अगर तुम बहुत-बहुत बोधपूर्ण हो तो ही उसे महसूस करोगे; अन्यथा चूक जाओगे।

लेकिन यह हमारा भाव है जो हमें बुद्ध के चारों ओर अनुभव में आता है। यह बुद्ध का भाव नहीं है। बुद्ध को प्रेम या घृणा, कुछ भी नहीं होता है। सच तो यह है कि ध्रुवीय विरोध मिट जाते हैं और मात्र उपस्थिति रह जाती है। बुद्ध एक उपस्थिति हैं, भाव नहीं। तुम भाव हो, उपस्थिति नहीं। कभी तुम घृणा हो; यह एक भाव हुआ। और कभी तुम प्रेम हो; यह दूसरा

भाव हुआ। कभी तुम क्रोध हो; यह तीसरा भाव है। और कभी तुम लोभ हो; चौथा भाव। तुम भाव ही भाव हो। तुम कभी शुद्ध उपस्थिति नहीं हो। और तुम्हारी चेतना तुम्हारे भावों के अनुसार रंग लेती रहती है। प्रत्येक भाव मालिक बन जाता है। वह चेतना को प्रभावित करता है, उसे पंगु बनाता है, बदलता है, रंग देता है, विकृत करता है।

बुद्ध निर्भाव हैं। घृणा गई, प्रेम गया, क्रोध गया, लोभ गया; और उसके साथ ही साथ अलोभ भी गया, अक्रोध भी गया। सभी द्वंद्व समाप्त हो गए। बुद्ध एक उपस्थिति मात्र हैं। अगर तुम संवेदनशील हो तो तुम उनसे प्रेम और करुणा को प्रवाहित होता हुआ महसूस करोगे। और अगर तुम संवेदनशील नहीं हो, स्थूल हो, अगर तुम्हारा ध्यान गहरे नहीं गया है तो तुम्हें उनका जरा भी अनुभव नहीं होगा। बुद्ध तुम्हारे बीच से गुजरेंगे और तुम्हें पता भी नहीं चलेगा कि कोई दुर्लभ घटना तुम्हारे पास से गुजर रही है जो सदियों-सदियों में कभी घटित होती है। तुम्हें इसका बोध भी नहीं होगा।

और अगर तुम बहुत ही स्थूल हो, ध्यान-विरोधी हो तो तुम बुद्ध की उपस्थिति से नाराज भी हो सकते हो। क्योंकि उनकी उपस्थिति बहुत सूक्ष्म है; तुम उससे हिंसक भी हो जा सकते हो। उनकी उपस्थिति तुम्हें अशांत कर सकती है, उद्विग्न कर सकती है। अगर तुम बहुत स्थूल हो, मंदबुद्धि हो, ध्यान-विरोधी हो तो तुम बुद्ध के दुश्मन भी बन जा सकते हो, हालांकि उन्होंने कुछ भी नहीं किया है। और अगर तुम खुले हो, संवेदनशील हो तो तुम उनके प्रेमी बन जाओगे, हालांकि उन्होंने कुछ भी नहीं किया है।

स्मरण रहे, जब तुम शत्रु बनते हो तो तुम ही हो जो शत्रु बनते हो और जब तुम मित्र बनते हो तो भी तुम ही हो जो मित्र बनते हो; बुद्ध तो महज एक उपस्थिति हैं, वे केवल उपलब्ध हैं। तुम अगर शत्रु बनते हो तो उनकी तरफ पीठ कर लेते हो। तब तुम कुछ ऐसी चीज चूक रहे हो जिसके लिए हो सकता है फिर जन्मों प्रतीक्षा करनी पड़े।

जिस दिन बुद्ध विदा हो रहे थे, आनंद रो रहा था। उस सुबह बुद्ध ने कहा: यह मेरा अंतिम दिन है; अब यह देह समाप्त होने जा रही है। आनंद उनके निकट था; वह पहला व्यक्ति था जिससे बुद्ध ने कहा: यह मेरा अंतिम दिन है। जाओ और सबको खबर कर दो कि उन्हें कुछ पूछना हो तो आकर पूछ सकते हैं।

आनंद तो रोने लगा। बुद्ध ने कहा: क्यों रोते हो? इस शरीर के लिए? मैंने सदा यही सिखाया कि यह शरीर झूठ है; वह मरा हुआ ही है। या तुम मेरी मृत्यु के लिए रोते हो? रोओ मत; मैं तो चालीस साल पूर्व ही मर चुका; मैं तो उसी दिन मर गया था जिस दिन ज्ञान को उपलब्ध हुआ। तो अब केवल यह शरीर खो रहा है। मत रोओ।

आनंद ने एक बहुत सुंदर बात कही। उसने कहा: मैं आपके शरीर या आपके लिए नहीं रो रहा हूं, मैं तो अपने लिए रो रहा हूं। मैं अभी अज्ञानी ही हूं और न जाने कितने जन्म लेने होंगे जब फिर कोई बुद्ध उपलब्ध होंगे। और हो सकता है, मैं आपको पहचान न पाऊं।

जब तक तुम बुद्धत्व को उपलब्ध नहीं होते, तुम्हारी मन की स्पष्टता किसी भी क्षण धूमिल हो जा सकती है। बुद्ध होने के पहले तुम बार-बार पिछड़ सकते हो। तब तक कुछ भी निश्चित नहीं है। इसलिए आनंद ने बुद्ध से कहा कि मैं अपने लिए रो रहा हूं; क्योंकि अभी तक मुझे मंजिल नहीं मिली और आप महानिर्वाण में प्रवेश कर रहे हैं।

अनेक लोगों ने, यहां तक कि बुद्ध के पिता ने भी नहीं पहचाना कि उनका बेटा अब उनका बेटा नहीं रहा, कि उस शरीर में कुछ घटित हुआ है जो बहुत दुर्लभ है; अंधेरा मिट गया है और शाश्वत ज्योति जल रही है। लेकिन वे इसे नहीं पहचान सके। अनेक लोग बुद्ध के विरोध में थे; अनेक लोगों ने उनकी हत्या की कोशिश की थी।

तो यह तुम पर निर्भर है कि तुम उनके मित्र, प्रेमी, या शत्रु बनते हो। यह तुम पर निर्भर है, तुम्हारी संवेदनशीलता पर, तुम्हारी चित्त-दशा पर निर्भर है। लेकिन बुद्ध कुछ नहीं कर रहे हैं। वे एक उपस्थिति मात्र हैं। लेकिन उनकी उपस्थिति से ही उनके चारों ओर बहुत कुछ होता है। जिन्हें प्रेम की प्रतीति है, उन्हें प्रतीति होगी कि बुद्ध उनके साथ प्रगाढ़ प्रेम में हैं। और तुम्हारी यह अनुभूति जितनी गहरी होगी, उतना ही तुम्हारा यह भाव बढ़ेगा कि तुम्हारे प्रति उनका प्रेम प्रगाढ़ से प्रगाढ़तर हो रहा है। अगर तुम सच्चे प्रेमी हो तो तुम्हें प्रतीत होगा कि बुद्ध तुम्हारे प्रेमी हैं। और अगर तुम शत्रु बन गए, उनसे घृणा करने लगे तो तुम्हें लगेगा कि बुद्ध शत्रु हैं और उन्हें समाप्त कर दिया जाना चाहिए। यह तुम पर निर्भर है। बुद्ध कुछ नहीं करते हैं; वे सिर्फ हैं, होना भर हैं।

तो यह कहना कठिन है कि क्या होता है; क्योंकि हम जो कुछ कहेंगे वह भाव होगा। अगर हम कहते हैं कि वे प्रेमपूर्ण हो गए हैं, प्रेम से भर गए हैं, तो यह गलत है। वह हमारा भाव होगा।

जीसस के अनुयायियों को लगा कि वे शुद्ध प्रेम हैं और उनके दुश्मनों को लगा कि उन्हें सूली पर लटका देना चाहिए। तो यह बिलकूल तुम पर निर्भर है, यह तुम पर निर्भर है कि तुम इसे किस भांति लेते हो, तुम्हारी लेने की क्षमता कैसी है, तुम कितने खुले हो। लेकिन प्रज्ञा-पुरुष की ओर से कुछ भी नहीं कहा जा सकता है। वे इतना ही कह सकते हैं कि अब मैं हूं; बिना कुछ किए मैं एक उपस्थिति हूं, बीइंग हूं।

तीसरा प्रश्न :

आपने कहा कि जब कोई व्यक्ति पूरी तरह वर्तमान क्षण में होता है, निर्विचार होता है, तब वह बुद्ध-चित्त होता है। लेकिन जब मुझमें कोई विचार नहीं होता, जब मैं क्षण में होता हूं, तल्लींन होता हूं, जब अतीत और भविष्य खो जाते हैं, तो भी मुझे बुद्ध-स्वभाव की प्रतीति नहीं होती है। कृपया समझाएं कि इस निर्विचार बोध में कब बुद्ध-चित्त प्रकट होता है?

पहली बात, यदि तुम जान रहे हो कि मन में कोई विचार नहीं है तो विचार है; यह भी विचार ही है कि अब मुझमें कोई विचार नहीं है। यह अंतिम विचार है। इसको भी विदा होने दो। और तुम क्यों प्रतीक्षा में हो कि कब मुझे बुद्ध-चित्त घटित होगा? वह भी एक विचार है। वह इस भांति नहीं घटित होगा, कभी नहीं घटित होगा।

मैं तुम्हें एक कहानी कहूंगा। एक सम्राट गौतम बुद्ध के दर्शन को आया। वह उनका बड़ा भक्त था और पहली दफा उनके दर्शन को आया था। उसके एक हाथ में, बाएं हाथ में एक सुंदर स्वर्ण-आभूषण था, बहुमूल्य आभूषण था, जिसमें हीरे-जवाहरात जड़े थे। सम्राट

के पास यह सबसे बहुमूल्य चीज थी, एक दुर्लभ कलाकृति थी। वह इसे बुद्ध को उनके प्रति अपनी भक्ति के रूप में भेंट करने लाया था। वह बुद्ध के निकट आया। उसके बाएं हाथ में वह बहुमूल्य रत्नजड़ित आभूषण था। जैसे ही उसने उसे बुद्ध को भेंट करने को आगे बढ़ाया, बुद्ध ने कहा: गिरा दो! सम्राट तो हैरान रह गया; उसे इसकी अपेक्षा नहीं थी। उसे बड़ा आघात लगा। लेकिन जब बुद्ध ने कहा कि गिरा दो तो उसने गिरा दिया।

सम्राट के दूसरे हाथ में, दाहिने हाथ में एक सुंदर गुलाब का फूल था। उसने सोचा था कि शायद बुद्ध को हीरे-जवाहरात न भाएं; शायद वे इसे लाना मेरा बचकानापन समझें। इसलिए वह एक दूसरी चीज भी ले आया था, वह गुलाब का सुंदर फूल ले आया था। गुलाब उतना स्थूल नहीं है, पार्थिव नहीं है; उसमें एक आध्यात्मिकता है, उसमें अज्ञात की कुछ झलक है। उसने सोचा था कि बुद्ध इसे पसंद करेंगे, क्योंकि वे कहते हैं कि जीवन प्रवाह है। यह फूल सुबह है और सांझ मुरझा जाता है। फूल संसार में सबसे प्रवाह मान घटना है। तो उसने वह भेंट करने के लिए अपना दाहिना हाथ बुद्ध की तरफ बढ़ाया। बुद्ध ने फिर कहा: गिरा दो! तब तो सम्राट और भी परेशान हो गया। अब उसके पास भेंट देने को और कुछ नहीं था। लेकिन जब बुद्ध ने कहा कि गिरा दो तो उसने फूल भी गिरा दिया।

तभी सम्राट को अचानक अपने मैं का स्मरण आया। उसने सोचा कि वस्तुएं भेंट करने से क्या; मैं स्वयं को ही क्यों न भेंट कर दूं! इस बोध के साथ खाली हाथों वह बुद्ध के सम्मुख झुक गया। लेकिन बुद्ध ने फिर कहा: गिरा दो! अब तो गिराने को भी कुछ न था; और बुद्ध ने कहा, गिरा दो! महाकाश्यप, सारिपुत्त, आनंद तथा अन्य शिष्य, जो वहां मौजूद थे, हंसने लगे। और सम्राट को बोध हुआ कि यह कहना भी कि मैं अपने को भेंट करता हूं, अहंकारपूर्ण है। यह कहना भी कि मैं अब अपने को समर्पित करता हूं, समर्पण नहीं है। तब वह स्वयं ही गिर पड़ा। बुद्ध हंसे और बोले: तुम्हारी समझ अच्छी है।

जब तक तुम समर्पण के खयाल को भी नहीं गिरा देते, जब तक तुम खाली हाथों के खयाल को भी नहीं विदा हो जाने देते, तब तक समर्पण नहीं घटित होता है। चीजों का छोड़ना तो आसानी से समझा जा सकता है; लेकिन खाली हाथों के लिए भी बुद्ध ने कहा कि इसे भी गिरा दो; इस खालीपन को भी मत पकड़ो।

जब तुम ध्यान करते हो तो तुम विचारों को छोड़ देते हो। जब विचार समाप्त हो जाते हैं तो भी एक विचार बना रहता है और वह विचार है कि मैं अब निर्विचार हो गया। एक सूक्ष्म भाव, एक सूक्ष्म विचार बना रहता है कि अब मैंने पा लिया और अब विचार न रहे, मन खाली हो गया, अब मैं शून्य हो गया। लेकिन यह शून्य इस विचार से भरा है। और इससे फर्क नहीं पड़ता कि मन में अनेक विचार हैं या एक ही विचार है। उस विचार को भी गिरा दो।

और तुम बुद्ध-स्वभाव की प्रतीक्षा क्यों कर रहे हो?

तुम प्रतीक्षा नहीं कर सकते, क्योंकि तुम तब नहीं रहोगे। बुद्धत्व से तुम्हारा मिलन कभी नहीं होगा। जब बुद्धत्व घटित होगा तो तुम नहीं होगे। इसलिए तुम्हारी आशाएं व्यर्थ हैं। तुम समय गंवा रहे हो; तब तुम नहीं रहोगे।

कबीर ने कहा है: जब मैं था तब हरि नहीं; अब हरि हैं मैं नाहिं। अब तुम हो तो कबीर कहां है? जब मैं तुम्हारी कामना करता था, जब मैं तुम्हें खोजता था, तब मैं तो था, लेकिन तुम

नहीं थे। अब तुम तो हो, लेकिन बताओ कि कबीर कहां गया? वह साधक कहां है जो तुम्हारे लिए भूख-प्यास से भरा था, जो तुम्हें खोजता था, जो तुम्हारे लिए रोता-धोता था? वह कबीर कहां गया?

जब बुद्धत्व घटित होगा तब तुम नहीं होगे। इसलिए प्रतीक्षा मत करो, चाह मत करो। क्योंकि यह चाह कि मैं कब बुद्धत्व को उपलब्ध होऊंगा, कब मुझे बुद्ध स्वभाव प्राप्त होगा, कब मैं ज्ञान को उपलब्ध होऊंगा, यह चाह ही बाधा बन जाएगी। यह अंतिम बाधा है। पूर्ण मुक्ति की प्राप्ति में मुक्ति की कामना अंतिम बाधा है। ज्ञानोपलब्ध होने के लिए ज्ञानोपलब्धि की कामना को भी छोड़ना होगा, गिरा देना होगा।

एक बड़ा झेन सदगुरु लिंची कहा करता था: अगर तुम्हें कहीं बुद्ध मिल जाएं तो उन्हें तुरंत मार डालना। अगर तुम्हारे ध्यान में कहीं बुद्ध मिल जाएं तो उन्हें तुरंत खतम कर देना।

और लिंची कोई मजाक नहीं कर रहा था; वह बड़े महत्व की बात कह रहा था। उसका मतलब था कि अगर कहीं तुम्हारे भीतर बुद्ध होने की, ज्ञानी होने की चाह दिखाई पड़ जाए तो उस चाह को भी मिटा डालो। तो ही बुद्धत्व घटित होता है। परिपूर्ण अचाह, परिपूर्ण निर्वासना जरूरी है। और जब मैं परिपूर्ण अचाह कहता हूं तो उसका मतलब है कि अचाह की चाह को भी छोड़ना होगा। जब तुम्हें कोई चाह न रही, जब कोई विचार नहीं हैं, जब तुम्हें यह बोध भी न रहा कि विचार नहीं है, चाह नहीं है, तब बुद्धत्व घटित होता है।

अंतिम प्रश्न:

तीव्र रेचन के न होने को संभव कारण क्या है? मुझे सदा, आज के शिक्तपात ध्यान में भी, बहुत मंद रेचन ही होता है। क्या इसका यही अर्थ है कि मैं खुला नहीं हूं, पर्याप्त खुला नहीं हूं? या इसके दूसरे कारण भी संभव हैं? इस बात के बाबत मेरी चिंता ध्यान के समय, और ध्यान को बाद भी, मेरे लिए बाधा बन जाती है।

इस संबंध में पहली चीज यह स्मरण रखने योग्य है कि रेचन तभी गहरा होगा जब तुम उसे होने दोगे, जब तुम उसके साथ सहयोग करोगे। मन इतना दमित है, तुमने चीजों को इतने गहरे तलघरों में धकेल रखा है कि उन तक पहुंचने के लिए तुम्हारा सहयोग जरूरी है। इसलिए जब तुम्हें हलका सा भी रेचन होने लगे तो उसे तीव्र बनने में सहयोग दो। केवल प्रतीक्षा ही मत करो। अगर तुम्हें लगे कि तुम्हारे हाथ कांप रहे हैं तो सिर्फ इंतजार में मत रहो, उन्हें ज्यादा कांपने में सहयोग दो। ऐसा मत सोचो कि तीव्र रेचन अपने आप ही होगा, सिर्फ प्रतीक्षा करनी है। उसके अपने आप होने के लिए तुम्हें वर्षों प्रतीक्षा करनी होगी, क्योंकि वर्षों तुमने दमन किया है। और वह दमन सहज नहीं था; तुमने किसी प्रयोजन से दमन किया था।

तो अब तुम्हें उलटा चलना होगा; तभी दमित तत्व उभरकर सतह पर आएंगे। तुम्हें रोने का मन होता है, तुम धीमे-धीमे रोना शुरू करते हो; फिर उसे बढ़ाते जाओ, जोर से चीखो-चिल्लाओ।

तुम्हें पता नहीं है कि आरंभ से ही तुम अपने रोने को दबाते आए हो। तुम कभी ठीक से नहीं रोए। शुरू से ही बच्चा रोना चाहता है, हंसना चाहता है। रोना उसकी एक गहरी

जरूरत है। रोकर वह रोज-रोज अपना रेचन कर लेता है। बच्चे की भी अपनी विफलताएं हैं, निराशाएं हैं। यह अनिवार्य है; और यह किसी जरूरत से है। बच्चा कुछ चाहता है, लेकिन वह बता नहीं सकता कि क्या चाहता है। वह अपनी जरूरत को व्यक्त नहीं कर पाता है। वह कुछ चाहता है, लेकिन हो सकता है उसके मां-बाप उसकी वह इच्छा पूरी करने की स्थिति में न हों। हो सकता है, मां वहा मौजूद न हो, वह किसी काम में व्यस्त हो। बच्चा उपेक्षित अनुभव करता है; क्योंकि कोई उस पर ध्यान नहीं दे रहा है। वह रोने लगता है।

तब मां उसे चुप कराने लगती है, सांत्वना देती है; क्योंकि उसके रोने से अड़चन होती है। पिता को भी अड़चन होती है। पूरा परिवार उपद्रव अनुभव करता है। कोई नहीं चाहता है कि बच्चा रोए; क्योंकि रोना एक उपद्रव है। हरेक व्यक्ति उसे बहलाता है, उसे चुप कराता है। हम उसे रिश्वत दे सकते हैं। मां उसे खिलौना दे सकती है, दूध दे सकती है, कुछ भी दे सकती है, जिससे बच्चे का बहलाव हो, उसे सांत्वना मिले—पर वह रोए नहीं।

लेकिन रोना एक गहन आवश्यकता है। अगर बच्चा रो ले, अगर उसे रोने दिया जाए तो वह फिर से ताजा हो जाएगा। रोने से कुंठा बह जाती है, उसका दश निकल जाता है। अन्यथा दमित आंसुओं के साथ कुंठा भी दमित हो जाती है, दबी रह जाती है। अब बच्चा इकट्ठा करता जाएगा। और तुम दमित आंसुओं का एक ढेर हो जाते हो।

अब मनस्विद कहते हैं कि तुम्हें एक आदिम चीख, प्राइमल स्क्रीम की जरूरत है। अब तो पश्चिम में एक चिकित्सा पद्धति विकसित हो रही है जो तुम्हें इतनी समग्रता से चीखना सिखाती है कि उसमें तुम्हारे शरीर का रोआं-रोआं चीखने लगता है। अगर तुम इस पागलपन के साथ रो सको कि उसमें तुम्हारा सारा शरीर रो उठे तो तुम्हारा बहुत दुख, बहुत संताप मिट जाएगा, जो न मालूम कब से इकट्ठा था। और तब तुम फिर बच्चे की भांति ताजा और निर्दोष हो जाओगे।

लेकिन वह आदिम चीख अचानक नहीं आने को है; तुम्हें उसे सहयोग देना होगा। वह चीख इतनी गहराई में दब गई है, उसके ऊपर दमन की इतनी पर्तें पड़ी हैं कि केवल प्रतीक्षा करने से काम नहीं चलेगा। उसे सहयोग दो। जब तुम रोना चाहो तो दिल खोलकर रोओ। रोने में अपनी सारी ऊर्जा लगा दो और रोने का मजा लो, रोने का सुख लो। सहयोग दो; और दूसरी बात कि रोने का सुख लो।

अगर तुम अपने रोने का मजा नहीं ले सकते तो तुम उसमें गहरे नहीं उतर सकते हो। तब रोना सतह पर ही रह जाएगा। अगर तुम रो रहे हो तो ठीक से रोओ; रोने का मजा लो, उसे अच्छे से जीओ। अगर तुम्हारे मन में कहीं भी यह भाव है कि जो मैं कर रहा हूं वह अच्छा नहीं है, दूसरे लोग क्या कहेंगे, यह बिलकुल बचकाना काम है, ऐसा थोड़ा भी भाव दमन बन जाएगा। रोने का सुख लो और खेल की तरह लो। सुख लो और गैर-गंभीर रहो।

रोते समय इस बात पर ध्यान दो कि उसे कैसे ज्यादा से ज्यादा गहराया जाए, उसे तीव्र करने के लिए क्या किया जाए। अगर तुम बैठकर रो रहे हो तो हो सकता है कि उठकर उछलने-कूदने से रोना तीव्र और सघन हो जाए। या अगर तुम जमीन पर लेटकर हाथ-पांव मारने लगो तो उससे भी रोना गहरा सकता है।

तो प्रयोग करो और सहयोग करो और सुख लो। और तब तुम्हें मालूम होगा कि उसके

▲

गहराने के अनेक रास्ते हैं। उसे गहराते हुए भी मजा लो, सुख अनुभव करो।

और एक बार जब रोना तुम्हें पूरी तरह पकड़ लेगा तो फिर तुम्हारी जरूरत न रहेगी। जब वह उस सही स्रोत को पा लेगा, जहां ऊर्जा छिपी है, जब तुम सही स्रोत को छू लोगे और ऊर्जा मुक्त हो जाएगी तो फिर तुम्हारी जरूरत न रहेगी। तब तुम अपने ही आप और सहजता से बहोगे। और जब यह बहाव सहजता से अपने आप बहता है तो तुम्हें पूरी तरह धो देता है, स्वच्छ कर जाता है। जैसे वर्षा में फूल धुल जाते हैं। वे फिर नए हो जाते हैं। उन पर पड़ी धूल का कण-कण बह जाता है; फूल अपने सौंदर्य में निखर जाते हैं।

जीवन में हम बहुत धूल जमा करते हैं। रेचन स्नान जैसा है। उसको सहयोग दो। उसका आनंद लो। और तब एक दिन वह आदिम चीख आ जाएगी। प्रयोग करते जाओ। इसकी भविष्यवाणी नहीं की जा सकती कि वह कब आएगी। वह आदिम चीख कब आएगी, नहीं कहा जा सकता; क्योंकि मनुष्य बहुत जटिल है। वह इसी क्षण भी घटित हो सकती है; और वर्षों भी लग सकते हैं। एक बात निश्चित है कि अगर तुम सहयोग करोगे, सुख लोगे और गैर-गंभीर रहोगे, तो वह अवश्य आएगी।

आज इतना ही।

41

तंत्र : शुभाशुभ के पार द्वैत के पार

सूत्र

64. छींक के आरंभ में, भय में, चिंता में, खाई-खड्ड के कगार पर, युद्ध से भागने पर, अत्यंत कुतूहल में, भूख के आरंभ में और भूख के अंत में, सतत बोध रखो।

65. अन्य देशनाओं के लिए जो शुद्धता है वह हमारे लिए अशुद्धता ही है। वस्तुत: किसी को भी शुद्ध या अशुद्ध की तरह मत जानो।

जीवन एक विरोधाभास है। निकट आने के लिए तुम्हें दूर की यात्रा पर जाना पड़ता है, और जो पाया ही हुआ है उसे फिर पाना पड़ता है।

कुछ भी नष्ट नहीं होता है। मनुष्य सहज ही बना रहता है; मनुष्य शुद्ध ही बना रहता है; मनुष्य निर्दोष ही बना रहता है। इतनी सी बात है कि वह भूल गया है। न शुद्धता नष्ट होती है, न निर्दोषता नष्ट होती है। बस, प्रगाढ़ विस्मरण हो गया है। जो पाना है वह तुम हो ही; असल में कुछ नया नहीं खोजना है, केवल उसे उघाड़ना है, आविष्कृत करना है, जो है ही।

इससे ही आध्यात्मिक साधना दोनों है, कठिन भी है और सरल भी है। मैं दोनों कहता हूं। अगर तुम समझ सको तो यह बहुत सरल है, आसान है। लेकिन यह बहुत कठिन भी है, क्योंकि तुम्हें उसे समझना है जिसे तुम बिलकुल भूल गए हो और जो इतना स्पष्ट है कि तुम कभी उसके प्रति होशपूर्ण नहीं होते। यह ठीक तुम्हारी श्वास की भांति है—जो निरंतर, अबाध चलती रहती है। लेकिन चूंकि श्वास निरंतर और अबाध चलती रहती है, इसलिए तुम्हें उसे जानना जरूरी नहीं है, उसके लिए तुम्हारा बोध जरूरी नहीं है, बोध उसकी बुनियादी जरूरत नहीं है। तुम चाहो तो उसके प्रति बोधपूर्ण हो सकते हो; यह चुनाव की बात है।

संसार और निर्वाण दो चीजें नहीं हैं; वे केवल दो दृष्टियां हैं, दो विकल्प हैं। तुम दोनों में से किसी को भी चुन सकते हो। एक दृष्टि के कारण तुम संसार में हो। और अगर दृष्टि बदल जाए तो वही संसार निर्वाण हो जाता है, वही संसार परमानंद बन जाता है। तुम वही रहते हो, संसार वही रहता है; सिर्फ दृष्टि और परिप्रेक्ष्य के बदलने की, चुनाव के बदलने की बात है। यह बिलकुल आसान है।

एक बार वह परम आनंद उपलब्ध हो जाए तो तुम हंसोगे। एक बार उसे जान लिया जाए तो तुम्हें आश्चर्य होगा कि मैं इसे चूक कैसे रहा था, वह तो सदा से था, सिर्फ देखे जाने की प्रतीक्षा में था; वह तुम्हारा ही था। बुद्ध हंसते हैं। कोई भी, जिसे भी बुद्धत्व उपलब्ध होता है, हंसता है; क्योंकि पूरी बात हास्यास्पद लगती है। तुम उसे खोज रहे थे जो कभी खोया नहीं

था। सार प्रयत्न बेतुका मालूम पड़ता है। लेकिन यह अनुभव तभी होता है जब तुम पहुंच जाते हो। इसलिए जो ज्ञानोपलब्ध हो जाते हैं वे कहते हैं कि यह बहुत सरल है। लेकिन जिन्होंने अभी नहीं पाया है वे कहते हैं कि यह बात सबसे कठिन ही नहीं, असंभव है।

स्मरण रहे, जिन विधियों की हम यहां चर्चा करेंगे वे उनके द्वारा कही गई हैं जिन्होंने पा लिया है। वे बहुत सरल मालूम पड़ेंगी, और वे सरल ही हैं। लेकिन हमारे मन को इतनी सरल चीजें नहीं जंचती हैं। यदि विधियां इतनी सरल हैं और मंजिल इतनी निकट है कि तुम वहीं हो, यदि सच ही विधियां इतनी सरल हैं और घर पास ही है, तो तुम अपनी ही नजरों में हास्यास्पद मालूम पड़ोगे। तो प्रश्न उठेगा कि फिर तुम उसे चूक क्यों रहे हो? अपने अहंकार की मूढ़ता को समझने की बजाय तुम सोचोगे कि इतनी सरल विधियां किसी काम की नहीं हैं।

यही विडंबना है, धोखाधड़ी है। तुम्हारा मन कहेगा कि इतने सरल उपाय किसी काम के नहीं हो सकते; ये इतने सरल हैं कि इनसे कुछ नहीं हो सकता। परम सत्ता को और पूर्ण तत्व को प्राप्त करने के लिए इतने सरल उपाय कैसे किसी काम के हो सकते हैं? कैसे कारगर हो सकते हैं? तुम्हारा अहंकार कहेगा कि ये किसी काम के नहीं हैं।

दूसरी चीज याद रखने की यह है कि अहंकार सदा उस चीज में उत्सुक होता है जो कठिन हो। क्योंकि जो कठिन है उसमें चुनौती होती है, और अगर तुम कठिनाई को हरा सके तो उससे तुम्हारा अहंकार तृप्त होता है। अहंकार उसकी तरफ कभी आकर्षित नहीं होता जो सरल है। कभी नहीं। अगर तुम अपने अहंकार को चुनौती देना चाहते हो तो तुम्हें किसी कठिन चीज का आयोजन करना होगा। अगर कोई चीज सरल है तो उसमें आकर्षण नहीं रहता; तुम उसे जीत भी लो तो तुम्हारे अहंकार की तृप्ति नहीं होती है। पहली बात तो अहंकार कहेगा कि उसमें जीतने को कुछ था ही नहीं, मामला इतना सरल था। अहंकार कठिनाई खोजता है—कुछ बाधाएं जो पार की जा सकें, कोई शिखर जिस पर चढ़ा जा सके। और शिखर जितना कठिन होगा, तुम्हारा अहंकार उतना ही सुख अनुभव करेगा।

ये विधियां इतनी सरल हैं कि तुम्हारे मन को नहीं आकर्षित कर सकतीं। लेकिन खयाल रहे, जो चीज तुम्हारे अहंकार को आकर्षित करती है वह तुम्हारे आध्यात्मिक विकास में सहयोगी नहीं हो सकती। तुम्हारे रूपांतरण में तो वही चीज सहयोगी हो सकती है जो तुम्हारे अहंकार को न जंचे, न रास आए। लेकिन यही होता है; अगर कोई गुरु कहता है कि यह उपाय बहुत कठिन है, दुष्कर है, जन्मों-जन्मों करने के बाद थोड़ी झलक मिलने की संभावना है, तो उससे तुम्हारा अहंकार बहुत प्रसन्न होता है।

ये विधियां इतनी सरल हैं कि क्षण में, यहीं और अभी घटना घट सकती है। लेकिन इस बात से तुम्हारा अहंकार अप्रभावित, अछूता रह जाता है। अगर मैं कहूं कि अभी इसी क्षण तुम्हें वह सब प्राप्त हो सकता है जो किसी भी मनुष्य के लिए संभव है, कि तुम इसी क्षण, अभी और यहीं, तत्क्षण बुद्ध या क्राइस्ट या कृष्ण हो सकते हो, तो यह बात तुम्हारे अहंकार को बिलकुल प्रभावित नहीं करेगी, तुम्हारे अहंकार के साथ उसका कोई तालमेल नहीं बैठेगा। तुम कहोगे: यह संभव नहीं है; मुझे इसकी खोज में कहीं और जाना होगा।

और ये विधियां इतनी सरल हैं कि तुम जिस क्षण चाहो उसी क्षण वह सब उपलब्ध कर सकते हो जो मनुष्य चेतना के लिए संभव है। और जब मैं कहता हूं कि ये विधियां सरल हैं तो

मेरे कहने के कई अर्थ हैं। पहली बात कि आध्यात्मिक विस्फोट किसी कारण से नहीं होता; वह अकारण घटता है। अगर यह विस्फोट किसी कारण से होता तो उसके लिए समय की जरूरत पड़ती, क्योंकि कार्य-कारण को घटित होने के लिए समय जरूरी है। और अगर समय जरूरी है तो यह विस्फोट अभी और यहीं नहीं हो सकता, इसी क्षण नहीं हो सकता। तब तुम्हें कल के लिए या अगले जन्म के लिए इंतजार करना होगा। तब आने वाला क्षण आवश्यक हो जाएगा। अगर कोई चीज सकारण है तो पहले कारण को घटित होना होगा और तब कार्य घटित होगा। और तुम कारण के बिना कार्य को अभी ही घटित नहीं करा सकते; उसके लिए समय जरूरी होगा। लेकिन आध्यात्मिक घटना सकारण नहीं होती है। तुम तो उस अवस्था में हो ही: सिर्फ स्मरण करने की जरूरत है। यह अकारण घटना है।

यह ऐसा ही है जैसे सुबह किसी ने तुम्हें अकस्मात जगा दिया है, और तुम्हें पता नहीं चलता है कि तुम कहां हो। क्षण भर के लिए तुम्हें पता नहीं चलता है कि तुम कौन हो। गहरी नींद से अचानक जगाए जाने पर तुम्हें स्थान और समय की प्रत्यभिज्ञा नहीं रहती; लेकिन जरा देर में ही प्रत्यभिज्ञा हो जाएगी। तुम जैसे-जैसे सजग होगे वैसे-वैसे तुम्हें साफ होगा कि तुम कौन हो, कि तुम कहां हो और तुम्हें क्या हुआ है। यह कारण-कार्य की बात नहीं है; यह सिर्फ सजगता की बात है। सजगता के बढ़ते ही तुम जान लोगे, पहचान लोगे।

ये सभी विधियां सजगता बढ़ाने की विधियां हैं। तुम वही हो जो तुम होना चाहते हो; तुम वहीं हो जहां पहुंचना चाहते हो। तुम अपने घर पहुंचे हुए ही हो। सच तो यह है कि तुमने उसे कभी छोड़ा ही नहीं; तुम सदा से वहीं हो, लेकिन सपने में खोए हो और सोए हुए हो।

तुम यहां सो जा सकते हो और सपना देख सकते हो, और सपने में तुम कहीं भी जा सकते हो। तुम अपने सपने में स्वर्ग-नर्क की यात्राएं कर सकते हो। क्या तुमने खयाल किया कि जब भी तुम सपना देखते हो तो सपने में तुम कभी उस कमरे में नहीं होते जिसमें सोए होते हो? यह बिलकुल निश्चित है। क्या तुमने कभी इस बात पर ध्यान दिया है? तुम और कहीं भी हो सकते हो; लेकिन सपने में तुम उसी कमरे में और उसी खाट पर नहीं हो सकते जहां वस्तुतः होते हो। क्योंकि तुम वहां हो ही; इसलिए उसके संबंध में स्वप्न देखने की जरूरत नहीं होती। स्वप्न का अर्थ है कि तुम यात्रा पर हो। तुम इस कमरे में सोए हो सकते हो, लेकिन तुम कभी इस कमरे के बारे में स्वप्न नहीं देख सकते। उसकी जरूरत क्या है? तुम वहीं हो। मन उसकी कामना करता है जो नहीं है; इसलिए मन यात्रा करता है। वह लंदन और न्यूयार्क जा सकता है, कलकत्ता जा सकता है, हिमालय और तिब्बत जा सकता है, कहीं भी जा सकता है, लेकिन वह कभी यहां नहीं होगा। वह कहीं भी होगा, लेकिन यहां नहीं।

और तुम यहां हो; यह हकीकत है। तुम सपने देख रहे हो और तुम्हारी दिव्य सत्ता यहां है। तुम वही हो, तत्वमसि! लेकिन तुम लंबी यात्रा पर निकल गए हो। और प्रत्येक सपना सपनों की एक नई श्रृंखला निर्मित करता है, हर सपना एक नया सपना पैदा करता है, और तुम सपनों में ही उलझते चले जाते हो।

ये सारी विधियां तुम्हें सजग बनाने की विधियां हैं, ताकि तुम अपने स्वप्नों से निकलकर वहां वापस आ जाओ जहां तुम सदा से हो, उस अवस्था में लौट आओ जिसे तुमने कभी नहीं खोया है। और तुम इसे खो भी नहीं सकते, यह तुम्हारा स्वभाव है; यह तुम्हारा

असली अस्तित्व है। तुम इसे खो कैसे सकते हो? ये विधियां तुम्हारी सजगता को बढ़ाने की, उसे त्वरा और तीव्रता देने की विधियां हैं। बोध की तीव्रता से पूरी बात बदल जाती है। बोध जितना तीव्र होता है, स्वप्न की संभावना उतनी ही कम होती है; तुम सत्य के संबंध में ज्यादा से ज्यादा सजग हो जाते हो। और बोध जितना कम होता है, तुम उतने ही ज्यादा स्वप्नों में भटकने लगते हो।

तो कुल बात इतनी है कि चित्त की सोयी दशा संसार है और चित्त की सजग दशा निर्वाण है। सोए हुए तुम वह हो जो तुम दिखाई पड़ते हो; जागकर तुम वह हो जो तुम हो। इसलिए एकमात्र सवाल यह है कि कैसे बेहोश चित्त-दशा को सजग चित्त-दशा में बदला जाए, कैसे ज्यादा बोधपूर्ण हुआ जाए, कैसे नींद और स्वप्न से बाहर आया जाए। इसी कारण से विधियां सहयोगी हो सकती हैं। एक अलार्म घड़ी भी सहयोगी हो सकती है। बिलकुल मामूली अलार्म घड़ी भी सहयोगी हो सकती है। अगर अलार्म घड़ी बजती ही रहे तो वह भी तुम्हें तुम्हारे स्वप्न से बाहर लाने में हाथ बंटा सकती है।

लेकिन तुम अलार्म घड़ी को भी धोखा दे सकते हो। तुम उसके बाबत भी सपना देख सकते हो, और तब सारी चीज व्यर्थ हो जाती है। जब अलार्म बजे तो तुम उसे भी अपने सपने का हिस्सा बना ले सकते हो। तुम स्वप्न देख सकते हो कि मैं एक मंदिर में गया हूं और मंदिर की घंटियां बज रही हैं। अब तुमने अलार्म घड़ी को भी धोखा दे दिया। वह तुम्हारी नींद तोड़ सकती थी; लेकिन तुम उसे भी स्वप्न में बदल ले सकते हो, तुम उसे भी अपने सपने का हिस्सा बना ले सकते हो।

और अगर तुमने इसे अपने सपने का हिस्सा बना लिया, अगर यह तुम्हारी स्वप्न-प्रक्रिया का अंग बन गया, तो फिर यह किसी काम का न रहा। तब तुम कोई भी सपना देख सकते हो, और अलार्म घड़ी की आवाज अलार्म घड़ी की आवाज नहीं रहेगी। वह कुछ और चीज हो जाएगी। तुम मंदिर में हो और मंदिर की घंटियां बज रही हैं; अब जागने की जरूरत नहीं रही। तुमने अलार्म को भी, एक हकीकत को भी स्वप्न में बदल दिया। और एक सपने को दूसरे सपने से नहीं तोड़ा जा सकता; बल्कि सपना और मजबूत होता है।

ये सारी विधियां एक ढंग से कृत्रिम विधियां हैं। वे तुम्हें तुम्हारी नींद की अवस्था से बाहर लाने के उपाय मात्र हैं। लेकिन तुम उन्हें भी अपने स्वप्न का हिस्सा बना ले सकते हो। लेकिन तब तुम चूक गए। तब तुम पूरी बात ही चूक गए। इसे समझने की कोशिश करो, क्योंकि यह बहुत बुनियादी है। और इसे समझना बहुत सहयोगी होगा; अन्यथा तुम अपने को धोखा दिए जा सकते हो।

उदाहरण के लिए, मैं तुम्हें कहता हूं कि संन्यास में छलांग लो। वह एक उपाय भर है। तुम्हारी पुरानी पहचान टूट जाती है; तुम्हारा पुराना नाम ऐसा हो जाता है मानो किसी दूसरे का हो। तुम अब अपने अतीत को ज्यादा अनासक्त भाव से देख सकते हो; तुम अब साक्षी हो सकते हो। तुम अब अलग हो; एक दूरी निर्मित हो जाती है। यह दूरी पैदा करने के लिए ही मैं तुम्हें नया नाम और नए वस्त्र देता हूं। लेकिन तुम इसे भी अपने सपने का हिस्सा बना ले सकते हो। तब तुम पूरी बात चूक गए। तुम पुराने को ही ढोते रह सकते हो; तुम सोच सकते हो कि पुराने आदमी ने, अ ने, संन्यास लिया है। तुम समझ सकते हो कि मैंने संन्यास लिया

है; और यह 'मैं' पुराना ही है। तुम सोच सकते हो कि मैंने वस्त्र बदल लिए हैं, मैंने नाम बदल लिया है, लेकिन पुराना 'मैं' जारी रहता है।

अब यह संन्यास भी पुराने में जुड़ गया। यह नया नहीं है; अभी भी यह अतीत से जुड़ा है। और अगर यह जुड़ा है, अगर तुमने संन्यास पुराने 'मैं' से लिया है, अगर तुमने वस्त्र और नाम पर बदल लिए हैं, तो तुम चूक गए। तुम्हें मरना होगा; अब तुम पुराने ही नहीं बने रह सकते। तुम्हें समझना होगा कि पुराना मर गया और यह एक नया व्यक्ति है जिसे तुम कभी नहीं जानते थे, और संन्यास पुराने का विकास नहीं, उससे सर्वथा अलग बात है। तब उपाय कारगर हुआ, तब अलार्म घड़ी ने काम किया और विधि उपयोगी हुई। तब तुम समझे।

ये सारी विधियां ऐसी हैं कि तुम उन्हें उपयोगी बना सकते हो और तुम उन्हें चूक भी सकते हो। यह तुम पर निर्भर है। लेकिन यह बात ठीक से स्मरण रहे कि विधियां विधियां हैं। अगर तुम उनके सार को समझ लो तो तुम विधि के बिना भी सजग हो सकते हो। उदाहरण के लिए, यह भी संभव है कि अलार्म घड़ी की कोई जरूरत न पड़े।

इसमें जरा गहरे उतरो। तुम्हें अलार्म घड़ी की जरूरत क्यों पड़ती है? अगर तुम तीन बजे सुबह उठना चाहते हो तो तुम्हें अलार्म की क्यों जरूरत होती है?

क्योंकि गहरे में तुम जानते हो कि तुम अपने को धोखा दे सकते हो। गहरे में तुम जानते हो कि यदि तुम सचमुच तीन बजे उठना चाहते हो तो तीन बजे उठ जाओगे और तुम्हें अलार्म की जरूरत न पड़ेगी। लेकिन घड़ी से तुम्हारी जिम्मेवारी टल जाती है, अब तुम जिम्मेवार न रहे। अब यदि कुछ गड़बड़ होगी तो उसकी जिम्मेवारी घड़ी पर होगी। अब तुम आराम से सो सकते हो। अब घड़ी रखी है; तुम बिना किसी फिक्र के सो सकते हो।

लेकिन अगर तुम सचमुच तीन बजे सुबह जागना चाहते हो तो तुम उठ आओगे, किसी घड़ी की जरूरत नहीं है। जागने की त्वरा ही जागने की घटना बन जाएगी। तीन बजे उठ आने का यह संकल्प इतना तीव्र हो सकता है कि शायद तुम सो भी न पाओ। जागने की जरूरत न पड़े; तुम सारी रात जागते ही रहो। लेकिन ठीक से सोने के लिए घड़ी जरूरी है; तब तुम निश्चिंत सो सकते हो। लेकिन तुम अपने को धोखा भी दे सकते हो। जब अलार्म बजे तो तुम धोखा दे सकते हो, तुम उसको भी सपना बना ले सकते हो।

ये विधियां इसीलिए उपयोगी हैं क्योंकि तुम्हारी त्वरा कम है। अगर तुम त्वरा में हो, तो किसी विधि की जरूरत नहीं है। तब तुम स्वयं ही सजग हो सकते हो। लेकिन तुम्हारी त्वरा इतनी नहीं है। विधि के साथ भी तुम सपना देखने लग सकते हो। और इसकी अनेक संभावनाएं हैं। पहली संभावना तो यह है कि तुम विश्वास नहीं करोगे कि ऐसी विधियां सहयोगी हो सकती हैं। यह पहली बात है। और तब संपर्क ही नहीं होगा। दूसरी बात कि तुम सोच सकते हो कि बहुत लंबी प्रक्रिया की जरूरत है और यह सधते-सधते ही आएगी। लेकिन कुछ चीजें हैं जो अचानक ही घटित होती हैं; वे कभी क्रमिक ढंग से नहीं होती।

मैंने सुना है कि मुल्ला नसरुद्दीन को उसके एक पड़ोसी के बेटे के जन्म-दिन पर आशीर्वाद देने के लिए कहा गया। उसने कहाः 'बेटे, मुझे आशा है कि तुम एक सौ बीस वर्ष और तीन महीने जीओगे।' सब लोग इस 'और तीन महीने' पर आश्चर्यकित थे। बेटे ने पूछाः 'लेकिन क्यों? एक सौ बीस वर्ष तो ठीक है; यह और तीन महीने क्यों?' मुल्ला

नसरुद्दीन ने कहा: 'मैं नहीं चाहूंगा कि तुम अचानक मर जाओ; बस एक सौ बीस वर्ष जीओ और मर जाओ। इतने अचानक मर जाओ, यह मैं नहीं चाहूंगा; इसलिए और तीन महीने हैं।'

लेकिन 'और तीन महीने' के बावजूद तुम अचानक ही मरोगे। तुम जब भी मरोगे, अचानक ही मरोगे। प्रत्येक मृत्यु आकस्मिक मृत्यु होती है; कोई मृत्यु क्रमिक नहीं होती। क्योंकि तुम या तो जीवित हो या मृत हो, कोई क्रमिक प्रक्रिया नहीं है। इस क्षण तुम जीवित हो और अगले क्षण मृत हो सकते हो। इसमें समय का क्रम नहीं है; मृत्यु आकस्मिक है।

समाधि भी आकस्मिक है। आध्यात्मिक विस्फोट भी आकस्मिक है। यह मृत्यु जैसा ही है। यह जीवन से ज्यादा मृत्यु जैसा है; यह आकस्मिक है। यह किसी भी क्षण घटित हो सकता है। और यदि तुम तैयार हो तो ये विधियां सहयोगी हो सकती हैं। वे बुद्धत्व को क्रमशः नहीं लाएंगी; लेकिन वे तुम्हें क्रमशः उस आकस्मिक घटना के लिए तैयार कर देंगी।

इस भेद को स्मरण रखो: वे तुम्हें तैयार कर रही हैं ताकि समाधि की वह आकस्मिक घटना घट सके। ये विधियां समाधि की विधियां नहीं हैं। ये तुम्हें तैयार करने की विधियां हैं, और तब समाधि घटती है।

तो यह तुम पर निर्भर है कि तुम कैसे इन विधियों का उपयोग करते हो। यह मत सोचो कि एक लंबी प्रक्रिया जरूरी है। ऐसा सोचना भी मन की एक चालबाजी भर हो सकता है। मन कहता है कि एक लंबी प्रक्रिया की जरूरत है; इससे तुम्हें स्थगित करने का उपाय मिल जाता है। तुम कह सकते हो कि कल करूंगा या परसों करूंगा; और इस भांति तुम सदा के लिए स्थगित करते रह सकते हो। स्थगित करने वाला चित्त सतत स्थगित किए जाता है। प्रश्न यह नहीं है कि तुम इसे कल करने वाले हो या नहीं; प्रश्न यह है कि तुम आज नहीं करने वाले हो। बात इतनी-सी है। और कल फिर आज होकर आएगा, और तब यही मन फिर कहेगा: 'बहुत अच्छा, मैं इसे कल करूंगा।'

और स्मरण रहे, तुम कभी कोई काम वर्षों के लिए स्थगित नहीं करते, तुम बस एक दिन के लिए ही स्थगित करते हो। क्योंकि अगर तुम वर्षों के लिए स्थगित करोगे तो अपने को धोखा नहीं दे पाओगे। तुम कहते हो कि एक दिन की ही बात है; आज नहीं कल कर लूंगा। और यह अंतराल इतना छोटा है कि तुम्हें कभी अहसास नहीं होता कि तुम सदा के लिए स्थगित कर रहे हो।

कल कभी नहीं आता है। जब आता है, सदा आज आता है। आज सदा है। और जो मन कल की भाषा में सोचता है वह सदा ही कल की भाषा में सोचेगा। और कल कभी नहीं आता है, कभी नहीं आया है, कभी नहीं आएगा तुम्हारे हाथ में जो है वह बस वर्तमान क्षण है। इसलिए स्थगित मत करो।

अब हम विधियों में प्रवेश करेंगे।

पहली विधि:

छींक के आरंभ में, भय में, चिंता में, खाई-खड्ड के कगार पर, युद्ध से भागने पर, अत्यंत कुतूहल में, भूख के आरंभ में और भूख के अंत में, सतत बोध रखो।

यह विधि देखने में बहुत सरल मालूम पड़ती है: छींक के आरंभ में, भय में, चिंता में,

भूख के पहले या भूख के अंत में सतत बोध रखो।

बहुत सी बातें समझने जैसी हैं। छींकने जैसे बहुत सरल कृत्य भी उपाय की तरह काम में लाए जा सकते हैं। क्योंकि वे कितने ही सरल दिखें, दरअसल वे बहुत जटिल हैं। और जो आंतरिक व्यवस्था है वह बहुत नाज़ुक चीज है।

जब भी तुम्हें लगे कि छींक आ रही है, सजग हो जाओ। संभव है कि सजग होने पर छींक न आए, चली जाए। कारण यह है कि छींक गैर-स्वैच्छिक चीज है—अचेतन, गैर-स्वैच्छिक। तुम स्वेच्छा से, चाह कर नहीं छींक सकते हो, तुम जबरदस्ती नहीं छींक सकते हो। चाह कर कैसे छींक सकते हो?

मनुष्य कितना असहाय है! तुम चाह कर एक छींक भी नहीं ला सकते। तुम कितनी ही चेष्टा करो, तुम छींक नहीं ला सकते। एक मामूली सी छींक भी तुम चाह कर नहीं पैदा कर सकते हो। यह गैर-स्वैच्छिक है; स्वेच्छा की जरूरत नहीं है। यह तुम्हारे मन के कारण नहीं घटित होती है; यह तुम्हारे समग्र संस्थान से, समग्र शरीर से घटित होती है।

और दूसरी बात कि जब तुम छींक के आने के पूर्व सजग हो जाते हो—तुम उसे ला नहीं सकते, लेकिन वह जब अपने आप ही आ रही हो और तुम सजग हो जाते हो—तो संभव है कि वह न आए। क्योंकि तुम उसकी प्रक्रिया में कुछ नयी चीज जोड़ रहे हो, सजगता जोड़ रहे हो। वह खो जा सकती है। लेकिन जब छींक खो जाती है और तुम सावचेत रहते हो, तो एक तीसरी बात घटित होती है।

पहली तो बात कि छींक गैर-स्वैच्छिक है। तुम उसमें एक नयी चीज जोड़ते हो, सजगता जोड़ते हो। और जब सजगता आती है तो संभव है कि छींक न आए। अगर तुम सचमुच सजग होगे, तो वह नहीं आएगी। शायद छींक एकदम खो जाए। तब तीसरी बात घटित होती है। जो ऊर्जा छींक की राह से निकलने वाली थी वह अब कहां जाएगी?

वह ऊर्जा तुम्हारी सजगता में जुड़ जाती है। अचानक बिजली सी कौंधती है, और तुम ज्यादा सावचेत हो जाते हो। जो ऊर्जा छींक बनकर बाहर निकलने जा रही थी वही ऊर्जा तुम्हारी सजगता में जुड़ जाती है और तुम अचानक अधिक सावचेत हो जाते हो। बिजली की उस कौंध में बुद्धत्व भी संभव है।

यही कारण है कि मैं कहता हूं कि ये चीजें इतनी सरल हैं कि व्यर्थ मालूम पडती हैं, उनके द्वारा होने वाली उपलब्धियों की चर्चा असंभव सी लगती है। सिर्फ छींक के जरिए कोई बुद्ध कैसे हो सकता है? लेकिन छींक सिर्फ छींक ही नहीं है; तुम भी उसमें पूरी तरह सम्मिलित हो। तुम जो भी करते हो या तुम्हें जो भी होता है, उसमें तुम भी पूरी तरह मौजूद होते हो। इसे फिर से देखो, इसका निरीक्षण करो। जब भी छींक आती है तो उसमें तुम समग्रतः होते हो—पूरे शरीर से होते हो, पूरे मन से होते हो। छींक सिर्फ तुम्हारी नाक में ही घटित नहीं होती, तुम्हारे शरीर का रोआं-रोआं उसमें सम्मिलित रहता है। एक सूक्ष्म कंपन, एक सूक्ष्म सिहरन पूरे शरीर पर फैल जाती है, और उसके साथ पूरा शरीर एकाग्र हो जाता है। और जब छींक आ जाती है तो सारा शरीर राहत अनुभव करता है, विश्राम अनुभव करता है।

लेकिन छींक के साथ सजगता रखनी कठिन है। और यदि तुम उसमें सजगता जोड़ दोगे तो छींक नहीं आएगी। और यदि छींक आए तो जानना कि तुम सजग नहीं थे।

तो तुम्हें सजग रहना पड़ेगा।

'छींक के आरंभ में...।'

क्योंकि छींक यदि आ ही गयी तो कुछ नहीं किया जा सकता है। तीर यदि चल चुका तो तुम अब उसे बदल नहीं सकते; यंत्र चालू हो गया। ऊर्जा अब बाहर जाने के रास्ते पर है; उसे अब रोका नहीं जा सकता। क्या तुम छींक को बीच में रोक सकते हो? तुम कैसे छींक को बीच में रोक सकते हो! जब तक तुम तैयार होगे, वह आ चुकी होगी। तुम उसे बीच में नहीं रोक सकते हो।

आरंभ में ही सजग हो जाओ। जिस क्षण तुम्हें उत्तेजना अनुभव हो, लगे कि छींक आने वाली है, तभी सावचेत हो जाओ। अपनी आंखें बंद कर लो और ध्यानस्थ हो जाओ। अपनी समग्र चेतना को उस बिंदु पर ले जाओ जहां छींक की उत्तेजना अनुभव होती हो। ठीक आरंभ में ही सजग हो जाओ। छींक गायब हो जाएगी, और उसकी ऊर्जा अधिक सजगता में रूपांतरित हो जाएगी। और चूंकि छींक में तुम्हारा सारा शरीर सम्मिलित है, पूरा संयंत्र सम्मिलित है—और तुम उसी क्षण में सजग हो—वहां मन नहीं होगा, विचार नहीं होगा, ध्यान नहीं होगा। छींक में विचार ठहर जाते हैं।

यही कारण है कि अनेक लोग सुंघनी सूंघना पसंद करते हैं। यह उन्हें निर्भार कर देता है; उनका मन ज्यादा विश्रामपूर्ण हो जाता है। क्यों? क्योंकि क्षणभर के लिए विचार ठहर जाते हैं। सुंघनी उन्हें निर्विचार की एक झलक देती है। सुंघनी सूंघने से जो छींक आती है उसमें वे मन नहीं रह जाते, शरीर ही हो जाते हैं। एक क्षण के लिए सिर विदा हो जाता है; और उन्हें बहुत अच्छा लगता है।

अगर तुम सुंघनी के आदी हो जाओ तो उसे छोड़ना बहुत मुश्किल होता है। यह धूम्रपान से भी ज्यादा गहरा व्यसन है; धूम्रपान उसके सामने कुछ नहीं है। सुंघनी ज्यादा गहरे जाती है, क्योंकि धूम्रपान सचेतन है और छींक अचेतन है। इसलिए धूम्रपान छोड़ने से भी ज्यादा कठिन सुंघनी छोड़ना है। और धूम्रपान को बदलकर कोई दूसरा व्यसन ग्रहण किया जा सकता है, धूम्रपान के पर्याय हैं, लेकिन सुंघनी के पर्याय नहीं हैं। कारण यह है कि छींक सच में शरीर की एक अनूठी घटना है। इसके जैसी दूसरी चीज केवल काम-कृत्य है, संभोग है।

शरीर-शास्त्र की भाषा में जो लोग सोचते हैं वे कहते हैं कि संभोग कामेंद्रिय द्वारा छींकने जैसा है। और दोनों में समानता भी है; यद्यपि यह शत-प्रतिशत सही नहीं है। क्योंकि संभोग में और भी बहुत सी बातें सम्मिलित हैं। लेकिन आरंभ में, सिर्फ आरंभ में समानता भी है। तुम कुछ चीज नाक से बाहर निकालते हो और राहत अनुभव करते हो, वैसे ही कुछ चीज कामेंद्रिय से बाहर निकालते हो और राहत अनुभव करते हो। और दोनों ही कृत्य गैर-स्वैच्छिक हैं।

तुम संभोग में संकल्प के द्वारा नहीं उतर सकते; अगर कोशिश करोगे तो निष्फलता हाथ आएगी। विशेषकर पुरुष तो जरूर निष्फल होंगे, क्योंकि उनकी कामेंद्रिय को कुछ करना पड़ता है। पुरुष की कामेंद्रिय सक्रिय है; लेकिन तुम चाहकर उसे सक्रिय नहीं कर सकते। तुम जितनी चेष्टा करोगे, उतना ही असंभव होता जाएगा। यह अपने आप होता है, इसे तुम सचेत होकर नहीं कर सकते।

यही कारण है कि पश्चिम में संभोग एक समस्या बन गया है। पिछली आधी सदी के

दौरान पश्चिम में काम-संबंधी ज्ञान बहुत विकसित हुआ है और हर एक आदमी इसके संबंध में इतना सचेत है कि संभोग अधिकाधिक असंभव हो रहा है।

अगर तुम सचेत हो तो संभोग असंभव हो जाएगा। अगर कोई व्यक्ति संभोग के समय सचेत रहे, तो वह जितना सचेत होगा उतना ही उसके लिए संभोग कठिन होगा। उसकी जननेंद्रिय में उत्तेजना ही नहीं होगी। उसे प्रयास से नहीं किया जा सकता, और तुम जितना अधिक प्रयास करोगे उतनी ही मुश्किल हो जाएगी।

इस विधि का उपयोग काम-संभोग में भी किया जा सकता है। आरंभ में ही, जब तुम्हे उत्तेजना आती मालूम हो, लेकिन वह अभी आयी न हो, सिर्फ उसकी तरंगें मालूम पड़ती हों, तभी तुम सावचेत हो जाओ। तरंगें खो जाएंगी, और वही ऊर्जा सजगता में गति कर जाएगी।

तंत्र ने इसका उपयोग किया है। तंत्र ने इसका कई ढंग से उपयोग किया है। एक सुंदर नग्न स्त्री ध्यान के विषय के रूप में बैठी होगी, और साधक उस नग्न स्त्री के सामने बैठकर उसके शरीर, उसके रूप और अंग-सौष्ठव पर ध्यान करेगा, और अपने काम-केंद्र पर उत्तेजना उठने की प्रतीक्षा करेगा। और ज्यों ही जरा सी उत्तेजना महसूस होगी, वह अपनी आंखें बंद कर लेगा और उस स्त्री को भूल जाएगा। वह साधक आंखें बंद कर लेगा और उत्तेजना के प्रति सजग हो जाएगा। तब काम-ऊर्जा सजगता में रूपांतरित हो जाती है। उसे नग्न स्त्री पर तभी तक ध्यान करना है जहां उत्तेजना महसूस होती है। उसके बाद उसे आंख बंद कर अपनी उत्तेजना पर आ जाना है और वहीं सजग रहना है—ठीक वैसे ही जैसे छींक में किया जाता है।

और यह कौंध सी क्यों घटित होती है? कारण यह है कि मन वहां नहीं है। बुनियादी बात यह है कि अगर मन नहीं है और तुम सजग हो, तो सतोरी घटित होगी; तुम्हें समाधि की पहली झलक मिलेगी।

विचार ही बाधा है। किसी भी ढंग से यदि विचार विलीन हो जाए तो बात बन जाती है। लेकिन सजगता के लिए विचार का विदा होना जरूरी है। विचार नींद में भी विलीन हो जाता है। तुम्हारे मूर्च्छित होने पर भी विचार ठहर जाता है। और जब तुम कोई नशीले द्रव्य लेते हो तो भी विचार बंद हो जाता है। इन हालतों में भी विचार विदा हो जाता है, लेकिन तब विचार के पीछे जो तत्व छिपा है उसके प्रति सजगता नहीं रहती है।

इसलिए मैं ध्यान को निर्विचार चेतना कहता हूं। तुम निर्विचार और मूर्च्छित एक साथ हो सकते हो; लेकिन उसका कोई मूल्य नहीं है। और तुम विचार के साथ सचेतन भी रह सकते हो; वह तुम हो ही। इन दो चीजों को, चेतना और निर्विचार को इकट्ठा करो; जब वे मिलते हैं तो ध्यान घटित होता है, ध्यान का जन्म होता है।

और तुम इसका प्रयोग छोटी-छोटी चीजों के साथ भी कर सकते हो। सच तो यह है कि कोई भी चीज छोटी नहीं है। एक छींक भी अस्तित्वगत घटना है। अस्तित्व में कुछ भी बड़ा नहीं है, कुछ भी छोटा नहीं है। एक नन्हा सा परमाणु भी पूरे जगत को मिटा सकता है। और वैसे ही एक छींक भी, जो कि अत्यंत छोटी चीज है, तुम्हें रूपांतरित कर सकती है।

तो चीजों को छोटी-बड़ी की तरह मत देखो। न कुछ बड़ा है और न कुछ छोटा। अगर तुम्हारे पास गहरे देखने की दृष्टि है तो बहुत छोटी चीजें भी महत्वपूर्ण हो जाती हैं। परमाणुओं के बीच में ब्रह्मांड छिपे हैं। और तुम नहीं कह सकते कि परमाणु और ब्रह्मांड में कौन बड़ा है

और कौन छोटा। एक अकेला परमाणु अपने आप में ब्रह्मांड है, और बड़े से बड़ा ब्रह्मांड भी परमाणुओं के अतिरिक्त कुछ नहीं है। तो बड़े और छोटे की भाषा में मत सोचो। प्रयोग करो। और यह मत कहो कि छींक से क्या होगा, मैं तो जीवनभर छींकता रहा हूं और कुछ नहीं हुआ! इस विधि का प्रयोग करो।

'छींक के आरंभ में, भय में...।'

जब तुम भयभीत अनुभव करते हो और भय प्रवेश करता है, जब तुम भय को प्रवेश करते देखो, ठीक उसी क्षण सजग हो जाओ, और भय विलीन हो जाएगा। बोध के साथ भय नहीं रह सकता है। जब तुम सावचेत हो तो भयभीत कैसे हो सकते हो? तुम तभी भयभीत होते हो जब होश खो देते हो। सच में कायर वह नहीं है जो डरा हुआ है; कायर वह है जो सोया हुआ है। और बहादुर वह है जो भय के क्षणों में बोध को जगा लेता है। और तब भय विदा हो जाता है।

जापान में वे योद्धाओं को सजगता का प्रशिक्षण देते हैं। उनका बुनियादी प्रशिक्षण सजगता के लिए है; शेष सब चीजें गौण हैं। तलवार चलाना, तीर-धनुष चलाना, सब गौण हैं।

झेन सदगुरु रिंझाई के संबंध में कहा जाता है कि वे कभी भी तीर चलाने में, तीर को ठीक निशाने पर मारने में सफल नहीं हुए। उनका तीर सदा ही चूकता रहा, वह कभी ठीक निशाने पर नहीं लगा। और वे सबसे महान धनुर्विद माने जाते हैं।

तो पूछा जाता है कि रिंझाई सबसे महान धनुर्विद कैसे कहलाए, जब कि वे कभी लक्ष्य पर नहीं पहुंचे और सदा निशाना चूकते रहे? उनका तीर कभी सही निशाने पर नहीं लगा, फिर भी वे महान धनुर्विद कैसे माने गए?

रिंझाई को मानने वाले कहते हैं: 'अंत नहीं, आरंभ महत्वपूर्ण है। हम इसमें उत्सुक नहीं हैं कि तीर लक्ष्य पर पहुंच जाए, हम उसमें उत्सुक हैं जहां से तीर अपनी यात्रा शुरू करता है। हम रिंझाई में उत्सुक हैं। जब तीर धनुष से निकलता है तो वे सजग हैं; बस पर्याप्त है। परिणाम से कोई लेना-देना नहीं है।'

एक आदमी रिंझाई का शिष्य था। वह खुद भी बड़ा धनुर्विद था; उसका निशाना कभी नहीं चूकता था। फिर वह रिंझाई के पास सीखने के लिए आया। तो किसी ने उससे कहा, 'तुम किससे सीखने आए हो? वह कोई गुरु नहीं है; वह तो शिष्य भी नहीं है। वह एक असफल व्यक्ति है। और तुम तो स्वयं बड़े गुरु हो, और रिंझाई से सीखने जा रहे हो?'

तो उस धनुर्विद ने कहा, 'हां, क्योंकि मैं तकनीकी तल पर सफल हूं; लेकिन जहां तक चेतना का सवाल है मैं असफल हूं। वे तकनीकी तल पर असफल हैं, लेकिन जहां तक चेतना का सवाल है वे धनुर्विद हैं और गुरु हैं। क्योंकि जब तीर धनुष को छोड़ता है, वे उस समय सजग होते हैं—और वही असली बात है।'

इस धनुर्विद को, जो तकनीकी रूप से कुशल था, रिंझाई के पास रहकर वर्षों धनुर्विद्या सीखनी पड़ी। और रोज उसके निशाने शत-प्रतिशत अचूक लगते। और रिंझाई उससे कहते, 'नहीं, तुम असफल हो। तकनीकी तौर से तो तीर ठीक चलता है, लेकिन तुम वहां नहीं होते हो, तुम सजग नहीं होते हो। तुम सोए-सोए तीर छोड़ते हो।'

जापान में वे अपने योद्धाओं को पहले सजग होने का प्रशिक्षण देते हैं। बाकी बातें

गौण होती हैं। योद्धा साहसी व्यक्ति है, यदि वह सजग हो सके। और दूसरे महायुद्ध में पता चला कि जापानी योद्धाओं का मुकाबला नहीं है। उनकी शूरता अतुलनीय है। वह शूरता कहां से आती है? शरीर से वे उतने मजबूत नहीं हैं, लेकिन वे भयभीत नहीं हैं। क्योंकि जागरूकता में, सजगता में भय नहीं प्रवेश कर सकता। और जब भी उन्हें भय पकड़ता है, वे झेन विधियों का प्रयोग करते हैं।

यह सूत्र कहता है : 'भय में, चिंता में . . .।'

जब तुम चिंता अनुभव करो, बहुत चिंताग्रस्त होओ, तब इस विधि का प्रयोग करो। इसके लिए क्या करना होगा? जब साधारणतः तुम्हें चिंता घेरती है तब तुम क्या करते हो? सामान्यतः क्या करते हो? तुम उसका हल ढूंढते हो; तुम उसके उपाय ढूंढते हो। लेकिन ऐसा करके तुम और भी चिंताग्रस्त हो जाते हो, तुम उपद्रव को बढ़ा लेते हो। क्योंकि विचार से चिंता का समाधान नहीं हो सकता है; विचार के द्वारा उसका विसर्जन नहीं हो सकता है। कारण यह है कि विचार खुद एक तरह की चिंता है। विचार करके तुम चिंता को बढ़ाते हो। विचार के द्वारा तुम उससे बाहर नहीं आ सकते, बल्कि तुम उसके दलदल में और भी धंसते जाओगे। यह विधि कहती हैं कि चिंता के साथ कुछ मत करो। सिर्फ सजग होओ, बस सावचेत रहो।

मैं तुम्हें एक दूसरे झेन सदगुरु बोकोजू के संबंध में एक पुरानी कहानी सुनाता हूं। वह एक गुफा में अकेला रहता था, बिलकुल अकेला। लेकिन दिन में था कभी-कभी रात में भी, वह जोरों से कहता था, 'बोकोजू।' यह उसका अपना नाम था। और फिर वह खुद कहता, 'हां महोदय, मैं मौजूद हूं।' और वहां कोई दूसरा नहीं होता था। उसके शिष्य उससे पूछते थे, 'क्यों आप अपना ही नाम पुकारते हैं, और फिर खुद कहते हैं, हां महोदय, मैं मौजूद हूं ?'

बोकोजू ने कहा, 'जब भी मैं विचार में डूबने लगता हूं तो मुझे सजग होना पड़ता है, और इसीलिए मैं अपना नाम पुकारता हूं, बोकोजू! जिस क्षण में बोकोजू कहता हूं और कहता है कि हां महाशय, मैं मौजूद हूं, उसी क्षण विचारणा, चिंता विलीन हो जाती है।'

फिर अपने अंतिम दिनों में, आखिरी दो-तीन वर्षों में उसने कभी अपना नाम नहीं पुकारा, और न ही यह कहा कि हां, मैं मौजूद हूं। तो शिष्यों ने पूछा, 'गुरुदेव, अब आप ऐसा क्यों नहीं करते?' बोकोजू ने कहा, 'अब बोकोजू सदा मौजूद रहता है। वह सदा ही मौजूद है, इसलिए पुकारने की जरूरत न रही। पहले मैं खो जाया करता था, और चिंता मुझे दबा लेती थी, आच्छादित कर लेती थी, बोकोजू वहां नहीं होता था, तो मुझे उसे स्मरण करना पड़ता था। और स्मरण करते ही चिंता विदा हो जाती थी।'

इसे प्रयोग करो। बहुत सुंदर विधि है यह। अपने नाम का ही प्रयोग करो। जब भी तुम्हें गहन चिंता पकड़े तो अपना ही नाम पुकारो—बोकोजू या और कुछ, लेकिन अपना ही नाम हो—और फिर खुद ही कहो कि हां महोदय, मैं मौजूद हूं। और तब देखो कि क्या फर्क पड़ता है। चिंता नहीं रहेगी; कम से कम एक क्षण के लिए तुम्हें बादलों के पार की एक झलक मिलेगी। और फिर वह झलक गहराई जा सकती है। तुम एक बार जान गए कि सजग होने पर चिंता नहीं रहती, विलीन हो जाती है, तो तुम स्वयं के संबंध में, अपनी आंतरिक व्यवस्था के संबंध में गहन बोध को उपलब्ध हो गए।

'खाई-खड्ड के कगार पर, युद्ध से भागने पर, अत्यंत कुतूहल में, भूख के आरंभ में

और भूख के अंत में, सतत बोध रखो।'

किसी भी चीज का उपयोग कर सकते हो। भूख लगी है, सजग हो जाओ। जब तुम्हें भूख महसूस होती है तो तुम क्या करते हो? तुम्हें क्या होता है? जब तुम्हें भूख लगती है तो तुम उसे कभी ऐसे नहीं देखते कि तुम्हें कुछ हो रहा है; तुम भूख ही हो जाते हो। तब तुम समझते हो कि मैं भूखा हूं। ऐसा ही लगता है कि मैं भूख हूं। लेकिन तुम भूख नहीं हो; तुम्हें सिर्फ भूख का बोध होता है। भूख कहीं परिधि पर घटित हो रही है, और तुम तो केंद्र हो; तुम्हें भूख का बोध हो रहा है। भूख विषय है; तुम जानने वाले हो, तुम साक्षी हो। तुम भूख नहीं हो; भूख तुम्हें घटित हो रही है। तुम तब भी थे जब भूख नहीं थी, और तुम तब भी रहोगे जब भूख नहीं रहेगी। भूख एक घटना है; वह तुम्हें घटित होती है।

उसके प्रति सजग होओ। तब तुम भूख से तादात्म्य नहीं करोगे। अगर तुम्हें भूख लगे तो उसके प्रति सजग होओ कि भूख है। उसे देखो, उसका साक्षात्कार करो, उसे जानो। क्या होगा? तुम जितने ही सजग होगे, भूख उतनी ही तुमसे दूर मालूम पड़ेगी। और जितनी सजगता कम होगी, भूख उतनी ही निकट मालूम पड़ेगी। और अगर तुम बिलकुल सजग नहीं हो, तो तुम ठीक केंद्र पर अनुभव करोगे कि मैं भूख ही हूं। सजग होते ही भूख तुम से दूर हट जाती है; भूख वहां है और तुम यहां हो। भूख विषय है; तुम साक्षी हो।

इसी विधि के लिए उपवास का उपयोग किया जाता रहा है। वैसे अपने आप में उपवास किसी काम का नहीं है। अगर तुम भूख के साथ इस विधि का प्रयोग नहीं कर रहे हो तो उपवास निपट मूढ़ता है, व्यर्थ है।

महावीर ने इसी विधि के लिए उपवास का प्रयोग किया था, और अब जैन सिर्फ उपवास कर रहे हैं, इस विधि के बिना ही उपवास कर रहे हैं। तब यह मूढ़ता है; तब तुम सिर्फ भूखे मर रहे हो और इससे कोई लाभ नहीं मिल सकता है। तुम महीनों भूखे रह सकते हो, और भूख से जुड़े रह सकते हो कि मैं भूख हूं। तब वह व्यर्थ है, हानिकर है।

उपवास करने की कोई जरूरत नहीं है; तुम रोज ही भूख को अनुभव कर सकते हो। लेकिन कठिनाइयां हैं। और इसीलिए उपवास उपयोगी हो सकता है। सामान्यतः हम भूख लगने के पहले ही अपने को भोजन से भर लेते हैं। आधुनिक संसार में भूख लगने की जरूरत ही नहीं पड़ती; तुम्हारे भोजन के समय निश्चित हैं, और तुम भोजन कर लेते हो। तुम कभी नहीं पूछते कि शरीर को भूख लगी है या नहीं; निश्चित समय पर तुम भोजन कर लेते हो। भूख तुम्हें नहीं लगती है। तुम कहोगे कि नहीं, जब एक बजता है तो मुझे भूख लगती है। वह झूठी भूख हो सकती है; वह इसलिए लगती है क्योंकि यह तुम्हारे खाने का समय है, एक बजा है।

किसी दिन एक खेल करो; अपनी पत्नी या अपने पति को कहो कि घड़ी का समय बदल दे; अभी बारह बजा है और घड़ी एक का समय बता दे। तुम्हें तुरंत भूख मालूम होगी। या घड़ी एक घंटा पीछे कर दी जाए; दो बजा है और घड़ी एक का समय बताए। तब तुम्हें उसी समय भूख लगेगी। तुम्हें घड़ी देखकर भूख लगती है। यह कृत्रिम भूख है, झूठी भूख है; यह भूख सच्ची नहीं है।

इसीलिए उपवास सहयोगी हो सकता है। अगर तुम उपवास करोगे तो दो-तीन दिन तक झूठी भूख मालूम होगी। तीसरे या चौथे दिन के बाद ही सच्ची भूख का पता चलेगा। तब

वह मांग तुम्हारे शरीर की होगी, मन की नहीं। जब मन मांग करता है तो वह झूठी मांग है; शरीर को मांग ही सच्ची होती है। और जब तुम सच्ची भूख के प्रति सजग होते हो तो अपने शरीर से सर्वथा भिन्न हो जाते हो। भूख एक शारीरिक घटना है। और जब एक बार तुम जान लेते हो कि भूख मुझसे भिन्न है, मैं उसका साक्षी हूं, तो तुम शरीर के पार चले गए।

लेकिन तुम किसी भी चीज का उपयोग कर सकते हो। ये तो उदाहरण मात्र हैं। यह विधि अनेक ढंगों से प्रयोग में लाई जा सकती है। तुम अपना अलग ढंग भी निर्मित कर सकते हो। लेकिन किसी एक ही चीज पर सतत प्रयोग करते रहो। अगर तुम भूख के साथ प्रयोग कर रहे हो तो कम से कम तीन महीनों तक भूख के साथ प्रयोग करो। तो ही तुम किसी दिन शरीर से तादात्म्य तोड़ सकोगे। रोज-रोज विधि मत बदलो, क्योंकि विधि का गहरे जाना जरूरी है। तीन महीने के लिए किसी विधि को चुन लो और उसमें लगन से लगे रहो; विधि का प्रयोग करो, और प्रयोग जारी रखो।

और सदा स्मरण रखो कि आरंभ में बोधपूर्ण होना है। बीच में बोधपूर्ण होना बहुत कठिन होगा, क्योंकि इस तादात्म्य के स्थापित होते ही कि मैं भूख हूं, तुम उसे फिर बदल नहीं सकोगे। मन के तल पर तुम बदलाहट कर सकते हो, तुम कह सकते हो कि नहीं, मैं भूख नहीं हूं, साक्षी हूं; लेकिन वह झूठ होगा। यह मन ही बोल रहा है; यह तुम्हारे प्राणों का अनुभव नहीं है। तो आरंभ में ही बोधपूर्ण होने की कोशिश करो। और यह भी स्मरण रहे कि तुम्हें यह कहना नहीं है कि मैं भूख नहीं हूं। यह भी मन का धोखा देने का एक ढंग है। तुम कह सकते हो: 'भूख है, लेकिन मैं भूख नहीं हूं। मैं शरीर नहीं हूं; मैं ब्रह्म हूं।'

तुम्हें कुछ भी कहना नहीं है। तुम जो भी कहोगे गलत होगा, क्योंकि तुम गलत हो। यह दोहराना कि मैं शरीर नहीं हूं, किसी काम का नहीं होगा। तुम कहते रहते हो कि मैं शरीर नहीं हूं, क्योंकि तुम जानते हो कि मैं शरीर हूं। अगर तुम सच ही जानते हो कि मैं शरीर नहीं हूं, तो यह कहने की क्या जरूरत है? कोई जरूरत नहीं है; यह मूढ़ता मालूम होगी।

बोधपूर्ण होओ, और तब उस बोध में यह भाव प्रगाढ़ होगा कि मैं शरीर नहीं हूं। यह विचार नहीं होगा, भाव होगा। यह तुम्हारे सिर की नहीं, तुम्हारे पूरे प्राणों की अनुभूति होगी। तुम दूरी महसूस करोगे कि शरीर बहुत दूर है और मैं उससे बिलकुल भिन्न हूं; और दोनों के मिश्रण की संभावना भी नहीं है। तुम दोनों को मिला नहीं सकते हो। शरीर शरीर है, पदार्थ है; और तुम चैतन्य हो। वे दोनों साथ रह सकते हैं, लेकिन एक-दूसरे में घुलमिल नहीं सकते। उनका मिश्रण नहीं हो सकता है।

दूसरी विधि:

अन्य देशनाओं के लिए जो शुद्धता है वह हमारे लिए अशुद्धता ही है। वस्तुतः किसी को भी शुद्ध या अशुद्ध की तरह मत जानो।

यह तंत्र का एक बुनियादी संदेश है। तुम्हारे लिए यह बड़ी कठिन धारणा होगी, क्योंकि यह बिलकुल ही गैर-नैतिक धारणा है। मैं इसे अनैतिक नहीं कहूंगा, क्योंकि तंत्र को नीति-अनीति से कुछ लेना-देना नहीं है। तंत्र कहता है कि शुद्धि-अशुद्धि से कोई मतलब नहीं है। इसकी देशना तुम्हें शुद्धि-अशुद्धि के ऊपर उठने में, दरअसल विभाजन के, द्वंद्व और द्वैत

के पार जाने में सहयोग देने के लिए है।

तंत्र कहता है कि अस्तित्व अखंड है, अस्तित्व एक है। और जो द्वंद्व हैं वे सब—स्मरण रहे, सब के सब—मनुष्य के बनाए हुए हैं। द्वंद्व मात्र मनुष्य-निर्मित हैं; शुभ-अशुभ, शुद्ध-अशुद्ध, नैतिक-अनैतिक, पुण्य-पाप, ये सारी धारणाएं मनुष्य ने निर्मित की हैं। ये मनुष्य की मान्यताएं हैं, ये यथार्थ नहीं हैं। क्या अशुद्ध है और क्या शुद्ध, यह तुम्हारी व्याख्या पर निर्भर है। वैसे ही क्या अनैतिक है और क्या नैतिक, यह भी तुम्हारी व्याख्या पर निर्भर है।

नीत्से ने कहीं कहा है कि सब नैतिकता व्याख्या है।

तो कोई चीज इस देश में नैतिक हो सकती है और वही चीज पड़ोसी देश में अनैतिक हो सकती है। एक ही चीज मुसलमान के लिए नैतिक हो सकती है और हिंदू के लिए अनैतिक हो सकती है। एक ही चीज ईसाई के लिए नैतिक और जैन के लिए अनैतिक हो सकती है। या जो चीज पुरानी पीढ़ी के लिए नैतिक थी, नयी पीढ़ी के लिए अनैतिक हो सकती है। यह दृष्टिकोण पर निर्भर करता है; यह रुझान की बात है। बुनियादी रूप से यह एक मान्यता है, झूठ है। तथ्य बस तथ्य होता है। नग्न तथ्य बस तथ्य होता है; वह न नैतिक होता है न अनैतिक, न शुद्ध न अशुद्ध।

सोचो, पृथ्वी पर यदि मनुष्य न हो तो क्या शुद्ध है और क्या अशुद्ध? तब चीजें होंगी, सिर्फ होंगी। न कुछ शुद्ध होगा और न कुछ अशुद्ध होगा; न कुछ शुभ होगा और न कुछ अशुभ होगा। मनुष्य के साथ मन आता है। और मन विभाजन करता है; मन कहता है कि यह भला है और वह बुरा है।

और यह विभाजन संसार को ही नहीं बांटता है, विभाजन करने वाले को भी बांट देता है। अगर तुम बांटते हो तो उसमें तुम खुद भी बंट जाते हो। और जब तक तुम बाह्य विभाजनों को नहीं भूलते, तब तक तुम अपने आंतरिक विभाजनों का अतिक्रमण नहीं कर सकते हो। जो कुछ तुम संसार के साथ करते हो, तुम उसे अपने साथ पहले ही कर लेते हो।

सिद्ध योग के महान सदगुरु नरोपा ने कहा है: 'इंच भर का विभाजन, और स्वर्ग और नरक अलग-अलग हो जाते हैं।' इंच भर का विभाजन! लेकिन हम बांटते हैं, नाम देते हैं, निंदा करते हैं, औचित्य सिद्ध करते हैं। अस्तित्व के शुद्ध तथ्य को देखो, और कोई नाम मत दो, कोई लेबल मत लगाओ। केवल तभी तंत्र की देशना को समझा जा सकता है। तथ्य को भला या बुरा मत कहो; तथ्य पर अपने चित्त को मत उतारो। ज्यों ही तुम तथ्य पर अपनी धारणा आरोपित करते हो, तुम झूठ का निर्माण कर लेते हो। अब यह तथ्य न रहा, सत्य न रहा; यह तुम्हारा प्रक्षेपण हो गया।

यह सूत्र कहता है: 'अन्य देशनाओं के लिए जो शुद्धता है वह हमारे लिए अशुद्धता ही है। वस्तुतः किसी को भी शुद्ध या अशुद्ध की तरह मत जानो।'

'अन्य देशनाओं के लिए जो शुद्धता है वह हमारे लिए अशुद्धता ही है।'

तंत्र कहता है कि जो चीज अन्य देशनाओं के लिए बहुत शुद्ध मानी जाती है, पुण्य मानी जाती है, वह हमारे लिए पाप है। क्योंकि उनकी शुद्धता की धारणा बांटती है; उनके लिए कुछ अशुद्ध है।

अगर तुम किसी को संत कहते हो तो तुमने किसी को पापी बना दिया। अब तुम्हें कहीं

▲

न कहीं किसी न किसी को निंदित करना होगा, क्योंकि संत पापी के बिना नहीं हो सकता। अब हमारे प्रयत्नों की व्यर्थता देखो। हम पापियों को मिटाने में लगे हैं, और हम एक ऐसी दुनिया की आशा करते हैं जहां पापी नहीं होंगे, सिर्फ संत होंगे। यह अर्थहीन है, क्योंकि संत पापी के बिना नहीं हो सकते; वे एक ही सिक्के के दो पहलू हैं। तुम सिक्के के एक पहलू को नहीं मिटा सकते; दोनों साथ ही रहेंगे। पापी और पुण्यात्मा एक ही सिक्के के दो पहलू हैं। अगर तुम पापियों को मिटा दोगे तो पुण्यात्मा भी संसार से विदा हो जाएंगे। लेकिन घबराओ मत; उन्हें विदा होने दो। वे किसी मूल्य के नहीं सिद्ध हुए हैं।

पापी और संत एक ही व्याख्या के, जगत के प्रति एक ही दृष्टिकोण के अंग हैं। यह दृष्टिकोण कहता है कि यह शुभ है और वह अशुभ है। और तुम यह नहीं कह सकते कि यह अच्छा है अगर तुम यह न कहो कि वह बुरा है। शुभ की परिभाषा के लिए अशुभ जरूरी है। शुभ अशुभ पर निर्भर है; पुण्य पाप पर निर्भर है। तुम्हारे महात्मा असंभव हैं, वे पापियों के बिना नहीं हो सकते। उन्हें तो पापियों का अहसान मानना चाहिए; वे उनके बिना जी नहीं सकते। वे चाहे पापियों की जितनी भी निंदा करें, वे और पापी एक ही घटना के अंग हैं। पापी संसार से तभी विदा होंगे जब महात्मा विदा होंगे; उसके पहले नहीं। और पुण्य की धारणा के बिना पाप नहीं टिक सकता है।

तंत्र कहता है कि तथ्य असली बात है, और व्याख्या झूठ है। व्याख्या मत करो!

'वस्तुतः किसी को भी शुद्ध या अशुद्ध की तरह मत जानो।'

क्यों? क्योंकि शुद्धि और अशुद्धि सत्य पर थोपी गई हमारी व्याख्याएं हैं, हमारे दृष्टिकोण हैं। इसे प्रयोग करो। यह विधि कठिन है, सरल नहीं है। कारण यह है कि हम द्वैतमूलक विचारणा से इतने ग्रस्त हैं, उसमें इतने डूबे हैं कि हमें इसका भी पता नहीं रहता कि हम किसकी निंदा कर रहे हैं और किसको उचित कह रहे हैं। अगर कोई व्यक्ति यहां धूम्रपान करने लगे तो तुम सचेतन रूप से कुछ जाने बिना ही उसे निंदित कर दोगे; तुम अपने अंतस में उसकी निंदा कर डालोगे। तुम्हारी दृष्टि में निंदा हो चाहे न हो, तुमने उस व्यक्ति पर नजर भी नहीं डाली हो, लेकिन तुमने निंदा कर दी।

यह विधि कठिन होगी, क्योंकि हमारी आदत इतनी गहन है, प्रगाढ़ है। तुम महज अपनी भाव-भंगिमा से, अपने बैठने-उठने से किसी को निंदित कर देते हो, किसी को सही बताते हो, और तुम्हें इसका होश भी नहीं रहता कि तुम क्या कर रहे हो। तुम जब किसी आदमी को देखकर मुस्कराते हो या नहीं मुस्कुराते हो, जब तुम किसी को देखते हो या नहीं देखते हो, तुम उसकी उपेक्षा करते हो, तो तुम क्या कर रहे हो? तुम अपनी पसंद-नापसंद आरोपित कर रहे हो। जब तुम कहते हो कि कोई चीज सुंदर है तो तुम्हें किसी चीज को कुरूप कहना ही होगा। और यह बांटने वाली दृष्टि साथ ही साथ तुम्हें भी बांट रही है। तुम्हारे भीतर दो व्यक्ति हो जाएंगे।

अगर तुम कहते हो कि कोई व्यक्ति क्रोध में है और क्रोध बुरा है तो तुम तब क्या करोगे जब तुम्हें क्रोध होगा? तुम कहोगे कि क्रोध बुरा है। तब समस्याएं खड़ी होंगी, क्योंकि तुम कहते हो कि यह बुरा है, मुझमें जो क्रोध है वह बुरा है। तब तुम अपने को दो व्यक्तियों में बांटने लगे; एक बुरा व्यक्ति होगा, पापी होगा, और दूसरा भला व्यक्ति होगा, महात्मा होगा।

निश्चित ही, तुम अपने को भीतर का महात्मा मानोगे और भीतर के पापी की निंदा करोगे। तुम दो में विभाजित हो गए। अब निरंतर लड़ाई चलेगी, संघर्ष होगा। अब तुम व्यक्ति न रहे, अब तुम भीड़ हो; तुम्हारे भीतर गृह-युद्ध चलेगा। अब मौन गया, शांति गई; तुम तनाव और संताप से भर जाओगे। यही तुम्हारी हालत है, लेकिन तुम्हें पता नहीं है कि ऐसा क्यों है।

विभाजित व्यक्ति शांत नहीं हो सकता; कैसे हो सकता है? तुम अपने शैतान को कहां रखोगे? तुम्हें उसे मिटाना होगा। लेकिन वह तुम ही हो; तुम उसे नहीं मिटा सकते। तुम दो नहीं हो; सच्चाई एक है, यथार्थ एक है। लेकिन अपनी बांटने वाली दृष्टि के कारण तुमने बाह्य यथार्थ को बांट दिया, और उसके अनुसार भीतरी यथार्थ भी बंट गया। इसलिए हर एक आदमी स्वयं से ही लड़ रहा है।

यह ऐसा ही है जैसे कि हम अपने ही दोनों हाथों को लड़ाएं, बायां हाथ दाएं हाथ से लड़े, दायां हाथ बाएं हाथ से लड़े। और ऊर्जा एक ही है, मेरे दाएं और बाएं हाथों में एक ही ऊर्जा बह रही है; मैं ही दोनों हाथों में बह रहा हूं। लेकिन मैं दोनों को लड़ा सकता हूं, अपने एक हाथ को दूसरे हाथ से लड़ा सकता हूं। और मैं एक संघर्ष, एक झूठा संघर्ष खड़ा कर सकता हूं। कभी-कभी मैं अपने को यह धोखा भी दे सकता हूं कि मेरा दाहिना हाथ जीत रहा है और बायां हाथ हार रहा है। लेकिन यह धोखा है, क्योंकि मैं जानता हूं कि दोनों में मैं ही हूं, और किसी भी क्षण मैं अपने बाएं हाथ को ऊपर कर सकता हूं और दाएं को नीचे कर सकता हूं। मैं ही दोनों में हूं; दोनों हाथ मेरे हैं।

तो तुम कितना ही सोचो कि मेरे भीतर का संत जीत गया और शैतान हार गया, स्मरण रहे कि तुम किसी भी क्षण जगहें बदल सकते हो, और तब संत नीचे होगा और शैतान ऊपर होगा। इससे ही भय पैदा होता है, असुरक्षा का भाव पैदा होता है; क्योंकि तुम जानते हो कि कुछ भी निश्चित नहीं है। तुम जानते हो कि इस समय मैं प्रेमपूर्ण हूं और अपनी घृणा को दबा दिया है; लेकिन तुम भयभीत भी हो, क्योंकि किसी भी क्षण घृणा ऊपर आ सकती है और प्रेम नीचे दब सकता है। और यह किसी भी क्षण हो सकता है, क्योंकि भीतर तुम दोनों हो।

तंत्र कहता है कि खंड मत करो, अखंड रहो; और केवल तभी तुम जीत सकते हो।

अखंड कैसे हुआ जाए? निंदा मत करो; मत कहो कि यह अच्छा है और वह बुरा है। शुद्धता और अशुद्धता की सभी धारणाओं को विदा कर दो। संसार को देखो, लेकिन मत कहो कि यह क्या है। अज्ञानी रहो; बहुत बुद्धिमानी मत दिखलाओ। कुछ धारणा मत बनाओ, चुप रहो; न निंदा करो और न प्रशंसा। अगर तुम संसार के संबंध में मौन रह सके तो धीरे-धीरे यह मौन तुम्हारे भीतर भी प्रवेश कर जाएगा। और अगर बाहर का विभाजन समाप्त हो जाए तो भीतर का विभाजन भी समाप्त हो जाएगा, क्योंकि दोनों साथ ही हो सकते हैं।

लेकिन यह बात समाज के लिए खतरनाक है। यही कारण है कि तंत्र का दमन हुआ, उसे दबाया गया। समाज के लिए यह दृष्टि खतरनाक है कि कुछ भी अनैतिक नहीं है, कुछ भी नैतिक नहीं है; कुछ भी शुद्ध नहीं है, कुछ भी अशुद्ध नहीं है; चीजें जैसी है वैसी हैं।

एक सच्चा तांत्रिक यह नहीं कहेगा कि चोर बुरा है; वह इतना ही कहेगा कि वह चोर है; बस। और उसे चोर कहने में उसके मन में कोई निंदा नहीं है। अगर कोई कहता है कि यह आदमी महान संत है तो तांत्रिक कहेगाः हां, वह संत है। लेकिन उसे संत कहने में कोई

मूल्यांकन नहीं है; वह यह नहीं कहेगा कि वह अच्छा है। वह कहेगा: ठीक है, यह संत है और वह चोर है। यह कहना ऐसा ही है जैसे यह कहना कि यह गुलाब है और वह गुलाब नहीं है, यह वृक्ष बड़ा है और वह वृक्ष छोटा है, कि रात काली है और दिन उजला है। इसमें कोई तुलना नहीं है।

लेकिन यह खतरनाक है। समाज एक की निंदा और दूसरे की प्रशंसा किए बिना नहीं रह सकता है। समाज नहीं रह सकता, क्योंकि समाज द्वैत पर खड़ा है। इसीलिए तंत्र का दमन किया गया, उसे समाज-विरोधी समझा गया। तंत्र समाज-विरोधी नहीं है, बिलकुल नहीं है। लेकिन अद्वैत कि दृष्टि सामाजिक धारणाओं का अतिक्रमण कर जाती है। वह समाज-विरोधी नहीं है; वह समाज का अतिक्रमण है, समाज के पार उठ जाना है।

इसे प्रयोग करो। किसी मूल्यांकन के बिना, केवल स्वाभाविक तथ्यों के साथ, कि अमुक यह है और अमुक वह है, संसार में चलो। और धीरे-धीरे तुम्हें अपने भीतर एक अखंडता अनुभव होगी। तुम्हारे विपरीत स्वर, तुम्हारे विरोध, तुम्हारे अच्छे-बुरे सब इकट्ठे हो जाएंगे; वे एक में मिल जाएंगे। और तुम एक इकाई बन जाओगे। तब न कुछ शुद्ध होगा और न कुछ अशुद्ध। तुम यथार्थ को सीधे जानते हो।

'अन्य देशनाओं के लिए जो शुद्धता है वह हमारे लिए अशुद्धता ही है।'

तंत्र कहता है कि जो दूसरों के लिए बुनियादी बात है वह हमारे लिए जहर है। उदाहरण के लिए, अहिंसा पर आधारित देशनाएं हैं, जो कहती हैं कि हिंसा अशुभ है और अहिंसा शुभ है। तंत्र कहता है कि हिंसा हिंसा है और अहिंसा अहिंसा; न कुछ बुरा है, न कुछ भला। कुछ देशनाएं ब्रह्मचर्य पर आधारित हैं; वे कहती हैं कि ब्रह्मचर्य शुभ है और कामवासना पाप है। तंत्र कहता है, कामवासना कामवासना है, ब्रह्मचर्य ब्रह्मचर्य है। एक ब्रह्मचारी है और दूसरा नहीं है। लेकिन ये तथ्य मात्र हैं; इनका मूल्यों से कुछ लेना-देना नहीं है। तंत्र यह कभी नहीं कहेगा कि ब्रह्मचारी अच्छा है और जो कामवासना में डूबा है वह बुरा है। तंत्र यह कभी नहीं कहेगा। चीजें जैसी हैं तंत्र उन्हें वैसे ही स्वीकार करता है। और क्यों? सिर्फ तुम्हारे भीतर अखंडता निर्मित करने के लिए।

यह विधि तुम्हारे भीतर एक अखंडता निर्मित करने के लिए, तुम्हारे भीतर एक समग्र, अखंड, द्वंद्वरहित और विरोधरहित सत्ता पैदा करने के लिए है। केवल तब ही मौन संभव है। जो व्यक्ति किसी वृत्ति से भागता है वह कभी शांत नहीं हो सकता है। कैसे हो सकता है? और जो अपने भीतर खंडित है, स्वयं से ही लड़ रहा है, वह जीत कैसे सकता है? यह असंभव है। तुम ही दोनों हो, फिर जीत किसकी होगी? किसी की भी जीत नहीं होगी; तुम्हारी ही हार होगी, क्योंकि लड़ने में तुम्हारी ऊर्जा नाहक नष्ट होगी।

यह विधि तुम में एक अखंडता निर्मित करेगी। मूल्यों को जाने दो; निर्णय मत लो।

जीसस ने कहीं कहा है: 'दूसरे के संबंध में कोई निर्णय मत लो, ताकि तुम्हारे संबंध में भी निर्णय न लिया जाए।' लेकिन यहूदियों के लिए इसे समझना असंभव हो गया, क्योंकि यहूदियों का सारा चिंतन नैतिकता पर निर्भर है: यह शुभ है और वह अशुभ है। जीसस इस उपदेश में—कोई निर्णय मत लो—तंत्र की भाषा बोल रहे हैं। यदि उनकी हत्या कर दी गई, उन्हें सूली पर लटकाया गया, तो उसका कारण यह उपदेश था। उनकी दृष्टि तंत्र की दृष्टि थी:

▲

'कोई निर्णय मत लो।'

तो मत कहो कि वेश्या बुरी है। कौन जानता है? और मत कहो कि महात्मा अच्छा है। कौन जानता है? और अंततः तो दोनों एक ही खेल के अंग हैं। वे एक-दूसरे पर निर्भर हैं, परस्पर जुड़े हैं। इसलिए जीसस कहते हैं: 'कोई निर्णय मत लो।' और यही शिक्षा इस सूत्र में है: 'दूसरे के संबंध में कोई निर्णय मत लो, ताकि तुम्हारे संबंध में भी निर्णय न लिया जाए।'

अगर तुम कोई निर्णय नहीं लेते हो, कोई नैतिक दृष्टिकोण नहीं अपनाते हो, तथ्यों को वैसे ही देखते हो जैसे वे हैं, अपने हिसाब से उनकी व्याख्या नहीं करते हो, तो तुम्हारे संबंध में भी निर्णय नहीं लिया जाएगा।

तुम पूरी तरह रूपांतरित हो गए हो। अब कोई दिव्य सत्ता तुम्हारे संबंध में निर्णय नहीं लेगी; उसकी जरूरत न रही। तुम स्वयं दिव्य हो गए; तुम स्वयं परमात्मा हो गए।

तो साक्षी बनो, न्यायाधीश नहीं।

आज इतना ही।

42

आचरण नहीं, बोध मुक्तिदायी है

प्रश्न–सार

1. क्या अनैतिक जीवन ध्यान में बाधा नहीं पैदा करता है?
2. यदि कोई नैतिक ढंग से जीता है तो क्या तंत्र को कोई आपत्ति है?
3. यदि कुछ भी अशुद्ध नहीं है तो दूसरों की देशनाएं अशुद्ध कैसे हो सकती है?
4. क्या किसी भावना या इच्छा की अभिव्यक्ति न करने से उसकी ऊर्जा स्त्रोत पर लौटकर व्यक्ति को ऊर्जावान कर जाती है?
5. दमन या भोग से बचने का प्रयास भी क्या दमन नहीं है?

पहला प्रश्न :

क्या यह सच नहीं है कि अनैतिक जीवन ध्यान में बाधा पहुंचाता है?

ध्यान क्या है? ध्यान तुम्हारा चरित्र नहीं है; वह तुम्हारा आचरण नहीं है। तुम जो करते हो वह ध्यान नहीं है। ध्यान तो वह है जो तुम हो। ध्यान आचरण नहीं है; ध्यान वह चेतना है जिससे तुम अपने आचरण को देखते हो, अपने कृत्य के साक्षी होते हो। कृत्य गौण है। महत्वपूर्ण यह है कि तुम उसे होशपूर्वक कर रहे हो या बेहोशी में। कृत्य चाहे नैतिक हो या अनैतिक, तुम अगर उसके प्रति सजग हो, होशपूर्ण हो, तो तुम ध्यान में हो। और अगर तुम उसके प्रति सजग नहीं हो तो तुम सोए हो, गैर-ध्यान में हो।

तुम खूब सोए-सोए भी नैतिक हो सकते हो; उसमें कोई कठिनाई नहीं है। गहरी नींद में होने के लिए नैतिक होना बेहतर है, क्योंकि तब समाज तुम्हें कोई बाधा नहीं देगा; तब कोई भी तुम्हारे विरोध में नहीं होगा। तुम आराम से सो सकते हो; समाज उसमें तुम्हें सहयोग भी देगा।

तुम ध्यानी हुए बिना भी नैतिक हो सकते हो; लेकिन उस नैतिकता के ठीक पीछे अनैतिकता खड़ी रहेगी। अनैतिकता तुम्हारी छाया की तरह तुम्हारे पीछे-पीछे चलेगी। और तुम्हारी यह नैतिकता सतही होगी, क्योंकि यह नैतिकता तुम पर नींद में ही बाहर से लादी जा सकती है। वह नैतिकता नकली होगी, झूठी होगी, पाखंड होगी। वह तुम्हारा कभी प्राण नहीं बनेगी। बाहर-बाहर तुम नैतिक रहोगे, लेकिन भीतर-भीतर तुम अनैतिक बने रहोगे। और तुम बाहर-बाहर जितने नैतिक होगे, भीतर-भीतर उतने ही अनैतिक होगे। अनुपात सदा समान होगा। कारण यह है कि तुम्हारी नैतिकता एक गहन दमन के अतिरिक्त और कुछ नहीं हो सकती है। नींद में तुम और कुछ नहीं कर सकते, सिर्फ दमन कर सकते हो।

और इस नैतिकता के चलते तुम झूठे हो जाओगे, पाखंडी हो जाओगे। तुम एक व्यक्ति नहीं रहोगे, बस एक मुखौटा, एक ढोंग बन जाओगे। और उसका परिणाम दुख होगा, संताप होगा। और तुम सदा एक ज्वालामुखी पर बैठे होगे, जो किसी भी समय फूट सकता है। जो कुछ भी तुमने अपने भीतर दबा रखा है, उसका विस्फोट अनिवार्य है; वह सदा फूटने को

तत्पर ही है। और यदि तुम सोए-सोए ईमानदारी से नैतिक होने की चेष्टा करोगे तो तुम विक्षिप्त हो जाओगे। सिर्फ बेईमान आदमी ही विक्षिप्त हुए बिना नैतिक हो सकता है। पाखंड का वही मतलब है। पाखंडी सिर्फ नैतिक होने का दिखावा करता है, नैतिक होता नहीं। और वह अनैतिक होने के परोक्ष उपाय खोज लेता है; ऊपर-ऊपर वह सदा नैतिक बना रहता है या नैतिक होने का ढोंग करता है। केवल तभी तुम पागल होने से बच सकते हो, अन्यथा पागलपन तुम्हारी नियति है।

यह जो तथाकथित नैतिकता है इसमें दो ही विकल्प होते हैं: विक्षिप्तता या पाखंड। अगर तुम ईमानदार हो तो पागल हो जाओगे। और अगर तुम बेईमान हो तो तुम पाखंडी हो जाओगे। जो लोग चतुर-चालाक हैं, वे पाखंडी हो जाते हैं। और जो सरल और निष्ठाबान हैं, जो ऐसी शिक्षाओं के शिकार हो जाते हैं, वे पागल हो जाते हैं।

नींद में, मूर्च्छा में, सच्ची नैतिकता संभव नहीं है। सच्ची नैतिकता का क्या अर्थ है? सच्ची नैतिकता ऊपर से लादी या ओढ़ी नहीं जाती है, वह तुम्हारे प्राणों की सहज और स्वाभाविक खिलावट होती है। और सच्ची नैतिकता अनैतिकता के विरोध में नहीं होती; सच्ची नैतिकता अनैतिकता की अनुपस्थिति भर होती है। वह विरोध में नहीं होती है।

उदाहरण के लिए, तुम्हें सिखाया जा सकता है कि अपने पड़ोसी को प्रेम करो, कि सबको प्रेम करो, कि प्रेमपूर्ण बनो। यह शिक्षा तुम्हें एक तरह की नैतिकता दे सकती है, लेकिन भीतर घृणा कायम रहेगी। तुम अपने को जबरदस्ती प्रेमपूर्ण बनाने की कोशिश कर सकते हो; लेकिन जबरदस्ती लाया हुआ प्रेम सच्चा नहीं हो सकता, प्रामाणिक नहीं हो सकता। इस प्रेम से न तुम परितृप्त होगे और न वह परितृप्त होगा जिसे तुम प्रेम देते हो। झूठे प्रेम से कोई भी परितृप्त नहीं होने वाला है।

यह प्रेम झूठे पानी जैसा है; झूठे पानी से किसी की प्यास शांत नहीं हो सकती। घृणा मौजूद है, और घृणा सतत प्रकट होने को आतुर है। और झूठा प्रेम इस घृणा को रोकने में असमर्थ है। बल्कि घृणा तुम्हारे झूठे प्रेम में प्रविष्ठ होकर उसे भी विषाक्त कर देगी; तुम्हारा प्रेम एक तरह की घृणा बनकर रह जाएगा। यह पूरा मामला चालबाजी से भरा है।

सच्ची नैतिकता तो उसी आदमी को घटित होती है जो अपने भीतर की गहराई में उतरता है। और तुम जितने गहरे उतरते हो उतने ही प्रेमपूर्ण होते जाते हो। यह प्रेम घृणा के विपरीत आरोपण नहीं है; यह प्रेम घृणा के विरोध में नहीं है। इसका घृणा से कुछ लेना-देना नहीं है; घृणा से इस प्रेम का कोई संबंध ही नहीं है। तुम अपने में जितने गहरे जाते हो, उतना ही ज्यादा प्रेम तुमसे प्रवाहित होता है। और जिस क्षण तुम अपने केंद्र पर पहुंच जाते हो, तुम किसी नैतिक धारणा के बिना ही प्रेमपूर्ण हो जाते हो। तब तुम्हें इसकी खबर भी न होगी कि मैं प्रेमपूर्ण हूं। तुम्हें इसकी खबर कैसे होगी? यह प्रेम इतना सहज और स्वाभाविक होगा; यह प्रेम बस श्वास लेने जैसा होगा; यह प्रेम तुम्हारे पीछे चलने वाली छाया की भांति होगा।

तंत्र अंतर्यात्रा सिखाता है। नैतिकता घटित होगी; लेकिन वह प्रयास नहीं, परिणाम होगी। इस भेद को ठीक से समझ लो। तंत्र कहता है कि नैतिक और अनैतिक धारणाओं के चक्कर में मत पड़ो; वे बाहरी बातें हैं। अंतर्यात्रा करो। और ये अंतर्यात्रा की विधियां हैं। नैतिक-अनैतिक, शुद्ध-अशुद्ध की फिक्र मत करो; भेद मत खड़े करो। भीतर की यात्रा करो ;

▲

बाहर की दुनिया का, समाज को, समाज की सारी शिक्षाओं को भूल जाओ। समाज जो भी सिखाता है वह द्वैतमूलक होगा ही। इसलिए उससे द्वंद्व और दमन का पैदा होना अनिवार्य है। और यदि द्वंद्व है तो तुम अंतर्यात्रा नहीं कर सकते।

द्वंद्व को भूल जाओ, और उस सबको भी भूल जाओ जो द्वंद्व पैदा करता है। सिर्फ भीतर चलो। तुम जितने ज्यादा भीतर जाओगे उतने ही ज्यादा नैतिक होगे। लेकिन यह नैतिकता समाज की नैतिकता नहीं होगी। तुम नैतिक हुए बिना नैतिक होगे; तुम्हें अपने नैतिक होने का बोध भी नहीं होगा। क्योंकि तुम्हारे भीतर इस नैतिकता के विपरीत कुछ नहीं होगा। तुम बस प्रेमपूर्ण होगे, क्योंकि जब तुम प्रेम में होते हो तो तुम आनंद में होते हो। यह प्रेम स्वयं अपने आप में आनंद है। इसका कोई लक्ष्य भी नहीं है। यह प्रेम किसी फल की आकांक्षा नहीं करता है। ऐसा नहीं है कि यदि प्रेम करोगे तो तुम्हें स्वर्ग मिलेगा। यह सौदा नहीं है।

जो नैतिकता समाज सिखाता है, जो नैतिकता तथाकथित धर्म सिखाते हैं, वह सौदेबाजी ही है। वे कहते हैं कि यह करोगे तो वह मिलेगा और यह नहीं करोगे तो वह नहीं मिलेगा। वे सजा की धमकी भी देते हैं। यह सौदेबाजी है।

तंत्र की नैतिकता सौदेबाजी नहीं है, वह एक घटना है। तुम जैसे-जैसे भीतर उतरते हो, वैसे-वैसे तुम क्षण में वर्तमान में जीने लगते हो। तब तुम समझते हो कि प्रेम करना आनंद है। प्रेम किसी का साधन नहीं है, वह अपने आप में साध्य है। प्रेम पर्याप्त है। तुम प्रेम करते हो, क्योंकि प्रेम तुम्हें आनंद से भर देता है। तुम किसी पर उपकार नहीं कर रहे हो, तुम किसी पड़ोसी के लिए यह नहीं कर रहे हो, प्रेम करने में तुम्हें स्वयं ही सुख होता है। प्रेम तुम्हें अभी और यहीं शुभ से भर देता है। भविष्य में कोई स्वर्ग या नर्क नहीं मिलनेवाला है, अभी ही यह प्रेम स्वर्ग निर्मित कर देता है, और परमात्मा का राज्य तुममें प्रवेश कर जाता है। और यही बात सभी शुभ गुणों के लिए सही है, वे सहज ही तुममें खिलते हैं।

अब हम इस प्रश्न को देखें: 'क्या यह सच नहीं है कि अनैतिक जीवन ध्यान में बाधा पहुंचाता है?'

असल में सचाई ठीक इसके विपरीत है; ध्यानपूर्ण जीवन अनैतिक जीवन में बाधा पहुंचाता है। अनैतिक जीवन क्या बाधा पहुंचा सकता है? अनैतिक जीवन का अर्थ है कि तुम ध्यानपूर्ण नहीं हो; उसका कोई और अर्थ नहीं है। तुम गहरी नींद में हो। और यही कारण है कि तुम अपने को नुकसान पहुंचा रहे हो।

तंत्र के लिए बुनियादी बात ध्यान है, सजगता है, बोध है। इससे ज्यादा और कोई चीज बुनियादी नहीं है। अगर कोई व्यक्ति अनैतिक हैं तो इससे इतना ही प्रकट होता है कि वह सजग नहीं है, सावचेत नहीं है। यह एक लक्षण मात्र है; अनैतिक होना इस बात का लक्षण है कि व्यक्ति सचेत नहीं है। ऐसी स्थिति में साधारणतः तुम्हें क्या शिक्षा दी जाती है?

साधारण शिक्षक इस सोए व्यक्ति को, जो कि अनैतिक है, कहेंगे कि तुम नैतिक बनो। और वह अनैतिक से नैतिक बन भी जा सकता है; लेकिन उसकी नींद जारी रहेगी। और इस तरह सारा श्रम व्यर्थ चला जाता है, क्योंकि असली बीमारी अनैतिकता नहीं थी, अनैतिकता तो लक्षण मात्र थी। असली बीमारी थी नींद, मूर्च्छा। मूच्छित होने के कारण वह अनैतिक था। तुम उसे नैतिक नहीं बना सकते हो। तुम उसे भयभीत कर सकते हो, लेकिन तुम मूर्च्छित आदमी

को ही भयभीत कर सकते हो। सजग व्यक्ति को तुम भयभीत नहीं कर सकते। तुम नर्क का भय पैदा कर सकते हो और स्वर्ग का लोभ पैदा कर सकते हो। लेकिन भय और लोभ नींद में ही काम करते हैं; जाग्रत व्यक्ति को न भयभीत किया जा सकता है और न प्रलोभित ही किया जा सकता है। ये दोनों चीजें मूर्च्छित चित्त के लिए ही अर्थ रखती हैं।

दंड का भय दो, और अनैतिक आदमी नैतिक होने लगेगा। लेकिन वह भय के कारण नैतिक होगा। वैसे ही उसे कोई लोभ दो, और वह नैतिक होने लगेगा। लेकिन यह बदलाहट लोभ के लिए, लाभ के लिए की जाएगी। लोभ और भय नींद के ही हिस्से हैं; आदमी की नींद जारी रहती है। उनसे कभी कोई बुनियादी बदलाहट नहीं होती है।

यह सही है कि ऐसा आदमी समाज के लिए उपयोगी हो जाता है। समाज के लिए अनैतिक आदमी समस्या है, नैतिक आदमी नहीं। भय या लोभ से पैदा हुई नैतिकता से समाज की समस्या तो हल हो जाती है, लेकिन व्यक्ति की समस्या जहां की तहां रहती है; वह सोया ही रहता है। वह अब समाज के लिए सुविधाजनक हो जाता है; पहले वह समाज के लिए उपद्रव खड़ा करता था।

इस तथ्य पर गौर करो। एक अनैतिक आदमी समाज के लिए उपद्रव है, लेकिन वह स्वयं के लिए सुविधाजनक है। और एक नैतिक आदमी समाज के लिए तो सुविधाजनक हो जाता है, लेकिन वह स्वयं के लिए उपद्रव हो जाता है। इससे इतना ही होता है कि सिक्के को उलटा कर लिया गया।

यही कारण है कि अनैतिक आदमी प्रसन्न और प्रफुल्लित दिखता है, और नैतिक आदमी गंभीर, उदास और बोझिल नजर आता है। अनैतिक आदमी समाज से लड़ रहा है, और नैतिक आदमी स्वयं से लड़ रहा है। अनैतिक आदमी भी थोड़ा चिंतित है, क्योंकि उसे पकड़े जाने का डर है। उसे डर तो है, लेकिन वह सुख भी भोग रहा है। अगर वह पकड़ा न जाए, अगर उसे पकड़े जाने का डर न हो, तो वह मजे में है। लेकिन नैतिक आदमी स्वयं के साथ संघर्ष कर रहा है; उसका अपना कुछ भी ठीक नहीं है। हां, समाज के साथ उसका सब ठीक-ठाक चलता है।

नैतिकता समाज के लिए तेल का काम करती है; समाज की गाड़ी चलती रहती है। इससे दूसरों के साथ तुम्हारा जीवन आराम से चलता है। लेकिन तब तुम्हें स्वयं के साथ बेचैनी अनुभव होने लगती है। बेचैनी बनी ही रहती है—चाहे यह बेचैनी समाज के साथ हो या स्वयं के साथ। बेचैनी तो तभी जा सकती है जब तुम जाग जाते हो, प्रबुद्ध हो जाते हो।

तंत्र बुनियादी बीमारी की फिक्र करता है, लक्षणों की नहीं। नैतिकता लक्षणों को हटाने में लगती है। तंत्र कहता है: 'नैतिक या अनैतिक धारणाओं की चिंता मत लो।' इसका यह अर्थ नहीं है कि तंत्र तुम्हें अनैतिक होने को कहता है। तंत्र तुम्हें अनैतिक होने को कैसे कह सकता है जब कि वह तुम्हें नैतिक होने को भी नहीं कहता है!

तंत्र यह कहता है कि नैतिक-अनैतिक की पूरी बहस बेकार है; उसे छोड़ो और समस्या की जड़ को पकड़ो। नैतिक-अनैतिक होना मात्र लक्षण है; उसे छोड़ो और जड़ को देखो। और जड़ यह है कि तुम नींद में हो, गहरी नींद में हो।

इस नींद के ढांचे को कैसे तोड़ा जाए? कैसे सावचेत हुआ जाए? और कैसे फिर-फिर

नींद में गिरने से बचा जाए? तंत्र इसकी चिंता लेता है; तुम्हारी नींद को तोड़ने और तुम्हारे बोध को जगाने की चिंता लेता है। और जैसे ही तुम बोधपूर्ण होगे, तुम्हारा चरित्र रूपांतरित हो जाएगा। लेकिन वह परिणाम होगा। तंत्र कहता है कि तुम्हें परिणाम की भी फिक्र नहीं लेनी है। वह परिणाम है; वह अनिवार्यतः आता है। तुम्हें उसके लिए न चिंता लेनी है और न ही कुछ करना है। बोध के आते ही चरित्र की बदलाहट अपने आप ही घटित होती है। तुम जितने सावचेत होगे उतने ही नैतिक होते जाओगे। लेकिन यह नैतिकता आरोपित नहीं है; यह तुम्हारे प्रयास से नहीं आती है। तुम सिर्फ सावचेत होते हो, और यह स्वतः स्फूर्त आती है।

एक सजग आदमी हिंसक कैसे हो सकता है? एक बोधपूर्ण व्यक्ति घृणा और क्रोध कैसे कर सकता है? यह बात विरोधाभासी मालूम पड़ती है; लेकिन यह सही है। जो व्यक्ति सोया हुआ है वह घृणा के बिना नहीं हो सकता। यह असंभव है। वह ढोंग कर सकता है कि मुझमें क्रोध नहीं है, कि मुझमें घृणा नहीं है। वह यह दावा भी कर सकता है कि मुझमें प्रेम और दया और करुणा का निवास है। ये सब उसके पाखंड के ही खेल होंगे।

लेकिन जब कोई व्यक्ति बुद्धत्व को उपलब्ध होता है तो ठीक उलटी बात घटित होती है। अगर उसे क्रोध करने की जरूरत पड़े तो वह क्रोध का सिर्फ अभिनय कर सकता है; वह सचमुच क्रोध नहीं कर सकता। वह सिर्फ क्रोध का दिखावा कर सकता है। अगर उसे कभी क्रोध करने की जरूरत पड़ जाए—और कभी जरूरत पड़ सकती है—तो वह क्रोध करने का नाटक करेगा। वह दुखी नहीं हो सकता, लेकिन कभी जरूरत पड़ने पर वह दुखी होने का अभिनय कर सकता है। उसके लिए ये चीजें असंभव होंगी। जैसे पहले उसके लिए घृणा स्वाभाविक थी, वैसे ही अब प्रेम स्वाभाविक होगा। और जैसे पहले उसका प्रेम महज अभिनय था, वैसे ही अब उसकी घृणा एक अभिनय होगी।

यहूदियों के बड़े मंदिर में जीसस की सूदखोरों के साथ लड़ाई एक नाटक ही थी। वे क्रोध नहीं कर सकते थे, लेकिन उन्होंने क्रोध करने का नाटक किया। वे सचमुच में क्रोधित नहीं हो सकते; लेकिन वे क्रोध का उपयोग कर सकते हैं। यह वैसा ही है जैसे तुम प्रेमपूर्ण हुए बिना प्रेम का उपयोग करते हो।

तुम प्रेम का उपयोग किसी प्रयोजन से करते हो। तुम्हारा प्रेम सिर्फ प्रेम नहीं है; तुम उसका उपयोग कुछ पाने के लिए करते हो। तुम प्रेम से धन पाने की कोशिश कर सकते हो, कामवासना की तृप्ति की कोशिश कर सकते हो। तुम अहंकार की तृप्ति के लिए प्रेम कर सकते हो; तुम किसी पर कब्जा जमाने के लिए भी प्रेम कर सकते हो। लेकिन वह प्रेम प्रेम नहीं है।

कोई बुद्धपुरुष भी कभी क्रोध कर सकता है, अगर उसे लगे कि उससे किसी का हित होगा। प्रेम के कारण कभी बुद्धपुरुष को भी क्रोध करना पड़ सकता है। लेकिन यह क्रोध अभिनय मात्र होगा, और मूढ़ ही उसके धोखे में पड़ सकते हैं। जो जानते हैं वे सिर्फ हंसेंगे।

तंत्र का कहना है कि जैसे-जैसे ध्यान गहराता है, तुममें बदलाहट होने लगती है। और जो सहज घटित हो वही बदलाहट सुंदर है। जो बदलाहट तुम चेष्टा से लाओगे, कुछ करके लाओगे, वह बदलाहट कभी गहरी नहीं हो सकती है। कृत्य मात्र सतह पर है।

इसलिए तंत्र कहता है कि बदलाहट को अपने प्राणों में घटित होने दो, स्वयं के केंद्र

पर घटित होने दो। इसे केंद्र से परिधि की ओर बहने दो; परिधि से केंद्र पर लादने की चेष्टा मत करो। यह असंभव चेष्टा है।

तंत्र नैतिक-अनैतिक की बात ही नहीं उठाता है। बात सिर्फ इतनी है कि अगर तुम सोए हो तो अपनी नींद को तोड़ने की चेष्टा करो। तुम जहां भी हो वहीं ज्यादा से ज्यादा सजग होओ, बोधपूर्ण बनो। अगर तुम अनैतिक हो तो तंत्र कहेगा, ठीक है; हमें तुम्हारी अनैतिकता से मतलब नहीं है, हमें तुम्हारी नींद से मतलब है, और हमें यह फिक्र है कि कैसे तुम्हारी नींद को जागरण में बदला जाए। तंत्र चाहता है कि तुम अपनी अनैतिकता से मत लड़ो; बस अपनी नींद को तोड़ने की कोशिश करो। और अगर तुम नैतिक हो तो ठीक है; तब तंत्र यह नहीं कहेगा कि पहले अनैतिक होओ और फिर सजग होने की चेष्टा करो। ध्यान में उतरने के लिए न अनैतिक व्यक्ति को नैतिक होने की जरूरत है और न नैतिक व्यक्ति को अनैतिक होने की जरूरत है। जरूरत सिर्फ इस बात की है कि वह अपनी चेतना की गुणवत्ता में बदलाहट करे।

तो तुम जहां हो—चाहे पापी हो, चाहे संत—तंत्र के लिए कोई भेद नहीं पड़ता है। अगर तुम सोए हो, मूर्च्छित हो, तो सजगता की विधियों का प्रयोग करो। और लक्षणों को बदलने को कोशिश मत करो। पापी भी बीमार है और तथाकथित महात्मा भी बीमार है, क्योंकि दोनों नींद में हैं, दोनों मूर्च्छित हैं। और नींद बीमारी है, चरित्र नहीं; चरित्र तो एक उप-उत्पत्ति मात्र है। और नींद में पड़े-पड़े तुम जो भी करोगे उससे कोई बुनियादी बदलाहट नहीं होगी। एक ही चीज तुम्हें बदल सकती है; एक ही चीज तुममें रूपांतरण ला सकती है; और वह है जागरण, वह है बोध। एक ही प्रश्न है कि कैसे अधिक से अधिक सजग हुआ जाए, सावचेत हुआ जाए।

तो तुम जो कुछ भी करो, उसे अपनी सजगता का, होश का विषय बना लो। अगर तुम कोई अनैतिक काम करते हो तो उसे भी ध्यानपूर्वक करो। ज्यादा देर नहीं लगेगी जब कृत्य अपने आप ही विलीन हो जाएगा, विदा हो जाएगा। तुम उसे न कर सकोगे। और इसलिए नहीं कि तुमने जबरदस्ती अपने को रोका हुआ है, बल्कि इसलिए कि अब तुम ज्यादा होशपूर्ण हो। और तुम होश में वह काम कैसे कर सकते हो जिसे करने के लिए नींद अनिवार्य है? तुम वह काम नहीं कर सकते हो।

तंत्र और अन्य साधनाओं के इस बुनियादी भेद को भलीभांति समझ लो। तंत्र ज्यादा वैज्ञानिक है; वह समस्या के जड़-मूल में जाता है। तंत्र तुम्हारे चरित्र के बाहरी खोल में, तुम्हारी नैतिकता और अनैतिकता में, तुम्हारे कृत्यों में बदलाहट लाने की चेष्टा नहीं करता; वह तुम्हें जड़-मूल से रूपांतरित करता है। तुम जो करते हो वह परिधि पर है; लेकिन तुम जो हो वह कभी परिधि पर नहीं है। तंत्र के लिए कृत्य नहीं, कृत्य की गुणवत्ता महत्वपूर्ण है।

उदाहरण के लिए मैं एक कहानी कहता हूं। एक कसाई नान-इन के पास पहुंचा। वह कसाई था, और नान-इन अहिंसा में विश्वास करने वाला बौद्ध भिक्षु था। और कसाई का पूरा धंधा हत्या करना था; सारा दिन वह जानवरों को काटता रहता था। तो जब वह नान-इन के पास आया तो उसने पूछा: 'मैं क्या करूं? मेरा धंधा ही हिंसा का है। तो क्या मुझे पहले अपना धंधा छोड़ना होगा? क्या यह धंधा छोड़कर ही मैं नया मनुष्य हो सकता हूं? या मेरे लिए कोई दूसरा उपाय भी है?'

नान-इन ने कहा: 'तुम क्या करते हो इससे हमें कुछ लेना-देना नहीं है। हमें तो सिर्फ इससे मतलब है कि तुम क्या हो। इसलिए तुम जो कुछ करते हो वह किए जाओ, लेकिन ज्यादा सजग रहो। जानवरों को मारते समय सजग रहो, ध्यानपूर्ण रहो, और अपना धंधा जारी रखो। हमें तुम्हारे धंधे से कुछ लेना-देना नहीं है।'

नान-इन के शिष्य तो इस बात से बहुत चिंतित हो उठे कि एक बुद्ध का अनुयायी, अहिंसा को मानने वाला, एक कसाई को अपना धंधा जारी रखने की छूट दे रहा है। एक शिष्य ने कहा: 'यह उचित नहीं है। और हमें कभी यह अपेक्षा नहीं थी कि आप जैसा व्यक्ति एक कसाई को कसाई बने रहने की इजाजत देगा। और जब वह खुद ही पूछ रहा था तो आपको यह धंधा छोड़ने के लिए कह देना चाहिए था। वह खुद ही धंधा छोड़ने की पूछ रहा था।'

नान-इन ने कहा: 'तुम कसाई के धंधे को आसानी से बदलवा सकते हो; वह खुद इसके लिए राजी था। लेकिन इससे तुम उसकी चेतना की गुणवत्ता को नहीं बदल सकते हो; वह कसाई का कसाई रहेगा। वह संत भी बन जा सकता है, लेकिन उसके चित्त का गुण वही रहेगा जो कसाई के चित्त का गुण है। वह संतत्व दूसरों के लिए, और उसके लिए भी, एक धोखा भर होगा।'

जाओ और अपने तथाकथित साधु-महात्माओं को देखो। उनमें से अनेक कसाई ही रह जाते हैं। उनके रंग-ढंग में, उनके व्यवहार में, तुम्हारी ओर वे जिस नजर से देखते हैं उसमें, सब में निंदा भरी होती है, हिंसा भरी होती है। उनकी आंख तुम्हें कहती है कि तुम पापी हो और मैं पुण्यात्मा हूं। उनके देखने के ढंग में ही तुम्हारे लिए निंदा भरी रहती है, उनकी नजर तुम्हें सीधे नरक में डाल देती है।

नान-इन ने कहा: 'उसके बाहरी जीवन को बदलने से कोई लाभ नहीं है। उसके चित्त की गुणवत्ता बदलनी जरूरी है। और अच्छा है कि उसे कसाई ही रहने दिया जाए, क्योंकि वह अपने कसाईपन और हिंसा से बेचैन हो रहा है। अगर वह संत बन जाएगा तो वह रहेगा कसाई ही, लेकिन तब वह बेचैन नहीं होगा। उसका अहंकार और भी मजबूत हो जाएगा। तो अच्छा है कि वह कसाई ही रहे। वह अपनी हिंसा से बेचैन तो है, और उसे कम से कम यह बोध तो हो रहा है कि यह अच्छा नहीं है। वह बदलने के लिए तैयार है। लेकिन बदलने की तैयारी से ही काम नहीं चलेगा। चित्त की एक नई गुणवत्ता विकसित करनी होगी। उसे ध्यान करने दो।'

एक वर्ष बीतने पर वह आदमी फिर नान-इन के पास आया; वह अब बिलकुल दूसरा ही आदमी था। वह अभी भी कसाई था, लेकिन कृत्य वही रहने पर भी आदमी बदल गया था। नान-इन के पास आकर उसने कहा: 'अब मैं दूसरा ही आदमी हूं। मैंने ध्यान किया, ध्यान किया, ध्यान किया, और मेरा पूरा जीवन ही ध्यान बन गया है। आपने कहा था कि तुम जो कुछ करो, उसे ही ध्यान से करो। मैं जानवरों को काटता हूं, लेकिन पूरे दिन ध्यान में डूबा रहता हूं। अब आप मुझे क्या करने को कहते हैं?'

नान-इन ने कहा: 'अब मेरे पास मत आओ; अपने बोध से ही चलो। तुम्हें अब मेरे पास आने की जरूरत नहीं है।'

तो उस कसाई ने कहा: 'अब अगर आप कहेंगे कि इस धंधे को जारी रखो तो मैं उसे जारी रखने का अभिनय करूंगा; लेकिन जहां तक मेरा संबंध है मैं अब उसमें नहीं हूं। तो

अगर आपकी आज्ञा हो तो मैं वापस जाने वाला नहीं हूं। लेकिन यदि आप जाने को कहेंगे तो वह भी ठीक है। तो मैं अभिनय जारी रखूंगा।'

इस तरह जब तुम्हारी गुणवत्ता बदलती है, जब तुम्हारी चेतना में रूपांतरण होता है, तो तुम सर्वथा दूसरे ही व्यक्ति हो जाते हो। और तंत्र को तुमसे मतलब है, तुम्हारे कृत्यों से नहीं।

दूसरा प्रश्न :

यदि कोई आदमी जीवन को कुछ नियमों का पालन करे और उसे नैतिक नाम दे तो क्या तंत्र को इस पर कोई आपत्ति है ?

तंत्र को कोई आपत्ति नहीं है। लेकिन यह आपत्ति का न होना समस्या नहीं है। तंत्र को किसी तरह की कोई आपत्ति नहीं है। तंत्र में कुछ निंदित नहीं है; वह तुम्हें कभी नहीं कहता है कि यह करो और वह न करो। अगर तुम्हें किन्हीं नियमों का पालन करना अच्छा लगता है तो मजे से करो। लेकिन ध्यान रहे, नियमों का पालन करने से तुम्हें सुख नहीं मिलने वाला है; क्योंकि सिद्धांतों से और उनके पालन से तुम कभी रूपांतरित नहीं हो सकते; तुम वही के वही रहते हो।

सिद्धांत सदा उधार होते हैं; आदर्श सदा उधार होते हैं। वे सदा तुम्हें दूसरों से मिलते हैं। वे तुम्हारे नहीं हैं; वे तुम्हारे अपने अनुभव से नहीं आए हैं। ऐसे सिद्धांतों और आदर्शों की अपनी जड़ें नहीं होती हैं। वे तुम्हें तुम्हारे समाज ने दिए हैं, उन धर्मों ने दिए हैं जिनमें तुम पैदा हुए हो, उन शिक्षकों ने दिए हैं जिनके तुम निकट रहे हो। तुम उनका अनुगमन कर सकते हो, तुम उन्हें अपने ऊपर लाद सकते हो; लेकिन तब तुम जीवत नहीं होगे, तुम मुर्दा हो जाओगे। तुम अपने चारों तरफ एक तरह की शांति भी निर्मित कर ले सकते हो, लेकिन वह शांति मरघट की शांति होगी, मुर्दा शांति होगी। सिद्धांतों के कारण तुम्हें जीवन के उपद्रव कम प्रभावित करेंगे; लेकिन तब तुम कम संवेदनशील होगे, कम जीवित होगे।

तो तथाकथित सिद्धांतवादी लोग सदा मुर्दा होते हैं। उन्हें देखो! वे शांत, मौन, स्थिर मालूम पड़ते हैं; लेकिन उनके चारों ओर सदा एक मुर्दनी छाई रहती है। मृत्यु की काली छाया उन्हें सदा घेरे रहती है। उनके आस-पास तुम्हें जीवन का उत्सव नहीं मिल सकता है, जीवन का नृत्य नहीं मिल सकता है। तुम्हें उनके आस-पास जीवन की उत्फुल्लता नहीं मिल सकती है। उन्होंने अपने चारों ओर एक कवच निर्मित कर लिया है, एक सुरक्षा-कवच खड़ा कर लिया है। कुछ भी उनके भीतर नहीं प्रवेश कर सकता है; उनके चरित्र की दीवार, उनके सिद्धांतों की दीवार सबको बाहर ही रोक देती है।

लेकिन वे एक तरह के कारागृह में हैं, कैदी हैं। और वे अपने ही हाथों कैदी बने हुए हैं। अगर तुम अपने लिए ऐसा जीवन चुनते हो तो तंत्र को इसमें कोई आपत्ति नहीं है। तुम ऐसा जीवन चुनने को स्वतंत्र हो जो कि जीवन ही नहीं है।

एक बार मुल्ला नसरुद्दीन कब्रिस्तान देखने गया। वहां उसने देखा कि एक संगमरमर का बना अत्यंत सुंदर मकबरा है, और उसके ऊपर रथचाइल्ड का नाम खुदा है। उसे देखते ही मुल्ला बोल उठा: 'अहा, इसे मैं जीवन कहता हूं! इसे ही मैं जीवन कहता हूं। सुंदर

संगमरमर का मकबरा।'

लेकिन कितना ही सुंदर हो, यह जीवन नहीं है। संगमरमर है, सुंदर और कीमती है; पर जीवन नहीं है। सिद्धांतों के द्वारा, आदर्शों के द्वारा, आरोपणों के द्वारा तुम अपने जीवन को मकबरा बना सकते हो, लेकिन तब तुम मरे-मरे हो जाओगे। हां, तब तुम ज्यादा सुरक्षित होगे; क्योंकि मृत्यु खुलापन नहीं है। मृत्यु सुरक्षा है; जीवन सदा असुरक्षित है। जीवित व्यक्ति को कुछ भी हो सकता है, लेकिन मृत व्यक्ति को कुछ भी नहीं हो सकता। मुर्दा सुरक्षित है। उसके लिए भविष्य ही न रहा; किसी परिवर्तन की संभावना न रही। उसे वह चीज घटित हो गई जो अंतिम है, मृत्यु घटित हो गई, अब और कुछ घटित होने को नहीं है।

सिद्धांतों में दबा व्यक्तित्व मरा हुआ व्यक्तित्व है। तंत्र को उसमें कोई उत्सुकता नहीं है। लेकिन तंत्र को एतराज भी नहीं है। अगर तुम्हें मुर्दा होना अच्छा लगता है तो यह तुम्हारा चुनाव है। तुम आत्मघात कर सकते हो। यह आत्मघात ही है। लेकिन तंत्र उनके लिए है जो ज्यादा जीवित हैं। और सत्य या परम तत्व मृत्यु नहीं है। वह जीवन है। स्मरण रहे, परम तत्व मृत्यु नहीं है; वह जीवन है, अतिरेक में जीवन है।

जीसस ने कहा है: 'अतिशय जीवन, अनंत जीवन।'

मुर्दा होकर तुम सत्य को, परम को नहीं उपलब्ध हो सकते हो। वह तो जीवन है, अनंत जीवन है; मुर्दा होकर तुम कभी उससे संपर्क नहीं कर सकते हो। ज्यादा जीवंत, ज्यादा खुले, ज्यादा संवेदनशील, कम सिद्धांतग्रस्त और ज्यादा बोधपूर्ण होकर ही तुम अनंत जीवन को उपलब्ध हो सकते हो।

और तुम सिद्धांतों की खोज क्यों करते हो? तुमने गौर से नहीं देखा होगा कि तुम क्यों सिद्धांतों को पकड़ते हो। कारण यह है कि सिद्धांतों को पकड़ने से तुम्हें सजग रहने की जरूरत नहीं रह जाती; सिद्धांतों से जीने पर तुम्हें सावचेत रहने की जरूरत नहीं होती।

समझो कि मैं अहिंसा को अपना सिद्धांत बना लेता हूं और उसका पालन करता हूं, या सत्य बोलने को अपना सिद्धांत बना लेता हूं और उसका पालन करता हूं। तब यह मेरी आदत बन जाती है; मैं सत्य बोलने को, सदा सत्य बोलने को अपनी आदत बना लेता हूं। यह मेरे लिए एक यांत्रिक आदत बन जाती है; अब मुझे सजग रहने की जरूरत न रही। मैं अब झूठ नहीं बोल सकता; क्योंकि एक सिद्धांत, एक आदत सदा बाधा देगी, रोकेगी।

समाज सिद्धांतों पर निर्भर है। इसलिए समाज बच्चों को सिद्धांतों की शिक्षा देता है, बच्चों में सिद्धांतों के संस्कार डालता है। और तब बच्चे सच ही उन सिद्धांतों के विरोध में जाने में असमर्थ हो जाते हैं।

लेकिन जब कोई व्यक्ति असमर्थ हो जाता है तो मुर्दा हो जाता है। तुम्हारा सत्य तभी जीवंत है जब वह सजगता से आता है, सिद्धांत से नहीं। सच होने के लिए तुम्हें क्षण-क्षण सावचेत रहना होगा। सत्य कोई सिद्धांत नहीं है; सत्य तुम्हारे बोध से जन्मता है। अहिंसा कोई सिद्धांत नहीं है; अगर तुम सजग हो तों तुम हिंसा नहीं कर सकते।

लेकिन सजग होना कठिन है, दुष्कर है; उसके लिए तुम्हें अपने को समग्रतः रूपांतरित करना होगा। सिद्धांतों और नियम-निषेधों के अनुसार जीना बहुत आसान है। तब तुम्हें चिंता करने की जरूरत नहीं रहती है। तब तुम्हें सजग और सावचेत रहने की फिक्र नहीं करनी पड़ती

है। तब सिद्धांतों से काम चल जाता है। तब तुम्हारा जीवन पटरियों पर चलने वाली रेलगाड़ी की भांति हो जाता है; तुम्हारे सिद्धांत पटरियों का काम दे देते हैं। और तब तुम्हें मार्ग से भटकने का भय भी नहीं रहता है। सच तो यह है कि तुम्हारा कोई मार्ग ही नहीं है; बस यांत्रिक पटरियां हैं जिन पर तुम्हारी गाड़ी चलती रहती है। और तुम अपनी मंजिल पर पहुंच ही जाओगे; तुम्हें डरने की जरूरत न रही। तुम सोए रहोगे तो भी गाड़ी पहुंच जाएगी। वह मुर्दा रास्तों पर चल रही है; वे रास्ते जीवंत नहीं हैं।

लेकिन तंत्र का कहना है कि जिंदगी रेल की भांति नहीं, नदी की भांति है। जिंदगी लोहे की बनी पटरियों पर नहीं चलती है; वह नदी की भांति है, जिसका कोई बना बनाया मार्ग नहीं है। जैसे-जैसे नदी बहती है, उसका मार्ग बनता जाता है। जैसे-जैसे नदी बहती है, अपना मार्ग स्वयं बनाती चलती है। और नदी सागर तक पहुंच जाती है।

जीवन भी ऐसा ही होना चाहिए—अगर तुम तंत्र को समझते हो। जीवन नदी की भांति है। उसके बने बनाए मार्ग नहीं हैं, उसके कोई नक्शे नहीं हैं जिनका अनुगमन करना है। बस बोधपूर्ण और सजग रहो। और फिर जीवन तुम्हें जहां भी ले जाए, श्रद्धा से उसके साथ जाओ।

तंत्र श्रद्धा है—जीवन-ऊर्जा में श्रद्धा। तुम उसके हाथों में अपने को सौंप दो। उसके साथ जबरदस्ती मत करो; अपने को उसके हाथों में छोड़ दो, समर्पित हो जाओ, और उसे तुम्हें सागर की ओर ले चलने दो। तुम बस सावचेत रहो; इतना पर्याप्त है। जब जीवन तुम्हें सागर को ओर ले चले तो तुम सावचेत रहो, ताकि कुछ भी चूके नहीं।

यह स्मरण रखना बहुत महत्वपूर्ण है कि तंत्र न केवल साध्य की चिंता लेता है, वह साधन को भी उतनी ही चिंता लेता है। वह मंजिल की ही नहीं, मार्ग की भी उतनी ही फिक्र करता है। अगर तुम सावचेत हो तो यह जीवन भी आनंदपूर्ण हो जाएगा। नदी की यात्रा ही अपने आप में आनंद है। उसका घाटियों और चट्टानों से होकर गुजरना, पहाड़ियों से छलांगें लेना, अज्ञात की ओर बहना, सब अपने आप में आनंद है। तो यात्रा में भी सजग रहो, क्योंकि सागर या परम सिर्फ अंत में घटित होने वाली घटना नहीं हो सकती, असंभव है। यह एक विकास है; नदी सागर होने की दिशा में बढ़ रही है। नदी सागर से मिलने ही नहीं जा रही है, वह स्वयं सागर होने की दिशा में बढ़ रही है। और यह केवल अनुभवों से, सजग अनुभवों से, गति से और श्रद्धा से ही संभव है।

खोज के प्रति, मनुष्य की खोज के प्रति तंत्र की यही दृष्टि है। निश्चित ही यह खतरनाक है। यदि नदियों के लिए पूर्व-निर्धारित मार्ग होते तो खतरा कम होता, भूलें भी कम होतीं; लेकिन तब जीवंत होने का सारा सौंदर्य नष्ट हो जाता। तो सिद्धांतों की लकीर के फकीर मत बनो; ज्यादा से ज्यादा जागरूकता को बढ़ाओ। और तब वे सिद्धांत भी तुम्हें स्वतः आविर्भूत होंगे, लेकिन तब तुम उनके कैदी न होगे।

तीसरा प्रश्न:

कल का दूसरा सूत्र कहता है: 'अन्य देशनाओं कीं शुद्धता हमारे लिए अशुद्धता ही है। वस्तुतः किसी को भी शुद्ध या अशुद्ध की तरह मत मानो।' अगर कुछ भी अशुद्ध नहीं है तो दूसरों की देशनाएं अशुद्ध कैसे हो सकतीं हैं?

▲

वस्तुतः कुछ भी अशुद्ध नहीं है, लेकिन जो देशना कहती है कि कुछ शुद्ध है और कुछ अशुद्ध, उसे छोड़ना जरूरी है। उसी अर्थ में सूत्र कहता है: 'अन्य देशनाओं के लिए जो शुद्धता है वह हमारे लिए अशुद्धता ही है।'

कुछ भी शुद्ध-अशुद्ध नहीं है; लेकिन अगर कोई सिखाता है कि कुछ शुद्ध है और कुछ अशुद्ध है तो तंत्र कहता है कि इस शिक्षा को छोड़ना होगा। उसी अर्थ में सूत्र कहता है कि 'अन्य देशनाओं की शुद्धता हमारे लिए अशुद्धता ही है।' यह बस भेदभाव से बचने की बात है। इसका एक ही मतलब है कि कोई भेद मत करो, निर्दोष रहो।

लेकिन जीवन की जटिलता को तो देखो! यदि मैं कहूं कि निर्दोष रहो और तुम निर्दोष रहने की चेष्टा करो हो तो वह निर्दोषिता नहीं होगी। कैसे हो सकती है? यदि तुम चेष्टा करते हो तो वह निर्दोषिता नहीं, हिसाब-किताब है। निर्दोषिता प्रयास से नहीं आ सकती। तो फिर किया क्या जाए? सिर्फ उन चीजों को छोड़ना है जो चालाकी पैदा करती हैं। निर्दोषिता पैदा करने की चेष्टा मत करो; वह तुम नहीं कर सकते। तुम्हें सिर्फ उन चीजों से बचना है जो तुम्हारे चित्त में चालबाजी पैदा करती हैं। यह परोक्ष है; जब तुम चालाकी के, धूर्तता के मूल कारणों को छोड़ दोगे; तो निर्दोषिता अपने आप आ जाएगी।

कुछ भी न शुद्ध है न अशुद्ध। लेकिन तब करना क्या है? तुम्हारे मन में तो भेदभाव भरा है: यह शुद्ध है और वह अशुद्ध है। तंत्र कहता है: यही हमारे लिए एकमात्र अशिुद्धि है; शुद्धि और अशुद्धि की धारणाओं से भरा चित्त ही एकमात्र अशुद्धि है। और तुम अगर यह भेदभाव छोड़ सको तो तुम शुद्ध हो।

यह सूत्र एक दूसरे अर्थ में भी अर्थपूर्ण है। ऐसे शास्त्र हैं जो बहुत जड़ नियमों से भरे हैं। उदाहरण के लिए, कैथोलिक ईसाई और जैन शास्त्र कामवासना के विरोध में हैं। वे कहते हैं कि काम अशुद्ध है, कुरूप है, पाप है। और तंत्र कहता है कि कुछ अशुद्ध नहीं है, कुछ कुरूप नहीं है, कुछ पाप नहीं है। काम भी मार्ग बन सकता है—काम भी मोक्ष का मार्ग बन सकता है। यह तुम पर निर्भर है। कामवासना निर्दोष है, तुम उसे गुणवत्ता प्रदान करते हो। प्रार्थना भी पाप बन सकती है, और कामवासना भी पुण्य बन सकती है। यह तुम पर निर्भर है। मूल्य विषय में नहीं है; मूल्य उसे तुम देते हो।

इस बात को, इस घटना को एक दूसरे ढंग से देखो। तंत्र कहता है कि काम भी मोक्ष बन सकता है। लेकिन तब तुम काम के पास शुद्ध-अशुद्ध, शुभ-अशुभ, नीति-अनीति की किसी धारणा के बिना आओ; इसे सिर्फ ऊर्जा, शुद्ध ऊर्जा समझकर इसके पास आओ। इस ऊर्जा में ऐसे प्रवेश करो जैसे तुम अज्ञात में प्रवेश कर रहे हो। और सो मत जाओ, सजग रहो। जब कामवासना तुम्हें तुम्हारे अस्तित्व के केंद्र तक ले जाए तो सावचेत रहो, मार्ग में सो मत जाओ। सावचेत रहो और सब कुछ अनुभव करो। मार्ग में जो भी घटित हो—विश्राम आए, तनाव आए, शिखर आए, घाटी आए—सबको भोगो।

क्षण भर के लिए तुम्हारा अहंकार विलीन हो जाता है, तुम अपनी प्रेमिका या प्रेमी के साथ एक हो जाते हो। क्षण भर के लिए वहां दो नहीं रहते, शरीर ही दो रहते हैं, लेकिन गहरे में एक गहन मिलन घटित होता है। वे एक हो जाते हैं। होशपूर्ण बने रहो; इस क्षण को नींद में मत गंवा दो। सजग रहो और देखते रहो जो भी घटित होता है।

यह मिलन, यह एकता काम के भीतर छिपी थी; काम तो बाहरी खोल भर था। उसका केंद्रीय बिंदु, उसका सारसूत्र यही था। और यही एकता थी जिसकी तुम्हें चाह थी, जिसकी तुम्हें खोज थी। सारी खोज इसकी ही थी; इसी एकता की, अहंकार-विसर्जन की, एकात्मता के अनुभव की, तनावरहितता की, विश्राम की, इसी समाधि की खोज थी। इसी अर्थ को, इसी मंजिल को तुम इस-उस स्त्री के माध्यम से, इस-उस पुरुष के माध्यम से खोज रहे थे। यही तुम खोज रहे थे, निरंतर खोज रहे थे, लेकिन कोई स्त्री यह समाधि नहीं दे सकती है, कोई पुरुष नहीं दे सकता है। सिर्फ गहन तांत्रिक बोध के द्वारा ही काम-कृत्य खो जाता है और एक गहरी समाधि प्रकट होती है।

तो तंत्र तुम्हारे कृत्यों में नहीं, तुममें उत्सुक है। और अगर तुम अपने प्रेम को ध्यानपूर्ण बना सको, अपने काम को ध्यानपूर्ण बना सको, तो काम रूपांतरित हो जाता है। यही कारण है कि तंत्र किसी को शुद्ध या अशुद्ध नहीं कहता है। और अगर तुम शुद्धता-अशुद्धता की पुरानी शब्दावली का उपयोग करना चाहते हो तो मैं कहूंगा कि तंत्र के लिए नींद अशुद्धता है और जागरण शुद्धता है; बाकी सब चीजें व्यर्थ हैं, बेकार हैं।

चौथा प्रश्न :
यदि कोई इच्छा या भावना हमारे लिए आनंदपूर्ण है और अगर हम उसको बाह्य अभिव्यक्ति न दें तो क्या वह ऊर्जा अनिवार्य रूप से अपने स्त्रोत को लौट जाती है और हमें ताजा और ऊर्जावान कर जाती है?

अनिवार्य रूप से नहीं। लेकिन अगर तुम होशपूर्ण हो तो ऐसा होता है, अनिवार्य रूप से होता है। ऊर्जा को, किसी भी ऊर्जा को गति करने के लिए मार्ग चाहिए। और कोई ऊर्जा नष्ट नहीं की जा सकती; ऊर्जा अविनाशी है। ऊर्जा रूप बदल सकती है, भिन्न-भिन्न रूप ले सकती है; लेकिन वह कभी विनष्ट नहीं हो सकती, समाप्त नहीं हो सकती। तुम जब किसी ऊर्जा का दमन करना चाहते हो तो तुम अपने साथ महान मूढ़ता कर रहे हो। ऊर्जा का कभी दमन नहीं हो सकता, उसका सिर्फ रूपांतरण हो सकता है। दमित ऊर्जा तो कैंसर बन जाती है, घातक घाव बन जाती है।

जब तुम्हें क्रोध आता है तो उस क्रोध के लिए सामान्यतः दो मार्ग उपलब्ध हैं। तुम उसे प्रकट कर देते हो या दबा देते हो। अगर तुम उसे प्रकट करते हो तो उससे एक शृंखला निर्मित होती है। क्योंकि तब तुम दूसरे व्यक्ति में क्रोध पैदा करते हो; अब वह भी क्रोध करेगा। और इस शृंखला का कहीं कोई अंत नहीं है। तब तुम फिर क्रोध करोगे, और यह सिलसिला वर्षों चल सकता है। यह चलता रहता है। इसी भांति प्रत्येक व्यक्ति जी रहा है; यह सिलसिला जारी रहता है।

जो और गहरे देखते हैं वे कहते हैं कि यह सिलसिला कई जन्मों तक, जन्मों-जन्मों तक चलता रहता है। तुमने अपने पिछले जीवन में किसी आदमी पर क्रोध किया था, और इस जीवन में फिर उसी व्यक्ति के साथ तुम उसी सिलसिले को दोहराए चले जाते हो। तुम्हें इसका बोध नहीं है; तुम बहुत मजे से इसे भूल गए हो। यह अच्छा है कि तुम सोचते हो कि कुछ नया

घटित हो रहा है। लेकिन सौ में निन्यानबे मौकों पर कुछ नया नहीं होता है, पुराने सिलसिले ही बार-बार दोहरते रहते हैं।

कभी किसी अजनबी को देखकर तुम्हें अचानक क्रोध आ जाता है। उसने तुम्हारा कुछ नहीं बिगाड़ा है; तुम उससे पहली बार मिल रहे हो। लेकिन उसे देख कर ही तुम उदास या क्रोधित या हिंसक अनुभव करते हो या तुम उस व्यक्ति से बच निकलना चाहते हो। तुम्हें बहुत बुरा लगता है। क्यों? कोई पुरानी शृंखला चालू है। ऊर्जा कभी मरती नहीं, वह जारी रहती है। तो अगर तुम उसे प्रकट करते हो, तो तुम एक अंतहीन शृंखला में बंध रहे हो। कभी न कभी तुम्हें इससे बाहर आना होगा। क्योंकि पूरी चीज इतनी व्यर्थ है, यह अपव्यय है। अतः कोई शृंखला मत शुरू करो।

तब दूसरा सामान्य विकल्प दमन है। और जब तुम किसी वृत्ति का दमन करते हो तो तुम अपने भीतर घाव पैदा करते हो। उससे दुख होगा; उससे समस्याएं पैदा होंगी। क्रोध दमित होता जाएगा, और तुम क्रोध के ज्वालामुखी बन जाओगे।

यह हो सकता है कि तुम अब अपने क्रोध को व्यक्त न करो, लेकिन अब तुम्हारा समूचा व्यक्तित्व ही क्रोध हो जाएगा। हो सकता है कि अब क्रोध का विस्फोट न हो, कोई तुम्हें किसी को मारते हुए, किसी पर हिंसा करते हुए न देखे, लेकिन अब तुम्हारा पूरा व्यक्तित्व ही क्रोधपूर्ण होगा। क्योंकि भीतर इतना इकट्ठा क्रोध तुम्हें विषाक्त कर देगा। अब तुम जो कुछ भी करते हो उसमें तुम्हारा क्रोधी अंश मौजूद रहता है। यदि तुम किसी को प्रेम भी करते हो तो वहां भी तुम्हारा क्रोधी हिस्सा मौजूद है; जब तुम भोजन करते हो तब भी वह वहां होगा। तुम अपने भोजन के प्रति हिंसात्मक होगे, प्रेमपूर्ण नहीं। यदि तुम दरवाजा भी खोलोगे तो वह क्रोध उसमें मौजूद होगा; तुम गुस्से से दरवाजा खोलोगे।

एक दिन सुबह-सुबह मुल्ला नसरुद्दीन एक रास्ते से जा रहा था और कसमें खा रहा था और क्रोध में बक रहा था: 'शैतान तुम्हारी आत्मा पर काबू करे और तुम्हारे पेट में चुकंदर उपजे।' इसी तरह वह बड़बड़ाता चला जा रहा था कि एक आदमी ने उसे देखा और पूछा: 'मुल्ला, इतनी सुबह-सुबह किसको बद्दुआ दे रहे हो?' मुल्ला ने कहा: 'किसे दे रहा हूं, यह मुझे पता नहीं; लेकिन चिंता मत करो, देर-अबेर कोई न कोई मिल ही जाएगा।'

अगर तुम क्रोध से भरे हो तो ऐसा होगा। तुम इंतजार में ही बैठे हो, और देर-अबेर कोई आ ही जाएगा। तुम्हारे भीतर आग धधक रही है जो किसी बहाने की, किसी माध्यम की प्रतीक्षा कर रही है, जो तुम्हें अपनी भड़ास निकालने में सहयोगी हो सके।

दमन से तुम्हारा पूरा व्यक्तित्व क्रोधी हो गया है, हिंसक हो गया है, या कामुक हो गया है। तुम कामवासना का दमन करते हो और तब यह दमित काम तुम्हारे पूरे व्यक्तित्व पर छा जाता है। तब तुम जो भी देखोगे उसमें काम दिखाई पड़ेगा, जो भी छुओगे उसमें काम दिखाई देगा, जो भी करोगे वह काम-कृत्य होगा। तुम कामवासना का दमन कर सकते हो; वह कठिन नहीं है; लेकिन तब कामवासना तुम्हारे पूरे जीवन पर फैल जाएगी; तुम्हारा रोआं-रोआं कामुक हो जाएगा।

ब्रह्मचारियों को देखो। उनका पूरा चित्त कामुक हो जाता है; वे कामवासना से ही लड़ते रहते हैं; वे कामवासना के ही सपने देखते रहते हैं। वे सतत कामवासना के ही हवाई किले

बनाते रहते हैं। वे काम से ग्रस्त हो जाते हैं। जो वृत्ति सहज थी वही विकृत हो गई है।

अगर तुम किसी वृत्ति को अभिव्यक्ति देते हो तो उसकी शृंखला निर्मित होती है और यदि दमन करते हो तो घाव बन जाता है। और दोनों ही ठीक नहीं हैं।

इसलिए तंत्र कहता है कि तुम जो कुछ भी करो—उदाहरण के लिए तुम्हें जब क्रोध आए, जब तुम्हें लगे कि क्रोध आ रहा है—तो सतत सजग रहो। न उसका दमन करो, न उसको अभिव्यक्ति ही दो। एक तीसरा ही काम करो, तीसरा ही विकल्प चुनो—अचानक सजग हो जाओ कि क्रोध आ रहा है।

यह सजगता, यह बोध क्रोध में बहने वाली ऊर्जा को रूपांतरित कर देता है; जो ऊर्जा क्रोध बनती है वही करुणा बन जाती है। बोध से रूपांतरण घटित होता है। जो ऊर्जा कामवासना के नाम से जानी जाती है वही बोध के द्वारा ब्रह्मचर्य बन जाती है। बोध कीमिया है; उससे सब कुछ बदल जाता है।

इसका प्रयोग करो और तब तुम जानोगे। जब तुम किसी वृत्ति के साथ, किसी भाव के साथ, किसी ऊर्जा के साथ बोध को जोड़ देते हो तो बोध से उसका गुणधर्म बदल जाता है। तब वह ऊर्जा वही नहीं रहती है जो वह थी। उसके लिए एक नया मार्ग खुल जाता है। यह ऊर्जा अब लौट कर वहीं नहीं जाने वाली है जहां से यह आई थी; अब यह बहिर्यात्रा नहीं करने वाली है। अब ऊर्जा की क्षैतिज यात्रा समाप्त हो गई, और उसकी एक नई यात्रा, ऊर्ध्व यात्रा शुरू हुई। सजगता के जुड़ते ही ऊर्जा ऊपर की ओर गति करने लगती है। वह एक भिन्न ही आयाम है। बैलगाड़ी क्षैतिज चलती है; हवाई जहाज ऊर्ध्वाकार चलता है, ऊपर उठता है।

मैं तुम्हें एक कथा सुनाता हूं। एक सूफी संत अक्सर कहा करता था कि एक आदमी को उसके मित्र ने, जो कि सम्राट था, एक छोटा सा हवाई जहाज भेंट किया। वह आदमी बहुत गरीब था; उसने हवाई जहाज के बारे में सुना ही था, कभी देखा नहीं था। उसने सिर्फ बैलगाड़ी देखी थी, सो उसने सोचा कि यह एक नए ढंग की बैलगाड़ी है। वह अपने दो बैलों को जोतकर हवाई जहाज को घर ले आया, और तब से वह उससे बैलगाड़ी का काम लेता रहा। और वह बहुत प्रसन्न था। इस तरह वह छोटा हवाई जहाज बैलगाड़ी का काम करने लगा।

लेकिन धीरे-धीरे, महज कुतूहलवश वह आदमी इस नई गाड़ी का अध्ययन भी करता रहा। फिर उसे समझ आया कि बैलों की जरूरत नहीं है, इसके भीतर एक मोटर लगी है और यह अपने आप चल सकती है। उसने उसमें तेल डाला, और वह उसे मोटरगाड़ी की भांति चलाने लगा। फिर धीरे-धीरे उसे डैनों का बोध हुआ, और वह विचार करने लगा कि ये किसलिए हैं! उसे लगा कि जिस आदमी ने भी यह गाड़ी बनाई है, वह बहुत ही प्रतिभाशाली आदमी होगा; उसने नाहक ही ये डैने नहीं लगाए होंगे। उन डैनों से उसने अनुमान लगाया कि यह यंत्र उड़ सकता है। फिर उसने कुछ प्रयोग किए और वह हवाई जहाज हवाई जहाज हो गया, वह ऊर्ध्वगमन करने लगा, ऊपर उड़ने लगा।

तुम भी अपने मन का उपयोग बैलगाड़ी की भांति कर रहे हो। यही मन मोटरगाड़ी बन सकता है; तब उसमें बैल जोतने की जरूरत न रहेगी। लेकिन तब भी यह जमीन पर ही चलेगा। यद्यपि इसी मन में डैने भी लगे हैं। तुमने निरीक्षण नहीं किया है, इसीलिए तुम्हें पता नहीं है कि इसमें डैने भी हैं। यह मन उड़ सकता है; यह ऊर्ध्वाकार उठ सकता है। और एक

बार यह ऊपर की ओर गति करने लगे, एक बार तुम्हारी ऊर्जा ऊर्ध्वगामी हो जाए, तो तुम्हारे लिए यह सारा जगत दूसरा हो जाएगा। तब तुम्हारे सभी पुराने प्रश्न गिर जाएंगे, तुम्हारी सभी समस्याएं विदा हो जाएंगी। क्योंकि तुम ऊपर उठने लगे।

वे समस्याएं तभी तक थीं जब तक तुम जमीन पर, सपाट चल रहे थे। बैलगाड़ी की समस्याएं हवाई जहाज के लिए समस्याएं नहीं हैं। सड़क ठीक नहीं थी, इससे समस्या थी। सड़क अवरुद्ध थी, इससे समस्या थी। अब ये समस्याएं न रहीं, क्योंकि सड़क की जरूरत ही न रही। सड़क अवरुद्ध है या ठीक नहीं है, इससे कोई मतलब ही नहीं है।

नैतिक शिक्षा बैलगाड़ी जैसी शिक्षा है; तंत्र की शिक्षा ऊर्ध्वाकार है। यही कारण है कि वे सब समस्याएं तंत्र के लिए असंगत हैं। जिस ऊर्जा को तुम काम, क्रोध, लोभ या अन्य रूपों में जानते थे वह क्षैतिज चलती थी। जब तुमने उस ऊर्जा को जागरूकता से जोड़ दिया, तुमने एक नया आयाम खोल दिया। सिर्फ जागरूक होने से तुम ऊपर उठने लगते हो। क्यों?

किसी तथ्य को देखो। जब तुम जागरूक होते हो तो तुम सदा तथ्य से ऊपर होते हो। किसी भी चीज के प्रति सावचेत होते ही तुम तथ्य के ऊपर हो जाते हो। तथ्य कहीं नीचे है, दूर घाटी में है, और तुम ऊपर से, शिखर से उसे देख रहे हो। जब भी तुम किसी चीज के साक्षी होते हो, तुम ऊपर उठ जाते हो, और वह चीज नीचे रह जाती है।

अगर यह साक्षीभाव प्रामाणिक हो और तुम सतत सजग रह सको, तो जो ऊर्जा काम-क्रोध के रूप में क्षैतिज गति करती थी, वह इस नए आयाम में गति कर जाएगी। वह तुम्हारे पास, साक्षी के पास पहुंच जाएगी। और तब तुम आकाश में उड़ने लगे।

और तुम जन्मों-जन्मों से इस यंत्र का उपयोग बैलगाड़ी की तरह कर रहे थे जो कि उड़ सकता था। और इस तरह नाहक समस्याएं पैदा कर रहे थे, क्योंकि तुम्हें पता ही नहीं था कि तुम्हारी संभावना क्या है।

पांचवां प्रश्नः

आपने कहा कि व्यक्ति को क्रोध का न भोग करना चाहिए न दमन, उसे कुछ न करते हुए सजग और ध्यानपूर्ण रहना चाहिए। स्वभावतः दमन या भोग से बचने के लिए एक प्रकार के आंतरिक प्रयास की जरूरत होगी; लेकिन तब क्या यह भी एक प्रकार का दमन नहीं होगा?

नहीं, यह प्रयास तो है, लेकिन दमन नहीं है। प्रत्येक प्रयास दमन नहीं है। प्रयास तीन तरह के हैं। एक प्रयास वह है जिससे अभिव्यक्ति होती है, जब तुम अपने क्रोध को प्रकट करते हो तो वह एक प्रयास है। दूसरी तरह का प्रयास वह है जिससे तुम दमन करते हो।

जब तुम क्रोध प्रकट करते हो तो तुम क्या करते हो? तुम अपनी ऊर्जा को बाहर फेंक रहे हो, किसी व्यक्ति पर, किसी विषय पर उसे फेंक रहे हो। तुम अपनी ऊर्जा बाहर फेंक रहे हो, जिसका लक्ष्य दूसरा है। ऊर्जा दूसरे की ओर गति करती है, यह प्रयास है। और जब तुम दमन करते हो तो तुम ऊर्जा को उसके मूल स्रोत की ओर वापस लौटाते हो, अपने हृदय की ओर वापस लाते हो। तब तुम ऊर्जा को पीछे ढकेलते हो। यह भी प्रयास है। लेकिन इसकी दिशा

भिन्न है। अभिव्यक्ति में ऊर्जा तुम से दूर गति करती है; दमन में वह तुम्हारे पास गति करती है।

तीसरी चीज है सजगता, निष्क्रिय सजगता। वह भी प्रयास है। लेकिन इसका आयाम भिन्न है; इसमें ऊर्जा ऊर्ध्वगमन करती है। आरंभ में यह भी प्रयास है। जब मैं तुम्हें कहता हूं कि निष्क्रिय रूप से सजग रहो, तो आरंभ में यह निष्क्रिय सजगता भी तुम्हारे लिए प्रयास ही होगी।

धीरे-धीरे जैसे-जैसे तुम इससे परिचित होते जाते हो, यह प्रयास नहीं रहती है। और जब यह प्रयास नहीं रहती है तब सजगता और भी निष्क्रिय हो जाती है। और यह जितनी निष्क्रिय होती है उतनी ही चुंबकीय हो जाती है; ऊर्जा को ऊपर की ओर खींचने लगती है।

लेकिन आरंभ में सब कुछ प्रयास होगा। शब्दों के चक्कर में मत पड़ो; उससे समस्याएं खड़ी होती हैं। संतों ने सदा ही अप्रयास की बात की है; वे कहते हैं कि कोई प्रयास मत करो। लेकिन आरंभ में यह भी एक प्रयास ही होगा। जब हम प्रयासरहित होने को कहते हैं तो उसका इतना ही मतलब है कि जबरदस्ती मत करो, बोध के द्वारा घटित होने दो। अगर तुम जबरदस्ती करोगे तो तनावग्रस्त हो जाओगे। और तुम्हारे तनावग्रस्त होने पर क्रोध ऊपर की ओर गति नहीं कर सकता; तनाव की गति क्षैतिज है। सिर्फ तनावमुक्त चित्त ही ऊपर उठ सकता है, बादलों की तरह आकाश में तिर सकता है।

आकाश में अनायास तिरते बादलों को देखो। अपने साक्षी-भाव को भी तिरते बादलों की भांति भीतर आने दो। आरंभ में यह भी प्रयास ही होगा; लेकिन इतना स्मरण रहे कि इसे प्रयासशून्य होना है। तो तुम प्रयास भी करोगे और साथ ही साथ उसे ज्यादा से ज्यादा स्वतः भी घटित होने दोगे।

यह कठिन है, क्योंकि कठिनाई भाषा के कारण पैदा होती है। अगर मैं तुम्हें शिथिल होने को, विश्राम में होने को कहता हूं, तो तुम क्या करते हो? तुम एक तरह का प्रयास ही करते हो। लेकिन फिर मैं कहता हूं कि प्रयास मत करो, क्योंकि प्रयास से तनाव पैदा होता है और तुम विश्राम में नहीं हो सकते। तो मैं तुम्हें कहता हूं कि बस विश्राम करो। इससे तुम हैरान होते हो और अनिवार्यतः पूछते हो: 'क्या मतलब है आप का? अगर मुझे कोई प्रयास नहीं करना है तो मैं क्या करूं?'

तुम्हें कुछ भी नहीं करना है, लेकिन आरंभ में वह नहीं करना करने जैसा मालूम पड़ेगा। तो मैं कहूंगा कि ठीक है, थोड़ा-सा प्रयास करो, लेकिन स्मरण रहे कि उस प्रयास को पीछे छोड़ देना है। आरंभ करने के लिए थोड़ा सा प्रयास करो। तुम न करने की भाषा नहीं समझ सकते हो, तुम सिर्फ करने की भाषा ही समझ सकते हो, इसलिए करने की भाषा का उपयोग करना पड़ता है। लेकिन केवल आरंभ करने के लिए प्रयास का उपयोग करो, और याद रखो कि तुम जितनी जल्दी प्रयास को छोड़ दोगे उतना अच्छा होगा।

मैंने सुना है कि जब मुल्ला नसरुद्दीन बहुत बूढ़ा हो गया तो उसे अनिद्रा का रोग पकड़ गया। उसे नींद ही नहीं आती थी। सब तरह का उपचार किया गया; गर्म स्नान, गोलियां, ट्रैंक्वेलाइजर्स, अर्क-आसव सब दिए गए, लेकिन कोई लाभ नहीं हुआ। कोई चीज कारगर नहीं सिद्ध हुई। और सब बच्चे परेशान हो गए, क्योंकि मुल्ला न खुद सोता था और न औरों को ही सोने देता था। पूरे परिवार के लिए रात काटना मुश्किल हो गया था। परिवार के लोग बुरी तरह किसी दवा, किसी उपाय की खोज में थे, जिससे मुल्ला को नींद आ सके, क्योंकि

▲

पूरा परिवार पागल हो रहा था।

अंत में एक सम्मोहनविद को बुलाया गया। बच्चे बहुत प्रसन्न हुए और उन्होंने जाकर बूढ़े मुल्ला को कहा: 'पापा, अब आपको चिंता करने की जरूरत नहीं है। यह आदमी तो अदभुत है; क्षणों में नींद ला देता है। उसे नींद का जादू पता है; आप फिक्र न करें। अब कोई डर नहीं है, आप सो सकेंगे।'

सम्मोहनविद ने मुल्ला को जंजीर से लटकी एक घड़ी दिखाई और कहा: 'थोड़ी सी श्रद्धा से चमत्कार हो जाता है। आप मुझमें थोड़ा भरोसा करें, थोड़ी श्रद्धा करें, और आप छोटे बच्चे की भांति नींद में चले जाएंगे। आप इस घड़ी की ओर देखें।' यह कहकर सम्मोहनविद घड़ी को बाएं-दाएं घुमाने लगा। नसरुद्दीन घड़ी को देखने लगा और उस सम्मोहनविद ने कहा: 'बाएं-दाएं, बाएं-दाएं! आपकी आंखें थक रही हैं थक रही हैं; आप नींद में उतर रहे हैं नींद में उतर रहे हैं, नींद में उतर रहे हैं, नींद में उतर रहे हैं।'

सब लोग खुश थे। मुल्ला की आंखें बंद हो गईं। उसका माथा नीचे झुक गया, और वह छोटे बच्चे की तरह गहरी नींद में उतरता मालूम पड़ा। उसकी श्वास लयबद्ध होकर चलने लगी। सम्मोहनविद ने अपनी फीस ली, होंठों पर अंगुली रखकर बच्चों को इशारे से कहा कि अब कोई उसकी नींद में बाधा न दे। और वह चुपचाप चला गया।

ज्यों ही सम्मोहनविद बाहर गया कि मुल्ला ने एक आंख खोली और कहा: 'पागल! क्या वह चला गया?'

मुल्ला शिथिल होने का प्रयास कर रहा था! वह बच्चे की तरह शिथिल हो गया। उसने आंखें बंद कर लीं और लयबद्ध ढंग से श्वास लेने लगा। लेकिन यह सब प्रयास था। वह सम्मोहनविद को सहयोग दे रहा था; वह समझा कि मैं सहयोग दे रहा हूं; लेकिन उसके लिए यह सब चेष्टित था, इसलिए कुछ न हुआ। कुछ हो भी नहीं सकता था। वह जागा ही रहा।

अगर मुल्ला सिर्फ निष्क्रिय रहा होता, अगर उसने वह सुना होता जो उससे कहा जा रहा था, वह देखा होता जो दिखाया जा रहा था, तो नींद जरूर आ गई होती। उसे कोई प्रयास करने की जरूरत न थी; एक निष्क्रिय स्वीकृति काफी थी।

तुम्हें भी अपने मन को निष्क्रिय स्वीकृति के लिए राजी करने के लिए शुरू में प्रयास की जरूरत होगी। तो प्रयास से मत डरो; प्रयास से शुरू करो। लेकिन स्मरण रहे कि प्रयास को भी पीछे छोड़ देना है, प्रयास के भी पार जाना है। और जब तुम पार चले जाओगे तो ही तुम निष्क्रिय हो सकोगे। और यह निष्क्रिय बोध ही चमत्कार लाता है। निष्क्रिय बोध में मन नहीं रहता है, और पहली बार तुम्हारे अस्तित्व का आंतरिक केंद्र प्रकट होता है। और इसका कारण है।

संसार में कुछ भी करने के लिए प्रयास जरूरी है। अगर तुम संसार में कुछ करना चाहते हो, कुछ भी करना चाहते हो, तो प्रयास जरूरी है। लेकिन अगर तुम अपने अंतरस्थ में कुछ करना चाहते हो तो प्रयास जरूरी नहीं है। वहां केवल विश्राम जरूरी है। वहां अकर्म ही कला है—ठीक वैसे ही जैसे, बाहरी संसार में कर्म कला है।

यह निष्क्रिय जागरूकता कुंजी है।

लेकिन भाषा के कारण परेशान होने की जरूरत नहीं है: प्रयास से शुरू करो। सिर्फ

▲

इतना ध्यान रखना है कि प्रयास को छोड़ना है, छोड़ते जाना है। यह छोड़ना भी पहले प्रयास ही होगा। लेकिन एक क्षण आता है जब सब कुछ चला जाता है। और तब तुम होते हो, मात्र होते हो; कुछ करते नहीं हो, बस होते हो।

और यह होना ही समाधि है। और जो भी जानने योग्य है, जो भी होने योग्य है, जो भी पाने योग्य है, इस अवस्था में तुम्हें उपलब्ध हो जाता है।

आज इतना ही।

43

परिवर्तन से परिवर्तन को विसर्जित करो

सूत्र

66. मित्र और अजनबी के प्रति, मान और अपमान में, असमता के बीच समभाव रखो।

67. यह जगत परिवर्तन का है, परिवर्तन ही परिवर्तन का है। परिवर्तन के द्वारा परिवर्तन को विसर्जित करो।

▲

नारथ्रोप ने कहीं कहा है कि पश्चिमी चित्त अस्तित्व के सैद्धांतिक पक्ष की खोज में लगा रहा है; वह कार्य-कारण की कड़ी ढूंढ़ता रहा है। वह खोजता रहा है कि कैसे चीजें घटित होती हैं, उसका कारण क्या है, कारण को नियंत्रित कैसे किया जाए, और कैसे मनुष्य प्रकृति को अपने मनोनुकूल व्यवस्थित कर अपने काम में लाए। और नारथ्रोप ने कहा है कि पूर्वीय चित्त एक दूसरे ही अभियान में संलग्न रहा है; वह सत्य के सौंदर्य पक्ष की खोज करता रहा है; सैद्धांतिक नहीं, सौंदर्य पक्ष की खोज में लगा रहा है।

पूर्वीय चित्त ने इस बात की ज्यादा फिक्र नहीं की है कि कैसे वह प्रकृति को अपने अनुकूल चला सके, उसका शोषण कर सके। लेकिन वह इस बात में जरूर उत्सुक रहा है कि कैसे प्रकृति के साथ एक हुआ जाए। वह उसे जीतने में उत्सुक नहीं रहा है, उससे गहन मैत्री बनाने में, उसका घनिष्ठ भागीदार बनने में उत्सुक रहा है। पश्चिमी चित्त प्रकृति के साथ द्वंद्व में, संघर्ष में उलझा रहा है; पूर्वीय चित्त उसकी रहस्यमयता में उतरने और उसके साथ प्रेम-संबंध में डूबने में संलग्न रहा है।

मैं नहीं जानता कि नारथ्रोप मेरे साथ सहमत होगा या नहीं; लेकिन मेरा खयाल है कि विज्ञान प्रकृति के साथ एक घृणा का संबंध बनाए है, इसलिए वह संघर्ष, युद्ध और विजय की भाषा में बात करता है। धर्म तो प्रकृति के साथ प्रेम-संबंध है; उसमें द्वंद्व कहां? संघर्ष कहां?

दूसरे ढंग से देखा जाए तो विज्ञान पुरुष की दृष्टि है और धर्म स्त्री की दृष्टि है। विज्ञान आक्रामक है, धर्म अनाक्रामक है। पूर्वीय चित्त धार्मिक है। या अगर तुम मुझे इजाजत दो तो मैं कहूंगा कि जहां भी धार्मिक चित्त है, वह पूर्वीय है; वैज्ञानिक चित्त पश्चिमी है। इससे कोई फर्क नहीं पड़ता कि कोई आदमी पूरब में पैदा हुआ है या पश्चिम में।

मैं पूरब और पश्चिम का उपयोग दो दृष्टियों की भांति, दो रुझानों की भांति करता हूं; वे मेरे लिए कोई भौगोलिक स्थान नहीं हैं। पश्चिम में पैदा होकर भी तुम पश्चिम के न होकर पूरे के पूरे पूर्वीय हो सकते हो। और पूरब में जन्म लेकर भी तुम्हारा रुझान वैज्ञानिक हो सकता

▲

है, तुम चीजों को गणित और बुद्धि की दृष्टि से देख सकते हो।

तंत्र बिलकुल पूर्वीय है। तंत्र सत्य में भागीदार होने का एक ढंग है। तंत्र सत्य के साथ एक होने की, सीमाएं गिरा देने की, अभेद के जगत में गति करने की कीमिया है। मन भेद करता है, सीमाएं बनाता है; मन परिभाषा करता है, क्योंकि मन परिभाषा के बिना, सीमा के बिना नहीं रह सकता। सीमाएं जितनी सुस्पष्ट होंगी, मन के लिए काम करना उतना ही आसान होगा। मन सब कुछ को तोड़ता है, बांटता है, टुकड़े-टुकड़े करता है।

धर्म सीमाओं को विलीन करता है, ताकि उस अभेद में प्रवेश हो सके जहां कोई परिभाषा नहीं है, जहां किसी चीज की कोई सीमा नहीं है, जहां हर एक चीज दूसरी चीज में प्रवेश कर जाती है, जहां हर एक चीज साथ-साथ दूसरी चीज भी है। तुम काट नहीं सकते, अस्तित्व की काट-पीट नहीं हो सकती।

यह अनिवार्य है कि विज्ञान और धर्म के देखने के जो अलग-अलग ढंग हैं, उनके परिणाम भी अलग हों। वैज्ञानिक ढंग से, काट-पीट के रास्ते से तुम मृत अणु-परमाणुओं पर पहुंच जाओगे; क्योंकि जीवन कुछ ऐसा है कि उसे खंडों में नहीं तोड़ा जा सकता। और जैसे ही तुम तोड़ते हो, जीवन विदा हो जाता है। यह ऐसा ही है जैसे कोई संगीत को समझने के लिए एक-एक स्वर को अलग-अलग समझने की चेष्टा करे। अकेला स्वर भी संगीत का अंग है; लेकिन वह संगीत नहीं है। अनेक स्वरों के एक-दूसरे में घुलने से संगीत पैदा होता है। तुम स्वरों को समझकर संगीत नहीं समझ सकते हो। मैं तुम्हें तुम्हारे अंगों के अध्ययन के द्वारा नहीं समझ सकता। क्योंकि तुम अंगों का जोड़ भर नहीं हो, तुम उस जोड़ से बहुत ज्यादा हो। जब तुम बांटते हो, तोड़ते हो, तो जीवन विदा हो जाता है, सिर्फ मुर्दा अंग बचते हैं।

यही कारण है कि विज्ञान कभी जीवन को जानने में समर्थ नहीं होगा। और विज्ञान के द्वारा जो भी जाना जाएगा, वह मृत्यु के संबंध में होगा, पदार्थ के संबंध में होगा; वह ज्ञान जीवन का ज्ञान कभी नहीं हो सकता। विज्ञान जीवन के अंगों को, मृत अंगों को जान सकता है; वह किसी ढंग से जीवन को व्यवस्थित कर उसका उपयोग भी कर सकता है; लेकिन उसके बावजूद जीवन अनजाना रह जाएगा; अछूता रह जाएगा। विज्ञान के लिए जीवन अज्ञेय रह जाता है; उसकी पद्धति उसका ढंग ही ऐसा है कि वह जीवन को नहीं जान सकेगा। और यही कारण है कि विज्ञान पदार्थ के अतिरिक्त सब कुछ को इनकार करता है। उसकी दृष्टि ही ऐसी है, उसका ढंग ही ऐसा है कि जीवन के संपर्क से वह वंचित रह जाता है।

और धर्म में ठीक विपरीत घटित होता है। अगर तुम धर्म में गहरे उतरोगे तो पदार्थ को इनकार करने लगोगे। शंकर कहते हैं कि पदार्थ मिथ्या है, भ्रांति है। वह है नहीं, सिर्फ भासता है। पूरब की पूरी दृष्टि संसार को, पदार्थ को इनकार करती है। क्यों? विज्ञान जीवन को, भगवत्ता को, चैतन्य को अस्वीकार करता है। गहन धार्मिक अनुभव पदार्थ को अस्वीकार करता है। क्यों?

अपनी-अपनी दृष्टि के कारण वे ऐसा करते हैं। अगर तुम जीवन को अभेद की दृष्टि से देखते हो तो पदार्थ खो जाता है। विभाजित जीवन, भेद की दृष्टि से देखा गया जीवन पदार्थ है। पदार्थ का अर्थ है वह जीवन जिसकी परिभाषा हो गई, जिसका खंड-खंड विश्लेषण हो गया। अगर तुम सच ही जीवन को अभेद की दृष्टि से देखते हो, उसके हिस्से हो जाते हो,

उसमें घनिष्ठ भागीदार होते हो, उसके साथ ऐसे एक हो जाते हो जैसे दो प्रेमी एक हो जाते हैं, तो पदार्थ विलीन हो जाता है।

इसीलिए शंकर कहते हैं कि पदार्थ माया है। अगर तुम अस्तित्व के अंग बनते हो तो शंकर की बात सच है। लेकिन मार्क्स कहता है कि चेतना केवल बाइ-प्रॉडक्ट है; वह वास्तविक नहीं है, पदार्थ की ही उप-उत्पत्ति है। जब तुम जीवन को विभाजित करते हो तो चेतना खो जाती है, भ्रांति हो जाती है; तब पदार्थ ही बचता है।

मैं तुमसे यह कहना चाहता हूं कि अस्तित्व एक है। अगर तुम विश्लेषण... "हे उसके पास पहुंचते हो तो वह पदार्थ मालूम पड़ता है; मृत मालूम पड़ता है; और अगर मित्रता के भाव से उसके पास पहुंचते हो तो वह जीवन मालूम पड़ता है, दिव्य और चैत मालूम पड़ता है। अगर तुम विज्ञान के द्वारा अस्तित्व के पास पहुंचते हो तो तुम्हारे लिए किसी गहन आनंद की संभावना नहीं है। मृत पदार्थ के साथ आनंद असंभव है; पदार्थ से ज्यादा से ज्यादा आनंद की भ्रांति मिल सकती है। सिर्फ गहन मित्रता से, प्रेम से आनंद संभव है।

तंत्र प्रेम की विधि है; यह तुम्हें अस्तित्व के साथ जोड़ने का एक प्रयत्न है। इसलिए इसमें प्रवेश करने के पहले तुम्हें बहुत कुछ छोड़ना होगा। तुम्हें अपनी विश्लेषण करने की आदत को छोड़ना होगा; तुम्हें अपनी लड़ने की प्रवृत्ति को, जीत की भाषा में सोचने की आदत छोड़ना होगा।

जब हिलेरी हिमालय के सर्वोच्च शिखर पर, एवरेस्ट पर पहुंचा तो पूरे पश्चिम में इस घटना को विजय की, एवरेस्ट पर विजय की संज्ञा दी गई। सिर्फ जापान के एक झेन मंदिर के दीवार-पत्र पर यह लिखा गया कि 'एवरेस्ट के साथ मैत्री हुई।' उसने इसे विजय नहीं कहा। यही फर्क है। अब एवरेस्ट के साथ मनुष्यता की मैत्री सध गई; एवरेस्ट ने हिलेरी को अपने पास आने दिया। इसमें कोई जीतने की बात नहीं थी। 'जीत' शब्द ही गंदा है, हिंसक है। जीत की भाषा में सोचना आक्रामकता का लक्षण है। एवरेस्ट ने हिलेरी का स्वागत किया! अब उससे मनुष्यता की मैत्री सध गई; अब कोई फासला न रहा, दुराव न रहा। अब हम अजनबी न रहे; हममें से एक को एवरेस्ट ने पास बुला लिया; अब एवरेस्ट मनुष्य की चेतना का भाग बन गया।

यह सेतु बनाना है। तब पूरी बात बिलकुल भिन्न हो जाती है। यह तुम पर निर्भर है कि तुम इसे किस दृष्टि से देखते हो। विधियों में प्रवेश के पूर्व यह स्मरण रखना बहुत जरूरी है। स्मरण रहे, तंत्र अस्तित्व के प्रति एक प्रेमपूर्ण प्रयास है। यही वजह है कि तंत्र में काम-शक्ति का इतना अधिक उपयोग किया गया है। तंत्र एक प्रेम-विधि है। और यह स्त्री-पुरुष का ही प्रेम नहीं है, यह तुम्हारे और अस्तित्व के बीच प्रेम है। पहली दफा अस्तित्व एक नारी के नारी के माध्यम से तुम्हारे लिए अर्थपूर्ण हो जाता है। अगर तुम स्त्री हो तो पहली दफा अस्तित्व तुम्हारे लिए एक पुरुष के माध्यम से अर्थपूर्ण हो जाता है। इसीलिए तंत्र में काम की इतनी चर्चा की गई है, उसका इतना उपयोग किया गया है।

कल्पना करो कि तुम सर्वथा काम-रहित हो; कल्पना करो कि जन्म के दिन ही तुमसे तुम्हारी सब कामवासना हटा ली गई। जरा सोचो कि जिस दिन तुम पैदा हुए, तुमसे तुम्हारी सब कामवासना छीन ली गई।

▲

तुम प्रेम करने में असमर्थ हो जाओगे; तुम किसी के प्रति कोई लगाव, कोई घनिष्ठता, कोई आकर्षण नहीं अनुभव करोगे। तुम्हारे लिए अपने से बाहर निकलना ही मुश्किल होगा। तुम अपने भीतर ही बंद रहोगे। तुम किसी के पास भी नहीं जाओगे, किसी से मिलोगे भी नहीं। अस्तित्व में तुम सब तरफ से बंद बस एक मुर्दा बने रहोगे।

काम-ऊर्जा के जरिए तुम दूसरे से जुड़ते हो। तुम अपने से बाहर जाते हो; कोई दूसरा तुम्हारा केंद्र बनता है। तुम अपने अहंकार को पीछे छोड़ देते हो; तुम किसी से मिलने के लिए अपने अहंकार से अलग होते हो। अगर तुम सच ही किसी से मिलना चाहते हो तो तुम्हें समर्पण करना होगा; वैसे ही अगर दूसरा भी तुमसे मिलना चाहता है तो उसे भी अपने से बाहर आना होगा। प्रेम का चमत्कार तो देखो! देखो कि प्रेम में क्या अदभुत घटता है। वह तुम तक आता है और तुम उस तक जाते हो। तुम उसमें उतर जाते हो और वह तुम में समा जाता है। तुमने अपनी-अपनी जगह बदल ली; अब वह तुम्हारी आत्मा बन जाता है और तुम उसकी आत्मा बन जाते हो। यही साहचर्य है; यही मिलन है। अब तुम दोनों एक वर्तुल बन गए।

यह पहला मिलन है जहां तुम अपने अहंकार में बंद नहीं हो। और यह मिलन ब्रह्मांड के साथ, अस्तित्व के साथ, सत्य के साथ वृहत मिलन का द्वार बन सकता है।

तंत्र बुद्धि पर नहीं, हृदय पर आधारित है। यह कोई बौद्धिक प्रयत्न नहीं है; यह भावुक प्रयत्न है। इसे स्मरण रखो; क्योंकि इससे विधियों को समझने में मदद मिलेगी। अब हम विधियों में प्रवेश करेंगे।

पहली विधि:

मित्र और अजनबी के प्रति, मान और अपमान में, असमता के बीच समभाव रखो।

'असमता के बीच समभाव रखो', यह आधार है। तुम्हारे भीतर क्या घटित हो रहा है? दो चीजें घटित हो रही हैं। तुम्हारे भीतर कोई चीज निरंतर वैसी ही रहती है; वह कभी नहीं बदलती। शायद तुमने इसका निरीक्षण न किया हो; शायद तुमने अभी इसका साक्षात्कार न किया हो। लेकिन अगर निरीक्षण करोगे तो जानोगे कि तुम्हारे भीतर कुछ है जो निरंतर वही का वही रहता है। उसी के कारण तुम्हारा एक व्यक्तित्व होता है। उसी के कारण तुम अपने को केंद्रित अनुभव करते हो; अन्यथा तुम एक अराजकता हो जाओगे।

तुम कहते हो: 'मेरा बचपन।' अब इस बचपन का क्या बच रहा है? यह कौन है जो कहता है: 'मेरा बचपन'। यह 'मेरा', 'मुझे', 'मैं' कौन है! तुम्हारे बचपन का तो कुछ भी शेष नहीं बचा है। यदि तुम्हारे बचपन के चित्र तुम्हें पहली दफा दिखाए जाएं तो तुम उन्हें पहचान भी नहीं सकोगे। सब कुछ इतना बदल गया है। तुम्हारा शरीर अब वही नहीं है; उसकी एक कोशिका भी वही नहीं है।

शरीर-शास्त्री कहते हैं कि शरीर एक प्रवाह है—सरित-प्रवाह। प्रत्येक क्षण अनेक पुरानी कोशिकाएं मर रही हैं और अनेक नई कोशिकाएं बन रही हैं। सात वर्षों के भीतर तुम्हारा शरीर बिलकुल बदल जाता है। अगर तुम सत्तर साल जीने वाले हो तो इस बीच तुम्हारा शरीर दस बार बदल जाएगा, पूरा का पूरा बदल जाएगा। प्रत्येक क्षण तुम्हारा शरीर बदल रहा है।

और तुम्हारा मन भी बदल रहा है। जैसे तुम अपने बचपन के शरीर का चित्र नहीं

पहचान सकते हो वैसे ही यदि तुम्हारे बचपन के मन का चित्र बनाना संभव हो तो तुम उसे भी नहीं पहचान पाओगे। तुम्हारा मन तो तुम्हारे शरीर से भी ज्यादा प्रवाहमान है। हर एक क्षण हर एक चीज बदल जाती है। एक क्षण के लिए भी कुछ स्थाई नहीं है, ठहरा हुआ नहीं है। मन के तल पर सुबह तुम कुछ थे; शाम तुम बिलकुल ही भिन्न व्यक्ति हो जाते हो।

जब भी कोई व्यक्ति बुद्ध से मिलने आता था तो उसके विदा होते समय बुद्ध उससे कहते थे: 'स्मरण रहे, जो आदमी मुझसे मिलने आया था वही आदमी वापस नहीं जा रहा है। तुम अब बिलकूल भिन्न आदमी हो। तुम्हारा मन बदल गया है।'

बुद्ध जैसे व्यक्ति से मिलकर तुम्हारा मन वही नहीं रह सकता, उसकी बदलाहट अनिवार्य है—वह बदलाहट चाहे भले के लिए हो या बुरे के लिए। तुम एक मन लेकर वहां गए थे; तुम भिन्न ही मन लेकर वहां से वापस आओगे। कुछ बदल गया है। कुछ नया उसमें जुड़ गया है; कुछ पुराना उससे अलग हो गया है।

और अगर तुम किसी से नहीं भी मिलते हो, बस अपने साथ अकेले रहते हो, तो भी तुम वही नहीं रह सकते। पल-पल नदी बह रही है। हेराक्लाइटस ने कहा है कि तुम एक ही नदी में दो बार नहीं प्रवेश कर सकते हो। यही बात मनुष्य के संबंध में कही जा सकती है: तुम एक ही मनुष्य से दो बार नहीं मिल सकते। असंभव है यह। और इसी तथ्य के कारण—और इसके प्रति हमारे अज्ञान के कारण—हमारा जीवन संताप बन जाता है। क्योंकि तुम्हारी अपेक्षा रहती है कि दूसरा सदा वही रहेगा।

तुम किसी लड़की से विवाह करते हो और अपेक्षा करते हो कि वह सदा वही रहेगी। वह वही नहीं रह सकती; अविवाहित थी तो एक बात थी; विवाहित होने पर बात बिलकुल दूसरी हो गई। प्रेमी और चीज है; पति उससे बिलकूल भिन्न चीज है। तुम पति में प्रेमी को नहीं पा सकते; यह असंभव है। प्रेमी प्रेमी है, पति पति है। प्रेमी जिस क्षण पति बनता है, सब कुछ बदल जाता है। लेकिन तुम अपेक्षा किए जाते हो। उससे ही दुख पैदा होता है, अनावश्यक दुख पैदा होता है।

अगर हम इस तथ्य को स्वीकार कर लें कि मन सतत गतिमान है और बदलता रहता है तो हम अनायास बहुत से दुखों में पड़ने से बच जाएंगे। तुम्हें बस इस बोध की जरूरत है कि मन परिवर्तनशील है। अगर आज कोई तुम्हें प्रेम देता है तो तुम्हें अपेक्षा रहती है कि वह सदा तुम्हें प्रेम करेगा। लेकिन अगले क्षण वह तुम्हें घृणा करता है, और तुम बेचैन हो जाते हो। यह बेचैनी घृणा के कारण नहीं पैदा हुई है, यह पैदा हुई है तुम्हारी प्रेम की अपेक्षा के कारण। वह आदमी बदल गया। और अगर वह जीवित है तो बदलाहट अनिवार्य है।

लेकिन अगर तुम यथार्थ को वैसा ही देखो जैसा वह है तो बेचैनी का कोई कारण नहीं है। जो व्यक्ति एक क्षण पहले प्रेम करता था वह अगले क्षण घृणा भी कर सकता है। लेकिन जरा रुको; अगले क्षण वह फिर प्रेम कर सकता है। जल्दबाजी मत करो, धैर्य रखो। और अगर दूसरा व्यक्ति भी इस परिवर्तन की प्रक्रिया को देख सके तो वह भी बदलाहट से लड़ना छोड़ देगा। बदलाहट होती है, यह स्वाभाविक है।

तुम अपने शरीर को देखो, वह बदल रहा है। तुम अपने मन को समझो, वह भी बदल रहा है। कुछ भी वही का वही नहीं रहता है। यहां तक कि लगातार दो क्षणों के लिए भी कुछ

एक सा नहीं रहता है। तुम्हारा व्यक्तित्व धारा की भांति गतिमान है। अगर यही सब कुछ है, और कुछ भी ठहरा हुआ, नित्य और शाश्वत नहीं है, तो कौन स्मरण रखेगा कि यह मेरा बचपन था? बचपन गया, शरीर बदल गया, मन भी बदल गया। तब किसे स्मरण रहता है? कौन है जो बचपन, जवानी और बुढ़ापे को याद रखता है? यह कौन है जो जानता है?

इस जानने वाले को सदा वही रहना चाहिए; इस साक्षी को सदा वही रहना चाहिए। केवल तभी साक्षी को एक परिप्रेक्ष्य हो सकता है; तो ही साक्षी कह सकता है कि यह मेरा बचपन था, यह जवानी थी, यह बुढ़ापा था। तो ही वह कह सकता है कि इस घड़ी में मैं प्रेमपूर्ण था और अगले क्षण मेरा प्रेम घृणा में बदल गया। यह साक्षी चैतन्य, यह जानने वाला सदा वही रहता है।

तो तुममें दो तत्व या दो आयाम साथ-साथ हैं। तुम दोनों हो—परिवर्तनशील भी जो सदा बदलता रहता है, और अपरिवर्तनशील भी जो कभी नहीं बदलता है। और अगर तुम इन दोनों आयामों के प्रति बोधपूर्ण हो जाओ तो यह विधि उपयोगी हो जाएगी।

'असमता के बीच समभाव रखो।'

इसे स्मरण रखो, बदलाहट के बीच कुछ वही का वही रहता है तुम परिधि पर वही नहीं रह सकते, लेकिन केंद्र पर वही रहते हो। तो उसे स्मरण रखो जो कभी नहीं बदलता है। स्मरण रखना ही पर्याप्त है, तुम्हें और कुछ करने की जरूरत नहीं है। वह सनातन है, शाश्वत है। तुम उसे बदल नहीं सकते, लेकिन उसे भूल सकते हो। तुम अपने चारों ओर के जगत में इतने तल्लीन हो सकते हो, शरीर और मन में इतने ग्रस्त हो सकते हो, कि केंद्र को बिलकुल भूल ही जाओ। यह केंद्र बदलाहट के बादलों से इस तरह आच्छादित है—और निश्चित ही उसे याद रखना कठिन है जो सदा वही रहता है, क्योंकि उससे तो कोई समस्या होती नहीं; समस्याएं तो बदलाहट से ही पैदा होती हैं।

उदाहरण के लिए, अगर तुम्हारे आस-पास सतत कोई आवाज होती रहे तो तुम उसके प्रति सजग नहीं रहोगे। दीवार घड़ी दिन भर टिक-टिक करती रहती है, और तुम्हें कभी उसका बोध नहीं होता। लेकिन अगर वह अचानक बंद हो जाए तो तुरंत तुम्हारा ध्यान उधर जाता है। जब कोई चीज सदा एक जैसी ही रहती है तो उसकी खबर लेने की जरूरत नहीं रहती; बदलाहट की हालत में मन खबर लेता है। बदलाहट से अंतराल पैदा होता है; सातत्य टूटता है। तुम उसे सदा से सुन रहे थे, इसलिए अलग से सुनने की जरूरत नहीं थी; वह आवाज परिवेश का हिस्सा बन गई थी। लेकिन अब अगर वह घड़ी बंद हो जाए तो तुम्हें उसका बोध होगा; अचानक चेतना अंतराल पर जाएगी।

यह ऐसा ही है जैसे जब तुम्हारा कोई दांत टूट जाता है तो जीभ निरंतर उसी टूटे दांत के रिक्त स्थान पर जाती है। जब तक दांत था, जीभ ने कभी उसकी खबर नहीं ली। अब दांत नहीं है; उसकी खाली जगह भर है। और अब सारा दिन तुम्हारे रोकने के बावजूद जीभ उसी खाली जगह पर जाती है। क्यों? क्योंकि कोई चीज अब नहीं है जो वहां थी; कुछ बदल गया, कुछ नया प्रवेश कर गया।

जब भी कुछ नया प्रवेश करता है, तुम सजग हो जाते हो। उसके कई कारण हैं। यह एक सुरक्षा-व्यवस्था है, यह तुम्हारे जीवन के लिए, जीवित रहने के लिए जरूरी है। जब कोई

▲

चीज बदलती है तो तुम्हें उसके प्रति सजग हो जाना पड़ता है। क्योंकि बदलाहट खतरनाक हो सकती है; तुम्हें उसकी फिक्र करनी होगी। और तुम्हें नई स्थिति के साथ फिर समायोजन करना पड़ेगा।

लेकिन अगर कोई चीज वैसी ही रहे जैसी थी तो उसके प्रति सजग होने की जरूरत नहीं पड़ती। और यह नित्य तत्व, जिसे हिंदू आत्मा कहते हैं, आरंभ से ही—अगर कोई आरंभ है—तुम्हारे साथ है। और यह आत्मा अंत तक साथ रहने वाली है—अगर कोई अंत कभी होगा। वह सदा से, सनातन से अपरिवर्तित है, इसलिए तुम उसके प्रति सजग कैसे हो सकते हो? चूंकि यह नित्य है, शाश्वत है, सदा सर्वदा वही है, इसीलिए तुम उसे चूक रहे हो।

तुम शरीर की खबर लेते हो, तुम मन की खबर लेते हो; क्योंकि वे बदलते रहते हैं। और क्योंकि तुम उन पर ध्यान देते हो, इसलिए तुम सोचने लगते हो कि मैं शरीर हूं, कि मैं मन हूं। तुम उन्हें ही जानते हो, इसलिए उनके साथ तादात्म्य कर लेते हो।

समस्त आध्यात्मिक साधना अनित्य के बीच नित्य की खोज है, परिवर्तन के बीच शाश्वत की खोज है; उसकी खोज है जो सदा-सर्वदा वही रहता है। वही तुम्हारा केंद्र है। और अगर तुम उस केंद्र को स्मरण रख सको तो यह विधि बहुत आसान है। या अगर तुम इस विधि को साध सको तो उसका स्मरण आसान हो जाएगा। दोनों छोरों से यात्रा हो सकती है।

इस विधि का प्रयोग करो। यह विधि कहती है: 'मित्र और अजनबी के प्रति, असमता के बीच समभाव रखो।'

मित्र और शत्रु या अजनबी के प्रति असमानता में भी समभाव रखो। क्या अर्थ है इसका? यह विरोधाभासी मालूम पड़ता है। एक तरह से तो तुम्हें बदलना होगा, क्योंकि अगर तुम्हारा मित्र मिलने आता है तो उससे भिन्न ढंग से मिलना होगा, और अगर शत्रु मिलने आता है तो भिन्न ढंग से मिलना होगा। किसी अजनबी से तुम इस तरह कैसे मिल सकते हो जैसे कि तुम उसे जानते हो! ऐसा तुम नहीं कर सकते; फर्क तो रहेगा। लेकिन गहरे में समान बने रहो, समभाव रखो। व्यवहार में असमानता होगी, लेकिन भाव समान रहना चाहिए।

तुम किसी अनजान व्यक्ति से इस तरह नहीं मिल सकते जैसे कि तुम उसे पहले से जानते हो। तुम ज्यादा से ज्यादा दिखावा कर सकते हो, लेकिन दिखावे से काम नहीं चलेगा। फर्क तो रहेगा। मित्र के साथ दिखावा जरूरी नहीं है कि वह मित्र है। और अजनबी के साथ अगर तुम दिखावा भी करते हो कि वह मित्र है तो भी वह दिखावा ही होगा। कुछ नया ही होगा। तुम समान नहीं रह सकते, कुछ असमानता जरूरी रहेगी।

जहां तक आचरण का, व्यवहार का संबंध है, तुम भिन्न होगे; लेकिन जहां तक चेतना का संबंध है, तुम वही बने रह सकते हो; तुम मित्र और अजनबी को समभाव से देख सकते हो। तुम मित्र को वैसे ही देख सकते हो जैसे अजनबी को, अपरिचित को देखते हो।

यह कठिन है। तुमने सुना होगा कि अजनबी को वैसे ही देखो जैसे कि वह मित्र हो। लेकिन वह संभव नहीं है, अगर मैं जो कह रहा हूं वह संभव नहीं है। पहले अपने मित्र को अजनबी की भांति देखो; तो ही तुम अजनबी को मित्र की भांति देख सकते हो। दोनों एक-दूसरे से जुड़े हैं।

क्या तुमने कभी अपने मित्र को इस भांति देखा है जैसे कि वह अजनबी हो? अगर

तुमने अपने मित्र को अजनबी की भांति नहीं देखा है तो तुमने देखा ही नहीं है। अपनी पत्नी को देखो; क्या तुम सच ही उसको जानते हो? हो सकता है तुम उसके साथ बीस वर्षों से, या उससे भी ज्यादा समय से रह रहे हो, लेकिन वह अजनबी ही रहती है। तुम जितना ज्यादा उसके साथ रहते हो उतनी ही संभावना है कि तुम भूल जाओ कि वह अजनबी है; लेकिन वह अपरिचित ही रहती है। तुम उसे कितना ही प्रेम करो, उससे फर्क नहीं पड़ता।

सच तो यह है कि तुम उसे जितना ज्यादा प्रेम करोगे वह उतनी ही रहस्यमय मालूम पड़ेगी। कारण यह है कि तुम उसे जितना ज्यादा प्रेम करोगे, तुम उतने ही अधिक गहरे उसमें प्रवेश करोगे और तुम्हें मालूम पड़ेगा कि वह कितनी नदी जैसी प्रवाहमान है, परिवर्तनशील है, जीवंत है और प्रतिपल नई और भिन्न है।

अगर तुम गहरे नहीं देखते हो, अगर तुम इसी तल से बंधे हो कि वह तुम्हारी पत्नी है, कि उसका यह नाम है, तो तुमने एक हिस्से को पकड़ लिया है, और उस हिस्से को तुम अपनी पत्नी की भांति देखते रहते हो। और तब जब भी तुम्हारी पत्नी में कुछ बदलाहट होगी, वह उस बदलाहट को तुमसे छिपाएगी। जब वह प्रेमपूर्ण नहीं होगी तब भी तुमसे प्रेम का अभिनय करेगी, क्योंकि तुम्हें उससे प्रेम की अपेक्षा है। और तब सब कुछ नकली और झूठ हो जाता है। क्योंकि उसे बदलने की इजाजत नहीं है; उसे स्वयं होने की इजाजत नहीं है। कुछ ऊपर से लादा जा रहा है। और तब सारा संबंध मुर्दा हो जाता है।

तुम जितना ही प्रेम करोगे, उतना ही परिवर्तन का पहलू दिखाई देगा। तब तुम प्रत्येक क्षण अजनबी हो; तब तुम भविष्यवाणी नहीं कर सकते कि तुम्हारा पति कल सुबह कैसा व्यवहार करेगा। भविष्यवाणी तो तभी हो सकती है यदि तुम्हारा पति मुर्दा हो; तब तुम भविष्यवाणी कर सकती हो। केवल वस्तुओं के संबंध में भविष्यवाणी हो सकती है; व्यक्तियों के संबंध में भविष्यवाणी नहीं हो सकती। अगर किसी व्यक्ति के संबंध में भविष्यवाणी की जा सके तो जान लो कि वह मुर्दा है, वह मर चुका है। उसका जीवित होना झूठ है, इसीलिए उसके बारे में भविष्यवाणी हो सकती है। व्यक्तियों के संबंध में कोई भविष्यवाणी नहीं हो सकती, क्योंकि बदलाहट संभव है।

अपने मित्र को अजनबी की भांति देखो; वह अजनबी ही है। और डरो मत। हम अजनबी से डरते हैं; इसलिए हम भूल जाते हैं कि मित्र भी अजनबी है। अगर तुम अपने मित्र में भी अजनबी को देख सको तो तुम्हें कभी निराशा नहीं होगी, क्योंकि अजनबी से तुम्हें अपेक्षा नहीं होती है। मित्र के संबंध में तुम सदा निश्चित होते हो कि तुम उससे जो कुछ चाहोगे वह पूरा करेगा; इससे ही अपेक्षा पैदा होती है और निराशा हाथ लगती है। क्योंकि कोई व्यक्ति तुम्हारी अपेक्षाओं को नहीं पूरा कर सकता है; कोई यहां तुम्हारी अपेक्षाएं पूरी करने के लिए नहीं है। सब यहां अपनी अपेक्षाएं पूरी करने के लिए हैं, कोई तुम्हारी अपेक्षाएं पूरी करने के लिए नहीं है। लेकिन तुम्हें अपेक्षा है कि दूसरे तुम्हारी अपेक्षाएं पूरी करें, और दूसरों को अपेक्षा है कि तुम उनकी अपेक्षाएं पूरी करो। और तब कलह है, संघर्ष है, हिंसा है और दुख है।

अजनबी को सदा स्मरण रखो। मत भूलो कि तुम्हारा घनिष्टतम मित्र भी अजनबी है; दूर से भी दूर है। अगर यह भाव, यह ज्ञान घटित हो जाए, तो फिर तुम अजनबी में भी मित्र को देख सकते हो। यदि मित्र अजनबी हो सकता है तो अजनबी भी मित्र हो सकता है।

▲

किसी अजनबी को देखो, उसे तुम्हारी भाषा नहीं आती है, वह तुम्हारे देश का नहीं है, तुम्हारे धर्म का नहीं है, तुम्हारे रंग का नहीं है। तुम गोरे हो और वह काला है। या तुम काले हो और वह गोरा है। भाषा के जरिए तुम्हारे और उसके बीच कोई संवाद संभव नहीं है। तुम्हारे और उसके पूजा-स्थल भी एक नहीं हैं। राष्ट्र, धर्म, जाति, वर्ण, रंग–कहीं भी कोई समान भूमि नहीं है; वह बिलकुल अजनबी है। लेकिन उसकी आंखों में झांको, वहां एक ही मनुष्यता मिलेगी; वह समान भूमि है। उसके भीतर वही जीवन है जो तुममें है, वह समान भूमि है। और अस्तित्व भी वही है, वह तुम दोनों के मित्र होने का आधार है। तुम उसकी भाषा भले ही न समझो, लेकिन उसको तो समझ सकते हो। मौन से भी संवाद घटित होता है। उसकी आंखों में गहरे झांकने भर से मित्र प्रकट हो सकता है।

और अगर तुम गहरे देखना जान लो तो शत्रु भी तुम्हें धोखा नहीं दे सकता; तुम उसके भीतर मित्र को देख लोगे। वह यह नहीं सिद्ध कर सकता कि वह तुम्हारा मित्र नहीं है। वह तुमसे कितना ही दूर हो, तुम्हारे पास ही है, क्योंकि तुम उसी अस्तित्व की धारा में हो, उसी नदी में हो, जिसमें वह है। तुम दोनों अस्तित्व के तल पर एक ही जमीन पर खड़े हो।

और अगर यह भाव प्रगाढ़ हो तो एक वृक्ष भी तुमसे बहुत दूर नहीं है, तब एक पत्थर भी बहुत अलग नहीं है। एक पत्थर कितना अजनबी है! उसके साथ तुम्हारा कोई तालमेल नहीं है; उसके साथ संवाद की कोई संभावना नहीं है। लेकिन वहां भी वही अस्तित्व है; पत्थर का भी अस्तित्व है, वह भी अस्तित्व का अंश है। वह भी होने के जगत में भागीदार है। वह है। उसमें भी जीवन है। वह भी स्थान घेरता है, वह भी समय में जीता है। सूरज उसके लिए भी उगता है, जैसे तुम्हारे लिए उगता है। एक दिन वह नहीं था, जैसे तुम नहीं थे। और एक दिन जैसे तुम मर जाओगे, वह भी मर जाएगा; पत्थर भी एक दिन विदा हो जाएगा।

अस्तित्व में हम मिलते हैं, यह मिलन ही मित्रता है। व्यक्तित्व में हम भिन्न हैं, अभिव्यक्ति में हम भिन्न हैं, लेकिन तत्वतः हम एक ही हैं। अभिव्यक्ति में, रूप में हम अजनबी हैं, उस तल पर हम एक-दूसरे के कितने ही करीब आएं, लेकिन दूर ही रहेंगे। तुम पास-पास बैठ सकते हो, एक-दूसरे को आलिंगन में ले सकते हो, लेकिन इससे ज्यादा निकट आने की संभावना नहीं है। जहां तक तुम्हारे बदलते व्यक्तित्व का संबंध है, तुम एक नहीं हो सकते हो। तुम कभी समान नहीं हो सकते हो, तुम सदा भिन्न हो, अजनबी हो। उस तल पर तुम नहीं मिल सकते, क्योंकि मिलने के पहले ही तुम बदल जाते हो। मिलन की कोई संभावना नहीं है। जहां तक शरीर का संबंध है, मन का संबंध है, मिलन संभव नहीं है। क्योंकि इसके पहले कि तुम मिलो तुम वही नहीं रहते।

क्या तुमने कभी खयाल किया है कि तुम्हें किसी के प्रति प्रेम उमगता है, गहन प्रेम, तुम उस प्रेम से भर जाते हो, लेकिन जैसे ही तुम जाते हो और कहते हो कि मैं तुम्हें प्रेम करता हूं, वह प्रेम विलीन हो जाता है। क्या तुमने निरीक्षण किया है कि वह प्रेम अब नहीं रहा, उसकी स्मृति भर शेष है! अभी वह था और अभी वह नहीं है। तुमने उसे अभिव्यक्त किया, उसे प्रकट किया, यही तथ्य उसे परिवर्तन के जगत में ले आया। जब उसकी प्रतीति हुई थी, हो सकता है वह प्रेम तुम्हारे प्राणों का हिस्सा रहा हो, लेकिन जब तुम उसे अभिव्यक्त करते हो तो तुम उसे समय और परिवर्तन के जगत में ले आते हो, अब वह सरित-प्रवाह में प्रविष्ट हो

रहा है। जब तुम कहते हो कि मैं तुम्हें प्रेम करता हूं, तब तक शायद वह बिलकुल ही गायब हो चुका हो। यह बहुत कठिन है; लेकिन अगर तुम निरीक्षण करोगे तो यह तथ्य बन जाएगा।

तब तुम देख सकते हो कि मित्र में अजनबी है और अजनबी में मित्र है। और तब तुम 'असमता के बीच समभाव' रख सकते हो। परिधि पर तुम बदलते रहते हो, लेकिन केंद्र पर, प्राणों में वही बने रहते हो।

'मान और अपमान में. ..।'

कौन सम्मानित होता है और कौन अपमानित होता है? तुम? कभी नहीं। जो सतत बदल रहा है और जो तुम नहीं हो, सिर्फ वही मान-अपमान अनुभव करता है। कोई तुम्हारा सम्मान करता है। और अगर तुमने समझा कि यह व्यक्ति मेरा सम्मान कर रहा है, तो तुम कठिनाई में पड़ोगे। वह तुम्हें नहीं, तुम्हारी किसी खास अभिव्यक्ति को, किसी रूप विशेष को सम्मानित कर रहा है। वह तुम्हें कैसे जान सकता है? तुम स्वयं अपने को नहीं जानते हो। वह तुम्हारे सतत बदलते व्यक्तित्व के किसी रूप विशेष का सम्मान कर रहा है; वह तुम्हारी किसी अभिव्यक्ति का सम्मान कर रहा है। तुम दयावान हो, प्रेमपूर्ण हो; वह उसका सम्मान कर रहा है। लेकिन यह दया, यह प्रेम परिधि पर है; अगले क्षण तुम प्रेमपूर्ण नहीं रहोगे, अगले क्षण तुम घृणा से भर सकते हो। हो सकता है फूल न रहें; कांटे ही कांटे हों। तुम इतने प्रसन्न न रहो; उदास और दुखी होओ। तुम कठोर हो सकते हो, क्रोध में हो सकते हो। तब वह तुम्हारा अपमान करेगा। और हो सकता है कि फिर तुम्हारा प्रेमपूर्ण रूप प्रकट हो जाए। दूसरे लोग तुम्हारे संपर्क में नहीं, तुम्हारे विभिन्न रूपों के संपर्क में आते हैं।

स्मरण रहे, लोग तुमको मान और अपमान नहीं देते हैं। वे यह कैसे कर सकते हैं जब कि वे तुम्हें जानते ही नहीं हैं? जब तुम खुद भी अपने को नहीं जानते हो तो वे कैसे जानेंगे? उनके अपने नियम हैं, उनके अपने सिद्धांत हैं, उनके अपने मापदंड और मानक हैं। उनकी अपनी कसौटियां हैं। वे कहते हैं कि अगर कोई आदमी ऐसा होगा तो हम उसे सम्मान देंगे और अगर वैसा होगा तो अपमान देंगे। वे अपनी कसौटियों के मुताबिक चलते हैं। और तुम उनकी कसौटियों में कभी नहीं जांचे जा सकते; केवल तुम्हारी अभिव्यक्तियां जांची जा सकती हैं। तो वे एक दिन तुम्हें पापी कह सकते हैं और दूसरे दिन साधु कह सकते हैं। आज वे तुम्हें महात्मा कह सकते हैं, और कल वे तुम्हारे खिलाफ हो सकते हैं, तुम्हें पत्थर मार सकते हैं।

यह क्या है? वे तुम्हारी परिधि से परिचित होते हैं, वे कभी तुमसे परिचित नहीं होते। यह स्मरण रहे कि वे जो कुछ भी कह रहे हैं, वह तुम्हारे संबंध में नहीं है। तुम बाहर छूट जाते हो; तुम परे रह जाते हो। उनकी निंदा, उनकी प्रशंसा, वे जो भी करते हैं, उसका तुम्हारे साथ कोई भी संबंध नहीं है।

मैं तुम्हें एक झेन कथा कहता हूं। एक युवा भिक्षु क्योटो नगर के पास रहता था। वह सुंदर था, युवा था, और सारा नगर उससे प्रसन्न था। सब लोग उसका सम्मान करते थे। वे उसे महान संत मानते थे। लेकिन एक दिन सब उलट-पलट हो गया।

गांव में एक लड़की गर्भवती हो गई। उसने अपने मां-बाप से कहा कि उसके गर्भ के लिए यह साधु ही जिम्मेवार है। और सारा गांव उसके खिलाफ उठ खड़ा हुआ। लोग आए और उन्होंने उसके झोपड़े में आग लगा दी। सुबह का समय था, और बड़ी सर्द सुबह

थी—जाड़े की सुबह। उन्होंने नवजात शिशु को उस भिक्षु के ऊपर फेंक दिया। और लड़की के पिता ने भिक्षु से कहा: 'यह तुम्हारा बच्चा है; इसे सम्हालो।' भिक्षु ने इतना ही कहा: 'ऐसा है क्या?' और तभी बच्चा रोने लगा। तो भिक्षु भीड़ को भूलकर बच्चे को सम्हालने में लग गया।

भीड़ भिक्षु के झोपड़े को जलाकर वापस लौट गई। इधर बच्चे को भूख लगी, लेकिन भिक्षु के पास दूध खरीदने के लिए पैसे नहीं थे। तो वह नगर में बच्चे के लिए भीख मांगने गया। लेकिन अब उसे कौन भीख देता? कुछ क्षण पहले जो व्यक्ति महात्मा था, वही अब महापापी हो गया था। उसे भीख कौन देता? वह जहां भी गया, लोगों ने अपने घरों के दरवाजे बंद कर लिए। सब जगह उसे निंदा और गालियां ही मिलीं।

आखिर में भिक्षु उसी घर के सामने पहुंचा जो उस बच्चे की मां का घर था। वह लड़की बहुत संताप में थी, तभी उसने बच्चे के रोने की आवाज सुनी। द्वार पर खड़ा भिक्षु कह रहा था: 'मुझे कुछ मत दो; मैं पापी हूं। लेकिन यह बच्चा तो पापी नहीं है; इसके लिए थोड़ा दूध दे दो।' तब उस लड़की से नहीं रहा गया, उसने कबूल किया कि बच्चे के असली पिता को छिपाने के लिए उसने इस भिक्षु का नाम ले दिया था। वह बिलकुल बेकसूर है।

अब पूरा नगर फिर साधु के पास जमा हो गया। लोग उसके पैरों पर गिरकर क्षमा मांगने लगे। और लड़की के पिता ने आकर भिक्षु से बच्चे को वापस ले लिया और आंसुओं से भरी आंखों से कहा: 'आपने पहले ही क्यों नहीं कहा? आपने सुबह ही इनकार क्यों नहीं किया? यह बच्चा आपका नहीं है।' भिक्षु ने फिर इतना ही कहा: 'ऐसा है क्या?'

सुबह भी भिक्षु ने यही कहा था: 'ऐसा है क्या? यह बच्चा मेरा है?' और दोपहर भी उसने यही कहा: 'ऐसा है क्या? यह बच्चा मेरा नहीं है?'

इसी तरह तुम्हें इस सूत्र को जीवन में लागू करना है। मान और अपमान में तुम्हें असमता के बीच समभाव रखना है। परिधि पर कुछ भी घटे, लेकिन अंतरस्थ केंद्र को वही का वही रहना चाहिए। परिधि तो बदलेगी ही, लेकिन तुम्हें नहीं बदलना चाहिए। और क्योंकि तुम दोनों हो–परिधि और केंद्र—इसीलिए कहा गया है कि असमता में समभाव रखो।

और तुम इस विधि का प्रयोग सभी विरोधी तत्वों में कर सकते हो: प्रेम-घृणा में, गरीबी-अमीरी में, सुविधा-असुविधा में समभाव रखो। इतना ही जानो कि सब बदलाहट परिधि पर है; तुम्हारे केंद्र पर कोई बदलाहट नहीं हो सकती। इसलिए तुम अनासक्त रह सकते हो। और यह अनासिक्त आरोपित नहीं है। तम जानते हो कि ऐसा ही है। यह अनासिक्त बाहर से नहीं लादी गई है; तुमने अनासक्त रहने की चेष्टा नहीं की है।

अगर तुम अनासक्त रहने का प्रयत्न करते हो तो तुम परिधि पर ही हो, तुम्हें अभी केंद्र का कुछ पता नहीं है। केंद्र अनासक्त है; वह सदा अनासक्त है। वह पार है, वह सदा अस्पर्शित है। नीचे कुछ भी घटे, यह केंद्र सदा अछूता रहता है, सदा कुंवारा रहता है।

तो परस्पर विरोधी स्थितियों में इस विधि का प्रयोग करो; और अपने भीतर उसे अनुभव करते चलो जो सदा समान है। जब कोई तुम्हारा अपमान करे तो अपने ध्यान को उस बिंदु पर ले जाओ जहां तुम सिर्फ उस आदमी को सुन रहे हो, बिना किसी प्रतिक्रिया के बस सुन रहे हो। यह अपमान की स्थिति है। फिर कोई तुम्हारा सम्मान कर रहा है। उसे भी सुनो, सिर्फ सुनो। निंदा-प्रशंसा, मान-अपमान, सब में सिर्फ सुनो। तुम्हारी परिधि बेचैन होगी, उसे

भी देखो। केवल देखो, बदलने की कोशिश मत करो। उसे देखो, और स्वयं केंद्र से जुड़े रहो। तब तुम्हें वह अनासक्ति उपलब्ध होगी जो आरोपित नहीं है, जो सहज है, स्वाभाविक है।

और एक बार तुम्हें इस सहज अनासक्ति की प्रतीति हो जाए तो फिर कुछ भी तुम्हें बेचैन नहीं कर सकेगा। तुम शांत बने रहोगे। संसार में कुछ भी होगा, तुम अकंप रहोगे। तब अगर कोई तुम्हारी हत्या भी करेगा तो सिर्फ शरीर स्पर्शित होगा, तुम अस्पर्शित रहोगे। तुम सबके पार रहोगे। और यह पार रहना ही तुम्हें अस्तित्व में प्रवेश देगा, यह पार रहना ही तुम्हें आनंद में, शाश्वत में, सत्य में प्रतिष्ठित करेगा—जो सदा है, जो अमृत है, जो नित्य जीवन है। तुम उसे परमात्मा कह सकते हो, या जो भी नाम देना चाहो। तुम उसे निर्वाण कह सकते हो, या और कुछ। लेकिन जब तक तुम परिधि से केंद्र पर नहीं गति करते और जब तक तुम्हें अपने भीतर के शाश्वत का बोध नहीं होता, तब तक तुमने धर्म को नहीं जाना है, तब तक तुमने जीवन को नहीं जाना है। तब तक तुम चूक रहे हो, सब कुछ चूक रहे हो। और यह संभव है, जीवन के परम आनंद को चूकना संभव है।

शंकर कहते हैं कि मैं उस व्यक्ति को संन्यासी कहता हूं जो जानता है कि क्या अनित्य है और क्या नित्य है, क्या चलायमान है और क्या अचल है। भारतीय दर्शन इसे ही विवेक कहता है। परिवर्तन और सनातन की पहचान ही विवेक है, बोध है।

तुम जो कुछ भी कर रहे हो, उसमें इस सूत्र का प्रयोग बड़ी गहराई के साथ और बड़ी सरलता के साथ किया जा सकता है। तुम्हें भूख लगी है; इसमें दोनों स्थितियों को स्मरण रखो। भूख की प्रतीति परिधि को होती है, क्योंकि परिधि को ही भोजन की जरूरत है, ईंधन की जरूरत है। तुम्हें भोजन की कोई जरूरत नहीं है; तुम्हें ईंधन की कोई जरूरत नहीं है। यह शरीर की जरूरत है।

स्मरण रहे, जब भी भूख लगती है, शरीर को लगती है, तुम बस उसके जानने वाले हो। अगर तुम नहीं होते तो भूख नहीं जानी जा सकती थी। और अगर शरीर नहीं होता तो भूख ही नहीं लगती। तुम्हारी अनुपस्थिति से भूख का ज्ञान नहीं हो सकता है, क्योंकि शरीर को ज्ञान नहीं होता है। शरीर को भूख तो लग सकती है, लेकिन उसे उसका ज्ञान नहीं हो सकता है। और तुम जानते तो हो, लेकिन तुम्हें भूख नहीं लगती है।

तो कभी मत कहो कि मुझे भूख लगी है; सदा यही कहो कि मैं जानता हूं कि मेरा शरीर भूखा है। अपने जानने पर जोर दो। यह विवेक है। तुम बूढ़े हो रहे हो। कभी मत कहो कि मैं बूढ़ा हो रहा हूं, इतना ही कहो कि यह शरीर बूढ़ा हो रहा है। और तब मृत्यु के क्षण में भी तुम जानोगे कि मैं नहीं मर रहा हूं, मेरा शरीर मर रहा है; मैं शरीर बदल रहा हूं, घर बदल रहा हूं। और अगर यह विवेक प्रगाढ़ हो तो किसी दिन अचानक बुद्धत्व घटित हो जाएगा।

दूसरा सूत्र:

यह जगत परिवर्तन का है, परिवर्तन ही परिवर्तन का। परिवर्तन के द्वारा परिवर्तन को विसर्जित करो।

पहली बात तो यह समझने की है कि तुम जो भी जानते हो वह परिवर्तन है; तुम्हारे अतिरिक्त, जानने वाले के अतिरिक्त सब कुछ परिवर्तन है। क्या तमने कोई ऐसी चीज देखी है

▲

जो परिवर्तन न हो, जो परिवर्तन के अधीन न हो। यह सारा संसार परिवर्तन की घटना है।

हिमालय भी बदल रहा है। हिमालय का अध्ययन करने वाले वैज्ञानिक कहते हैं कि हिमालय बढ़ रहा है, बड़ा हो रहा है। हिमालय संसार का सबसे कम उम्र का पर्वत है; वह अभी बच्चा ही है और बढ़ रहा है। वह अभी प्रौढ़ नहीं हुआ है, वह अभी उस अवस्था को नहीं प्राप्त हुआ है जहां पहुंचकर ह्रास या गिरावट शुरू होती है। हिमालय अभी बढ़ रहा है। अगर तुम उसकी तुलना विंध्याचल से करोगे तो उसके सामने हिमालय बच्चे जैसा है। विंध्याचल संसार के सबसे पुराने पर्वतों में है। कुछ तो उसे दुनिया का सबसे पुराना पर्वत मानते हैं। सदियों से वह अपने बुढ़ापे के कारण क्षीण हो रहा है, मर रहा है।

तो इतना स्थिर और अडिग और दृढ़ मालूम पड़ने वाला हिमालय भी बदल रहा है। वह बस पत्थरों की नदी जैसा है। पत्थर होने से कोई फर्क नहीं पड़ता है, पत्थर भी प्रवाहमान है, बह रहा है। तुलनात्मक दृष्टि से सब कुछ बदल रहा है। कुछ चीजें ज्यादा बदलती मालूम पड़ती हैं और कुछ चीजें कम बदलती मालूम पड़ती हैं, लेकिन ऐसा सापेक्षतः है।

कोई भी चीज, जिसे तुम जान सकते हो, बदलाहट के बिना नहीं है। मेरी बात खयाल में रहे: जिसे तुम जान सकते हो ऐसी कोई भी वस्तु नित्य नहीं है। जानने वाले के अतिरिक्त कुछ भी नित्य नहीं है, शाश्वत नहीं है। लेकिन जानने वाला सदा पीछे है। वह सदा जानता है; वह कभी जाना नहीं जाता। वह कभी आब्जेक्ट नहीं बन सकता: वह सदा सब्जेक्ट ही रहता है। तुम जो कुछ भी करते हो या जानते हो, जानने वाला सदा उससे पीछे है। तुम उसे नहीं जान सकते हो।

और जब मैं कहता हूं कि तुम जानने वाले को नहीं जान सकते, तो इससे परेशान मत होओ। जब मैं कहता हूं कि तुम उसे नहीं जान सकते हो तो उसका इतना ही मतलब है कि तुम उसे विषय की तरह नहीं जान सकते। मैं तुम्हें देखता हूं, लेकिन मैं उसी तरह अपने को कैसे देख सकता हूं? यह असंभव है। क्योंकि ज्ञान के लिए दो चीजें जरूरी हैं—ज्ञाता और ज्ञेय। तो जब मैं तुम्हें देखता हूं तो तुम ज्ञेय हो और मैं ज्ञाता हूं, और दोनों के बीच ज्ञान सेतु की तरह है। लेकिन ज्ञान का यह सेतु कहां बनेगा जब मैं अपने को ही देखता हूं, जब मैं अपने को ही जानने की कोशिश करता हूं? वहां तो केवल मैं ही हूं, पूरी तरह अकेला मैं हूं। दूसरा किनारा बिलकुल अनुपस्थित है। फिर सेतु कहां निर्मित किया जाए? स्वयं को जाना कैसे जाए?

तो आत्मज्ञान एक नेति-नेति प्रक्रिया है। तुम अपने को सीधे-सीधे नहीं जान सकते; तुम सिर्फ ज्ञान के विषयों को हटाते जा सकते हो। ज्ञान के विषयों को एक-एक करके छोड़ते चले जाओ। और जब ज्ञान का कोई विषय न रह जाए, जब जानने को कुछ भी न रह जाए, सिर्फ एक शून्य, एक खालीपन रह जाए—और यही ध्यान है, ज्ञान के विषयों को छोड़ते जाना—तब एक क्षण आता है जब चेतना तो है लेकिन जानने के लिए कुछ नहीं है; जानना तो है, लेकिन जानने को कुछ नहीं है। तब जानने की सहज-शुद्ध ऊर्जा रहती है, लेकिन जानने को कुछ भी नहीं बचता है। कोई विषय नहीं रहता है। उस अवस्था में, जब जानने को कुछ नहीं रहता, तुम एक अर्थों में स्वयं को जानते हो, अपने को जानते हो।

लेकिन यह ज्ञान अन्य सब ज्ञान से सर्वथा भिन्न है। दोनों के लिए एक ही शब्द का उपयोग करना भ्रामक है। इसीलिए अनेक रहस्यवादियों ने कहा है कि आत्मज्ञान शब्द

विरोधाभासी है। ज्ञान सदा दूसरे का होता है, अतः आत्मज्ञान संभव नहीं है। जब दूसरा नहीं होता है तो कुछ होता है, तुम उसे आत्मज्ञान कह सकते हो, लेकिन यह शब्द भ्रामक है।

तो तुम जो भी जानते हो वह परिवर्तन है। ये जो दीवारें हैं, ये भी निरंतर बदल रही हैं। और भौतिकशास्त्र भी इसका समर्थन करता है। जो दीवार स्थाई मालूम पड़ती है, ठहरी हुई लगती है, वह भी प्रतिपल बदल रही है। सब एक महाप्रवाह है। एक-एक अणु बह रहा है, एक-एक परमाणु बह रहा है। प्रत्येक चीज बह रही है। लेकिन उसकी गति इतनी तीव्र है कि उसका पता नहीं चलता। यही कारण है कि दीवार ठहरी हुई मालूम पड़ती है। सुबह वह ऐसी ही लगती थी, दोपहर भी वह ऐसी ही लगती थी, और शाम में भी ऐसी ही लगती थी। कल भी वह ऐसी ही थी, और आने वाले कल भी वह ऐसी ही होगी। लेकिन यह बात सच नहीं है। तुम्हारी आंखें उसकी गति को पकड़ने में समर्थ नहीं हैं।

यह पंखा है। यदि पंखा बहुत तेजी से चल रहा हो तो बीच की खाली जगह तुम्हें नहीं दिखाई पड़ेगी; एक वर्तुल जैसा दिखाई पड़ेगा। खाली जगह इसलिए नहीं दिखाई देती, क्योंकि पंखे की गति तीव्र है। और अगर गति बहुत तेज हो जाए तो तुम्हें यह भी नहीं दिखाई देगा कि पंखा चल रहा है। तुम्हें कोई गति नहीं पता चलेगी, पंखा ठहरा हुआ मालूम पड़ेगा; यहां तक कि तुम उसे छू भी सकते हो। वह ठहरा मालूम होगा, और तुम खाली जगह में हाथ भी नहीं ले जा सकते। क्योंकि तुम्हारा हाथ उस गति से नहीं चल सकता कि खाली जगह में जा सके। तुम्हारा हाथ खाली जगह में जाए, इसके पहले ही दूसरा डैना आ पहुंचेगा, और तुम्हें सदा डैना ही छूने को मिलता रहेगा। और उसकी गति इतनी तेज होगी कि पंखा ठहरा हुआ मालूम पड़ेगा। तो जो चीजें ठहरी हुई हैं वे दरअसल बहुत तेज गति कर रही हैं। यही कारण है कि ऐसा आभास होता है कि वे ठहरी हुई हैं।

यह सूत्र कहता है कि सभी चीजें बदल रही हैं: 'यह जगत परिवर्तन का है...।'

इस सूत्र पर ही बुद्ध का समस्त दर्शन खड़ा है। बुद्ध कहते हैं कि प्रत्येक चीज बहाव है, बदल रही है, क्षणभंगुर है। और यह बात प्रत्येक व्यक्ति को जान लेनी चाहिए बुद्ध का सारा जोर इसी एक बात पर है; उनकी पूरी दृष्टि इसी बात पर आधारित है। वे कहते हैं कि यह सतत स्मरण रहे कि सब परिवर्तन ही परिवर्तन है। और जब सब परिवर्तन है तो तुम उससे आसकत कैसे हो सकते हो?

तुम्हें एक चेहरा दिखाई देता है, बहुत सुंदर है। और जब तुम उस सुंदर रूप को देखते हो तो भाव होता है कि यह रूप सदा ही ऐसा रहेगा। इस बात को ठीक से समझ लो। ऐसी अपेक्षा कभी मत करो कि यह सौंदर्य हमेशा रहेगा। और अगर तुम जानते हो कि यह रूप तेजी से बदल रहा है, कि यह इस क्षण सुंदर है और अगले क्षण कुरूप हो जा सकता है, तो फिर आसक्ति कैसे पैदा होगी? असंभव है। एक शरीर को देखो, वह जीवित है; अगले क्षण वह मृत हो सकता है। अगर तुम परिवर्तन को समझो तो सब व्यर्थ है।

बुद्ध ने अपना राजमहल छोड़ दिया, परिवार छोड़ दिया, सुंदर पत्नी छोड़ दी, प्यारा पुत्र छोड़ दिया। और जब किसी ने पूछा कि क्यों छोड़ रहे हैं तो उन्होंने कहा: 'जहां कुछ भी स्थाई नहीं है वहां रहने का क्या प्रयोजन? बच्चा एक न एक दिन मर जाएगा।' और बच्चे का जन्म उसी रात हुआ था जिस रात बुद्ध ने महल छोड़ा। उसके जन्म के कुछ घंटे ही हुए थे।

▲

बुद्ध उसे अंतिम बार देखने के लिए अपनी पत्नी के कमरे में गए। पत्नी की पीठ दरवाजे की तरफ थी और वह बच्चे को अपनी बाहों में लेकर सोई थी। बुद्ध ने अलविदा कहना चाहा, लेकिन वे झिझके। उन्होंने कहा: 'क्या प्रयोजन है?' एक क्षण उनके मन में यह विचार कौंधा कि बच्चे के जन्म के कुछ घंटे ही हुए हैं, मैं उसे अंतिम बार देख तो लूं। लेकिन उन्होंने फिर कहा: 'क्या प्रयोजन है? सब तो बदल रहा है। आज बच्चा पैदा हुआ है, कल वह मरेगा। एक दिन पहले वह नहीं था, अभी वह है, और एक दिन फिर नहीं हो जाएगा। तो क्या प्रयोजन है? सब कछ तो बदल रहा है।' वे मड़े और विदा हो गए।

जब किसी ने पूछा कि आपने क्यों सब कुछ छोड़ दिया? बुद्ध ने कहा: 'मैं उसकी खोज में हूं जो कभी नहीं बदलता, जो शाश्वत है। यदि में परिवर्तनशील के साथ अटका रहूंगा तो निराशा ही हाथ आएगी। क्षणभंगुर से आसक्त होना मूढ़ता है; वह कभी ठहरने वाला नहीं है। मैं मूढ़ बनूंगा और हताशा हाथ लगेगी। मैं तो उसकी खोज कर रहा हूं जो कभी नहीं बदलता, जो नित्य है। अगर कुछ शाश्वत है तो ही जीवन में अर्थ है, जीवन में मूल्य है। अन्यथा सब व्यर्थ है।' बुद्ध की समस्त देशना का आधार परिवर्तन था।

यह सूत्र सुंदर है। यह सूत्र कहता है: 'परिवर्तन के द्वारा परिवर्तन को विसर्जित करो।'

बुद्ध कभी दूसरा हिस्सा नहीं कहेंगे; यह दूसरा हिस्सा बुनियादी रूप से तंत्र से आया है। बुद्ध इतना ही कहेंगे कि सब कुछ परिवर्तनशील है, इसे अनुभव करो और तब तुम्हें आसक्ति नहीं होगी। और जब आसक्ति नहीं रहेगी तो धीरे-धीरे अनित्य को छोड़ते-छोड़ते तुम अपने केंद्र पर पहुंच जाओगे, उस केंद्र पर आ जाओगे जो नित्य है, शाश्वत है। परिवर्तन को छोड़ते जाओ और तुम अपरिवर्तन पर, केंद्र पर, चक्र के केंद्र पर पहुंच जाओगे।

इसीलिए बुद्ध ने चक्र को अपने धर्म का प्रतीक बनाया, क्योंकि चक्र चलता रहता है, लेकिन उसकी धुरी, जिसके सहारे चक्र चलता है, ठहरी रहती है, स्थाई है। तो संसार चक्र की भांति चलता रहता है, तुम्हारा व्यक्तित्व चक्र की भांति बदलता रहता है; और तुम्हारा अंतरस्थ तत्व अचल धुरी बना रहता है जिसके सहारे चक्र गति करता है। धुरी अचल रहती है।

बुद्ध कहेंगे कि जीवन परिवर्तन है; वे सूत्र के पहले हिस्से से सहमत होंगे। लेकिन दूसरा हिस्सा तंत्र से आया है। 'परिवर्तन से परिवर्तन को विसर्जित करो।'

तंत्र कहता है कि जो परिवर्तनशील है उसे छोड़ो मत, उसमें उतरो, उसमें जाओ। उससे आसक्त मत होओ, लेकिन उसमें जाओ, उसे जीओ। डरना क्या है? उसमें उतरो; उसे जी लो। उसे घटित होने दो, और तुम उसमें गति कर जाओ। उसे उसके द्वारा ही विसर्जित करो। डरो मत; भागो मत। भागकर कहां जाओगे? इससे बचोगे कैसे? सब जगह तो परिवर्तन है। तंत्र कहता है, बदलाहट सब जगह है। तुम भागकर कहां जाओगे? कहां जा सकते हो? जहां भी जाओगे वहां बदलाहट ही मिलेगी। सब भागना व्यर्थ है; भागने की कोशिश ही मत करो। तब करना क्या है?

आसक्ति मत निर्मित करो। जीवन परिवर्तन है; तुम परिवर्तन हो जाओ। उसके साथ कोई संघर्ष मत खड़ा करो। उसके साथ बहो। नदी बह रही है, उसके साथ बहो। तैरो भी मत; नदी को ही तुम्हें ले जाने दो। उसके साथ लड़ो मत; उससे लड़ने में अपनी शक्ति मत गंवाओ। विश्राम में रहो, और जो होता है उसे होने दो। नदी के साथ बहो।

▲

इससे क्या होगा? अगर तुम नदी के साथ बिना संघर्ष किए बह सके, बिना किसी शर्त के बह सके, अगर नदी की दिशा ही तुम्हारी दिशा हो जाए, तो तुम्हें अचानक यह बोध होगा कि मैं नदी नहीं हूं। तुम्हें यह बोध होगा कि मैं नदी नहीं हूं! इसे अनुभव करो; किसी दिन नदी में उतरकर इसका प्रयोग करो। नदी में उतरो, विश्रामपूर्ण रहो और अपने को नदी के हाथों में छोड़ दो; उसे तुम्हें बहा ले जाने दो। लड़ो मत; नदी के साथ एक हो जाओ। तब अचानक तुम्हें अनुभव होगा कि चारों तरफ नदी है, लेकिन मैं नदी नहीं हूं।

यदि नदी से लड़ोगे तो तुम यह बात भूल जा सकते हो। इसीलिए तंत्र कहता है: 'परिवर्तन से परिवर्तन को विसर्जित करो।' लड़ो नहीं; लड़ने की कोई जरूरत नहीं है। क्योंकि परिवर्तन तुममें नहीं प्रवेश कर सकता है। डरो नहीं; संसार में रहो। डरो मत; क्योंकि संसार तुममें प्रवेश नहीं कर सकता। उसे जीओ। कोई चुनाव मत करो।

दो तरह के लोग हैं। एक वे हैं जो परिवर्तन के जगत से चिपके रहते हैं और एक वे हैं जो उससे भाग जाते हैं। लेकिन तंत्र कहता है कि जगत परिवर्तन है, इसलिए उससे चिपकना और उससे भागना दोनों व्यर्थ हैं। क्या प्रयोजन है? बुद्ध कहते हैं, 'इस परिवर्तनशील में रहने से क्या प्रयोजन है?' और तंत्र कहता है: 'इससे भागने का क्या प्रयोजन है?' दोनों व्यर्थ हैं। उसे बदलते रहने दो; तुम्हें उससे कुछ लेना-देना नहीं है। वह बदल ही रहा है; उसके लिए तुम्हारी जरूरत भी नहीं है। तुम नहीं थे और संसार बदल रहा था; तुम नहीं रहोगे और संसार बदलता रहेगा। फिर इसके लिए शोरगुल क्या करना?

'परिवर्तन को परिवर्तन से विसर्जित करो।'

यह एक बहुत गहन संदेश है। क्रोध को क्रोध से विसर्जित करो; काम को काम से विसर्जित करो; लोभ को लोभ से विसर्जित करो; संसार को संसार से विसर्जित करो। उससे संघर्ष मत करो; विश्रामपूर्ण रहो। क्योंकि संघर्ष से तनाव पैदा होता है; तनाव से चिंता और संताप पैदा होता है। और तुम नाहक उपद्रव में पड़ोगे। संसार जैसा है उसे वैसा ही रहने दो।

दो तरह के लोग हैं। एक वे हैं जो संसार को जैसा ही नहीं रहने देना चाहते जैसा वह है। वे क्रांतिकारी कहलाते हैं। वे उसे बदलेंगे ही; वे उसे बदलने के लिए जद्दोजहद करेंगे। वे उसे बदलने में अपना सारा जीवन नष्ट कर देंगे। और यह जगत अपने आप बदल रहा है; उनकी कोई जरूरत नहीं है। वे अपने को ही नष्ट करेंगे; दुनिया को बदलने में वे खुद खतम होंगे। और संसार बदल ही रहा है; उसके लिए किसी क्रांति की जरूरत नहीं है। संसार स्वयं एक क्रांति है; वह बदल ही रहा है।

तुम्हें आश्चर्य होता होगा कि भारत में महान क्रांतिकारी क्यों नहीं पैदा हुए। यह इसी अंतर्दृष्टि का परिणाम है कि सब अपने आप ही बदल रहा है। तुम उसे बदलने के लिए क्यों परेशान हो? तुम न उसे बदल सकते हो और न बदलाहट को रोक ही सकते हो। वह बदल ही रहा है। क्यों अपने को नष्ट कर रहे हो?

एक तरह का व्यक्तित्व सदा संसार को बदलने की चेष्टा करता है। धर्म की दृष्टि में वह मानसिक तल पर रुग्ण है। सच तो यह है कि अपने साथ रहने में उसे भय लगता है, इसलिए वह भागता फिरता है और संसार में उलझा रहता है। राज्य को बदलना है, सरकार को बदलना है; समाज, व्यवस्था, अर्थनीति, सब कुछ को बदलना है। और इसी सब में वह मर

जाएगा। और उसे उस आनंद का, उस समाधि का एक कण भी नहीं उपलब्ध होगा, जिसमें वह जान सकता था कि मैं कौन हूं। और संसार चलता रहेगा; संसार-चक्र घूमता रहेगा। संसार-चक्र ने अनेक क्रांतिकारी देखे हैं, और वह घूमता ही जाता है। तुम न तो इसे रोक सकते हो, और न तुम उसकी बदलाहट को तेज ही कर सकते हो।

रहस्यवादियों की, बुद्धों की यह दृष्टि है। वे कहते हैं कि संसार को बदलने की कोई जरूरत नहीं है। लेकिन बुद्धों की भी दो कोटियां हैं। कोई कह सकता है कि संसार को बदलने की जरूरत नहीं है; लेकिन अपने को बदलने की जरूरत तो है। वह भी परिवर्तन में विश्वास करता है; वह जगत को बदलने में नहीं, लेकिन अपने को बदलने में विश्वास करता है।

लेकिन तंत्र कहता है कि किसी को भी बदलने की जरूरत नहीं है—न संसार को और न अपने को। रहस्य का, अध्यात्म का यह गहनतम तल है, यह उसका अंतरतम केंद्र है। तुम्हें किसी को भी बदलने की जरूरत नहीं है—न संसार को और न अपने को। तुम्हें इतना ही जानना है कि सब कुछ बदल रहा है, और तुम्हें उस बदलाहट के साथ बहना है, उसे स्वीकार करना है।

और जब बदलने का कोई प्रयत्न नहीं है तो ही तुम समग्रतः विश्रामपूर्ण हो सकते हो। जब तक प्रयत्न है, तुम विश्रामपूर्ण नहीं हो सकते। तब तक तनाव बना रहेगा, क्योंकि तुम्हें अपेक्षा है कि भविष्य में कुछ होने वाला है, जगत बदलने वाला है। संसार में साम्यवाद आने वाला है, या पृथ्वी पर स्वर्ग उतरने वाला है, या भविष्य में कोई ऊटोपिया आने वाला है, या तुम प्रभु के राज्य में या मोक्ष में प्रवेश करने वाले हो, स्वर्ग में देवदूत तुम्हारा स्वागत करने के लिए तैयार खड़े हैं—जो भी हो, तुम भविष्य में कहीं अटके हो। इस अपेक्षा के साथ तुम तनावग्रस्त रहोगे ही।

तंत्र कहता है, इन बातों को भूल जाओ। संसार बदल ही रहा है और तुम भी निरंतर बदल रहे हो। बदलाहट ही अस्तित्व है, इसलिए बदलाहट की चिंता मत लो। तुम्हारे बिना ही बदलाहट हो रही है; तुम्हारी जरूरत नहीं है। तुम भविष्य की कोई चिंता किए बिना उसमें बहो। और तब अचानक तुम्हें अपने भीतर के उस केंद्र का बोध होगा जो कभी नहीं बदलता है, जो सदा वही का वही रहता है।

ऐसा क्यों होता है? क्योंकि जब तुम विश्रामपूर्ण होते हो तो बदलाहट की पृष्ठभूमि में विपरीत दिखाई पड़ता है, परिवर्तन की पृष्ठभूमि में तुम्हें सनातन का, शाश्वत का बोध होता है। अगर तुम संसार को या अपने को बदलने के प्रयत्न में लगे हो तो तुम अपने भीतर उस छोटे से अकंप, स्थिर, ठहरे हुए केंद्र को नहीं देख पाओगे। तुम बदलाहट से इतने घिरे हो कि तुम उसे नहीं देख पाते हो जो है।

सब तरफ परिवर्तन है। यह परिवर्तन पृष्ठभूमि बन जाता है, कंट्रास्ट बन जाता है। और तुम शिथिल होते हो, विश्राम में होते हो, इसलिए तुम्हारे मन में भविष्य नहीं होता, भविष्य के विचार नहीं होते। तुम यहां और अभी होते हो; यह क्षण ही सब कुछ होता है। सब कुछ बदल रहा है—और अचानक तुम्हें अपने भीतर उस बिंदु का बोध होता है जो कभी नहीं बदला है।

'परिवर्तन से परिवर्तन को विसर्जित करो।'

▲

इसका यही अर्थ है। लड़ो मत। मृत्यु के द्वारा अमृत को जान लो; मृत्यु के द्वारा मृत्यु को मर जाने दो। उससे लड़ाई मत करो।

तंत्र की दृष्टि को समझना कठिन है। कारण यह है कि हमारा मन कुछ करना चाहता है, और तंत्र है कुछ न करना। तंत्र कर्म नहीं, पूर्ण विश्राम है। लेकिन यह एक सर्वाधिक गुह्य रहस्य है। और अगर तुम इसे समझ सको, अगर तुम्हें इसकी प्रतीति हो जाए, तो तुम्हें किसी अन्य चीज की चिंता लेने की जरूरत न रही। यह अकेली विधि तुम्हें सब कुछ दे सकती है।

तब तुम्हें कुछ करने की जरूरत न रही, क्योंकि तुमने इस रहस्य को जान लिया कि परिवर्तन से परिवर्तन का अतिक्रमण हो सकता है, मृत्यु से मृत्यु का अतिक्रमण हो सकता है, काम से काम का अतिक्रमण हो सकता है, क्रोध से क्रोध का अतिक्रमण हो सकता है। अब तुम्हें यह कुंजी मिल गई कि जहर से जहर का अतिक्रमण हो सकता है।

आज इतना ही।

44

आधुनिक मनुष्य प्रेम में असमर्थ क्यों?

प्रश्न सार

1. आधुनिक मनुष्य प्रेम करने में असमर्थ क्यों हो गया है?
2. केंद्र की उपलब्धि के लिए क्या परिधिगत गति बंद होनी आवश्यक है?
3. क्या चिंता और निराशा के बिना परिवर्तन को परिवर्तन के द्वारा विसर्जित करना कठिन नहीं है?
4. तनाव और भाग-दौड़ से भरे आधुनिक शहरी जीवन के प्रति तंत्र का क्या दृष्टिकोण है?

▲

पहला प्रश्न :

तंत्र प्रेम की विधि है, अपने इस वक्तव्य के संदर्भ में कृपया हमें समझाएं कि आधुनिक मनुष्य प्रेम करने में असमर्थ क्यों हो गया है।

प्रेम सहज है; उसे नियंत्रित नहीं किया जा सकता। तुम प्रेम कर नहीं सकते; इस संबंध में तुम कुछ नहीं कर सकते। तुम जितना ही करोगे, उतना ही चूकोगे। तुम्हें प्रेम को होने देना है। उसके लिए तुम जरूरी नहीं हो; तुम्हारी उपस्थिति ही बाधा। तुम जितने अनुपस्थित रहोगे उतना अच्छा। जब तुम नहीं होते तो प्रेम होता है।

अनुपस्थित होने की अपनी असमर्थता के कारण आधुनिक पुरुष और स्त्री प्रेम करने में असमर्थ हो गए हैं। वे केवल करने में समर्थ हैं; समूचा आधुनिक चित्त कृत्य पर आधारित है। जो कुछ भी किया जा सकता है उसे आधुनिक मनुष्य अतीत के किसी भी मनुष्य से ज्यादा कुशलता से कर सकता है। जो भी किया जा सकता है उसे हम ज्यादा कुशलतापूर्वक कर सकते हैं। हमारी सदी सर्वाधिक कुशल व दक्ष सदी है। हमने हर एक चीज को टेक्नीक में बदल दिया है। हमने हर एक चीज को 'कैसे करने' की समस्या में बदल दिया है।

हमने एक आयाम में बहुत विकास किया है; और वह करने का आयाम है। लेकिन इस आयाम को विकसित करने में हमने बहुत कुछ गंवा दिया है। होने की कीमत पर हमने करना सीखा हैं। इसलिए जो किया जा सकता है उसे हम किसी से भी, अतीत के किसी भी समाज से बेहतर ढंग से कर सकते हैं। लेकिन जब प्रेम का प्रश्न आता है तो समस्या उठ खड़ी होती है, क्योंकि प्रेम किया नहीं जा सकता।

और ऐसा प्रेम के साथ ही नहीं है; हम उन सभी बातों में असमर्थ हो गए हैं जो करने से नहीं होतीं। उदाहरण के लिए ध्यान है। हम ध्यान में असमर्थ हो गए हैं, ध्यान किया नहीं जा सकता। खेल है; हम उसमें भी असमर्थ हो गए हैं। यह किया नहीं जा सकता। वैसे ही आनंद है, सुख है। हम उनमें भी असमर्थ हो गए हैं, क्योंकि वे भी लाए नहीं जा सकते। वे कृत्य नहीं हैं, तुम उन्हें जबरदस्ती नहीं ला सकते। उलटे तुम्हें अपने को हटाना होगा, अपने को खोना होगा। तब सुख घटित होता है, तब प्रसन्नता आती है, तब प्रेम तुममें प्रवेश करता है। तुम्हारे विदा होने पर ही प्रेम तुममें उतरता है, तुम्हें अभिभूत करता है।

▲

और हम मिटने से, आविष्ट होने से डरते हैं। आधुनिक मनुष्य सब पर अधिकार करना चाहता है, लेकिन वह खुद किसी के अधिकार में नहीं होना चाहता। वह खुद सबका मालिक बनना चाहता है। लेकिन मालिक केवल वस्तुओं का हुआ जा सकता है; प्राणों का नहीं। तुम किसी मकान के मालिक हो सकते हो। तुम किसी मशीन के मालिक हो सकते हो। लेकिन तुम किसी ऐसी चीज के मालिक नहीं हो सकते जो जीवित है, प्राणवान है। जीवन पर मालकियत नहीं की जा सकती; तुम उसे अपने कब्जे में नहीं कर सकते। बल्कि इसके विपरीत तुम्हें ही जीवन के कब्जे में होना है, केवल तभी जीवन से संपर्क हो सकता है।

प्रेम जीवन है। और प्रेम तुमसे बड़ा है; तुम उस पर मालकियत नहीं कर सकते। मैं इस बात को दोहराना चाहूंगा कि प्रेम तुमसे बड़ा है, तुम उस पर अधिकार नहीं जमा सकते। तुम प्रेम की मालकियत स्वीकार कर सकते हो, तुम प्रेम को अपने ऊपर आच्छादित होने दे सकते हो; लेकिन तुम उसे नियंत्रण में नहीं रख सकते।

आधुनिक अहंकार सबको अपने नियंत्रण में रखना चाहता है; और जो उसके नियंत्रण में नहीं आ पाता उससे वह भयभीत हो जाता है। तुम डर जाते हो, तुम दरवाजा बंद कर लेते हो। तुम उस आयाम को बिलकुल छोड़ ही देते हो, क्योंकि भय होता है। वहां तुम्हारा नियंत्रण नहीं चलेगा, प्रेम पर तुम्हारा जोर नहीं चलेगा। और इस सदी के निर्माण में इस प्रवृत्ति का बड़ा योगदान है कि कैसे नियंत्रण किया जाए। सारे संसार में, विशेषकर पश्चिम में यह प्रवृत्ति सक्रिय है कि कैसे प्रकृति को काबू में किया जाए, कैसे ऊर्जा को वश में किया जाए, कैसे सब कुछ को नियंत्रित किया जाए। मनुष्य मालिक बनने के लिए परेशान है।

और तुम मालिक हो भी गए हो, हालांकि तुम उन्हीं चीजों के मालिक हो जिनका मालिक होना संभव है। और साथ-साथ तुम उन चीजों में असमर्थ होते गए हो जिनका मालिक होना संभव नहीं है। तुम धन के मालिक हो सकते हो; लेकिन प्रेम के मालिक नहीं हो सकते। और यही कारण है कि हम सबको वस्तु बनाने में लगे हैं; हम व्यक्तियों को भी वस्तु बना लेते हैं। क्योंकि वस्तु बनाकर ही उन्हें हम अपने कब्जे में रख सकते हैं।

अगर तुम किसी को प्रेम करते हो तो तुम उसके मालिक नहीं हो; कोई भी मालिक नहीं है। दो प्रेमपूर्ण व्यक्तियों में कोई किसी का मालिक नहीं है—न प्रेमी, न प्रेमिका। सच्चाई यह है कि प्रेम उनका मालिक है; दोनों ही उनसे किसी बड़ी शक्ति से आविष्ट हैं—एक विराट ऊर्जा, एक झंझावात ने उन्हें घेर लिया है।

अगर वे एक-दूसरे पर मालकियत करने की कोशिश करेंगे तो वे प्रेम से चूक जाएंगे। तब फिर मालकियत संभव है; तब प्रेमी पति बन जाएगा और प्रेमिका पत्नी बन जाएगी। तब कब्जा हो सकता है; लेकिन अब वे व्यक्ति नहीं रहे, वस्तु हो गए। पति वस्तु है, पत्नी वस्तु है; तब मालकियत संभव है। मगर वे मुर्दा संबंध हैं, कानूनी नाम हैं—जीवंत व्यक्ति नहीं हैं।

मालकियत करने के लिए हम व्यक्तियों को वस्तुओं में बदल देते हैं; और फिर निराशा हाथ आती है। कारण यह है कि हम व्यक्ति पर मालकियत करना चाहते थे, और व्यक्ति पर मालकियत नहीं हो सकती। जब भी तुम किसी व्यक्ति के मालिक बन जाते हो, वह व्यक्ति व्यक्ति नहीं रह जाता, वह मृत वस्तु बन जाता है। और तुम मृत वस्तु से तृप्त नहीं हो सकते हो। इस विरोधाभास को देखो। व्यक्ति ही तुम्हें तृप्त कर सकता है, वस्तु नहीं। लेकिन तुम्हारा

मन मालकियत करना चाहता है, इसलिए तुम उन्हें वस्तुओं में बदल देते हो। लेकिन वस्तुओं से तृप्ति मिलनी संभव नहीं है। और तब निराशा ही निराशा हाथ आती है। मालकियत करने की, अधिकार जमाने की प्रवृत्ति ने प्रेम करने की क्षमता को नष्ट कर दिया है।

मालकियत की भाषा में मत सोचो, बल्कि डूब जाने की भाषा में सोचो। समर्पण का वही अर्थ है, डूब जाना। समर्पण में तुम अपने को अपने से किसी बड़ी शक्ति के हाथों में सौंप देते हो, उससे आविष्ट हो जाते हो। तब तुम्हारा कोई वश नहीं चलेगा; तब तुमसे कोई बड़ी शक्ति तुम्हें अपने हाथों में ले लेगी। तब किधर जाना है, कहां जाना है, यह तुम्हारे हाथ में नहीं रहा। तब भविष्य अज्ञात है; अब तुम सुनिश्चित नहीं हो।

अपने से बड़ी शक्ति के साथ चलने में तुम असुरक्षित और भयभीत महसूस करते हो। और अगर तुम भयभीत हो, असुरक्षित हो, तो अच्छा है कि बड़ी शक्तियों के साथ मत चलो; तब अपने से छोटी शक्तियों के साथ रहना ही बेहतर है। छोटी शक्तियों के साथ रहकर तुम मालिक रह सकते हो, पहले से अपना गंतव्य निश्चित कर सकते हो। और तब तुम्हें तुम्हारा गंतव्य उपलब्ध भी हो जा सकता है। लेकिन ध्यान रहे, यह उपलब्धि कोई उपलब्धि नहीं है; उससे तुम्हें कुछ मिलने वाला नहीं है। तुमने जीवन व्यर्थ ही गंवाया।

प्रेम का रहस्य, प्रार्थना का रहस्य, या किसी भी तृप्ति देने वाली चीज का रहस्य समर्पण में है, अपने को छोड़ने की क्षमता में है। और प्रेम की समस्या इसीलिए है क्योंकि मनुष्य की यह क्षमता खो गई है। और दूसरे कारण भी हैं, लेकिन यह आधारभूत कारण है। पहला कारण यह है कि बुद्धि पर, तर्क पर अतिशय जोर दिया जाता है। इसलिए मनुष्य एकांगी हो गया है; तुम्हारा मस्तिष्क बड़ा हो गया है और हृदय अत्यंत उपेक्षित रह गया है। और प्रेम करना मस्तिष्क की क्षमता नहीं है। प्रेम का स्रोत भिन्न है, उसका स्थान भिन्न है। प्रेम तुम्हारे हृदय में बसता है। प्रेम तुम्हारा भाव है, तर्क नहीं। लेकिन सारी आधुनिक शिक्षा बुद्धि और तर्क पर, मस्तिष्क और सोच-विचार पर आधारित है। वहां हृदय की चर्चा तक नहीं है; असल में हृदय वहां अस्वीकृत है। हृदय एक कपोल-कल्पना मात्र है।

लेकिन ऐसा नहीं है; हृदय एक यथार्थ है, सत्य है।

इस बात को इस ढंग से देखो। अगर आरंभ से ही किसी बच्चे को मस्तिष्क का, बुद्धि का, तर्क का प्रशिक्षण, बौद्धिक प्रशिक्षण दिए बिना ही बड़ा किया जाए तो क्या उसको बुद्धि होगी? उसे बुद्धि नहीं हो सकती है।

ऐसी अनेक घटनाएं हुई हैं। कभी-कभी ऐसा हुआ कि मनुष्य का बच्चा भेड़ियों द्वारा बड़ा किया गया। अभी सिर्फ दस साल पहले एक बच्चा जंगल में पाया गया; उसे भेड़ियों ने पाला-पोसा था। उसकी उम्र चौदह साल थी। वह दो पांवों पर खड़ा नहीं हो सकता था; वह चार पांवों से चलता था। वह एक शब्द भी नहीं बोल सकता था; वह भेड़ियों की तरह गुर्राता था। वह हर तरह से भेड़िया था; और वह चौदह वर्ष का था।

जिन लोगों ने उसको पकड़ा था उन्होंने उसका नाम राम रख दिया था। उस बच्चे को अपना नाम सीखने में छह महीने लगे। और एक वर्ष के भीतर वह बच्चा मर गया। जो मनसविद उसके साथ मेहनत कर रहे थे उनका अनुमान है कि मस्तिष्क पर अतिशय तनाव पड़ने के कारण उसकी मृत्यु हुई। दो पांवों पर खड़ा करने का प्रशिक्षण, अपना नाम याद रखने

के लिए स्मृति का प्रशिक्षण, उसे मनुष्य बनाने की चेष्टा, इन सब चीजों ने उसे मारा। जब वह जंगल से लाया गया था तब वह शरीर से तगड़ा था; किसी भी मनुष्य से ज्यादा स्वस्थ था। वह ठीक पशु जैसा था, लेकिन प्रशिक्षण ने उसकी जान ले ली।

तमाम कोशिशें की गई कि जब तुम पूछो कि तुम्हारा नाम क्या है? तो वह कह सके कि मेरा नाम राम है। इतनी ही उसकी कुल बुद्धि थी। छह महीनों तक सतत प्रशिक्षण देने के बाद, सब तरह के भय और लोभ देने के बाद वह बच्चा अपनी बुद्धि का इतना ही प्रमाण दे सका कि वह राम कह सका।

क्या हुआ? अगर कोई मंगल ग्रह का रहने वाला इस बच्चे को मिलता तो वह यही समझता कि मनुष्यता के पास मन नहीं है, मस्तिष्क नहीं है, बुद्धि नहीं है।

यही बात हृदय के साथ घटित हुई है। प्रशिक्षण के बिना हृदय ऐसा है कि नहीं के बराबर है। हृदय बिलकुल ही उपेक्षित रहा है। नतीजा यह हुआ कि तुम्हारी संपूर्ण जीवन-ऊर्जा मस्तिष्क में समा जाने को विवश हो गई; वह हृदय की तरफ बहती ही नहीं। और प्रेम हृदय-केंद्र का काम है।

यही कारण है कि आधुनिक मनुष्य प्रेम करने में असमर्थ हो गया है; आधुनिक मनुष्य हृदय के मामलों में असमर्थ हो गया है। वह हिसाब लगाता है, और प्रेम हिसाब-किताब नहीं है। वह गणित जानता है, और प्रेम गणित नहीं है। वह तर्क की भाषा में सोचता है, और प्रेम अतर्क्य है। वह हर एक चीज को बुद्धि-संगत बनाने की कोशिश करता है; वह जो भी करता है उसमें बुद्धि का समर्थन पाना चाहता है; और प्रेम बुद्धि की नहीं सुनता है।

असल में जब तुम प्रेम में पड़ते हो तो तुम बुद्धि को पूरी तरह ताक पर धर देते हो। इसीलिए हम कहते हैं कि व्यक्ति प्रेम में गिर गया। वह कहां से गिरता है? वह मस्तिष्क से नीचे हृदय में गिरता है। हम यह निंदा से कहते हैं कि 'प्रेम में गिर गया', क्योंकि बुद्धि प्रेम को निंदा के बिना नहीं देख सकती; उसके लिए प्रेम गिरना है। लेकिन प्रेम वस्तुतः क्या है? पतन है या उत्थान है? तुम प्रेम से बढ़ते हो या घटते हो? तुम विस्तीर्ण होते हो या सिकुड़ते हो?

प्रेम से तुम बढ़ते हो, विस्तीर्ण होते हो। प्रेम से तुम्हारी चेतना बढ़ती है, तुम्हारा भाव बढ़ता है, तुम्हारी संवेदना बढ़ती है। तुम्हारा आनंद बढ़ता है, तुम्हारी संवेदनशीलता बढ़ती है। प्रेम में तुम ज्यादा जीवंत होते हो। लेकिन एक चीज कम हो जाती है, तुम्हारी तार्किक बुद्धि कम हो जाती है। तुम प्रेम को बुद्धि से नहीं समझ सकते; वह अंधा है। जहां तक बुद्धि का संबंध है, प्रेम अंधा है। यह दूसरी बात है कि हृदय के पास अपनी समझ है। यह और बात है कि हृदय के पास अपनी आंखें हैं। लेकिन बुद्धि की आंखें वहां नहीं हैं। इसलिए बुद्धि कहती है कि यह पतन है, कि तुम गिर गए।

जब तक हृदय-केंद्र फिर से सक्रिय नहीं होगा, मनुष्य प्रेम करने में समर्थ नहीं होगा। और आधुनिक जीवन का सारा संताप यह है कि प्रेम किए बिना उसके जीवन में अर्थवत्ता नहीं आ सकती। जीवन अर्थहीन मालूम पड़ता है। प्रेम उसे अर्थ देता है। प्रेम के सिवाय कोई दूसरा अर्थ नहीं है। जब तक तुम प्रेम में समर्थ नहीं होते, तुम अर्थशून्य रहोगे, तुम्हें लगेगा कि मैं व्यर्थ जी रहा हूं।

और तब तुम्हें आत्मघात आकर्षित करने लगेगा; तब तुम जीवन से हाथ धो लेना

▲

चाहोगे; तब तुम अपने को समाप्त कर देना चाहोगे। तुम कहोगे कि जीने का क्या प्रयोजन है? किसी भी तरह जीए जाना बरदाश्त नहीं हो सकता; जीवन में अर्थ होना जरूरी है। अन्यथा प्रयोजन क्या है? नाहक जीवन को लंबाए जाने में क्या रखा है? क्यों रोज-रोज एक ही ढर्रे को दोहराते रहना? रोज सुबह उठना और वही-वही चीजें करना; रात फिर सो जाना। फिर सुबह उठना और फिर वही-वही दिनचर्या दोहराना। क्यों? अब तक तुमने यही किया; लेकिन उससे क्या हुआ? और तुम तब तक यही किए जाओगे जब तक मृत्यु आकर तुम्हारा शरीर नहीं छीन लेगी। फिर क्या प्रयोजन है?

प्रेम अर्थ देता है। ऐसा नहीं है कि प्रेम के द्वारा कोई लक्ष्य या गंतव्य हाथ आता है; नहीं, प्रेम के द्वारा प्रत्येक क्षण अपने आप में मूल्यवान हो उठता है। तब तुम नहीं पूछोगे कि जीवन का क्या अर्थ है। जब कोई व्यक्ति पूछता है कि जीवन का क्या अर्थ है तो भलीभांति समझ लेना कि वह अभी प्रेम से वंचित है। जब कोई जीवन का अर्थ पूछता है तो उसका इतना ही मतलब है कि उसमें अभी प्रेम के अनुभव का फूल नहीं खिला है। और जब कोई प्रेम में होता है तो वह यह नहीं पूछता कि जीवन का अर्थ क्या है। उसे अर्थ मालूम है; उसे पूछने की जरूरत नहीं है। वह अर्थ जानता है; अर्थ मौजूद है, प्रेम ही जीवन में अर्थ है।

और प्रेम से प्रार्थना संभव होती है। क्योंकि प्रार्थना भी एक प्रेम-संबंध है—दो व्यक्तियों के बीच नहीं, बल्कि व्यक्ति और समस्त अस्तित्व के बीच। तब समस्त अस्तित्व तुम्हारा प्रेम-पात्र हो जाता है। लेकिन सिर्फ प्रेम के अनुभव से ही यह संभव है कि तुम प्रार्थना या ध्यान में उठो, विकास पाओ। और परम समाधि की अवस्था ठीक प्रेम जैसी है।

इसीलिए जीसस कहते हैं कि परमात्मा प्रेम है। वे यह नहीं कहते कि परमात्मा प्रेमपूर्ण है। ईसाई इसका यही अर्थ करते रहे हैं कि परमात्मा प्रेमपूर्ण है। उसका यह अर्थ नहीं है। जीसस कहते हैं कि परमात्मा प्रेम है; वे परमात्मा और प्रेम को समान बताते हैं। तुम प्रेम कहो या परमात्मा कहो; दोनों का एक ही अर्थ है। परमात्मा प्रेमपूर्ण नहीं, स्वयं प्रेम ही है। अगर तुम प्रेम कर सको तो तुम परमात्मा में प्रवेश कर गए। और जब तुम्हारा प्रेम इतना विराट हो जाता है कि वह किसी व्यक्ति विशेष से नहीं बंधा रहता है, जब तुम्हारा प्रेम व्यापक हो जाता है, जब किसी एक प्रेम-पात्र की जगह सारा अस्तित्व ही तुम्हारा प्रेम-पात्र हो जाता है—तब प्रेम प्रार्थना बनता है।

और तंत्र एक प्रेम-विधि है। तो पहली बात यह है कि कैसे प्रेम किया जाए, और दूसरी बात कि कैसे प्रेम को विकसित किया जाए कि वह प्रार्थना बन सके। लेकिन आरंभ तो प्रेम से ही करना होगा। और प्रेम से भयभीत मत होओ। क्योंकि वह भय बताता है कि तुम हृदय से भयभीत हो। बुद्धि चालाक है; हृदय निर्दोष है। बुद्धि के साथ तुम सुरक्षित अनुभव करते हो; हृदय के साथ तुम असुरक्षित हो जाते हो, खुले होते हो। खुले होने में खतरा है, कुछ भी हो सकता है।

यही कारण है कि हम बंद हो गए हैं। यह खतरा तो है; अगर तुम खुले रहे तो कुछ भी हो सकता है। हो सकता है, कोई तुम्हें धोखा दे दे। बुद्धि के साथ रहने से कोई तुम्हें धोखा नहीं दे सकता, बल्कि तुम ही दूसरों को ठग सकते हो। लेकिन मैं कहता हूं कि ठगे जाने के लिए तैयार रहो, मगर हृदय को मत बंद करो। ठगे जाने के लिए तैयार रहना श्रेयस्कर है, क्योंकि

उससे तुम्हारी कोई हानि नहीं होने वाली है। और यदि तुम अनंत काल तक ठगे जाने के लिए भी तैयार हो, तो ही तुम हृदय पर भरोसा कर सकते हो। अगर तुम हिसाबी-किताबी हो, चालाक हो, होशियार हो, जरूरत से ज्यादा होशियार हो, तो तुम हृदय से चूक ही जाओगे।

आधुनिक मनुष्य—विशेषकर पुरुष—बहुत शिक्षित है, बहुत सुसंस्कृत है, बहुत कृत्रिम है, बहुत चालाक है। और यही कारण है कि वह प्रेम करने में असमर्थ हो गया है। स्त्री ऐसी नहीं है; लेकिन वह तेजी से आधुनिक पुरुष का अनुगमन कर रही है, अनुकरण कर रही है। देर-अबेर वह पुरुष जैसी हो जाएगी; संभव है कि वह पुरुष को भी मात दे दे। और अब वह भी वैसे ही प्रेम करने में असमर्थ हो रही है; क्योंकि वह भी बौद्धिक बन रही है, चालाकी सीख रही है, धूर्त हो रही है। वह नारी मुक्ति आंदोलन भले चलाए, या वैसा ही और कुछ करे; लेकिन यह सब हृदय का काम नहीं है। यह तो उसी मूढ़ता का अनुकरण है जिसे पुरुष अपने साथ करता रहा है। स्त्री दूसरी अति पर पहुंच सकती है। लेकिन ध्यान रहे, जब तुम प्रतिक्रिया करते हो तो प्रतिक्रिया में भी अनुगमन ही करते हो।

एक भारी संकट उपस्थित है। अब यह बहुत कठिन है कि सारी दुनिया में स्त्रीयों को पुरुषों की और उनकी मूढ़ताओं की नकल करने से रोका जा सके, क्योंकि उन्हें लगता है कि पुरुष सफल हैं। एक ढंग से वे जरूर सफल हुए हैं; वे चीजों के मालिक बन गए हैं। अभी सारा संसार पुरुष के हाथ में है। स्त्री को लगता है कि पुरुष ने प्रकृति को जीत लिया है। और कहावत है कि सफलता से बढ़कर कुछ नहीं है। तो अब स्त्री सोचती हे कि पुरुष सफल हो गया है, संसार का मालिक हो गया है, तो वे भी उसका अनुकरण करें।

लेकिन जरा वहां भी तो निगाह डालो जहां पुरुष बुरी तरह निष्फल हो गया है। उसने अपना हृदय गंवा दिया है; वह प्रेम करने में असमर्थ हो गया है। बुद्धि अकेली पर्याप्त नहीं है। और बुद्धि मालिक बन जाए तो खतरनाक है। हृदय को बुद्धि के ऊपर होना चाहिए, क्योंकि बुद्धि एक यंत्र भर है और तुम हृदय हो। हृदय को बुद्धि का उपयोग करने दो; बुद्धि को हृदय का उपयोग मत करने दो। लेकिन तुम वही कर रहे हो; तुमने बुद्धि को हृदय पर हावी होने दिया है। और बुद्धि की प्रभुता के नीचे हृदय की हत्या हो गई है।

इस संबंध में एक और बात स्मरण रखने योग्य है कि क्यों आधुनिक मनुष्य प्रेम में असमर्थ हो गया है। प्रेम बुनियादी रूप से एक ढंग का पागलपन है। प्रेम प्रकृति के साथ गहन भागीदारी है। प्रेम अहंकार का विसर्जन है। प्रेम आदिम है। तुम प्रेम से पैदा होते हो; तुम्हारे शरीर का एक-एक कोष्ठ प्रेम से पैदा हुआ है। तुम्हारी पूरी ऊर्जा, जीवन-ऊर्जा प्रेम-ऊर्जा ही तो है। तुम उसमें ही जीते हो।

लेकिन वहां कोई अहंकार नहीं है; उसमें तुम्हें 'मैं' की प्रतीति नहीं होती। वह ऊर्जा अचेतन है; और जब तुम प्रेम में प्रवेश करते हो तो तुम भी अचेतन हो जाते हो। मन का एक छोटा सा खंड ही चेतन है, और उसी चेतन खंड में अहंकार का निवास है।

मन के तीन तल हैं। पहला तल अचेतन का तल है। जब तुम गहरी नींद में होते हो, जहां कोई स्वप्न भी नहीं होता, तो तुम अचेतन में होते हो। मां के गर्भ में जो बच्चा है वह बिलकुल अचेतन है; वह मां का एक अंग मात्र है। बच्चे को यह बोध नहीं है कि मैं अलग हूं। वह मां का ही अंग है। वहां कोई दूरी नहीं है; उसका अलग अस्तित्व नहीं है। वह मां से,

अस्तित्व से अभिन्न है। उसे कोई भय भी नहीं है, क्योंकि भय तब आता है जब तुम्हें अपना बोध होता है। बच्चा परम विश्राम में है; वह अचेतन है, बेहोश है।

दूसरा तल चेतन मन का है। यह तुम्हारा बहुत छोटा खंड है। परिवार और समाज और शिक्षा के द्वारा तुम्हारे अचेतन का दसवां हिस्सा तुममें चेतन हो गया है। जीने के लिए यह जरूरी था; तुम्हारा एक अंश चेतन हो गया है। लेकिन यह अंश भी बहुत जल्दी थक जाता है; इसीलिए तुम्हें नींद की जरूरत पड़ती है। नींद में तुम फिर गर्भस्थ बच्चे की भांति हो जाते हो। तुम पीछे हट गए; चेतन अंश वहां अब नहीं है। चेतन फिर अचेतन का हिस्सा बन गया। इसीलिए नींद इतनी ताजगी लाती है; सुबह तुम फिर जीवंत और ताजा अनुभव करते हो। क्योंकि नींद में तुम ऐसे ही होते हो जैसे मां के गर्भ में होते हो।

शायद तुमने गौर से न देखा हो; गहरी नींद में सोए हुए किसी व्यक्ति को देखो। तुम पाओगे कि करीब-करीब वह उसी मुद्रा में सोया है जैसे बच्चा गर्भ में होता है। और तुम यदि सोते समय सही आसन में सोओ तो नींद ज्यादा आसानी से आएगी। अगर तुम्हें नींद आने में कठिनाई महसूस हो तो मां के गर्भ की कल्पना करो, भाव करो कि तुम मां के गर्भ में हो और गर्भस्थ बच्चे का आसन बना लो; तुम गहरी नींद में उतर जाओगे। वही उष्णता भी चाहिए; अन्यथा नींद में बाधा पड़ेगी। तुम्हें उसी उष्णता की जरूरत है जो तुम्हें मां के गर्भ में उपलब्ध थी।

इसी कारण गरम दूध नींद लाने में सहयोगी होता है। अगर तुम सोने के पहले गरम दूध पी लो तो अच्छा होगा। गरम दूध तुम्हें पुनः बच्चा बना देता है। दूध बच्चे का भोजन है और वह अगर गरम हो तो तुम्हें मां के स्तन से जुड़ने का अनुभव होगा। नींद के लिए गरम दूध इसीलिए अच्छा है क्योंकि तुम अपने बचपन में लौट जाते हो, तुम फिर बच्चे हो जाते हो।

नींद तुम्हें तरो-ताजा करती है। क्यों? क्योंकि चेतन मन थक जाता है। वह एक अंश मात्र है; समूचा मन तो अचेतन है। नींद में लौटकर चित्त पुनरुज्जीवित हो जाता है। सुबह में तुम्हें अच्छा लगता है, सुबह तुम्हें सुंदर लगती है, इसका यही कारण है। इसीलिए नहीं क्योंकि सुबह सुंदर होती है, बल्कि इसलिए भी कि उसे देखने के लिए तुम्हारे पास बच्चे की आंख होती है। दोपहर उतनी सुंदर नहीं लगती है। संसार तो दोपहर भी वही है, लेकिन तब तक तुम्हारी आंखों की निर्दोषता खो जाती है। सांझ कुरूप हो जाती है; क्योंकि तुम थके-मांदे होते हो।

तुम चेतन मन में बहुत रह चुके। अहंकार इस चेतन मन का केंद्र है। ये दो सामान्य स्थितियां हैं, जिन्हें हम जानते हैं। तीसरा तल, तीसरी अवस्था, जिसका संबंध तंत्र और योग से है, अतिचेतन की है। अतिचेतन का अर्थ है कि तुम्हारा समस्त अचेतन चेतन हो गया। अचेतन में अहंकार नहीं है; तुम समग्र हो। अतिचेतन में भी अहंकार नहीं है; तुम समग्र हो। लेकिन इन दोनों के बीच जो चेतन है उसका एक केंद्र है, वह केंद्र अहंकार है।

यह अहंकार ही समस्या है; यह अहंकार ही समस्या पैदा करता है। तुम प्रेम नहीं कर सकते, क्योंकि तब तुम्हें अचेतन हो जाना पड़ेगा—नींद जैसा अचेतन। या यदि तुम प्रार्थना की ऊंचाई छूना चाहते हो तो तुम्हें बुद्ध या मीरा की भांति समग्रतः चेतन होना पड़ेगा, अतिचेतन होना पड़ेगा। बीच के तल पर प्रेम असंभव है, और प्रार्थना भी असंभव है। अहंकार बाधा निर्मित करता है। तुम अपने को खो नहीं सकते; और प्रेम खोना है, मिटना है, पिघलना है,

▲

विलीन होना है। यदि तुम अचेतन में डूब जाओ तो वह प्रेम है। और यदि अतिचेतन में डूब जाओ तो वह प्रार्थना है। लेकिन दोनों में मिटना पड़ेगा, विलीन होना पड़ेगा।

तो क्या किया जाए? स्मरण रहे, इसके लिए कुछ भी नहीं किया जा सकता है। इस बात को गांठ बांध लो कि तुम प्रेम या प्रार्थना के संबंध में कुछ नहीं कर सकते हो। तुम्हारा चेतन मन नपुंसक है; वह कुछ नहीं कर सकता है। चेतन मन को खोना है; उसे अलग रख देना है। और तब समर्पण को स्मरण रखो। जब भी तुम अपने से पार जाना चाहते हो—चाहे प्रेम में या प्रार्थना में—तो समर्पण ही मार्ग है। जब भी पार जाना चाहो, जहां हो वहां से अतिक्रमण करना चाहो, तो समर्पण ही उपाय है।

कुछ चीजें हैं जो अपने आप ही घटित होती हैं; तुम उन्हें बस राह दो, उन्हें होने दो। और एक बार यदि तुम जान गए कि कैसे राह दी जाती है तो बहुत चीजें घटित होने लगेंगी। तुम्हें इसका बोध भी नहीं है कि तुम्हारी संभावना क्या है, कि तुम्हारे भीतर कैसी महान शक्तिशाली ऊर्जा बंद पड़ी है।

इस ऊर्जा का विस्फोट ही समाधि बन जाता है। तब तुम्हारा समस्त जीवन चैतन्य से, प्रकाश से, आनंद से आपूरित हो उठेगा। लेकिन तुम्हें इसका पता नहीं है। यह ऐसे ही है जैसे हर एक परमाणु में परमाणु बम छिपा है; एक परमाणु के विस्फोट से अपार ऊर्जा पैदा होती है। और प्रत्येक हृदय भी एक परमाणु बम है। जब प्रेम या प्रार्थना में उसका विस्फोट होता है तो उससे भी अपार ऊर्जा पैदा होती है।

लेकिन इस विस्फोट के लिए तुम्हें मिटना होगा, इसके लिए तुम्हें अपने को खोना होगा। बीज को बीज की भांति मिटना होगा, तो ही वृक्ष का जन्म हो सकता है। लेकिन अगर बीज प्रतिरोध करे और कहे कि मुझे जीना है, तो बीज जी सकता है, लेकिन वृक्ष का जन्म कभी नहीं होगा। और जब तक वृक्ष का जन्म नहीं होता, बीज निराशा अनुभव करेगा। वृक्ष होने में सार्थकता है; उसके बिना बीज का जीवन व्यर्थ हो जाएगा। फूलता-फलता वृक्ष हो जाने में ही बीज की सार्थकता है। लेकिन उसके लिए बीज को खोना होगा; बीज को मरना होगा। आधुनिक मनुष्य प्रेम करने में असमर्थ हो गया है, क्योंकि वह मरने में असमर्थ हो गया है। वह किसी के प्रति मरने में असमर्थ हो गया है। वह जीवन से इस कदर आसक्त है कि किसी भी चीज के प्रति मरना उसके लिए असंभव हो गया है।

तीन-चार सौ वर्ष पूर्व पुरानी अंग्रेजी भाषा में यह आम कहावत थी, प्रेमी अपनी प्रेमिका से कहता था: 'आई वांट टु डाइ इन यू'—मैं तुममें मर जाना चाहता हूं। यह एक प्रेमपूर्ण अभिव्यक्ति थी और बहुत सुंदर थी। 'मैं तुममें मर जाना चाहता हूं।' प्रेम मृत्यु है, अहंकार की मृत्यु है। अहंकार की मृत्यु पर तुम्हारी आत्मा का जन्म होता है।

और आधुनिक मनुष्य मृत्यु से अत्यंत डरा हुआ है। समर्पण मृत्यु है, प्रेम मृत्यु है, और जीवन भी अनवरत मृत्यु है। अगर तुम भयभीत हो तो तुम जीवन से भी चूक जाओगे। प्रत्येक क्षण मरने के लिए राजी रहो। अतीत के प्रति मरो, भविष्य के प्रति मरो; और वर्तमान क्षण में भी मरो। न किसी से चिपको और न प्रतिरोध करो। जीवन के लिए कोई प्रयत्न मत करो, और तुम्हें अनंत जीवन उपलब्ध होगा। अगर तुम मरने को राजी हो तो ही तुम्हें जीवन उपलब्ध होगा। यह बात विरोधाभासी मालूम पड़ती है, लेकिन यही नियम है।

▲

जीसस कहते हैं कि जो खोने को राजी है उसे मिलेगा, और जो पकड़कर बैठेगा वह सब कुछ गंवा देगा।

दूसरा प्रश्नः

कल रात आपने कहा कि परिधि सतत बदल रही है जन कि अंतरस्थ केंद्र नित्य है, शाश्वत है। तो उस केंद्र को उपलब्ध होने के लिए क्या यह आवश्यक है कि परिधि की गतिविधियां बंद हों? क्या यह संभव है? कैसे और कब?

तुम पूरी बात ही चूक गए। कुल बात यह थी कि परिधि को बदलने की कोई चेष्टा न की जाए; परिधि जैसी है उसे वैसी ही रहने दिया जाए। तुम उसको नहीं बदल सकते हो। गति और परिवर्तन परिधि का स्वभाव है; तुम उसे रोक नहीं सकते। प्रकृति प्रवाहमान है। वह ऐसी है; तुम उसे रोक नहीं सकते, तुम उसे ठहरा नहीं सकते। अपने समय और जीवन-अवसर को उसे ठहराने में मत गंवाओ। बस जान लो कि वह परिवर्तन है, और उसके साक्षी बनो। और तब तुम्हें उस अंतरस्थ केंद्र की प्रतीति होगी जो परिवर्तन नहीं है।

संसार परिवर्तन है। तुम्हारा व्यक्तित्व परिवर्तन है। तुम्हारा शरीर-मन परिवर्तन है। लेकिन तुम परिवर्तन नहीं हो। फिर परिवर्तन से लड़ने की क्या जरूरत है? कोई जरूरत नहीं है। तंत्र कहता है: कृपा करके अपने केंद्र में पुनः प्रतिष्ठित हो जाओ, उस केंद्र के प्रति बोधपूर्ण बनो जो अचल है। और पूरे अस्तित्व को गति करने दो; वह कतई उपद्रव नहीं है।

वह उपद्रव तब बनता है जब तुम उससे चिपकते हो या उसे ठहराने की कोशिश करते हो। तब तुम नाहक मूढ़ताओं में, बेकार प्रयत्नों में पड़ रहे हो। तुम्हारे प्रयत्न कभी सफल न होंगे; तुम निष्फल होओगे। भलीभांति जान लो कि जीवन परिवर्तन है, लेकिन इस परिवर्तन के भीतर कहीं कोई अचल केंद्र भी है। उसके साक्षी हो जाओ। वह बोध ही तुम्हें मुक्त करने के लिए पर्याप्त है। यह भाव ही कि मैं अचल हूं, मुक्तिदायी है। यही सत्य हे। तुम यह जानते ही भिन्न व्यक्ति हो जाते हो।

छायाओं से मत लड़ो। और समस्त जीवन छाया है, क्योंकि बदलाहट छाया के अतिरिक्त कुछ नहीं है। अपरिवर्तन सत्य है; परिवर्तन मिथ्या है। इसलिए यह मत पूछो कि केंद्र को उपलब्ध होने के लिए क्या परिधिगत परिवर्तन और गतिविधियों को जबरदस्ती बंद करना जरूरी है। उसकी जरूरत नहीं है; और तुम्हारी जबरदस्ती नहीं चलेगी। परिवर्तन नहीं रुकेगा। संसार तो चलता रहता है; सिर्फ तुम्हारे भीतर वह नहीं चलेगा। तुम संसार में रह सकते हो; संसार को तुममें रहने की जरूरत नहीं है।

संसार उपद्रव नहीं है। जब तुम उसमें फंसते हो, जब तुम परिवर्तन बन जाते हो, जब तुम्हें महसूस होता है कि तुम परिवर्तन हो गए हो, तब समस्याएं पैदा होती हैं। समस्याएं बदलती परिधि के कारण नहीं पैदा होती हैं; वे इस तादात्म्य से पैदा होती हैं कि मैं ही यह परिवर्तन हूं। तुम बीमार हो गए हो। दरअसल यह बीमारी समस्या नहीं है; समस्या तब पैदा होती है जब तुम सोचते हो कि मैं बीमार हो गया हूं। अगर तुम बीमारी के साक्षी हो सको, अगर तुम देख सको कि बीमारी कहीं परिधि पर घटित हो रही है, मुझे नहीं—किसी दूसरे को

▲

हो रही है, मैं तो साक्षी भर हूं—तो मृत्यु के घटने पर भी तुम साक्षी बने रहोगे।

सिकंदर भारत से वापस जा रहा था। कुछ मित्रों ने उससे कहा था कि भारत से लौटते हुए वहां से एक संन्यासी लेते आना। उन्होंने कहा था: 'जब तुम जीत की संपदा लेकर स्वदेश लौटो तो साथ में एक संन्यासी लाना न भूलना। हम देखना चाहते हैं कि संन्यासी कैसा होता है जो संसार का त्याग कर देता है। हम जानना चाहते हैं कि वह व्यक्ति कैसा होता है जिसकी सब कामनाएं विसर्जित हो गई हैं। हम देखने को उत्सुक हैं कि जो व्यक्ति सब वासनाओं को, भविष्य की, संपदा की, वस्तुओं की सब आकांक्षाओं को छोड़ देता है, उसका आनंद कैसा होता है।'

भारत से लौटते समय अंतिम क्षण में सिकंदर को इस बात का स्मरण आया। आखिरी शहर में, जहां से वह अपने देश के लिए रवाना होता, उसने अपने सैनिकों को हुक्म दिया कि जाओ और एक संन्यासी को पकड़ लाओ। सैनिक शहर में गए और उन्होंने एक बूढ़े व्यक्ति से पूछा। उसने कहा: 'हां, यहां संन्यासी तो है, महान संन्यासी है; लेकिन उसे सिकंदर के साथ एथेंस जाने के लिए राजी करना कठिन होगा, बहुत कठिन होगा।'

लेकिन सिपाही तो सिपाही ठहरे, उन्होंने कहा: 'इसकी फिक्र मत करो। हम ले जाएंगे। हमें इतना ही बता दो कि वह कहां है। राजी करने की जरूरत नहीं है; हम उठा ले जाएंगे। अगर सिकंदर पूरे नगर को चलने को कहे तो तुम्हें जाना होगा। फिर एक संन्यासी की क्या बात है!'

बूढ़ा आदमी हंसा; लेकिन सिपाही नहीं समझ सके। कैसे समझते? संन्यासी से उन्हें कभी मिलना नहीं हुआ था। वे संन्यासी के पास गए।

वह नदी के किनारे नग्न खड़ा था। सैनिकों ने उससे कहा: 'सिकंदर का हुक्म है कि तुम्हें हमारे साथ चलना है। तुम्हारी सब देखभाल की जाएगी; तुम्हें किसी तरह की भी असुविधा नहीं होगी; तुम शाही मेहमान होगे। लेकिन तुम्हें हमारे साथ एथेंस चलना है।' संन्यासी हंसा और उसने कहा: 'तुम्हारे सिकंदर के लिए मुझे अपने साथ एथेंस ले जाना बहुत मुश्किल होगा। इस दुनिया की कोई भी ताकत मुझे चलने के लिए मजबूर नहीं कर सकती; लेकिन तुम यह बात नहीं समझ सकोगे। अच्छा हो कि तुम अपने सिकंदर को ही यहां ले आओ।'

सिकंदर यह बात सुनकर हैरान रह गया; उसने अपमानित अनुभव किया। लेकिन वह इस आदमी को देखना चाहता था। वह हाथ में नंगी तलवार लिए वहां पहुंचा। और उसने कहा: 'अगर तुम इनकार करते हो तो तुम्हें अपने जीवन से हाथ धोना पड़ेगा; मैं तुम्हारा सिर काट दूंगा।' सिकंदर के संस्मरणों के अनुसार संन्यासी का नाम दंदामी था।

वह संन्यासी हंसा और बोला: 'तुम जरा देर से आए। अब तुम मुझे नहीं मार सकते, क्योंकि मैंने खुद अपने को मार दिया है। तुम्हें थोड़ी देरी हो गई। तुम मेरा सिर काट सकते हो, लेकिन मुझे नहीं काट सकते। क्योंकि मैं साक्षी हो गया हूं। जब यह सिर जमीन पर गिरेगा तो तुम उसे गिरते देखोगे और मैं भी उसे गिरते देखूंगा। लेकिन तुम मुझे नहीं काट सकते; तुम मुझे छू भी नहीं सकते हो। तो समय मत गंवाओ, उठाओ अपनी तलवार और मेरा सिर काट डालो।' सिकंदर उस संन्यासी को नहीं मार सका। मारना असंभव था, क्योंकि मारना व्यर्थ था। वह आदमी मृत्यु के इतने पार चला गया था कि उसे मारना असंभव था।

▲

तुम्हें तभी मारा जा सकता है, यदि तुम जीवन से आसक्त हो। परिवर्तनशील जगत से यह लगाव ही तुम्हें मरणधर्मा बनाता है। अगर यह लगाव न रहे तो तुम वह हो जो सदा से हो, तुम अमृत हो। अमृतत्व तुम्हारा जन्मसिद्ध अधिकार है—अमृतस्य पुत्र:। आसक्त तुम्हें मरणधर्मा बनाती है।

तो परिवर्तनशील परिधि को ठहराने की जरूरत नहीं है; यह प्रश्न ही नहीं उठता है। यह संभव भी नहीं है। संसार-चक्र तो चलता ही रहेगा। तुम इतना ही कर सकते हो कि तुम जान लो कि तुम चक्र नहीं हो। तुम धुरी हो, चक्र नहीं।

तीसरा प्रश्न :
मनुष्य जैसा है वैसे में क्या यह उसके लिए कठिन नहीं है कि वह आसक्ति के बिना और उससे होने वाली चिंता और निराशा को बिना परिवर्तन को परिवर्तन से, काम को काम से विसर्जित करे?

मनुष्य जैसा है वह यह कर सकता है। मनुष्य जैसा है वैसे मनुष्य के लिए ही यह उपाय है, विधि है। तंत्र औषधि है—तुम्हारे लिए, उनके लिए जो रुग्ण हैं। ऐसा मत सोचो कि तंत्र तुम्हारे लिए नहीं है। यह तुम्हारे लिए है, और तुम यह कर सकते हो। लेकिन तुम्हें समझना होगा कि इसका क्या अर्थ है जब तुम कहते हो कि आसक्ति में पड़ने की संभावना है और उसके परिणाम में निराशा हाथ आएगी। तब तुम नहीं समझे। 'परिवर्तन से परिवर्तन को विसर्जित करो' का अर्थ यह है कि यदि आसक्ति आती है तो उससे लड़ो मत; आसक्त रहो, लेकिन साक्षी भी बने रहो। आसक्ति को अपनी जगह रहने दो, और उससे संघर्ष मत करो।

तंत्र असंघर्ष की विधि है। लड़ो मत। निराशा निश्चित आएगी; तो निराश होओ। लेकिन साथ-साथ साक्षी भी रहो। तुम आसक्त थे और तुम साक्षी थे। अब निराशा आई है और तुम जानते हो कि इसे आना ही था। अब निराश होओ, लेकिन साक्षी भी रहो। तब आसक्त से आसक्त विसर्जित हो जाती है, और निराशा से निराशा विसर्जित हो जाती है।

जब तुम दुखी हो तो इसका प्रयोग करो। दुखी होओ; दुख से लड़ो मत। इसे प्रयोग करो; यह अदभुत विधि है। जब दुख आए और तुम दुखी हो जाओ, तुम्हें पीड़ा अनुभव हो; तो तुम अपने द्वार-दरवाजे बंद कर लो और दुखी हो जाओ। अब और क्या कर सकते हो? तुम दुखी हो, तो तुम दुखी हो। अब पूरी तरह दुखी हो जाओ। और अचानक तुम्हें दुख का बोध होगा। लेकिन अगर तुम दुख को बदलने की कोशिश करोगे तो तुम्हें कभी दुख का बोध नहीं होगा। क्योंकि तब तुम्हारी चेतना, तुम्हारी ऊर्जा, तुम्हारा प्रयत्न, सब दुख को बदलने की दिशा में नियोजित हो जाएगा। तब तुम सोचने लगोगे कि यह दुख कैसे आया और इसे बदलने के लिए क्या किया जाए। और तुम एक बहुत सुंदर अनुभव से वंचित हो रहे हो, दुख को सीधे देखने से वंचित हो रहे हो। अब तुम दुख के कारणों पर विचार कर रहे हो, उसके परिणाम पर विचार कर रहे हो, उसे भूलने के उपाय खोज रहे हो, उससे छूटने के तरीके निकालने में लगे हो। और तुम खुद दुख को चूक रहे हो जो कि वहां मौजूद है और जिसे सीधे देख लेना मुक्तिदायी हो सकता है।

कुछ मत करो। दुख कैसे पैदा हुआ, इसका विश्लेषण मत करो। और इसकी भी फिक्र मत करो कि इसके क्या-क्या परिणाम होंगे। परिणाम जब आएंगे तब उन्हें देख लेना। जल्दी क्या है? अभी दुखी होओ, सिर्फ दुखी होओ। और उसे बदलने की चेष्टा मत करो।

इस तरह प्रयोग करो: देखो कि कितने मिनट तक तुम दुखी रह सकते हो। तब तुम्हें पूरी चीज पर हंसी आएगी; पूरी चीज मूढ़तापूर्ण मालूम पड़ेगी। क्योंकि अगर तुम समग्रतः दुखी हो जाओ तो अचानक तुम्हारा केंद्र दुख के पार हो जाएगा। वह केंद्र कभी दुखी नहीं हो सकता; यह असंभव है। अगर तुम दुख के साथ बने रहे तो दुख पृष्ठभूमि बन जाता है और तुम्हारा केंद्र, जो कभी दुखी नहीं हो सकता, अचानक उभर आता है। और तब तुम दुखी हो और दुखी नहीं भी हो—असमता में समभाव। अब तुम दुख को दुख से विसर्जित कर रहे हो।

यही इसका अर्थ है। तुम और कुछ नहीं करते हो; तुम सिर्फ दुख से दुख का विसर्जन कर रहे हो। दुख ऐसे ही विलीन हो जाएगा जैसे आकाश से बादल विलीन हो जाते हैं और आकाश खुल जाता है। तब तुम हंसोगे। और तुमने कुछ किया भी नहीं। और तुम कुछ कर भी नहीं सकते हो।

तुम जो भी करोगे उससे उलझन बढ़ेगी, दुख बढ़ेगा। किसने यह दुख पैदा किया है? तुमने। और अब तुम ही उसे बदलने को कोशिश कर रहे हो। उससे दुख बदतर हो जाएगा। तुम ही दुख के निर्माता हो, तुमने ही उसे पैदा किया है, तुम ही उसके स्त्रोत हो। और अब स्त्रोत ही प्रयत्न कर रहा है। तुम क्या कर सकते हो? अब रोगी अपना ही इलाज कर रहा है, जिसने सारा रोग खड़ा किया है। अब वह शल्य-चिकित्सा की सोच रहा है; वह आत्मघात होगा।

कुछ मत करो। अंतस बहुत गहरा है। कितनी बार तुमने कोशिश नहीं की कि दुख रुके, कि उदासी रुके, कि यह रुके, वह रुके; और कुछ भी नहीं रुका। अब यह प्रयोग करो कि कुछ मत करो और दुख को उसकी समग्रता में होने दो। दुख को उसकी पूरी त्वरा में होने दो और तुम निष्क्रिय बने रहो। तुम सिर्फ दुख के साथ रहो और देखो कि क्या होता है।

जीवन परिवर्तन है। हिमालय भी बदल रहा है। तुम्हारा दुख अचल नहीं रह सकता; वह अपने आप ही बदलेगा। और तुम दुख को बदलते हुए देखोगे, उसे विलीन होते हुए देखोगे, उसे विदा होते हुए देखोगे, और तब तुम निर्भार महसूस करोगे। और तुमने कुछ भी तो नहीं किया।

एक बार तुम्हें कुंजी हाथ लग जाए तो तुम किसी भी चीज का विसर्जन उसी चीज के द्वारा कर सकते हो। और कुंजी यह है कि बिना कुछ किए शांतिपूर्वक उसके साथ रहना। क्रोध है तो क्रोध ही हो जाओ; कुछ करो मत। अगर तुम इतना ही कर सके—यह न करना कर सके—अगर तुम मात्र साक्षी के रूप में उपस्थित रह सके, अगर तुमने कुछ बदलने का प्रयत्न नहीं किया और चीजों को अपनी राह जाने दिया, तो तुम किसी भी चीज का विसर्जन कर सकते हो। तुम किसी भी चीज का निरसन कर सकते हो।

अंतिम प्रश्न:

तंत्र कहता है कि जीवन की नदी के साथ संघर्ष मत करो, तैरो नहीं; बल्कि उसकी धारा में अपने को छोड़ दो और बहो। लेकिन अनुभव कहता है कि अति यंत्रीकरण और

▲

भाग-दौड़ से भरा आधुनिक शहरी जीवन शारीरिक और मानसिक तलों पर निरंतर तनाव और थकान पैदा करता है। इसके प्रति तंत्र की क्या दृष्टि है? क्या अनावश्यक भाग-दौड़ से बचना अच्छा नहीं है?

जीवन सदा ही ऐसा रहा है—चाहे आधुनिक हो या आदिम। उसमें तनाव हैं, चिंताएं हैं। विषय बदल जाते हैं, लेकिन आदमी वही का वही रहता है। दो हज़ार साल पहले तुम बैलगाड़ी चलाते थे, अब तुम कार चला रहे हो; लेकिन चालक वही है। बैलगाड़ी बदल गई, चीजें बदल गईं; तुम कार चला रहे हो। लेकिन चालक नहीं बदला है, वह वही है। वह अपनी बैलगाड़ी के लिए चिंतित था, तनावग्रस्त था; अब तुम अपनी कार के लिए चिंतित हो, तनावग्रस्त हो। विषय बदल जाते हैं, लेकिन मन वही रहता है।

तो ऐसा मत सोचो कि आधुनिक जीवन के कारण तुम इतने चिंताग्रस्त हो। उसका कारण तुम हो, आधुनिक जीवन नहीं। और तुम कहीं भी, किसी भी सभ्यता में चिंतित ही रहोगे। कुछ दिन के लिए, दो-तीन दिन के लिए तुम गांव चले जाओ। कुछ समय वहां तुम्हें अच्छा लगेगा, क्योंकि रोगों को भी समायोजित होना पड़ता है। तीन दिन के भीतर तुम गांव के साथ समायोजित हो जाओगे, और तब चिंताएं फिर सिर उठाने लगेंगी, उपद्रव फिर खड़े होने लगेंगे। अब कारण तो वही नहीं रहे, लेकिन तुम वही हो।

कभी-कभी ऐसा होता है कि तुम शहर के यातायात के कारण, शोरगुल के कारण परेशान हो जाते हो, और कहते हो कि इतनी भीड़भाड़ और शोरगुल के कारण मुझे रात में नींद नहीं आ पाती। तो गांव चले जाओ, और वहां भी नींद नहीं आएगी, क्योंकि वहां भीड़भाड़ नहीं है, शोरगुल नहीं है। तुम्हें शहर लौट आना पड़ेगा, क्योंकि गांव मुर्दा मालूम पड़ता है; उसमें जीवन नहीं है।

लोग मुझे अक्सर अपने ऐसे अनुभव सुनाते हैं। मैंने एक मित्र को काश्मीर जाने को, पहलगांव जाने को कहा। उसने लौटकर मुझे बताया कि वहां की जिंदगी बहुत नीरस है, वहां जिंदगी ही नहीं है। तुम वहां एक-दो दिन पहाड़ियों और घाटियों का आनंद लोगे, और उसके बाद ऊब जाओगे। वह आदमी मुझे कहा करता था कि शहर की जिंदगी में मेरा सिर चकराने लगता है, और वही अब कहता है कि वे पहाड़ ऊब पैदा करने लगे और मैं घर लौट आने के लिए आतुर हो उठा।

तुम समस्या हो; काश्मीर कोई मदद नहीं कर सकेगा। बंबई या लंदन या न्यूयार्क तुम्हें नहीं बेचैन करते हैं; बेचैनी का कारण तुम हो। लंदन ने तुम्हें नहीं बनाया; तुमने लंदन को बनाया है। यह यातायात, यह शोरगुल, यह पागल भाग-दौड़, सब तुम्हारी निर्मिति हैं; तुम जैसे लोगों की कृतियां हैं। देखो, कारण तुम्हारे भीतर है। ऐसा नहीं है कि तुम शोरगुल के कारण तनावग्रस्त हो; तुम्हारे तनावग्रस्त होने के कारण शोरगुल है; तुम उसके बिना नहीं रह सकते। तुम्हें उसकी जरूरत है; तुम उसके बिना नहीं जी सकते।

और गांवों में लोग अलग दुखी हैं। वे बंबई या न्यूयार्क या लंदन भागने को आतुर हैं। जैसे ही उन्हें मौका मिलता है, वे भागते हैं। और मैं उन लोगों को भी सुनता रहा हूं जो गांव के सुंदर जीवन की चर्चा करते रहते हैं; लेकिन वे किसी गांव में जाकर नहीं रहते। वे कभी वहां

जाकर रहने को राजी नहीं हैं; लेकिन वे गांव की बातें बहुत करते हैं। तुम्हें कौन रोकता है? जाते क्यों नहीं? जंगल चले जाओ; कौन रोकता है?

तुम्हें वह पसंद नहीं आएगा; तुम पसंद नहीं कर सकते। शुरू के कुछ दिन वह तुम्हें अच्छा लगेगा—बदलाहट के कारण। और फिर? फिर तुम ऊब जाओगे। तुम्हें सब फीका-फीका मालूम पड़ेगा; तुम वहां से भागना चाहोगे।

नगर का जीवन तुम्हारे विक्षिप्त मन ने निर्मित किया है। तुम इन नगरों के कारण पागल नहीं हो रहे हो; तुम्हारे पागल मन के कारण ये नगर बने हैं। वे तुम्हारे लिए बने हैं। तुमने उन्हें बनाया है, और वे तुम्हारे लिए हैं। और जब तक यह पागल मन नहीं बदलता है, ये नगर विदा नहीं होंगे। ये रहेंगे; ये तुम्हारी उप-उत्पत्ति हैं।

एक बात स्मरण रहे: जब भी तुम्हें लगे कि कोई चीज गलत है तो पहले उसका कारण अपने भीतर खोजो, और कहीं मत जाओ। सौ में निन्यानवे मौकों पर तुम्हें अपने भीतर ही कारण मिल जाएगा। और जब सौ में निन्यानबे कारण तुम्हारे भीतर होंगे तो सौवां कारण अपने आप ही विदा हो जाएगा। तुम्हें जो कुछ होता है उसका कारण तुम स्वयं हो। तुम कारण हो; संसार तो बस दर्पण है।

लेकिन कहीं और कारण की खोज से सात्वना मिलती है; तब तुम अपराध अनुभव नहीं करते, तब तुम आत्मनिंदा अनुभव नहीं करते। तुम सदा कह सकते हो कि यह रहा कारण, और जब तक कारण नहीं बदलता, मैं कैसे बदल सकता हूं। तुम कारण के पीछे अपने को छिपा लोगे। यह चालबाजी है। इसीलिए तुम्हारा मन कारण को और कहीं प्रक्षेपित करता रहता है। पत्नी पति के कारण परेशान है। मां बच्चों के कारण परेशान है। बच्चे पिता के कारण परेशान हैं। हर एक व्यक्ति किसी दूसरे व्यक्ति के कारण परेशान है। और हर एक व्यक्ति सदा यही सोचता है कि कारण बाहर है।

मुल्ला नसरुद्दीन एक सड़क से गुजर रहा था। शाम का समय था और अंधेरा उतर रहा था। अचानक उसे बोध हुआ कि सड़क बिलकुल सूनी है, कहीं कोई नहीं है। और वह भयभीत हो उठा। तभी उसे सामने से लोगों का एक झुंड आता दिखाई पड़ा। उसने चोरों, डाकुओं और हत्यारों के बारे में पढ़ रखा था। बस उसने भय पैदा कर लिया और भय से कांपने लगा। उसने सोच लिया कि ये डकैत और खूनी लोग आ रहे हैं, और वे उसे मार डालेंगे। तो इनसे कैसे जान बचाई जाए? उसने सब तरफ देखा।

पास में ही एक कब्रिस्तान था। मुल्ला उसकी दीवार लांघकर भीतर चला गया। वहां उसे एक ताजी खुदी कब्र मिल गई जो किसी के लिए उसी दिन खोदी गई थी। उसने सोचा कि इसी कब्र में मृत होकर पड़े रहना अच्छा है। उन्हें लगेगा कि कोई मुर्दा पड़ा है; मारने की जरूरत नहीं है। और मुल्ला कब्र में लेट गया।

वह भीड़ एक बरात थी, डाकुओं का गिरोह नहीं। बरात के लोगों ने भी मुल्ला को कांपते और कूदते देख लिया था। वे भी डरे और सोचने लगे कि क्या बात है और यह आदमी कौन है? उन्हें लगा कि यह कोई उपद्रव कर सकता है, और इसी इरादे से यहां छिपा है। पूरी बरात वहां रुक गई और उसके लोग भी दीवार लांघकर भीतर गए।

मुल्ला तो बहुत डर गया। बरात के लोग उसके चारों तरफ इकट्ठे हो गए और उन्होंने

▲

पूछा: 'तुम यहां क्या कर रहे हो? इस कब्र में क्यों पड़े हो?' मुल्ला ने कहा: 'तुम बहुत कठिन सवाल पूछ रहे हो। मैं तुम्हारे कारण यहां हूं और तुम मेरे कारण यहां हो।'

और यही सब जगह हो रहा है। तुम किसी दूसरे के कारण परेशान हो, दूसरा तुम्हारे कारण परेशान है। और तुम खुद अपने चारों ओर सब कुछ निर्मित करते हो, प्रक्षेपित करते हो। और फिर खुद ही भयभीत होते हो, आतंकित होते हो, और अपनी सुरक्षा के उपाय करते हो। और तब दुख और निराशा होती है, द्वंद्व और विषाद पकड़ता है; कलह होती है। पूरी बात ही मूढ़तापूर्ण है; और यह सिलसिला तब तक जारी रहेगा जब तक तुम्हारी दृष्टि नहीं बदलती।

सदा पहले अपने भीतर कारण की खोज करो। यातायात का शोरगुल तुम्हें कैसे परेशान कर सकता है? कैसे? अगर तुम उसके विरोध में हो तो ही वह तुम्हें परेशान करेगा। अगर तुम्हारी धारणा है कि उससे परेशानी होगी तो परेशानी होगी। लेकिन अगर तुम उसे स्वीकार कर लो, अगर तुम बिना कोई प्रतिक्रिया किए उसे होने दो, तो तुम उसका आनंद भी ले सकते हो। उसका अपना राग है, अपना संगीत है। तुमने उसे नहीं सुना है, इसका यह अर्थ नहीं है कि उसका अपना संगीत नहीं है।

किसी दिन अपने को भूल जाओ और यातायात के शोरगुल को सुनो। सिर्फ सुनो, अपनी धारणाओं को बीच में मत लाओ कि यह परेशान करता है, कि यह अच्छा नहीं है। अपनी पसंद-नापसंद को बीच में मत लाओ, बस सुनो। शुरू-शुरू में वह अराजक मालूम पड़ेगा—वह भी मन के कारण। अगर तुम पूरी तरह विश्रामपूर्ण हो सके तो देर-अबेर सब कुछ लयबद्ध हो जाएगा और सड़क का शोरगुल भी संगीत बन जाएगा। तब तुम उसका आनंद ले सकते हो, तुम उसकी धुन पर नाच भी सकते हो।

तो यह तुम पर निर्भर है। कुछ भी परेशान नहीं करता है; अगर तुम्हारा यह खयाल न हो कि वह परेशान करता है। उदाहरण के लिए मैं तुम्हें बताऊंगा कि कैसे केवल धारणाओं के चलते मनुष्यता अनेक चीजों से पीड़ित रही है। और जब धारणा बदल जाती है तो चीजें वही रहती हैं, लेकिन अब वे पीड़ित नहीं करतीं।

उदाहरण के लिए, हस्तमैथुन से सारी दुनिया पीड़ित थी। अभी आधी सदी पहले तक सारी दुनिया हस्तमैथुन के कारण परेशान थी। शिक्षक परेशान थे; मां-बाप परेशान थे; बच्चे परेशान थे। और अभी भी, पृथ्वी का जो बड़ा हिस्सा अशिक्षित है, वहां हस्तमैथुन परेशानी का कारण बना हुआ है। फिर शरीर-शास्त्रियों और मनसविदों ने खोज की कि हस्तमैथुन से परेशान होने का कोई कारण नहीं है। उन्होंने कहा कि हस्तमैथुन स्वाभाविक है और उसमें कुछ दोष नहीं है; यह बिलकुल निर्दोष और निरापद है।

लेकिन पुरानी शिक्षा कहती थी कि हस्तमैथुन के कारण आदमी पागल हो जाता है। वह हर एक चीज को हस्तमैथुन के साथ जोड़ देती थी। और करीब-करीब हर एक लड़का हस्तमैथुन करता था, और डरा-डरा रहता था। वह हस्तमैथुन करता था और डरा रहता था कि अब मैं पागल हो जाऊंगा; हीन, विक्षिप्त और बीमार हो जाऊंगा। वह सोचता था कि मेरा जीवन व्यर्थ हो गया। और वह अपने को रोक भी नहीं पाता था। और ये धारंणाएं उसके सिर में घुसकर दुष्परिणाम लाती थीं। अनेक लोग पागल हो जाते थे; अनेक लोग हीन-भाव तथा मूढ़ता के शिकार हो जाते थे। और हस्तमैथुन से कुछ लेना-देना नहीं है।

▲

आधुनिक शोध तो कहती है कि हस्तमैथुन स्वस्थ चीज है। चिकित्सा विज्ञान का मानना है कि यह अच्छी चीज है। क्योंकि तेरह-चौदह वर्ष का होने पर लड़का और बारह-तेरह वर्ष की होने पर लड़की कामवासना को दृष्टि से प्रौढ़ हो जाती है। अगर प्रकृति की सुनी जाए तो इसी उम्र में लड़के-लड़कियों का विवाह हो जाना चाहिए। वे संतान पैदा करने के योग्य हो गए, हैं। लेकिन सभ्यता अपनी जरूरत के अनुसार उन्हें कोई बीस-पच्चीस की उम्र तक विवाह की इजाजत नहीं देती है। और चिकित्सा-शास्त्र कहता है कि चौदह से बीस वर्ष के बीच का समय—ये छह साल—कामवासना की दृष्टि से सर्वाधिक पुंसत्व-भरा, सर्वाधिक बलशाली समय है। एक लड़के में जितना पुंसत्व उस समय होता है उतना फिर कभी नहीं होता। उसकी ऊर्जा उफान पर होती है; उसका सारा शरीर कामुक विस्फोट बन जाना चाहता है।

लेकिन समाज उसकी इजाजत नहीं देता; वह उस पर अंकुश लगाता है। ऊर्जा प्रबल है, और बच्चा कुछ नहीं कर सकता। और वह जो कुछ करेगा, सामाजिक विश्वासों के कारण उसके दुष्परिणाम होंगे। वह समझेगा कि मुझसे भूल हो रही है, उसे अपराध-भाव सताएगा। और यह अपराध-भाव छाया की तरह उसका पीछा करेगा। उसे अनेक रोग भी हो सकते हैं—कृत्य के कारण नहीं, सिर्फ धारणा के कारण।

चिकित्सा-शास्त्र कहता है कि हस्तमैथुन स्वस्थ है, क्योंकि उससे लड़के को अनावश्यक ऊर्जा से राहत मिल जाती है; अन्यथा समस्याएं पैदा हो सकती हैं। अतः यह स्वस्थ चीज है। अब तो पश्चिम में, खास कर अमेरिका, इंगलैंड तथा दूसरे विकसित देशों में जो कि शरीर-विज्ञान में ज्यादा विकसित हैं, हस्तमैथुन का प्रचार किया जाता है। ऐसी फिल्में हैं जो बच्चों को सिखाती हैं कि हस्तमैथुन कैसे किया जाए। और देर-अबेर हर एक शिक्षक विद्यार्थियों को बताएगा कि सही ढंग से हस्तमैथुन कैसे किया जाता है। तो अब वे कहते हैं कि यह स्वस्थ है। और जो लोग ऐसा मानते हैं उन्हें यह स्वस्थ लगता भी है।

मेरी दृष्टि में यह न स्वस्थ है और न अस्वस्थ। धारणा असली चीज है। अगर इसे स्वस्थ माना जाए और इस धारणा को बल दिया जाए तो यह स्वस्थ हो जाएगा। अब पश्चिम में वे कहते हैं कि हस्तमैथुन से बुद्धि को कतई क्षति नहीं पहुंचती है। वे यहां तक कहते हैं कि जितनी ज्यादा बुद्धि उतना ज्यादा हस्तमैथुन। तो जो लड़का हस्तमैथुन करता है उसका बुद्धि-अंक उस लड़के से ज्यादा होगा जो हस्तमैथुन नहीं करता है।

और उनके ऐसा कहने का कारण है; क्योंकि लड़के के लिए हस्तमैथुन खोज निकालना उसकी बुद्धि की पहचान है; उसने एक रास्ता तो निकाला! समाज ने विवाह का दरवाजा बंद कर दिया है और प्रकृति है कि काम-ऊर्जा को धक्के मार रही है। बुद्धिमान लड़का रास्ता ढूंढ लेगा और मूढ़ अवरुद्ध रहेगा, कुंठा में फंसेगा। नया अध्ययन कहता है कि जो लड़के हस्तमैथुन करते हैं वे ज्यादा बुद्धिमान हैं। अगर यह धारणा फैली—और देर-अबेर यह धारणा सारे जगत में फैलेगी—तो हस्तमैथुन स्वास्थ्यप्रद हो जाएगा; और उससे लोग स्वस्थ अनुभव करेंगे।

अभी तो मां-बाप भयभीत हैं, क्योंकि वे जानते हैं कि उन्होंने अपनी युवावस्था में क्या किया था। जब कोई लड़का किशोरावस्था में प्रवेश करने लगता है तो उसके मां-बाप चिंतित हो जाते हैं और ताक-झांक करने लगते हैं कि लड़का क्या करता है। उन्हें डर है कि वह

▲

हस्तमैथुन तो नहीं करता है। और यदि लड़का ऐसा करता पाया जाता है तो वे उसे सजा देते हैं। लेकिन नया विज्ञान कहता है कि लड़के को सजा मत दो, बल्कि उसे हस्तमैथुन की शिक्षा दो। यदि वह हस्तमैथुन नहीं करता है तो उसे डाक्टर के पास ले जाओ और पता लगाओ कि क्या गड़बड़ी है।

अगर यह नया ज्ञान फेलेगा तो यही होगा। लेकिन दोनों धारणाएं हैं; दोनों दृष्टियां हैं। और जब कोई लड़का हस्तमैथुन करता है तो उस क्षण में वह बहुत खुला हुआ और ग्रहणशील हो जाता है; उसका मन शांत हो जाता है, क्योंकि इस क्षण में उसकी काम-ऊर्जा स्खलित हो रही है। इस समय जो भी सुझाव, जो भी विचार उसे दिया जाएगा, वह उस पर प्रभावी हो जाएगा। अगर तुम उसे कहोगे कि इसके कारण तुम बीमार हो जाओगे तो वह बीमार हो जाएगा। अगर तुम कहोगे कि इसके कारण तुम स्वस्थ होओगे तो वह स्वस्थ हो जाएगा। और अगर तुम उसे कहोगे कि हस्तमैथुन करने से तुम जिंदगी भर के लिए मूढ़ हो जाओगे तो वह सचमुच मूढ़ रह जाएगा। और यदि कोई उसे कहेगा कि हस्तमैथुन बुद्धि का लक्षण है तो उसका बुद्धि-अंक सचमुच बढ़ जाएगा। ऐसा होता है, क्योंकि बहुत ग्रहणशील क्षण में तुम उसे सुझाव दे रहे हो। तुम जो भी सोचते हो, वह घटित होने लगता हैं।

बुद्ध ने कहा है कि हर एक विचार यथार्थ हो जाता है, इसलिए सजग रहो।

अगर तुम सोचते हो कि सड़क का शोरगुल परेशान करता है तो वह तुम्हें जरूर परेशान करेगा, क्योंकि तुम परेशान होने को तैयार ही बैठे हो। अगर तुम सोचते हो कि पारिवारिक जीवन बंधन है तो वह तुम्हारे लिए बंधन हो जाएगा; तुम उसके लिए राजी ही हो। और अगर तुम सोचते हो कि गरीबी तुम्हें मुक्त होने में सहयोगी होगी तो वह सहयोगी होगी। अंततः तुम स्वयं ही अपने चारों ओर का संसार निर्मित करते हो; तुम जो भी सोचते हो वह तुम्हारा परिवेश बन जाता है और तुम उसमें ही जीते हो।

तंत्र कहता है, इस कारण को सदा स्मरण रखो; कारण सदा तुम्हारे भीतर है। और यदि तुम यह जान लो तो फिर तुम कारण नहीं बनोगे; फिर तुम अपने लिए कोई नया बंधन नहीं गढ़ोगे। और जो कारण गढ़ना बंद कर देता है वह मुक्त हो जाता है। तब न वह दुख में होता है और न आनंद में होता है। आनंद तुम्हारा सृजन है और दुख भी तुम्हारा सृजन है। तुम अपने दुख को आनंद में बदल सकते हो, क्योंकि वह तुम्हारा सृजन है। बुद्ध पुरुष न दुख में होते हैं और न आनंद में, क्योंकि वे कार्य-कारण से बाहर हो गए हैं। वे सिर्फ हैं।

इसीलिए बुद्ध कभी यह नहीं कहते कि आत्मोपलब्ध व्यक्ति आनंदित है। जब भी कोई उनसे पूछता कि बुद्धत्व को उपलब्ध व्यक्ति कैसा होता है? क्या वह परम आनंद में होता है? तो बुद्ध हंसते और कहते: 'यह मत पूछो। मैं इतना ही कह सकता हूं कि वह दुख में नहीं होता। इससे ज्यादा मैं नहीं कह सकता; यही कह सकता हूं कि वह दुख में नहीं होता।'

बुद्ध का निषेध पर इतना जोर क्यों था? क्योंकि बुद्ध जानते हैं। जब तुम जान गए कि तुम ही अपने दुख का कारण हो तो तुम यह भी जान गए कि आनंद भी तुम्हारा ही कृत्य है। तब तुम कारण बनना छोड़ देते हो, कुछ भी करना छोड़ देते हो। इसे ही निर्वाण कहते हैं: अपने आस-पास समस्त कार्य-कारण का विसर्जन। तब तुम मात्र हो—न दुख, न आनंद। अगर तुम समझ सको तो यही आनंद है। न कोई दुख है, न आनंद; क्योंकि यदि आनंद है तो

दुख भी रहेगा। तुम अभी भी कुछ पैदा कर रहे हो। और अगर तुम आनंद पैदा कर सकते हो तो दुख भी पैदा कर सकते हो।

और तुम आनंद से भी ऊब जाओगे। कितनी देर सह सकोगे? कितनी देर? क्या तुमने कभी इस पर विचार किया है? यदि चौबीस घंटे आनंद के ही हों तो क्या तुम उसे झेल सकोगे? तुम बोर हो जाओगे, और ऐसे शिक्षक की तलाश में निकलोगे जो तुम्हें फिर से दुखी होना सिखाए।

मैं नहीं सोचता कि यदि सारा संसार आनंदित हो जाए तो फिर शिक्षक नहीं रहेंगे। शिक्षक रहेंगे, क्योंकि तब लोगों को दुख की जरूरत होगी। तब कोई यह बताने वाला जरूरी हो जाएगा कि कैसे फिर से दुखी हुआ जाए। सिर्फ थोड़ी बदलाहट के लिए दुख जरूरी हो जाएगा। उसके बाद तुम फिर आनंद में लौट सकते हो। और तब आनंद की अनुभूति बढ़ जाएगी, क्योंकि खोने के बाद ही तुम्हारी आनंद की अनुभूति प्रगाढ़ होती है। तो शिक्षक तो रहेंगे। अभी वे सुखी होना सिखाते हैं; तब वे दुखी होना सिखाएंगे; सिखाएंगे कि नरक का स्वाद कैसे लिया जाए। थोड़ी सी बदलाहट सहयोगी होगी, अच्छी होगी।

लेकिन तुम ही कारण हो। और तुम उसी क्षण बुद्धत्व को उपलब्ध हो जाओगे जिस क्षण जान लोगे कि जिस संसार में तुम रहते हो वह तुम्हारा ही बनाया हुआ है। अब तुम उसे नहीं बनाओगे, और वह विलीन हो जाएगा। यातायात जारी रहेगा, शोरगुल जारी रहेगा, सब कुछ वैसा ही रहेगा जैसा है; लेकिन तुम नहीं रहोगे। क्योंकि कारण के साथ ही तुम भी विदा हो जाओगे।

आज इतना ही।

45

न बंधन है न मोक्ष

सूत्र

68, जैसे मुर्गी अपने बच्चों का पालन-पोषण करती है, वैसे ही यथार्थ में विशेष ज्ञान और विशेष कृत्य का पालन-पोषण करो।

69. यथार्थत: बंधन और मोक्ष सापेक्ष हैं; ये केवल विश्व से भयभीत लोगों के लिए हैं। यह विश्व घन का प्रतिबिंब है। जैसे तुम पानी में एक सूर्य के अनेक सूर्य देखते हो, वैसे ही बंधन और मोक्ष को देखो।

▲

इनो ने किसी से पूछा थाः 'समस्या क्या है? वे जड़ें क्या हैं जिन से मनुष्य का समाधान हो सके और वह यह जानने का प्रयत्न करे कि मैं कौन हूं?'

बिना किसी प्रयत्न के आदमी स्वयं को क्यों नहीं जान सकता? कोई समस्या ही क्यों हो? तुम हो; तुम जानते हो कि मैं हूं। फिर तुम क्यों नहीं जान सकते कि मैं कौन हूं? कहां चूक रहे हो? तुम चेतन हो, और तुम्हें बोध है कि मैं चेतन हूं। जीवन है, और तुम जीवित हो। फिर तुम्हें यह बोध क्यों नहीं है कि मैं कौन हूं? वह क्या है जो अवरोध बनता है? वह क्या है जो तुम्हें इस बुनियादी आत्मज्ञान से वंचित रखता है?

अगर तुम अवरोध को समझ सको तो अवरोध आसानी से विसर्जित किया जा सकता है। असली सवाल यह नहीं है कि कैसे स्वयं को जाना जाए; असली सवाल यह है कि तुम कैसे स्वयं को नहीं जान पा रहे हो! कैसे इतने स्पष्ट यथार्थ को, इतने बुनियादी सत्य को चूक रहे हो, जो तुम्हारे निकट से निकट है। कैसे वह तुम्हें दिखाई नहीं पड़ रहा है। तुमने जरूर कोई उपाय किया होगा; अन्यथा स्वयं से बचना कठिन है। तुमने दीवारें खड़ी की होंगी; तुम किसी न किसी अर्थ में अपने को धोखा दे रहे होगे। अपने से बचने की, अपने को न जानने की युक्ति क्या है? तरकीब क्या है?

जब तक तुम उस युक्ति को, उस तरकीब को नहीं समझते, तुम कुछ भी करो वह कारगर नहीं होगा। क्योंकि वह युक्ति बची रहती है और तुम पूछते रहते हो कि स्वयं को कैसे जाना जाए? सत्य को, यथार्थ को कैसे जाना जाए? और नतीजा यह होता है कि तुम अवरोध को सहारा देते हो। तुम अवरोध को निर्मित भी किए जाते हो। इसलिए तुम जो भी करोगे वह व्यर्थ हो जाएगा।

सच तो यह है कि स्वयं को जानने के लिए विधायक रूप से कुछ करने की जरूरत नहीं है; बस कुछ नकारात्मक करना है। तुम्हें उस अवरोध को हटा देना है जिसे खुद तुमने निर्मित किया है। और जैसे ही वह अवरोध गया कि तुम जान जाओगे। अवरोध के हटते ही जानना घटित होता है; उसके लिए तुम कोई विधायक प्रयत्न नहीं कर सकते। तुम्हें सिर्फ इस

बात का बोध होना चाहिए कि कैसे मैं इसे चूक रहा हूं।

इस संबंध में कुछ बातें समझने जैसी हैं। पहली बात कि तुम अपने सपनों में जीते हो, और फिर ये सपने ही अवरोध बन जाते हैं। सत्य कोई स्वप्न नहीं है; वह है। सत्य है; वह तुम्हें चारों ओर से घेरे हुए है, हर तरफ से घेरे हुए है। भीतर-बाहर वही है; तुम उसे चूक नहीं सकते। लेकिन तुम सपने देख रहे हो; और तब तुम एक ऐसे आयाम में चले जाते हो जो सत्य नहीं है। तब तुम एक काल्पनिक दुनिया में सैर करते हो। और ये सपने तुम्हारे चारों ओर बादलों की भांति छा जाते हैं और अवरोध बन जाते हैं।

जब तक मन स्वप्न देखना नहीं छोड़ेगा, तुम सत्य को नहीं जान सकते। जब तुम सत्य को सपने के माध्यम से देखते हो तो सत्य विकृत हो जाता है। और तुम्हारी आंखें सपनों से भरी हैं; तुम्हारे कान सपनों से भरे हैं; तुम्हारे हाथ सपनों से भरे हैं। तो तुम जो भी देखते हो, सपनों भरी आंख से देखते हो; तुम जो कुछ सुनते हो, सपनों भरे कान से सुनते हो; तुम जो कुछ छूते हो, सपनों भरे हाथ से छूते हो। और इस तरह सब कुछ विकृत हो जाता है, बदल जाता है। तुम्हारे पास जो कुछ भी पहुंचता है, सपनों के माध्यम से पहुंचता है; और सपने सब कुछ बदल देते हैं, सब कुछ रंग देते हैं।

सपनों में खोए चित्त के कारण तुम सत्य को चूक रहे हो, बाहर के सत्य को चूक रहे हो और भीतर के सत्य को चूक रहे हो। तुम सत्य को पाने के लिए बहुत उपाय कर सकते हो; लेकिन वे उपाय भी स्वप्न देखने वाले चित्त के द्वारा ही होंगे। तुम धार्मिक सपने देख सकते हो, तुम सत्य के संबंध में सपने देख सकते हो, ईश्वर और क्राइस्ट और बुद्ध के सपने भी देख सकते हो; लेकिन वे भी सपने ही होंगे।

सपने देखना छोड़ो; सपनों को विदा करो। सपनों के जरिए सत्य को नहीं जाना जा सकता है। लेकिन सपना देखने से मेरा क्या तात्पर्य है?

तुम अभी मुझे सुन रहे हो। लेकिन तुम्हारे भीतर स्वप्न भी चल रहा है, और वह स्वप्न निरंतर उसकी व्याख्या कर रहा है जो कहा जा रहा है। तब तुम मुझे नहीं सुन रहे हो, तुम अपने को ही सुन रहे हो। क्योंकि तुम सुनने के साथ ही साथ उसकी व्याख्या भी किए जा रहे हो। क्या यही बात नहीं है? जो कहा जा रहा है, तुम उस पर विचार भी कर रहे हो।

लेकिन विचार करने की क्या जरूरत है? सिर्फ सुनो; सोच-विचार मत करो। क्योंकि अगर तुम सोचोगे तो सुन नहीं सकोगे, और अगर सोचना और सुनना साथ-साथ चलेंगे तो तुम अपना शोरगुल ही सुनोगे। और वह वही नहीं है जो कहा जा रहा है। सोच-विचार बंद करो, सुनने के मार्ग को विचारों से खाली रखो। तभी जो कहा जा रहा है उसे सुन सकोगे।

जब किसी फूल को देखो तो सपनों को रोक दो। अपनी आंखों को अतीत और भविष्य के विचारों और सपनों से मत भरी रहने दो; उन्हें फूलों के संबंध में अपनी जानकारी से खाली रखो। इतना भी मत कहो कि फूल सुंदर है, क्योंकि तब तुम सत्य से वंचित हो रहे हो। ये शब्द ही देखने में बाधा बन जाएंगे। तुम कहते हो कि फूल सुंदर है; यह कहते ही शब्द बीच में आ गए और सत्य की व्याख्या शब्दों में शुरू हो गई। शब्दों को अपने आस-पास मत इकट्ठा होने दो। सीधे-सीधे देखो; सीधे-सीधे सुनो, सीधे-सीधे स्पर्श करो।

जब तुम किसी को छुओ तो सिर्फ छुओ; यह मत कहो कि त्वचा कितनी सुंदर है,

▲

कितनी चिकनी है। तब तुम चूक रहे हो; तब तुम सपने में खो गए। जैसी भी त्वचा है, वह अभी और यहां है; उसे छुओ और उसे अपने को तुम पर प्रकट करने दो। तुम किसी सुंदर चेहरे को देखते हो; उसे देखो और उस चेहरे को अपने भीतर प्रवेश करने दो। उसकी व्याख्या मत करो; कुछ भी मत कहो। अपने अतीत मन को बीच में मत आने दो।

पहली तो बात कि सपने तुम्हारे अतीत चित्त से निर्मित होते हैं। यह तुम्हारा अतीत मन है जो निरंतर तुम्हारे चारों ओर घूम रहा है। अतीत को बीच में मत आने दो। वैसे ही भविष्य को भी बीच में मत आने दो। जैसे ही तुम्हें कोई सुंदर रूप, कोई सुंदर शरीर दिखाई पड़ता है, तुरंत इच्छाएं पैदा होने लगती हैं। तुम उसे पाना चाहते हो। तुम एक सुंदर फूल देखते हो और तुरंत उसे तोड़ लेना चाहते हो।

लेकिन चाह के उठते ही तुम फूल से दूर चले गए। फूल तो वहीं है; लेकिन तुम कामना में सरक गए, भविष्य में भटक गए। अब तुम यहां नहीं हो; तुम अतीत में हो जो नहीं है, या भविष्य में हो जो अभी नहीं आया है। और तुम उसे चूक रहे हो जो अभी है।

तो पहली चीज स्मरण रखने की है कि अपने और सत्य के बीच में शब्दों को मत आने दो। जितने कम शब्द होंगे उतनी कम बाधा रहेगी। और जब शब्द बिलकुल नहीं होंगे तो कोई भी बाधा नहीं है। तब तुम सत्य का सीधा साक्षात्कार करते हो, तुम उसी क्षण उसके आमने-सामने होते हो।

शब्द सब कुछ नष्ट कर देते हैं, क्योंकि वे अर्थ ही बदल देते हैं।

मैं किसी की आत्मकथा पढ़ रहा था—एक स्त्री की आत्मकथा। वह बिस्तर से बाहर आने के बाद से पूरे दिन का वर्णन कर रही थी। वह लिखती है कि एक सुबह मैंने अपनी आंखें खोलीं। लेकिन तुरंत ही वह कहती हे कि यह कहना सही नहीं है कि मैंने आंखें खोलीं; मैंने तो कुछ भी नहीं किया, आंखें अपने आप खुल गईं। वह वाक्य को बदल देती है और लिखती है कि नहीं, यह कहना ठीक नहीं है कि मैंने आंखें खोलीं; मैंने तो कुछ नहीं किया; यह मेरा प्रयत्न नहीं था, यह मेरा कृत्य नहीं था। फिर वह लिखती है कि आंखें अपने आप खुल गईं। लेकिन तभी उसे खयाल आता है कि यह बात तो बेतुकी हो गई; क्योंकि आंखें मेरी हैं, वे अपने आप कैसे खुल सकती हैं! तो क्या कहा जाए?

भाषा उसे कभी नहीं कहती है जो है। अगर तुम कहते हो कि मैंने आंखें खोलीं तो झूठ कह रहे हो। और अगर तुम कहते हो कि आंखें अपने आप खुलीं तो भी झूठ है। क्योंकि आंखें अंश हैं, वे अपने आप नहीं खुल सकतीं। उनके खुलने में सारा शरीर सम्मिलित है। लेकिन हम जो कुछ कहते हैं वह ऐसा ही है।

अगर तुम भारत में आदिवासी समाजों में जाओ—और यहां अनेक आदिवासी कबीले हैं—तो पाओगे कि उनकी भाषा-संरचना बहुत भिन्न है। उनकी भाषा-संरचना में स्वप्न देखने की गुंजाइश नहीं है। अगर वर्षा होती है तो हम कहते हैं: 'वर्षा हो रही है।' आदिवासी पूछते हैं: 'हो रही है का क्या अर्थ? हो रही है कहने का क्या मतलब?' उनके पास एक ही शब्द है, वर्षा। वर्षा हो रही है, कहने की क्या जरूरत है? वर्षा कहना काफी है। वर्षा यथार्थ है। लेकिन हम उसमें कुछ न कुछ जोड़ते चले जाते हैं। और हम जितने शब्द जोड़ते हैं उतने ही भटक जाते हैं, सत्य से उतने ही दूर हो जाते हैं।

▲

बुद्ध कहा करते थे कि जब तुम कहते हो कि आदमी चल रहा है तो उसका क्या अर्थ है? आदमी कहां है? केवल चलना है। आदमी से तुम्हारा क्या मतलब है? जब हम कहते हैं कि आदमी चल रहा है तो ऐसा लगता है कि आदमी जैसा कुछ है और चलने जैसा कुछ है, और इन दो चीजों को जोड़ दिया गया है। बुद्ध कहते हैं, केवल चलना है।

जब तुम कहते हो कि नदी बह रही है तो तुम्हारा क्या मतलब है? केवल बहना है, और वह बहना ही नदी है। वैसे ही चलना आदमी है, देखना आदमी है, खड़ा होना और बैठना आदमी है। अगर तुम इन चीजों को अलग कर दो—चलने, बैठने, खड़े होने, सोचने और सपने देखने को अलग कर दो—तो क्या पीछे आदमी रह जाएगा? नहीं, पीछे कोई आदमी नहीं बचेगा। लेकिन भाषा एक अलग ही संसार निर्मित कर देती है। और सतत शब्दों में भटककर हम भटकते ही चले जाते हैं।

तो पहली बात यह स्मरण रखने की है कि नाहक शब्दों के झमेले में न पड़ा जाए। जब जरूरत हो, तो तुम शब्दों का उपयोग कर सकते हो; लेकिन जब जरूरत न हो तो खाली रहो, चुप रहो, निःशब्द रहो, मौन रहो, शांत रहो। चीजों को निरंतर शब्द देते रहने की जरूरत नहीं है।

दूसरी बात कि प्रक्षेपण मत करो। शब्द मत दो; प्रक्षेपण मत करो। जो है उसे देखो; अपनी ओर से कुछ मत जोड़ो। तुम एक चेहरा देखते हो। जब तुम कहते हो कि यह सुंदर है तो तुम उसमें कुछ जोड़ रहे हो; या यदि तुम कहते हो कि यह कुरूप है तो भी तुम कुछ जोड़ रहे हो। चेहरा चेहरा है; सौंदर्य और कुरूपता तुम्हारी व्याख्याएं हैं। चेहरा न सुंदर है न कुरूप; क्योंकि वही चेहरा किसी के लिए सुंदर हो सकता है, किसी के लिए कुरूप हो सकता है, और किसी के लिए दोनों में से कुछ भी नहीं हो सकता है। कोई हो सकता है कि उस चेहरे पर निगाह भी न डाले, उसके प्रति उदासीन रहे। चेहरा बस चेहरा है; उसमें कुछ आरोपित मत करो, प्रक्षेपित मत करो। तुम्हारे प्रक्षेपण तुम्हारे सपने हैं। और जब तुम कुछ प्रक्षेपित करते हो तो तुम चूक जाते हो। और यह रोज हो रहा है।

तुम देखते हो कि कोई चेहरा सुंदर है, और फिर इच्छा निर्मित होती है, चाह पैदा होती है। यह चाह उस चेहरे या शरीर के लिए नहीं है; यह तुम्हारी अपनी ही व्याख्या या प्रक्षेपण के लिए है। वह जो व्यक्ति है, असली व्यक्ति, उसका परदे की तरह उपयोग किया गया है और उस पर तुमने अपने को प्रक्षेपित कर दिया है। और तब विषाद अनिवार्य है, क्योंकि तुम्हारे प्रक्षेपण से यथार्थ चेहरा अयथार्थ नहीं हो सकता है। देर-अबेर प्रक्षेपण गिर जाएगा और असली चेहरा प्रकट हो जाएगा। और तब तुम्हें लगेगा कि मैं तो ठगा गया। तुम कहोगे: 'अरे, इस चेहरे को क्या हुआ? यह चेहरा तो इतना सुंदर था, यह आदमी तो इतना रूपवान था, और अब सब कुछ कुरूप हो चला है।'

लेकिन तुम पुनः व्याख्या कर रहे हो। व्यक्ति तो वही रहता है जो वह है, लेकिन तुम्हारी व्याख्या, तुम्हारा प्रक्षेपण जारी रहता है। तुम यथार्थ को कभी नहीं प्रकट होने देते; तुम उसका दमन करते रहते हो; भीतर और बाहर दोनों ओर से दमन करते रहते हो। तुम कभी स्वयं सत्य को प्रकट नहीं होने देते हो।

मुझे स्मरण आता है कि एक दिन मुल्ला नसरुद्दीन से उसके एक पड़ोसी ने कहा कि मुझे कुछ घंटों के लिए तुम्हारा घोड़ा चाहिए। मुल्ला ने कहा कि मैं तो तुम्हें खुशी से अपना

घोड़ा दे देता, लेकिन मेरी पत्नी घोड़े को लेकर कहीं गई है और वह दिन भर बाहर ही रहेगी। ठीक उसी समय अस्तबल से घोड़े की हिनहिनाहट सुनाई पड़ी, और पड़ोसी ने मुल्ला की तरफ देखा। मुल्ला ने कहा: 'अच्छा, तुम मुझ पर विश्वास करते हो या घोड़े पर? और घोड़ा तो झूठ बोलने के लिए बदनाम ही है। तुम किस पर भरोसा करते हो?'

हम अपने प्रक्षेपणों के द्वारा अपने चारों ओर एक झूठा संसार निर्मित कर लेते हैं। और अगर सत्य स्वयं भी सामने खड़ा होता है और अस्तबल से घोड़ा हिनहिनाता है तो भी हम पूछते हैं: 'किसका विश्वास करोगे?' हम सदा अपना भरोसा करते हैं, सत्य का नहीं, जो सदा-सदा उभरकर सामने आता रहता है। सत्य प्रतिपल प्रकट है, लेकिन हम अपनी भ्रांतियों को जबरदस्ती उस पर थोपते रहते हैं।

यही कारण है कि प्रत्येक आदमी को अंततः विषाद का, निराशा का शिकार होना पड़ता है। इसका कारण सत्य नहीं, हमारा प्रक्षेपण है, हमारा आरोपण है। अंत में प्रत्येक मनुष्य को उदासी और निराशा ही हाथ लगती है; उसे लगता है कि समूचा जीवन व्यर्थ हो गया। लेकिन अब तुम कुछ नहीं कर सकते; अब यह अनकिया नहीं हो सकता। समय अब तुम्हारे पास नहीं है। समय चला गया और मृत्यु निकट है। तुम्हारा भ्रम भंग तो हुआ, लेकिन अवसर भी जाता रहा।

क्यों हरेक आदमी को अंत में हताशा ही हाथ लगती है? न केवल उन्हें ही जो जीवन में असफल होते हैं, बल्कि जो सफल होते हैं उन्हें भी इसी अनुभव से गुजरना पड़ता है। यह तो ठीक है कि असफल लोगों को लगता है कि धोखा हुआ, मगर सफल लोगों को भी ऐसा ही लगता है। नेपोलियन और हिटलर और सिकंदर का भ्रम भी टूटता है; उन्हें भी लगता है कि सारा जीवन व्यर्थ गया। क्यों? इसका कारण सत्य है या इसका कारण तुम्हारा वह सपना है जो तुम प्रक्षेपित कर रहे थे? और फिर तुम स्वप्न को नहीं प्रक्षेपित कर पाए और अंततः सत्य प्रकट हो गया। और आखिर में सत्य जीत जाता है और तुम हार जाते हो—सत्यमेव जयते। तुम तभी जीत सकते हो यदि तुम प्रक्षेपित न करो।

इसलिए दूसरी बात स्मरण रखो, चीजों को ठीक वैसी देखो जैसी वे हैं। प्रक्षेपण मत करो; व्याख्या मत करो; चीजों पर अपने मन को आरोपित मत करो। सत्य को, वह जो भी हो, जैसा भी हो, प्रकट होने दो। यह सदा शुभ है। और तुम्हारे सपने कितने ही सुंदर हों, वे अशुभ हैं। क्योंकि सपनों के साथ तुम मोह-भंग की यात्रा पर निकले हो, जिसमें निराशा अनिवार्य है। और यह मोह-भंग जितना शीघ्र हो उतना बेहतर है।

लेकिन जैसे ही एक भ्रम टूटता है, तुम तुरंत उसकी जगह दूसरा भ्रम निर्मित कर लेते हो। उनके बीच अंतराल आने दो; दो भ्रमों के बीच अंतराल आने दो; ताकि सत्य देखा जा सके। यह कठिन है; सत्य को सीधे-सीधे देखना कठिन है। हो सकता है, वह तुम्हारी कामनाओं के अनुकूल न हो। सत्य के लिए जरूरी नहीं है कि वह तुम्हारी कामनाओं के अनुकूल हो। लेकिन तब तुम्हें सत्य के साथ रहना होगा, सत्य में रहना होगा। और तुम सत्य में ही हो। तो अपने को धोखा देने की बजाय सत्य का सीधा साक्षात्कार, सत्य को सीधे-सीधे देख लेना बेहतर है।

तुम्हें बोध नहीं है कि तुम किस तरह प्रक्षेपण करते रहते हो। कोई कुछ कहता है और

▲

तुम कुछ का कुछ समझते हो। और तुम अपनी समझ के आधार पर चीजों को देखते हो और उनसे एक ताश का महल निर्मित कर लेते हो। लेकिन तुमने जो समझा वह कभी नहीं कहा गया था; और जो कहा गया था उसका अर्थ कुछ और ही था।

सदा उसे देखो जो है। जल्दबाजी मत करो। गलत समझने की बजाय न समझना कहीं बेहतर है। अपने को ज्ञानी समझने की बजाय जान-बूझ कर अज्ञानी बने रहना बेहतर है। अपने संबंधों को देखो—पति, पत्नी, मित्र, शिक्षक, मालिक, नौकर—सबको देखो। प्रत्येक व्यक्ति अपने ढंग से सोच रहा है; प्रत्येक व्यक्ति दूसरे की व्याख्या कर रहा है। उनमें कहीं कोई मिलन नहीं है, कहीं कोई संवाद नहीं है। वे लड़ रहे हैं; वे निरंतर संघर्ष में हैं। और यह संघर्ष दो व्यक्तियों के बीच नहीं है; यह संघर्ष दो झूठी प्रतिमाओं के बीच है।

तो सावधान रहो कि तुम दूसरों की झूठी प्रतिमाएं न बनाओ। यथार्थ के साथ, सत्य के साथ रहो—चाहे वह कितना ही कठिन, कितना ही दुष्कर क्यों न हो, चाहे वह असंभव ही क्यों न मालूम हो। और एक बार यदि तुम सत्य के साथ जीने के सौंदर्य को जान लोगे तो फिर तुम कभी सपनों के शिकार नहीं बनोगे।

और तीसरी बात समझने की यह है कि तुम सपने क्यों देखते हो। सपना सब्स्टीटयूट है, सपना परिपूरक है। अगर यथार्थतः तुम्हें तुम्हारी वांछित चीज नहीं मिलती है तो तुम उसके सपने देखने लगते हो। उदाहरण के लिए, अगर तुम दिन भर उपवासे रहे हो तो रात में तुम भोजन के सपने देखोगे, तुम देखोगे कि तुम्हें सम्राट ने भोजन के लिए आमंत्रित किया है। या ऐसा ही कोई सपना देखोगे जिसमें तुम भोजन ही भोजन कर रहे हो। दिन भर तुमने उपवास किया तो अब रात नींद में तुम भोजन कर रहे हो। और अगर तुम काम-दमन से पीड़ित हो तो तुम्हारे सपने कामुक होंगे। तुम्हारे सपनों से जाना जा सकता है कि दिन में तुम किस चीज का दमन करते हो। रात के सपने बता देंगे कि दिन में तुमने उपवास किया था।

सपने परिपूरक हैं। और मनसविद कहते हैं कि मनुष्य जैसा है, सपनों के बिना उसका जीना कठिन होगा। और वे एक अर्थ में सही हैं। जैसा मनुष्य है, सपनों के बिना उसका जीना कठिन होगा। लेकिन यदि तुम अपना रूपांतरण चाहते हो तो तुम्हें सपनों के बिना रहना होगा।

सपने क्यों निर्मित होते हैं? सपने कामनाओं के कारण निर्मित होते हैं। अतृप्त कामनाएं सपने बन जाती हैं। अपनी कामनाओं को, वासनाओं को समझो; बोधपूर्वक उनका निरीक्षण करो। तुम जितना उनका निरीक्षण करोगे, वे उतनी ही विलीन हो जाएंगी। और तब तुम मन के जाले बुनना बंद कर दोगे; तब तुम अपने निजी संसार में रहना छोड़ दोगे।

सपनों की साझेदारी नहीं हो सकती है। दो घनिष्ठ मित्र भी एक-दूसरे को अपने सपनों में साझेदार नहीं बना सकते; वे एक-दूसरे को अपने सपनों में आमंत्रित नहीं कर सकते। क्यों? तुम और तुम्हारा प्रेमी, दोनों एक ही सपना नहीं देख सकते; तुम्हारा सपना तुम्हारा है, दूसरे का सपना दूसरे का है। सपने बिलकुल निजी हैं, वैयक्तिक हैं। सत्य उतना निजी नहीं है; केवल पागलपन निजी होता है। सत्य सार्वभौम है; तुम उसमें दूसरों को भी साझेदार बना सकते हो। लेकिन सपनों की साझेदारी नहीं हो सकती; वे तुम्हारी निजी विक्षिप्तताएं हैं, वैयक्तिक कल्पनाएं हैं। तो फिर क्या किया जाए?

एक व्यक्ति दिन में इतनी समग्रता से जी सकता है कि कुछ भी अवशेष न रहे, कुछ

▲

भी बाकी न रहे। अगर तुम भोजन कर रहे हो तो समग्रता से भोजन करो। इस समग्रता से भोजन का स्वाद लो, सुख लो कि रात में उसे किसी सपने में भोगने की जरूरत न पड़े। अगर तुम किसी को प्रेम करते हो तो इतनी समग्रता से प्रेम करो कि फिर प्रेम को तुम्हारे सपने में प्रवेश न करना पड़े। तुम दिन में जो भी करते हो उसे इतनी समग्रता से करो कि चित्त में कुछ भी अधूरा, कुछ भी अटका न रह जाए, जिसे सपने में पूरा करना पड़े।

इसे प्रयोग करो। और कुछ महीनों के भीतर तुम्हारी नींद की गुणवत्ता बदल जाएगी। सपने कम से कम होने लगेंगे और नींद गहरी से गहरी होती जाएगी। और जब रात में सपने कम होंगे तो दिन में प्रक्षेपण भी कम हो जाएंगे। क्योंकि सच्चाई यह है कि तुम्हारी नींद जारी रहती है, तुम्हारे सपने चलते रहते हैं। रात में बंद आंखों के साथ और दिन में खुली आंखों के साथ सपने जारी रहते हैं। तुम्हारे भीतर उनका सतत प्रवाह चलता रहता है। कभी एक क्षण को आंखें बंद करो और प्रतीक्षा करो। तुम देखोगे कि सपनों की फिल्म लौट आई है, सपनों का कारवां चला जा रहा है। वह सदा मौजूद ही है, तुम्हारी प्रतीक्षा करता है।

सपने वैसे ही हैं जैसे दिन में तारे होते हैं। दिन में तारे कहीं चले नहीं जाते; सिर्फ सूर्य के प्रकाश के कारण वे दिखाई नहीं पड़ते हैं। वे वहां ही हैं, और जब सूरज छिप जाता है तो वे फिर प्रकट हो जाते हैं। तुम्हारे सपने ठीक वैसे ही हैं; तुम्हारे जागरण में भी वे भीतर सरकते रहते हैं। वे प्रतीक्षा में हैं; आंखें बंद करो और वे सक्रिय हो जाते हैं।

जब रात में सपने कम होने लगेंगे तो दिन में तुम्हारे जागरण की गुणवत्ता और हो जाएगी। अगर तुम्हारी रात बदलती है तो तुम्हारा दिन भी बदल जाता है। अगर तुम्हारी नींद बदलती है तो तुम्हारा जागरण भी बदल जाता है। अब तुम ज्यादा सजग होगे। जितने कम सपने भीतर दौड़ेंगे, तुम उतने ही कम सोए होगे। अब तुम चीजों को ज्यादा स्पष्ट, ज्यादा सीधे-सीधे देख सकोगे।

तो किसी चीज को अधूरा मत छोड़ो; यह पहली बात। और तुम जो भी कर रहे हो, उस कृत्य में पूरे के पूरे मौजूद रहो। उससे हटो मत, कहीं और मत जाओ। अगर तुम स्नान कर रहे हो तो वहीं रहो। पूरे संसार को भूल जाओ; अभी यह स्नान ही तुम्हारा पूरा जगत है। सब समाप्त हो गया है, संसार खो गया है; बस तुम हो और स्नान है। स्नान के साथ रहो। प्रत्येक कृत्य में इस समग्रता से भाग लो कि तुम न तो उसके पीछे छूट जाओ न उससे आगे ही चले जाओ। तुम कृत्य के साथ-साथ रहो। तब सपने विदा हो जाएंगे। और जैसे-जैसे सपने विदा होंगे, तुम सत्य में प्रवेश करने में ज्यादा समर्थ हो सकोगे। .

अब विधि। विधि इससे ही संबंधित है।

जैसे मुर्गी अपने बच्चों का पालन-पोषण करती है, वैसे ही यथार्थ में विशेष ज्ञान और विशेष कृत्य का पालन-पोषण करो।

इस विधि में मूलभूत बात है: 'यथार्थ में'। तुम भी बहुत चीजों का पालन-पोषण करते हो; लेकिन सपने में, सत्य में नहीं। तुम भी बहुत कुछ करते हो; लेकिन सपने में, सत्य में नहीं। सपनों को पोषण देना छोड़ दो; सपनों को बढ़ने में सहयोग मत दो। सपनों को अपनी ऊर्जा मत दो। सभी सपनों से अपने को पृथक कर लो।

यह कठिन होगा, क्योंकि सपनों में तुम्हारे न्यस्त स्वार्थ हैं। अगर तुम अपने को अचानक सपनों से बिलकुल अलग कर लोगे तो तुम्हें लगेगा कि मैं डूब रहा हूं, मैं मर रहा हूं। क्योंकि तुम हमेशा स्थगित सपनों में रहते आए हो। तुम कभी यहां और अभी नहीं रहे; तुम सदा कहीं और रहते आए हो। तुम आशा करते रहे हो।

क्या तुमने पंडोरा का डब्बा नामक यूनानी कहानी सुनी है? किसी आदमी ने बदला लेने के लिए पंडोरा के पास एक डब्बा भेजा। उस डब्बे में वे सब रोग बंद थे जो अभी मनुष्य-जाति के बीच फैले हैं। वे रोग उसके पहले नहीं थे; जब वह डब्बा खुला तो सभी रोग बाहर निकल आए। पंडोरा रोगों को देखकर डर गई और उसने डब्बा बंद कर दिया। केवल एक रोग रह गया, और वह थी आशा। अन्यथा आदमी समाप्त हो गया होता; ये सारे रोग उसे मार डालते, लेकिन आशा के कारण वह जीवित रहा।

तुम क्यों जी रहे हो? क्या तुमने कभी यह प्रश्न पूछा है? यहां और अभी जीने के लिए कुछ भी नहीं है; सिर्फ आशा है। तुम भी पंडोरा का डब्बा ढो रहे हो। ठीक अभी तुम क्यों जीवित हो? हरेक सुबह तुम क्यों बिस्तर से उठ आते हो? क्यों तुम रोज-रोज फिर वही करते हो जो कल किया था? यह पुनरुक्ति क्यों? कारण क्या है?

तुम इसका कोई कारण नहीं बता सकते जो अभी से, वर्तमान से संबंधित हो कि तुम क्यों जी रहे हो। अगर कोई कारण ढूंढोगे तो वह भविष्य से संबंधित होगा। वह कोई आशा होगी कि कुछ होने वाला है, किसी दिन कुछ होने वाला है। और तुम्हें यह पता नहीं है कि वह दिन कब आएगा। तुम्हें यह भी पता नहीं है कि क्या होने वाला है। लेकिन किसी दिन कुछ होने वाला है, इस उम्मीद में तुम अपने को खींचे चले जाते हो, अपने को ढोए चले जाते हो।

मनुष्य आशा में जीता है। लेकिन यह जीवन नहीं है, क्योंकि आशा तो सपना है। जब तक तुम यहां और अभी नहीं जीते हो, तुम जीवित ही नहीं हो। तब तक तुम एक मृत बोझ हो। और वह कल तो कभी आने वाला नहीं है जब तुम्हारी सब आशाएं पूरी हो जाएंगी। और जब मृत्यु आएगी तो तुम्हें पता चलेगा कि अब कोई कल नहीं है, और अब स्थगित करने का भी उपाय नहीं है। तब तुम्हारा भ्रम टूटेगा; तब तुम्हें लगेगा कि यह धोखा था। लेकिन किसी दूसरे ने तुम्हें धोखा नहीं दिया है; अपनी दुर्गति के लिए तुम स्वयं जिम्मेवार हो।

इस क्षण में, वर्तमान में जीने की चेष्टा करो। और आशाएं मत पालो—चाहे वे किसी भी ढंग की हों। वे लौकिक हो सकती हैं, पारलौकिक हो सकती हैं; इससे कुछ फर्क नहीं पड़ता है। वे धार्मिक हो सकती हैं, किसी भविष्य में, किसी दूसरे लोक में, स्वर्ग में, मृत्यु के बाद, निर्वाण में; लेकिन इससे कोई फर्क नहीं पड़ता है। कोई आशा मत करो। यदि तुम्हें थोड़ी निराशा भी अनुभव हो, तो भी यहीं रहो। यहां से और इस क्षण से मत हटो। हटो ही मत। दुख सह लो, लेकिन आशा को मत प्रवेश करने दो। आशा के द्वारा स्वप्न प्रवेश करते हैं। निराश रहो; अगर जीवन में निराशा है तो निराश रहो। निराशा को स्वीकार करो; लेकिन भविष्य में होने वाली किसी घटना का सहारा मत लो।

और तब अचानक बदलाहट होगी। जब तुम वर्तमान में ठहर जाते हो तो सपने भी ठहर जाते हैं। तब वे नहीं उठ सकते, क्योंकि उनका स्त्रोत ही बंद हो गया। सपने उठते हैं, क्योंकि तुम उन्हें सहयोग देते हो, तुम उन्हें पोषण देते हो। सहयोग मत दो; पोषण मत दो।

▲

यह सूत्र कहता है: 'विशेष ज्ञान का पालन-पोषण करो।'

विशेष ज्ञान क्यों? तुम भी पोषण देते हो; लेकिन तुम विशेष सिद्धांतों को पोषण देते हो, ज्ञान को नहीं। तुम विशेष शास्त्रों को पोषण देते हो, ज्ञान को नहीं। तुम विशेष मतवादों को, दर्शनशास्त्रों को, विचार-पद्धतियों को पोषण देते हो; लेकिन विशेष ज्ञान को कभी पोषण नहीं देते। यह सूत्र कहता है कि उन्हें हटाओ, दूर करो; शास्त्रों और सिद्धांत किसी काम के नहीं हैं। अपना अनुभव प्राप्त करो जो प्रामाणिक हो; अपना ही ज्ञान हासिल करो, और उसे पोषण दो। कितना भी छोटा हो, प्रामाणिक अनुभव असली बात है। तुम उस पर अपने जीवन का आधार रख सकते हो। वे जैसे भी हों, जो भी हों, सदा प्रामाणिक अनुभवों की चिंता लो जो तुमने स्वयं जाने हैं। क्या तुमने स्वयं कुछ जाना है?

तुम बहुत कुछ जानते हो; लेकिन तुम्हारा सब जानना उधार है। किसी से तुमने सुना है; किसी ने तुम्हें दिया है। शिक्षकों ने, मां-बाप ने, समाज ने तुम्हें संस्कारित किया है। तुम ईश्वर के बारे में जानते हो; तुम प्रेम के संबंध में जानते हो; तुम ध्यान के विषय में जानते हो। लेकिन तुम यथार्थतः कुछ भी नहीं जानते। तुमने इनमें से किसी का स्वाद नहीं लिया है। यह सब उधार है। किसी दूसरे ने स्वाद लिया है; स्वाद तुम्हारा निजी नहीं है। किसी दूसरे ने देखा है; तुम्हारी भी आंखें हैं, लेकिन तुमने उनका उपयोग नहीं किया है। किसी ने अनुभव किया—किसी बुद्ध ने, किसी जीसस ने—और तुम उनका ज्ञान उधार लिए बैठे हो।

उधार ज्ञान झूठा है, और वह तुम्हारे काम का नहीं है। उधार ज्ञान अज्ञान से भी खतरनाक है। क्योंकि अज्ञान तुम्हारा है, और ज्ञान उधार है। इससे तो अज्ञानी रहना बेहतर है; कम से कम तुम्हारा तो है, प्रामाणिक तो है, सच्चा है, ईमानदार है। उधार ज्ञान मत ढोओ; अन्यथा तुम भूल जाओगे कि तुम अज्ञानी हो; और तुम अज्ञानी के अज्ञानी बने रहोगे।

यह सूत्र कहता है: 'विशेष ज्ञान का पालन-पोषण करो।'

सदा ही जानने की कोशिश इस ढंग से करो कि वह सीधा हो, सच हो, प्रत्यक्ष हो। कोई विश्वास मत पकड़ो; विश्वास तुम्हें भटका देगा। अपने पर भरोसा करो, श्रद्धा करो। और अगर तुम अपने पर ही श्रद्धा नहीं कर सकते तो किसी दूसरे पर कैसे श्रद्धा कर सकते हो?

सारिपुत्र बुद्ध के पास आया और उसने कहा: 'मैं आपमें विश्वास करने के लिए आया हूं; मैं आ गया हूं। मुझे आप में श्रद्धा हो, इसमें मेरी सहायता करें।' बुद्ध ने कहा: 'अगर तुम्हें स्वयं में श्रद्धा नहीं है तो मुझमें श्रद्धा कैसे करोगे? मुझे भूल जाओ। पहले स्वयं में श्रद्धा करो; तो ही तुम्हें किसी दूसरे में श्रद्धा होगी।'

यह स्मरण रहे, अगर तुम्हें स्वयं में ही श्रद्धा नहीं है तो किसी में भी श्रद्धा नहीं हो सकती। पहली श्रद्धा सदा अपने में होती है; तो ही वह प्रवाहित हो सकती है, बह सकती है, तो ही वह दूसरों तक पहुंच सकती है। लेकिन अगर तुम कुछ जानते ही नहीं हो तो अपने में श्रद्धा कैसे करोगे? अगर तुम्हें कोई अनुभव ही नहीं है तो स्वयं में श्रद्धा कैसे होगी? अपने में श्रद्धा करो। और मत सोचो कि हम परमात्मा को ही दूसरों की आंखों से देखते हैं; साधारण अनुभवों में भी यही होता है। कोशिश करो कि साधारण अनुभव भी तुम्हारे अपने अनुभव हों। वे तुम्हारे विकास में सहयोगी होंगे; वे तुम्हें प्रौढ़ बनाएंगे; वे तुम्हें परिपक्वता देंगे।

बड़ी अजीब बात है कि तुम दूसरों की आंख से देखते हो, तुम दूसरों की जिंदगी से

जीते हो। तुम गुलाब को सुंदर कहते हो। क्या यह सच में ही तुम्हारा भाव है या तुमने दूसरों से सुन रखा है कि गुलाब सुंदर होता है? क्या यह तुम्हारा जानना है? क्या तुमने जाना है? तुम कहते हो कि चांदनी अच्छी है, सुंदर है। क्या यह तुम्हारा जानना है? या कवि इसके गीत गाते रहे हैं और तुम बस उन्हें दुहरा रहे हो?

अगर तुम तोते जैसे दुहरा रहे हो तो तुम अपना जीवन प्रामाणिक रूप से नहीं जी सकते। जब भी तुम कुछ कहो, जब भी तुम कुछ करो, तो पहले अपने भीतर जांच कर लो कि क्या यह मेरा अपना जानना है? मेरा अपना अनुभव है? उस सबको बाहर फेंक दो जो तुम्हारा नहीं है; वह कचरा है। और सिर्फ उसको ही मूल्य दो, पोषण दो, जो तुम्हारा है। उसके द्वारा ही तुम्हारा विकास होगा।

'यथार्थ में विशेष ज्ञान और विशेष कृत्य का पालन-पोषण करो।'

यहां 'यथार्थ में' को सदा स्मरण रखो। कुछ करो। क्या कभी तुमने स्वयं कुछ किया है या तुम केवल दूसरों के हुक्म बजाते रहे हो? केवल दूसरों का अनुसरण करते रहे हो? कहते हैं: 'अपनी पत्नी को प्रेम करो।' क्या तुमने यथार्थतः अपनी पत्नी को प्रेम किया है? या तुम सिर्फ कर्तव्य निभा रहे हो; क्योंकि तुम्हें कहा गया है, सिखाया गया है कि पत्नी को प्रेम करो, या मां को प्रेम करो, या पिता को, भाई को प्रेम करो? तुम्हारा प्रेम भी अनुकरण मात्र है। क्या तुमने कभी ऐसा प्रेम किया है जिसमें तुम थे? क्या कभी ऐसा हुआ है कि तुम्हारे प्रेम में किसी की सिखावन न काम कर रही हो, किसी का अनुसरण न हो रहा हो? क्या तुमने कभी प्रामाणिक रूप से प्रेम किया है?

तुम अपने को धोखा दे सकते हो; तुम कह सकते हो कि हां, किया है। लेकिन कुछ कहने के पहले ठीक से निरीक्षण कर लो। अगर तुमने सचमुच प्रेम किया होता तो तुम रूपांतरित हो जाते; प्रेम का वह विशेष कृत्य ही तुम्हें बदल डालता। लेकिन उसने तुम्हें नहीं बदला, क्योंकि तुम्हारा प्रेम झूठा है। और तुम्हारा पूरा जीवन ही झूठ हो गया है। तुम ऐसे काम किए जाते हो जो तुम्हारे अपने नहीं हैं। कुछ करो जो तुम्हारा अपना हो; और उसका पोषण करो।

बुद्ध बहुत अच्छे हैं; लेकिन तुम उनका अनुसरण नहीं कर सकते। जीसस अच्छे हैं; लेकिन तुम उनका अनुसरण नहीं कर सकते। और अगर तुम अनुसरण करोगे तो तुम कुरूप हो जाओगे, तुम कार्बन कापी हो जाओगे। तब तुम झूठे हो जाओगे, और अस्तित्व तुम्हें स्वीकार नहीं करेगा। वहां कुछ भी झूठ स्वीकृत नहीं है।

बुद्ध को प्रेम करो, जीसस को प्रेम करो; लेकिन उनकी कार्बन कापी मत बनो। नकल मत करो; सदा अपनी निजता को अपने ढंग से खिलने दो। तुम किसी दिन बुद्ध जैसे हो जाओगे; लेकिन मार्ग बुनियादी तौर से तुम्हारा अपना होगा। किसी दिन तुम जीसस जैसे हो जाओगे; लेकिन तुम्हारा यात्रा-पथ भिन्न होगा, तुम्हारे अनुभव भिन्न होंगे। एक बात पक्की है : जो भी मार्ग हो, जो भी अनुभव हो, वह प्रामाणिक होना चाहिए, असली होना चाहिए, तुम्हारा होना चाहिए। तब तुम किसी न किसी दिन पहुंच जाओगे।

असत्य से तुम सत्य तक नहीं पहुंच सकते हो। असत्य तुम्हें और असत्य में ले जाएगा। जब कुछ करो तो भलीभांति स्मरण रखकर करो कि यह तुम्हारा अपना कृत्य हो, तुम खुद कर रहे हो; किसी का अनुकरण नहीं कर रहे हो। तो एक छोटा सा कृत्य भी, एक

▲

मुस्कुराहट भी सतोरी का, समाधि का स्त्रोत बन सकती है।

तुम अपने घर लौटते हो और बच्चों को देखकर मुस्कुराते हो। यह मुस्कुराहट झूठी है; तुम अभिनय कर रहे हो। तुम इसलिए मुस्कुराते हो क्योंकि मुस्कुराना चाहिए। यह ऊपर से चिपकायी गई मुस्कुराहट है; तुम्हारे होंठों के अतिरिक्त तुम्हारा कुछ भी इस मुस्कुराहट में सम्मिलित नहीं है। यह मुस्कुराहट कृत्रिम है, यांत्रिक है। और तुम इसके इतने अभ्यस्त हो गए हो कि तुम बिलकुल ही भूल गए हो कि सच्ची मुस्कुराहट क्या है। तुम हंस सकते हो; लेकिन संभव है वह हंसी तुम्हारे केंद्र से न आ रही हो।

सदा ध्यान रखो कि तुम जो भी कर रहे हो उसमें तुम्हारा केंद्र सम्मिलित है या नहीं। अगर तुम्हारा केंद्र उस कृत्य में सम्मिलित नहीं है तो बेहतर है कि उस कृत्य को न करो। उसे बिलकुल मत करो। कोई तुम्हें कुछ करने के लिए मजबूर नहीं कर रहा है। बिलकुल मत करो। अपनी ऊर्जा को उस घड़ी के लिए बचा कर रखो जब कोई सच्चा भाव तुम्हारे भीतर उठे। और तब उसे करो। यों ही मत मुस्कुराओ; ऊर्जा को बचाकर रखो। मुस्कुराहट आएगी, जो तुम्हें पूरा का पूरा बदल देगी। वह समग्र मुस्कुराहट होगी। तब तुम्हारे शरीर की एक-एक कोशिका मुस्कुराएगी। तब वह विस्फोट होगा, अभिनय नहीं।

और बच्चे जानते हैं, तुम उन्हें धोखा नहीं दे सकते। और जब तुम उन्हें धोखा दे सको, समझ लेना कि वे बच्चे न रहे। वे जानते हैं कि कब तुम्हारी मुस्कुराहट झूठी होती है; वे झट ताड़ लेते हैं। जो कोई भी सच्चा है वह ताड़ ही लेगा। तुम्हारे आंसू झूठे हैं; तुम्हारी मुस्कुराहट झूठी है। ये छोटे-छोटे कृत्य हैं; लेकिन तुम छोटे-छोटे कृत्यों से ही बने हो। किसी बड़े कृत्य की मत सोचो; मत सोचो कि किसी बड़े कृत्य में सच्चाई बरतूंगा। अगर तुम छोटी-छोटी चीजों में झूठे हो तो तुम सदा झूठे ही रहोगे। बड़ी चीजों में झूठा होना तो और भी सरल है।

अगर तुम छोटी-छोटी चीजों में झूठे हो तो तुम्हें बड़ी चीजों में झूठे होना और भी आसान होगा। क्योंकि बड़ी चीजें प्रदर्शन के लिए होती हैं, वे दूसरों को दिखाने के लिए होती हैं; उनमें तुम बहुत सरलता से झूठे हो सकते हो। अगर संतत्व को आदर मिलता है तो तुम संत बन सकते हो। तब तुम दिखावे के लिए कर रहे हो; तुम प्रदर्शनी की एक चीज भर हो। तुम महात्मा बन सकते हो; क्योंकि वह आदृत है, उससे अहंकार की तृप्ति होती है।

पर यह सब झूठा है। थोड़ी कल्पना करो कि अगर समाज की दृष्टि बदल जाए तो क्या होगा। ऐसी ही बदलाहट जब सोवियत रूस में या चीन में हुई तो तुरंत साधु-महात्मा वहां से विदा हो गए। अब वहां उनके लिए कोई आदर नहीं है।

मुझे याद आता है कि मेरे एक मित्र, जो बौद्ध भिक्षु हैं, स्टैलिन के दिनों में सोवियत रूस गए थे। उन्होंने लौटकर मुझे बताया कि वहां जब भी कोई व्यक्ति उनसे हाथ मिलाता था तो तुरंत झिझककर पीछे हट जाता था और कहता था कि तुम्हारे हाथ बुर्जुआ के, शोषक के हाथ हैं।

उनके हाथ सचमुच सुंदर थे; भिक्षु होकर उन्हें कभी काम नहीं करना पड़ा था। वे फकीर थे, शाही फकीर; उनका श्रम से वास्ता नहीं पड़ा था। उनके हाथ बहुत कोमल, सुंदर और स्त्रैण थे। भारत में जब कोई उनके हाथ छूता तो कहता कि कितने सुंदर हाथ हैं। लेकिन सोवियत रूस में जब कोई उनके हाथ अपने हाथ में लेता तो तुरंत सिकुड़कर पीछे हट जाता, उसकी आंखों में निंदा भर जाती और वह उन्हें कहता कि तुम्हारे हाथ बुर्जुआ के, शोषक के

हाथ हैं। वे वापस आकर मुझसे बोले कि मैंने इतना निंदित महसूस किया कि मेरा मन होता था कि मजदूर हो जाऊं।

रूस से साधु-महात्मा विदा हो गए, क्योंकि आदर न रहा। सब साधुता दिखावटी थी, प्रदर्शन की चीज थी। आज रूस में केवल सच्चा संत ही संत हो सकता है। झूठे नकली संतों के लिए वहां कोई गुंजाइश नहीं है। आज तो वहां संत होने के लिए भारी संघर्ष करना पड़ेगा, क्योंकि सारा समाज विरोध में होगा। भारत में तो जीने का सबसे सुगम ढंग साधु-महात्मा होना है; सब लोग आदर देते हैं। यहां तुम झूठे हो सकते हो, क्योंकि उसमें लाभ ही लाभ है।

तो इसे स्मरण रखो। सुबह से ही, जैसे ही तुम आंख खोलते हो, सच्चे और प्रामाणिक होने की चेष्टा करो। ऐसा कुछ भी मत करो जो झूठ और नकली हो। सिर्फ सात दिन के लिए यह स्मरण बना रहे कि कुछ भी झूठ और नकली, कुछ भी अप्रामाणिक नहीं करना है। जो भी गंवाना पड़े, जो भी खोना पड़े, खो जाए; जो भी होना हो, हो जाए; लेकिन सच्चे बने रहो। और सात दिन के भीतर तुम्हारे भीतर नए जीवन का उन्मेष अनुभव होने लगेगा। तुम्हारी मृत पर्तें टूटने लगेंगी, और नयी जीवंत धारा प्रवाहित होने लगेगी। तुम पहली बार पुनर्जीवन अनुभव करोगे, फिर से जीवित हो उठोगे।

कृत्य का पोषण करो, ज्ञान का पोषण करो—यथार्थ में, स्वप्न में नहीं। जो भी करना चाहो करो, लेकिन ध्यान रखो कि यह काम सच में मैं कर रहा हूं या मेरे द्वारा मेरे मां-बाप कर रहे हैं? क्योंकि कब के जा चुके मरे हुए लोग, मृत माता-पिता, समाज, पुरानी पीढ़ियां, सब तुम्हारे भीतर अभी भी सक्रिय हैं। उन्होंने तुम्हारे भीतर ऐसे संस्कार भर दिए हैं कि तुम अब भी उनको ही पूरा करने में लगे हो। तुम्हारे मो-बाप अपने मृत मां-बाप को पूरा करते रहे और तुम अपने मृत मां-बाप को पूरा करने में लगे हो। और आशचर्य कि कोई भी पूरा नहीं हो रहा है। तुम उसे कैसे पूरा कर सकते हो जो मर चुका? लेकिन मुर्दे तुम्हारे माध्यम से जी रहे हैं।

जब भी तुम कुछ करो तो सदा निरीक्षण करो कि यह मेरे माध्यम से मेरे पिता कर रहे हैं या मैं कर रहा हूं। जब तुम्हें क्रोध आए तो ध्यान दो कि यह मेरा क्रोध है या इसी ढंग से मेरे पिता क्रोध किया करते थे जिसे मैं दोहरा भर रहा हूं।

मैंने देखा है कि पीढ़ी दर पीढ़ी वही सिलसिला चलता रहता है, पुराने ढंग-ढांचे दोहरते रहते हैं। अगर तुम विवाह करते हो तो वह विवाह करीब-करीब वैसा ही होगा जैसा तुम्हारे मां-बाप का था। तुम अपने पिता की भांति व्यवहार करोगे; तुम्हारी पत्नी अपनी मां की भांति व्यवहार करेगी। और दोनों मिलकर वही सब उपद्रव करोगे जो उन्होंने किया था।

जब क्रोध आए तो गौर से देखो कि मैं क्रोध कर रहा हूं या कि कोई दूसरा व्यक्ति क्रोध कर रहा है? जब तुम प्रेम करो तो याद रखो, तुम ही प्रेम कर रहे हो या कोई और? जब तुम कुछ बोलो तो देखो कि मैं बोल रहा हूं या मेरा शिक्षक बोल रहा है? जब तुम कोई भाव-भंगिमा बनाओ तो देखो कि यह तुम्हारी भंगिमा है या कोई दूसरा ही वहां है?

यह कठिन होगा; लेकिन यही साधना है, यही आध्यात्मिक साधना है। और सारे झूठों को विदा करो। थोड़े समय के लिए तुम्हें सुस्ती पकड़ेगी, उदासी घेरेगी; क्योंकि तुम्हारे झूठ गिर जाएंगे और सत्य को आने में और प्रतिष्ठित होने में थोड़ा समय लगेगा। अंतराल का एक समय होगा; उस समय को भी आने दो। भयभीत मत होओ, आतंकित मत होओ। देर-अबेर

तुम्हारे मुखौटे गिर जाएंगे, तुम्हारा झूठा व्यक्तित्व विलीन हो जाएगा, और उसकी जगह तुम्हारा असली चेहरा, तुम्हारा प्रामाणिक व्यक्तित्व अस्तित्व में आएगा, प्रकट होगा। और उसी प्रामाणिक व्यक्तित्व से तुम ईश्वर का साक्षात्कार कर सकते हो।

इसीलिए यह सूत्र कहता है: 'जैसे मुर्गी अपने बच्चों का पालन-पोषण करती है, वैसे ही यथार्थ में विशेष ज्ञान और विशेष कृत्य का पालन-पोषण करो।'

दूसरा सूत्र:

यथार्थतः बंधन ओर मोक्ष सापेक्ष हैं; ये केवल विश्व से भयभीत लोगों के लिए हैं। यह विश्व मन का प्रतिबिंब है। जैसे तुम पानी में एक सूर्य के अनेक सूर्य देखते हो, वैसे ही बंधन और मोक्ष को देखो।

यह बहुत गहरी विधि है; यह गहरी से गहरी विधियों में से एक है। और विरले लोगों ने ही इसका प्रयोग किया है। झेन इसी विधि पर आधारित है। यह विधि बहुत कठिन बात कह रही है—समझने में कठिन, अनुभव करने में कठिन नहीं। किंतु पहले समझना जरूरी है।

यह सूत्र कहता है कि संसार और निर्वाण दो नहीं हैं, वे एक ही हैं। स्वर्ग और नरक दो नहीं हैं, वे एक ही हैं। वैसे ही बंधन और मोक्ष दो नहीं हैं, वे भी एक ही हैं। यह समझना कठिन है, क्योंकि हम किसी चीज को आसानी से तभी सोच पाते हैं जब वह ध्रुवीय विपरीतता में बंटी हो।

हम कहते हैं कि यह संसार बंधन है; इससे कैसे छूटा जाए और मुक्त हुआ जाए? तब मुक्ति कुछ है जो बंधन के विपरीत है, जो बंधन नहीं है। लेकिन यह सूत्र कहता है कि दोनों एक हैं, मोक्ष और बंधन एक हैं। और जब तक तुम दोनों से नहीं मुक्त होते, तुम मुक्त नहीं हो। बंधन तो बांधता ही है, मोक्ष भी बांधता है। बंधन तो गुलामी है ही, मोक्ष भी गुलामी है।

इसे समझने की कोशिश करो। उस आदमी को देखो जो बंधन के पार जाने की चेष्टा में लगा है। वह क्या कर रहा है? वह अपना घर छोड़ देता है, परिवार छोड़ देता है, धन-दौलत छोड़ देता है, संसार की चीजें छोड़ देता है, समाज छोड़ देता है, ताकि बंधन के बाहर हो सके, संसार की जंजीरों से मुक्त हो सके। लेकिन तब वह अपने लिए नयी जंजीरें गढ़ने लगता है; और वे जंजीरें नकारात्मक हैं, परोक्ष हैं।

मैं एक संत को मिला जो धन नहीं छूते हैं। वे बहुत सम्मानित संत हैं। उनका सम्मान वे लोग जरूर करेंगे जो धन के पीछे पागल हैं। यह व्यक्ति उनके विपरीत ध्रुव पर चला गया है। अगर तुम उनके हाथ में धन रख दो तो वे उसे ऐसे फेंक देंगे जैसे कि वह जहर हो या कि तुमने उनके हाथ पर सांप रख दिया हो। वे उसे फेंक ही नहीं देंगे, वे आतंकित हो उठेंगे। उनका शरीर कांपने लगेगा।

क्या हुआ है? वे धन से लड़ रहे हैं। वे पहले जरूर ही लोभी, अति लोभी व्यक्ति रहे होंगे। तभी वे दूसरी अति पर पहुंच गए। उनकी धन की पकड़ आत्यंतिक रही होगी; वे धन के लिए पागल रहे होंगे; वे धन से ग्रस्त रहे होंगे। वे अब भी धन से ग्रस्त हैं, लेकिन अब उसकी दिशा बदल गई है। वे पहले धन की तरफ भाग रहे थे; अब वे धन से भाग रहे हैं। लेकिन भागना कायम है, पकड़ बनी है।

मैं एक संन्यासी को जानता हूं जो किसी स्त्री को नहीं देख सकते। वे बहुत घबड़ा जाते हैं। अगर कोई स्त्री मौजूद हो तो वे आंखें झुकाए रखते हैं, वे सीधे नहीं देखते। क्या समस्या है? निश्चित ही, वे अति कामुक रहे होंगे, कामवासना से बहुत ग्रस्त रहे होंगे। वह ग्रस्तता अभी भी जारी है, लेकिन पहले वे स्त्रियों के पीछे भागते थे और अब वे स्त्रियों से दूर भाग रहे हैं। पर स्त्रियों से ग्रस्तता बनी हुई है; चाहे वे स्त्रियों की ओर भाग रहे हों या स्त्रियों से दूर भाग रहे हों, उनका मोह बना ही हुआ है।

वे सोचते हैं कि अब वे स्त्रियों से मुक्त हैं, लेकिन यह एक नया बंधन है। तुम प्रतिक्रिया करके मुक्त नहीं हो सकते। जिस चीज से तुम भागोगे वह पीछे के रास्ते से तुम्हें बांध लेगी; उससे तुम बच नहीं सकते। यदि कोई व्यक्ति संसार के विरोध में मुक्त होना चाहता है तो वह कभी मुक्त नहीं हो सकता, वह संसार में ही रहेगा। किसी चीज के विरोध में होना भी एक बंधन है।

यह सूत्र बहुत गहरा है। यह कहता है: 'यथार्थतः बंधन और मोक्ष सापेक्ष हैं ...।'

वे विपरीत नहीं, सापेक्ष हैं। मोक्ष क्या है? तुम कहते हो, जो बंधन नहीं है वह मोक्ष है। और बंधन क्या है? तब तुम कहते हो, जो मोक्ष नहीं है वह बंधन है। तुम एक-दूसरे से उनकी परिभाषा कर सकते हो। वे गर्मी और ठंडक की भांति हैं; विपरीत नहीं हैं। गर्मी क्या है और ठंडक क्या है? वे एक ही चीज की कम-ज्यादा मात्राएं हैं—ताप की मात्राएं हैं। लेकिन चीज एक ही है; गर्मी और ठंडक सापेक्ष हैं।

अगर एक बाल्टी में ठंडा पानी हो और दूसरी बाल्टी में गर्म पानी हो, और तुम अपना एक हाथ ठंडे पानी की बाल्टी में डालो और दूसरा हाथ गर्म पानी की बाल्टी में, तो तुम्हें क्या अनुभव होगा? तुम्हें जो अनुभव होगा वह बस ताप की मात्रा का फर्क होगा। और अगर तुम पहले दोनों हाथों को बर्फ पर रखकर ठंडा कर लो और तब उनमें से एक को गरम पानी में डालो और दूसरे को ठंडे पानी में, तब क्या होगा? तब फिर तुम्हें फर्क मालूम पड़ेगा। गर्म पानी में पड़ा हाथ पहले से ज्यादा गर्मी महसूस करेगा। और अगर तुम्हारा दूसरा हाथ ठंडे पानी से भी ज्यादा ठंडा हो चुका है तो उसे ठंडा पानी भी गर्म मालूम पड़ेगा। ठंडा पानी उस हाथ के लिए ठंडा न रहा। बात सापेक्ष है। फर्क मात्रा का, डिग्री का है; चीज वही है।

तंत्र कहता है, बंधन और मोक्ष, संसार और निर्वाण दो चीजें नहीं हैं; वे सापेक्ष हैं, वे एक ही चीज की दो अवस्थाएं हैं। इसीलिए तंत्र अनूठा है। तंत्र कहता है कि तुम्हें बंधन से ही मुक्त नहीं होना है, तुम्हें मोक्ष से भी मुक्त होना है। जब तक तुम दोनों से मुक्त नहीं होते, तुम मुक्त नहीं हो।

तो पहली बात कि किसी भी चीज के विरोध में जाने की कोशिश मत करो, क्योंकि ऐसा करके तुम उसी चीज की किसी भिन्न अवस्था में प्रवेश कर जाओगे। वह विपरीत दिखाई पड़ता है; लेकिन विपरीत है नहीं। कामवासना से ब्रह्मचर्य में जाने की चेष्टा करोगे तो तुम्हारा ब्रह्मचर्य कामुकता के सिवाय और कुछ नहीं होगा। लोभ से अलोभ में जाने की चेष्टा मत करो, क्योंकि वह अलोभ भी सूक्ष्म लोभ ही होगा। इसीलिए अगर कोई परंपरा अलोभ सिखाती है तो उसमें भी वह तुम्हें कुछ लालच देती है।

मैं एक महात्मा के साथ ठहरा हुआ था। और वे अपने अनुयायियों को समझा रहे थे :

▲

'अगर तुम लोभ छोड़ दोगे तो तुम्हें परलोक में बहुत मिलेगा। यदि तुम लोभ को त्याग दोगे तो दूसरे लोक में तुम्हें बहुत कुछ मिलेगा।'

जो लोग लोभी हैं, परलोक के लोभी हैं, वे इस उपदेश से बहुत प्रभावित होंगे। वे इसके लालच में बहुत कुछ छोड़ने को भी तैयार हो जाएंगे। लेकिन पाने की प्रवृत्ति, पाने की चाह बनी रहती है। अन्यथा लोभी आदमी अलोभ की तरफ क्यों जाएगा? उसके लोभ की सूक्ष्म तृप्ति के लिए कुछ अभिप्राय, कुछ हेतु तो चाहिए ही।

तो विपरीत ध्रुवों का निर्माण मत करो। सभी विपरीतताएं परस्पर जुड़ी हैं; वे एक ही चीज की भिन्न-भिन्न मात्राएं हैं। और अगर तुम्हें इसका बोध हो जाए तो तुम कहोगे कि दोनों ध्रुव एक हैं। अगर तुम यह अनुभव कर सके, और अगर यह अनुभव तुम्हारे भीतर गहरा हो सके, तो तुम दोनों से मुक्त हो जाओगे। तब तुम न संसार चाहते हो न मोक्ष। वस्तुतः तब तुम कुछ भी नहीं चाहते हो; तुमने चाहना ही छोड़ दिया। और उस छोड़ने में ही तुम मुक्त हो गए। इस भाव में ही कि सब कुछ समान है, भविष्य गिर गया। अब तुम कहां जाओगे?

यदि कामवासना और ब्रह्मचर्य एक ही हैं, तो कहां जाना है? यदि लोभ और अलोभ एक ही हैं, हिंसा और अहिंसा एक ही हैं, तो फिर जाना कहां है? कहीं जाने को न बचा। सारी गति समाप्त हुई; भविष्य ही न रहा। तब तुम किसी चीज की भी कामना, कोई भी कामना नहीं कर सकते, क्योंकि सब कामनाएं एक ही हैं। फर्क केवल परिमाण का होगा। तुम क्या कामना करोगे? तुम क्या चाहोगे?

कभी-कभी मैं लोगों से पूछता हूं; जब वे मेरे पास आते हैं, मैं पूछता हूं: 'सच में तुम क्या चाहते हो?' उनकी चाह उनसे ही पैदा होती है। वे जैसे हैं उसमें ही उसकी जड़ होती है। अगर कोई लोभी है तो वह अलोभ की चाह करता है। अगर कोई कामी है तो वह ब्रह्मचर्य की कामना करता है। कामी कामवासना से छूटना चाहता है, क्योंकि वह उससे पीड़ित है, दुखी है। लेकिन ब्रह्मचर्य की इस कामना की जड़ उसकी कामुकता में ही है।

लोग पूछते हैं: 'इस संसार से कैसे छूटा जाए?'

संसार उन पर बहुत भारी पड़ रहा है। वे संसार के बोझ के नीचे दबे जा रहे हैं। और वे संसार से बुरी तरह चिपके भी हैं, क्योंकि जब तक तुम संसार से चिपकते नहीं हो तब तक संसार तुम्हें बोझिल नहीं कर सकता। यह बोझ तुम्हारे सिर में है; और उसका कारण तुम हो, बोझ नहीं। तुम इसे ढो रहे हो। और लोग सारा संसार उठाए हैं; और फिर वे दुखी होते हैं। और दुख के इसी अनुभव से विपरीत कामना का उदय होता है, और वे विपरीत के लिए लालायित हो उठते हैं।

पहले वे धन के पीछे भाग रहे थे; अब वे ध्यान के पीछे भाग रहे हैं। पहले वे इस लोक में कुछ पाने के लिए भाग-दौड़ कर रहे थे; अब वे परलोक में कुछ पाने के लिए भाग-दौड़ कर रहे हैं। लेकिन भाग-दौड़ जारी है। और भाग-दौड़ ही समस्या है; विषय अप्रासंगिक है। कामना समस्या है; चाह समस्या है। तुम क्या चाहते हो, यह अर्थपूर्ण नहीं है तुम चाहते हो, यह समस्या है।

और तुम चाह के विषय बदलते रहते हो। आज तुम 'क' चाहते हो, कल 'ख' चाहते हो, और तुम समझते हो कि मैं बदल रहा हूं। और फिर परसों तुम 'ग' की चाह करते हो, और

▲

तुम सोचते हो कि मैं रूपांतरित हो गया। लेकिन तुम वही हो। तुमने 'क' की चाह की, तुमने 'ख' की चाह की, तुमने 'ग' की चाह की; लेकिन ये क-ख-ग तुम नहीं हो; तुम तो वह हो जो चाहता है, जो कामना करता है। और वह वही का वही रहता है।

तुम बंधन चाहते हो और फिर उससे निराश हो जाते हो, ऊब जाते हो। और तब तुम मोक्ष की कामना करने लगते हो। लेकिन तुम कामना करना जारी रखते हो। और कामना बंधन है; इसलिए तुम मोक्ष की कामना नहीं कर सकते। चाह ही बंधन है; इसलिए तुम मोक्ष नहीं चाह सकते। जब कामना विसर्जित होती है तो मोक्ष है; चाह का छूट जाना मोक्ष है। इसीलिए यह सूत्र कहता है: 'यथार्थतः बंधन और मोक्ष सापेक्ष हैं।'

तो विपरीत से ग्रस्त मत होओ।

'ये केवल विश्व से भयभीत लोगों के लिए हैं।'

बंधन और मोक्ष, ये शब्द उनके लिए हैं जो विश्व से भयभीत हैं।

'यह विश्व मन का प्रतिबिंब है।'

तुम संसार में जो कुछ देखते हो वह प्रतिबिंब है। अगर वह बंधन जैसा दिखता है तो उसका मतलब है कि वह तुम्हारा प्रतिबिंब है। और अगर यह विश्व मुक्ति जैसा दिखता है तो भी वह तुम्हारा प्रतिबिंब है।

'जैसे तुम पानी में एक सूर्य के अनेक सूर्य देखते हो, वैसे ही बंधन और मोक्ष को देखो।'

सुबह सूरज ऊगता है। और सरोवर अनेक हैं—बड़े और छोटे, शुद्ध और गंदे, सुंदर और कुरूप। एक ही सूरज इन अनेक सरोवरों में प्रतिबिंबित होता है। जो व्यक्ति प्रतिबिंबों को गिनेगा वह सोचेगा कि सूर्य अनेक हैं। और जो प्रतिबिंबों को न देखकर यथार्थ को देखेगा उसे एक सूर्य ही दिखेगा।

जिस संसार को तुम देखते हो वह तुम्हारा प्रतिबिंब है। अगर तुम कामुक हो तो सारा संसार तुम्हें कामुक मालूम पड़ेगा। और अगर तुम चोर हो तो सारा संसार तुम्हें उसी धंधे में संलग्न मालूम पड़ेगा।

एक बार मुल्ला नसरुद्दीन और उसकी पत्नी, दोनों मछली पकड़ रहे थे। और वह जगह प्रतिबंधित थी; केवल लाइसेंस लेकर ही लोग वहां मछली पकड़ सकते थे। अचानक एक पुलिस का सिपाही वहां आ गया। मुल्ला की पत्नी ने कहा: 'मुल्ला, तुम्हारे पास लाइसेंस है, तुम भागो; इस बीच मैं यहां से खिसक जाऊंगी।' मुल्ला भागने लगा। वह भागता गया, भागता गया और सिपाही उसका पीछा करता रहा। मुल्ला ने अपनी पत्नी को वहीं छोड़ दिया और भागने लगा।

दौड़ते-दौड़ते मुल्ला को ऐसा लगा कि उसकी छाती फट जाएगी। तभी उस सिपाही ने उसे पकड़ लिया; सिपाही भी पसीने से तरबतर था। उसने मुल्ला से पूछा: 'तुम्हारा लाइसेंस कहां है?' मुल्ला ने लाइसेंस निकाल कर दिखाया। सिपाही ने गौर से लाइसेंस को देखा और उसे सही पाया। और तब उसने पूछा: 'नसरुद्दीन, फिर तुम भाग क्यों रहे थे? तुम्हारे पास लाइसेंस था तो तुम भाग क्यों रहे थे?'

मुल्ला ने कहा: 'मैं एक डाक्टर के पास जाता हूं और वह कहता है कि भोजन के बाद आधा मील दौड़ा करो।' सिपाही ने कहा: 'ठीक है; लेकिन जब तुमने देखा कि मैं तुम्हारे पीछे

भाग रहा हूं, चिल्ला रहा हूं, तब तुम क्यों नहीं रुके?' नसरुद्दीन ने कहा: 'मैं समझा कि शायद तुम भी उसी डाक्टर के पास जाते हो।'

बिलकुल तर्कसंगत है; यही हो रहा है। तुम अपने चारों तरफ जो कुछ देखते हो वह तुम्हारा प्रतिबिंब ज्यादा है, यथार्थ कम। तुम अपने को ही सब जगह प्रतिबिंबित देख रहे हो। और जिस क्षण तुम बदलते हो, तुम्हारा प्रतिबिंब भी बदल जाता है। और जिस क्षण तुम समग्रतः मौन हो जाते हो, शांत हो जाते हो, सारा संसार भी शांत हो जाता है। संसार बंधन नहीं है; बंधन केवल एक प्रतिबिंब है। संसार मोक्ष भी नहीं है; मोक्ष भी प्रतिबिंब है। बुद्ध को सारा संसार निर्वाण में दिखाई पड़ता है। कृष्ण को सारा जगत नाचता-गाता, आनंद में, उत्सव मनाता हुआ दिखाई पड़ता है। उन्हें कहीं कोई दुख नहीं दिखाई पड़ता है।

लेकिन तंत्र कहता है कि तुम जो भी देखते हो वह प्रतिबिंब ही है, जब तक सारे दृश्य नहीं विदा हो जाते और शुद्ध दर्पण नहीं बचता—प्रतिबिंबरहित दर्पण। वही सत्य है। अगर कुछ भी दिखाई देता है तो वह प्रतिबिंब ही है। सत्य एक है; अनेक तो प्रतिबिंब ही हो सकते हैं। और एक बार यह समझ में आ जाए—सिद्धांत के रूप में नहीं, अस्तित्वगत, अनुभव के द्वारा—तो तुम मुक्त हो, बंधन और मोक्ष दोनों से मुक्त हो।

नरोपा जब बुद्धत्व को उपलब्ध हुए तो किसी ने उनसे पूछा: 'क्या आपने मोक्ष को प्राप्त कर लिया?' नरोपा ने कहा: 'हां और नहीं दोनों। हां, क्योंकि मैं बंधन में नहीं हूं; और नहीं, क्योंकि वह मोक्ष भी बंधन का ही प्रतिबिंब था। मैं बंधन के कारण ही मोक्ष की सोचता था।'

इसे इस ढंग से देखो। जब तुम बीमार होते हो तो स्वास्थ्य की कामना करते हो। यह स्वास्थ्य की कामना तुम्हारी बीमारी का ही अंग है। अगर तुम स्वस्थ ही हो तो तुम स्वास्थ्य की कामना नहीं करोगे। कैसे करोगे? अगर तुम सच में स्वस्थ हो तो फिर स्वास्थ्य की चाह कहां है? उसकी जरूरत क्या है?

अगर तुम यथार्थतः स्वस्थ हो तो तुम्हें कभी यह महसूस नहीं होता है कि मैं स्वस्थ हूं। सिर्फ बीमार, रोगग्रस्त लोग ही महसूस कर सकते हैं कि हम स्वस्थ हैं। उसकी जरूरत क्या है? तुम कैसे महसूस कर सकते हो कि तुम स्वस्थ हो? अगर तुम स्वस्थ ही पैदा हुए, अगर तुम कभी बीमार नहीं हुए, तो क्या तुम अपने स्वास्थ्य को महसूस कर सकोगे?

स्वास्थ्य तो है, लेकिन उसका अहसास नहीं हो सकता। उसका अहसास तो विपरीत के द्वारा, विरोधी के द्वारा ही हो सकता है। विपरीत के द्वारा ही, उसकी पृष्ठभूमि में ही किसी चीज का अनुभव होता है। अगर तुम बीमार हो तो स्वास्थ्य का अनुभव कर सकते हो; और अगर तुम्हें स्वास्थ्य का अनुभव हो रहा है तो निश्चित जानो कि तुम अब भी बीमार हो।

तो नरोपा ने कहा: 'हां और नहीं दोनों। हो इसलिए कि अब कोई बंधन नहीं रहा, और नहीं इसलिए कि बंधन के जाने के साथ मुक्ति भी विलीन हो गई। मुक्ति बंधन का ही हिस्सा थी। अब मैं दोनों के पार हूं; न बंधन में हूं और न मोक्ष में।'

धर्म को चाह मत बनाओ। धर्म को कामना मत बनाओ। मोक्ष को, निर्वाण को कामना का विषय मत बनाओ। वह तभी घटित होता है जब सारी कामनाएं खो जाती हैं। आज इतना ही।

46

समझ और समग्रता कुंजी हैं

प्रश्न सार

1. मोक्ष की आकांक्षा कामना है या मनुष्य को मूलभूत अभीप्सा ?

2. हिसा और क्रोध जैसे कृत्यों में समग्र रहकर कोई कैसे रूपांतरित हो सकता है ?

3. क्या आप बुद्धपुरुषों की नींद की गुणवत्ता और स्वभाव पर कुछ कहेंगे ?

पहला प्रश्न :
आपने कल कहा कि मोक्ष या समाधि की कामना भी तनाव और बाधा है। लेकिन क्या यह सही नहीं है कि यह कामना न होकर आकांक्षा है, मनुष्य की मूलभूत अभीप्सा है?

पहले यह समझना जरूरी है कि कामना क्या है, चाह क्या है। धर्मों ने इस संबंध में लोगों में बहुत भ्रम पैदा कर रखा है। अगर तुम कोई सांसारिक चीज चाहते हो, तो वे इसे कामना कहते हैं, वासना कहते हैं। और अगर तुम कोई परलोक की चीज चाहते हो तो वे उसे भिन्न नाम से पुकारते हैं। यह बहुत बेतुका है, अनर्गल है। कामना कामना है; इससे कोई फर्क नहीं पड़ता कि उसका विषय क्या है। विषय कुछ भी हो सकता है—चाहे इस लोक का हो, पार्थिव हो; या परलोक का हो, आध्यात्मिक हो—लेकिन कामना वही रहती है।

और प्रत्येक कामना बंधन है, प्रत्येक चाह बंधन है। यदि तुम ईश्वर को चाहते हो तो वह भी बंधन है। मोक्ष की कामना भी बंधन है। और जब तक यह कामना पूरी तरह विदा नहीं होती तब तक मोक्ष नहीं घटित हो सकता। स्मरण रहे, तुम मोक्ष की कामना नहीं कर सकते। यह असंभव है; यह विरोधाभासी है। तुम निष्काम हो जाओ; और मोक्ष घटित होगा। लेकिन मोक्ष तुम्हारी कामना का फल नहीं है; वह निष्काम होने का सहज परिणाम है।

अतः कामना को समझने की कोशिश करो। कामना का अर्थ है कि ठीक अभी, वर्तमान में तुम संतुष्ट नहीं हो, तुम तृप्त नहीं हो। इस क्षण तुम्हें अपने साथ तृप्ति नहीं मिल रही है, और तुम सोचते हो कि भविष्य में कोई चीज—यदि वह फलीभूत हो—तुम्हें शांति देने वाली है, तृप्ति देने वाली है। तुम्हारी तृप्ति सदा भविष्य में होती है; वह कभी यहां और अभी नहीं होती। भविष्य के प्रति मन का यह खिंचाव, यह फैलाव, यह तनाव ही कामना है। कामना का अर्थ है कि तुम वर्तमान में नहीं हो। और जो कुछ है वह वर्तमान में है। और तुम कहीं भविष्य में हो जो कि अभी नहीं है। भविष्य न कभी आया है, न कभी आने वाला है। और जो कुछ भी है सब वर्तमान है, यही क्षण है।

भविष्य में कहीं तृप्ति की कल्पना ही कामना है। वह तृप्ति क्या है, इससे मतलब नहीं है। वह ईश्वर का राज्य हो सकता है, स्वर्ग हो सकता है या निर्वाण हो सकता है, वह कुछ भी हो सकता है; लेकिन अगर भविष्य में है तो वह कामना है। और स्मरण रहे, तुम वर्तमान में

कामना नहीं कर सकते; वह संभव नहीं है। वर्तमान में तुम सिर्फ हो सकते हो; तुम कामना नहीं कर सकते। वर्तमान में कामना कैसे कर सकते हो? कामना भविष्य में, कल्पना में और स्वप्न में ले जाती है।

इसीलिए बुद्ध निर्वासना पर इतना जोर देते हैं। निर्वासना से ही तुम सत्य में प्रवेश पा सकते हो। वासना स्वप्न में ले जाती है; भविष्य स्वप्न है। और जब तुम भविष्य में सपने देखने लगते हो तो तुम्हें निराशा ही हाथ लगेगी। तुम भविष्य के स्वप्नों के लिए वर्तमान वास्तविकता के प्रति आंखें बंद कर रहे हो। और मन की यह तुम्हारी आदत रोज-रोज बलशाली होती जाएगी; और यह आदत तुम्हारे साथ रहेगी। तो जब भविष्य आएगा वह वर्तमान के रूप में ही आएगा, और तुम्हारा मन किसी और भविष्य में गति कर जाएगा। अगर तुम्हें ईश्वर भी मिल जाए तो भी तुम संतुष्ट नहीं होगे। तुम जैसे हो उसमें संतुष्ट होना असंभव है। परमात्मा की उपस्थिति में भी तुम किसी भविष्य में सरक जाओगे।

तुम्हारा मन सदा भविष्य में गति करता रहता है। और मन की भविष्य में यह यात्रा ही कामना है, इच्छा है, चाह है। कामना का विषय से कोई लेना-देना नहीं है; तुम धन चाहते हो या ध्यान, इससे कोई फर्क नहीं पड़ता। चाहना असली बात है; असली बात है कि तुम कुछ चाहते हो। उसका अर्थ है कि तुम यहां नहीं हो। उसका अर्थ है कि तुम वर्तमान क्षण में नहीं हो। और वर्तमान क्षण ही अस्तित्व का एकमात्र द्वार है। अतीत और भविष्य द्वार नहीं, दीवारें हैं।

तो मैं किसी कामना को आध्यात्मिक कामना नहीं कह सकता; कामना मात्र सांसारिक है। कामना ही संसार है। आध्यात्मिक कामना जैसी कोई चीज नहीं होती; हो नहीं सकती। यह मन की चालाकी है; यह प्रवंचना है। क्योंकि तुम कामना नहीं छोड़ सकते इसलिए तुम उसके विषय बदल लेते हो।

पहले तुम धन चाहते थे, पद-प्रतिष्ठा चाहते थे; अब तुम कहते हो कि तुम्हें उनकी कामना नहीं रही, वे सांसारिक चीजें हैं। अब तुम उनकी निंदा करते हो और तुम्हारी नजर में वे लोग निंदित हैं जो धन या पद चाहते हैं। अब तुम ईश्वर को चाहते हो; अब तुम ईश्वर के राज्य की, मोक्ष और निर्वाण की, शाश्वत और सच्चिदानंद की, ब्रह्म की कामना करते हो। अब तुम इन्हें चाहते हो और सोचते हो कि बड़ी बात हो गई, कि मैं रूपांतरित हो गया।

लेकिन सच तो यह है कि तुम्हें कुछ नहीं हुआ है, तुम वही के वही हो। तुम अपने साथ भी चाल चल रहे हो। और अब तुम ज्यादा उपद्रव में हो, क्योंकि तुम सोचते हो कि यह कामना नहीं है। तुम वही रहते हो; मन वही रहता है; मन का सारा व्यापार वही रहता है। तुम अभी भी वर्तमान में नहीं हो। कामना के विषय बदल गए हैं; लेकिन दौड़ जारी है, सपने कायम हैं। और सपने देखना ही कामना है; विषय से मतलब नहीं है।

तो मुझे समझने की कोशिश करो। मैं कहता हूं कि हरेक चाह सांसारिक है, क्योंकि चाह ही संसार है। सवाल यह नहीं है कि कामना को बदला जाए या उसके विषयों को बदला जाए; सवाल रूपांतरण का है। सवाल चाह से अचाह में छलांग का है, क्रांति का है। पुरानी चाह से नई चाह में, लौकिक चाह से पारलौकिक चाह में, पार्थिव चाह से आध्यात्मिक चाह में गति करने की बात नहीं है; बात है चाह से अचाह में छलांग लेने की। चाह से अचाह में छलांग ही क्रांति है।

लेकिन चाह से अचाह में गति कैसे हो? तुम तभी गति कर सकते हो जब कोई चाह हो। अगर कोई लाभ की प्रेरणा हो, कुछ लोभ हो, कुछ प्रयोजन हो, कुछ प्राप्ति की बात हो, तो ही तुम चाह से अचाह में जा सकते हो। लेकिन तब तुम कहीं नहीं जा रहे हो। मैं कहता हूं कि कामना छोड़ने से परम आनंद मिलता है। और यह बात सही है कि कामना के विदा होने से परम आनंद घटित होता है। लेकिन अगर मैं कहूं कि तुम निष्काम होकर परम आनंद को उपलब्ध होगे तो तुम इसको भी अपनी कामना का विषय बना लोगे। और तब तुम पूरी बात ही चूक गए। यह फल नहीं है; यह गहन बोध का परिणाम है।

तो समझने की चेष्टा करो कि कामना दुख लाती है। और ऐसा मत सोचो कि मैं यह पहले से जानता हूं। तुम नहीं जानते हो। अन्यथा तुम कामना में क्यों पड़ते? तुम्हें अभी यह बोध नहीं हुआ है कि कामना दुख है, कामना नरक है। इसे जानो; जब तुम कोई कामना करो तो उसके प्रति सावचेत रहो, और फिर पूरे होशपूर्वक कामना में उतरो, और तुम नरक में पहुंच जाओगे।

प्रत्येक कामना दुख में ले जाती है, चाहे वह पूरी हो या न हो। अगर कामना पूरी हो जाए तो वह जल्दी दुख में ले जाती है, अतृप्त कामना समय लेती है। लेकिन हर कामना दुख में पहुंचा देती है। उसकी पूरी प्रक्रिया के प्रति सावधान रहो, और तब उसमें उतरो। जल्दी क्या है? जल्दी में कुछ भी संभव नहीं है। आध्यात्मिक विकास जल्दी में संभव नहीं है। धीरे-धीरे चलो; धैर्य के साथ चलो। अपनी प्रत्येक आकांक्षा का निरीक्षण करो और देखो कि कैसे हर आकांक्षा नरक का द्वार बन जाती है।

अगर तुम सावचेत रहे तो देर-अबेर तुम्हें यह बात समझ में आ जाएगी कि कामना नरक है। और जिस घड़ी यह बोध घटित होगा, कामना समाप्त हो जाएगी। अचानक कामना विलीन हो जाएगी, और तुम अपने को अकाम अवस्था में पाओगे। मैं उसे कामना-रहितता नहीं कहता, मैं उसे सीधा अकाम कहता हूं।

और स्मरण रहे, तुम इसका अभ्यास नहीं कर सकते। अभ्यास तो केवल कामना का हो सकता है। तुम अकाम का अभ्यास कैसे कर सकते हो? तुम निष्कामना को नहीं साध सकते; केवल कामना साधी जा सकती है। लेकिन यदि तुम सचेत हो तो तुम जान जाओगे कि कामना नरक में पहुंचा देती है। और जब यह तुम्हारी अपनी अनुभूति होगी—कोई सिद्धांत या मान्यता नहीं, बल्कि स्वानुभूत तथ्य कि प्रत्येक कामना नरक में ले जाती है—तो कामना विलीन हो जाएगी, असंभव हो जाएगी। तुम अपने को दुख में कैसे ले जाओगे?

तुम सोचते तो सदा यही हो कि मैं अपने को सुख में ले जा रहा हूं, और तुम सदा दुख में पहुंच जाते हो। यही जन्मों-जन्मों से हो रहा है। तुम सदा सोचते हो कि यह रहा स्वर्ग का द्वार, और उसमें प्रवेश करने पर तुम्हें सदा पता चला है कि यह तो नरक है। और ऐसा निरपवाद रूप से होता आया है, सदा-सदा से होता आया है।

अब तुम प्रत्येक कामना में स्मरणपूर्वक, होश के साथ प्रवेश करो, और प्रत्येक कामना को तुम्हें दुख में ले जाने दो। तब किसी दिन अचानक तुम्हें यह समझ आएगी, तुम्हें यह परिपक्वता घटित होगी, और तुम समझोगे कि प्रत्येक कामना दुख है। और जिस क्षण तुम्हें यह बोध होता है, कामना गिर जाती है। तब कुछ करना नहीं पड़ता है; कामना अपने आप ही

तिरोहित हो जाती है, सूखे पत्ते की भांति गिर जाती है। तब तुम अकाम की अवस्था में होते हो। और उसी अकाम अवस्था में निर्वाण है, परम आनंद है। तुम उसे परमात्मा कह सकते हो, परमात्मा का राज्य कह सकते हो, या जो भी नाम देना चाहो दे सकते हो। लेकिन ठीक से स्मरण रखो कि यह तुम्हारी कामना का फल नहीं है, यह अकाम का सहज परिणाम है।

और ध्यान रहे, अकाम का अभ्यास नहीं किया जा सकता है। जो अकाम का अभ्यास करते हैं वे अपने को ही धोखा दे रहे हैं। सारी दुनिया में ऐसे अनेक लोग हें, भिक्षु हैं, संन्यासी हैं, जो निष्काम होने का अभ्यास कर रहे हैं। लेकिन तुम निष्काम होने का अभ्यास नहीं कर सकते; किसी भी नकारात्मक चीज का अभ्यास नहीं हो सकता है। जो निष्काम की साधना करते हैं वे भीतर-भीतर कामना ही कर रहे हैं। वे परमात्मा की कामना कर रहे हैं; वे उस शांति की प्रतीक्षा कर रहे हैं जो उन्हें साधना से प्राप्त होने वाली है; वे उस आनंद की राह देख रहे है जो मृत्यु के बाद कहीं भविष्य में उन्हें उपलब्ध होने वाला है।

वे कामना ही कर रहे हैं, और वे अपनी कामना को आध्यात्मिक कामना कह रहे हैं। तुम अपने को बहुत आसानी से धोखा दे सकते हो। शब्द बहुत धोखेबाज होते हैं। तुम चीजों को तर्कसंगत बना सकते हो, उन्हें बुद्धि का समर्थन दे सकते हो। तुम जहर को अमृत कह सकते हो, और जब तुम उसे अमृत कहते हो तो वह अमृत प्रतीत होने लगता है। तो शब्द सम्मोहित करते हैं, यह एक बात हुई। लेकिन यह भाव, यह अनुभूति कि कामना दुख है, तुम्हारी अपनी होनी चाहिए।

मेरी स्टीवेंस ने कहीं लिखा है कि वह अपने एक मित्र को मिलने उसके घर गई थी। मित्र की बेटी अंधी थी। लेकिन मेरी स्टीवेंस को यह देखकर बहुत हैरानी हुई कि वह अंधी लड़की अक्सर कह बैठती थी: 'वह आदमी कुरूप है, मैं उसे पसंद नहीं करती,' या कि 'इस पोशाक का रंग बहुत सुंदर है।' चूंकि वह अंधी थी, स्टीवेंस ने उससे पूछा कि तुम कैसे समझती हो कि कोई व्यक्ति कुरूप है या कोई रंग सुंदर है? लड़की ने जवाब दिया कि मेरी बहिनें ये बातें बताती रहती हैं।

यह ज्ञान है। बुद्ध ने कहा कि तृष्णा दुख है, और तुम उसे दोहरा रहे हो। यह ज्ञान है। तुम कामना कर रहे हो, और तुमने कभी स्वयं नहीं जाना कि कामना दुख है। तुमने बस बुद्ध को सुना है। उससे काम नहीं चलेगा। तुम सिर्फ अपना जीवन और अवसर गंवा रहे हो। तुम्हारा अपना अनुभव ही तुम्हें बदल सकता है; कोई दूसरी चीज तुम्हें नहीं बदल सकती। ज्ञान उधार नहीं लिया जा सकता; उधार ज्ञान धोखा है। वह ज्ञान जैसा दिखाई पड़ता है; लेकिन वह ज्ञान नहीं है।

लेकिन क्यों हम किसी बुद्ध या किसी जीसस का अनुगमन करते हैं? क्यों? इसका कारण हमारा लोभ है। हम बुद्ध की आंखों को देखते हैं; वे इतनी शोत हैं कि हममें लोभ पैदा होता है, कामना पैदा होती है कि कैसे हमें वह शांति प्राप्त हो जाए। बुद्ध इतने आनंदित हैं; उनका प्रत्येक क्षण समाधि में है। यह देखकर हमें लगता है कि हम कैसे बुद्ध जैसे हों। हम भी अपने लिए उस अवस्था की आकांक्षा करने लगते हैं।

और तब हम पूछने लगते हैं कि बुद्ध को यह अवस्था कैसे प्राप्त हुई? और यही 'कैसे' अनेक समस्याएं खड़ी करता है। बुद्ध कहेंगे कि यह शांति, यह आनंद निष्काम में घटित होता

है। और बुद्ध ठीक कहते हैं; यह उन्हें निष्काम में ही घटित हुआ है। लेकिन जब हम सुनते हैं कि निष्काम में यह घटित हुआ तो हम निष्काम होने का अभ्यास करने लगते हैं, हम कामनाओं को छोड़ने का प्रयत्न करने लगते हैं।

लेकिन बुद्ध जैसे होने का यह सारा प्रयत्न कामना ही तो है। बुद्ध किसी दूसरे जैसे होने की चेष्टा नहीं कर रहे थे। वे किसी से बुद्ध होने के लिए नहीं पूछ रहे थे। वे केवल अपने दुख को समझने की चेष्टा कर रहे थे। और जैसे-जैसे उनकी समझ बढ़ती गई, वैसे-वैसे उनका दुख विलीन होता गया। और एक दिन वे समझ गए कि कामना विष है।

अगर तुम्हें कोई भी चाह है तो तुम पकड़े गए; अब कभी तुम्हारे सुखी होने की संभावना न रही। अब तुम सिर्फ आशा कर सकते हो; आशा करो और निराशा हाथ लगेगी। फिर और आशा और निराशा, यह चक्र चलता रहेगा। जब तुम और निराश होते हो तो तुम और आशा करने लगते हो, क्योंकि वही एकमात्र सांत्वना है। तुम भविष्य में भागने लगते हो, क्योंकि वर्तमान में तो सदा निराशा ही मिलती है।

और यह निराशा तुम्हारे अतीत के कारण आ रही है। जो अभी वर्तमान है वह अतीत में तुम्हारा भविष्य था, और तुमने आशा की थी। अब यह निराशा है। अब तुम फिर भविष्य के लिए आशा करने लगोगे। और जब वह वर्तमान बनेगा तो तुम फिर निराश होओगे। तब तुम फिर आशा करोगे। फिर और निराशा होगी तो और आशा करोगे; जितनी अधिक आशा करोगे, उतनी अधिक निराशा आती रहेगी। यह दुष्टचक्र है; यही संसार चक्र है।

लेकिन कोई बुद्ध तुम्हें अपनी आंखें नहीं दे सकते हैं। और यह शुभ है कि वे तुम्हें अपनी आंखें नहीं दे सकते; अन्यथा तुम हमेशा नकली बने रहोगे, झूठे बने रहोगे। तब तुम कभी प्रामाणिक नहीं हो सकोगे। दुख से गुजरना अच्छा है, क्योंकि दुख से गुजर कर ही तुम प्रामाणिक हो सकते हो, सच्चे हो सकते हो।

तो पहली बात कि अपनी कामनाओं को जीओ, ताकि तुम समझ सको कि वे यथार्थतः क्या हैं। उनमें जो भी दुख छिपा है, उससे गुजरो, उसे अनुभव करो; उसे प्रकट होने दो। वही तपश्चर्या है—एकमात्र तपश्चर्या।

नरोपा ने कहा है कि अगर तुम सावचेत, होशपूर्ण रह सको तो प्रत्येक कामना निर्वाण में पहुंचा देती है।

इसका यही अर्थ है; वह निर्वाण में इसीलिए पहुंचा देती है क्योंकि तुम सावचेत होकर जान लेते हो कि प्रत्येक कामना दुख है। और जब तुम कामना को अच्छी तरह देख लेते हो समझ लेते हो तो तुम अचानक ठहर जाते हो। और उसी ठहरने में घटना घटती है। वह घटना तो सदा मौजूद है, और वह सदा तुम्हारी प्रतीक्षा कर रही है, वर्तमान में तुमसे मिलने की राह देख रही है। लेकिन तुम कभी वर्तमान में नहीं होते; तुम सदा सपने देखते रहते हो।

सत्य ही तुम्हें सम्हाले हुए है। सत्य के कारण तुम जीवित हो; सत्य के कारण ही तुम हो। लेकिन तुम सदा असत्य में सरकते रहते हो। असत्य बहुत सम्मोहक है।

मैंने एक यहूदी मजाक सुना है। अनेक वर्षों के बाद दो मित्र मिले। एक ने दूसरे से पूछा: 'मैं पच्चीस वर्षों बाद तुमसे मिल रहा हूं; तुम्हारा बेटा कैसा है? हैरी कैसा है?' दूसरे ने कहा: 'वह बेटा कवि हो गया है; वह बड़ा कवि है। पूरे देश में उसकी आवाज सुनी जाती है,

उसके गीत गाए जाते हैं। और जो लोग कविता समझते हैं वे कहते हैं कि देर-अबेर वह नोबल पुरस्कार विजेता होने वाला है।'

मित्र ने कहा: 'बहुत खूब। और अपने दूसरे बेटे बेन्नी के बारे में बताओ; वह कैसा है?' उस मित्र ने कहा: 'मैं अपने दूसरे बेटे से अति प्रसन्न हूं। वह नेता है, महान राजनेता; और हजारों उसके अनुयायी हैं। और मुझे विश्वास है कि देर-अबेर वह इस देश का प्रधान मंत्री होने वाला है।' मित्र ने कहा: 'क्या कहने हैं। तुम तो बड़े भाग्यशाली हो। और तुम्हारे तीसरे बेटे इजी का क्या हाल है?' यह प्रश्न सुनकर पिता बहुत उदास हो गया और बोला: इजी? इजी अभी इजी ही है। वह दर्जी है। लेकिन मैं तुमसे कहूं कि अगर इजी नहीं होता तो हम लोग भूखे मरते होते।

लेकिन बाप दुखी था कि इजी मामूली दर्जी था। और जो कवि और महान राजनेता थे वे सपने थे। इजी सत्य है—दर्जी। लेकिन बाप ने कहा कि उसके बिना हम लोग भूखे मरते। तुम भी नहीं होते अगर यह क्षण नहीं होता; यह क्षण सत्य है। लेकिन तुम कभी उससे प्रसन्न नहीं होते; तुम अपने भविष्य के स्वप्नों से, नोबल पुरस्कार विजेताओं और प्रधानमंत्रियों से प्रसन्न रहते हो। अभी इजी महज दर्जी है।

तुम्हारा सत्य वहां है जहां तुम खड़े हो, जहां तुम्हारी जड़ें हैं। जहां के तुम सपने देख रहे हो, वहां तुम हो नहीं; वे सपने झूठे हैं। मौजूदा क्षण में जो तुम्हारी वास्तविकता है उसे सीधे-सीधे देखो। वह जो भी है उसका साक्षात करो, सामना करो, और मन को भविष्य में मत सरकने दो। भविष्य कामना है, चाह है। और अगर तुम यहीं और अभी हो सको तो तुम बुद्ध हो। और अगर तुम यहीं और अभी नहीं हो सकते तो सब कुछ सपना है। और तुम्हें वापस आना होगा, क्योंकि सपने कहीं नहीं पहुंचा सकते। वे तुम्हें आशा और निराशा में ही पहुंचा सकते हैं; लेकिन उनसे कुछ वास्तविक हाथ नहीं आता है।

लेकिन मेरी यह बात स्मरण रहे कि नकल करने से, अनुकरण करने से कुछ नहीं होगा। तुम्हें दुख से गुजरना ही होगा। दुख ही मार्ग है। दुख तुम्हें निखारता है, शुद्ध करता है। दुख तुम्हें सजग बनाता है; तुम्हें होशपूर्ण बनाता है। और तुम जितने बोधपूर्ण होगे उतने ही कम कामना से भरे होगे। अगर तुम परिपूर्ण बोध से भरे हो तो कोई कामना नहीं पैदा होती है। और परिपूर्ण बोध के अतिरिक्त ध्यान का और कुछ अर्थ नहीं है।

दूसरा प्रश्न :

कृपया समझाने की कृपा करें कि कोई व्यक्ति क्रोध, घृणा और हिंसा के कृत्यों में समग्र होकर आध्यात्मिक रूपांतरण को कैसे उपलब्ध हो सकता है।

हां, तुम क्रोध, घृणा और हिंसा के द्वारा भी समग्रतः रूपांतरित हो सकते हो। और दूसरा कोई मार्ग भी नहीं है; क्योंकि तुम हिंसा में, क्रोध में, लोभ में, वासना में ही हो। तुम जहां हो वहीं से मार्ग आरंभ हो सकता है।

तो मैं तुम्हें नहीं कहूंगा कि अपने लोभ के विपरीत अलोभ पैदा करो। मैं कहूंगा कि पूरी तरह लोभी हो जाओ; लेकिन होश पूरा रहे। वैसे ही मैं कहूंगा कि हिंसक होओ, क्रोधी होओ;

लेकिन समग्रतापूर्वक हिंसा और क्रोध में उतरो। तो ही तुम उनकी पीड़ा को अनुभव कर सकोगे; तो ही तुम उनके पूरे जहर को अनुभव कर सकोगे। इस आग से तुम्हें गुजरना ही होगा। कोई दूसरा तुम्हारे लिए यह काम नहीं कर सकता; इसमें एजेंट की, दलाल की गुंजाइश नहीं है।

ईसाई सोचते हैं कि जीसस मुक्ति लाएंगे; लेकिन अब तक मुक्ति नहीं आई। संसार वैसे का वैसा है। जीसस को सूली लगे दो हजार साल बीत गए; लेकिन हम आशा किए जा रहे हैं कि कोई दूसरा हमारे लिए दुख भोगेगा और हम आनंद को उपलब्ध हो जाएंगे।

नहीं, प्रत्येक व्यक्ति को अपनी सूली आप ही ढोना है। जीसस को सूली लगी; वे पहुंच गए। तुम नहीं पहुंच सकते; तुम्हें स्वयं सूली से गुजरना होगा। और यही सूली हैं—क्रोध, कामना, हिंसा, लोभ, ईर्ष्या—यही सूली हैं। तुम उनके साथ क्या कर रहे हो?

समाज सिखाता है कि उनके विपरीत ध्रुव निर्मित करो। लोभ है तो लोभ का दमन करो और अलोभ साधो। क्रोध है तो क्रोध का दमन करो और अक्रोध साधो। उस ऊर्जा को नीचे ढकेल दो और मुस्कुराओ। इससे क्या होता है? क्रोध भीतर इकट्ठा होता जाता है, और तुम ज्यादा से ज्यादा क्रोधी होते जाते हो। क्योंकि दमित क्रोध की और-और ऊर्जा भीतर इकट्ठी होती रहती है। यह तुम्हारा अचेतन भंडार बन जाता है; और इसके विपरीत तुम मुस्कुराते रहते हो। वह मुस्कुयहट झूठी है, क्योंकि जब भीतर क्रोध बल मार रहा है तो तुम बाहर हंस कैसे सकते हो? अगर तुम हंसोगे तो वह हंसी झूठी होगी।.

अब तुम दो में बंट गए; बाहर झूठी हंसी है और भीतर सच्चा क्रोध। झूठी हंसी तुम्हारा व्यक्तित्व, तुम्हारा वस्त्र बन जाती है और सच्चा क्रोध तुम्हारी आत्मा बना रहता है। और तुम अपने विरुद्ध ही बंटे रहते हो; एक सतत संघर्ष चलता रहता है। और झूठी हंसी के साथ तुम सुखी नहीं हो सकते; उससे कोई धोखे में नहीं आ सकता है। वैसे ही तुम भीतर छिपे सच्चे क्रोध के रहते भी सुखी नहीं हो सकते; वह निरंतर प्रकट होने की चेष्टा कर रहा है।

झूठी हंसी और सच्चा क्रोध—यही असलियत है। तुम्हारा जो भी अच्छा है वह झूठ है; और जो भी बुरा है वह सत्य है। और सत्य को तुम भीतर छिपाए हो; झूठ को बाहर दिखाने में लगे हो। यही स्कीजोफ्रेनिया है; यही विखंडित मानसिकता है। और प्रत्येक व्यक्ति इसी तरह खंड-खंड टूट गया है; न केवल टूट गया है बल्कि स्वयं के साथ सतत संघर्ष में है। और इस संघर्ष में सारा जीवन, सारी ऊर्जा नष्ट हो जाती है। और यह संघर्ष मूढ़तापूर्ण है; लेकिन यही हो रहा है।

मेरा सुझाव यह है कि अपने चारों ओर कोई झूठ मत निर्मित करो। झूठ तुम्हें कभी सत्य की ओर नहीं ले जा सकता। झूठ तुम्हें और बड़े झूठ में ले जाएगा। कुछ भी झूठ मत करो, और सत्य को पूरी-पूरी अभिव्यक्ति दो। जब मैं यह कहता हूं तो तुम्हें घबराहट हो सकती है, क्योंकि तुम्हारे भीतर हिंसा है और तुम किसी की हत्या करना चाहोगे। तो क्या मेरा मतलब यह है कि तुम जाओ और उसकी हत्या कर दो?

नहीं, तुम इस हिंसा पर ध्यान करो। अपने कमरे को बंद कर लो और अपनी हिंसा को प्रकट होने दो। तुम उसे किसी तकिए पर, किसी चित्र पर या किसी चीज पर भी प्रकट कर सकते हो। जाकर किसी की हत्या करने की जरूरत नहीं है; क्योंकि उससे कुछ लाभ नहीं

▲

होगा। उससे तो नई समस्याएं खड़ी हो जाएंगी, और एक श्रृंखला निर्मित हो जाएगी। तकिए पर अपने शत्रु या मित्र का नाम लिख दो। याद रहे, हम शत्रु से ज्यादा अपने मित्र से नाराज रहते हैं। तो तुम तकिए पर अपनी पत्नी या पति का चित्र रख दो और उस पर अपनी हिंसा को उतरने दो। तकिए को पीटो, तकिए की हत्या कर दो; जो जी में आए सो उसके साथ करो।

और यह मत समझो कि तुम कोई मूढ़ता का काम कर रहे हो। यही तो तुम असली व्यक्ति के साथ करना चाहते थे; लेकिन वह ज्यादा मूढ़तापूर्ण होता। यह मत सोचो कि यह बेवकूफी है; तुम यही तो हो, तुम बेवकूफ ही तो हो। और तुम सिर्फ दमन करके इस मूढ़ता को नहीं मिटा सकते हो। अपनी इस मूढ़ता को देखो; देखो कि तुम कितने मूढ़ हो। अपने को पूरा-पूरा अभिव्यक्त होने दो; पूरा-पूरा प्रकट होने दो। अगर तुमने ईमानदारी से अपने को प्रकट होने दिया तो तुम पहली बार समझोगे कि तुम्हारे भीतर कैसा क्रोध, कैसी हिंसा छिपी है।

तुम एक ज्वालामुखी हो। और यह ज्वालामुखी किसी भी क्षण फूट सकता है; किसी भी स्थिति में यह ज्वालामुखी फूट सकता है। प्रतिदिन फूट रहा है। कोई किसी की हत्या कर देता है। यह आदमी एक दिन पहले तक तुम्हारे जैसा ही सामान्य था; कोई संदेह भी नहीं कर सकता था कि वह हत्या करने वाला है। तुम्हारे विषय में भी किसी को ऐसा संदेह नहीं है, और तुम्हारे मन में हत्या के कितने विचार नहीं भरे हैं। अनेक बार तुमने हत्या करने की सोची है, योजना बनाई है। किसी दूसरे को या स्वयं को ही खत्म करने का विचार बार-बार उठा है। अगर तुम बिलकुल मूढ़ नहीं हो तो जरूर यह विचार उठता होगा।

मनसविद कहते हैं कि बुद्धिमान आदमी जीवन में कम से कम दस बार आत्महत्या करने की सोचता है—कम से कम दस बार! और दूसरे की हत्या का विचार तो दस हजार बार उठता है। यह और बात है कि तुम इसे अमल में नहीं लाते हो। लेकिन तुम कर सकते हो; इसकी संभावना तो सदा है।

ध्यान में अपने क्रोध को समग्र कृत्य बना लो, और फिर देखो कि क्या होता है। तुम उसे अपने पूरे शरीर से निकलता हुआ महसूस करोगे। अगर तुम मौका दोगे तो तुम्हारे शरीर की एक-एक कोशिका उसमें भाग लेगी। तुम्हारे शरीर का रोआं-रोआं हिंसक हो उठेगा। तुम्हारा समूचा शरीर एक विक्षिप्त अवस्था में होगा। वह पागल हो जाएगा।

उसे पागल होने दो। उसे मत रोको; तुम भी नदी के साथ बहो। और जब तूफान शांत होगा तो तुम्हें पहली दफा अपने भीतर किसी गहरे केंद्र की अनुभूति होगी; एक सूक्ष्म शांति का आविर्भाव होगा। और जब क्रोध विदा होगा तो उसके पीछे कोई पश्चाताप का भाव नहीं उठेगा। क्योंकि तुमने यह क्रोध किसी दूसरे पर नहीं उतारा; अपराध-भाव की बात ही नहीं उठती। तुम बिलकुल निर्भार हो जाओगे, हलके हो जाओगे। और इस क्रोध के जाने पर जो शांति आएगी वह सच्ची शांति होगी, लादी गई शांति नहीं होगी।

तुम बुद्ध की तरह पद्मासन में, योगासन में बैठ सकते हो। तुम अपने को जबरदस्ती स्थिर बैठा सकते हो। लेकिन तुम्हारे भीतर का बंदर तो उछलता ही रहता है। सिर्फ तुम्हारा शरीर स्थिर है; मन पहले से भी ज्यादा पागल होने लगता है। जब भी तुम ध्यान के लिए बैठो तो निरीक्षण करो कि क्या-क्या होता है। तुम्हारे भीतर कभी उतना शोरगुल नहीं मचता जब तुम ध्यान नहीं करते होते हो, फिर ध्यान के समय ही इतना शोरगुल क्यों मचता है? मन क्यों

▲

इतना उपद्रवी हो जाता है, भाग-दौड़ करने लगता है? क्यों इतने विचार बादलों की तरह उमड़ने-घुमड़ने लगते हैं? क्योंकि शरीर स्थिर है, और इस स्थिरता की पृष्ठभूमि में, इस कंट्रास्ट में मन का बानरपन स्पष्ट होकर अनुभव में आने लगता है।

लेकिन जबरदस्ती लाई गई शांति किसी काम की नहीं है। प्रथम तो तुम उसमें सफल नहीं हो सकते; और यदि सफल भी हुए तो तुम सो जाओगे। जबरदस्ती लाई गई शांति सफल होने पर नींद बन जाती है। जहां तक नींद का संबंध है, यह ठीक है, अन्यथा यह किसी काम की नहीं है।

सच्ची शांति तो सदा तब आती है जब कोई दमित ऊर्जा समग्रतः मुक्त हो जाती है। जो उपद्रव था वह दमित ऊर्जा के कारण था। वह दमित ऊर्जा फूट पड़ने की चेष्टा कर रही थी; वही समस्या थी, वही भीतर उपद्रव था। जब वह मुक्त हो जाती है तो तुम निर्भार हो जाते हो। तब तुम्हारे प्राणों का रोआं-रोआं विश्राम में होता है। विश्राम की उस दशा में ही तुम कह सकते हो कि मैं अक्रोध की दशा में हूं। यह अक्रोध क्रोध के विरोध में नहीं है; यह केवल क्रोध की अनुपस्थिति है।

स्मरण रहे, सत्य सदा अनुपस्थिति है; विपरीत नहीं है। सत्य किसी के विपरीत नहीं है; वह सदा अनुपस्थिति है—लोभ की अनुपस्थिति है; कामवासना की अनुपस्थिति है; ईर्ष्या की अनुपस्थिति है। लेकिन उस अनुपस्थिति में ही तुम्हारे सत्य का फूल खिलता है, क्योंकि रोग चले गए। अब तुम्हारे आंतरिक स्वास्थ्य का फूल खिल सकता है। और जब यह फूल खिलने लगेगा तो तुम क्रोध इकट्ठा नहीं करोगे।

तुम क्रोध इकट्ठा ही इसलिए करते हो क्योंकि तुम स्वयं से वंचित हो, स्वयं को चूक रहे हो। सच तो यह है कि तुम किसी दूसरे पर क्रोधित नहीं हो; तुम अपने पर ही क्रोधित हो। लेकिन तुम उस क्रोध को दूसरों पर प्रक्षेपित करते रहते हो। यदि ऐसा नहीं करोगे तो तुम पागल हो जाओगे। इसलिए तुम क्रोध करने के बहाने ढूंढ़ते रहते हो।

और असल में तुम क्रोध में इसलिए हो, क्योंकि तुम स्वयं को चूक रहे हो, अपनी नियति को चूक रहे हो। जो तुम्हारी संभावना थी वह वास्तविक नहीं हो रही है। तुम्हारे क्रोध का यही कारण है। तुम्हें कुछ भी नहीं घटित हो रहा है, और समय भागा जा रहा है। मृत्यु निकट से निकटतर आ रही है, और तुम रिक्त के रिक्त बने हो। भराव की कोई संभावना नजर नहीं आ रही है। इसलिए तुम्हें क्रोध है। क्योंकि तुम अपनी संभावना को नहीं उपलब्ध हो रहे हो, क्योंकि तुम वह नहीं हो सके हो जो हो सकते हो, इसलिए तुम क्रोधित हो, हिंसक हो। और फिर तुम बहाने खोजते रहते हो। फिर तुम इस या उस व्यक्ति पर अपना क्रोध उतारते रहते हो।

असल में यह क्रोध का प्रश्न नहीं है। अगर तुम इसे क्रोध का प्रश्न बनाते हो तो तुम्हारा निदान गलत है। यह प्रश्न आत्मोपलब्धि का है। क्यों कोई हिंसक है? क्यों कोई विध्वंसक है? क्योंकि वह स्वयं से क्रुद्ध है; क्योंकि वह जैसा है, अपने ही विरोध में है। और तब वह पूरे जगत के विरोध में हो जाता है।

बुद्ध शांत हैं, अहिंसक हैं; इसलिए नहीं कि उन्होंने इसका अभ्यास किया है, बल्कि इसलिए कि वे स्वयं को उपलब्ध हो गए हैं, वे बुद्ध हो गए हैं। उनका फूल समग्रतः खिल गया है; कुछ खिलने को, कुछ मुक्त होने को बाकी नहीं है। वे तृप्त हैं; अस्तित्व के प्रति अहोभाव

भर बचा है। अब उन्हें कोई शिकायत नहीं है। अब कुछ भी गलत नहीं है।

जब सच में तुम्हारा फूल खिलता है तो सब कुछ ठीक हो जाता है, सब कुछ शुभ हो जाता है। यही कारण है कि बुद्ध को कोई समस्या नहीं दिखाई पड़ती; सब शुभ है। और यही कारण है कि बुद्ध क्रांतिकारी नहीं हैं। क्रांतिकारी होने के लिए तुम्हें दुख दिखाई पड़ना जरूरी है; तुम्हें चारों ओर उपद्रव, चारों ओर नरक दिखाई पड़ना जरूरी है। क्रांतिकारी होने के लिए यह खयाल जरूरी है कि सब कुछ गलत है। तो तुम क्रांतिकारी हो सकते हो। बुद्ध इसी भूमि पर थे; महावीर इसी भूमि पर थे; लेकिन वे क्रांतिकारी नहीं थे। क्यों? यह प्रश्न उठता है: वे क्यों क्रांतिकारी नहीं थे?

जब कोई अपने साथ विश्राम में होता है, संतुष्ट होता है, तो सब शुभ हो जाता है। वह विध्वंसक नहीं हो सकता; वह सिर्फ सृजनात्मक हो सकता है। उसकी क्रांति सिर्फ सृजनात्मक हो सकती है। लेकिन तुम्हें कुछ भी सृजनात्मक नहीं सूझता; तुम तो सिर्फ विध्वंस देख सकते हो। इसीलिए जब कोई विध्वंस होता है तो वह समाचार बन जाता है; तभी तुम्हारा ध्यान उस पर जाता है।

लेनिन क्रांतिकारी मालूम पड़ता है; बुद्ध क्रांतिकारी नहीं मालूम पड़ते। अभी सारे संसार में क्रांतिकारी हैं, और उनकी संख्या बढ़ती जाती है। कारण क्या है? कारण यह है कि अत्यंत कम लोग अपनी संभावना को वास्तविक बना पाते हैं। वे हिंसक हो जाते हैं और वे विध्वंस करना चाहते हैं। क्योंकि अगर उनके जीवन में अर्थ नहीं है तो वे कैसे समझ सकते हैं कि दूसरों के जीवन में कोई अर्थ है?

महावीर सावचेत हैं कि उनसे एक चींटी की भी, एक मच्छर की भी हत्या न हो; क्योंकि वे आप्तकाम हो गए हैं। अब वे जानते हैं कि एक मच्छर के लिए भी क्या संभव है। मच्छर मच्छर ही नहीं है; वह एक संभावना है, अनंत संभावना है; मच्छर परमात्मा हो सकता है। इसलिए महावीर विध्वंस नहीं कर सकते; यह असंभव है। वे सहायता ही कर सकते हैं। उन्हें बस यही फिक्र है कि कैसे सहारा दें कि छिपी संभावना वास्तविक हो जाए।

तुम केवल एक बीज हो। तुममें एक महान नियति छिपी है; लेकिन कुछ यथार्थ नहीं हो रहा है। संभावना व्यर्थ हो रही है; बीज बीज ही बना रहता है। तब तुम्हें क्रोध होता है। आधुनिक पीढ़ी पुरानी पीढ़ियों से बहुत ज्यादा क्रोधी है; क्योंकि संभावना का बोध ज्यादा है और उपलब्धि बहुत थोड़ी है। नई पीढ़ी को पुरानी पीढ़ी से ज्यादा बोध है कि क्या संभव है; यह पीढ़ी बखूबी जानती है कि बहुत कुछ संभव है। लेकिन कुछ हो नहीं रहा है; संभावना यथार्थ नहीं बन रही है। इसलिए बहुत निराशा है। और जब तुम सृजन नहीं कर सकते हो तो कम से कम विध्वंस तो कर ही सकते हो। विध्वंसक होने में तुम्हें अपनी शक्ति का अहसास होता है।

क्रोध, हिंसा, ये सब विध्वंसक शक्तियां हैं। ये हैं, क्योंकि सृजनात्मकता नहीं है। इन शक्तियों का विरोध मत करो; बल्कि उन्हें मुक्त होने में सहायता दो। उनका दमन नहीं करो, उन्हें विसर्जित होने दो। और तब तुम जिसे इनका विपरीत समझते थे वह उपस्थित हो जाता है। जब ये विध्वंसक शक्तियां विसर्जित हो जाती हैं तो तुम्हें अचानक बोध होता है कि शांति है, प्रेम है, करुणा है। इन गुणों का अभ्यास नहीं करना है। वे तो चट्टानों में छिपे झरने की भांति हैं; तुम चट्टानों को हटा दो और झरना बहने लगता है। झरना चट्टान के विरोध में नहीं है;

झरना चट्टान का विपरीत नहीं है। बस चट्टानों के हटते ही एक मार्ग खुल जाता है और झरना प्रवाहित होने लगता है।

प्रेम तुम्हारे भीतर झरने की भांति है और क्रोध तुम्हारे भीतर चट्टान की भांति है। चट्टान को हटाना भर है। लेकिन तुम तो उसे भीतर की तरफ ही ढकेलते जाते हो, उसे गहरे दबाते जाते हो। और इस भांति तुम झरने को और भी अवरुद्ध कर देते हो।

इस चट्टान को हटाओ। और इस चट्टान से किसी को चोट पहुंचाने की जरूरत नहीं है। तुम किसी को चोट पहुंचाना चाहते हो, क्योंकि तुम्हें नहीं मालूम है कि किसी को चोट पहुंचाए बिना इसे कैसे फेंका जाए। मैं यही सिखाता हूं: किसी को चोट पहुंचाए बिना इसे कैसे फेंका जाए। किसी को भी चोट पहुंचाने की जरूरत नहीं है। और अगर तुम किसी को चोट पहुंचाए बिना इस चट्टान को फेंक सको तो सबको इससे लाभ होगा। शायद तुम इसको दूसरों के सिरों पर न भी फेंको तो भी चट्टान तो है, और सभी उसे महसूस भी करते हैं। जब तुम क्रोध में होते हो तो तुम चाहे उसे कितना ही छिपाओ, क्रोध का पता चल ही जाता है। तुम्हारे क्रोध की सूक्ष्म तरंगें निकलती रहती हैं; तुम्हारे चारों ओर एक सूक्ष्म दुख की छाया घेरे चलती है। तुम जहां जाते हो, लोग समझते हैं, कोई रोग आ गया। सब तुमसे दूर भागना चाहते हैं; तुम एक विकर्षण पैदा करते हो। तुम्हारा रंग-ढंग ही तुम्हें एक दुर्गंध दे देता है।

शायद तुम्हें पता न हो, जीव-रसायन शास्त्री कहते हैं कि जब कोई प्रेम में होता है या क्रोध में होता है या कामवासना में होता है, तो उसके शरीर से अलग-अलग तरह की गंध निकलती है। यह बात प्रतीकात्मक नहीं है, यथार्थ है। जब तुम क्रोध में होते हो, तुम्हारे शरीर से एक दुर्गंध निकलती है; और जब तुम प्रेम में होते हो तो गंध का गुण भिन्न होता है। और जब कामवासना तुम्हें पकड़ती है तो बिलकुल भिन्न गंध निकलती है।

पशु गंध से ही एक-दूसरे के प्रति आकर्षित होते हैं। जब मादा तैयार होती है तो उसकी काम-ग्रंथियों से एक सूक्ष्म गंध निकलती है और उससे ही नर उसकी तरफ आकर्षित होता है। अगर वह गंध नहीं है तो उसका मतलब है कि मादा तैयार नहीं है। यही कारण है कि कुत्ते सूंघते हैं; वे कामवासना को सूंघ सकते हैं।

तुम अगर कामुक हो तो तुम भी एक सूक्ष्म गंध छोड़ रहे हो। और अगर तुम क्रोध में हो तो भी, क्योंकि भिन्न-भिन्न भावदशा में रक्त-व्यवस्था में भिन्न-भिन्न रसायन पैदा होते हैं। शायद सचेतन रूप से कोई न भी जान सके, लेकिन अचेतन रूप से इसे, सभी पहचान लेते हैं। क्रोध में हिंसा में तुम बोझ हो जाते हो; विकर्षक और विध्वंसक हो जाते हो।

इस विष को अपने से निकालो। और स्मरण रहे, इसे शून्य में निकालना अच्छा है। और आकाश काफी बड़ा है; वह उसे तुम पर वापस नहीं फेंकेगा। आकाश उसे पी जाएगा और तुम हलके हो जाओगे, मुक्त हो जाओगे। तो जो भी करो उसे ध्यानपूर्वक करो, समग्रता से करो—क्रोध को भी, हिंसा को भी, कामवासना को भी।

एकांत में क्रोध करने की बात तो तुम आसानी से सोच सकते हो; लेकिन तुम एकांत में ध्यानपूर्वक संभोग भी निर्मित कर सकते हो। और उसके बाद तुम्हारी गुणवत्ता ही और होगी। जब बिलकुल अकेले हो, कमरे को बंद कर लो और ऐसे गति करो जैसे काम-कृत्य में

करते हो। अपने पूरे शरीर को गति करने दो; उछलो और चीखो, जो जी में आए करो। और उसे समग्रता से करो। सामाजिक निषेध आदि सब भूल जाओ और काम-कृत्य में ध्यानपूर्वक और अकेले डूब जाओ। लेकिन अपनी समग्र कामुकता को प्रकट होने दो।

जब दूसरा है तो उसके साथ समाज सदा उपस्थित है। क्योंकि दूसरा व्यक्ति उपस्थित है, समाज उपस्थित है। और इतने गहन प्रेम में होना कठिन है कि तुम्हें लगे कि दूसरा उपस्थित नहीं है। सिर्फ अत्यंत गहन प्रेम में, अति घनिष्ठता में ही संभव है कि तुम अपने प्रेमी या प्रेमिका के साथ ऐसे रहो जैसे कि वह नहीं है।

घनिष्ठता का यही अर्थ है। अगर तुम अपनी प्रेमिका या अपने प्रेमी के साथ एक कमरे में होकर भी अनुभव करो कि तुम अकेले हो, कि तुम्हें किसी दूसरे का डर नहीं है, तो ही तुम संभोग में समग्रता से उतर सकते हो। अन्यथा दूसरे की उपस्थिति सदा ही बाधा पैदा करती है। दूसरा तुम्हें देख रहा है, न जाने वह अपने मन में क्या सोचेगा! हो सकता है कि वह सोचे कि यह क्या करते हो, जानवर की तरह व्यवहार करते हो!

कुछ ही दिन पूर्व एक महिला यहां आई थी। वह अपने पति की शिकायत करने आई थी। उसने कहा: 'मैं यह बरदाश्त नहीं कर सकती; वे जब भी मेरे साथ संभोग में उतरते हैं, वे जानवर की तरह व्यवहार करने लगते हैं।'

जब दूसरा उपस्थित है तो दूसरा तुम्हें देख रहा है। उसके देखने में यह प्रश्न हो सकता है कि यह तुम क्या कर रहे हो। और तुम्हें सिखाया गया है कि कुछ चीजें हैं जो करने योग्य हैं, और कुछ चीजें हैं जो करने योग्य नहीं हैं। तो दूसरे की उपस्थिति में तुम्हें बाधा पहुंचती है; तुम काम-कृत्य में समग्र नहीं हो सकते।

लेकिन यदि गहन प्रेम हो तो तुम संभोग में ऐसे उतर सकते हो जैसे कि अकेले हो। और जब दो शरीर एक हो जाते हैं तो वे एक लय में धड़कते हैं; तब द्वैत मिट जाता है, और तब काम अपनी समग्रता में प्रकट हो सकता है।

और काम क्रोध की तरह नहीं है। क्रोध सदा ही कुरूप होता है; काम सदा कुरूप नहीं होता। कभी-कभी काम अत्यंत सुंदर होता है; लेकिन कभी-कभी ही। जब मिलन पूर्ण होता है, जब दो व्यक्ति एक लयबद्धता में खो जाते हैं, जब उनकी श्वासें एक हो जाती हैं, जब उनके प्राण एक वर्तुल में घूमते हैं, जब दो पूरी तरह विलीन हो गए हैं और दोनों शरीर मिलकर एक इकाई हो गए हैं, जब ऋण और धन, स्त्री और पुरुष विदा हो जाते हैं, तब जो काम-कृत्य घटित होता है उससे सुंदर और कुछ भी नहीं हो सकता।

लेकिन ऐसा सदा नहीं होता है। यदि यह संभव न हो तो तुम अकेले ही, एकांत में और ध्यानपूर्वक काम-कृत्य को उन्माद के, पागलपन के शिखर तक पहुंचा सकते हो। अपने कमरे को बंद कर लो, उस पर ध्यान करो, और अपने शरीर को किसी रोक-टोक के बिना गति करने दो। कोई नियंत्रण मत करो!

पति-पत्नी या प्रेमी-प्रेमिका इसमें, विशेषकर तंत्र में, बहुत सहयोगी हो सकते हैं। तुम्हारी पत्नी या तुम्हारा पति या तुम्हारा मित्र बहुत सहयोगी हो सकता है—अगर दोनों गहन रूप से यह प्रयोग कर रहे हों। तब दोनों ही सारा नियंत्रण छोड़ दो। सभ्यता को भूल जाओ—मानो वह कभी थी ही नहीं। अदन के बगीचे में लौट जाओ। ज्ञान के वृक्ष के फल

को, उस सेव को फेंक दो। अदन के बगीचे से निकाले जाने के पूर्व के आदम और ईव हो जाओ। पीछे लौट जाओ। निर्दोष पशुओं जैसे हो जाओ, और अपनी कामुकता को उसकी समग्रता में अभिव्यक्त होने दो।

और तुम फिर कभी वही नहीं रहोगे जो थे। दो चीजें घटित होंगी। कामुकता विलीन हो जाएगी। काम बना रह सकता है; लेकिन कामुकता बिलकुल विदा हो जाएगी। और जब कामुकता नहीं है, तो काम दिव्य है। जब काम की मानसिक दौड़ नहीं रहती, जब तुम उसके विषय में सोच-विचार नहीं करते, जब काम तुम्हारा सरल और समग्र कृत्य बन जाता है, जब वह तुम्हारे पूरे प्राणों की—सिर्फ मन की नहीं—संलग्नता बन जाता है, तो वह दिव्य है।

तो पहले कामुकता विदा होगी, और फिर काम भी, सेक्स भी विदा हो सकता है। क्योंकि जब तुम काम के गहरे तलों को जान लोगे तो तुम संभोग के बिना भी उन तलों को उपलब्ध हो सकते हो।

लेकिन जब तक तुमने उन गहरे तलों की झलक भी नहीं जानी है, तब तक तुम्हें उनका खयाल भी कैसे आ सकता है! पहली झलक समग्र काम से प्राप्त होती है। और एक बार उसे जान लिया जाए तो दूसरे उपायों से भी उसे पाया जा सकता है। तब एक फूल को देखते हुए तुम उसी समाधि में हो सकते हो जिसे तुमने अपनी प्रेमिका के साथ गहन मिलन के शिखर पर अनुभव किया था। तब तारों को देखते हुए तुम उसी समाधि में उतर जा सकते हो।

एक बार मार्ग का खयाल आ जाए तो तुम जानते हो कि वह परम आनंद तुम्हारे भीतर ही है। तुम्हारी प्रेमिका तुम्हें उसे जानने में सिर्फ सहयोगी होती है। वैसे ही तुम तुम्हारी प्रेमिका को उसे जानने में सहयोगी होते हो। यह तुम्हारे भीतर ही है! दूसरा तो सिर्फ बहाना था, प्रेरणा था; दूसरा मात्र चुनौती था; उसने तुम्हें उसे जानने में सहयोग दिया जो दरअसल सदा तुम्हारे भीतर ही था।

और ठीक ऐसा ही सदगुरु और शिष्य के बीच घटित होता है। सदगुरु तुम्हें उसे जानने के लिए चुनौती बन सकता है जो सदा तुम्हारे भीतर ही छिपा है। गुरु तुम्हें कुछ देता नहीं है; वह दे नहीं सकता। देने को कुछ है भी नहीं; और जो दिया जा सकता है वह दो कौड़ी का है, क्योंकि वह कोई वस्तु ही हो सकती है। मूल्यवान तो वह है जो दिया तो नहीं जा सकता, लेकिन जिसके लिए तुम्हें प्रेरित किया जा सकता है। सदगुरु सिर्फ तुम्हें प्रेरणा देता है, चुनौती देता है कि तुम उस जगह आ जाओ जहां वह उदघाटित हो जाए जो सदा से मौजूद है। और एक बार तुमने उसे जान लिया तो फिर गुरु की जरूरत न रही।

तो काम विलीन हो सकता है; लेकिन पहले कामुकता विलीन होती है। और तब काम एक शुद्ध, निर्दोष कृत्य बन जाता है। और फिर वह भी समाप्त हो जाता है। तब ब्रह्मचर्य घटित होता है। ब्रह्मचर्य काम के विपरीत नहीं है; वह काम की अनुपस्थिति भर है। और इस भेद को स्मरण रखो; यह तुम्हारे बोध में नहीं है।

पुराने धर्म क्रोध और काम की इस तरह निंदा करते हैं जैसे कि वे एक ही हों, जैसे कि वे एक ही कोटि के हों। लेकिन वे एक ही कोटि के कतई नहीं हैं। क्रोध विध्वंसक है; काम सृजनात्मक है। पुराने धर्म दोनों की निंदा एक ही ढंग से करते हैं—मानो काम और क्रोध, काम और लोभ, काम और ईर्ष्या समान हों। वे समान नहीं हैं। ईर्ष्या सदा विध्वंसक है। ईर्ष्या

कभी सृजनात्मक नहीं होती; उससे कोई सृजन नहीं हो सकता। वैसे ही क्रोध भी सदा विध्वंसक है। लेकिन काम के साथ ऐसी बात नहीं है। काम सृजनात्मकता का स्त्रोत है। परमात्मा ने सृजन के लिए काम का उपयोग किया है। लेकिन कामुकता ईर्ष्या, क्रोध और लोभ जैसी चीज है; वह सदा विध्वंसात्मक है। काम विध्वंसात्मक नहीं है।

लेकिन हमें शुद्ध काम का पता ही नहीं है; हम सिर्फ कामुकता जानते हैं। जो आदमी अश्लील चित्र देखता है या जो कामुक फिल्म देखने जाता है, वह काम नहीं, कामुकता की खोज में है। मैं ऐसे लोगों को जानता हूं जो अपनी पत्नी के साथ संभोग में उतरने से पूर्व गंदी पत्रिकाओं, पुस्तकों या चित्रों को उलट-पलट कर देख लेते हैं। इन्हें देखकर ही उन्हें कामोत्तेजना होती है। असली पत्नी उनके लिए कुछ नहीं है; एक चित्र, एक नग्न स्त्री का चित्र उनके लिए ज्यादा उत्तेजक होता है। यह उत्तेजना नैसर्गिक नहीं है, यह उनके मस्तिष्क में है। और काम जब मस्तिष्क में चला जाता है तो वही कामुकता है; काम का चिंतन कामुकता है। काम को जीना, काम को भोगना सर्वथा भिन्न चीज है। और अगर तुम काम को जी सको तो तुम उसके पार जा सकते हो। जो भी चीज समग्रता से जी ली जाए, तुम उसका अतिक्रमण कर जाते हो। तो किसी चीज से डरो नहीं; उसे जीओ। अगर तुम सोचते हो कि यह दूसरों के लिए हानिप्रद हो सकता है तो उसमें अकेले उतरो; तब दूसरों के साथ उसमें मत उतरो। और अगर तुम समझते हो कि यह सृजनात्मक होगा, रचनात्मक होगा, तो कोई भागीदार खोजो, कोई मित्र ढूंढ़ो। तब जोड़े बना लो—तांत्रिक युगल—और फिर काम-कृत्य में पूरी समग्रता से प्रवेश करो। फिर भी यदि तुम्हें लगता है कि दूसरे की उपस्थिति बाधा बन रही है तो इसमें अकेले ही उतरना बेहतर है।

अंतिम प्रश्न :
क्या बुद्ध पुरुष भी कभी स्वप्न देखते हैं? क्या आप हमें बुद्ध पुरुषों की नींद की गुणवत्ता और स्वभाव के संबंध में कुछ बताने की कृपा करेंगे?

नहीं, बुद्ध पुरुष स्वप्न नहीं देख सकते हैं। और अगर तुम्हें स्वप्न बहुत पसंद हैं तो कभी बुद्ध मत होना। सावधान! स्वप्न देखना नींद का अंग है। स्वप्न देखने के लिए पहली चीज यह है कि तुम्हें नींद में जाना होगा। साधारण स्वप्नों के लिए तुम्हें नींद में उतरना आवश्यक है। नींद में तुम अचेतन हो जाते हो, और जब तुम अचेतन होते हो, तो स्वप्न घटित होते हैं। वे तुम्हारे अचेतन में ही घटित हो सकते हैं।

बुद्ध पुरुष सोते हुए भी चेतन रहते हैं; वे अचेतन नहीं हो सकते। अगर तुम उन्हें बेहोश करने की दवा, क्लोरोफार्म या वैसी ही कोई चीज भी दे दो तो भी उनकी परिधि ही सोएगी। वे स्वयं जागरूक, सचेतन रहते हैं; उनका चैतन्य खंडित नहीं हो सकता।

कृष्ण गीता में कहते हैं कि जब सब लोग सोते हैं, योगी जागता है। ऐसा नहीं है कि योगी रात में नींद नहीं लेते; वे भी सोते हैं। लेकिन उनकी नींद की गुणवत्ता भिन्न है; उनका शरीर ही सोता है। और तब उनकी नींद सुंदर होती है; वह विश्राम है।

तुम्हारी नींद विश्राम नहीं है। हो सकता है कि तुम्हारी नींद भी श्रम हो, और सुबह

▲

उठकर तुम शाम से भी ज्यादा थके-मांदे अनुभव करो। सारी रात सोने के बाद सुबह तुम ज्यादा थकावट अनुभव करते हो। हो क्या रहा है? तुम चमत्कार कर रहे हो!

तुम्हारी सारी रात एक आंतरिक उपद्रव थी। तुम्हारा शरीर विश्राम नहीं कर सका, क्योंकि तुम्हारा मन बहुत सक्रिय था। और मन की सक्रियता शरीर को अनिवार्यतः थकाती है, क्योंकि मन शरीर के बिना सक्रिय नहीं हो सकता। मन की सक्रियता का अर्थ है शरीर की समांतर सक्रियता; फलतः सारी रात तुम्हारा शरीर करवटें बदलता है, सक्रिय रहता है। यही कारण है कि सुबह तुम ज्यादा थके-मांदे महसूस करते हो।

किसी के बुद्ध होने का क्या अर्थ है? एक ही अर्थ है कि अब वह पूर्णतः जाग्रत है, सचेतन है; उसके मन में जो भी चलता है उसका उसे बोध है। और जब तुम बोधपूर्ण होते हो तो कुछ चीजें होनी बिलकुल बंद हो जाती हैं; बोध के आते ही वे बंद हो जाती हैं। यह ऐसे ही है जैसे इस कसम में अंधेरा है, और तुम एक दीया लाते हो और अंधकार गायब हो जाता है। सब चीजें नहीं गायब होती हैं; किताबों की अलमारियां बनी रहती हैं, हम जो बैठे हैं बैठे रहते हैं। दीया लाने से सिर्फ अंधकार विलीन होता है।

जब कोई व्यक्ति आत्मोपलब्ध होता है तो उसे एक आंतरिक प्रकाश उपलब्ध होता है। वह आंतरिक प्रकाश बोध है; और उस बोध से मूर्च्छा मिटती है, नींद मिटती है—और कुछ नहीं। लेकिन नींद के मिटते ही सब चीजों की गुणवत्ता बदल जाती है। अब वह जो भी करेगा पूरे होश में करेगा, और अब वे चीजें असंभव हो जाएंगी जिनके लिए मूर्च्छा या नींद अनिवार्य है।

अब वह क्रोध नहीं कर सकता है; इसलिए नहीं कि उसने क्रोध न करने का कोई निर्णय लिया है। नहीं, अब क्रोध करना उसके लिए असंभव है। जब तुम बेहोश हो, मूर्च्छित हो, तो ही क्रोध संभव है। मूर्च्छा के जाते ही क्रोध का आधार चला जाता है और क्रोध असंभव हो जाता है। वह घृणा भी नहीं कर सकता, क्योंकि घृणा भी मूर्च्छा में ही संभव है। वह व्यक्ति प्रेम हो जाता है; इसलिए नहीं कि उसने प्रेम का कोई निर्णय लिया है। जब प्रकाश होता है, जब बोध होता है, तो प्रेम प्रवाहित होता है। यह स्वाभाविक है।

तो बुद्ध पुरुष के लिए स्वप्न देखना असंभव हो जाता है, क्योंकि स्वप्न देखने के लिए सबसे पहले मूर्च्छा जरूरी है, और वह मूर्च्छित नहीं है।

बुद्ध का शिष्य आनंद उनके साथ ही, उनके कमरे में ही सोता था। एक दिन उसने बुद्ध से कहा: 'यह तो चमत्कार है; यह बहुत अदभुत बात है। आप नींद में कभी करवट नहीं बदलते हैं।' बुद्ध सारी रात एक करवट ही सोते थे; जिस करवट वे रात सोने के लिए लेटते थे, सुबह नींद से जागते समय भी वे उसी करवट में होते थे। और उनके हाथ भी सारी रात एक ही स्थान पर रखे रहते थे। संभवतः तुमने बुद्ध की शयनमुद्रा की मूर्ति देखी होगी। उसे शयनासन कहते हैं। वे इसी एक आसन में सारी रात सोते थे। आनंद ने वर्षों उन्हें देखा था। जब भी वह बुद्ध को सोए हुए देखता, वे सारी रात एक ही तरह से सोए होते। तो उसने पूछा: 'मुझे कहें कि सारी रात आप क्या करते हैं? आप एक ही आसन में होते हैं?'

कहते हैं कि बुद्ध ने कहा: 'सिर्फ एक बार मैंने नींद में करवट बदली थी, लेकिन तब मैं बुद्ध नहीं था। बुद्धत्व के घटित होने के कुछ दिन पूर्व मैंने नींद में करवट ली थी, लेकिन

तभी मुझे अचानक बोध हुआ और आश्चर्य हुआ कि मैं करवट क्यों ले रहा हूं। मैंने मूर्च्छा में करवट ली थी, जिसका मुझे कोई होश नहीं था। लेकिन बुद्धत्व के बाद उसकी कोई जरूरत न रही। अगर मैं चाहूं तो करवट ले सकता हूं, लेकिन उसकी जरूरत नहीं है। शरीर पूरे विश्राम में है।'

बोध नींद में भी प्रवेश कर जाता है। लेकिन तुम सारी रात एक ही करवट पड़े रह सकते हो और उससे तुम बुद्ध नहीं होगे। तुम उसका अभ्यास कर सकते हो ; वह कठिन नहीं है। तुम अपने साथ जबरदस्ती कर सकते हो, और थोड़े ही दिन में तुम इसे साध सकते हो। लेकिन वह कोई बात नहीं है। और अगर तुम जीसस को करवट लेते देखो तो मत सोचना कि वे करवट क्यों लेते हैं! यह उन पर निर्भर है। अगर जीसस नींद में करवट लेते हैं तो भी वे सावचेत हैं। वे चाहें तो करवट ले सकते हैं।

मेरे साथ बिलकुल उलटा हुआ। बोध को उपलब्ध होने के पूर्व मैं सारी रात एक ही करवट सोता था; मुझे नहीं याद है कि मैंने कभी करवट बदली हो। लेकिन उसके बाद से मैं सारी रात करवटें बदलता रहता हूं; एक करवट में पांच मिनट रहना काफी है। मैं बार-बार करवट बदलता हूं। में इतना बोधपूर्ण हूं कि असल में यह नींद बिलकुल नहीं है।

तो यह व्यक्ति-व्यक्ति पर निर्भर है। लेकिन तुम बाहर से कोई निष्कर्ष नहीं निकाल सकते; यह सदा भीतर से संभव होता है।

बुद्ध पुरुष को नींद में भी बोध बना रहेगा; और तब स्वप्न संभव नहीं है। स्वप्न के लिए मूर्च्छा जरूरी है—यह एक बात हुई। और स्वप्न के लिए आधे-अधूरे अनुभव जरूरी हैं—यह दूसरी बात। लेकिन बुद्ध पुरुष के कोई आधे-अधूरे अनुभव नहीं होते; उनकी हर चीज पूरी होती है। उन्होंने भोजन कर लिया तो वे फिर भोजन के संबंध में सोच-विचार नहीं करते हैं। जब उन्हें फिर भूख लगेगी तो वे फिर भोजन ले लेंगे; लेकिन इस बीच वे भोजन की नहीं सोचेंगे। उन्होंने स्नान कर लिया तो वे अब कल के स्नान का विचार नहीं करेंगे। जब उसका समय आएगा, और अगर वे जिंदा रहे, तो वे फिर स्नान कर लेंगे। यदि परिस्थिति ने इजाजत दी तो स्नान हो जाएगा, लेकिन उसके संबंध में कोई विचार नहीं है। कृत्य तो हैं; लेकिन उनके संबंध में विचार नहीं हैं।

लेकिन तुम क्या करते हो? तुम सतत पूर्वाभ्यास करते हो, कल के लिए निरंतर रिहर्सल करते हो। मानो तुम कोई अभिनेता हो और तुम्हें किसी को अपना नाटक दिखाना है। तुम रिहर्सल क्यों करते हो? जब समय आएगा तो तुम तो मौजूद ही रहोगे।

बुद्ध पुरुष क्षण में जीते हैं, कृत्य में पूरे मौजूद होते हैं। और वे इतनी समग्रता से जीते हैं कि कुछ अधूरा नहीं रहता है। जो अधूरा रह जाता है उसे ही स्वप्न में पूरा करना पड़ता है। स्वप्न परिपूरक है। स्वप्न इसीलिए आता है क्योंकि मन किसी काम को आधा-अधूरा नहीं छोड़ सकता। अगर कोई चीज अधूरी रह गई है तो मन को बेचैनी महसूस होती है कि कैसे उसे पूरा किया जाए। तब तुम स्वप्न में उसे पूरा करते हो और तभी चैन पाते हो। यदि वह स्वप्न में भी पूरा हो जाता है तो मन को विश्राम मिलता है।

तुम्हारे सपने क्या हैं? तुम क्या सपना देखते हो? तुम दिन में जिन कामों को पूरा नहीं कर सके, उन अपूर्ण कामों को स्वप्न में पूरा करते हो। दिन में तुम किसी स्त्री को चूमना चाहते

▲

थे, लेकिन चूम न सके। अब तुम स्वप्न में उसे चूमोगे, और तब तुम्हारा मन चैन पाएगा। उससे तनाव मिट जाता है।

तुम्हारे सपने देखने का कारण तुम्हारा आधा-अधूरा जीना है; और बुद्ध पुरुष पूर्ण हैं। वे जो भी करते हैं उसे इतनी पूर्णता से, इतनी समग्रता से करते हैं कि कुछ भी अधूरा नहीं रह जाता है। तब स्वप्न देखने की कोई जरूरत नहीं रहती है। रात में स्वप्न खो जाते हैं और दिन में विचार खो जाते हैं।

ऐसा नहीं है कि वे विचार करने में असमर्थ हो जाते हैं। जरूरत होने पर वे विचार कर सकते हैं। यदि तुम उन्हें कोई प्रश्न पूछोगे तो वे तुरंत विचार करेंगे; लेकिन उन्हें किसी पूर्वाभ्यास की जरूरत नहीं है। तुम तो पहले विचार करते हो और तब उत्तर देते हो। लेकिन उनकी विचारणा ही उनका उत्तर होती है; वे जो विचारते हैं वही उत्तर में कहते हैं। ऐसा कहना भी शायद ठीक नहीं है; उनके विचारने और उत्तर देने में कोई अंतराल नहीं होता है; दोनों युगपत होते हैं। उनके विचार साथ ही साथ वाणी से अभिव्यक्त हो जाते हैं।

लेकिन वे कोई पूर्वाभ्यास नहीं करते, वे विचार नहीं करते, वे स्वप्न नहीं देखते; वे जीवन को जीते हैं। और तुम विचार करने और स्वप्न देखने में ही जीवन को गंवा देते हो।

आज इतना ही।

47

मूलाधार से सहस्रार की ज्योति-यात्रा

सूत्र

70. अपनी प्राण-शक्ति को मेरुदंड से ऊपर उठती,
एक केंद्र से दूसरे केंद्र की ओर गति करती हुई
प्रकाश-किरण समझो ; और इस भांति तुममें
जीवंतता का उदय होता है।

71. या बीच के रिक्त स्थानों में यह बिजली कौंधने
जैसा है–ऐसा भाव करो।

72. भाव करो कि ब्रह्मांड एक पारदर्शी शाश्वत
उपस्थित है।

▲

मनुष्य को तीन रूपों में सोचा जा सकता है—सामान्य, असामान्य और अधिसामान्य और पश्चिमी मनोविज्ञान असामान्य मनुष्य की, रुग्ण मनुष्य की; सामान्य से, औसत से नीचे गिर गए मनुष्य की चिंता लेता है। और पूर्वीय मनोविज्ञान—तंत्र और यो—अधिसामान्य मनुष्य के दृष्टिकोण से मनुष्य पर विचार करता है; उस मनुष्य के दृष्टिकोण से मनुष्य पर विचार करता है जो सामान्य के, औसत के पार चला गया है। दोनों ही असामान्य हैं। जो मनुष्य रुग्ण है, बीमार है, वह असामान्य है; क्योंकि वह स्वस्थ नहीं है। और जो मनुष्य अधिसामान्य है वह भी असामान्य है; क्योंकि वह सामान्य मनुष्य से ज्यादा स्वस्थ है। भेद ऋण और धन का है।

पश्चिमी मनोविज्ञान मनोचिकित्सा के अंग के रूप में विकसित हुआ। फ्रायड, जुंग, एडलर तथा दूसरे मनोवैज्ञानिक असामान्य लोगों की, मानसिक रूप से रूग्ण लोगों की चिकित्सा कर रहे थे। इस कारण मनुष्य के प्रति पशिचम की पूरी दुष्टि भ्रांत हो गई है। फ्रायर् बीमार लोगों का अध्ययन कर रहा था। कोई स्वस्थ आदमी क्यों उसके पांस जाता! सिर्फ वे लोग उसके पास जाते थे जो मानसिक रूप से रुग्ण थे। उसने उन लोगों का ही अध्ययन किया, और इस अध्ययन से उसने सोचा कि मैंने मनुष्य को समझ लिया।

लेकिन बीमार मनुष्य दरअसल पूरी तरह मनुष्य नहीं हैं। वे रुग्ण हैं, बीमार हैं। और जो चीज़ इनके अध्ययन पर आधारित होगी वह निश्चित ही पूरी तरह गलत होगी, हानिकारक होगी। यह बात हानिकारक सिद्ध हुई, क्योंकि यह मनुष्य को रुग्णता के दृष्टिकोण से देखती है। अगर चित्त की एक विशेष दशा चुनी जाती है और वह देश का है, बीमार है, तो मनुष्य का पूरा चित्र रोग-आधारित हो जाता है।

इसी दृष्टिकोण के कारण सारा पश्चिमी समाज नीचे गिर गया, क्योंकि रुग्ण मनुष्य उसकी नींव बन गया है, विकृत मनुष्य उसको आधार बन गया है। और अगर तुम सिर्फ असामान्य लोगों का अध्ययन करोगे तो तुम अधिसामान्य लोगों के होने की कल्पना भी नहीं कर सकते। बुद्ध फ्रायड के लिए असंभव हैं, अकल्पनीय हैं। निश्चित ही, फ्रायड के लिए

▲

बुद्ध काल्पनिक हैं, पौराणिक है; वे उसके लिए सत्य नहीं हो सकते। फ्रायड सिर्फ बीमार लोगों के संपर्क में आया ; वे लोग सामान्य भी नहीं थे। इसलिए वह सामान्य लोगों के संबंध में भी जो कहता है वह असामान्य लोगों के अध्ययन पर आधारित है।

यह ऐसा ही है जैसे कि अगर कोई चिकित्सक, कोई डाक्टर अध्ययन करना चाहे तो वह बीमार लोगों का ही अध्ययन करेगा। कोई स्वस्थ आदमी क्यों उसके पास जाएगा? उसकी जरूरत नहीं है। अस्वस्थ लोग ही उसके पास जाएंगे। और इतने अस्वस्थ लोगों का अध्ययन करके वह अपने मन में मनुष्य का जो चित्र निर्मित करेगा वह निश्चित ही मनुष्य का चित्र नहीं हो सकता है। वह मनुष्य का चित्र नहीं हो सकता है, क्योंकि मनुष्य बस रोग ही रोग नहीं है। और अगर तुम मनुष्य की धारणा रोगों पर आधारित बनाओगे तो उसका दुष्परिणाम पूरे समाज के भोगना पड़ेगा।

पूर्वीय मनोविज्ञान के पास, विशेषकर तंत्र और योग के पास भी मनुष्य के एक धारणा है; लेकिन वह धारणा अधिसामान्य लोगों के, बुद्ध, पतंजलि, शंकर, नागार्जुन, कबीर, नानक जैसे लोगों के अध्ययन पर आधारित है। ये वे लोग है जो मनुष्य की क्षमता और संभावना के शिखर पर पहुंचे। इस अध्ययन में निम्नतम का विचार नहीं है, सिर्फ श्रेष्ठतम का विचार है। और जब तुम श्रेष्ठतम का विचार करते हो तो तुम्हारा चित्त एक द्वार बन जाता है; तब तुम जानते हो कि ऊंचाइयां संभव हैं, ऊंचे शिखर संभव हैं।

अगर तुम निम्नतम का विचार करोगे तो कोई विकास संभव नहीं है। उसमें चुनौती नहीं है। और अगर तुम सामान्य हो तो तुम प्रसन्न अनुभव करते हो। यह काफी है कि तुम विक्षिप्त नहीं हो, तुम किसी मानसिक अस्पताल में नहीं हो। तुम अपने को ठीक महसूस कर सकते हो ; लेकिन इसमें कोई चुनौती नहीं है।

लेकिन अगर तुम अधिसामान्य की खोज करोगे, अगर अपनी श्रेष्ठतम संभावना की अभीप्सा करोगे, अगर कोई व्यक्ति उस संभावना के उपलब्ध हो चुका है, तो उस संभावना के लिए द्वार खुलता है ; तब तुम विकास कर सकते हो। तुमको एक चुनौती मिलती है, और तुम्हें अब अपने से संतुष्ट होने की जरूरत न रही। ऊंचे शिखर संभव हो जाते है, दिखने लगते है, और तुम्हें पुकारने लगते है।

इस बात को अच्छे से समझने की जरूरत है; तो ही तंत्र का मनोविज्ञान समझा जा सकता है। तुम जो कुछ हो वह अंत नहीं है; तुम ठीक मध्य में हो, बीच में हो; यहां से तुम नीचे गिर सकते हो, यहां से तुम ऊपर भी उठ सकते हो। तुम्हारा विकास पूरा नहीं हो गया है। तुम मंजिल पर नहीं हो; तुम अभी मार्ग में हो। तुम्हारे भीतर कोई चीज सतत विकसित हो रही है। तंत्र विकास की इसी संभावना पर अपनी समस्त साधना-पद्धति को आधारित करता है।

और स्मरण रहे, जब तक तुम यही नहीं हो जाते जो हो सकते हो, तब तक तुम तृप्त नहीं हो सकते, कृतार्थ नहीं हो सकते। तुम्हें वह होना ही है जो तुम हो सकते हो। यह अनिवार्यता है। अन्यथा तुम विषाद में पड़ोगे, तुम अर्थहीन अनुभव करोगे; तुम्हें लगेगा कि जीवन व्यर्थ है। तुम किसी तरह जीवन के खींचे जा सकते हो, लेकिन जीवन में उत्फुल्लता नहीं होगी। और तुम कई अन्य क्षेत्रों में सफल भी हो सकते हो, लेकिन तुम अपने ही साथ निष्फल हो जाओगे।

▲

और यही हो रहा है। कोई व्यक्ति बहुत धनवान हो जाता है और लोग सोचते हैं कि वह सफल हो गया; लेकिन वह खुद ऐसा नहीं सोचता। वह अपनी निष्फलता को जानता है। वह जानता है कि धन तो इकट्ठा हो गया है, लेकिन मैं निष्फल हूं। तुम बड़े आदमी हो, लीडर हो, राजनेता हो। सब लोग सोचते हैं कि तुम सफल हो गए, लेकिन तुम हारे हुए हे।

यह बड़ी अजीब दुनिया है; यहां तुम अपने को छोड़कर सब की निगाह में सफल हो जाते हो। हर रोज मेरे पास लोग आते हैं; वे कहते हैं कि हमारे पास सब कुछ है, लेकिन अब क्या? वे असफल लोग हैं। लेकिन उनकी असफलता क्या है? जहां तक बाहर की चीजों का संबंध है वे असफल नहीं हैं। फिर उन्हें यह असफलता क्यों महसूस होती है?

उनकी आंतरिक संभावना संभावना ही रह गई, उनका आंतरिक बीज बीज ही रह गया। उनका फूल नहीं खिला। वे वहां नहीं पहुंच सके जिसे मैसलो सेल्फ-एक्चुअलाइजेशन कहता है। वे असफल हैं, भीतर से असफल हैं। और अंततः उसका कोई अर्थ नहीं है जो दूसरे समझते हैं; तुम खुद जो समझते हो वही सार्थक है।

अगर तुम समझते हो कि मैं असफल हूं तो इससे कोई फर्क नहीं पड़ता है कि दूसरे तुम्हें नेपोलियन या सिकंदर महान समझते हों। बल्कि उससे तुम्हारा विषाद बढ़ता ही है। सब लोग समझते हैं कि तुम सफल हो, और अब तुम यह नहीं कह सकते कि मैं सफल नहीं हूं। लेकिन तुम जानते हो कि मैं सफल नहीं हूं, तुम अपने को धोखा नहीं दे सकते। जहां तक आत्मोपलब्धि का सवाल है, तुम अपने को धोखा नहीं दे सकते। देर-अबेर तुम्हें स्वयं से मिलना होगा और स्वयं में गहरे झांकना होगा कि क्या हुआ। जीवन व्यर्थ चला गया। एक अवसर तुमने गंवा दिया, व्यर्थ की चीजें बटोरने में ला दिया है।

आत्मोपलब्धि तुम्हारे विकास का उच्चतम शिखर है, जहां तुम्हें गहन परितोष का अनुभव होता है, जहां तुम कह सकते हो कि यह है मेरी नियति जिसके लिए मैं पैदा हुआ था, जिसके लिए मैं यहां पृथ्वी पर हूं। तंत्र उसी आत्मोपलब्धि की फिक्र करता है कि कैसे तुम्हें विकसित होने में सहयोग दे।

और स्मरण रहे, तंत्र को तुम्हारी फिक्र है; उसे आदर्शों से कुछ लेना-देना नहीं है। तंत्र आदर्शों की फिक्र नहीं करता है; वह तुम्हारी फिक्र करता है। तुम जो हो और जो हो सकते हो तंत्र उसकी फिक्र करता है। और यह बहुत बड़ा फर्क है।

अन्य सभी देशनाएं, दूसरे सभी शास्त्र आदर्शों की फिक्र करते हैं। वे कहते हैं कि बुद्ध बनो, जीसस बनो; यह बनो, वह बनो। उनके आदर्श हैं, और तुम्हें उन आदर्शों के अनुरूप बनना है। तंत्र तुम्हें कोई आदर्श नहीं देता है। तुम्हारा अज्ञात आदर्श तुम्हारे भीतर ही छिपा है; वह तुम्हें दिया नहीं जा सकता है तुम्हें बुद्ध नहीं बनना है; उसकी कोई जरूरत नहीं है। एक बुद्ध काफी हैं; पुनरुक्ति का कोई मूल्य नहीं है।

अस्तित्व सदा अनूठा है; वह अपने को कभी नहीं दोहराता है। दोहराना ऊब पैदा करता है। अस्तित्व सदा नया है, नितनूतन है, शाश्वत रूप से नया है। वह बुद्ध को भी दोबारा नहीं पैदा करता है; बुद्ध जैसी सुंदर घटना को भी नहीं दोहराता है।

क्यों ? क्योंकि बुद्ध भी यदि दोहराया जाए तो ऊब ही पैदा करेंगे। और फिर उपयोग क्या है? मौलिक का ही, अनूठे का ही मूल्य है, नकल का कोई मूल्य नहीं है। अगर तुम

मौलिक हो सको, स्वयं हो सको, तो ही तुम्हारी नियति पूरी होगी। यदि तुम नकल हो, किसी की अनुकृति हो, तो तुम चूक गए।

तो तंत्र यह कभी नहीं कहता कि इसके जैसे बड़े या उसके जैसे बनो; कोई आदर्श नहीं है। तंत्र कभी आदर्शों की बात नहीं करता है। इसीलिए तो इसका नाम तंत्र है। तंत्र विधियों की चर्चा करता है, वह कभी आदर्शों की बात नहीं करता है वह समझता है कि तुम कैसे हो सकते हो; यह नहीं कि तुम्हें क्या होना है। इस 'कैसे' के कारण ही तंत्र का अस्तित्व हैं; तंत्र शब्द का अर्थ ही विधि हैं, उपाय है। तुम कैसे हो सकते हो, तंत्र इसकी फिक्र करता हैं; तुम क्या हो सकते हो, तंत्र इसकी फिक्र नहीं करता।

वह जो 'क्या' है वह तुम्हारे विकास से पैदा होगा, तुम्हारी वृद्धि से आएगा। तुम सिर्फ विधि का प्रयोग करो, और धीर-धीरे तुम्हारी आंतरिक संभावना वास्तविक होती जाएगी। तब वह अज्ञात, अप्रकट होना प्रकट हो जाएगी। और जैसे-जैसे वह प्रकट हो, तुम्हें बोध होगा कि वह क्या है। और कोई नहीं कह सकता कि वह क्या है; जब तक तुम वह हो ही नहीं जाते, कोई भविष्यवाणी नहीं कर सकता कि तुम क्या हो सकते हो।

तो तंत्र केवल विधियां देता है; वह कभी आदर्श नहीं देता है और यहीं वह सभी नैतिक शिक्षाओं से भिन्न है। नैतिक शिक्षाएं सदा आदर्श देती हैं। अगर वे विधियों की बात भी करती हैं तो वे विधियां सदा किसी आदर्श विशेष के लिए होती हैं। तंत्र तुम्हें कोई आदर्श नहीं देता; तुम स्वयं आदर्श हो। और तुम्हारा भविष्य अज्ञात हैं। अतीत से मिला कोई भी आदर्श काम का नहीं है, क्योंकि कुछ भी पुनरुक्त नहीं हो सकता। और अगर पुनरुक्त होता है तो वह व्यर्थ है।

झेन संत कहते हैं कि स्मरण रखो और सजग रहो। अगर तुम्हें ध्यान में बुद्ध मिल जाएं तो तुरंत उनकी हत्या कर दो; उन्हें वहां टिकने ही मत दो। झेन संत बुद्ध के अनुयायी हैं, तो भी कहते हैं कि यदि बुद्ध ध्यान में मिल जाएं तो उन्हें तुरंत समाप्त कर देना है क्योंकि बुद्ध का व्यक्तित्व, बुद्ध के आदर्श इतना सम्मोहक हो सकता है कि तुम स्वयं को भूल जा सकते हो। और अगर तुम स्वयं को भूल गए तो तुम मार्ग से च्युत हो गए।

बुद्ध आदर्श नहीं हैं। तुम स्वयं आदर्श हो, तुम्हारा अज्ञात भविष्य आदर्श है। उसे ही आविष्कृत करना है। तंत्र उसे आविष्कृत करने की विधि देता है। खजाना तुम्हारे भीतर ही है।

तो यह दूसरी बात स्मरण रखो। यह मानना बहुत कठिन है कि तुम स्वयं आदर्श हो। मानना कठिन इसलिए है क्योंकि हरेक आदमी तुम्हारी निंदा कर रहा है। कोई व्यक्ति तुम्हें स्वीकार नहीं करता है; तुम खुद भी तो अपने को स्वीकार नहीं करते हो। तुम सतत अपनी निंदा करते रहते हो। तुम सदा किसी दूसरे जैसे होने की भाषा में सोचते रहते हो; और यह गलत है, खतरनाक है। अगर तुम इस तरह सोचते रहोगे तो तुम नकली हो जाओगे, तुम्हारा सब कुछ झूठा हो जाएगा।

अंग्रेजी में नकली के लिए एक शब्द है: फोनी। क्या तुम जानते हो कि यह फोनी शब्द कहां से आता है? यह टेलीफोन से आता है। टेलीफोन के आरंभिक दिनों में संप्रेषण में आवाज इतनी बदल जाती थी कि टेलीफोन से असली आवाज़ और एक नकली आवाज, दोनों सुनाई पड़ती थी। नकली आवाज वह थी जो यांत्रिक थी। असली आवाज़ तो उन शुरू के दिनों में न के बराबर सुनाई पड़ती थी। उससे ही नकली के लिए अंग्रेजी में फोनी शब्द आया।

अगर तुम किसी का अनुकरण कर रहे हो तो तुम फोनी हो जाओगे, नकली हो जाओगे; तुम सच्चे नहीं रहोगे। तुम्हें चारों ओर से एक यांत्रिकता घेरे रहेगी, और उसमें तुम्हारी अपनी आवाज, तुम्हारा यथार्थ, तुम्हारा सत्य, सब खो जाएगा। तो नकली मत बनो; प्रामाणिक बनो, सच्चे बनो।

तंत्र को तुम पर भरोसा है। यही कारण है कि तंत्र को मानने वाले इतने थोड़े हैं। कोई व्यक्ति अपने पर भरोसा नहीं करता है। तंत्र तुम पर श्रद्धा करता है, और कहता है कि तुम स्वयं आदर्श हो। इसलिए किसी का अनुकरण मत करो; अनुकरण तुम्हारे चारों ओर एक झूठा व्यक्तित्व निर्मित कर देगा। और तुम उस झूठे व्यक्तित्व को यह सोचकर ढोए जाओगे कि वह तुम्हारा अपना व्यक्तित्व है। लेकिन वह तुम्हारा व्यक्तित्व नहीं है।

तो दूसरी बात स्मरण रखने की यह है कि तुम्हारा कोई निश्चित, नियत आदर्श नहीं है। तुम भविष्य की भाषा में नहीं सोच सकते, केवल वर्तमान की भाषा में सोच सकते हो— प्रत्यक्ष भविष्य की भाषा में ही सोच सकते हो। उसमें ही विकास संभव है।

कोई नियत भविष्य नहीं है। और यह अच्छा है कि भविष्य नियत नहीं है। अन्यथा स्वतंत्रता संभव नहीं होती; अगर भविष्य नियत है तो आदमी रोबोट हो जाएगा, यंत्र-मानव हो जाएगा। तुम्हारा भविष्य नियत नहीं है; तुम्हारी संभावनाएं अनंत हैं। तुम अनेक आयामों में विकास कर सकते हो। लेकिन जो चीज तुम्हें परम परितोष देगी, वह यह है कि तुम विकास करो। और यह विकास इस ढंग से हो कि प्रत्येक विकास और-और विकास का द्वार बने।

विधियां सहयोगी हैं, क्योंकि ये वैज्ञानिक हैं। तुम व्यर्थ के भटकाव से बच जाओगे; तुम्हें बेकार ही इधर-उधर टटोलना नहीं पड़ेगा। अगर तुम किसी विधि का उपयोग नहीं करते हो तो तुम्हें अनेक जन्म लग जाएंगे। तुम मंजिल पर तो पहुंच जाओगे, क्योंकि तुम्हारे अंदर की जीवन-ऊर्जा तब तक गति करती रहेगी जहां से आगे गति करना संभव नहीं होगा। जीवन-ऊर्जा अपने अंतिम बिंदु तक, उच्चतम शिखर तक यात्रा करती रहेगी। यही कारण है कि व्यक्ति को बार-बार जन्म लेना पड़ता है। अपने आप भी तुम पहुंच सकते हो; लेकिन तुम्हें बहुत-बहुत लंबी यात्रा करनी होगी, और वह यात्रा बहुत नीरस और उबाने वाली होगी।

किसी सदगुरु के साथ, वैज्ञानिक विधियों के साथ तुम बहुत समय, अवसर और ऊर्जा की बचत कर सकते हो। और कभी-कभी तो तुम क्षणों में इतना विकास कर सकते हो जितना जन्मों-जन्मों में भी संभव नहीं होगा। अगर सम्यक विधि प्रयोग की जाए तो विकास का विस्फोट घटित होता है।

और ये विधियां लाखों वर्ष तक प्रयोग में लाई गई हैं। ये किसी एक व्यक्ति की ईजाद नहीं हैं; अनेक-अनेक साधकों ने इनके आविष्कार में योगदान दिया है। और यहां इनका सार-सूत्र ही दिया गया है। इन एक सौ बारह विधियों में दुनियाभर की सारी विधियां सम्मिलित हैं; कहीं कोई ऐसी विधि नहीं है जो इन एक सौ बारह विधियों में नहीं है, जो इन एक सौ बारह विधियों में नहीं समाविष्ट की गई है। ये विधियां समस्त आध्यात्मिक खोज का नवनीत हैं।

लेकिन सभी विधियां सभी के लिए नहीं हैं। तो तुम्हें उनका प्रयोग करके देखना होगा। कोई-कोई विधि ही तुम्हारे काम की होगी, और तुम्हें उसे ख़ोजना होगा। दो उपाय हैं। एक कि स्वयं के प्रयोग और भूल के द्वारा कोई विधि तुम्हारे हाथ लग जाए जो काम करने लगे और

▲

तुम विकास करने लगो। फिर तुम उसे जारी रख सकते हो। दूसरा उपाय है कि तुम किसी गुरु के प्रति समर्पित हो जाओ और वह तुम्हारे योग्य विधि चुन दे। ये दो रास्ते हैं, और चुनाव तुम पर निर्भर है। अब विधियों को लें।

पहली विधि:

अपनी प्राण-शक्ति को मेरुदंड में ऊपर उठती, एक केंद्र से दूसरे केंद्र की ओर गति करती हुई प्रकाश-किरण समझो ; और इस भांति तुममें जीवंतता का उदय होता है।

योग के अनेक साधन, अनेक उपाय इस विधि पर आधारित हैं। पहले समझो कि यह क्या है, और फिर इसके प्रयोग को लेंगे।

मेरुदंड, रीढ़ तुम्हारे शरीर और मस्तिष्क दोनों का आधार है। तुम्हारा मस्तिष्क, तुम्हारा सिर तुम्हारे मेरुदंड का ही अंतिम छोर है। मेरुदंड पूरे शरीर की आधारशिला है। अगर मेरुदंड युवा है तो तुम युवा हो। और अगर मेरूदंड बूढ़ा है तो तुम बूढ़े हो। अगर तुम अपने मेरुदंड को युवा रख सको तो बूढ़ा होना कठिन होगा। सब कुछ इस मेरुदंड पर निर्भर है। अगर तुम्हारा मेरुदंड जीवंत है तो तुम्हारे मन-मस्तिष्क में मेधा होगी, चमक होगी। और अगर तुम्हारा मेरुदंड जड़ और मृत है तो तुम्हारा मन भी बहुत जड़ होगा। समस्त योग अनेक ढंगों से तुम्हारे मेरुदेड को जीवंत, युवा, ताजा और प्रकाशपूर्ण बनाने की चेष्टा करता है।

मेरुदंड के दो छोर हैं। उसके आरंभ में काम-केंद्र है और उसके शिखर पर सहस्त्रार है—सिर के ऊपर जो सातवां चक्र है। मेरुदंड का जो आरंभ है वह पृथ्वी से जुड़ा है; कामवासना तुम्हारे भीतर सर्वाधिक पार्थिव चीज है। तुम्हारे मेरुदंड के आरंभिक चक्र के द्वारा तुम निसर्ग के संपर्क में आते हो, जिसे सांख्य प्रकृति कहता है—पृथ्वी, पदार्थ। और अंतिम चक्र से, सहस्रार से तुम परमात्मा के संपर्क में होते हो।

तुम्हारे अस्तित्व के ये दो ध्रुव हैं। पहला काम-केंद्र है, और दूसरा सहस्त्रार है। अंग्रेजी में सहस्त्रार के लिए कोई शब्द नहीं है। ये ही दो ध्रुव हैं। तुम्हारा जीवन या तो कामोन्मुख होगा या सहस्त्रारोन्मुख होगा। या तो तुम्हारी ऊर्जा काम-केंद्र से बहकर पृथ्वी में वापस जाएगी, या तुम्हारी ऊर्जा सहस्रार से निकलकर अनंत आकाश में समा जाएगी। तुम सहस्त्रार से ब्रह्म में, परम सत्ता में प्रवाहित हो जाते हो। तुम काम-केंद्र से पदार्थ जगत में प्रवाहित होते हो। ये दो प्रवाह हैं; ये दो संभावनाएं हैं।

जब तक तुम ऊपर की ओर विकसित नहीं होते, तुम्हारे दुख कभी समाप्त नहीं होंगे। तुम्हें सुख की झलकें मिल सकती हैं; लेकिन वे झलकें ही होंगी, और बहुत भ्रामक होंगी। जब ऊर्जा ऊर्ध्वगामी होगी, तुम्हें सुख की अधिकाधिक सच्ची झलकें मिलने लगेंगी। और जब ऊर्जा सहस्रार पर पहुंचेगी, तुम परम आनंद को उपलब्ध हो जाओगे। वही निर्वाण है। तब झलक नहीं मिलती, तुम आनंद ही हो जाते हो।

योग और तंत्र की पूरी चेष्टा यह है कि कैसे ऊर्जा को मेरुदंड के द्वारा, रीढ़ के द्वारा ऊर्ध्वगामी बनाया जाए, कैसे उसे गुरुत्वाकर्षण के विपरीत गतिमान किया जाए। काम या सेक्स आसान है, क्योंकि वह गुरुत्वाकर्षण के विपरीत नहीं है। पृथ्वी सब चीजों को अपनी तरफ नीचे खींच रही है; तुम्हारी काम-ऊर्जा को भी पृथ्वी नीचे खींच रही है। तुमने शायद यह

नहीं सुना हो, लेकिन अंतरिक्ष यात्रियों ने यह अनुभव किया है कि जैसे ही वे पृथ्वी के गुरुत्वाकर्षण के बाहर निकल जाते हैं, उनकी कामुकता बहुत क्षीण हो जाती है। जैसे-जैसे शरीर का वजन कम होता है, कामुकता विलीन हो जाती है।

पृथ्वी तुम्हारी जीवन-ऊर्जा को नीचे की तरफ खींचती है, और यह स्वाभाविक है। क्योंकि जीवन-ऊर्जा पृथ्वी से आती है। तुम भोजन लेते हो, और उससे तुम अपने भीतर जीवन-ऊर्जा निर्मित कर रहे हो। यह ऊर्जा पृथ्वी से आती है, और पृथ्वी उसे वापस खींचती रहती है। प्रत्येक चीज अपने मूलस्त्रोत को लौट जाती है। और अगर यह ऐसे ही चलता रहा, जीवन-ऊर्जा फिर-फिर पीछे लौटती रही और तुम वर्तुल में घूमते रहे, तो तुम जन्मों-जन्मों तक ऐसे ही घूमते रहोगे। तुम इस ढंग से अनंत काल तक चलते रह सकते हो, यदि तुम अंतरिक्ष यात्रियों की तरह छलांग नहीं लेते। अंतरिक्ष यात्रियों की तरह तुम्हें छलांग लेनी है और वर्तुल के पार निकल जाना है। तब पृथ्वी के गुरुत्वाकर्षण का पैटर्न टूट जाता है। यह तोड़ा जा सकता है।

यह कैसे तोड़ा जा सकता है, ये उसकी ही विधियां हैं। ये विधियां इस बात की फिक्र करती हैं कि कैसे ऊर्जा ऊर्ध्व गति करे, नये केंद्रों तक पहुंचे; कैसे तुम्हारे भीतर नई ऊर्जा का आविर्भाव हो और कैसे प्रत्येक गति के साथ वह तुम्हें नया आदमी बना दे। और जिस क्षण तुम्हारे सहस्त्रार से, कामवासना के विपरीत ध्रुव से तुम्हारी ऊर्जा मुक्त होती है, तुम आदमी नहीं रह गए; तब तुम इस धरती के न रहे, तब तुम भगवान हो गए।

जब हम कहते हैं कि कृष्ण या बुद्ध भगवान हैं तो उसका यही अर्थ है। उनके शरीर तो तुम्हारे जैसे ही हैं; उनके शरीर भी रुग्ण होंगे और मरेंगे। उनके शरीरों में सब कुछ वैसा ही होता है जैसे तुम्हारे शरीरों में होता है। सिर्फ एक चीज उनके शरीरों में नहीं होती जो तुममें होती है; उनकी ऊर्जा ने गुरुत्वाकर्षण के पैटर्न को तोड़ दिया है। लेकिन वह तुम नहीं देख सकते; वह तुम्हारी आंखों के लिए दृश्य नहीं है।

लेकिन कभी-कभी जब तुम किसी बुद्ध की सन्निधि में बैठते हो तो तुम यह अनुभव कर सकते हो। अचानक तुम्हारे भीतर ऊर्जा का ज्वार उठने लगता है और तुम्हारी ऊर्जा ऊपर की तरफ यात्रा करने लगती है। तभी तुम जानते हो कि कुछ घटित हुआ है। केवल बुद्ध के सत्संग में ही तुम्हारी ऊर्जा सहस्त्रार की तरफ गति करने लगती है। बुद्ध इतने शक्तिशाली हैं कि पृथ्वी की शक्ति भी उनसे कम पड़ जाती है। उस समय पृथ्वी की ऊर्जा तुम्हारी ऊर्जा को नीचे की तरफ नहीं खींच पाती है। जिन लोगों ने जीसस, बुद्ध या कृष्ण की सन्निधि में इसका अनुभव लिया है, उन्होंने ही उन्हें भगवान कहा है। उनके पास ऊर्जा का एक भिन्न स्त्रोत है जो पृथ्वी से भी शक्तिशाली है।

इस पैटर्न को कैसे तोड़ा जा सकता है? यह विधि पैटर्न तोड़ने में बहुत सहयोगी है। लेकिन पहले कुछ बुनियादी बातें खयाल में ले लो।

पहली बात कि अगर तुमने निरीक्षण किया होगा तो तुमने देखा होगा कि तुम्हारी काम-ऊर्जा कल्पना के साथ गति करती है। सिर्फ कल्पना के द्वारा भी तुम्हारी काम-ऊर्जा सक्रिय हो जाती है। सच तो यह है कि कल्पना के बिना वह सक्रिय नहीं हो सकती है। यही कारण है कि जब तुम किसी के प्रेम में होते हो तो काम-ऊर्जा बेहतर काम करती है। क्योंकि

प्रेम के साथ कल्पना प्रवेश कर जाती है। अगर तुम प्रेम में नहीं हो तो वह बहुत कठिन है; वह काम नहीं करेगी।

इसीलिए पुराने दिनों में पुरुष-वेश्याएं नहीं होती थीं; सिर्फ स्त्री-वेश्याएं होती थीं। पुरुष-वेश्या के लिए काम के तल पर सक्रिय होना कठिन है, अगर वह प्रेम में नहीं है। और सिर्फ पैसे के लिए वह प्रेम कैसे कर सकता है? तुम किसी पुरुष को तुम्हारे साथ संभोग में उतरने के लिए पैसे दे सकती हो; लेकिन अगर उसे तुम्हारे प्रति भाव नहीं है, कल्पना नहीं है, तो वह सक्रिय नहीं हो सकता। स्त्रियां यह कर सकती हैं, क्योंकि उनकी कामवासना निष्क्रिय है। सच तो यह है कि उनके सक्रिय होने की जरूरत नहीं है। वे बिलकुल अनासक्त रह सकती हैं; संभव है कि उन्हें कोई भी भाव न हो। उनके शरीर लाशों की भांति पड़े रह सकते हैं। वेश्या के साथ तुम एक जीवित शरीर के साथ नहीं, एक मृत लाश के साथ संभोग करते हो। स्त्रियां आसानी से वेश्या हो सकती हैं, क्योंकि उनकी काम-ऊर्जा निष्क्रिय है।

तो काम-केंद्र कल्पना से काम करता है। इसीलिए स्वप्नों में तुम्हें इरेक्शन हो सकता है, और वीर्यपात भी हो सकता है। वहां कुछ भी वास्तविक नहीं है; सब कल्पना का खेल है। फिर भी देखा गया है कि प्रत्येक पुरुष को, अगर वह स्वस्थ है, रात में कम से कम दस दफा इरेक्शन होता है। मन की जरा सी गति के साथ, काम का जरा-सा विचार उठने से ही इरेक्शन हो जाएगा।

तुम्हारे मन की अनेक शक्तियां हैं, अनेक क्षमताएं हैं; और उनमें से एक है संकल्प। लेकिन तुम संकल्प से काम-कृत्य में नहीं उतर सकते; काम के लिए संकल्प नपुंसक है। अगर तुम संकल्प से किसी के साथ संभोग में उतरने की चेष्टा करोगे तो तुम्हें लगेगा कि तुम नपुंसक हो गए। कभी चेष्टा मत करो। कामवासना में संकल्प नहीं, कल्पना काम करती है। कल्पना करो, और तुम्हारा काम-केंद्र सक्रिय हो जाएगा।

लेकिन मैं क्यों इस तथ्य पर इतना जोर दे रहा हूं? क्योंकि यदि कल्पना ऊर्जा को गतिमान करने में सहयोगी है, तो तुम सिर्फ कल्पना के द्वारा उसे चाहो तो ऊपर ले जा सकते हो और चाहो तो नीचे ले जा सकते हो। तुम अपने खून को कल्पना से गतिमान नहीं कर सकते; तुम शरीर में और कुछ कल्पना से नहीं कर सकते। लेकिन काम-ऊर्जा कल्पना से गतिमान की जा सकती है; तुम उसकी दिशा बदल सकते हो।

यह सूत्र कहता है: 'अपनी प्राण-शक्ति को प्रकाश-किरण समझो।' स्वयं को, अपने होने को प्रकाश-किरण समझो। 'मेरुदंड में ऊपर उठती हुई, एक केंद्र से दूसरे केंद्र की ओर गति करती हुई।' रीढ़ में ऊपर उठती हुई। 'और इस भांति तुममें जीवंतता का उदय होता है।'

योग ने तुम्हारे मेरुदंड को सात चक्रों में बांटा है। पहला काम-केंद्र है और अंतिम सहस्त्रार है, और इन दोनों के बीच पांच केंद्र हैं। कोई-कोई साधना-पद्धति मेरुदंड को नौ केंद्रों में बांटती है; कोई तीन में ही और कोई चार में। यह विभाजन बहुत अर्थ नहीं रखता है; तुम अपना विभाजन भी निर्मित कर सकते हो। प्रयोग के लिए पांच केंद्र पर्याप्त हैं। पहला काम-केंद्र है; दूसरा ठीक नाभि के पीछे है; तीसरा हृदय के पीछे है; चौथा केंद्र तुम्हारी दोनों भौंहों के बीच में है—ठीक ललाट के बीच में; और अंतिम केंद्र सहस्त्रार तुम्हारे सिर के शिखर पर है। ये पांच पर्याप्त हैं।

यह सूत्र कहता है: 'अपने को समझो,' उसका अर्थ है कि भाव करो, कल्पना करो। आंखें बंद कर लो और भाव करो कि मैं बस प्रकाश हूं। यह मात्र भाव या कल्पना नहीं है। शुरू-शुरू में तो कल्पना ही है, लेकिन यथार्थ में भी ऐसा ही है। क्योंकि हरेक चीज प्रकाश से बनी है। अब विज्ञान कहता है कि सब कुछ विद्युत है। तंत्र ने तो सदा से कहा है कि सब कुछ प्रकाश-कणों से बना है और तुम भी प्रकाश-कणों से ही बने हो। इसीलिए कुरान कहता है कि परमात्मा प्रकाश है। तुम प्रकाश हो!

तो पहले भाव करो कि मैं बस प्रकाश-किरण हूं, और फिर अपनी कल्पना को काम-केंद्र के पास ले जाओ। अपने अवधान को वहां एकाग्र करो और भाव करो कि प्रकाश-किरणें काम-केंद्र से ऊपर उठ रही हैं; मानो काम-केंद्र प्रकाश का स्त्रोत बन गया है और प्रकाश-किरणें वहां से नाभि-केंद्र की ओर ऊपर उठ रही हैं।

विभाजन इसीलिए जरूरी है, क्योंकि तुम्हारे लिए काम-केंद्र को सीधे सहस्त्रार से जोड़ना कठिन होगा। छोटे-छोटे विभाजन इसीलिए उपयोगी हैं; यदि तुम सीधे सहस्त्रार से जुड़ सको तो किसी विभाजन की जरूरत नहीं है। तुम काम-केंद्र के ऊपर के सभी विभाजन गिरा दे सकते हो; और ऊर्जा, जीवन-शक्ति प्रकाश की भांति सीधे सहस्त्रार की ओर उठने लगेगी।

लेकिन विभाजन ज्यादा सहयोगी होंगे, क्योंकि तुम्हारा मन छोटे-छोटे खंडों की धारणा ज्यादा आसानी से निर्मित कर सकता है। तो भाव करो कि ऊर्जा, प्रकाश-किरणें तुम्हारे काम-केंद्र से उठकर प्रकाश की नदी की भांति नाभि-केंद्र की ओर प्रवाहित हो रही हैं। तत्काल तुम अपने भीतर ऊपर उठती हुई ऊष्मा अनुभव करोगे; शीघ्र ही तुम्हारी नाभि गर्म हो उठेगी। तुम उस गरमाहट को अनुभव कर सकते हो; दूसरे भी उस गरमाहट को अनुभव कर सकते हैं। तुम्हारे भाव के द्वारा तुम्हारी काम-ऊर्जा ऊर्ध्वगामी हो जाएगी, ऊपर को उठने लगेगी।

जब तुम अनुभव करो कि अब नाभि पर स्थित दूसरा केंद्र प्रकाश का स्त्रोत बन गया है, कि प्रकाश-किरणें वहां आकर इकट्ठी होने लगी हैं, तब हृदय-केंद्र की ओर गति करो, और ऊपर बढ़ो। और जैसे-जैसे प्रकाश हृदय-केंद्र पर पहुंचेगा, जैसे-जैसे उसकी किरणें वहां इकट्ठी होने लगेंगी, वैसे-वैसे तुम्हारे हृदय की धड़कन बदल जाएगी, तुम्हारी श्वास गहरी होने लगेगी, और तुम्हारे हृदय में गरमाहट पहुंचने लगेगी। तब उससे भी और आगे, और ऊपर बढ़ो।

'अपनी प्राण-शक्ति को मेरुदंड में ऊपर उठती, एक केंद्र से दूसरे केंद्र की ओर गति करती हुई प्रकाश-किरण समझो; और इस भांति तुममें जीवंतता का उदय होता है।'

और जैसे-जैसे तुम्हें गरमाहट अनुभव होगी, वैसे-वैसे ही, उसके साथ-साथ ही, तुम्हारे भीतर एक जीवंतता का उन्मेष होगा, एक आंतरिक प्रकाश का उदय होगा।

काम-ऊर्जा के दो हिस्से हैं: एक हिस्सा शारीरिक है और दूसरा मानसिक है। तुम्हारे शरीर में हरेक चीज के दो हिस्से हैं। तुम्हारे शरीर और मन की भांति ही तुम्हारे भीतर प्रत्येक चीज के दो हिस्से हैं: एक भौतिक है और दूसरा अभौतिक। काम-ऊर्जा के भी दो हिस्से हैं। वीर्य उसका भौतिक हिस्सा है। वीर्य ऊपर नहीं उठ सकता; उसके लिए मार्ग नहीं है। इसीलिए पश्चिम के अनेक शरीर-शास्त्री कहते हैं कि तंत्र और योग की साधना बकवास है; वे उन्हें इनकार ही करते हैं। काम-ऊर्जा ऊपर की ओर कैसे उठ सकती है? उसके लिए कोई मार्ग नहीं है, और वह ऊपर नहीं उठ सकती।

▲

वे शरीर-शास्त्री सही हैं, और फिर भी गलत हैं। काम-ऊर्जा का जो भौतिक हिस्सा है, वह जो वीर्य है, वह तो ऊपर नहीं उठ सकता; लेकिन वही सब कुछ नहीं है। सच तो यह है कि वीर्य काम-ऊर्जा का शरीर भर है; वह स्वयं काम-ऊर्जा नहीं है। काम-ऊर्जा तो उसका अभौतिक हिस्सा है, और यह अभौतिक तत्व ऊपर उठ सकता है। और उसी अभौतिक ऊर्जा के लिए मेरुदंड मार्ग का काम करता है; मेरुदंड और उसके चक्र मार्ग का काम करते हैं। लेकिन उसको तो अनुभव से जानना होगा; और तुम्हारी संवेदनशीलता मर गई है।

मुझे स्मरण आता है कि किसी मनोचिकित्सक ने अपने एक रोगी के संबंध में, एक स्त्री के संबंध में एक संस्मरण लिखा है। वह उससे कह रहा था कि कुछ भाव करो, कुछ अनुभव करो। लेकिन मनोचिकित्सक को लगा कि वह जो भी करती थी, वह उसकी अनुभूति नहीं, विचार भर करती थी। वह अनुभूति के संबंध में विचार करती थी, जो कि सर्वथा भिन्न बात है। तो उस चिकित्सक ने अपना हाथ स्त्री के हाथ पर रखा और कहा कि अपनी आंखें बंद करो और बताओ कि तुम क्या अनुभव कर रही हो?

उस स्त्री ने तुरंत कहा कि मैं तुम्हारा हाथ अनुभव कर रही हूं। लेकिन चिकित्सक ने कहा कि यह तुम्हारा अनुभव नहीं है, यह सिर्फ तुम्हारा विचार है, तुम्हारा अनुमान है। मैंने तुम्हारे हाथ में अपना हाथ रखा, और तुम कहती हो कि मैं तुम्हारा हाथ अनुभव कर रही हूं। लेकिन तुम अनुभव नहीं कर रही हो; यह तुम्हारा अनुमान मात्र है। बताओ कि तुम क्या अनुभव कर रही हो ?

तो उस स्त्री ने कहा कि मैं तुम्हारी अंगुलियों अनुभव कर रही हूं। लेकिन चिकित्सक ने फिर कहा कि यह भी तुम्हारा अनुभव नहीं, अनुमान ही है। अनुमान मत करो; आंखें बंद करो और वहां जाओ जहां मेरा हाथ है और फिर मुझे बताओ कि क्या अनुभव कर रही हो। तब उस स्त्री ने कहा: 'ओह, मैं तो पूरी बात ही चूक रही थी; मैं थोड़ा दबाव और गरमाहट अनुभव कर रही हूं।'

जब कोई हाथ तुम्हें स्पर्श करता है तो हाथ नहीं, दबाव और गरमाहट अनुभव होती है। हाथ तो अनुमान भर है; वह बुद्धि है, भाव नहीं। गरमाहट और दबाव अनुभूतियां हैं। अब यह स्त्री अनुभव कर रही थी।

हमने अनुभूति बिलकुल खो दी है; तुम्हें फिर से उसे विकसित करना होगा। केवल तभी इन विधियों को प्रयोग में ला सकते हो। अन्यथा ये विधियों काम नहीं करेंगी। तुम केवल बुद्धि से सोचोगे कि मैं अनुभव करता हूं और कुछ भी घटित नहीं होगा। यही कारण है कि लोग मेरे पास आते हैं और कहते हैं कि आप तो कहते हैं कि यह विधि बहुत महत्वपूर्ण है, लेकिन कुछ भी घटित नहीं होता है।

उन्होंने प्रयोग तो किया, लेकिन वे एक आयाम चूक गए; वे अनुभव का आयाम चूक गए। तो तुम्हें पहले इस आयाम को विकसित करना होगा। और उसके कुछ उपाय हैं जिन्हें तुम प्रयोग में ला सकते हो।

तुम एक काम करो; अगर तुम्हारे घर में कोई छोटा बच्चा है तो प्रतिदिन एक घंटा उस बच्चे के पीछे-पीछे चलो। बुद्ध के पीछे चलने से उसके पीछे चलना बेहतर और कहीं ज्यादा तृप्तिदायी हो सकता है। बच्चे को अपने चारों हाथ-पांव पर चलने को कहो, घुटनों के बल

चलने को कहो, और तुम भी उसी तरह अपने चारों हाथ-पांव पर चलो। बच्चे के पीछे-पीछे तुम भी चलो।

और पहली बार तुम्हें अपने में एक नवजीवन का उन्मेष होगा। तुम फिर बच्चे हो जाओगे। बच्चे को देखो, और उसके पीछे-पीछे चलो। बच्चा घर के कोने-कोने में जाएगा; वह घर की हरेक चीज को स्पर्श करेगा। न केवल स्पर्श करेगा, वह एक-एक चीज का स्वाद लेगा, वह एक-एक चीज को सूंघेगा। तुम बस उसका अनुकरण करो; वह जो भी करे तुम भी वही करो।

कभी तुम भी बच्चे थे; तुम भी कभी यह सब कर चुके हो। बच्चा अनुभूति की अवस्था में है; वह सोच-विचार नहीं कर रहा है। उसे सुगंध आती है और वह उस कोने की तरफ बढ़ जाता है जहां से सुगंध आ रही है। उसे एक सेव दिखाई पड़ता है, और वह उसे उठाकर खाने लगता है। तुम भी ठीक बच्चे की तरह स्वाद लो। जब बच्चा सेव खा रहा है तो उसे गौर से देखो; वह उसे खाने में पूरी तरह डूबा हुआ है। उसके लिए सारा संसार खो गया है; सिर्फ सेव बचा है। यहां तक कि सेव भी नहीं है और न बच्चा है; सिर्फ खाना है।

तो एक घंटे तक बच्चे का अनुकरण मात्र करो; वह एक घंटा तुम्हें इतना समृद्ध बना जाएगा जिसका कि हिसाब नहीं। तुम फिर से बच्चे हो जाओगे। तुम्हारी सब सुरक्षा-व्यवस्था गिर जाएगी; तुम्हारा सब कवच गिर जाएगा। और तुम फिर संसार को वैसे ही देखने लगोगे जैसे एक बच्चा देखता है। बच्चा अनुभूति के आयाम से उसे देखता है। और जब तुम्हें लगे कि अब मैं विचार नहीं, अनुभूति के आयाम से देख सकता हूं, तो तुम उस कालीन की कोमलता का भी सुख ले सकते हो जिस पर तुम बच्चे की भांति चलते हो। तुम उसके दबाव और गरमाहट को भी महसूस कर सकोगे। और यह सब सिर्फ निर्दोष भाव से एक बच्चे का अनुकरण करने से होता है।

मनुष्य बच्चों से बहुत कुछ सीख सकता है। और देर-अबेर तुम्हारी सच्ची निर्दोषता प्रकट हो जाएगी। तुम भी कभी बच्चे थे, और तुम जानते हो कि बच्चा होना क्या है। सिर्फ उसका विस्मरण हो गया है।

तो अनुभूति के केंद्रों को फिर से सक्रिय होना होगा; तो ही ये विधियां कारगर हो सकती हैं। अन्यथा तुम सोचते रहोगे कि ऊर्जा ऊपर उठ रही है, लेकिन उसकी कोई अनुभूति नहीं होगी। और अनुभूति के अभाव में कल्पना व्यर्थ है, बांझ है। अनुभूति-भरा भाव ही परिणाम ला सकता है।

तुम और भी कई चीजें कर सकते हो, और उन्हें करने में कोई विशेष प्रयत्न भी नहीं है। जब तुम सोने जाओ तो बिस्तर को, तकिए को महसूस करो, उसकी ठंडक को महसूस करो। तकिए को छुओ, उसके साथ खेलो। अपनी आंखें बंद कर लो और सिर्फ एयरकंडीशनर की आवाज को सुनो। घड़ी की आवाज को या चलती सड़क के शोरगुल को सुनो। कुछ भी सुनो। उसे नाम मत दो; कुछ कहो ही मत। मन का उपयोग ही मत करो; बस अनूभूति में जीओ।

सुबह जागने के पहले क्षण में, जब तुम्हें लगे कि नींद जा चुकी है, तो तुरंत सोच-विचार मत करने लगो। कुछ क्षणों के लिए तुम फिर से बच्चे हो सकते हो, निर्दोष और ताजे हो सकते हो। तुरंत सोच-विचार में मत लग जाओ। यह मत सोचो कि क्या-क्या करना

है, कब दफ्तर के लिए रवाना होना है, कौन सी गाड़ी पकड़नी है। सोच-विचार मत शुरू करो। उन मूढ़ताओं के लिए तुम्हें काफी समय मिलेगा; अभी रुको। अभी कुछ क्षणों के लिए सिर्फ ध्वनियों पर ध्यान दो। एक पक्षी गाता है; वृक्षों से हवाएं गुजर रही हैं ; कोई बच्चा रोता है या दूध देने वाला आया है और पुकार रहा है ; या वह पतेली में दूध डाल रहा है। जो भी हो रहा हो उसे महसूस करो, उसके प्रति संवेदनशील बनो, खुले रहो। उसकी अनुभूति में डूबो। और तुम्हारी संवेदनशीलता बढ़ जाएगी।

जब स्नान करो तो उसे अपने पूरे शरीर पर अनुभव करो ; पानी की प्रत्येक बूंद को अपने ऊपर गिरते हुए महसूस करो। उसके स्पर्श को, उसकी शीतलता और उष्णता को महसूस करो। पूरे दिन इसका प्रयोग करो; जब भी अवसर मिले प्रयोग करो। और सब जगह अवसर ही अवसर है। श्वास लेते हुए सिर्फ श्वास को अनुभव करो; भीतर जाती और बाहर आती श्वास को अनुभव करो; केवल अनुभव करो। अपने शरीर को ही महसूस करो; तुमने उसे भी नहीं अनुभव किया है।

हम अपने शरीरों से भी इतने भयभीत हैं कि कभी कोई अपने शरीर को प्रेमपूर्वक स्पर्श नहीं करता है। क्या तुमने कभी अपने शरीर को ही प्रेम किया है ? समूची सभ्यता इस बात से भयभीत है कि कोई अपने को ही स्पर्श करे, क्योंकि बचपन से ही स्पर्श वर्जित रहा है। अपने को प्रेमपूर्वक स्पर्श करना हस्तमैथुन करने जैसा मालूम पड़ता है। लेकिन अगर तुम अपने को ही प्रेम से स्पर्श नहीं कर सकते तो तुम्हारा शरीर जड़ और मृत हो जाएगा। वह दरअसल जड़ और मृत हो ही गया है।

अपनी आंखों को स्पर्श करो और उस स्पर्श को अनुभव करो; और तुम्हारी आंखें तुरंत ताजी और जीवंत हो उठेंगी। अपने पूरे शरीर को महसूस करो; अपने प्रेमी के शरीर को महसूस करो; अपने मित्र के शरीर को महसूस करो। एक-दूसरे को सहलाओ; एक-दूसरे की मालिश करो। मालिश बढ़िया है। दो मित्र एक-दूसरे की मालिश कर सकते हैं और एक-दूसरे के शरीर को अनुभव कर सकते हैं। तुम अधिक संवेदनशील हो जाओगे।

संवेदनशीलता और अनुभूति पैदा करो। तभी तुम इन विधियों का प्रयोग सरलता से कर सकोगे। और तब तुम्हें अपने भीतर जीवन-ऊर्जा के ऊपर उठने का अनुभव होगा। इस ऊर्जा को बीच में मत छोड़ो; उसे सहस्त्रार तक जाने दो। स्मरण रहे कि जब भी तुम यह प्रयोग करो तो उसे बीच में मत छोड़ो; उसे पूरा करो। यह भी ध्यान रहे कि इस प्रयोग में कोई तुम्हें बाधा न पहुंचाए। अगर तुम इस ऊर्जा को कहीं बीच में छोड़ दोगे तो उससे तुम्हें हानि हो सकती है। इस ऊर्जा को मुक्त करना होगा। तो उसे सिर तक ले जाओ, और भाव करो कि तुम्हारा सिर एक द्वार बन गया है।

इस देश में हमने सहस्त्रार को हजार पंखुड़ियों वाले कमल के रूप में चित्रित किया है। सहस्त्रार का यही अर्थ है: सहस्त्रदल कमल का खिलना। तो धारणा करो कि हजार पंखुड़ियों वाला कमल खिल गया है, और उसकी प्रत्येक पंखुड़ी से यह प्रकाश-ऊर्जा ब्रह्मांड में फैल रही है। यह फिर एक अर्थों में संभोग है; लेकिन यह प्रकृति के साथ नहीं, परम के साथ संभोग है। और फिर एक आर्गाज्म घटित होता है।

आर्गाज्म दो प्रकार का होता है। एक सेक्सुअल और दूसरा स्प्रिचुअल। सेक्सुअल

आर्गज्म निम्नतम केंद्र से आता है और स्प्रिचुअल उच्चतम केंद्र से। उच्चतम केंद्र से तुम उच्चतम से मिलते हो और निम्नतम केंद्र से निम्नतम से।

साधारण संभोग में भी तुम यह प्रयोग कर सकते हो; दोनों लोग यह प्रयोग कर सकते हो। ऊर्जा को ऊर्ध्वगामी बनाओ। और तब संभोग तंत्र-साधना बन जाता है; तब वह ध्यान बन जाता है।

लेकिन ऊर्जा को कहीं शरीर में, किसी बीच के केंद्र पर मत छोड़ो। कोई व्यक्ति बीच में आ सकता है जिसके साथ तुम्हें व्यावसायिक सरोकार हो, या कोई फोन आ जाए और तुम्हें प्रयोग को बीच में ही छोड़ना पड़े। इसलिए ऐसे समय में प्रयोग करो जब कोई तुम्हें बाधा न दे, और ऊर्जा को किसी केंद्र पर न छोड़ना पड़े। अन्यथा वह केंद्र, जहां तुम ऊर्जा को छोड़ोगे घाव बन जाएगा और तुम्हें अनेक मानसिक रुग्णताओं का शिकार होना पड़ेगा।

तो सावधान रहो; अन्यथा यह प्रयोग मत करो। इस विधि के लिए नितांत एकांत आवश्यक है, बाधा-रहितता आवश्यक है। और आवश्यक है कि तुम उसे पूरा करो। ऊर्जा को सिर तक जाना चाहिए और वहीं से उसे मुक्त होना चाहिए।

तुम्हें अनेक अनुभव होंगे। जब तुम्हें लगेगा कि प्रकाश-किरणें काम-केंद्र से ऊपर उठने लगी हैं तो काम-केंद्र पर इरेक्शन का और उत्तेजना का अनुभव होगा। अनेक लोग बहुत भयभीत और आतंकित स्थिति में मेरे पास आते हैं और कहते हैं कि जब हम ध्यान शुरू करते हैं, जब हम ध्यान में गहरे जाने लगते हैं, हमें इरेक्शन होता है। और वे चकित होकर पूछते हैं कि यह क्या है!

वे भयभीत हो जाते हैं, क्योंकि वे सोचते हैं कि ध्यान में कामुकता के लिए जगह नहीं होनी चाहिए। लेकिन तुम्हें जीवन के रहस्यों का पता नहीं है। यह अच्छा लक्षण है। यह बताता है कि ऊर्जा उठ रही है, उसे गति की जरूरत है। तो आतंकित मत होओ, और यह मत सोचो कि कुछ गलत हो रहा है। यह शुभ लक्षण है। जब तुम ध्यान शुरू करते हो तो काम-केंद्र ज्यादा संवेदनशील, ज्यादा जीवंत, ज्यादा उत्तेजित हो जाएगा, और शुरू-शुरू में यह उत्तेजना साधारण कामुक उत्तेजना जैसी ही होगी।

लेकिन केवल आरंभ में ही ऐसा होगा। जैसे-जैसे तुम्हारा ध्यान गहराएगा वैसे-वैसे ऊर्जा ऊपर उठने लगेगी। और जब ऊर्जा ऊपर उठती है तो काम-केंद्र अनुत्तेजित, शांत होने लगता है। और जब ऊर्जा बिलकुल सहस्त्रार पर पहुंचेगी तो काम-केंद्र पर कोई उत्तेजना नहीं रहेगी; काम-केंद्र बिलकुल स्थिर और शांत हो जाएगा; वह बिलकुल शीतल हो जाएगा। अब उष्णता सिर में आ जाएगी।

और यह शारीरिक बात है। जब काम-केंद्र उत्तेजित होता है तो वह गरम हो जाता है। तुम उस गरमाहट को महसूस कर सकते हो; वह शारीरिक है। लेकिन जब ऊर्जा ऊपर उठती है तो काम-केंद्र ठंडा होने लगता है, बहुत ठंडा होने लगता है, और उष्णता सिर पर पहुंच जाती है। तब तुम्हें सिर में चक्कर आने लगेगा। जब ऊर्जा सिर में पहुंचेगी तो तुम्हारा सिर घूमने लगेगा। कभी-कभी तुम्हें घबराहट भी होगी; क्योंकि पहली बार ऊर्जा सिर में पहुंची है, और तुम्हारा सिर उससे परिचित नहीं है। उसे ऊर्जा के साथ सामंजस्य बिठाना पड़ेगा।

तो भयभीत मत होओ। यह होता है। अगर बहुत सारी ऊर्जा अचानक उठ जाए और

सिर में पहुंच जाए तो तुम बेहोश भी हो जा सकते हो। लेकिन यह बेहोशी एक घंटे से ज्यादा देर नहीं रहेगी; घंटे भर के भीतर ऊर्जा अपने आप ही वापस लौट जाएगी या मुक्त हो जाएगी। तुम उस अवस्था में कभी एक घंटे से ज्यादा देर नहीं रह सकते। मैं कहता तो हूं एक घंटा, लेकिन असल में यह समय अड़तालीस मिनट का है। यह उससे ज्यादा नहीं हो सकता; लाखों वर्षों के प्रयोग के दौरान कभी ऐसा नहीं हुआ है।

तो डरो मत; तुम बेहोश भी हो जाओ तो ठीक है। उस बेहोशी के बाद तुम इतने ताजा अनुभव करोगे कि तुम्हें लगेगा कि मैं पहली बार नींद से, गहनतम नींद से गुजरा हूं। योग में इसका एक विशेष नाम है; वे उसे योग-तंद्रा कहते हैं। यह बहुत गहरी नींद है; इसमें तुम अपने गहनतम केंद्र पर सरक जाते हो। लेकिन डरो मत।

और अगर तुम्हारा सिर गरम हो जाए तो वह भी शुभ लक्षण है। ऊर्जा को मुक्त होने दो। भाव करो कि तुम्हारा सिर कमल के फूल की भांति खिल रहा है। भाव करो कि ऊर्जा ब्रह्मांड में मुक्त हो रही है, फैलती जा रही है। और जैसे-जैसे ऊर्जा मुक्त होगी, तुम्हें शीतलता का अनुभव होगा। इस उष्णता के बाद जो शीतलता आती है, उसका तुम्हें कोई अनुभव नहीं है। लेकिन विधि को पूरा प्रयोग करो; उसे कभी आधा-अधूरा मत छोड़ो।

प्रकाश-संबंधी दूसरी विधि:
या बीच के रिक्त स्थानों में यह बिजली कौंधने जैसा है— ऐसा भाव करो।

थोड़े से फर्क के साथ यह विधि भी पहली विधि जैसी ही है।

'या बीच के रिक्त स्थानों में यह बिजली कौंधने जैसा है—ऐसा भाव करो।'

एक केंद्र से दूसरे केंद्र तक जाती हुई प्रकाश-किरणों में बिजली के कौंधने का अनुभव करो—प्रकाश की छलांग का भाव करो। कुछ लोगों के लिए यह दूसरी विधि ज्यादा अनुकूल होगी, और कुछ लोगों के लिए पहली विधि ज्यादा अनुकूल होगी। यही कारण है कि इतना-सा संशोधन किया गया है।

ऐसे लोग हैं जो क्रमशः घटित होने वाली चीजों की धारणा नहीं बना सकते; और कुछ लोग हैं जो छलांगों की धारणा नहीं बना सकते। अगर तुम क्रम की सोच सकते हो, चीजों के क्रम से होने की कल्पना कर सकते हो, तो तुम्हारे लिए पहली विधि ठीक है। लेकिन अगर तुम्हें पहली विधि के प्रयोग से पता चले कि प्रकाश-किरणें एक केंद्र से दूसरे केंद्र पर सीधे छलांग लेती हैं तो तुम पहली विधि का प्रयोग मत करो। तब तुम्हारे लिए यह दूसरी विधि बेहतर है।

'यह बिजली कौंधने जैसा है—ऐसा भाव करो।'

भाव करो कि प्रकाश को एक चिनगारी एक केंद्र से दूसरे केंद्र पर छलांग लगा रही है। और दूसरी विधि ज्यादा सच है, क्योंकि प्रकाश सचमुच छलांग लेता है। उसमें कोई क्रमिक, कदम-ब-कदम विकास नहीं होता है। प्रकाश छलांग है।

विद्युत के प्रकाश को देखो। तुम सोचते हो कि यह स्थिर है; लेकिन वह भ्रम है। उसमें भी अंतराल हैं; लेकिन वे अंतराल इतने छोटे हैं कि तुम्हें उनका पता नहीं चलता है। विद्युत छलांगों में आती है। एक छलांग, और उसके बाद अंधकार का अंतराल होता है। फिर दूसरी

छलांग, और उसके बाद फिर अंधकार का अंतराल होता है। लेकिन तुम्हें कभी अंतराल का पता नहीं चलता है, क्योंकि छलांग इतनी तीव्र है। अन्यथा प्रत्येक क्षण अंधकार आता है; पहले प्रकाश की छलांग और फिर अंधकार। प्रकाश कभी चलता नहीं, छलांग ही लेता है। और जो लोग छलांग की धारणा कर सकते हैं, यह दूसरी संशोधित विधि उनके लिए है।

'या बीच के रिक्त स्थानों में यह बिजली कौंधने जैसा है—ऐसा भाव करो।'

प्रयोग करके देखो। अगर तुम्हें किरणों का क्रमिक ढंग से आना अच्छा लगता है तो वही ठीक है। और अगर वह अच्छा न लगे, और लगे कि किरणें छलांग ले रही हैं, तो किरणों की बात भूल जाओ और आकाश में कौंधने वाली विद्युत की, बादलों के बीच छलांग लेती विद्युत की धारणा करो।

स्त्रियों के लिए पहली विधि आसान होगी और पुरुषों के लिए दूसरी। स्त्री-चित्त क्रमिकता की धारणा ज्यादा आसानी से बना सकता है और पुरुष-चित्त ज्यादा आसानी से छलांग लगा सकता है। पुरुष-चित्त उछलकूद पसंद करता है; वह एक से दूसरी चीज पर छलांग लेता है। पुरुष-चित्त में एक सूक्ष्म बेचैनी रहती है। स्त्री-चित्त में क्रमिकता की एक प्रक्रिया है। स्त्री-चित्त उछलकूद नहीं पसंद करता है। यही वजह हे कि स्त्री और पुरुष के तर्क इतने अलग होते हैं। पुरुष एक चीज से दूसरी चीज पर छलांग लगाता रहता है; स्त्री को यह बात बड़ी बेबूझ लगती है। उसके लिए विकास, क्रमिक विकास जरूरी है।

लेकिन चुनाव तुम्हारा है। प्रयोग करो, और जो विधि तुम्हें रास आए उसे चुन लो।

इस विधि के संबंध में और दो-तीन बातें। बिजली कौंधने के भाव के साथ तुम्हें इतनी उष्णता अनुभव हो सकती है जो असहनीय मालूम पड़े। अगर ऐसा लगे तो इस विधि को प्रयोग मत करो। बिजली तुम्हें बहुत उष्ण कर दे सकती है। और अगर तुम्हें लगे कि यह असहनीय है तो इसका प्रयोग मत करो। तब तुम्हारे लिए पहली विधि है; अगर वह तुम्हें रास आए। अगर बेचैनी महसूस हो तो दूसरी विधि का प्रयोग मत करो। कभी-कभी विस्फोट इतना बड़ा हो सकता है कि तुम भयभीत हो जा सकते हो। और यदि तुम एक दफा डर गए तो फिर तुम दुबारा प्रयोग न कर सकोगे। तब भय पकड़ लेता है।

तो सदा ध्यान रहे कि किसी चीज से भी भयभीत नहीं होना है। अगर तुम्हें लगे कि भय होगा और तुम बरदाश्त न कर पाओगे तो प्रयोग मत करो। तब प्रकाश-किरणों वाली पहली विधि सर्वश्रेष्ठ है।

लेकिन यदि पहली विधि के प्रयोग में भी तुम्हें लगे कि अतिशय गर्मी पैदा हो रही है—और ऐसा हो सकता है, क्योंकि लोग भिन्न-भिन्न हैं—तो भाव करो कि प्रकाश-किरणें शीतल हैं, ठंडी हैं। तब तुम्हें सब चीजों में उष्णता की जगह ठंडक महसूस होगी। वह भी प्रभावी हो सकता है। तो निर्णय तुम पर निर्भर है; प्रयोग करके निर्णय करो।

स्मरण रहे, चाहे इस विधि के प्रयोग में चाहे अन्य विधियों के प्रयोग में, यदि तुम्हें बहुत बेचैनी अनुभव हो या कुछ असहनीय लगे, तो मत करो। दूसरे उपाय भी हैं; दूसरी विधियां भी हैं। हो सकता है, यह विधि तुम्हारे लिए न हो। अनावश्यक उपद्रवों में पड़कर तुम समाधान की बजाय समस्याएं ही ज्यादा पैदा करोगे।

इसीलिए भारत में हमने एक विशेष योग का विकास किया जिसे सहज योग कहते हैं।

▲

सहज का अर्थ है सरल, स्वाभाविक, स्वतःस्फूर्त। सहज को सदा याद रखो। अगर तुम्हें महसूस हो कि कोई विधि सहजता से तुम्हारे अनुकूल पड़ रही है, अगर वह तुम्हें रास आए, अगर उसके प्रयोग से तुम ज्यादा स्वस्थ, ज्यादा जीवंत, ज्यादा सुखी अनुभव करो, तो समझो कि वह विधि तुम्हारे लिए है। तब उसके साथ यात्रा करो; तुम उस पर भरोसा कर सकते हो। अनावश्यक समस्याएं मत पैदा करो। आदमी की आंतरिक व्यवस्था बहुत जटिल है। अगर तुम कुछ भी जबरदस्ती करोगे तो तुम बहुत सी चीजें नष्ट कर दे सकते हो। इसलिए अच्छा है कि किसी ऐसी विधि के साथ प्रयोग करो जिसके साथ तुम्हारा अच्छा तालमेल हो।

प्रकाश-संबंधी तीसरी विधि :

भाव करो कि ब्रह्मांड एक पारदर्शी शाश्वत उपस्थिति है।

यह विधि भी प्रकाश से ही संबंधित है।

'भाव करो कि ब्रह्मांड एक पारदर्शी शाश्वत उपस्थिति है।'

अगर तुमने एल.एस .डी. या उसी तरह के किसी मादक द्रव्य का सेवन किया हो, तो तुम्हें पता होगा कि कैसे तुम्हारे चारों ओर का जगत प्रकाश और रंगों के जगत में बदल जाता है, जो कि बहुत पारदर्शी और जीवंत मालूम पड़ता है।

यह एल.एस.डी. के कारण नहीं है। जगत ऐसा ही है, लेकिन तुम्हारी दृष्टि धूमिल और मंद पड़ गई है। एल .एस. डी. तुम्हारे चारों ओर रंगीन जगत नहीं निर्मित करता है, जगत पहले से ही रंगीन है, उसमें कोई भूल नहीं है। यह रंगों के इंद्रधनुष जैसा है; रंगों के रहस्यमय लोक जैसा है; पारदर्शी प्रकाश जैसा है। लेकिन तुम्हारी आंखें धुंध से भरी हैं, इसीलिए तुम्हें कभी नहीं प्रतीत होता है कि जगत इतना रंग-भरा है। एल.एस.डी. सिर्फ तुम्हारी आंखों से धुंध को हटा देता है, वह जगत को रंगीन नहीं बनाता। एल.एस.डी. रासायनिक ढंग से तुम्हारी आंखों को उनके अंधेपन से मुक्त कर देता है, और तब अचानक सारा जगत तुम्हारे सामने अपने सच्चे रूप में उदघाटित हो जाता है, प्रकट हो जाता है।

एक बिलकुल नया जगत तुम्हारे सामने होता है। एक मामूली कुर्सी भी चमत्कार बन जाती है; फर्श पर पड़ा जूता नए रंगों से, नई आभा से भर जाता है, सज जाता है; तब यातायात का मामूली शोरगुल भी संगीतपूर्ण हो उठता है। जिन वृक्षों को तुमने बहुत बार देखा होगा और फिर भी नहीं देखा होगा, वे मानो नया जन्म ग्रहण कर लेते हैं, यद्यपि तुम बहुत बार उनके पास से गुजरे हो और तुम्हें खयाल है कि तुमने उन्हें देखा है। वृक्ष का पत्ता-पत्ता एक चमत्कार बन जाता है।

और यथार्थ ऐसा ही है, एल.एस.डी. इस यथार्थ का निर्माण नहीं करता। एल.एस. डी. तुम्हारी जड़ता को, तुम्हारी संवेदनहीनता को मिटा देता है, और तब तुम जगत को ऐसे देखते हो जैसे तुम्हें सच में उसे देखना चाहिए।

लेकिन एल.एस.डी. तुम्हें सिर्फ एक झलक दे सकता है। और अगर तुम एल.एस. डी. पर निर्भर रहने लगे, तो देर-अबेर वह भी तुम्हारी आंखों से धुंध को हटाने में असमर्थ हो जाएगा। फिर तुम्हें उसकी अधिक मात्रा की जरूरत पड़ेगी, और यह मात्रा बढ़ती जाएगी और उसका असर कम होता जाएगा। और फिर यदि तुम एल.एस.डी. या उस तरह की चीजें लेना

छोड़ दोगे, तो जगत तुम्हारे लिए पहले से भी ज्यादा उदास और फीका मालूम पड़ेगा; तब तुम और भी संवेदनहीन हो जाओगे।

अभी कुछ दिन पहले एक लड़की मुझसे मिलने आई। उसने कहा कि मुझे संभोग में आर्गाज्म का कोई अनुभव नहीं होता है। उसने अनेक पुरुषों के साथ प्रयोग किया; लेकिन आर्गाज्म का कभी अनुभव नहीं हुआ। वह शिखर कभी आता नहीं; और वह लड़की बहुत हताश हो गई है।

तो मैंने उस लड़की से कहा कि मुझे अपने प्रेम और काम जीवन के संबंध में विस्तार से बताओ, पूरी कहानी कहो। और तब मुझे पता चला कि वह संभोग के लिए बिजली के एक यंत्र का, इलेक्ट्रानिक वाइब्रेटर का उपयोग कर रही थी। आजकल पश्चिम में इसका बहुत उपयोग हो रहा है। लेकिन तुम अगर एक बार पुरुष जननेंद्रिय के लिए इलेक्ट्रानिक वाइब्रेटर का उपयोग कर लोगे, तो कोई, भी पुरुष तुम्हें तृप्त नहीं कर पाएगा; क्योंकि इलेक्ट्रानिक वाइब्रेटर आखिर इलेक्ट्रानिक वाइब्रेटर ही है। तुम्हारी जननेंद्रियों जड़ हो जाएंगी, मुर्दा हो जाएंगी। उस हालत में आर्गाज्म, काम का शिखर अनुभव असंभव हो जाएगा। तुम्हें काम-संभोग का शिखर कभी प्राप्त न हो सकेगा। और तब तुम्हें पहले से ज्यादा शक्तिशाली इलेक्ट्रानिक वाइब्रेटर की जरूरत पड़ेगी। और यह प्रक्रिया उस अति तक जा सकती है कि तुम्हारा पूरा काम-यंत्र पत्थर जैसा हो जाए।

और यही दुर्घटना हमारी प्रत्येक इंद्रिय के साथ घट रही है। अगर तुम कोई बाहरी उपाय, कृत्रिम उपाय काम में लाओगे, तो तुम जड़ हो जाओगे। एल.एस.डी. तुम्हें अंततः जल बना देगा; क्योंकि उससे तुम्हारा विकास नहीं होता है, तुम ज्यादा संवेदनशील नहीं होते हो।

अगर तुम विकसित होते हो तो वह बिलकुल ही भिन्न प्रक्रिया है। तब तुम ज्यादा संवेदनशील होगे। और जैसे-जैसे तुम ज्यादा संवेदनशील होते हो, वैसे-वैसे जगत दूसरा होता जाता है। अब तुम्हारी इंद्रियां ऐसी अनेक चीजें अनुभव कर सकती हैं जिन्हें उन्होंने अतीत में कभी नहीं अनुभव किया था; क्योंकि तुम उनके प्रति खुले नहीं थे, संवेदनशील नहीं थे।

यह विधि आंतरिक संवेदनशीलता पर आधारित है। पहले संवेदनशीलता को बढ़ाओ। अपने द्वार-दरवाजे बंद कर लो, कमरे में अंधेरा कर लो, और फिर एक छोटी मोमबत्ती जलाओ। और उस मोमबत्ती के पास प्रेमपूर्ण मुद्रा में, बल्कि प्रार्थनापूर्ण भावदशा में बैठो। और ज्योति से प्रार्थना करो: 'अपने रहस्य को मुझ पर प्रकट करो।' स्नान कर लो, अपनी आंखों पर ठंडा पानी छिड़क लो और फिर ज्योति के सामने अत्यंत प्रार्थनापूर्ण भावदशा में होकर बैठो। ज्योति को देखो और शेष सब चीजें भूल जाओ। सिर्फ ज्योति को देखो। ज्योति को देखते रहो।

पांच मिनट बाद तुम्हें अनुभव होगा कि ज्योति में बहुत चीजें बदल रही हैं। लेकिन स्मरण रहे, यह बदलाहट ज्योति में नहीं हो रही है; दरअसल तुम्हारी दृष्टि बदल रही है।

प्रेमपूर्ण भावदशा में, सारे जगत को भूलकर, समग्र एकाग्रता के साथ, भावपूर्ण हृदय के साथ ज्योति को देखते रहो। तुम्हें ज्योति के चारों ओर नए रंग, नई छटाएं दिखाई देंगी, जो पहले कभी नहीं दिखाई दी थीं। वे रंग, वे छटाएं सब वहां मौजूद हैं; पूरा इंद्रधनुष वहां उपस्थित है। जहां-जहां भी प्रकाश है, वहां-वहां इंद्रधनुष है; क्योंकि प्रकाश बहुरंगी है, उसमें

▲

सब रंग हैं। लेकिन उन्हें देखने के लिए सूक्ष्म संवेदना की जरूरत है। उसे अनुभव करो और देखते रहो। यदि आंसू भी बहने लगें, तो भी देखते रहो। वे आंसू तुम्हारी आंखों को निखार देंगे, ज्यादा ताजा बना जाएंगे।

कभी-कभी तुम्हें प्रतीत होगा कि मोमबत्ती या ज्योति बहुत रहस्यपूर्ण हो गई है। तुम्हें लगेगा कि यह वही साधारण मोमबत्ती नहीं है जो मैं अपने साथ लाया था; उसने एक नई आभा, एक सूक्ष्म दिव्यता, एक भगवता प्राप्त कर ली है। इस प्रयोग को जारी रखो। कई अन्य चीजों के साथ भी तुम इसे कर सकते हो।

मेरे एक मित्र मुझे कह रहे थे कि वे पांच-छह मित्र पत्थरों के साथ एक प्रयोग कर रहे थे। मैंने उन्हें कहा था कि कैसे प्रयोग करना, और वे लौटकर मुझे पूरी बात कह रहे थे। वे एकांत में एक नदी के किनारे पत्थरों के साथ प्रयोग कर रहे थे। वे उन्हें फील करने की कोशिश कर रहे थे—हाथों से छूकर, चेहरे से लगाकर, जीभ से चखकर, नाक से सूंघकर—वे उन पत्थरों को हर तरह से फील करने की कोशिश कर रहे थे। साधारण से पत्थर, जो उन्हें नदी किनारे मिल गए थे।

उन्होंने एक घंटे तक यह प्रयोग किया—हर व्यक्ति ने एक पत्थर के साथ। और मेरे मित्र मुझे कह रहे थे कि एक बहुत अदभुत घटना घटी। हर किसी ने कहा: 'क्या मैं यह पत्थर अपने पास रख सकता हूं? मैं इसके साथ प्रेम में पड़ गया हूं।'

एक साधारण सा पत्थर! अगर तुम सहानुभूतिपूर्ण ढंग से उससे संबंध बनाते हो तो तुम प्रेम में पड़ जाओगे। और अगर तुम्हारे पास इतनी संवेदनशीलता नहीं है तो सुंदर से सुंदर व्यक्ति के पास होकर भी तुम पत्थर के पास ही हो; तुम प्रेम में नहीं पड़ सकते।

तो संवेदनशीलता को बढ़ाना है। तुम्हारी प्रत्येक इंद्रिय को ज्यादा जीवंत होना है। तो ही तुम इस विधि का प्रयोग कर सकते हो।

'भाव करो कि ब्रह्मांड एक पारदर्शी शाश्वत उपस्थिति है।'

सर्वत्र प्रकाश है; अनेक-अनेक रूपों और रंगों में प्रकाश सर्वत्र व्याप्त है। उसे देखो। सर्वत्र प्रकाश है, क्योंकि सारी सृष्टि प्रकाश की आधारशिला पर खड़ी है। एक पत्ते को देखो, एक फूल को देखो या एक पत्थर को देखो, और देर-अबेर तुम्हें अनुभव होगा कि उससे प्रकाश की किरणें निकल रही हैं। बस, धैर्य से प्रतीक्षा करो। जल्दबाजी मत करो, क्योंकि जल्दबाजी में कुछ भी प्रकट नहीं होता है। तुम जब जल्दी में होते हो तो तुम जड़ हो जाते हो। किसी भी चीज के साथ धीरज से प्रतीक्षा करो, और तुम्हें एक अदभुत तथ्य से साक्षात्कार होगा जो सदा से मौजूद था, लेकिन जिसके प्रति तुम सजग नहीं थे, सावचेत नहीं थे।

'भाव करो कि ब्रह्मांड एक पारदर्शी शाश्वत उपस्थिति है।'

और जैसे ही तुम्हें इस शाश्वत अस्तित्व की उपस्थिति अनुभव होगी वैसे ही तुम्हारा चित्त बिलकुल मौन और शांत हो जाएगा। तुम तब उसके एक अंश भर होगे; किसी अदभुत संगीत में एक स्वर भर! फिर कोई चिंता नहीं है, फिर कोई तनाव नहीं है। बूंद समुद्र में गिर गई, खो गई।

लेकिन आरंभ में एक बड़ी कल्पना की जरूरत होगी। और अगर तुम संवेदनशीलता बढ़ाने के अन्य प्रयोग भी करते हो, तो वह सहयोगी होगा। तुम कई तरह के प्रयोग कर सकते

हो। किसी का हाथ अपने हाथ में ले लो, आंखें बंद कर लो और दूसरे के भीतर के जीवन को महसूस करो; उसे महसूस करो और उसे अपनी ओर बहने दो, गति करने दो। फिर अपने जीवन को महसूस करो, और उसे दूसरे की ओर प्रवाहित होने दो। किसी वृक्ष के निकट बैठ जाओ और उसकी छाल को छुओ, स्पर्श करो। अपनी आंखें बंद कर लो और वृक्ष में उठते जीवन-तत्व को अनुभव करो। और तुम्हें तुरंत बदलाहट अनुभव होगी।

मैंने एक प्रयोग के बारे में सुना है। एक डाक्टर कुछ लोगों पर प्रयोग कर रहा था कि क्या भावदशा से शरीर में रासायनिक परिवर्तन होते हैं। अब उसने निष्कर्ष निकाला है कि भावदशा से शरीर में तत्काल रासायनिक परिवर्तन होते हैं।

उसने बारह लोगों के एक समूह पर प्रयोग किया। उसने प्रयोग के आरंभ में उन सबकी पेशाब की जांच की; और सबकी पेशाब साधारण, सामान्य पाई गई। फिर हर व्यक्ति को एक विशेष भावदशा के प्रभाव में रखा गया। एक को क्रोध, हिंसा, हत्या, मार-पीट से भरी फिल्म दिखाई गई। तीस मिनट तक उसे भयावह फिल्म दिखाई गई। यह मात्र फिल्म ही थी, लेकिन वह व्यक्ति उस भावदशा में रहा। दूसरे को एक हंसी-खुशी की, प्रसन्नता की फिल्म दिखाई गई। वह आनंदित रहा। और इसी तरह बारह लोगों पर प्रयोग किया गया।

फिर प्रयोग के बाद उनकी पेशाब की जांच की गई; और अब सबकी पेशाब अलग थी। शरीर में रासायनिक परिवर्तन हुए थे। जो हिंसा और भय की भावदशा में रहा वह अब बुझा-बुझा, बीमार था; और जो हंसी-खुशी, प्रसन्नता की भावदशा में रहा वह अब स्वस्थ, प्रफुल्ल था। उसको पेशाब अलग थी, उसके शरीर की रासायनिक व्यवस्था अलग थी।

तुम्हें बोध नहीं है कि तुम अपने साथ क्या कर रहे हो। जब तुम कोई खून-खराबे की फिल्म देखने जाते हो, तो तुम नहीं जानते हो कि तुम क्या कर रहे हो; तुम अपने शरीर की रासायनिक व्यवस्था बदल रहे हो। जब तुम कोई जासूसी उपन्यास पढ़ते हो, तो तुम नहीं जानते हो कि तुम क्या कर रहे हो; तुम अपनी हत्या कर रहे हो। तुम उत्तेजित हो जाओगे; तुम भयभीत हो जाओगे; तुम तनाव से भर जाओगे। जासूसी उपन्यास का यही तो मजा है। तुम जितने उत्तेजित होते हो, तुम उसका उतना ही सुख लेते हो। आगे क्या घटित होने वाला है, इस बात को लेकर जितना सस्पेंस होगा, तुम उतने ही ज्यादा उत्तेजित होगे। और इस भांति तुम्हारे शरीर का रसायन बदल रहा है।

ये सारी विधियां भी तुम्हारे शरीर के रसायन को बदलती हैं। अगर तुम सारे जगत को जीवन और प्रकाश से भरा अनुभव करते हो, तो तुम्हारे शरीर का रसायन बदलता है। और यह एक चेन रिएक्शन है, इस बदलाहट की एक श्रृंखला बन जाती है। जब तुम्हारे शरीर का रसायन बदलता है और तुम जगत को देखते हो, तो वही जगत ज्यादा जीवंत दिखाई पड़ता है। और जब वह ज्यादा जीवंत दिखाई पड़ता है, तो तुम्हारे शरीर की रासायनिक व्यवस्था और भी बदलती है। ऐसे एक श्रृंखला निर्मित हो जाती है।

यदि यह विधि तीन महीने तक प्रयोग की जाए, तो तुम भिन्न ही जगत में रहने लगोगे; क्योंकि अब तुम ही भिन्न व्यक्ति हो जाओगे।

आज इतना ही।

48

तुम ही लक्ष्य हो

प्रश्न-सार

1. प्रेरणा और आदर्श में क्या फर्क है?
क्या किसी जिज्ञासु के लिए किसी
से प्रेरणा लेना गलत है?

2. सामान्य होना क्या हैं? और आजकल इतनी
विकृति क्यों है?

3. बोध को उपलब्ध हुए बिना उसे 'अनुभव' कैसे
किया जा सकता है? जो अभी घटा नहीं है
उसका भाव कैसे संभव है?

पहला प्रश्न :

कल रात आपने कहा कि कृष्ण, क्राइस्ट और बुद्ध मनुष्य की संभावना और विकास के गौरीशंकर हैं, और फिर आपने कहा कि योग और तंत्र का मनोविज्ञान मनुष्य के सामने कोई आदर्श नहीं रखता है और तंत्र के अनुसार कोई भी आदर्श रखना एक भूल है। इस संदर्भ में कृपया समझाएं कि प्रेरणा और आदर्श में क्या फर्क है। किसी जिज्ञासु के जीवन में प्रेरणा का क्या स्थान है? और यह भी समझाने की कृपा करें कि क्या किसी ध्यानी के लिए किसी महापुरुष से प्रेरणा लेना थी एक भूल है।

बुद्ध, कृष्ण या क्राइस्ट तुम्हारे लिए आदर्श नहीं हैं; तुम्हें उनका अनुकरण नहीं करना है। अगर तुम उनका अनुकरण करोगे तो तुम उन्हें चूक जाओगे और तुम अपने बुद्धत्व को कभी उपलब्ध नहीं होगे। बुद्धत्व आदर्श है; बुद्ध आदर्श नहीं हैं। क्राइस्टत्व आदर्श है; जीसस आदर्श नहीं हैं। बुद्धत्व गौतम बुद्ध से भिन्न है। क्राइस्टत्व जीसस से भिन्न है। जीसस अनेक क्राइस्टों में एक हैं। तुम क्राइस्ट हो सकते हो; लेकिन तुम कभी जीसस नहीं हो सकते। तुम बुद्ध हो सकते हो; लेकिन तुम कभी गौतम नहीं हो सकते। एक दिन गौतम बुद्ध हो गए और तुम भी एक दिन बुद्ध हो सकते हो। बुद्धत्व एक गुणवत्ता है, एक अनुभव है।

निश्चित ही, जब गौतम बुद्ध हुए तो उनका अपना ही व्यक्तित्व था। तुम्हारा भी अपना ही व्यक्तित्व है। जब तुम बुद्ध होगे तो दोनों बुद्ध एक जैसे नहीं होंगे। आंतरिक अनुभव तो एक होगा; लेकिन अभिव्यक्ति भिन्न होगी—बिलकुल भिन्न होगी। उनमें कोई तुलना संभव नहीं है। सिर्फ अंतरतम केंद्र में तुम समान होगे।

क्यों? क्योंकि अंतरतम केंद्र में कोई व्यक्तित्व नहीं है। व्यक्ति तो परिधि पर है। तुम जितने गहरे उतरते हो उतना ही व्यक्ति विलीन हो जाता है। अंतरतम केंद्र में तुम ऐसे हो जैसे कि नहीं हो; अंतरतम केंद्र में तुम एक गहन शून्य भर हो। और इस शून्यता के कारण ही वहां कोई भेद नहीं है। दो शून्य भिन्न नहीं हो सकते; लेकिन दो गैर-शून्य निश्चित ही भिन्न होंगे। दो गैर-शून्य वस्तुतः कभी एक जैसे नहीं हो सकते। और दो शून्य कभी भिन्न नहीं हो सकते।

जब कोई परम शून्यता ही हो जाता है, सिर्फ एक शून्य केंद्र रह जाता है, तो यह परम शून्यता वह तत्व है जो जीसस, कृष्ण और बुद्ध में समान है। जब तुम उस परम को उपलब्ध होगे तो तुम शून्य हो जाओगे। लेकिन तुम्हारा व्यक्तित्व, उस समाधि की तुम्हारी अभिव्यक्ति निश्चित ही भिन्न होने वाली है।

मीरा नाचेगी, बुद्ध कभी नाच नहीं सकते। नाचते हुए बुद्ध की कल्पना भी संभव नहीं है। वह बात ही बेतुकी मालूम पड़ेगी। लेकिन बुद्ध की भांति किसी वृक्ष के नीचे मीरा को बैठा

दो तो वह बात भी उतनी ही बेतुकी मालूम पड़ेगी। वह अपना सब कुछ खो देगी; वह मीरा बिलकुल नहीं रहेगी। वह नकल भर होगी। सच्ची मीरा की धारणा तो प्रेम में पागल, आनंदमग्न नाचती हुई मीरा की ही बन सकती है। यह उसका ढंग है।

बोधिवृक्ष के नीचे बैठे बुद्ध का और आनंदमग्न नाचती मीरा का, दोनों का अंतरतम समान होगा। नाचती हुई मीरा और मूर्तिवत मौन बैठे बुद्ध का अंतरस्थ केंद्र एक होगा; लेकिन उनकी परिधि अलग-अलग होगी। नृत्य और मौन बैठना, दोनों परिधि पर हैं। अगर तुम मीरा में प्रवेश करोगे और गहरे उतरोगे, नृत्य खो जाएगा, मीरा भी खो जाएगी। वैसे ही यदि तुम बुद्ध के भीतर गहरे जाओगे तो बैठना खो जाएगा, व्यक्ति की भांति बुद्ध भी खो जाएंगे।

इसका अर्थ यह है कि तुम बुद्ध तो हो सकते हो, लेकिन तुम कभी गौतम बुद्ध नहीं हो सकते। तुम उन्हें अपना आदर्श मत बनाओ; अन्यथा तुम उनका अनुकरण करने लगोगे। और यदि तुम अनुकरण करोगे तो क्या कर सकते हो? तुम कुछ चीजें बाहर से आरोपित करोगे; लेकिन वह आरोपण नकली होगा, झूठा होगा। तुम झूठे हो जाओगे; वह रंग-रोगन भर होगा। तुम बुद्ध जैसे दिखोगे, बुद्ध से भी बढ़कर दिखोगे। तुम दिख सकते हो; लेकिन वह दिखावा भर होगा, बाह्य आडंबर भर होगा। गहरे में तुम वही के वही रहोगे, जो थे। और इससे द्वैत पैदा होगा, द्वंद्व पैदा होगा, आंतरिक संताप पैदा होगा। और तुम दुख में होगे।

तुम आनंद में तभी हो सकते हो जब तुम प्रामाणिक रूप से स्वयं होगे। जब तक तुम किसी दूसरे जैसे होने का नाटक करोगे, तुम्हें कभी कोई सुख की प्रतीति नहीं हो सकती।

तो तंत्र का यह संदेश स्मरण रहे: 'तुम स्वयं आदर्श हो। तुम्हें किसी का अनुकरण नहीं करना है, तुम्हें अपना आविष्कार करना है।' किसी बुद्ध को देखकर तुम्हें उनका अनुकरण करने की जरूरत नहीं है। जब तुम किसी बुद्ध को देखते हो तो तुम्हारे भीतर यह संभावना सजग हो जाती है कि कुछ ऐसा भी घटता है जो इस जगत का नहीं है। 'बुद्ध' तो एक प्रतीक मात्र है कि इस व्यक्ति को कुछ घटित हुआ है। और यदि यह इस व्यक्ति को घटित हो सकता है तो प्रत्येक व्यक्ति को यह घटित हो सकता है। उनमें मनुष्यता की आत्यंतिक संभावना प्रकट हो जाती है। जीसस, मीरा या चैतन्य में संभावना प्रकट हुई है, भविष्य प्रकट हुआ है। तुम्हें वही बने रहने की जरूरत नहीं है जो तुम हो; उससे बहुत अधिक संभव है।

तो बुद्ध केवल भविष्य के एक प्रतीक हैं; उनका अनुकरण मत करो। बल्कि उनका जीवन, उनका होना और उन्हें घटित हुई बुद्धत्व की घटना, तुम्हारे भीतर नई अभीप्सा बन जाए, इतना पर्याप्त है। तुम्हें उससे ही संतुष्ट नहीं हो जाना है जो तुम अभी हो। बुद्ध को अपने भीतर एक असंतोष बन जाने दो; पार जाने, की, अज्ञात में जाने की एक प्यास बन जाने दो।

जब तुम अपने अस्तित्व के शिखर पर पहुंचोगे तो तुम जान लोगे कि बुद्ध को बोधिवृक्ष के नीचे क्या हुआ था, या जीसस को सूली पर क्या हुआ था, या मीरा को सड़कों पर नाचते हुए क्या हुआ था। तब तुम जान लोगे। लेकिन तुम्हारी अभिव्यक्ति तुम्हारी अपनी होगी। तुम मीरा या बुद्ध या जीसस नहीं होगे। तुम स्वयं होगे। तुम पहले कभी नहीं हुए; तुम सर्वथा अनूठे हो।

तो कुछ कहा नहीं जा सकता; तुम्हारे बारे में कोई भविष्यवाणी नहीं की जा सकती। कोई नहीं कह सकता कि क्या होगा, कि तुम उसे कैसे प्रकट करोगे। तुम गाओगे, कि नाचोगे,

कि चित्र बनाओगे या कि मौन रहोगे, कोई नहीं कह सकता है। और यह अच्छा है कि कुछ कहा नहीं जा सकता, कोई भविष्यवाणी नहीं की जा सकती। यही इसका सौंदर्य है। अगर तुम्हारे संबंध में भविष्यवाणी की जा सके कि तुम यह होगे या वह होगे तो तुम एक यांत्रिक चीज हो जाओगे। केवल यांत्रिक व्यवस्था के संबंध में भविष्यवाणी संभव है। मनुष्य की चेतना के संबंध में भविष्यवाणी असंभव है। वही उसकी स्वतंत्रता है।

तो जब तंत्र कहता है कि आदर्शों का अनुकरण मत करो तो उसका अभिप्राय बुद्ध को इनकार करना नहीं है। नहीं, यह बुद्ध का इनकार नहीं है। सच तो यह है कि इसी भांति तुम अपने बुद्धत्व को उपलब्ध हो सकते हो। दूसरों का अनुकरण करने से तो तुम उसे चूक जाओगे। अपने मार्ग पर चलकर ही तुम उसे प्राप्त कर सकते हो, उपलब्ध हो सकते हो।

एक आदमी झेन सदगुरु बोकोजू के पास आया। बोकोजू के गुरु बहुत प्रसिद्ध थे, जाने-माने थे, महान पुरुष थे। तो उस आदमी ने बोकोजू से पूछा: 'क्या आप सच में अपने गुरु का अनुसरण करते हैं?' बोकोजू ने कहा: 'हां, मैं उनका अनुसरण करता हूं।'

लेकिन प्रश्न पूछने वाला बहुत हैरान हुआ, क्योंकि पूरे देश में बात प्रसिद्ध थी कि बोकोजू अपने गुरु का अनुसरण बिलकुल नहीं करता है। उसने कहा: 'क्या आप मुझे धोखा देने की चेष्टा कर रहे हैं? सब लोग जानते हैं और आप भी जानते हैं कि आप उनका अनुसरण नहीं करते हैं। तो फिर आपका मतलब क्या है?'

बोकोजू ने कहा: 'मैं अपने गुरु का ही अनुसरण कर रहा हूं—क्योंकि मेरे गुरु ने कभी अपने गुरु का अनुसरण नहीं किया। मैंने उनसे सही सीखा है। वे जैसे थे वैसे थे।'

इसी भांति बुद्ध या जीसस का अनुसरण किया जाना चाहिए। इसी भांति! वे अनूठे हैं। और अगर तुम उनका सच में अनुसरण करते हो तो तुम्हें भी अनूठा होना चाहिए।

बुद्ध ने कभी किसी का अनुकरण नहीं किया; और वे बुद्धत्व को तभी उपलब्ध हुए जब उन्होंने सब अनुकरण सर्वथा बंद कर दिया। जब वे स्वयं हो गए, जब उन्होंने सब मार्ग, सब सिद्धांत छोड़ दिए, तब वे पहुंच गए। अगर तुम उनका अनुकरण करते हो तो यथार्थतः तुम उनका अनुसरण नहीं करते हो। यह बात विरोधाभासी नहीं है; विरोधाभासी दिखाई भर पड़ती है। अगर तुम उनका अंधे की तरह अनुकरण करते हो तो तुम उनका अनुसरण नहीं कर रहे हो। उन्होंने कभी किसी का अनुकरण नहीं किया और तो ही वे शिखर बन सके। उन्हें समझो; उनका अनुकरण मत करो। और तब एक सूक्ष्म अनुसरण घटित होगा जो आंतरिक होगा। वह अनुकरण नहीं होगा।

नीत्शे के महान ग्रंथ 'दस स्पेक जरथुस्त्र' में अपने शिष्यों के प्रति जरथुस्त्र का अंतिम संदेश यह हैः 'मुझसे सावधान रहो। मैंने तुम्हें वह सब कह दिया जो कहा जाने योग्य था। अब मुझसे सावधान रहो। मेरा अनुकरण मत करो; मुझे भूल जाओ। मुझे छोड़ो और दूर चले जाओ।'

सभी महान सदगुरुओं का यही अंतिम संदेश है। कोई महान गुरु तुम्हें अपने हाथ की कठपुतली बनाना नहीं चाहेगा। क्योंकि तब वह तुम्हारी हत्या कर रहा है। तब वह गुरु नहीं, हत्यारा है। सदगुरु तो तुम्हें स्वयं होने में सहयोग करेगा। और अगर तुम अपने सदगुरु की अंतरंग सन्निधि और सत्संग में रहकर भी स्वयं नहीं हो सकते, तो फिर तुम कहा स्वयं होगे?

▲

सदगुरु तुम्हें स्वयं होने के लिए एक अवसर है। सिर्फ क्षुद्र चित्त के लोग, संकीर्ण चित्त के लोग, जो गुरु होने का दिखावा करते हैं लेकिन हैं नहीं, केवल वे ही तुम पर अपने को आरोपित करने की चेष्टा करेंगे। महान गुरु तो तुम्हें तुम्हारे मार्ग पर ही बढ़ने में सहायता करेंगे। सदगुरु सब संभव उपाय करेंगे कि तुम अनुकरण के शिकार न होओ। उससे तुम्हें बचाने के लिए वे सब तरह की बाधाएं निर्मित करेंगे; वे तुम्हें अनुकरण नहीं करने देंगे।

तुम तो अनुकरण करना चाहोगे, क्योंकि वह आसान है। अनुकरण आसान है; प्रामाणिक होना कठिन है। और जब तुम अनुकरण करते हो तो तुम उसके लिए अपने को जिम्मेवार नहीं समझते। तब गुरु जिम्मेवार हो जाता है। किसी बड़े सदगुरु ने कभी किसी को अनुकरण करने की इजाजत नहीं दी। वह हरेक बाधा निर्मित करेगा, ताकि तुम उसका अनुकरण न कर सको। वह हरेक उपाय से तुम्हें स्वयं पर फेंक देगा।

मुझे स्मरण आता है एक चीनी संत का, जो अपने सदगुरु के संबोधि दिवस का उत्सव मना रहा था। उसके अनेक शिष्य वहां इकट्ठे थे। उन्होंने कहा: 'हमने तो कभी नहीं सुना कि यह व्यक्ति आपका गुरु है; हमें नहीं मालूम था कि आप उसके शिष्य हो।'

वह बूढ़ा गुरु मर चुका था। उन्होंने कहा: 'आज ही हमें पता चला कि आप अपने गुरु का संबोधि-दिवस मना रहे हो। यह व्यक्ति आपका गुरु था? लेकिन कैसे? हमने तो आपको कभी उसके साथ नहीं देखा।'

उस संत ने कहा: 'मैं तो उनका अनुयायी बनना चाहता था; लेकिन उन्होंने इनकार कर दिया। उन्होंने मेरा गुरु बनने से इनकार कर दिया। और उनके इस इनकार के कारण ही मैं स्वयं हो सका। अभी मैं जो कुछ हूं वह उनके इनकार के कारण हूं। मैं उनका शिष्य हूं। वे मुझे स्वीकार भी कर सकते थे; तब मैं सारी जिम्मेवारी उनके कंधों पर डाल देता। लेकिन उन्होंने इनकार कर दिया। और वे सर्वश्रेष्ठ गुरु थे; वे अप्रतिम थे, उनका कोई जोड़ नहीं था। जब उन्होंने मुझे इनकार कर दिया तो फिर मैं और किसी के पास नहीं जा सका; क्योंकि वे ही एकमात्र शरण थे। उन्होंने जब इनकार कर दिया तो फिर किसी और के पास जाने में कोई अर्थ नहीं था, कोई मतलब नहीं था। मैं किसी के पास नहीं गया। वे अंतिम थे। अगर वे मुझे स्वीकार कर लेते तो मैं अपने को भूल जाता। लेकिन उन्होंने इनकार कर दिया, और बहुत कठोर ढंग से इनकार कर दिया। वह इनकार मेरे लिए बड़ा आघात बन गया, भारी चुनौती बन गया। और मैंने तय कर लिया कि अब मैं किसी के भी पास नहीं जाऊंगा। जब इस व्यक्ति ने इनकार कर दिया तो कोई अन्य व्यक्ति इस योग्य नहीं था कि उसके पास जाता। तब मैंने खुद ही अपने ऊपर काम शुरू किया। और तब मुझे धीरे-धीरे बोध हुआ कि उन्होंने क्यों इनकार किया था। उन्होंने मुझे मुझ पर ही फेंक दिया था। और तब मुझे यह बोध भी हुआ कि असल में उन्होंने मुझे स्वीकार कर लिया था। अन्यथा वे इनकार क्यों करते?'

यह बात विरोधाभासी मालूम पड़ती है; लेकिन चेतना का परम गणित इसी तरह काम करता है। सदगुरु बड़े रहस्यपूर्ण होते हैं। तुम उनके संबंध में कोई निर्णय नहीं ले सकते; तुम तय नहीं कर सकते कि वे क्या कर रहे हैं। यह तो तुम तभी समझोगे जब पूरी चीज घटित हो जाएगी। तब पीछे लौटकर देखने पर ही तुम समझ सकोगे कि वे क्या कर रहे थे। अभी तो यह असंभव है। बीच रास्ते में तुम नहीं समझ सकते कि क्या हो रहा है, क्या किया जा रहा है।

लेकिन एक बात पक्की है : नकल बिलकुल स्वीकृत नहीं है।

प्रेरणा भिन्न चीज है। प्रेरणा से तुम यात्रा पर निकलते हो; लेकिन यह यात्रा किसी की नकल में पड़ जाना नहीं है। तुम चलते तो अपने ही पथ पर हो। प्रेरणा चुनौती मात्र है; एक प्यास उठती है और तुम चल पड़ते हो।

तंत्र कहता है कि प्रेरणा तो लो, मगर नकलची मत बनो। सदा स्मरण रखो कि तुम अपने गंतव्य स्वयं हो; कोई दूसरा तुम्हारा गंतव्य नहीं हो सकता। और जब तक तुम उस जगह नहीं पहुंच जाते जहां तुम कह सको कि मैं अपनी नियति को उपलब्ध हो गया, मैं आप्तकाम हो गया, तब तक मत रुकना। तब तक आगे बढ़ते जाओ; तब तक असंतुष्ट रहो; तब तक बढ़ते चलो। चरैवेति-चरैवेति।

और यदि तुम अपना कोई आदर्श नहीं निर्मित करते हो तो हर कोई तुम्हें कुछ न कुछ सिखा सकता है। जैसे ही तुम किसी आदर्श से बंध जाते हो, तुम बंद हो जाते हो। अगर तुम बुद्ध से बंधे हो तो फिर जीसस तुम्हारे काम के न रहे, फिर मोहम्मद तुम्हारे लिए न रहे। तब तुम एक आदर्श से बंधे हो और उसकी नकल करने में संलग्न हो। तब और सब भिन्न दिखने वाले लोग तुम्हारे मन को शत्रु मालूम पड़ने लगते हैं।

महावीर का अनुयायी मोहम्मद के प्रति खुले होने की सोच भी नहीं सकता; यह असंभव है। मोहम्मद महावीर से बिलकुल भिन्न हैं; भिन्न ही नहीं, विपरीत हैं। वे दोनों विपरीत ध्रुवों जैसे मालूम पड़ते हैं। अगर तुम दोनों को अपने चित्त में एक साथ रखोगे तो तुम भारी द्वंद्व में पड़ोगे। तुम ऐसा नहीं कर सकते हो।

यही कारण है कि एक के अनुयायी दूसरों के अनुयायियों के दुश्मन बन जाते हैं। वे ही संसार में शत्रुता के बीज बोते हैं। एक हिंदू नहीं सोच सकता कि मोहम्मद ज्ञानी हो सकते हैं। एक मुसलमान नहीं सोच सकता कि महावीर ज्ञानी हो सकते हैं। वैसे ही कृष्ण का अनुयायी नहीं सोच सकता कि महावीर ज्ञानी हो सकते हैं, कि जीसस ज्ञानी हो सकते हैं। जीसस कितने उदास दिखते हैं और कृष्ण कितने आनंदित हैं! कृष्ण का आनंद और जीसस की उदासी दोनों बिलकुल विपरीत ध्रुव हैं। जीसस के अनुयायी सोच भी नहीं सकते कि कृष्ण ज्ञान को उपलब्ध हैं। संसार में इतना दुख है और यह आदमी बांसुरी बजा रहा है! यह तो हद दर्जे की स्वार्थ की बात मालूम पड़ती है। सारी दुनिया पीड़ा में है और यह अपनी गोपियों के साथ नाच रहा है! जीसस के अनुयायी इसे अधार्मिक कहेंगे, सांसारिक कहेंगे।

लेकिन मैं यहां अनुयायियों की बात कर रहा हूं। जीसस, बुद्ध और कृष्ण बिना किसी कठिनाई के, बिना किसी संघर्ष के साथ-साथ रह सकते हैं। बल्कि वे एक-दूसरे के साथ अति आनंदित होंगे। लेकिन उनके अनुयायी ऐसा नहीं कर सकते। क्यों? ऐसा क्यों है?

इसका बहुत गहरा मनोवैज्ञानिक कारण है। अनुयायी को मोहम्मद या महावीर से मतलब नहीं है; उसे अपनी चिंता है। अगर दोनों ठीक हैं तो वह कठिनाई में पड़ेगा। तब उसे प्रश्न उठेगा कि किसके पीछे चला जाए, क्या किया जाए। मोहम्मद अपनी तलवार हाथ में लिए खड़े हैं ओर महावीर कहते हैं कि कीड़े-मकोड़े को मारना भी जन्मों-जन्मों का भटकाव हो सकता है। मोहम्मद तो अपनी तलवार लिए हैं; फिर क्या किया जाए?

मोहम्मद युद्ध करते हैं और महावीर जीवन से सर्वथा पलायन कर जाते हैं। वे इतना

पलायन कर जाते हैं कि श्वास लेने से भी डरते हैं। क्योंकि जब तुम श्वास लेते हो तो उससे अनगिनत जीवन नष्ट हो जाते हैं। महावीर श्वास लेने से भी डरते हैं और मोहम्मद युद्ध करते हैं। कैसे उनमें से किसी का भी अनुयायी विपरीत को भी ठीक स्वीकार करेगा? उसका हृदय बंट जाएगा और वह सतत द्वंद्व में फंसा रहेगा। इससे बचने के लिए वह कहता है कि अन्य सारे लोग गलत हैं, सिर्फ यही ठीक है।

लेकिन यह समस्या उसी ने पैदा की है। यह समस्या इसीलिए खड़ी होती है क्योंकि वह अनुकरण करने में लगा है। उसकी कोई जरूरत नहीं है। अगर तुम किसी से बंधे नहीं हो तो तुम अनेक नदियों और अनेक कुओं के पानी का स्वाद ले सकते हो। और यह कोई समस्या नहीं है अगर उनका स्वाद भिन्न-भिन्न है। यह तो सुंदर बात है। तुम उनसे समृद्ध होते हो। तब तुम मोहम्मद और महावीर और क्राइस्ट और जरथुस्त्र, सबके प्रति खुले होते हो। वे सब तुम्हें स्वयं होने के लिए प्रेरणा बन जाते हैं। वे आदर्श नहीं हैं; वे सब स्वयं होने में तुम्हारी मदद करते हैं। वे अपनी ओर इशारा नहीं कर रहे हैं; वे तो अलग-अलग उपायों से, अलग-अलग ढंगों से तुम्हें तुम्हारी ओर ही उन्मुख कर रहे हैं। वे एक ही मंजिल की ओर इशारा कर रहे हैं; और वह मंजिल तुम हो।

लारा हक्सले ने एक किताब लिखी है। किताब का नाम है: 'यू आर नाट दि टारगेट', तुम लक्ष्य नहीं हो। लेकिन मैं तुमसे कहता हूं कि तुम ही लक्ष्य हो; तुम ही बुद्ध, महावीर, कृष्ण और क्राइस्ट के लक्ष्य हो। वे सबके सब तुम्हारी तरफ इशारा कर रहे हैं। तुम ही लक्ष्य हो; तुम ही मंजिल हो। तुम्हारे द्वारा जीवन एक अनूठे शिखर पर पहुंचने की चेष्टा में लगा है। इससे प्रसन्न होओ। इसके लिए कृतज्ञ होओ। जीवन तुम्हारे द्वारा एक अनूठी मंजिल को प्राप्त करने की कोशिश कर रहा है। और वह मंजिल तुम्हारे द्वारा ही प्राप्त की जा सकती है, कोई दूसरा उसे नहीं प्राप्त कर सकता है। तुम उसके लिए बने हो; वही तुम्हारी नियति है।

तो दूसरों के अनुकरण में समय मत गंवाओ। लेकिन इसका यह अर्थ नहीं है कि किसी से प्रेरणा नहीं लेनी है। सच तो यह है कि अगर तुम किसी का अनुकरण नहीं कर रहे हो तो तुम आसानी से प्रेरणा ले सकते हो। अगर तुम अनुकरण कर रहे हो तो तुम मुर्दा हो; तब तुम प्रेरणा नहीं ले सकते। प्रेरणा खुलापन है; अनुकरण बंद होना है।

दूसरा प्रश्न:

आपने कहा कि पश्चिम का मनोविज्ञान फ्रायड की मानसिक रुग्णता की धारणा पर आधारित है और पूर्वीय मनोविज्ञान मनुष्य को मूल्यांकन के लिए अधिसामान्य को आधार की तरह उपयोग करता है। लेकिन जब मैं आधुनिक जगत में अपने चारों ओर देखता हूं तो पाता हूं कि सर्वाधिक लोग फ्रायड कीं रुग्णता कीं कोटि में आते हैं; लाखों में एक व्यक्ति अधिसामान्य की कोटि में है। और बहुत थोड़े से लोग समाज के सामान्य के आदर्श के अनुकूल पड़ते हैं। आजकल इतनी ज्यादा रुग्णता क्यों है? और आप सामान्य की क्या परिभाषा करेंगे?

बहुत सी बातें समझने जैसी हैं। ऐसा नहीं है कि बहुत थोड़े लोग अपने शिखर को

उपलब्ध होते हैं; अनेक होते हैं; लेकिन उन्हें देखने वाली आंखें तुम्हारे पास नहीं हैं। जब तुम अपने चारों ओर देखते हो तो तुम वही देखते हो जो देख सकते हो। तुम उसे कैसे देख सकते हो जिसे तुम नहीं देख सकते? तुम्हारी देखने की क्षमता से बहुत सी बातें तय होती हैं। तुम वही सुनते हो जो सुन सकते हो, वह नहीं जो है।

अगर कोई बुद्ध पुरुष तुम्हारे पास से गुजरे तो तुम उसे नहीं पहचान पाओगे। और तुम मौजूद थे जब बुद्ध गुजरे थे; लेकिन तुम उन्हें चूक गए। तुम मौजूद थे जब जीसस जीवित थे; लेकिन तुमने उन्हें सूली पर चढ़ा दिया। देखना कठिन है, क्योंकि तुम अपने ही ढंग से देखते हो। तुम्हारी अपनी धारणाएं हैं; तुम्हारी अपनी मान्यताएं हैं; तुम्हारे अपने रुझान हैं। उनके द्वारा तुम बुद्ध या जीसस को देखते हो।

जीसस तुम्हें अपराधी दिखाई पड़े। जब जीसस को सूली दी गई तो उन्हें दो अन्य अपराधियों के साथ सूली पर चढ़ाया गया। उनके दोनों तरफ एक-एक चोर था। तीन व्यक्तियों को सूली पर चढ़ाया गया और जीसस ठीक दो चोरों के बीच में थे। क्यों? उन्हें अनैतिक अपराधी माना गया। और तुम निर्णायक थे। अगर जीसस अभी फिर आ जाएं तो तुम फिर उन्हें उसी तरह अपराधी ठहराओगे; क्योंकि तुम्हारे निर्णय के ढंग, तुम्हारे मापदंड नहीं बदले हैं।

जीसस किसी के भी साथ रह लेते थे, किसी के भी घर ठहर जाते थे। वे एक बार एक वेश्या के घर में ठहरे, और सार गांव उनके विरोध में हो गया। लेकिन उनके मूल्य भिन्न थे। वह वेश्या आई और उसने आंसुओं से जीसस के पांव धोए। उसने उनसे कहा: 'मैं दोषी हूं; मैं पापी हूं। और आप मेरी एकमात्र आशा हैं। अगर आप मेरे घर आएंगे तो मैं पाप से मुक्त हो जाऊंगी; मुझे नया जीवन मिल जाएगा। अगर जीसस मेरे घर आ सकते हैं तो मैं स्वीकृत हूं।'

तो जीसस गए और उस वेश्या के मेहमान हुए। लेकिन सारा गांव उनके खिलाफ हो गया। लोग कहने लगे कि यह किस ढंग का आदमी है जो वेश्या के घर टिकता है! लेकिन जीसस के लिए प्रेम मूल्य है। और किसी ने भी उन्हें ऐसा प्रेमपूर्ण निमंत्रण नहीं दिया था। वे इनकार नहीं कर सकते थे। और यदि जीसस इनकार करते तो वे प्रबुद्ध नहीं थे। तब वे भी सामाजिक सम्मान के पीछे दौड़ने वालों में से एक होते। लेकिन वे सामाजिक सम्मान की खोज में नहीं थे।

एक दूसरे गांव में गांव के लोग एक स्त्री को लेकर जीसस के पास आए। उस स्त्री ने व्यभिचार किया था। पुरानी बाइबिल में लिखा है कि यदि कोई स्त्री व्यभिचार करे तो उसे पत्थर फेंक कर मार डालना चाहिए। यह नहीं लिखा है कि व्यभिचार के भागी पुरुष को मार डालना चाहिए; लिखा है कि स्त्री को मार डालना चाहिए। क्योंकि स्त्री व्यभिचार करती है, पुरुष कभी व्यभिचार नहीं करता। कारण यह है कि सभी धर्मशास्त्र पुरुषों ने लिखे हैं। और यह एक कठिन सवाल था; तो उन्होंने जीसस से पूछा कि क्या करना चाहिए।

वे लोग जीसस के साथ चाल चल रहे थे। अगर जीसस कहते कि इस स्त्री को मत मारो, किसी के निर्णायक मत बनो, तो वे कहते कि आप शास्त्र के खिलाफ हैं। और अगर जीसस कहते कि इस स्त्री को मार डालो, पत्थर फेंककर मार डालो, तो वे कहते कि आपके इस उपदेश का क्या हुआ कि 'अपने शत्रुओं को प्रेम करो' और आपका वह उपदेश कहां गया

कि 'किसी के निर्णायक मत बनो, ताकि तुम पर भी कोई निर्णय न ले।' ऐसे वे चाल चल रहे थे। वे जीसस के लिए एक धर्म-संकट पैदा कर रहे थे, एक तार्किक झंझट पैदा कर रहे थे। जीसस कुछ भी कहते, वे उसमें ही पकड़े जाते।

लेकिन तुम बुद्ध पुरुष को नहीं पकड़ सकते; यह असंभव है। यह बिलकुल असंभव है। और तुम ज़ितनी ही उन्हें फांसने की कोशिश करोगे, उतने ही तुम उनके फंदे में पड़ जाओगे। जीसस ने कहा: 'शास्त्र बिलकुल सही हैं। लेकिन वे ही लोग आगे आएं जिन्होंने कभी व्यभिचार न किया हो। और ये पत्थर उठाओ और इस स्त्री की हत्या कर दो, लेकिन वे ही पत्थर उठाएं जिन्होंने कभी व्यभिचार न किया हो।'

इतना सुनते ही भीड़ छंटने लगी। जो लोग आगे खड़े थे वे पीछे सरकने लगे। कौन इस स्त्री को पत्थर मारे? लेकिन वे लोग जीसस के शत्रु बन गए।

और जब मैं कहता हूं 'वे' तो मेरा मतलब तुमसे है। तुम सदा यहां रहे हो। तुम नहीं पहचान सकते; तुम नहीं देख सकते; तुम अंधे हो। यही कारण है कि तुम्हें सदा लगता है कि जगत बुरा है और यहां कोई बुद्ध नहीं है; यहां सब रुग्ण लोग हैं। ऐसा नहीं है। लेकिन तुम्हें सिर्फ रुग्णता दिखाई पड़ती है, क्योंकि तुम रुग्ण हो। तुम्हें बीमारी समझ में आती है, क्योंकि तुम बीमार हो। तुम कभी स्वास्थ्य को नहीं समझ सकते, क्योंकि तुम कभी स्वस्थ नहीं रहे। स्वास्थ्य की भाषा तुम्हारी समझ के बाहर है।

मैंने एक यहूदी संत बालशेम के संबंध में सुना है। कोई आदमी आया और उसने बालशेम से पूछा: 'क्या ज्यादा महत्वपूर्ण है, क्या ज्यादा मूल्यवान है—धन या विवेक?' वह आदमी यह प्रश्न किसी कारण से पूछ रहा था। तो बालशेम हंसा और उसने कहा: 'निश्चित ही विवेक ज्यादा महत्वपूर्ण है, ज्यादा मूल्यवान है।' तब उस आदमी ने कहा: 'फिर, बालशेम, दूसरा सवाल यह है कि मैं हमेशा देखता हूं कि विवेकपूर्ण होकर भी तुम ही धनियों के पास जाते हो। तुम ही सदा धनी लोगों के घर जाते हो; मैंने कभी किसी धनवान को तुम्हारे पास, विवेक वाले के पास, आते नहीं देखा। और तुम कहते हो कि धन से विवेक ज्यादा मूल्यवान है। तो यह बात मुझे समझाओ।'

बालशेम हंसा और उसने कहा: 'विवेक वाले धनवान के पास जाते हैं, क्योंकि उनमें विवेक है और वे धन का मूल्य जानते हैं। और धनवान सिर्फ धनवान हैं—उनके पास केवल धन है, और कुछ भी नहीं है—वे विवेक का मूल्य नहीं समझ सकते। निश्चित ही मैं जाता हूं, क्योंकि मैं धन का मूल्य समझता हूं। और वे गरीब मूढ़जन! वे सिर्फ धनवान हैं—और कुछ भी नहीं। वे विवेक का मूल्य नहीं समझ सकते; इसलिए वे कभी मेरे पास नहीं आते हैं।'

अगर तुम किसी संत को राजमहल की ओर जाते देखोगे तो तुम कहोगे कि यह आदमी संत नहीं है; बात ही खत्म हो गई। क्योंकि तुम अपनी ही आंखों से देखते हो। धन तुम्हारे लिए महत्वपूर्ण है। तुम उसी संत के पीछे चलोगे जो धन का त्याग कर देता है, क्योंकि तुम धन-लोलुप हो। तुम अपने को गौर से देखो; तुम जो भी कहते हो वह दूसरों की बजाय तुम्हारे संबंध में ज्यादा खबर देता है। वह सदा तुम्हारे संबंध में है; तुम संदर्भ हो। जब तुम कहते हो कि बुद्ध ज्ञान को उपलब्ध नहीं हैं तो तुम्हारा मतलब कुछ और है। तुम्हारा मतलब इतना ही है कि तुम्हें वे ज्ञान को उपलब्ध दिखाई नहीं पड़ते हैं।

▲

लेकिन तुम कौन हो? और क्या उनका बुद्धत्व किसी भी तरह से तुम्हारे रुझान, तुम्हारे मत, तुम्हारे दृष्टिकोण पर निर्भर है? तुम्हारी धारणाओं के बंधे-बंधाए ढांचे हैं और तुम निरंतर उन्हीं के माध्यम से निर्णय लेते रहते हो। तुम्हें रुग्णता पहचान आती है, बुद्धत्व नहीं।

और स्मरण रहे, तुम उसे नहीं समझ सकते जो तुमसे ऊंचा है। तुम उसे ही समझ सकते हो जो तुमसे छोटा है या ज्यादा से ज्यादा तुम्हारे बराबर है। उच्चतर को तुम नहीं समझ सकते; वह असंभव है। उच्चतर को समझने के लिए तुम्हें ऊंचा उठना होगा। तुम निम्नतर को ही समझ सकते हो।

इसे इस तरह देखो। एक पागल आदमी तुम्हें नहीं समझ सकता; पागल के लिए तुम्हें समझना असंभव है। वह अपने पागलपन की आंखों से देखता है। लेकिन तुम पागल आदमी को समझ सकते हो। वह तुमसे नीचे है। सामान्य व्यक्ति असामान्य को समझ सकता है जो सामान्य से नीचे गिर गया है, रुग्ण है। लेकिन वह अपने से ऊंचे को नहीं समझ सकता है।

फ्रायड भी भयभीत है। जुंग ने अपने संस्मरणों में लिखा है कि एक बार ऐसा हुआ कि वह फ्रायड के सपनों का विश्लेषण करना चाहता था। जुंग फ्रायड के प्रधान शिष्यों में से एक था। वे जहाज से अमेरिका जा रहे थे; तो कई दिनों का साथ था। एक दिन जुंग ने हिम्मत की; वह उन दिनों फ्रायड का सबसे अंतरंग शिष्य था। उसने फ्रायड से कहा: 'मैं आपके स्वप्नों का विश्लेषण करना चाहता हूं; आप कृपया अपने कुछ स्वप्न बताएं। बहुत दिन हम लोग साथ रहेंगे; मैं इस बीच आपके स्वप्नों का विश्लेषण करूंगा।' पता है, फ्रायड ने क्या कहा? फ्रायड ने कहा: 'क्या इरादा है तुम्हारा? यदि तुम मेरे स्वप्नों का विश्लेषण करने लगोगे तो मेरा प्रभाव ही खत्म हो जाएगा। मैं तुम्हें अपने स्वप्न नहीं बता सकता।'

फ्रायड इतना भयभीत था; क्योंकि उसके स्वप्नों में वे ही रोग, वे ही विकृतियां प्रकट होंगी जो रोग और विकृतियां उसे दूसरों के स्वप्नों में मिलती रही हैं। उसने कहा: 'मैं अपना प्रभुत्व नहीं खो सकता; मैं तुम्हें अपने सपने नहीं बताऊंगा।'

फ्रायड, इस युग का सबसे बड़ा मनसविद भी उन सारे रोगों का शिकार है जिनके शिकार दूसरे लोग हैं। और जब जुंग ने कहा कि मैं अब तुमसे अलग हो जाऊंगा तो यह सुनकर फ्रायड कुर्सी से गिर पड़ा और बेहोश हो गया। वह गश खाकर गिर पड़ा और घंटों मूर्च्छित रहा। एक शिष्य द्वारा त्यागे जाने का विचार ही इतना भारी आघात कर गया कि उसकी चेतना जाती रही।

अगर तुम बुद्ध से कहो कि मैं आपको छोड़ दूंगा तो क्या तुम सोचते हो कि वे गिर पड़ेंगे और बेहोश हो जाएंगे? अगर सारे के सारे दस हजार शिष्य भी उन्हें छोड़कर चले जाएं तो बुद्ध प्रसन्न ही होंगे, बहुत प्रसन्न होंगे कि अच्छा हुआ कि तुम चले गए।

क्यों ऐसा होता है? क्योंकि तुम्हारे मनसविद भी तुम्हारे जैसे ही हैं। वे ऊपर से नहीं आए हैं। उनकी समस्याएं भी वही हैं जो तुम्हारी हैं। ए मनसविद दूसरे मनसविद के पास अपना मनोविश्लेषण कराने जाता है। यह ऐसा नहीं है कि एक डाक्टर दूसरे डाक्टर के पास इलाज कराने जाए। डाक्टरों के लिए यह ठीक है; उन्हें क्षमा किया जा सकता है। लेकिन यह बहुत बेतुका मालूम पड़ता है कि एक मनसविद दूसरे मनसविद के पास अपना विश्लेषण कराने जाए। इसका क्या अर्थ है?

इसका यही अर्थ है कि वह भी साधारण आदमी है। मनोविज्ञान एक धंधा भर है।

बुद्ध किसी धंधे में नहीं हैं; वे कोई साधारण जन नहीं हैं। वे एक नए सत्य को उपलब्ध हैं; वे चेतना की एक नई अवस्था में हैं। अब वे शिखर पर खड़े होकर देखते हैं। वे तुम्हें समझ सकते हैं; लेकिन तुम उन्हें नहीं समझ सकते हो। और वे चाहे जितनी भी चेष्टा करें, तुम्हारे लिए उन्हें समझना असंभव है। तब तक तुम उन्हें गलत समझते रहोगे जब तक तुम उनके व्यक्तित्व से न जुड़कर शब्दों से बंधे रहोगे; जब तक तुम शब्दों की बजाय उनकी चुंबकीय शक्ति से नहीं बंधते हो। जब तक तुम एक लोहे के टुकड़े की भांति उनके चुंबकत्व के प्रभाव में नहीं पड़ जाते हो, तब तक तुम उन्हें नहीं समझ सकोगे। तुम गलत ही समझोगे।

यही कारण है कि तुम नहीं देख पाते हो। लेकिन बुद्ध पुरुष सदा ही पृथ्वी पर हैं। रुग्णता पहचान में आती है, क्योंकि हम रुग्ण लोग हैं। हम रुग्णता को देख सकते हैं, समझ सकते हैं।

दूसरी बात, यदि ऐसा भी हो कि पूरे मनुष्य-जाति के इतिहास में एक ही व्यक्ति बुद्धत्व को उपलब्ध हुआ हो—एक ही व्यक्ति बुद्ध हुआ हो—वह भी तुम्हारी संभावना दिखाने के लिए पर्याप्त है। यदि एक मनुष्य को भी बुद्धत्व घटित हो सकता है तो तुम्हें क्यों नहीं घटित हो सकता? अगर एक बीज फूल बन सकता है तो प्रत्येक बीज में फूल बनने की क्षमता है। हो सकता है कि तुम केवल बीज हो; लेकिन अब तुम अपने भविष्य को जानते हो कि बहुत कुछ संभव है।

लेकिन मनुष्य के मन के साथ विपरीत ही घटित हो रहा है। और यह सदा से घटित हो रहा है। तुमने ककून या कोया देखा होगा; कोया टूटता है और उससे तितली निकलकर बाहर उड़ती है। मनुष्य की प्रक्रिया उलटी है। मनुष्य तितली की भांति जन्म लेता है और फिर वह कोया में प्रवेश कर जाता है। प्रत्येक बच्चा बुद्ध जैसा पैदा होता है और फिर उससे दूर हटता जाता है।

बच्चे को देखो; उसकी आंखों को देखो। किसी भी बड़े व्यक्ति की आंख से उसकी आंख ज्यादा बुद्ध जैसी है। उसके बैठने का ढंग, चलने का ढंग, उसका सौंदर्य, उसका प्रसाद, उसका क्षण-क्षण जीना, उसका क्रोध तक, सब कितना सुंदर है! वह इतना समग्र है। और जब भी कोई चीज समग्र होती है, वह सुंदर होती है।

किसी बच्चे को क्रोध में उछलते-कूदते, चीखते-चिल्लाते देखो। सिर्फ देखो! अपनी फिक्र छोड़ो कि वह तुम्हारी शांति भंग कर रहा है। इस घटना को मात्र देखो। वह क्रोध सुंदर है; क्योंकि बच्चा उसमें इतनी समग्रता से है कि कुछ भी पीछे नहीं बचा है। वह क्रोध ही हो गया है; और वह इतना प्रामाणिक है कि कुछ भी दमित नहीं हो रहा है। वह अपने को जग भी नहीं रोक रहा है; वह क्रोध में डूब गया है, क्रोध ही हो गया है। बच्चे को देखो जब वह प्रेम करता है, जब वह तुम्हारा स्वागत करता है, जब वह तुम्हारे पास आता है। वह बुद्ध जैसा है।

लेकिन शीघ्र ही समाज आएगा, उसे कोया में प्रवेश करने में मदद देगा। और बच्चा कोया में बंद होकर मर जाता है। हम पालने से सीधे कब्र में प्रवेश कर जाते हैं। यही कारण है कि यहां इतनी रुग्णता है; किसी को भी सहज और स्वाभाविक नहीं रहने दिया जाता है। रुग्णता तुम पर लाद दी जाती है। तुम एक मुर्दा ढांचे में कैद हो जाते हो; और तब तुम्हारे सहज

प्राण दुखी-पीड़ित होते हैं। यहां इतनी रुग्णता है, इसका यही कारण है।

यह रुग्णता मनुष्य-निर्मित है; मनुष्य जितना सभ्य होता जाता है, उतना ही रुग्ण होता जाता है। यह कसौटी है: अगर तुम्हारे देश में कम पागल हैं तो समझ लो कि तुम्हारा देश कम सभ्य है। और अगर तुम्हारे देश में पागलों की संख्या बढ़ती जाती है, अगर हर कोई विक्षिप्त हो रहा है और मनोचिकित्सक के पास जा रहा है तो भलीभांति समझ लो कि तुम्हारा देश संसार में सबसे ज्यादा सभ्य है। और जब कोई देश सभ्यता के शिखर को छू लेगा तो उसका एक-एक नागरिक पागल होगा।

सभ्यता तुम्हें पागल कर देती है, क्योंकि वह तुम्हें स्वयं और सहज नहीं होने देती। सब कुछ दमित है; और दमन के साथ हर चीज विकृत हो जाती है। तुम सहजता से श्वास भी नहीं ले सकते हो—और चीजों की तो बात ही मत पूछो। तुम्हारी श्वास भी असहज हो जाती है। तुम गहरी श्वास नहीं ले सकते; क्योंकि समाज गहरी श्वास नहीं लेने देता है।

गहरी श्वास लो। अगर तुम गहरी श्वास लोगे तो तुम अपनी वृत्तियों का दमन नहीं कर सकोगे। अगर तुम किसी चीज का दमन करना चाहते हो तो तुम देखोगे कि तुम्हारी श्वास-क्रिया में बदलाहट होने लगी। तुम्हें क्रोध आया है और तुम उसे दबाना चाहते हो तो तुम क्या करोगे? तुम तुरंत श्वास लेना बंद कर दोगे।

क्रोध में श्वास गहरी जाती है, क्योंकि क्रोध के लिए जरूरी है कि तुम्हारे भीतर खून का गर्म प्रवाह हो; क्रोध के लिए ज्यादा आक्सीजन जरूरी है। क्रोध के लिए जरूरी है कि तुम्हारे भीतर कुछ रासायनिक परिवर्तन हों। और वे परिवर्तन गहरी श्वास लेने से घटित होते हैं। तो जब तुम्हें क्रोध आएगा और तुम उस क्रोध को दबाना चाहोगे तो तुम स्वाभाविक ढंग से श्वास न ले सकोगे। तुम उथली श्वास लोगे।

किसी बच्चे को कहो कि अमुक काम मत करो, और तुम देखोगे कि तुरंत उसकी श्वास उथली हो गई। अब वह गहरी श्वास न ले सकेगा, क्योंकि यदि वह गहरी श्वास लेगा तो वह तुम्हारी आज्ञा का पालन नहीं कर पाएगा। तब वह वही करेगा जो वह करना चाहता है।

आदमी गहरी श्वास भी नहीं ले रहा है। अगर तुम गहरी श्वास लोगे तो तुम्हारे भीतर काम-केंद्र पर चोट पड़ेगी। और समाज इसके विरुद्ध है। धीमी श्वास लो; उथली श्वास लो। गहरे मत जाओ; और तब काम-केंद्र पर चोट नहीं पड़ेगी।

सच तो यह है कि सभ्य मनुष्य प्रगाढ़ काम-संभोग में असमर्थ हो गया है, क्योंकि वह गहरी श्वास नहीं ले सकता। काम-कृत्य में तुम्हारी श्वास इतनी गहरी होनी चाहिए कि तुम्हारा सारा शरीर उसमें संलग्न हो। अन्यथा तुम्हें आर्गाज्म नहीं होगा, शिखर अनुभव नहीं होगा और तुम्हें सिर्फ निराशा हाथ लगेगी।

अनेक लोग मेरे पास आते हैं और कहते हैं कि हमें काम-कृत्य में कोई सुख नहीं मिलता है। हम उसे यंत्रवत करते हैं, जिसमें सिर्फ ऊर्जा ही खोती है। और बाद में हम निराश होते हैं, विषाद महसूस करते हैं।

इसका कारण काम नहीं है; कारण यह है कि वे इसमें समग्रता से नहीं उतरते हैं। उनका काम-कृत्य स्थानीय होकर रह जाता है, जिसमें सिर्फ वीर्यपात होता है। तब वे निर्बल महसूस करते हैं और कुछ उससे मिलता भी नहीं। अगर पशुओं की तरह तुम्हारा सारा शरीर

संभोग में संलग्न हो, अगर शरीर का रोआं-रोआं उत्तेजित होकर कांपने लगे, अगर तुम्हारा सारा शरीर जैसे विद्युत-शक्ति से भावाविष्ट हो जाए, अगर तुम अहंकाररहित, मस्तिष्करहित हो जाओ, अगर विचारणा न रहे, अगर तुम्हारा शरीर एक लयबद्ध गति में डूब जाए, तब तुम्हें एक प्रगाढ़ सुख की अनुभूति होगी। तब तुम एक गहन विश्राम अनुभव करोगे और किसी अर्थ में परितृप्त भी।

लेकिन यह नहीं हो सकता; क्योंकि तुम गहरी श्वास नहीं ले सकते हो। तुम इतने भयभीत हो।

शरीर को देखो। उसके दो छोर हैं। एक छोर, ऊपरी छोर चीजों को भीतर ले जाने के लिए है; तुम्हारा सिर चीजों को भीतर ले जाने के लिए है। वह सब कुछ भीतर ले जाता है। भोजन, वायु, प्रभाव, विचार, कोई भी चीज वह ग्रहण करता है; उससे तुम चीजों को भीतर ले जाते हो। यह एक छोर है। दूसरा छोर नीचे का शरीर है; वह त्यागने के लिए है, ग्रहण के लिए नहीं। निचले शरीर से तुम कोई चीज भीतर नहीं ले जा सकते; वह छोर त्यागने के लिए है, छोड़ने के लिए है, बाहर निकालने के लिए है। ऊपरी शरीर से तुम लेते हो और निचले शरीर से त्यागते हो, छोड़ते हो।

लेकिन सभ्य मनुष्य केवल भीतर लेता है, कभी छोड़ता नहीं। उससे ही रुग्णता पैदा होती है; तुम विक्षिप्त हो जाते हो। यह ऐसे ही है जैसे कि तुम भोजन तो लो, उसे भीतर जमा करते जाओ और कभी मल त्याग न करो। तुम पागल हो जाओगे। दूसरे छोर को काम में लाना है। अगर कोई आदमी कंजूस है तो वह जरूर कब्जियत का शिकार होगा। किसी कंजूस को देखो; वह कब्जियत से पीड़ित होगा। कंजूसी एक तरह की आध्यात्मिक कब्जियत है। इकट्ठा किए जाओ; कुछ छोड़ो मत।

जो लोग सेक्स के, काम के विरोधी हैं, वे बस कृपण लोग हैं। वे भोजन तो भीतर लिए जाते हैं, लेकिन वे काम-ऊर्जा का त्याग नहीं करेंगे। तब वे विक्षिप्त हो जाएंगे। और उसे काम-केंद्र से ही बाहर निकालना जरूरी नहीं है। एक और संभावना भी है; उसे सहस्त्रार से भी, सिर में स्थित तुम्हारे सर्वोच्च केंद्र से भी मुक्त किया जा सकता है। तंत्र यही सिखाता है। लेकिन उसे छोड़ना ही होगा; तुम उसे सदा जमा नहीं कर सकते। संसार में कुछ भी जमा नहीं रखा जा सकता; संसार एक बहाव है, एक नदी है। ग्रहण करो और त्यागो। अगर तुम ग्रहण ही करते रहोगे और त्याग कभी न करोगे तो तुम पागल हो जाओगे।

वही हो रहा है। प्रत्येक व्यक्ति लेने में लगा है; कोई देने को राजी नहीं है। जब देने का समय आता हे, तुम भयभीत हो जाते हो। तुम सिर्फ लेना चाहते हो—प्रेम भी। तुम चाहते हो कि कोई तुम्हें प्रेम दे। बुनियादी जरूरत यह है कि तुम किसी को प्रेम दो। तब तुम मुक्त होगे, हलके होगे। कोई तुम्हें प्रेम करे, इससे काम नहीं चलेगा; क्योंकि तब तुम ले भर रहे हो। दोनों छोरों को संतुलित होना चाहिए; तब स्वास्थ्य घटित होता है। और मैं उसे ही सामान्य आदमी कहता हूं। वही सामान्य है जिसके ग्रहण और त्याग बराबर हैं, संतुलित हैं। वही आदमी सामान्य है।

और उस आदमी को मैं असामान्य कहता हूं जो लेता तो बहुत है, लेकिन देना नहीं जानता। वह कुछ देता ही नहीं है। यदि वह कुछ देता भी है तो मजबूरी में देता है। यह उसकी

अपनी मर्जी नहीं है। तुम उससे कुछ छीन सकते हो; तुम उसे देने के लिए मजबूर कर सकते हो। वह अपनी मर्जी से नहीं देगा; उसका देना एनिमा जैसा है, सहज नहीं है। तुम मजबूर करते हो तो वह मल त्याग करता है। वह अपनी मर्जी से मल त्याग नहीं करता है; वह राजी नहीं है। हर चीज को इकट्ठा किए जाना विक्षिप्तता है। और तब वह विक्षिप्त हो जाएगा, क्योंकि पूरी व्यवस्था गड़बड़ हो जाती है। वह असामान्य है।

और अधिसामान्य वह है जो देता ही है, कभी ग्रहण नहीं करता। ये तीन: कोटियां हैं। असामान्य लेता ही लेता है, कभी देता नहीं। सामान्य का लेना और देना संतुलित है। और अधिसामान्य कभी लेता नहीं है, देता ही देता है। बुद्ध दाता हैं, दानी हैं; विक्षिप्त आदमी परिग्रही है। वह बुद्ध के विपरीत छोर पर है। यदि दोनों छोर संतुलित हों तो तुम सामान्य व्यक्ति हो। कम से कम सामान्य बनो; क्योंकि अगर तुम सामान्य न रह सके तो तुम नीचे गिर जाओगे और असामान्य हो जाओगे।

इसीलिए सभी धर्मों में दान पर इतना जोर दिया जाता है। दो! जो भी है दो। और कभी लेने की भाषा में मत सोचो। तब तुम अधिसामान्य बनोगे। लेकिन वह तो अभी दूर की बात है। पहले सामान्य बनो, संतुलित बनो। तुम जो भी भीतर लो उसे वापस संसार को लौटा दो। तुम बस मार्ग बन जाओ। ग्रहण मत करो। तब तुम कभी पागल और विक्षिप्त नहीं होगे। तब, तुम पागलपन से, खंडित मानसिकता से, स्कीजोफ्रेनिया से, विक्षिप्तता से, किसी भी तरह की मानसिक रुग्णता से कभी पीड़ित नहीं होगे।

सामान्य आदमी की मेरी परिभाषा यह है कि वह संतुलित है—बिलकुल संतुलित। वह कुछ बचाकर नहीं रखता है। वह श्वास भीतर ले जाता है और फिर उसे बाहर निकाल देता है। उसकी आती श्वास और जाती श्वास समान हैं, संतुलित हैं। तो संतुलित होने की चेष्ट करो। और सदा स्मरण रखो कि तुम जो कुछ लो उसे जरूर लौटा दो। तब तुम जीवंत, स्वस्थ, मौन, शांत और सुखी होगे। तुममें एक गहन लयबद्धता का उदय होगा। यह लयबद्धता लेने और देने के संतुलन से घटित होती है।

लेकिन हम तो सदा और-और लेने की ही सोचते हैं। और तुम जो भी लेते हो और उसे फिर लौटाते नहीं, वह तुम्हें तनाव, उपद्रव और दुख से भर देगा। तुम एक नरक बन जाओगे। इसलिए भीतर लेने के पूर्व बाहर जरूर निकालो। क्या तुमने ध्यान दिया है कि तुम सदा भीतर आती श्वास पर जोर देते हो? तुम बाहर जाती श्वास की फिक्र ही नहीं करते। तुम श्वास को भीतर ले जाते हो और उसे बाहर फेंकने का काम शरीर पर छोड़ देते हो। इस प्रक्रिया को उलट दो; तब तुम ज्यादा सामान्य होगे। बाहर जाने वाली श्वास पर जोर दो। पूरी ताकत से श्वास को बाहर फेंको, और श्वास को भीतर लेने का काम शरीर पर छोड़ दो।

जब तुम श्वास भीतर ले जाते हो और फिर उसे छोड़ते नहीं तो तुम्हारे फेफड़े कार्बन डायआक्साइड से भर जाते हैं। और यह क्रम चलता रहता है। तुम्हारा पूरा फेफड़ा कभी खाली नहीं होता; तुम उसे कार्बन डायआक्साइड से भरते जाते हो। तब तुम्हारी श्वास-प्रक्रिया उथली हो जाती है और तुम्हारे फेफड़े कार्बन डायआक्साइड से भरते जाते हैं। पहले श्वास को बाहर फेंको और लेने की बात भूल जाओ। शरीर खुद उसकी चिंता कर लेगा। शरीर के पास अपना विवेक है और वह तुमसे ज्यादा बुद्धिमान है। श्वास को बाहर फेंको और लेने की बात भूल

▲

जाओ। और डरो मत; तुम मरोगे नहीं। शरीर उतनी श्वास भीतर ले लेगा जितनी जरूरी है। जितनी श्वास तुम बाहर निकालोगे, शरीर उतनी श्वास अंदर ले लेगा; और संतुलन कायम रहेगा। अगर तुम आती श्वास पर जोर दोगे तो संतुलन बिगड़ जाएगा, क्योंकि तुम्हारे मन की प्रवृत्ति इकट्ठा करने की है।

मैं अनेक घरों में मेहमान हुआ हूं। और मैं देखता हूं कि लोग इतनी चीजें इकट्ठा कर लेते हैं कि घर में रहने की जगह ही नहीं रह जाती। घर में रहने की जगह नहीं है और वे इकट्ठा करने लगे हैं। वे चीजें जमा करते रहते हैं और सोचते हैं कि किसी दिन उनकी जरूरत पड़ सकती है।

जिस चीज की जरूरत नहीं है, उसे इकट्ठा मत करो। और यदि किसी को किसी चीज की जरूरत तुमसे अधिक हो तो बेहतर है कि वह चीज उसे दे दो। देने वाले बनो, और तुम कभी रुग्ण नहीं होगे। सभी प्राचीन सभ्यताएं दान पर आधारित थीं; और यह आधुनिक सभ्यता परिग्रह पर, इकट्ठा करने पर खड़ी है। यही कारण है कि ज्यादा लोग पागल हो रहे हैं, विक्षिप्त हो रहे हैं। हर कोई पूछ रहा है कि कहां से मिलेगा; कोई नहीं पूछता कि कहां जाऊं और दूं, किसको दूं।

अंतिम प्रश्नः

रोज आप अपने हरेक प्रवचन में बोध कीं, समग्र बोध की, अबाधित बोध की चर्चा करते हैं। आप यह भी कहते हैं कि मन से, किसी विचार को दोहराने से इसे नहीं प्राप्त किया जा सकता है; इसे तो अनुभव करना है। लेकिन प्राप्त किए बिना कोई इसे अनुभव कैसे कर सकता है? और वह कौन सा भाव है जो प्राप्ति के पहले आता है? जो अभी घटित नहीं हुआ है उसका भाव या उसकी कल्पना कैसे की जाए? क्या यह भीं मन को हटाने से घटित होता है? इसकी पूरी प्रक्रिया क्या है? और इसे संभव कैसे बनाया जाए?

जब मैं कहता हूं कि मन से बोध को नहीं उपलब्ध हुआ जा सकता तो मेरा मतलब है कि तुम उसके बारे में सोच-विचार करके उसे नहीं पा सकते। तुम उसके बारे में खूब सोच-विचार करते रहो; लेकिन तुम वर्तुल में घूमते रहोगे। जब मैं कहता हूं कि उसे मन से नहीं पाया जा सकता तो मेरा मतलब है कि उसे सोच-विचार से नहीं पाया जा सकता। तुम्हें कुछ साधना होगा, कुछ करना होगा। उसे करके ही पाया जा सकता है, सोचकर नहीं। यह पहली बात है।

तो इस पर विचार ही मत करते रहो कि बोध क्या है, उसे कैसे पाया जाता है, उसका फल क्या होगा। सोचते ही मत रहो, कुछ करो। रास्ते पर चलते हुए बोध से चलो। यह कठिन है और तुम बार-बार भूल जाओगे। लेकिन घबड़ाओ मत। जब भी स्मरण आए, सजग हो जाओ। प्रत्येक कदम पूरी सजगता से उठाओ—जानते हुए, बोध के साथ। मन को और कहीं मत जाने दो। भोजन करते समय भोजन ही करो; होश के साथ चबाओ। तुम जो भी करो, उसे यंत्रवत मत करो। और यह बिलकुल अलग बात है।

और जब मैं कहता हूं कि इसे सिर्फ महसूस किया जा सकता है तो उसका यह अर्थ है

कि, उदाहरण के लिए, मैं अपना हाथ यंत्रवत उठा सकता हूं और मैं उसे पूरे होश के साथ भी उठा सकता हूं। होश के साथ उठाने में मेरा मन सजग है कि हाथ उठाया जा रहा है।

इसे करके देखो, इसे प्रयोग में लाओ। पहले हाथ को यंत्रवत उठाओ और फिर होशपूर्वक उठाओ। तुम बदलाहट अनुभव करोगे; तुरंत ही गुणवत्ता बदल जाती है। सजगता से चलो, और तुम्हारा चलना भिन्न होगा। तब तुम्हारी चाल में एक गरिमा होती है। तुम धीमे-धीमे चलते हो, सुंदर ढंग से चलते हो। जब तुम यंत्रवत चलते हो—इसलिए चलते हो क्योंकि तुम्हें चलना आता है और सजग होने की जरूरत नहीं है—तब चलना कुरूप होता है। उस चाल में गरिमा नहीं होती है।

तो तुम जो भी करो, सजगता के साथ करो। और फिर देखो कि क्या फर्क है। जब मैं कहता हूं कि महसूस करो तो उसका मतलब है निरीक्षण करो। पहले यांत्रिक ढंग से करो और फिर उसे सजगता के साथ करो; और फर्क को समझो। और फर्क तुम्हें अनुभव में आएगा।

उदाहरण के लिए, अगर तुम सजग होकर भोजन करते हो तो तुम शरीर की जरूरत से ज्यादा भोजन नहीं कर सकते। लोग मेरे पास आते हैं और कहते हैं: 'हमारा बजन बढ़ रहा है; शरीर में चर्बी इकट्ठी होती जा रही है; कुछ डाइटिंग बताइए।'

मैं उनसे कहता हूं: 'डाइटिंग की फिक्र छोड़ो; चेतना की चिंता करो। डाइटिंग से कुछ नहीं होगा; तुम कर भी नहीं सकोगे। एक दिन तुम डाइटिंग कर लोगे और दूसरे दिन वह छूट जाएगी; तुम उसे जारी नहीं रख सकते। बेहतर है कि बोधपूर्वक भोजन करो।'

बोध से गुणधर्म बदल जाता है। अगर तुम बोधपूर्वक भोजन करोगे तो तुम ज्यादा चबाकर खाओगे। मूर्च्छा में, यंत्रवत भोजन करने में तुम बिलकुल नहीं चबाते हो; बस पेट को भर लेते हो। इस तरह तुम भोजन के सुख से वंचित रह जाते हो। और क्योंकि भोजन का सुख नहीं मिलता, तुम सुख के लिए और-और भोजन की मांग करते हो। जब स्वाद नहीं मिलता है तो तुम्हें ज्यादा भोजन चाहिए।

सिर्फ सजग होओ और देखो कि क्या होता है। अगर तुम सजग हो तो तुम ज्यादा चबाओगे, ज्यादा स्वाद लोगे; तुम भोजन का सुख लोगे। तब तुम्हें भोजन में ज्यादा समय लगेगा। अगर तुम्हें भोजन लेने में आधा घंटा लगता है तो उसी भोजन को पूरे बोध के साथ लेने में डेढ़ घेटा लगेगा—तीन गुना समय लगेगा। आधे घंटे में तो एक तिहाई भोजन ही ले पाओगे, लेकिन तुम ज्यादा तृप्त अनुभव करोगे, तुम भोजन का ज्यादा सुख लोगे।

और जब शरीर सुख लेता है तो वह तुम्हें बता देता है कि कब रुकना है। जब शरीर इस सुख से सर्वथा वंचित रहता है तो वह रुकने को नहीं कहता और तुम भोजन डाले चले जाते हो। और तब शरीर जड़ हो जाता है। शरीर क्या कह रहा है, तुम नहीं सुनते। तुम भोजन करते रहते हो और होते कहीं और हो। उससे ही समस्या पैदा होती है।

भोजन के समय वहीं रहो; और पूरी प्रक्रिया धीमी हो जाएगी। तब शरीर खुद कहेगा कि बस करो। और शरीर जब रुकने को कहे तो समझना चाहिए कि यही ठीक समय है। अगर तुम सावचेत हो तो तुम शरीर के साथ जबरदस्ती नहीं करोगे; तुम रुक जाओगे। तो शरीर की सुनो। वह तो हरेक क्षण कह रहा है; लेकिन तुम उसे सुनने के लिए वहां मौजूद नहीं होते। सजग होओ और तुम सुनोगे।

▲

और जब मैं कहता हूं कि इसे अनुभव करो तो मैं जानता हूं कि यह कठिन है। तुम बोधपूर्ण हुए बिना बोध को कैसे अनुभव कर सकते हो? मैं यह नहीं कह रहा हूं कि तुम बुद्ध के बुद्धत्व को अभी इसी क्षण अनुभव कर सकते हो; लेकिन कहीं तो आरंभ करना होगा। तुम पूरे सागर को नहीं पा सकते; लेकिन एक बूंद—एक छोटी सी बूंद भी—स्वाद दे देगी। और वह स्वाद एक ही है। यदि तुम क्षण भर को भी बोधपूर्ण हुए तो तुमने बुद्धत्व का स्वाद पा लिया। यह क्षणिक है, यह एक झलक भर है; लेकिन अब तुम ज्यादा जानते हो।

और यह झलक तुम्हें कभी सोच-विचार से नहीं घटित होगी, यह सिर्फ भाव से घटित होगी। भाव पर जोर इसलिए है, क्योंकि स्वयं के अनुभव पर जोर है। विचारणा झूठ है। तुम प्रेम के संबंध में निरंतर सोच-विचार कर सकते हो, प्रेम के सिद्धांत गढ़ सकते हो। तुम प्रेम में उतरे बिना प्रेम पर शोध-ग्रंथ लिखकर डाक्टरेट भी प्राप्त कर सकते हो। तुम सब बता सकते हो कि प्रेम क्या है। और हो सकता है तुमने प्रेम का कण भी न जाना हो, तुम्हें प्रेम का जरा भी अनुभव न हो।

तुम अपनी आत्मा का विकास किए बिना ही अपना ज्ञान बढ़ा ले सकते हो। और ज्ञान और आत्मा दोनों भिन्न आयाम हैं। तुम ज्ञान का विस्तार कर सकते हो; तुम्हारा मस्तिष्क बड़े से बड़ा होता जाएगा। लेकिन तुम्हारी आत्मा छोटी की छोटी रहेगी। यह कोई विकास नहीं है; तुम्हारा परिग्रह भर बड़ा होता जाता है। जब तुम चीजों को अनुभव करते हो तो तुम बढ़ते हो, तुम्हारी आत्मा बढ़ती है, बड़ी होती है।

और कहीं तो आरंभ करना होगा; तो आरंभ करो। भूलें होंगी; होंगी ही। तुम भूल-भूल जाओगे; यह स्वाभाविक है। लेकिन हताश मत होओ और यह कह कर प्रयत्न करना मत छोड़ दो कि यह मुझसे नहीं होने वाला है। तुमसे होने वाला है; तुम यह कर सकते हो। तुम्हारे भीतर वही संभावना छिपी है जो जीसस या बुद्ध में छिपी थी। तुम बीज हो; तुम में कोई कमी नहीं है। बस थोड़ी अराजकता है; सब चीजें बिखरी-बिखरी हैं। कमी कुछ भी नहीं है; तुममें सब कुछ है, तुम बुद्ध हो सकते हो, बस चीजों को थोड़ी व्यवस्था देने की जरूरत है।

अभी तो तुम एक अराजकता हो, क्योंकि व्यवस्था नहीं है। व्यवस्था तब आती है जब तुम सजग होते हो, सावचेत होते हो। तुम्हारे बोधपूर्ण होने से ही चीजें अपनी-अपनी जगह ले लेती हैं; और तब यही अराजकता, जो तुम हो, एक व्यवस्था बन जाती है, एक संगीत बन जाती है।

आज इतना ही।

ओशो—एक परिचय

ओशो एक नया प्रारंभ हैं, वे अतीत की किसी भी धार्मिक परंपरा या श्रृंखला की कड़ी नहीं हैं। ओशो ने एक नये मनुष्य का, एक नये जगत का, एक नये युग का सूत्रपात किया है, जिसकी आधारशिला अतीत के किसी धर्म में नहीं है, किसी दार्शनिक विचार-पद्धति में नहीं है।

ओशो एक नवोन्मेष हैं नये मनुष्य के, नयी मनुष्यता के। यह नया मनुष्य 'जोरबा दि बुद्धा' एक ऐसा मनुष्य है जो ज़ोरबा की भांति भौतिक जीवन का पूरा आनंद मनाना जानता है और जो गौतम बुद्ध की भांति मौन होकर ध्यान में उतरने में भी सक्षम है—ऐसा मनुष्य जो भौतिक और आध्यात्मिक, दोनों तरह से समृद्ध है। 'ज़ोरबा दि बुद्धा' एक समग्र व अविभाजित मनुष्य है। ओशो का यह नया मनुष्य भविष्य की एकमात्र आशा है; इसके बिना पृथ्वी का कोई भविष्य नहीं है।

अपने प्रवचनों के द्वारा ओशो ने मानव-चेतना के विकास के हर पहलू को उजागर किया। बुद्ध, महावीर, कृष्ण, शिव, शांडिल्य, नारद, जीसस के साथ ही साथ भारतीय अध्यात्म-आकाश के अनेक नक्षत्रों—आदिशंकराचार्य, गोरख, कबीर, नानक, मलूकदास, रैदास, दरियादास, मीरा आदि पर उनके हजारों प्रवचन उपलब्ध हैं। जीवन का ऐसा कोई भी आयाम नहीं है जो उनके प्रवचनों से अस्पर्शित रहा हो। योग, तंत्र, ताओ, झेन, हसीद, सूफी जैसी विभिन्न साधना-परंपराओं के गूढ़ रहस्यों पर उन्होंने सविस्तार प्रकाश डाला है। साथ ही राजनीति, कला, विज्ञान, मनोविज्ञान, दर्शन, शिक्षा, परिवार, समाज, गरीबी, जनसंख्या-विस्फोट, पर्यावरण तथा संभावित परमाणु युद्ध के व उससे भी बढ़कर एड्स महामारी के विश्व-संकट जैसे अनेक विषयों पर भी उनकी क्रांतिकारी जीवन-दृष्टि उपलब्ध है।

शिष्यों और साधकों के बीच दिए गए उनके ये प्रवचन छह सौ पचास से भी अधिक पुस्तकों के रूप में प्रकाशित हो चुके हैं और तीस से अधिक भाषाओं में अनुवादित हो चुके हैं। ते कहते हैं, "मेरा संदेश कोई सिद्धांत, कोई चिंतन नहीं है। मेरा संदेश तो रूपांतरण की एक कीमिया, एक विज्ञान है।"

एक निमंत्रण

| ओशो के प्रवचनों को पढ़ना, उन्हें सुनना अपने आप में एक आनंद हैं। इनके द्वारा आप अपने जीवन में एक अपूर्व क्रांति की पदचाप सुन सकते हैं। लेकिन यह केवल प्रारंभ है, शुभ आरंभ है। इन प्रवचनों को पढ़ते हुए आपने महसूस किया होगा कि ओशो का मूल संदेश है : ध्यान। ध्यान की भूमि पर ही ले के, नंद के, उल्का के फल खिलते हैं। ध्यान 8 ब्राति है।

निश्चित ही आप भी चाहेंगे कि आपके जीवन में ऐसी आभूल क्रांति हो; आय भी एक ऐसी अबोहवा को उपलब्ध करें जहां आप अपने आप से परिचित हो सकें, अम-अनुभूति की दिशा में कुछ कदम उठा सकें; कोई ऐसा स्थान जहां और भी कुछ लोग इस दिशा में कृतिमा हों ॥

ओशो ने एक ऐसी ही ध्यान्नमय, उत्सवमय आबोहवा वाली ऊर्जा क्षेत्र निर्मित किया है। में : ओशो कयू इंटरनेशनल। यहाँ हजारों लोगों ने ओशो ध्यान विधियों का प्रयोग कर ध्यान की हराइयों को छु है। यह स्थान एक ऐसा सधन ऊर्जा क्षेत्र बन गया है कि व्यक्ति ध्यान के द्वारा यहां वरित रूपांतरित हो सकता है।

विश्व के लग सौ देशों से लो यहां आकर इस अंतर्राष्ट्रीय वातावरश में ध्यान का रसास्वादन करते हैं। दुनिया में जितने भी प्रकार के लोग हैं, ओशो ने इन सब के लिए विशेष प्रकार की वैज्ञानिक ध्यान-विधियों को ईजाद किया है। ये विधियां आधुनिक जीव के तनावों को दूर कर एक निश्चित, आनंदपूरा जीवन जीने की कला सिखाती हैं। आज विश्व की समस्त साधना-पद्धतियों को विधियां यहां एक ही छत के नीचे मौजूद हैं। ओशो कम्यून इंटरनेशनल विश्व भर में एकमात्र ऐसा केंद्र है जहां पर भी राष्ट्रों और धर्मों के लोग अपने अनुकूल ध्यान प्रयोगों के द्वारा एक साथ रूपांतरित हो सकते हैं।

इसमें आपका भी स्वागत है।

अतिरिक्त जानकारी के लिए संपर्क सूत्र
ओशो कम इंटरनेशनल
17, कोरेगांव पार्क, पुणे-411 001,
महाराष्ट्र फोन : 020-2401993 फैक्स : 023-45019333
e-mail - resortinfo@osho.net
Web Site - www.osho.com

ओशो का हिन्दी साहित्य

उपनिषद
सर्वसार उपनिषद
कैवल्य उपनिषद
अध्यात्म उपनिषद
कठोपनिषद
ईशावास्य उपनिषद
निर्वाण उपनिषद
आत्म-पूजा उपनिषद
केनोपनिषद
मेरा स्वर्णिम भारत (विविध उपनिषद-सूत्र)

कृष्ण
गीता-दर्शन (आठ भागों में अठारह अध्याय)
कृष्ण-स्मृति

कबीर
सुनो भई साधो
कहै कबीर दीवाना
कहै कबीर मैं पूरा पाया
न कानों सुना न आंखों देखा (कबीर व फरीद)

बुद्ध
एस धम्मो सनंतनो (बारह भागों में)

अष्टावक्र
अष्टावक्र महागीता (छह भागों में)

महावीर
महावीर-वाणी (दो भागों में)
जिन-सूत्र (दो भागों में)
महावीर या महाविनाश
महावीरः मेरी दृष्टि में
ज्यों की त्यों धरि दीन्हीं चदरिया

लाओत्से
ताओ उपनिषद (छह भागों में)

अन्य रहस्यदर्शी
अथातो भक्ति जिज्ञासा (शांडिल्य)
भक्ति-सूत्र (नारद)
शिव-सूत्र (शिव)
भजगोविन्दम् मूढ़मते (आदिशंकराचार्य)
एक ओंकार सतनाम (नानक)
जगत तरैया भोर की (दयाबाई)
बिन घन परत फुहार (सहजोबाई)
पद घुंघरू बांध (मीरा)
नहीं सांझ नहीं भोर (चरणदास)
संतो, मगन भया मन मेरा (रज्जब)
कहै वाजिद पुकार (वाजिद)
मरौ हे जोगी मरौ (गोरख)
सहज-योग (सरहपा-तिलोपा)
बिरहिनी मंदिर दियना बार (यारी)
प्रेम-रंग-रस ओढ़ चदरिया (दूलन)

दरिया कहै सब्द निरबाना (दरियादास बिहारवाले)
हंसा तो मोती चुगैं (लाल)
गुरु-परताप साध की संगति (भीखा)
मन ही पूजा मन ही धूप (रैदास)
झरत दसहुं दिस मोती (गुलाल)
नाम सुमिर मन बावरे (जगजीवन)
अरी, मैं तो नाम के रंग छकी (जगजीवन) कानों सुनी सो झूठ सब (दरिया)
अमी झरत बिगसत कंवल (दरिया)
हरि बोलौ हरि बोल (सुंदरदास)
ज्योति से ज्योति जले (सुंदरदास)
जस पनिहार धरे सिर गागर (धरमदास)
का सोवै दिन रैन (धरमदास)
सबै सयाने एक मत (दादू)
पिव पिव लागी प्यास (दादू)
अजहूं चेत गंवार (पलटू)
सपना यह संसार (पलटू)
काहे होत अधीर (पलटू)
कन थोरे कांकर घने (मलूकदास)
रामदुवारे जो मरे (मलूकदास)
जरथुस्त्रः नाचता-गाता मसीहा (जरथुस्त्र)

प्रश्नोत्तर
नहिं राम बिन ठांव
प्रेम-पंथ ऐसो कठिन
उत्सव आमार जाति, आनंद आमार गोत्र मृत्योर्मा अमृतं गमय
प्रीतम छवि नैनन बसी
रहिमन धागा प्रेम का
उड़ियो पंख पसार
सुमिरन मेरा हरि करैं
पिय को खोजन मैं चली
साहेब मिल साहेब भये
जो बोलैं तो हरिकथा
बहुरि न ऐसा दांव
ज्यूं था त्यूं ठहराया
ज्यूं मछली बिन नीर
दीपक बारा नाम का
अनहद में बिसराम
लगन महूरत झूठ सब
सहज आसिकी नाहिं
पीवत रामरस लगी खुमारी
रामनाम जान्यो नहीं
सांच सांच सो सांच
आपुई गई हिराय
बहुतेरे हैं घाट
कोंपलें फिर फूट आईं
फिर पत्तों की पांजेब बजी
फिर अमरित की बूंद पड़ी
क्या सोवै तू बावरी
चल हंसा उस देस
कहा कहूं उस देस की
पंथ प्रेम को अटपटो
माटी कहै कुम्हार सूं
मैं धार्मिकता सिखाता हूं, धर्म नहीं

तंत्र
संभोग से समाधि की ओर
तंत्र-सूत्र (पांच भागों में)

योग
पतंजलि : योग-सूत्र (पांच भागों में)
योगः नये आयाम

झेन, सूफी और उपनिषद की कहानियां
बिन बाती बिन तेल
सहज समाधि भली
दीया तले अंधेरा

बोध-कथा
मिट्टी के दीये

विचार-पत्र

क्रांति-बीज

पथ के प्रदीप

पत्र-संकलन

अंतर्वीणा

प्रेम की झील में अनुग्रह के फूल

ढाई आखर प्रेम का

पद घुंघरू बांध

प्रेम के फूल

प्रेम के स्वर

पाथेय

अंतरंग वार्ताएं

संबोधि के क्षण

प्रेम नदी के तीरा

सहज मिले अविनाशी

उपासना के क्षण

ध्यान, साधना

ध्यानयोग: प्रथम और अंतिम मुक्ति

नेति-नेति

चेति सकै तो चेति

हसिबा, खेलिबा, धरिबा ध्यानम्

समाधि कमल

साक्षी की साधना

धर्म साधना के सूत्र

मैं कौन हूं

समाधि के द्वार पर

अपने माहिं टटोल

ध्यान दर्शन

तृषा गई एक बूंद से

ध्यान के कमल

जीवन संगीत

जो घर बारे आपना

प्रेम दर्शन

साधना-शिविर

साधना-पथ

मैं मृत्यु सिखाता हूं

जिन खोजा तिन पाइयां

समाधि के सप्त द्वार (ब्लावट्स्की)

साधना-सूत्र (मेबिल कॉलिन्स)

ध्यान-सूत्र

जीवन ही है प्रभु

असंभव क्रांति

रोम-रोम रस पीजिए

राष्ट्रीय और सामाजिक समस्याएं

देख कबीरा रोया

स्वर्ण पाखी था जो कभी और
अब है भिखारी जगत का

शिक्षा में क्रांति

नये समाज की खोज

नये भारत की खोज

नये भारत का जन्म

नारी और क्रांति

शिक्षा और धर्म

भारत का भविष्य

विविध

अमृत-कण

मैं कहता आंखन देखी

एक एक कदम

जीवन क्रांति के सूत्र

जीवन रहस्य

करुणा और क्रांति

विज्ञान, धर्म और कला

शून्य के पार

प्रभु मंदिर के द्वार पर

तमसो मा ज्योतिर्गमय

प्रेम है द्वार प्रभु का

अंतर की खोज

अमृत की दिशा
अमृत वर्षा
अमृत द्वार
चित चकमक लागे नाहिं
एक नया द्वार
प्रेम गंगा
समुंद समाना बुंद में
सत्य की प्यास
शून्य समाधि
व्यस्त जीवन में ईश्वर की खोज
अज्ञात की ओर
धर्म और आनंद
जीवन-दर्शन
जीवन की खोज
क्या ईश्वर मर गया है
नानक दुखिया सब संसार
नये मनुष्य का धर्म
धर्म की यात्रा
स्वयं की सत्ता
सुख और शांति
अनंत की पुकार

ओशो के आडियो-वीडियो प्रवचन एवं साहित्य के संबंध में
समस्त जानकारी हेतु संपर्क सूत्र
साधना फाउंडेशन, 17 कोरेगांव पार्क, पुणे-411001
फोन: 020-4019999 फैक्स : 020-4019990
e-mail - distrib@osho.net
Web Site - www.osho.com